대마도를
한국 영토로 만든
4차원
과학문명

# 대마도를 한국 영토로 만든
# 4차원 과학문명

초판 1쇄 인쇄일 2014년 2월 21일
초판 1쇄 발행일 2014년 3월 10일

**지은이** 이승환
**펴낸이** 양옥매
**교 정** 조준경
**디자인** 최수민
**표지디자인** 박무선

**펴낸곳** 도서출판 책과나무
**출판등록** 제2012-000376
**주소** 서울특별시 마포구 월드컵북로 44길 37 천지빌딩 3층
**대표전화** 02.372.1537  **팩스** 02.372.1538
**이메일** booknamu2007@naver.com
**홈페이지** www.booknamu.com
ISBN 979-11-85609-10-2 (03810)

이 도서의 국립중앙도서관 출판시도서목록(CIP)은 서지정보유통지원 시스템
홈페이지(http://seoji.nl.go.kr)와 국가자료공동목록시스템
(http://www.nl.go.kr/kolisnet)에서 이용하실 수 있습니다.
(CIP제어번호 : CIP2014005786)

# 대마도를
# 한국 영토로 만든
# 4차원
# 과학문명

이승환 지음

책나무

〈대마도를 한국 영토로 만든 4차원 과학 문명〉은 SF 공상과학소설로, 지금으로부터 약 10년 후인 2023년에서 시작되어 마지막 부분에는 10년이 더 지난 후인 2033년에 끝난다. 현재의 과학 법칙이 지닌 한계를 극복하고 새로운 개념의 과학을 생각해 보자는 의미로 이 소설을 쓰게 되었다.

약 100년 전, 만일 사람이 달에 가는 내용의 소설이 발표되었다면 현실성이 없는 허무맹랑한 이야기라고 했을 것이다. 이와 마찬가지로 이 소설의 내용에 나오는 4차원 과학이 지금은 현실성 없는 것으로 보이지만, 미래에는 실현될지도 모른다. 저자는 4차원의 세계를 믿고 있으며, 4차원에서는 3차원의 과학 법칙이 전혀 다르게 적용될 것으로 예상한다.

이 소설 속에서 우리나라는 여러 분야에서 세계를 지배하는 초강대국이 된다. 소설에 등장하는 몇 개의 나라는 주인공 윤서현이 창업한 기업의 영향으로 한국에 굴복하게 된다.

이 소설을 쓴 저자는 과학자가 아니고 대학에서 생물과 관련된 전공을 조금 공부했을 뿐이며, 현재는 과학과 관련이 없는 분야에서 일하고 있다. 그러므로 과학 전문가들이 보기에 과학적인 허구와 오류가 있을 수도 있다.

　이 소설은 총 7개의 장으로 구성되어 있다. 장르가 SF 공상과학소설인
만큼 이 소설을 읽는 동안 마치 영화를 보는 듯한 생생함과 즐거움을 느
낄 수 있을 것이다. 이 소설을 읽는 많은 사람들이 '과학은 막연히 어렵
고 재미없는 분야'라는 기존의 과학에 대한 선입관을 버리고, 보다 창의
적인 사고력과 풍부한 과학적 상상력을 갖길 바란다.

2013년 10월 27일
저자 이승환

# ¹에너지 혁명

윤서현의 지능 지수는 정확히 측정하기는 어렵지만, 240 이상으로 추정된다. 그는 대학에서 물리학을 전공했는데, 전공 교수조차도 과학 지식에 대한 그의 탐구 욕구를 완전히 충족시켜 주지 못할 정도였다. 그는 물리학과 화학에 관한 거의 모든 책과 논문들을 도서관에서뿐만 아니라 관련 인터넷 사이트를 뒤져가며 읽고 또 공부했다. 그는 대학원에서 물리학 박사 학위를 받은 후에 10년 동안 은둔 생활을 하면서 4차원에 관한 연구를 하였고, 마침내 그 과학 원리를 알아냈다. 그는 '4차원 과학의 선구자'이다.

이러한 그의 재능을 대학 시절부터 알아본 사람이 있다. 그는 바로 양승진이라는 친구로, 스스로 그의 후원자가 되어 그가 10년 동안 연구에 몰두할 수 있도록 도와주었다.

윤서현과 양승진은 고등학교와 대학 동창이다. 양승진은 대학에서 경영학을 전공하였는데, 대학을 졸업하고 바로 사업을 시작하였다. 양승진은 사업을 하기에 적합한 재능과 성격뿐만 아니라 탁월한 감각을 가지고 있었다. 양승진의 사업이 성공으로 이어졌기에 윤서현의 연구가 계속될 수 있었던 것이다. 양승진은 윤서현의 연구가 언젠가는 분명히 성공할 것이라고 굳게 믿고 있었다.

드디어 그들이 10년 동안 기다렸던 4차원 과학에 관한 연구 성과가 어느 정도 나왔다. 윤서현과 양승진은 연구 결과에 대해서 이야기했다. 윤서현의 표정은 그 어느 때보다 진지했으며, 양승진은 기대감에 잔뜩 부풀어 있었다. 서로 다른 분위기의 두 사람이 함께 있는 공간. 윤서현은 어렵게 입술을 떼었다.

"승진아, 10년이라는 긴 세월 동안 많은 응원과 지지를 보내왔는데…… 너에게는 미안한 말을 해야 할 것 같아. 나는 4차원 과학의 원리를 비밀로 간직하고 싶어. 4차원 과학은 인간의 영역이 아닌 것 같아."

윤서현은 심각한 표정으로 양승진에게 말했다.

"왜 그래? 자세히 말해 봐."

양승진의 표정은 이내 기대감에서 실망감으로 바뀌고 말았다.

"4차원 과학이 세상에 밝혀진다면, 인류에게 재앙을 가져다줄지도 몰라. 그만큼 무시무시한 위험성을 가지고 있지."

"그것이 그렇게 위험한 거야?"

이제 윤서현의 표정은 실망감이라기보다는 두려움에 가까워졌다.

"만약에 4차원 과학의 비밀이 세상을 혼란에 빠트리거나 지배하려는 세력에게 넘어간다면 이 세상의 질서는 무너질 거야. 사람들은 무질서의 혼돈 속에 빠질 테고…… 세상은 그렇게 멸망할지도 몰라."

"…… 그래도 우리의 사업에 활용해야 하는데 어떻게 할 생각이야?"

"당연히 우리가 계획한 사업에는 활용해야지. 그렇지만 4차원 과학의 원리를 논문이나 특허로 세상에 공개하지는 않을 생각이야."

잠시 주춤하던 양승진을 무겁게 입을 열었다.

"그래, 서현아. 그게 그렇게 위험한 것이라면 그렇게 해. 너의 의견을 존중해."

양승진은 윤서현의 의견에 동의했다.

그들은 4차원 과학을 응용한 사업을 곧 시작하기로 했다. 그런데 사업 계획이 너무 방대하여 둘만으로는 그 사업을 실행할 수 없었다. 그들을 도울 사람들이 필요했다. 4차원 과학의 원리를 세상에 공개하지 않을 계획이었으므로, 비밀을 간직할 만한 믿음직스럽고 신뢰가 두터운 사람이어야 했다.

"승진아, 나는 그동안 연구에 몰두하다 보니 사람들과의 교류가 거의 없어서 너 이외에는 별로 아는 사람들이 없어. 반면 너는 그동안 사업하면서 많은 사람들을 만났을 테고, 그만큼 사람을 보는 눈도 좋을 거 아냐. 네가 우리와 같이 일할 사람들을 한번 추천해 봐."

"그래. 같이 일할 사람으로 내가 아는 사람들 중에 몇 명을 추천해 볼게. 그렇지 않아도 누가 적임자일까, 며칠 전부터 생각하고 있었어."

"나와 친하지는 않더라도 내가 아는 사람이면 더 좋을 것 같아. 아무래도 같이 사업을 하는데, 안면이 있으면 시작하기 더 편할 것 같아서……."

"알았어. 그렇지 않아도 우리가 졸업한 고등학교 동창들 중에 쓸 만한 친구들이 몇 명 있단다."

생각지도 못한 양승진의 대답에 윤서현은 눈을 반짝이며 되물었다.

"누군데?"

"혹시 최정환과 김광현이라고 들어봤니?"

"이름은 들은 것 같은데 보면 알 것 같아. 그들을 만나보고 싶어. 언제 날짜 잡자."

"알았어. 내가 그 친구들에게 연락해서 우리와 같이 이야기할 시간을 만들어 볼게."

양승진은 같이 일할 사람으로 고등학교 동창들 중에 최정환과 김광현을 추천했다. 최정환은 대학에서 경제학을 전공했고 대기업에서 부장으로 근무하고 있었다. 김광현은 대학에서 정치외교학을 전공했고 현재 고위 공무원으로 근무하고 있다.

양승진의 연락을 받은 최정환과 김광현은 함께 윤서현의 연구소로 찾아왔다. 그들은 며칠 전 양승진으로부터 사업 계획에 대해 간단하게 들었으나 더 구체적인 설명을 듣길 원했다. 양승진이 말한 사업 계획은 그들의 호기심을 자극하기에 충분하였다.

윤서현은 오랜만에 만난 최정환과 김광현을 매우 반갑게 맞이하였다.

"서현아, 나 모르겠어? 정말 오랜만이다. 야! 정말 반갑다."

최정환은 윤서현을 보고 매우 반갑게 인사를 하면서 악수를 했다.

"반갑다. 정환아! 그동안 연락하지 못해서 미안해. 핑계처럼 들릴지도 모르겠지만, 연구에 매진하다 보니, 그렇게 됐네."

윤서현은 오랜만에 만난 고등학교 동창생이 진심으로 반가워하는 모습을 보며 괜시리 미안한 마음이 들었다. 곧이어 김광현도 밝게 웃는 얼굴로 인사말을 건넸다.

"서현아, 나 김광현이야. 나 알지? 반갑다. 네가 옛날에도 줄곧 1등을 하더니, 결국 이렇게 성공했구나!"

"아니야, 아직 성공했다고 말하기엔 일러. 이제부터 시작인걸? 너희들의 도움이 많이 필요해."

"자! 여기서 이러지들 말고, 어서 들어가서 이야기하자."

양승진은 친구들을 윤서현의 연구소 안으로 안내하였다. 친구들은 양승진의 안내를 받으며 연구소 안으로 들어가서 여기저기를 두리번거리며 구경했다.

"앉아. 여기가 바로 우리가 함께 일하게 될, 서현이의 연구소 사무실이야."

양승진은 마치 자기 연구소처럼 친구들에게 말을 하며 안내했다.

"10년 전, 서현이가 내게 4차원 과학에 대해서 연구하고 싶다고 했어. 나는 서현이의 능력에 대해 의심할 여지가 없었고 그를 믿었기에 이렇게 10년 동안 서현이가 연구할 수 있도록 작은 연구소를 마련해 줬고, 그동안 연구에 전념할 수 있도록 후원해 줬어. 성과가 나오기까지 정말 오랜 시간이 걸렸지. 사실 나는 이렇게 오래 걸릴 줄 몰랐어. 아무리 머리가 좋은 서현이일지라도 10년이라는 시간이 걸릴 만큼 4차원 과학이 까다롭고 어려운 분야인가 봐."

"서현아, 이제 네가 연구한 4차원 과학에 대해서 자세히 설명해줘."

양승진은 최정환과 김광현을 바라보며 말을 이었다

"혹시 서현이가 말한 내용이 복잡해서 머리가 아플지도 몰라. 귀 기울여 집중해서 들어야 해."

"내가 연구하여 알아낸 4차원 과학은 사회를 혼란에 빠트릴지도 모를만큼 무시무시한 비밀을 담고 있어. 좀 더 이해하기 쉽게 설명하자면, 원자력을 생각해 보면 될 것 같아. 원자력은 인류의 평화를 위해서 사용되면 매우 유용하지만, 무기로 사용되면 인류를 멸망시킬 만큼 매우 치명적이지. 4차원 과학도 그와 마찬가지야. 아니, 어쩌면 그보다 더 치명적일 수도 있어. 원자폭탄은 강력한 폭탄이지만 한 가지 단점이 있어. 원자폭탄은 피해 범위가 넓어서 무차별적이지. 방사성 물질이 퍼지면서 지구까지 오염시키게 돼. 원자폭탄을 잘못 사용하면 원치 않는 사람들에게도 큰 피해를 입히게 되기 때문에 현대에는 실제로 사용하지 않고 있다는 것을 알고 있지? 그러나 4차원 과학을 무기로 사용하면 자신은 전혀 피해를 입지 않으면서 아무도 모르게 상대방에게만 치명적인 피해를 입힐 수도 있어. 마음만 먹으면 무력으로 세계를 정복할 수도 있는 무시무시한 비밀을 담고 있지. 이러한 이유로 양심적이고 윤리적인 극소수만 4차원 과학의 비밀을 알아야 해. 4차원 과학의 비밀을 아는 것 자체만으로도 세상을 어지럽히고 혼란에 빠트리려는 일부 세력의 표적이 될 수 있어. 내가 연구해 보니 4차원 과학의 응용 분야는 매우 넓어. 4차원 과학은 3차원 과학이 해결하지 못한 것을 거의 다 해결할 수 있어."

"우리가 사업에 응용할 4차원 과학의 분야는 어떤 것이니? 설마 무기 제조는 아니겠지?"

함께 일하고자 하는 4차원 과학이 원자폭탄보다 무섭다는 말에 순간 불안해진 최정환은 윤서현에게 물었다.

"그런 건 아니야. 일단 내가 너희들에게 보여 주기 위해서 준비한 게 있어. 4차원 과학으로는 물질이나 에너지의 위치를 순간적으로 먼 곳으로 옮길 수 있어. 그리고 물질을 화학 반응시키기 위해 3차원의 조건을 갖추지 않아도 돼. 3차원 과학과 4차원 과학의 차이점에 대해 설명해 볼게. 잘 들어 봐!"

친구들은 더욱 관심을 가지고 윤서현을 쳐다보았다.

"핵융합이라는 것을 알고 있지? 3차원 과학에서 중수소를 핵융합 시키기 위해서는 1억 도($℃$) 정도의 고온과 리튬이라는 물질이 필요해. 그런데 1억 도($℃$)라는 온도는 만들기도 힘들뿐만 아니라, 유지하면서 제어하기도 힘들어. 그런데 4차원 과학에서는 그러한 조건을 생략하고 원료에서 바로 결과물인 에너지와 그 부산물을 얻을 수 있어. 3차원 과학에서는 혼합물이나 화합물에서 필요한 물질을 걸러 내는 과정을 통해 결과물을 만드는 것이 간단하지 않아. 여러 공정을 거쳐야 필요한 물질이 추출되고, 필요 없는 부산물이나 오염 물질도 동시에 생성되지."

윤서현은 목소리를 더욱 높였다.

"그러나 4차원 과학에서는 필요한 물질만 쉽게 얻어낼 수 있어. 혼합물이나 화합물을 원소별로 쉽게 분류할 수 있기 때문이지. 원소별로 분류하는 데 필요한 에너지를 넣어 주기만 하면 돼. 그리고 핵반응이나 화학 반응에서 나오는 에너지를 효율적으로 전환할 수 있어. 에너지 전환율이 100%에 달하지. 열에너지를 전기에너지로 바뀌는 데 손실되는 열에너지가 아예 없게 할 수도 있어. 자, 이제 간단한 실험을 보여줄게."

윤서현은 곧바로 친구들과 함께 바로 옆에 위치한 실험실로 이동했다. 실험실에는 4차원 과학을 응용한 것으로 보이는 장비들이 많이 있었다.

"어떤 물체가 공간 이동을 하는 것을 보여줄게. 너희 두 명 다 주머니에서 아무거나 꺼내 봐!"

윤서현은 최정환과 김광현에게 간단한 도움을 요청했다.

김광현은 주머니에서 휴대전화를 꺼내 윤서현에게 주었다. 최정환도 그것을 보고 자기의 주머니에서 휴대전화를 꺼내 윤서현에게 건넸다. 윤서현은 실험 장비를 사용하여 순간적으로 그 휴대전화기들을 약 10미터 정도 떨어진 곳으로 이동시켰다. 친구들은 그것을 보고 놀란 표정을 지었다.

3차원의 세계에서 공간 이동은 그야말로 마술이다. 그러나 4차원의 세계에서 공간 이동은 과학이라고도 할 수 없을 정도로 기본적이며 일상적인 것이다. 상위 차원에서 단순한 물리적인 현상이 하위 차원에서는 기적으로 보인다.

"너희들 잠깐만 기다려 봐. 내가 밖에 나가서 실험 물질을 가지고 올게."

친구들이 기다리고 있는 동안, 윤서현은 잠깐 밖에 나가더니 흙을 한 삽 가지고 왔다.

"흙 한 삽이라니……."

의아한 친구들은 윤서현에게 물었다.

"그게 뭐야?"

"보이는 그대로야. 흙이지. 이제 내가 이 흙으로 뭘 하는지 잘 봐."

윤서현은 흙 한 삽을 4차원 과학 실험 장치에 넣고 컴퓨터를 조작하였다. 흙의 성분들이 규소, 산소, 탄소, 철 등의 원소로 분리되면서 각각의 용기에 나뉘어졌다. 분리와 이동이 동시에 이루어지는 것을 본 친구들은 눈이 휘둥그레졌다.

이윽고 윤서현이 친구들에게 말했다.

"이러한 공간 이동과 분류를 동시에 실행할 수도, 또 각각 실행할 수도 있어. 마음만 먹으면 중동 산유국의 지하에 매장된 엄청난 양의 원유를 우리나라 영토 지하로 옮길 수도 있지. 하지만 나의 양심이 허락하지 않아서 참고 있어. 만약 내가 나의 이익을 위해 그러한 행동을 서슴지 않는다면 이 세계는 큰 혼란에 빠지고 말거야. 하지만 우리가 4차원 과학을 응용한 사업을 시작하면, 약간의 불가피한 혼란이 발생할 수도 있어."

"서현이 네가 첫 번째로 계획하고 있는 4차원 과학 응용 사업이 궁금해. 물질의 공간 이동이나 분류에 관련된 사업은 아니겠지?"

윤서현이 아직까지 4차원 과학을 응용한 사업에 대해서 구체적으로 말하지 않자, 마음이 다급해진 최정환이 먼저 입을 떼었다.

"내가 가장 먼저 하고 싶은 사업은 4차원 과학을 응용한 에너지 사업이야. 핵융합 열에너지를 생성한 후 그것을 전기에너지로 전환하여 전 세계를 상대로 에너지를 공급하고 싶어. 그 후에 4차원 과학을 응용한 다른 분야의 사업들을 지속적으로 추가할 계획이야. 아마도 경제적으로 세계를 정복할 정도로 큰 사업이 될 것 같아. 나 혼자 할 수 없는 일이라 너희들의 도움이 필요한데…… 어떻게 생각하니?"

친구들은 물질의 공간 이동과 분류 실험을 눈으로 직접 확인해 보았지만, 여전히 그것이 완전히 믿기지 않았다. 그렇지만 강한 호기심에 흥분된 목소리로 대답했다.

"네가 보여 준것과 말한 것이 모두 사실이라면, 당연히 너와 함께 그 사업을 하고 싶어."

윤서현은 계속해서 자신의 말을 이어나갔다.

"나는 인류의 평화와 행복에 대단히 관심이 많은 사람이야. 인류가 화석에너지를 지나치게 많이 사용한 결과 지구온난화현상이 발생하였고 그로 인하여 지구의 생태계가 계속 파괴되고 있는데, 나는 그것을 제일 먼저 막고 싶어. 이를 위해 4차원 과학을 응용하여 바닷물 속에 거의 무한대로 녹아 있는 중수소를 추출해서 전기에너지를 만들거야. 그리고 전 세계 에너지 시장을 정복해야 하는 사명을 가지고 있어. 너희들이 이처럼 인류의 문명을 발전시키면서 지구온난화의 위험 속에서 인류를 구하는 나의 사업에 동참하면 좋겠다."

"전기 자체를 전 세계로 수출하기 위해서는 멀리 있는 나라에까지 송전탑을 건설해야 하는데, 우리나라는 삼면이 바다로 둘러싸여 있고, 북쪽에는 휴전선까지 있어. 깊이 생각해 보니, 네가 제안한 그 사업이 쉽지만은 않은 사업인 것 같아."

최정환은 윤서현에게 어렵겠다는 표정으로 말했다.

"내가 왜 그것을 생각하지 않았겠어? 4차원 과학을 응용하면 전기에너지 수출에 송전탑은 필요 없어. 물질의 위치를 순간적으로 이동시키듯이 전기에너지를 연속적으로 공간 이동 시키면 돼. 고압의 전기에너지를 공간 이동 시키는 장치도 이미 개발한 상태야."

꿈만 같은 이야기를 들은 김광현은 윤서현에게 말했다.

"그렇다면 참 다행이다. 우선 작은 규모라도 네가 말한 에너지 실험을 우리에게 보여줘. 아주 작은 규모라도 괜찮으니까 핵융합 발전으로 전기를 생산해서 무선으로 이동시켜 봐. 그래야 우리가 확신을 가지고 네가 계획한 4차원 과학 응용 사업에 투자할 것 아니겠어?"

"알았어. 이미 실험에는 성공했지만 조금만 더 보완해서 일주일 후에 너희들 앞에서 제대로 보여줄게. 그때 확실히 보여주면 너희들의 입에서 사업을 같이 하자는 말이 분명히 나올 거야."

윤서현은 확신에 가득 찬 표정으로 친구들에게 말했다. 윤서현의 친구들은 일주일 후 이곳에서 다시 만나 바닷물을 이용한 핵융합 발전 실험을 해보기로 하고 헤어졌다.

어느덧 일주일이라는 시간이 흘렀다. 그 네 사람은 윤서현의 실험실에 모였다. 윤서현은 미리 준비한 바닷물 한 통을 친구들에게 확인시켰다. 양승진과 최정환, 김광현은 차례로 바닷물을 손가락으로 찍어서 맛을 보았다.

"짜다, 짜. 이게 바닷물이야, 소금물이야?"

"당연히 바닷물이지."

윤서현은 바닷물 1리터를 ,여행 가방 정도 크기의 준비한 기계에 부었다. 그 기계는 3단계로 바닷물을 전기에너지로 바꾸었다. 먼저 바닷물 속에서 중수소를 추출했다. 그 양은 매우 적었다. 아무리 적은 양이라고 할지라도 핵융합 과정을 거쳐 에너지로 변환하면, 300리터의 휘발유에서 나오는 에너지와 같은 크기의 에너지가 발생한다. 그 기계는 중수소를 연료로 사용하여 4차원 방식으로 핵융합 반응을 일으켰다. 핵융합 반응 후에 열에너지가 발생했는데, 즉시 전기에너지로 바꾸었다.

윤서현은 친구들 앞에서 이러한 과정으로 바닷물로 전기에너지를 생성하여 멀리 떨어져 있는 상당히 큰 전기제품을 작동시키는 실험을 보여주었다.

이 실험을 보고 흥분한 친구들은 당장 사업을 추진하자고 했다. 그들의 마음은 이미 재벌이 되어 있었다. 에너지원으로 쓰이는 바닷물은 거의 공짜나 다름없었다. 엄청난 가격 경쟁력이 있었던 것이다. 이 정도의 경쟁력이라면, 전 세계 에너지 시장을 정복하는 것은 시간 문제였다.

윤서현은 친구들이 자기가 계획한 사업을 강하게 도와준다고 하자, 사업에 대한 자세한 설명을 시작했다.

"먼저 너희들에게 당부하고 싶은 말이 있어. 이건 사업을 시작하는 나의 윤리 방침이자, 신조이기도 해."

친구들은 고개를 끄덕이는 것으로 대답을 대신했다. 윤서현은 계속해서 말을 이어나갔다.

"내가 연구한 것으로 새로운 사업을 시작할 때, 기존 기업들의 피해가 거의 없도록 해야 해. 만일 내가 다른 기업들을 배려하지 않는다면, 내가 연구하여 고안한 사업으로 세계의 모든 에너지 관련 기업들은 망할지도 몰라. 다른 기업들이 적응할 수 있는 충분한 기간을 줘야 해. 내가 가장 걱정하는 것은 기존의 발전소에서 일하는 노동자들이야. 그들이 하루아침에 일자리를 잃게 할 수는 없어. 일자리 감소는 내가 원하는 사업 철학이 아니야. 이를 감안하여 같이 사업을 구상해 보자."

"그래, 서현아. 네 뜻이 그렇다면, 그 뜻에 따를게. 그런데 말이야, 다른 에너지 관련 기업들을 망하지 않게 하면서, 동시에 전 세계 에너지 시장을 정복한다는 게 어렵게 느껴져. 두 가지 모두를 충족할 수 있는 방안을 생각해 봤니?"

조금은 날카로운 시선으로 김광현이 윤서현에게 물었다.

"4차원 과학이 지니는 가격 경쟁력으로 세계 에너지 시장을 무조건 정복하게 되면, 관련 다른 기업들은 다 파산할 테고 그에 따라 수많은 실업자가 발생할 거야. 나는 관련 다른 기업들이 파산하지 않는 방법으로 전기에너지를 공급할 계획이야. 우선 가격 경쟁력부터 설명해 볼게. 내가 대충 계산해 보니, 우리가 만든 발전소에서 생산된 전기를 기존 가격의 5%만 받고 팔아도 손익 분기점을 충분히 넘길 수 있어. 가격 경쟁력은 충분해. 나는 전기에너지 공급 가격을 기존 가격의 50% 수준으로 하다가 나중에는 35%에서 40% 정도로 줄이면 좋겠다고 생각해. 그렇게 하면 언젠가는 전 세계에 있는 많은 발전소를 가동하지 않아도 되고, 이산화탄소의 발생도 획기적으로 줄일 수 있어."

"우리가 그렇게 하면서도 전 세계의 다른 에너지 관련 기업들이 파산하지 않을 구체적인 방법을 말해 봐."

김광현이 다시 윤서현에게 물었다. 이번에는 윤서현이 아닌 양승진이 대답했다. 그는 여러 차례 기업을 경영한 전문가답게 윤서현의 설명 속에서 해법을 찾았다.

"이번에는 내가 말해 볼게. 일단 국내와 국외로 구분했으면 좋겠어. 국내에서는 처음부터 점유율을 너무 높이면 곤란해. 처음에는 적당한 수준으로 점유율을 유지해서 다른 기업들이 파산하지 않도록 해야 돼. 국외 수출로 우리의 자금력이 어느 정도 충분히 생길 때, 파산할 관련 기업들을 높은 가격으로 인수하고 그곳에서 발생하는 실업자들을 우리가 모두 채용하면 될 것 같아. 우리가 전 세계로 전기에너지를 수출하려면 거기에 종사할 수많은 인원이 필요하지. 그 사람들은 전기에 관련된 일을 했기 때문에 굳이 새로운 사람을 뽑을 필요 없이 그대로 채용하는 편이 더 좋을 것 같아."

"아, 국내에서는 그렇게 하면 되겠구나! 그렇다면 국외에서는 어떻게 해? 국외에서 관련 산업에 종사하는 사람들이 국내보다 수십 배나 많을 텐데?"

김광현이 양승진에게 물었다. 양승진은 친구들에게 계속해서 제안했다.

"우리의 사업으로 인해 기존 발전소들이 가동되지 않으면, 거기에서 일하는 사람들이 일자리를 잃게 돼. 기존 발전소들의 가동률을 매월 10%로 하고 나머지 90%의 전기를 발전 사업자들에게 공급하면 어떨까? 이 조건으로 전기에너지를 발전 사업자들에게 팔면 기존 발전소들에서 근무하는 노동자들의 고용이 일정 기간 동안은 보장될 거야. 내가 생각한 건 여기까지야. 혹시 다른 좋은 방안이 있으면 같이 연구해 보자."

최정환과 김광현은 4차원 과학을 응용한 사업에 전적으로 동참하기 위해서 자신들이 다니던 직장을 그만두었다. 양승진은 자신의 중소기업을 처분했다. 다행히 옛날부터 친분이 있던 사람에게 자신의 회사를 쉽게 매각할 수 있었다. 양승진은 자신의 기업에서 일했던 사람들 중 사업상 필요한 인재 몇몇을 자신의 새로운 사업에 합류시켰다. 그들은 모여서 새로 설립할 회사의 이름을 정했다.

"우리가 창업을 하려면 회사 이름이 있어야 할 텐데, 어떤 것으로 하는 게 좋을까?"

양승진은 친구들에게 의견을 물었다.

"4차원 에너지로 하면 어때? 우리 사업이 4차원 과학 기술을 통해 에너지를 만드는 것이니까 말이야. 어때? 간단하고, 핵심 단어도 다 들어 있고."

최정환이 말했다.

"회사 이름에 '4차원'이라는 단어가 들어가는 것은 맞지만, 어느 한 분야만을 상징하는 이름은 좋지 않아. 현재는 에너지 사업을 시작하지만 앞으로는 더 큰 규모로 다른 분야에까지 사업을 확장할 텐데, 회사 이름에 특정 분야를 상징하는 이름을 쓰지 않았으면 좋겠어."

윤서현이 말했다.

"그러면 무엇으로 할까? 생각해 봐."

김광현이 말했다.

"그냥 '4차원 기업'이라고 하는 건 어때?"

윤서현이 친구들에게 제안했다.

"그래, 간결하고 괜찮은데? 혹시 다른 의견은 없어?"

양승진이 친구들을 향해 의견을 물었다.

"4차원 기업이라…… 괜찮은데? 그럼 우리 직함은 어떻게 할까?"

김광현이 말했다.

"회사에는 회장도 있고 사장도 있지만, 사실 나는 그런 것에 별 관심이 없어. 우리 회사는 나중에 많은 이윤을 남기겠지만, 그것보다도 인류의 평화와 행복을 회사의 이념으로 삼아야 해. 그냥 적당한 선에서 단순한 직함을 하나씩 만들었으면 좋겠어."

윤서현이 말했다.

"그렇다고 우리 중에 한 명이 사장을 하고 나머지가 부장을 할 수도 없는 노릇이고…… 어떻게 하는 게 좋을까?"

"어차피 법인을 설립해서 회사를 만들어야 하니, 직함을 이사로 하고 우리 중 한 명이 대표이사가 되는 게 어떨까?"

"그렇다면 누가 대표이사를 할까?"

"서현이 네가 4차원 과학을 연구했으니까 대표이사를 맡는 게 어때?"

"아니야, 나는 연구에만 전념하고 회사 경영은 경험이 많은 승진이가 맡는 게 좋을 것 같아."

양승진은 윤서현의 말에 조금은 멋쩍은 듯 머리를 긁적였다.

"알았어. 내가 대표이사를 하겠지만, 회사 지분은 서현이 네가 가장 많이 소유하는 걸로 하자."

"그럼 이제부터 서로 호칭을 그렇게 불러 보자."

그들의 목표는 전 세계 모든 기업 매출액의 10% 이상을 차지하는 것이다. 윤서현은 자신이 개발한 것을 응용하고 독점하면 충분히 목표치에 도달할 수 있다고 했다. 독점이라는 것이 원래 좋은 것은 아니지만, 4차원 과학의 특성상 매우 위험하기 때문에 그 기술을 독점할 수밖에 없었다.

최정환은 윤서현에게 물었다.

"윤 이사가 연구한 4차원 과학 기술을 특허로 등록해야 하지 않을까?"

"내가 이미 양 이사에게 말했는데, 4차원 과학에 관한 것은 특허로 등록할 필요가 없어."

"왜?"

최정환이 의아하다는 표정으로 물었다.

"어느 누구도 모방할 수 없는데, 군이 특허로 등록할 필요가 없지. 100명의 천재 과학자들이 모여서 4차원 과학에 대해 함께 연구한다고 하더라도, 모방할 확률이 1조 분의 1 정도 될 것 같아. 게다가 특허로 등록하는 것 자체가 4차원 과학의 비밀을 공개하게 되는 거잖아."

"왜 그렇게 확률이 낮아? 우리가 사업을 시작해서 제품을 공개하면 머리 좋은 사람들은 모방할 법도 한데…… 4차원 과학이 그렇게 어려운 기술이야?"

윤서현의 말에 조금은 놀란 김광현이 물었다.

"응, 기존 과학에 관한 선입관이 있는 사람들은 4차원 과학의 비밀을 절대로 알아낼 수 없어. 특히 동일과정설을 믿는 과학자들은 그 선입관이 더 강해서 4차원 과학의 비밀을 알아낼 확률이 0%에 가깝지."

그 어떤 누구도 4차원 과학을 응용한 기계를 살펴보더라도 4차원 과학의 비밀을 결코 알 수 없다. 아직까지는 윤서현만 4차원을 작동시키는 핵심 부품의 비밀을 알고 있었다. 그 4차원 과학의 비밀은 만일 윤서현이 사고로 죽을 경우 며칠 뒤에 어느 누구에게 자동으로 전달되도록 해 놨다. 4차원 기업에서 자신이 사고로 사라지더라도 회사가 유지될 수 있도록 미리 안전장치를 해놓은 것이다. 전달되는 방법과 순서는 어디까지나 비밀이었다.

양승진은 이러한 4차원 과학의 비밀을 알려고 하지 않았다. 그는 복잡한 과학에는 소질이 없었다. 다만 새로 창업한 그들의 회사를 위해서 기업 비밀로 유지될 수 있는 안전장치를 확인하였다.

그들은 바닷물을 쉽게 공급 받을 수 있는 바닷가에 발전소를 세우기로 했다. 그들이 세울 발전소는 1층에 4개 세대가 있는 3층 규모의 작은 연립주택 한 동 크기의 시설물이었다. 그 정도의 시설이면 한국에서 사용하는 전기의 100% 이상을 공급할 수 있을 만큼의 규모이다. 그래도 앞으로의 시설 확장을 위해서 어느 정도 넓은 부지를 더 구입하기로 했다.

　그들은 회사를 세우는 일을 분담했다. 윤서현은 연구에 전념해야 하므로 회사를 세우는 일은 세 명의 친구들이 맡았다.

　양승진은 재정을 담당했다. 그는 성공한 중소기업 사장이었으므로, 어느 정도 충분한 자금을 가지고 있었고 거래했던 은행에 신용이 있었으므로, 부족한 자금에 대해서는 쉽게 대출을 받을 수 있었다. 최정환은 토지를 구입하고 발전소을 건축하는 일을 추진하였다. 발전소의 설계는 윤서현이 해 주었다. 김광현은 공무원 출신답게 관공서에 다니면서 발전소 건설 인허가 문제를 잘 해결했다.

　김광현이 허가 받을 것 중 하나는 바닷물을 사용하기 위해서 '공유수면점용사용허가'를 받는 것이다. 이는 원자력 발전소에서도 몇 년에 한 번씩 관공서의 허가를 받는 것이다. 그런데 바닷물의 사용 용도가 원자력 발전소와는 달랐다. 원자력 발전소는 바닷물을 1초에 100톤 정도 대량으로 냉각수로 사용하지만, 4차원 기업이 세운 발전소에서는 냉각수로 사용하지 않는다. 열에너지를 700조 분의 1초 만에 전기에너지로 100% 전환하기 때문이다. 4차원 기업의 발전소에서는 바닷물을 원자력 발전소처럼 그렇게 많이 사용할 필요가 없다.

　4차원 기업의 핵융합 발전소에서는 부산물로 생수와 소금이 나오게 할 수도 있다. 생수는 거의 증류수 정도의 깨끗한 물이다. 네 명의 이사진은 이 부산물들을 어떻게 활용할 것인가에 대해서 의논했다. 그들은 그 부산물로 금전적인 이득을 보지 않기로 합의했다.

양승진은 윤서현에게 물었다.

"그렇다면 바닷물에서 중수소만 추출하고 나머지는 그냥 버릴 셈이야?"

"그렇게 할 수도 있는데, 그러면 물이 아깝잖아. 이왕에 공장으로 들어온 물인데 증류수로 만들어서 우리 회사에서 상수도로 사용하고 나머지 물은 필요한 곳에 보내면 좋겠어."

이번에는 최정환이 윤서현에게 물었다.

"그러면 자동으로 소금이 생기잖아. 그 소금은 어떻게 할 건데?"

"그게 고민이네. 물은 그렇게 사용하고 소금은 특별한 용도가 생기지 않으면 먼 바다에 버리자. 우리가 소금을 판다면 염전 사업자들에게 불이익이 생길지도 모르니 말이야"

이에 김광현이 제안했다.

"남는 물은 지방자체단체와 상수도사업본부에 기증하면 될 것 같아. 그냥 생기는 물인데 좋은 일에 사용했으면 좋겠어. 물을 팔아 봐야 얼마나 받겠어? 그런데 만약 한국의 소금 생산량이 줄고 소금을 수입해야 할 형편이 되면, 염전 사업자들에게 소금을 공급하여 시장에 내어 놓을 수도 있게 하면 좋을 것 같아."

윤서현은 김광현의 말에 맞장구를 쳤다.

"맞아. 그렇게 되면 버리지 않고 유통시킬 수도 있겠지."

발전소 건설 계획을 세우고 두 달 후에 토지를 구입하고 6개월 후에는 발전소 착공에 들어갔다. 6개월 만에 발전소 착공에 들어갈 수 있었던 것은 윤서현의 공이 컸다. 단 6개월 만에 발전소 설계도를 만들었던 것이다. 외주 업체에 의뢰해서 그 설계대로 시설들을 만들지만, 가장 중요한 4차원 과학 기술이 작동되는 장치들은 윤서현이 직접 제작했다. 그 장치는 핵심 장치이고 4차원 기업의 비밀이었기 때문이다.

발전소를 착공하는 날은 정말 초라했다. 찾아오는 사람들도 거의 없었다. 이사진이 착공식 날 사람들을 초대하지 않았기 때문이다. 직원들을 포함하여 약 15명의 사람들만이 보였다. 이사진은 발전소를 완공한 후에 이것이 인류가 그동안 기다리고 꿈꿔오던 핵융합 발전소라는 것을 세상에 알리기로 했다. 착공할 때에 알리면 믿을 사람들이 별로 없을 것이라는 생각에 완공 후 핵융합 발전소임을 선보여 확신을 주기로 한 것이다.

그들은 발전소를 착공하고 1년 후에 완공하였다. 완공된 발전소에는 상당한 은행 부채가 있었다.

발전소가 착공되어 완공되기까지 윤서현은 그의 연구실에서 전력무선송출장치와 전력수신기 20개를 만들었다. 그는 전력송수신장치를 만들 때 외주업체에 의뢰해서 만들었는데, 가장 중요한 핵심부품은 그가 직접 제작했다. 그 핵심부품이 바로 4차원 기업의 비밀이었다. 다른 사람이 그 핵심 부품을 분석한다고 해도 그 원리를 이해할 수 없을 것이다. 그 장치는 고압전기를 고압선으로 이동시키는 것이 아니라 4차원 이동 방식을 사용하여 실시간으로 계속하여 전기를 이동시키는 장치였다.

4차원 기업은 국내뿐만 아니라 외국에도 전기를 수출해야 하는데, 외국까지 송전탑을 건설하여 고압선을 깔 수는 없었다. 송전탑을 건설하는 것보다 이 장치를 사용하는 것이 훨씬 간단했다. 송전탑은 사람들에게 혐오 시설이다. 송전탑 근처에 살 경우 전자파로 인해 각종 암에 걸릴 수 있기 때문이다. 그런데 이 무선전력송수신장치를 사용하면 송전탑과 고압선이 필요 없을 뿐만 아니라 전력이 이동 중 손실되는 비율도 0%이다.

최정환은 전력거래소를 찾아가 4차원 기업을 일반발전사업자로 등록했다. 그가 발전방법을 핵융합이라고 기록하고 설비용량을 12만MW로 등록하자, 전력거래소에서 한바탕 난리가 났다. 한국에 있는 모든 발전 시설을 정지시키고 4차원 기업이 제공하는 전력만으로도 한국의 모든 전력 수요를 감당하고도 남는 용량이었기 때문이다.

전력거래소 직원이 최정환에게 물었다.

"혹시 설비용량을 잘못 기록한 것이 아닙니까?"

"맞습니다. 거기에 적힌 설비용량이 정확합니다. 이 설비용량이 사실이며, 직접 발전소에 찾아와서 확인해도 됩니다."

"한국에 있는 모든 발전소 설비용량을 합친 것보다 많으니 믿기가 어렵습니다. 그래도 일단은 그것이 사실이라고 하니 검토해 보고 나중에 연락을 드리겠습니다."

전력거래소의 임원들과 실무자들에게서 4차원 기업이 건설한 발전소를 직접 방문한다는 연락이 왔다. 몇 곳의 발전 회사들에서도 벌써부터 소식을 듣고 같이 방문한다고 했다. 관련 회사의 일부 사람들은 방문할 필요가 없는 곳이라고 했다. 이렇게 작은 발전 사업자가 그렇게 큰 용량을 발전할 수 있느냐는 것이었다. 그것은 보나마나 사기일 것이라고 하는 사람들도 있었다. 이런 곳에 언론이 빠질 수 없었다. 몇 개의 언론사에서도 같이 방문한다고 했다.

예정된 날짜에 전력 회사와 관련된 여러 사람들과 취재 기자들이 4차원 기업이 건설한 발전소를 방문했다. 그들은 핵융합이라는 방법으로 발전한다는 소식을 듣고 매우 궁금해 했다. 핵융합 기술은 적어도 앞으로 20년 후에나 상용화가 될 것이라고 예상하고 있었는데, 이렇게 상용화가 된 발전소가 있다니 믿기지 않았다. 발전소를 방문한 사람들은 예상보다 작은 규모의 시설을 보고는 시험 가동을 위한 작은 발전소일 것이라고 생각했다.

최정환은 그들에게 4차원 기업의 발전소에 관한 설명을 했다. 4차원 기업은 창업 초기부터 윤서현의 존재를 당분간 비밀에 부치기로 했다. 만일 윤서현의 신변에 이상이 생길 경우, 4차원 기업에 큰 지장이 있기 때문에 안전을 위하여 언론 등에 나타나지 않도록 하고 싶었던 것이다.

최정환은 여러 사람들 앞에서 설명했다.

"여기에 있는 발전소 건물 하나에서 한국의 모든 전력을 다 감당할 수 있을 만큼의 전기를 뽑아냅니다."

"어떻게 이렇게 작은 발전소 하나가 그것을 다 감당할 수 있습니까?" 사람들은 저마다 입을 다물지 못한 채 웅성댔다.

최정환은 앞서 윤서현에게서 배운 이론을 자세히 설명했다. 그 설명을 들은 사람들은 작동 과정을 실제로 보고 싶어 했다. 사람들이 궁금해 한 것이 한 가지 더 있었다.

"어떻게 송전탑과 고압선이 없이 그렇게 큰 용량의 전력을 운반할 수 있습니까?"

"4차원 과학 기술로 전력을 무선으로 송수신을 하는 것입니다. 제가 길게 설명하는 것보다 실제로 보여 드리는 편이 좋겠습니다."

전력거래소의 임원들은 전력거래소의 본부와 긴밀한 연락을 하였다. 그들은 처음부터 4차원 기업의 능력을 완전히 믿을 수 없었다. 우선 전국 전력 사용량의 1%를 4차원 기업 발전소에 할당했다. 한 시간 후에 4차원 기업 발전소는 전력거래소에 1%에 해당하는 전력을 무선으로 보내기 시작했다. 1%의 전기를 충분히 감당하는 것을 본 전력거래소 본부는 한 시간에 1%씩 올려 보기로 했다.

이윽고 12시간이 지났다. 오전 10시에 전력을 보내기 시작했는데, 저녁 9시가 된 것이다. 이제는 전국 전력량의 12%를 4차원 기업 발전소가 감당하고 있었다.

전력거래소 임원은 4차원 기업 이사들에게 말했다.

"오늘은 12%까지만 올리고 당분간 지켜보다가 다음 기회에 더 올려 보면 좋겠습니다. 갑자기 4차원 기업의 전력 점유율을 높여 버리면 다른 발전 사업자들의 점유율이 낮아지게 되므로 무조건 점유율을 높일 수는 없습니다."

양승진은 전력거래소 임원들에게 말했다.

"네, 그렇게 하십시오. 4차원 기업의 발전소는 발전 효율이 매우 높기 때문에 전력 가격을 다른 일반 발전 사업자와 비교하여 50% 할인된 가격으로만 받겠습니다."

전력거래소 임원들은 4차원 기업의 전력 점유율을 더 높이는 것을 부담스럽게 생각하였다. 다른 발전 사업자들과의 협의가 있어야 점유율을 더 높일 수 있었기 때문이다. 이 작은 발전소 한 곳에서 전국 전력량의 12%를 감당하는 것도 신기한 일이었다.

그날 저녁 뉴스에서는 4차원 기업의 핵융합 발전소 가동 소식이 첫 번째 뉴스로 나왔다. 하루만에 4차원 기업을 모르는 사람이 없을 정도로 갑자기 유명해졌다. "세계 최초로 핵융합 발전소 상용화 성공"이라는 뉴스 제목이 나왔다.

그 뉴스에는 양승진의 인터뷰가 나왔다.

"지구의 환경을 보호하기 위해서 앞으로 신재생 에너지 발전 사업자를 제외하고 나머지 발전소들은 발전 용량을 점차 줄일 필요가 있습니다. 4차원 기업은 다른 발전 사업자들의 경영과 고용에 영향을 주지 않는 방향으로 점차 단계적으로 전력 공급량을 늘릴 계획입니다."

양승진은 이어 기자들 앞에서 4차원 기업 경영 방향과 사업 목표에 대해 설명했다.

"4차원 기업은 발전소를 추가적으로 계속 건설하여 전 세계 전력 사용량의 80% 이상을 감당할 것입니다. 4차원 기업의 목표는 한국의 전력 사용량의 80%가 아니라 전 세계 전력 사용량의 80%입니다. 이것은 아주 대단한 양입니다. 4차원 기업의 발전소는 연료비가 들지 않기 때문에 발전 단가가 매우 낮습니다. 발전소 건설비와 매우 낮은 유지비만 있으면 발전을 계속할 수 있는 것이지요. 따라서 전력 판매 가격을 획기적으로 낮추어 다른 발전 사업자의 50% 가격에서 거래하다가, 나중에는 더 낮출 계획입니다."

그렇게 낮춘 가격으로 거래를 하면 다른 발전 사업자가 발전 사업을 지속할 수 없을 것이다. 그것보다도 더 심각한 것은 수많은 사람들이 일자리를 잃는 것이다. 4차원 기업은 이 문제에 대해서도 다른 발전 사업자들과 충분한 협의를 할 것이라고 발표했다. 자본주의 경쟁대로 한다면 협의할 필요도 없을 것이다. 그렇지만 4차원 기업의 이념은 다른 사람의 행복과 복지에도 관심이 있으므로 최대한 다른 발전 사업자들의 형편을 살피면서 기업을 경영할 것이라는 말을 빼놓지 않았다.

4차원 기업은 한국이 필요한 전력의 100%를 당장 공급하지 않을 것이다. 결국에는 90%를 공급할 것인데 10%는 다른 발전 사업자들이 교대로 발전해서 전력거래소에 공급하게 할 것이다. 다른 발전 사업자들이 10%만을 공급해서는 이윤이 남지 않는다. 오히려 손해가 될 것이다. 그 손실액을 4차원 기업이 보상해 줄 것이다. 그래서 그곳에서 일하는 근로자들의 고용이 상당한 기간 동안 계속 유지될 수 있도록 할 것이다. 4차원 기업 발전소는 시설이 크지 않기에 유지비가 많이 들지 않는다. 게다가 연료비도 들지 않기 때문에 높은 이익률을 자랑한다. 따라서 다른 발전 사업자들에게 충분한 보상을 해 줘도 이익이 남는다.

4차원 기업은 시설을 확충하여 전력을 전 세계에 수출할 것이다. 수출할 때에도 국내와 같은 개념이 적용되어 그 나라의 발전 사업자들과 그곳의 근로자들의 고용을 고려한다. 수출할 때에는 계약을 통해 기간을 정할 것이다. 근로자 고용 유지 등의 조건이 이행되지 않을 경우 다음 번 기간연장계약을 체결하지 않는다. 이와 같은 방법으로 전력을 수입하는 나라에 있는 기존 발전 회사들이 그들의 근로자들을 계속해서 고용할 수 있는 조건으로 전기를 수출할 것이다.

수출 금액이 국내 공급 가격보다 조금 낮게 책정될지라도 그 나라 근로자들의 고용을 유지하는 조건으로 수출할 것이다. 나중에는 전력 가격을 점점 낮추어 현재의 35%까지 되도록 할 것이다. 4차원 기업의 목표는 세계의 에너지 시장을 장악하여 화석 연료 사용을 획기적으로 줄이는 것이다.

4차원 기업은 우선 한국의 점유율을 12%로 하고 나머지는 수출하기로 했다. 전력을 수출하기 위해서 최정환이 미국에 갔다. 첫 번째 수출지를 미국으로 선택한 이유는 1인당 에너지를 가장 많이 쓰는 나라이기 때문이었다. 미국의 전력 관련 회사들도 4차원 기업의 발전 시스템을 알고 있었다. 지난번 뉴스에서 소개됐을 때 그 소식이 전 세계로 다 퍼진 것이다. 최정환은 미국의 발전 화사들 대표와 만남을 가졌다.

미국의 발전 회사들의 대표들은 저마다 4차원 기업에서 싼 값에 전기를 사서 공급하는 게 이윤이 많이 남기 때문에 계약에 동의 했다. 최정환은 4차원 기업 이념에 맞는 조건을 제시하고 그 조건을 받아들이는 회사들과 계약했다. 그 조건은 바로 회사가 발전을 덜 한다고 해서 그곳의 노동자를 해고하면 절대로 안 된다는 것이었다. 만일 해고를 단행해서 실업자가 많이 생기게 되면 계약 연장이 어렵게 될 것이라는 조건도 포함되었다. 다만 근로자의 자연 감소는 허용하기로 했다.

미국에 있는 발전 사업자들에게 전기를 수출하는 조건도 붙었다. 그 발전 사업자의 설비용량 이상으로는 전기를 수출하지 않는다는 것이었다. 왜냐하면 4차원 기업은 365일 24시간 동안 전력을 계속 공급하는 것이 아니라 1개월이라는 기간 동안 90%만 공급하고 나머지 10%의 기간 동안에는 공급하지 않기 때문이다. 그러면 미국에 있는 발전 사업자는 자기가 가지고 있는 발전 설비를 이용하여 발전을 해야 한다. 그렇게 해야 그 발전 사업자는 직원들의 고용을 유지할 것이기 때문이었다.

미국으로 전기를 수출하기 위해서는 전력수신기를 미국으로 가지고 가야 했다. 한국에 있는 4차원 기업 발전소에서 전력을 송신하면 미국에 있는 전력수신기에서 전기를 받는 방식으로 수출할 것이기 때문이다. 최정환의 지시로 4차원 기업 직원들은 전력 수신기들을 가지고 미국의 발전 사업자들을 차례로 방문하였다.

전력수신기는 서류 가방 정도의 크기였다. 그곳에 고압선을 연결하고 한국에서 미국으로 전기를 보내면 전기가 옮겨지는 것이다. 송전탑에 연결된 고압선 방식보다 훨씬 간단했다. 미국의 발전 사업자는 4차원 기업에서 전기를 보내지 않는 시간을 미리 알고 그때에는 전력을 직접 생산하면 된다. 짜인 일정대로 전력 공급이 중단되지만 미리 통신으로 서로 확인 후 진행할 예정이다.

4차원 기업은 국내 점유율 12%에 해당하는 설비용량을 국내에 공급하고 나머지 설비용량을 미국에 수출하는 데 성공했다. 4차원 기업 발전소 전체 설비용량에 비하면 국내에는 10%도 공급하지 않고 90% 이상을 수출하는 것이었다.

양승진은 은행을 찾아가 현재 있는 발전소와 같은 것을 전국 바닷가에 있는 적당한 부지에 3년 안에 30개를 더 건설하겠다고 했다. 한 곳에 30개를 다 건설하면 관리하는 것이 더 편하겠지만 위험 요인이 생길 수도 있으므로 몇 군데로 나누어서 발전소를 더 건설하기로 했다. 세계 시장을 정복하기 위해서는 30개도 부족하지만, 점차 숫자를 늘리기로 했다.

곧 양승진은 세 곳의 은행에서 융자를 받아서 발전소를 더 건설하기로 했다. 은행들이 보기에도 확실한 사업이기에 4차원 기업에 담보가 별로 없었지만 많은 금액을 융자해 주었다. 4차원 기업의 과학 기술이 신용이 된 셈이다.

4차원 기업 이사진은 무척이나 바빴다. 전 세계로 전기를 수출하여 세계 시장 점유율을 80% 이상으로 끌어올리기 위해서는 발전소 30개로도 안 된다. 발전소를 더 건설해야 하지만 아직은 감당할 인력이 부족했다.

약 한 달 간격으로 발전소들을 하나씩 착공하기로 했다. 첫 번째 발전소를 건설할 때처럼 이사진의 분업이 시작되었다. 처음 구입한 땅에 발전소를 10개 이상 더 지을 수 있었다. 현재는 남해에 발전소 부지가 있는데, 서해와 동해에도 발전소 부지가 더 필요했다.

이사진은 회의를 시작했다. 양승진이 윤서현에게 물었다.

"윤 이사! 발전소를 늘리는 방법 말고 발전소 한 곳의 설비용량을 더 늘릴 수 없을까?"

"다음에 설계하는 발전소는 설비용량을 3배 더 늘려볼게."

3배 늘린 용량이면 한국에서 사용하는 전력의 3배 이상을 한꺼번에 발전할 수 있을 만큼이었다. 대단한 설비용량이었다. 그렇게 하면 30개의 발전소만 지어도 전 세계에 전력을 공급하기에 충분할지도 모른다.

핵융합 발전소 2호를 착공할 때에는 수많은 기자들이 모였다. 미래를 볼 줄 아는 정치인들도 몇 명 참석했다. 핵융합 발전소 1호 착공식에 비해 찾아오는 사람들이 너무나 많았다. 미국을 비롯한 여러 나라의 발전 사업 대표들도 참석했다.

핵융합 발전소 착공식이 끝난 후 세계 각지에서 찾아온 발전 사업자들이 양승진과 최정환을 만나고 싶어 했다. 그들은 다음 번 핵융합 발전소가 정상 가동되면 자신들의 회사에 전기를 팔아달라고 요청했다. 이사진은 나중에 의논한 후에 연락하겠다고 하고, 그들의 명함을 받아서 보관했다. 핵융합 발전소의 전력을 수출하는 우선순위와 조건들을 다시 한 번 확인해 보고 의논하기로 했다.

정치에 관심이 많은 김광현이 먼저 입을 떼었다.

"이제는 4차원 기업의 활동과 이윤을 우리나라를 위해서 사용했으면 좋겠어. 앞으로 건설될 발전소들이 모두 완공되면 엄청난 경쟁력을 지니게 될 텐데 그 경쟁력을 인류의 평화와 행복을 위해서 어떻게 구체적으로 사용할 것인지 생각해 보자."

"김 이사의 생각은 어떤지 말해 봐."

최승현이 물었다. 김광현은 계속하여 자신의 제안을 말했다.

"나는 무조건 모든 국가에 전력을 수출하는 것을 반대해."

"왜?"

"한국과 정치적으로 협조가 부족한 나라에는 전력을 수출하지 않으면 좋겠어. 우리는 그만큼의 경쟁력을 가지고 있잖아. 우리가 지닌 경쟁력을 정치적인 힘으로 사용하면 어떨까 싶어. 북한과 일본, 중국은 국경선이나 해양영유권 등에서 분쟁이 있는데, 이제는 우리가 생산하는 저렴한 전력을 이러한 분쟁의 협상도구로 사용해야 해."

"김 이사의 생각에 동의해. 하지만 부분적인 제한으로도 충분할 것 같아. 점유율의 제한을 둘 수도 있고 계약기간을 연장할 때 정치적인 조건을 추가하여 계약하는 방법도 고려할 수 있잖아."

윤서현이 말했다.

"국가별로 어떤 정치적인 조건을 둘 것인가를 김 이사가 더 연구해 오면 그때 더 의논하여 확정한 후에 앞으로의 계약에 적용시키면 좋겠어."

최정환이 윤서현의 의견에 힘을 보탰다.

4차원 기업은 핵융합 발전소 1호를 가동한 지 2개월 만에 은행 융자를 모두 상환하였고, 가동 6개월 만에는 30개의 발전소를 건설할 자금을 모두 모았다. 발전소 한 개를 건설할 비용이 약 100억 원인데, 거기에서 생산되는 전기는 한국 전체가 사용하고도 남을 용량이었기 때문에 발전소를 며칠만 돌려도 금방 투자금이 회수되었다. 이렇게 빨리 투자금이 회수되는 사업은 아마 찾아보기 힘들 것이다.

핵융합 발전소 2호의 착공 1년 후, 핵융합 발전소들이 하나둘씩 완공되기 시작했다. 2년 전에 사업을 구상할 때에는 전력을 수출하기 위해서 여러 나라에 영업사원을 보낼 것을 계획했는데, 이제는 굳이 영원사원의 필요성을 못 느꼈다. 핵융합 발전소 2호 준공식 때 많은 회사들이 찾아왔기 때문이다.

핵융합 발전소 2호 준공식이 끝난 후, 4차원 기업 본사에서 전력 수출 계약을 하기로 했다. 4차원 기업은 그동안 전력 수출에 필요한 무선전력송수신장치를 많이 제조하여 확보해 놓은 상태였다. 계약을 체결한 고객사 임원들은 모두 만족하고 돌아갔다. 하지만 모든 고객사들이 아직은 원하는 용량만큼 계약하지 못했다. 나머지는 6개월 후에 주문을 받아 다시 추가로 계약하기로 했다.

4차원 기업은 전력 수출 대상 국가에서 일본을 제외하기로 했다. 일본을 제외한 여러 나라의 발전 사업자들과 앞으로 6개월 후에 착공될 핵융합 발전소 설비용량까지 모두 계약했다. 일본과 관련된 것은 3일 후에 기자 회견을 갖고 조건을 발표하기로 했다.

이윽고 3일이라는 시간이 흘렀다. 전 세계의 많은 기자들이 4차원 기업 회의실에 모여들었다. 양승진은 일본 발전 사업자의 주문을 보류한 이유를 발표했다.

"일본은 한국과 정치적으로 해결할 문제들이 너무나 많이 남아 있습니다. 4차원 기업은 다음의 정치적 문제가 해결되기 전에는 일본 기업과 어떠한 형태의 거래도 하지 않겠습니다. 일본은 제2차 세계대전 이전부터 주변 국가 국민들에게 했던 모든 만행을 사죄하고 과거의 역사를 반성하라. 일본의 사죄와 반성은 배상이 수반되어야 한다. 일본은 독도가 한국 영토임을 국가적으로 확실히 인정하고 관련 법률을 정비하라. 일본은 제국주의 상징인 욱일승천기를 법으로 금지하라. 야스쿠니 신사에 있는 A급 전범 14명의 위패들을 소각하라."

이러한 내용은 세계 각국의 방송과 신문을 통해 전 세계로 퍼져 나갔다.

4차원 기업은 이미 일본의 반응을 예상하고 있었다. 일본은 4차원 기업이 만든 전기가 필요 없다고 발표했다. 그럴 만도 했다. 4차원 기업은 외국의 발전 사업자들에게 전력을 공급하기 때문에 해당 국가의 정부에게는 직접적인 이익이 없었다. 일부 나라들도 마찬가지이지만 일본은 아직도 4차원 기업의 가치를 낮게 평가했다.

4차원 기업은 현재 발전 사업을 하고 있지만, 사업 분야를 계속해서 확장할 계획이다. 그럴수록 일본의 경쟁력은 계속 낮아질 것이다. 4차원 과학은 활용 분야가 매우 많이 있다. 어느 기업이든지 앞으로 큰 기업이 되려면 4차원 기업과 교류해야 할 것이다.

4차원 기업은 회사의 본사 건물을 핵융합 발전소 1호가 위치한 지역에 건설하였다. 다른 회사들은 공장이 지방에 있어도 본사는 서울에 있는 경우가 많이 있다. 4차원 기업은 그럴 필요가 없었기 때문에 바닷가의 경치 좋은 곳에 본사 건물을 지었다.

더불어 앞으로 외국 회사들과 많은 거래를 해야 하기 때문에 그들을 대접할 시설들을 근처에 건설하였고, 사업 확장을 위하여 기존에 구입한 회사 부지 옆에 추가로 많은 면적의 토지를 시세보다 높은 가격에 구입하였다.

이제는 31개의 핵융합 발전소가 다 완공되어 가동되기 시작하였다. 한국에서 4차원 기업의 전력 점유율이 90%까지 올라갔다. 다른 일반 발전소들은 1개월에 한 번 정도만 가동되었다. 다른 일반 발전소들이 10%의 가동으로 이익을 볼 수는 없었고 그곳의 직원들이 전부 필요하지도 않았다. 4차원 기업은 다른 일반 발전소들이 계속 운영될 수 있도록 운영 보조금을 지원해 주었다. 4차원 기업은 매도를 원하는 다른 일반 발전소들의 시설을 충분한 가격에 매입했다.

다른 발전소에서 정리 해고된 직원들은 4차원 기업이 거의 모두 채용했다. 4차원 기업이 훨씬 많은 보수와 복지를 제공해 주었기 때문에 다른 일반 발전소의 직원들 중 많은 사람들이 정리 해고되기를 원할 정도였다. 자발적인 사직은 4차원 기업에서 인정해 주지 않기 때문에 정리 해고되기를 원했다. 많은 사람들이 원할 때에는 제비뽑기가 선택하는 좋은 방법이었다. 일반적인 정리 해고를 위한 제비뽑기라면 선택된 사람들이 절망해야 하지만, 이런 경우에는 매우 기뻐했다. 바로 4차원 기업에 채용이 거의 보장된 이력서를 낼 수 있기 때문이었다.

그들이 4차원 기업의 핵융합 발전소에서 다시 일할 때에는 이전과 같은 일을 할 수 없었다. 발전 방식이 완전히 다르기 때문이었다. 4차원 기업의 기업 윤리 때문에 그들을 채용한 것이지 꼭 필요한 인물이기 때문에 채용한 것은 아니었다. 그래도 조금이라도 비슷한 분야이기 때문에 발전에 대해 아무것도 모르는 사람들보다는 더 낫다.

그동안 4차원 기업은 매우 빠른 성장 속도를 보였다. 직원들도 수천 명에 달했다. 직원들 중에는 이전에 다른 발전소나 전력 관련 회사에서 근무했던 직원들이 많이 있었다. 핵융합 발전소에서 전력을 생산하는 직원들보다는 생산된 전력을 관리하고 판매하는 직원들이 훨씬 많았다.

4차원 기업과 계약한 외국의 발전 사업자들은 4차원 기업으로부터 전력수신기를 받게 된다. 그 장치에 대해서 교육 받은 4차원 기업 직원들이 외국의 해당 발전소까지 가서 전력수신기를 연결해 주고 사용 방법을 설명해 주었다. 그런데 여기에서 문제가 발생했다. 거래할 외국의 발전 사업자 임원들이 한국의 4차원 기업 본사에 방문하여 4차원 기업과 계약하게 되는데, 4차원 기업에서는 실제로 그들의 나라에 그 발전소가 있는지의 여부를 서류로만 확인한 것이다. 이런 약점으로 인하여 여러 거래 회사들 중 가짜 발전 사업자도 끼어 있었다.

어떤 발전 사업자의 임원들이 찾아왔는데 그들은 중국과 인접한 어느 나라에서 발전 사업을 하고 있다고 했다. 그들은 자기들의 나라에서 실제로 발전소를 가지고 있지 않으면서 4차원 기업에서 전기를 공급 받으려고 하는 사람들이었고, 가짜 증명 서류들을 보이며 계약을 체결했다.

그들은 계약을 하고 나서 4차원 기업 직원들과 함께 자기들의 나라로 전력수신기를 가지고 갔다. 그들은 그 나라의 공항에서 4차원 기업 직원들과 함께 내렸다. 그들과 4차원 기업 직원들은 공항에서 화물로 보낸 전력수신기를 받아서 그들이 준비한 승합차에 올라탔다.

그런데 승합차가 가는 방향이 달랐다. 예정된 곳으로 가지 않은 것이다. 4차원 기업 직원들이 눈치를 챘을 때는 이미 늦었다. 승합차 안에서 완전히 다른 모습으로 바뀐 그들은 4차원 기업 직원들은 묶고 눈을 가린 채 길가에 내리고 유유히 사라졌다. 4차원 기업 직원들은 지나가는 사람들의 도움으로 묶인 것을 풀고 휴대전화로 본사에 연락했다. 직원들의 연락을 받은 4차원 기업의 최정환은 웃으면서 답변했다.

"서 과장! 너무 걱정하지 말고 그 근처의 적당한 곳에서 관광이나 하면서 대기하고 있어. 내가 전력수신기를 찾으면 연락할 테니 그때 그것을 회수해서 가지고 와."

최정환은 이러한 상황이 언젠가 한 번은 올 것이라 예상하고 있었고, 은근히 이러한 상황을 기다렸다.

윤서현은 애초에 전력수신기를 허술하게 만들지 않았다. 모든 전력수신기에는 GPS 수신장치와 통신장치가 있었다. 그 범인들은 4차원 기업의 전력 공급 방법을 완전히 이해하지 않고 범행을 저질렀던 것이다. 그 범인들은 4차원 기업과 거래하고 있는 다른 발전소에 몰래 침입하여 4차원 기업에서 제공한 전력 수신기가 어떻게 연결되었으며 어떻게 작동되는지 몰래 보고 익혀 왔다.

그들은 그 장치만 확보한다면 전기를 쉽게 사용할 수 있을 것이라고 생각했던 것이다. 그들이 발전소에 몰래 침입했을 당시 전력수신기를 훔쳐오려고 했지만, 그럴 만한 상황이 되지 않았다. 그래서 작동하는 방법을 정확히 보기만 했다. 그들은 전력수신기만 있으면 4차원 기업의 제재를 받지 않고 계속하여 전기를 쓸 수 있을 것이라고 착각하였다. 그 후에 가짜 서류를 만들어 4차원 기업 본사에 직접 방문하여 이렇게 그 전력 수신기를 확보한 것이었다.

그 범인들은 4차원 기업 직원들을 길가에 내려놓고 차로 몇 시간을 달려서 어느 지역으로 숨어들었다. 그들은 남들처럼 저렴한 전기를 쓸 수 있다는 희망을 안고 고압선을 전력수신기에 연결한 후 스위치를 올렸다. 그들은 그러한 전기를 쓰기 위해서 변압기 등의 다른 장비들을 이미 구입하여 설치해 놓았다. 그 범인들은 테러 집단이었던 것이다. 테러 집단이기에 공식적으로 전기를 공급 받을 수 없어 자기들이 가지고 있는 발전기를 직접 돌려서 전기를 사용했는데, 이는 너무나 불편했다. 발전기에서 소모되는 기름 값이 부담되었을 뿐만 아니라 발전기의 용량도 작고 소음도 컸다. 그래서 전력수신기를 훔쳐서 사용하기로 계획한 것이었다.

4차원 기업에서는 이미 그 전력수신기의 이동 경로를 지켜보고 있었다. 그 장치의 GPS 정보가 계속하여 4차원 기업으로 전송되고 있었다. 그뿐만 아니라 그들이 그 장치 주변에서 대화하고 있는 음성까지도 4차원 기업에 그대로 전송되었고, 4차원 기업은 그 내용을 녹음하였다.

4차원 기업의 최정환은 재미있는 사람이었다. 테러범들이 그 장치를 훔쳐서 고압선을 연결하고 스위치를 올릴 때 작동되지 않도록 할 수도 있었다. 하지만 장난기가 발동한 최정환은 전력이 정상적으로 수신되도록 보내주었다. 그래야만 그들이 의심하지 않고 전기를 쓸 수 있기 때문이었다. 그러는 동안에 그들을 검거할 수 있도록 준비하였다. 그는 그들이 이야기하는 내용과 그들의 위치 정보를 현지의 군인과 경찰에 제공했다. 제보를 받은 현지 군인과 경찰들은 그들을 잡을 계획을 세우고 작전에 돌입했다.

최정환은 현지 경찰들이 요청한 시각에 전력을 보내지 않았다. 테러

범들은 며칠 동안 잘 사용하던 전기가 갑자기 끊겨 당황하였다. 그 순간, 그들은 갑자기 들이닥친 군인과 경찰들에게 제압당했다. 대기하고 있던 4차원 기업 직원들은 전력수신기를 회수하여 한국으로 돌아갔다.

곧 4차원 기업의 기지로 테러 집단을 잡았다는 소식이 전 세계에 퍼졌다. 그 이후 4차원 기업의 전력수신기를 노리는 사람들은 없었다.

4차원 기업에서 세운 발전소들이 전부 가동되자, 전 세계의 원유 값이 많이 내렸다. 이제는 석유보다 전기로 난방을 하는 곳이 훨씬 많아졌다. 석유는 연료로 사용하기에는 아까운 물질이다. 매장량이 한정되어 있는데다가 태우면 다시 생기지 않기 때문이다. 따라서 연료로 사용되기보다는 물건이나 약품을 만드는 원료로 사용되어야 한다. 석탄도 마찬가지이다. 석유와 석탄의 무분별한 사용은 지구 온난화를 불러일으켜 생태계를 파괴하고 있다. 4차원 기업의 이러한 친환경적 과학 기술은 환경 보존에 큰 공헌을 할 것이다.

4차원 기업의 핵융합 발전소에서 생산된 전기는 대부분 수출했다. 수출을 많이 하는 대부분의 기업에서는 외국 기업과 의사소통을 하고 계약을 체결하기 때문에 외국어에 능통한 직원을 필요로 한다. 하지만 4차원 기업은 달랐다. 이전에 다른 발전소에서 근무할 때에는 생산직에 근무했던 사람도 4차원 기업에서는 사무직에 근무하는 경우가 많았다. 그들이 외국어에 능통하지 않을지라도 외국 기업과의 의사소통에는 전혀 불편함이 없었다. 외국과의 수출 계약이 한국어로 이루어졌기 때문이다. 4차원 기업의 공식 언어는 한국어였다. 외국 기업 중에서 한국어로 계약할 수 있는 곳에 우선권을 주었으므로 외국 기업에서도 한국어를 할 줄 아는 사람을 4차원 기업에 보내거나 동행하게 했다.

4차원 기업은 거래처가 많아지자 외국의 발전 회사로 전력을 송출하고 일시 정지하는 일을 순조롭게 하기 위해 되도록이면 그 회사의 파견 직원이 4차원 기업의 사무실에 상주하면서 근무하도록 하였다.

앞으로 4차원 기업이 사업 분야를 더욱 넓혀서 전 세계 기업들의 매출액의 10% 이상이 되면, 다른 나라의 대학에서 한국어를 전공하는 사람이 지금보다 훨씬 많아질 것이다. 4차원 기업은 10년 후에는 대기업이 아니라 초거대 기업이 될 것이라는 큰 꿈을 안고 있었다.

4차원 기업의 핵융합 발전소 직원들은 주당 근무 시간이 30시간이었다. 24시간 근무해야 하는 생산직의 근무 형태는 5조 3교대였다. 전력을 공급하는 회사이므로 365일 24시간 쉬지 않고 회사가 돌아가야 했다. 4차원 기업은 정년을 보장하고 있지만, 신체검사와 체력검사를 통하여 계속 근무할 수 있는 조건이 되면 75세까지 1년 단위로 정년을 연장해 주었다. 이 때문에 직원들은 나이가 많은 직원일수록 운동을 게을리 하지 않고 열심히 몸 관리를 했다.

일본을 제외한 거의 모든 국가의 전기요금이 많이 낮아졌다. 그동안 전기 절약을 위해 누진세가 적용되었던 한국의 가정용 전기요금제도 변경되었다. 아주 적은 양의 전기를 쓰는 빈곤층에는 아예 전기요금을 받지 않았다. 방송에서 전기를 아끼자는 말이 사라진 지는 이미 오래전이다.

4차원 기업은 인권을 소중히 여기지 않는 몇몇 국가에 경고의 메시지를 보냈다. 인권 신장을 소홀히 할 경우 다음 계약기간부터는 전력 공급량을 반으로 줄이겠다고 한 것이다. 그 몇몇 국가 중에 중국이 포함되어 있었다. 그 국가들의 정부는 재래식 전력 생산 방법이 국가 경쟁력을 약화시키기 때문에 인권 신장을 위해서 노력하는 모습을 보였다.

어느 날 한 일본의 발전 사업자가 외교관을 통하여 한국 정부에 4차원 기업과 거래할 수 있도록 협조 요청을 해왔다. 하지만 한국 정부는 해결해 줄 수 없다는 답변을 전했다. 그것은 한국 정부의 방침이 아니라 4차원 기업의 방침이기에 한국 정부의 권한 밖이었기 때문이다. 일본의 공장들이 다른 나라의 공장들보다 전기요금 측면에서 기업 경쟁력을 조금씩 잃기 시작했다. 4차원 기업이 다른 사업 분야에도 진출하면 일본 정부는 걷잡을 수 없이 흔들릴 것이다.

머지않아 4차원 기업이 전 세계 발전 사업자들에게 전력공급 가격을 기준 가격에서 10% 낮춘 40%로 하겠다고 발표했다. 이 소식이 전해지자 많은 발전 사업자들은 기쁨을 감추지 못했다.

다시 한 달 후, 4차원 기업은 전 세계 발전 사업자들에게 요청했다. "아직도 세계에는 전기가 공급되지 않는 지역이 여러 곳 있습니다. 그러한 지역에 전기가 공급될 수 있도록 발전 사업자들이 공헌해 주기를 바랍니다. 그러면 공헌도에 따라서 기준 가격에서 추가로 5% 더 할인해 드리겠습니다."

4차원 기업은 가난한 나라에는 그 나라의 정부나 기업에 전력을 무료로 공급했다. 다른 나라의 발전 사업자에게는 1개월에 90%의 기간만 전력을 공급했지만, 가난한 나라에는 전기를 끊지 않고 계속해서 공급했다. 그 대신 전력 공급 시설을 확충하는 데 많은 투자를 하라고 했다. 어떤 가난한 나라는 오히려 시설 투자에 도움이 되라고 자금을 보태기도 했다. 4차원 기업은 전기를 사용하는 것은 모든 인류의 보편적인 복지가 되어야 한다고 생각했다. 아직도 원시적인 삶을 살고 있는 사람들도 전기의 혜택을 누릴 필요가 있다는 것이다.

4차원 기업은 전 세계의 많은 발전 사업자들에게 전력을 공급하고 있었지만, 그들이 직원들의 고용과 복지를 유지하고 있는지 정확히 확인하지 못했다. 너무 빠른 사업 성장으로 인하여 그것에 관한 것을 계약사항에만 넣었지, 확인하는 것을 소홀히 한 것이다.

이에 이사진은 사업 확장을 조금 늦추고 직원의 고용과 복지 여부를 확실히 점검한 후, 다시 사업 확장에 박차를 가하기로 했다. 우선 그러한 일을 할 수 있는 직원들을 채용하기로 했다. 전 세계의 발전 사업자들에게 수시로 각 사업자당 2명 이상은 보내야 했다. 이를 위한 채용과 업무 진행은 김광현이 맡아서 하기로 했다. 그 분야에서 일할 직원들은 외국에서 많은 기간을 근무하게 되므로 외국어에 능통해야 했다. 김광현은 즉시 각 대학의 외국어 학과에 공문을 보냈다. 졸업생이나 졸업 예정자들에게는 좋은 소식이 전달된 셈이었다.

근무 조건은 외국에서 2개월 동안 근무 후 국내에서 2개월을 근무하고, 이후 2개월은 휴식을 하는 것이었다. 너무 긴 기간 동안 외국에 출장을 가면 가정생활에 불편이 있지만, 2개월이라는 기간은 충분히 감수할 만했다. 외국에 있는 하나의 발전 사업자당 2개월의 고용 점검 기간이 주어졌다. 그동안 해당 발전 사업자의 직원들의 고용 유지와 복지를 점검하게 된다.

그뿐만 아니라 해당 발전 사업자가 전기 시설이 제대로 갖추어지지 않은 지역에 전기를 공급하기 위해서 시설에 투자하고 있는 여부도 점검하게 된다. 시설 투자지역이 그 나라가 아니라 다른 나라여도 상관없다. 4차원 기업에서 파견한 직원들은 그곳까지 가서 점검할 예정이다. 그들은 6개월에 한 번씩 다른 발전 사업자의 지역이나 국가로 옮기면서 그 일을 하게 된다. 4차원 기업의 이념이 인류의 평화와 행복인 만큼 거래하고 있는 발전 사업자들도 그 이념에 부합하는지 여부가 중요했다.

이러한 소식이 거래하고 있는 다른 나라의 발전 사업자들의 귀에 구체적으로 들어갔다. 기업주의 욕심에 의해서 해고된 직원들이 4차원 기업 홈페이지에 항의하는 글을 남기기도 했다. 그들의 주장은 간단했다.

"4차원 기업이 전기를 싸게 공급하는 바람에, 다니던 회사에서 우리가 필요 없게 되어 해고하였다. 우리는 어떻게 먹고 살라는 말이냐?"

어떤 발전 사업자는 직원들을 해고하지 않았지만 인건비를 삭감하여 이익을 추가로 챙겼다. 그러한 불만들도 홈페이지에 게재되었다. 이러한 글이 홈페이지에 올라오면서 고용을 점검하는 업무가 새로 생긴 것이다.

4차원 기업의 감사 직원들이 채용된 후에 그들은 초청된 전문가들에게 약 두 달 동안 교육을 받았다. 그 후에 외국으로 출장을 갈 준비를 하였는데, 처음에 출장 갈 곳은 홈페이지에 항의하는 글을 올린 사람의 지역에 있는 발전 사업자였다. 다른 곳들은 제비뽑기로 선택하였는데, 김광현이 제비뽑기 원칙을 정했다. 먼저 선발된 직원 세 명이 문제가 된 그곳으로 출장을 갔다. 그 팀은 남자 두 명과 여자 한 명으로 구성되었다. 보통은 두 명씩 보냈지만 이처럼 문제가 있는 곳이나 규모가 큰 곳에는 경험이 많은 직원들을 보내거나 세 명 이상 파견했다. 그곳에 도착한 직원들은 먼저 예약된 호텔로 가서 짐을 풀었다. 그들은 각자 방 하나씩 따로 사용했다. 성별이 같다고 해서 둘이 같은 방을 사용하지는 않았다. 다음 날 해당 발전 사업자의 사무실에 가서 이번 감사의 취지를 설명했다.

그곳의 사장은 감사가 올 줄 미리 알고 임시로 그 문제를 덮어서 해결했다. 그 사장은 접대와 향응으로 그 문제를 무마시켜 대충 넘어가려고 준비하고 있었다. 4차원 기업의 감사 직원들은 감사 업무를 시작하기 전에 그 발전 사업자의 사장과 직원들에게 식사 접대나 향응이나 선물 등을 일체 받지 않는다고 했다. 김광현은 그들에게 되도록 식수까지도 직접 사 먹을 것을 지시했다.

만일 김광현이 정한 원칙을 고의로 어기면 그 감사 직원은 그 업무를 그만두어야 한다. 하지만 원칙에도 약간의 예외가 있었는데, 해당 발전 사업자의 회사 식당에서 그 회사의 직원들과 동일한 메뉴의 식사는 할 수 있었다. 그 직원들과 같이 식사를 하면 마음을 터놓고 이야기하기가 쉬워지므로 팀장의 재량에 의하여 허용했다. 또 그 회사의 직원 몇 명과 4차원 기업의 감사 직원들이 회사 식당이 아닌 다른 식당에서 식사를 할 경우에는 4차원 기업 자금으로 식사비를 지출해야 한다. 이 때문에 감사 직원들은 식사 방법까지 감사 업무 일지에 기록했다. 애매한 경우에는 같이 식사를 하지 않는 것이 원칙이었다.

며칠이 지났다. 해당 발전 사업자의 사장은 자신의 향응 계획이 잘 되지 않자, 다른 방법을 동원하기로 했다. 그 회사 근처에 있는 예쁜 아가씨들에게 돈을 주어 미인계로 그 직원들을 유혹하라고 시킨 것이다. 처음 며칠 동안 사장이 고용한 그들은 그 회사의 직원인 척하였다. 그리고 어느 정도 안면을 익히자 그들은 가벼운 옷을 입고 4차원 기업의 남 직원들을 유혹하려고 접근했다. 그러자 이것을 눈치 챈 여직원이 아주 매서운 눈초리로 그 아가씨들을 쳐다봤다. 그리고 사장을 불러 말했다.

"사장님, 이리 와 보세요."

"무슨 일이 있습니까?"

"여기에 있는 여직원 두 명의 근무기록카드를 보고 싶습니다."

"네, 가지고 오겠습니다."

그런데 사장이 직원을 시켜서 가지고 온 근무기록카드는 임시로 만든 것이었기 때문에 조잡하였고, 이를 본 여직원은 그들이 정식 직원이 아닌 것이 분명하다고 생각하였다. 이를 확신한 여직원은 곧장 그들에게 다가가 과거에 근무한 이력에 대해서 질문하였고, 역시 그들은 적절한 대답을 못하였다.

이러한 일이 있자 감사 직원들은 의심을 갖고 더욱 자세히 그 회사의 고용 형태를 조사했다. 3일 후에는 한 달에 한 번씩 예정된 자체 발전소 가동일이었다. 감사 직원들은 발전소 가동일 전후에 직원들이 어떻게 바뀌는지 명단을 보고 정확히 조사하였다. 다시 한 달이라는 시간이 흘렀고, 또다시 예정된 자체 발전소 가동일이 다가왔다. 감사 직원들은 한 달 전과 완전히 다른 직원들이 발전소를 가동하도록 사장에게 요청하였다.

그런데 2차 발전소 가동일이 되었을 때에 발전소를 가동하는 직원들이 많이 부족함을 알 수 있었다. 감사 직원들은 사장과 임원들을 모아 놓고 솔직한 이야기를 나누었다. 결국 사장은 직원들을 많이 해고했음을 시인했다. 발전소의 가동이 한 달에 한 번만 이루어지니, 기존에 3개조로 구성된 발전소 가동팀을 1개조만 놔두고 2개조를 해고했다는 것이다. 두 번째로 발전소를 가동할 때에는 부족한 직원들을 다른 발전소에 부탁하여 잠시 데리고 왔다고 했다.

의심이 가는 그 발전 사업자의 회사로 출장을 갔던 4차원 기업의 감사 직원들은 두 달 동안의 임무를 마치고 귀국했다. 그 후 보고서를 작성하여 김광현에게 제출했다. 김광현은 문제가 있는 그 회사의 전력요금을 표준 요금의 60%로 올렸다. 전력공급 시간은 90%에서 75%로 낮추었다. 그 회사는 해고된 직원들을 다시 채용하면서 해고된 기간의 급여를 소급하여 지급해야 했다.

앞으로 4차원 기업은 예고 없이 그 회사 직원들의 고용 여부와 복지 혜택 등을 확인한 후, 원래의 공급 조건대로 전력을 공급할 예정이다. 김광현은 다른 감사 직원들의 보고서를 읽은 후, 계약을 위반한 회사들을 상대로 그에 적합한 조치를 내렸다.

김광현이 전력을 공급 받는 회사들의 고용 여부를 감사하는 동안에 최정환은 전기를 사용할 수 있는 기반시설이 없어서 아직도 전기를 사용하지 못하는 전 세계의 지역들을 조사하였다. 최정환은 확인할 필요가 있는 지역이 있으면 직접 외국에 나가서 확인하거나 직원들을 파견하여 면밀히 조사하였다. 기업 차원에서 모든 지역을 돌볼 수 없던 최정환은 전력 공급 가격 추가 할인을 조건으로 전력을 공급 받는 회사들에게 남는 여분의 인력이 그곳에 가서 봉사할 것을 요청하였다. 인프라가 잘 갖추어져 있고 인력이 남는 부유한 나라들의 전력 관련 회사들이 상대적 혹은 절대적으로 인프라가 잘 갖추어져 있지 않아 전력 공급에 어려움을 겪고 있는 가난한 나라에 전기 공급 기반시설을 세워 준다면, 인류의 문명을 공평하게 발전시킬 수 있을 것이다.

한편 윤서현은 새로운 전기 사업 분야를 연구하고 있었다. 자동차에 사용할 수 있는 이동용 전력 수신기를 연구하고 있었던 것이다. 전 세계에 전기를 공급하는 것은 발전 사업자들에게 전력을 공급하는 것으로 간단하게 해결되었다. 각 나라와 지역들에 기존에 존재하는 전력 공급 기반 시설들을 이용하면 거의 모든 곳에 전력 공급이 가능했다. 그런데 자동차용 에너지를 공급하는 것은 그렇게 간단한 문제가 아니었다.

윤서현은 이를 위해 고성능 배터리 개발, 자동차용 핵융합 발전기 개발 등 여러 가지 방법을 생각해 보았다. 만일 고성능 배터리를 개발하여 사용하다가 교통사고가 발생한다면, 고용량으로 저장된 에너지가 한꺼번에 터지면서 폭발하고 말 것이다. 자동차용 핵융합 발전기의 경우, 바닷물을 공급하는 기반 시설이 필요하고 발전기의 가격이 너무 비싸게 나올 것 같았다. 결국 윤서현은 이동용 전력 수신기가 가장 적절하다는 결론을 내렸다.

윤서현은 약 3개월 동안 끊임없는 연구를 거듭한 결과, 마침내 이동용 전력 수신기를 만들었다. 이전에 제작한 전력 수신기는 전력 관련 회사에 전력을 전달하는 것이었다. 이번에 자동차용으로 만든 것은 자동차에 배터리 대신에 사용하는 것이다. 전기 관련 회사에 제공하는 전력 수신기는 서류 가방 정도의 크기이지만 자동차에서 사용할 이동용 전력 수신기는 휴대전화 크기로 훨씬 작아졌다.

윤서현은 일단 전기 자동차를 한 대 구입했다. 그리고는 연구실 직원들을 시켜 이동용 전력 수신기를 자동차에 설치했다. 연구실 직원들은 전기 자동차 동력원을 배터리에서 이동용 전력 수신기로 바꾸었다. 그 자동차용 배터리는 리튬이 주성분이었는데, 자동차 부품 중에서 비싼 편에 속하고 무게도 많이 나갔다. 그 자동차는 배터리 대신에 장착한 이동용 전력 수신기로 아무 이상 없이 작동하였다.

그러나 작동 중 한 가지 부족한 점이 발견되었다. 그 전기 자동차는 제동 중에는 모터가 발전기 역할을 하여 운동에너지를 전기에너지로 바꾸어 배터리로 보내는데, 이제 더 이상 배터리와 연결하지 않았으니 역류된 전기를 저장할 곳이 없었다.

이에 윤서현은 다시 생각해 보았다. 전기 자동차에서 완전히 배터리를 제거하는 것보다 역류되는 전기를 다시 받을 작은 용량의 배터리가 필요할 것 같았다. 이동용 전력 수신기에 그러한 기능을 넣고 싶었지만, 그렇게 되면 배터리의 사용이 필요 없게 되고 배터리 만드는 회사들은 자동차용 배터리를 만들 일이 없어지게 된다.

주요 동력원으로서의 전기 공급은 이동용 전력 수신기가 하되 나머지 용도로 작은 배터리를 장착하면, 더욱 에너지 효율성을 높이는 동시에 차량용 배터리 제조회사도 문을 닫지 않게 할 수 있다. 윤서현은 완전히 배터리를 제거한 자동차를 운전해 보았다. 차량 무게가 덜 나가므로 훨씬 가볍게 달렸다.

전기 자동차는 전력 소모를 작게 하기 위해서 자동차의 크기를 작게 만드는 경우가 많다. 만일 일반 엔진 자동차와 같은 크기로 만든다면, 전기로 에어컨이나 히터를 작동시키거나 라디오 등을 켜면 에너지 효율이 떨어져서 예상보다 멀리 가지 못하기 때문이다. 전기 자동차의 단점은 충전 시간이 너무 길게 걸리고 배터리의 무게가 많이 나간다는 점이다. 고압으로 급속 충전을 하더라도 20분 이상 걸린다. 그렇게 고압으로 급속 충전을 하면 완전히 충전되지 않고 많아야 80% 정도 충전되며 배터리가 빨리 닳아 배터리 수명이 짧아진다. 일반 엔진 자동차와 같이 한 번 충전해서 600㎞ 이상 운행하려면 엄청난 무게의 배터리를 싣고 다녀야 한다. 배터리도 너무 비싸다.

전기 자동차는 이러한 단점 때문에 아직까지 상용화되지 못하였다. 공공기관이나 법인이 구매해서 사용하는 전기 자동차는 어느 정도 있었으나 개인이 구매해서 사용하는 경우는 거의 없었다. 어느 나라에서는 배터리 교체형 전기 자동차를 연구했지만, 이것도 단점은 있었다. 전기 자동차의 종류마다 배터리 용량과 규격이 다르고, 많은 양의 여분의 배터리를 더 생산해야 한다는 점이었다.

윤서현은 이러한 단점을 완전히 보완하는 발명품을 만들었다. 바로 지하철에서 영감을 얻은 것이다. 배터리를 가지고 다니지 않지만 선로에 연결되어 있어 전기를 계속 공급받아 운행할 수 있는 지하철처럼 전기 자동차도 마치 항상 선로에 연결해 놓은 것과 같은 효과가 나도록 만든 것이다.

윤서현이 고안한 방법에 따르면 전기 자동차는 이제 더 이상 배터리를 장착하지 않더라도 주요 동력원으로 전기를 사용할 수 있다. 지금까지 전기 자동차의 상용화에 걸림돌이 된 것은 배터리의 무게와 충전 시간, 그리고 비싼 가격이었다. 웬만한 전기 자동차의 배터리를 교환하려면 몇 백만 원 이상의 돈을 지불해야 했던 것이다.

하지만 이제 더 이상 그럴 필요가 없어졌다. 윤서현이 발명한 이동용 전력 수신기는 항상 일정한 전압과 전류를 공급하여 전기 품질이 매우 좋을 뿐만 아니라, 일반 엔진 자동차보다 훨씬 가볍게 만들 수 있고 충전이나 주유가 따로 필요 없다. 일반 엔진 자동차에서도 엔진을 떼어내고 그 자리에 모터가 달려 엔진 역할을 하는 적절한 부품을 만들어 장착하면 된다. 윤서현의 발명품으로 이제는 자동차 문화도 달라질 것이다.

이동용 전력 수신기를 장착한 전기 자동차는 주유와 충전 없이 계속해서 달릴 수 있기 때문에 휴대전화 요금을 내듯 전기를 쓰고 나서 요금을 내거나 선불로 결제해야 한다. 그런데 여기에 문제가 몇 가지 있다. 이제까지 4차원 기업이 만든 전기는 전력거래소에서 거래되어 소비자들에게 전달되었다. 외국에 수출되는 전기도 발전 사업자에게 전달되어 소비자들에게 전달되게 했다. 즉 4차원 기업이 소비자들에게 직접 전기를 팔지 않았던 것이다. 4차원 기업이 직접 전기를 소비자들에게 팔 수 있는 법률이 정비되지 않았고 필요성을 느끼지도 않았다. 모든 차량이 전력 수신기를 달고 전기를 주요 동력원으로 운행한다고 가정해 보자. 정부는 그동안 유류비에 세금을 많이 부과해 왔는데 이것은 어떻게 될까?

4차원 기업은 이 문제에 대해 의논하기 위해 이사회를 열었다. 전력 무선 송출은 4차원 기업의 비밀이었기에, 다른 기업에서 전기를 무선으로 송출하는 것을 허락할 수 없었기 때문이다. 전기 자동차를 상용화하기 위해서는 정치적으로 해결하는 수밖에 없었다.

이사회에서는 이 문제의 해결을 김광현에게 맡겼다. 그는 대학에서 정치외교학을 전공했고 고위 공무원 출신이므로 해결할 능력이 충분히 있었다. 4차원 기업도 정치적으로 충분한 명분이 있었다. 전 세계에서 소비되는 전기의 80% 이상을 공급하는 4차원 기업의 매출액은 엄청났다. 한국에서 세금을 가장 많이 내는 기업이었다. 이제는 자동차용 전기 공급 사업에 진출하면 매출액이 더욱 많아질 것이다. 그러면 현재보다 몇 배의 세금을 국가에 납부할 것이다.

마침내 4차원 기업은 윤서현이 발명한 이동용 전력 수신기를 언론에 공개하였다. 한국을 비롯한 전 세계 언론은 저마다 4차원 기업이 만든 발명품이 자동차 문화를 획기적으로 바꿀 것이라고 대서특필하였다. 많은 자동차 회사들은 4차원 기업의 발명품에 관심을 가졌고, 일부 자동차 회사들은 벌써부터 4차원 기업을 방문하여 이동용 전력 수신기를 납품 받는 문제에 대해 의논하기도 했다.

김광현은 새로운 사업을 의논하기 위하여 에너지에 관심이 있는 국회의원들의 비서들에게 연락했다. 국회의원들은 4차원 기업의 김광현이 만나자고 하자 매우 좋아했다. 어느덧 약속된 날짜가 되었다. 국회의원들은 4차원 기업의 가치와 역할을 충분히 이해하고 더 큰 것을 위해서 유류비에 부과되는 세금을 서서히 포기할 때가 되었다고 했다. 국회의원들은 4차원 기업이 자동차용 전기에 한하여 소비자들에게 직접 전기를 판매할 수 있도록 법률을 정비해 줄 것을 약속했다.

4차원 기업 이사회에서는 핵융합 발전소를 50개 더 건설하기로 했다. 앞으로 자동차용 에너지도 석유에서 전기로 바뀔 것이므로 더 많은 전력 소비가 예상되었기 때문이다. 양승진과 최정환은 핵융합 발전소의 추가 건설을 위해서 바닷가의 땅을 보러 다녔다. 서서히 전기 자동차의 점유율이 높아지면, 자동차의 매연도 그만큼 감소할 것이다. 결국에는 4차원 기업의 이념이 이 지구에서 서서히 실현되는 것이다.

윤서현은 이동용 전력 수신기를 여러 가지 용량으로 만들기로 했다. 자동차마다 배기량이 다르듯이 이동용 전력 수신기도 용량이 달라야 한다. 용량이 가장 작은 것은 예초기나 오토바이에, 용량이 큰 것은 중장비나 대형 트럭, 선박에 사용할 수 있다. 이동용 전력 수신기를 자동차에서 사용하지 않고 다른 용도로 사용하는 경우를 막기 위한 기능도 포함하였다. 그는 기름으로 엔진을 돌리는 모든 경우에 이동용 전력 수신기를 사용할 수 있도록 약 10가지 용량으로 제품설계도를 만들었다.

이동용 전력 수신기는 비행기 엔진을 대신할 수는 없지만 기내용 전기로는 얼마든지 사용할 수 있다. 비행기에서 이것을 사용하면 연료를 절약할 수 있으므로 이륙하는 비행기의 무게를 조금이라도 줄일 수 있다. 비행기에서 사용하는 많은 양의 기름은 연소 과정에서 이산화탄소를 발생시켜 지구 생태계에 악영향을 미친다. 윤서현은 이러한 문제를 잘 알고 있었다. 나중에 비행기 연료 사용을 감소시킬 발명품을 개발할 계획이다.

김광현의 활동과 국회의원들의 협조로 4차원 기업이 소비자들에게 직접 전기를 팔 수 있는 법률적 기반이 마련되었다. 윤서현은 전기요금 결제 방식을 회사 내의 여러 직원들과 의논하였다. 선불 결제로 지불된 금액만큼 전기를 사용할 수 있게 만들었고, 일반적인 휴대전화 요금 지불 방식처럼 한 달에 한 번씩 전기요금이 청구되도록 하였다.

4차원 기업이 생산하는 이동용 전력 수신기는 휴대전화처럼 일련번호가 있었다. 이러한 여러 지불 방식들은 인터넷을 통해서도 해당 일련번호의 전력 수신기에 결제가 가능하도록 했다. 외국에서도 쉽게 신용 카드로 결제하고 사용할 수 있도록 설계했다. 전기 자동차를 구입한 후에 해당 일련번호에 금액이 선불로 지불되거나 나중에 결제되도록 신청해야 전력을 수신할 수 있다.

4차원 기업은 회사 내에 이동용 전기요금을 징수하는 부서를 만들었다. 아직까지는 제품이 보급되지 않아서 징수하는 일이 별로 없지만 제품이 보급되기 시작하면 엄청난 속도로 요금 징수 업무가 늘어날 것이다. 그 업무를 처리할 수 있는 슈퍼컴퓨터와 소프트웨어를 갖추고 직원들을 준비해야 했다. 4차원 기업의 이사회에서는 그동안 회사 업무의 전산화에 크게 공헌한 직원을 이사로 승진시킨 후에 그 업무의 책임자로 맡겼다. 앞으로 그 부서를 통해 엄청난 양의 자금이 들어올 것이다.

4차원 기업이 이동용 전력 수신기를 개발한 후, 전기 자동차용 모터를 만드는 회사와 자동차를 만드는 회사의 주가가 많이 올랐다. 반면, 배터리를 만드는 회사의 주가는 조금 떨어지고 정유 회사의 주가는 많이 떨어졌다. 4차원 기업은 홈페이지에 다른 화사들을 상대로 이동용 전력 수신기 견본을 제공한다는 홍보 배너를 띄웠다. 이는 언론을 통해서도 전파되었다. 원한다고 해서 관련 회사들이 무조건 이동용 전력 수신기 견본을 받을 수 있는 것은 아니었다. 조건들이 홈페이지에 상세히 기록되어 있었다.

몇 개의 국가나 회사는 제외되었는데, 그 중 하나가 일본이었다. 일본은 그때까지도 4차원 기업으로부터 전기를 공급받지 못하고 있었다. 제외된 외국의 어느 회사는 오래 전에 한국의 자동차 회사를 인수한 후에 자동차 제조 기술을 유출한 회사였다. 그 회사는 한국의 자동차 회사를 원했던 것이 아니라 자동차 제조 기술을 원했던 것이었다. 4차원 기업은 비윤리적인 국가나 회사는 거래에서 제외하였다. 세계에 있는 대부분의 자동차 회사들이 4차원 기업에 와서 이동용 전력 수신기 견본을 받아갔다. 그들은 그 견본을 가지고 가서 기존에 개발된 자동차 모델에 그 장치를 적용하여 자동차를 다시 설계할 계획이다.

세계의 많은 사람들이 새로운 전기 자동차에 대한 개발 소식을 듣고 당분간 자동차를 구입하지 않았다. 조금만 기다리면 전혀 불편하지 않는 전기 자동차가 저렴하게 나오기 때문에 엔진 자동차를 되도록 구입하지 않게 되었다. 자동차 회사에서도 새로운 형태의 전기 자동차 생산을 서둘러야 했다. 고객들이 많이 기다리고 있었기 때문이다. 자동차 회사는 비상사태였다. 기존의 엔진 자동차는 별로 팔리지 않고 새로운 전기 자동차는 빨리 개발해야 하니 부담이 컸다. 이제는 속도 경쟁이었다. 옛날부터 전기 자동차 개발에 많은 관심을 가졌던 기업은 매우 유리했다.

반면 일본의 자동차 회사들은 파산 위기에 처했다. 일본의 자동차 회사 주가는 계속해서 떨어지고 있었다. 국가의 자존심 때문에 세계 자동차 문화의 흐름에 따라가지 못한 자동차 회사가 부도날 위기에 직면한 것이다.

일본의 자동차 회사들은 국가를 상대로 하루 빨리 주변 국가들에게 과거에 저지른 과오를 사죄하라고 압력을 가했다. 하지만 일본 정부는 전혀 움직이지 않았다. 일본은 전기 자동차 기술이 발달되어 있었다. 특히 배터리 기술이 우수했다. 그렇지만 그러한 기술들이 무용지물이 될 위기에 있었다. 그렇게 일본은 점점 4차원 과학 문명과 멀어지고 있었다.

세계의 많은 자동차 회사들은 기존의 엔진 자동차가 별로 팔리지 않자 대책을 세웠다. 어느 자동차 회사는 기존의 엔진 자동차를 사면 나중에 전기 자동차로 무료로 개조해 주겠다고 하였다. 그러자 그 회사 자동차가 정상적으로 팔리기 시작하였다. 그 회사가 그렇게 자동차를 팔자 다른 회사 몇 곳도 그러한 조건을 내세워 기존의 엔진 자동차를 팔기 시작하였다.

모터를 만드는 회사도 바빠졌다. 중장비나 선박을 만드는 회사가 이제는 주동력원으로 엔진이 아닌 모터를 사용하기 위해서 대형 모터를 주문하기 시작했다. 소형 모터보다 주로 대형 모터를 만드는 회사들의 주가가 더 올랐다.

성능이 좋은 모터에 들어가는 자석은 희토류로 만드는데 희토류의 주요 생산지는 중국이다. 중국은 이번 기회에 희토류 가격을 인위적으로 많이 올려 받으려는 계획을 세웠다. 이를 미리 눈치 챈 4차원 기업은 공식적으로 중국 정부에 희토류 가격을 올리지 말라고 당부하였다. 전기 자동차에는 반드시 모터가 필요했고 성능이 좋은 모터에는 희토류가 필요했다. 중국 정부가 협조하지 않으면 이산화탄소를 감소시켜 지구 생태계를 보존하려는 4차원 기업의 기업 이념이 제대로 실현되지 않을 것이다. 그런데 이번에는 중국 정부가 협조를 제대로 하지 않으려고 하였다.

이에 4차원 기업은 이사회를 개최하여 결단을 내렸다. 중국 정부가 희토류 생산을 억제하여 인위적으로 희토류의 가격을 올리면 4차원 기업은 중국 기업과의 계약 기간 종료 후에 전기 공급량을 대폭 줄이고 4차원 과학 기술 방식으로 희토류를 생산할 수 있는 연구를 하기로 한 것이다. 4차원 기업의 이런 방침이 중국 정부에 전해지자, 중국 정부는 희토류 생산 억제를 당장 그만두었다. 기존의 가격으로 더 많이 팔면 중국도 좋을 것이었다.

이동용 전력 수신기를 발표하고 1년이라는 시간이 흘렀다. 비교적 간단한 소형의 자동차부터 전력 수신기를 장착한 전기 자동차가 생산되기 시작하였다. 한국의 경우에는 공장에서 출고될 때에 약 1만 원의 전기가 선불로 결제되었다. 차량에는 하이패스 겸용 카드 결제기가 있었다. 거기에 신용카드를 넣고 전기요금을 선불로 결제하면 그 금액만큼 전기를 수신해서 쓸 수 있었다. 차량을 구입한 사람이 계속해서 차량을 운행하려면 결제용 카드를 넣고 적당한 금액을 결재해야 하였다. 결제가 완료된 후에는 차량에 앞으로 사용할 수 있는 전력량이 표시되었다. 또는 인터넷으로 신용카드를 전력 수신기 일련번호에 등록해 놓으면 자동으로 매월 결제가 이루어졌다.

이동용 전력 수신기를 장착한 차량을 운전하는 사람들의 반응은 매우 좋았다. 엔진 소리가 없기 때문에 매우 조용했을 뿐만 아니라, 차량의 기어를 중립으로 놓고 시동을 끄고 내리막길에서 중력으로 내려오는 느낌이 들만큼 승차감도 매우 좋았다. 자동차의 무게도 많이 줄어들었다. 무게가 많이 나가는 배터리와 엔진, 연료통이 없었기 때문이다. 다만 앞쪽의 엔진 무게로 인한 전륜 구동의 장점이 조금 감소되었다. 모터는 엔진만큼 무게가 많이 나가지 않는다. 몇 년 후에 나올 전기 자동차는 구조가 약간 바뀌어야 할 것이다. 연료통과 엔진이 필요 없으므로 그 자리를 활용한 어떤 편의 시설이 있으면 좋을 것이다.

일반 엔진 자동차를 전기 자동차로 바꾸어 주는 공업사도 많이 생겼다. 그 공업사의 직원들은 자동차 회사에서 교육을 받은 후에 교체 작업을 할 수 있었다. 공업사에서는 자동차 회사에서 받은 전기 자동차용 부품으로 차량을 개조했다. 자동차를 구입한 지 얼마 되지 않은 사람들은 훨씬 적은 유지비를 위해 자신의 자동차를 전기 자동차로 바꾸려고 하였다. 하지만 허가를 받아 개조할 수 있는 공업사의 수는 한정되어 있어서 보통 6개월 이상을 기다려야 하였다.

어느 날, 4차원 기업에 전화 한 통이 걸려 왔다. 지하철 전동차를 제조하는 회사라고 밝힌 업체의 임원들이 며칠 후 찾아왔다. 전동차는 지하철의 전기 선로에서 전기를 받아서 운행했는데, 4차원 기업에서 제공하는 전력 수신기를 장착하면 굳이 이전 방식을 고집할 필요가 없을 것 같다고 했다. 원래 주동력원이 전기인 전동차는 자동차에 비하여 개조하기가 더 쉬웠다. 전기 선로 유지 보수를 위해서 매년 돈이 많이 들어가는데 전력 수신기로 전기를 받아서 운행하면 전기 선로 유지 보수비용을 아낄 수 있으므로 무선 전력 수신 방식으로 바꾸고 싶다고 했다.

양승진은 이들에게 말했다.

"4차원 기업은 전동차용 전력 수신기를 제공할 수 있습니다. 다만 전기 선로 유지 보수를 하는 사람들의 고용은 어떻게 됩니까? 그들이 실업자가 되면 곤란합니다."

"그것에 관한 것은 생각해 보지 못했습니다."

전동차 제조 회사의 임원은 즉시 답변을 하지 못했다.

"그들의 고용 유지에 대해서 더 연구해 오시면, 그때 전력 수신기를 제공하도록 하겠습니다."

"네, 알겠습니다. 연구한 후에 다시 오도록 하지요."

전동차 제조 회사의 임원들은 돌아갔다.

며칠 후, 전동차 제조 회사의 임원들이 양승진을 찾아왔다.

"얼마 동안은 전기 선로 유지 보수에 인원이 필요하겠지만 전력 수신기 방식이 일반화되면 그 인원을 줄여야 하는데, 저희 전동차 제조 회사가 그 사람들의 고용을 책임지기 어렵습니다. 4차원 기업이 나중에 그들의 고용을 승계해 주면 좋겠습니다."

그들의 의견을 좋게 여긴 양승진은 최정환에게 연락하여 전동차 제조 회사의 의견에 대한 견해를 물었다. 최정환은 긍정적인 답변을 했다.

"4차원 기업은 전기 분야에서 일할 사람들이 많이 필요하므로 그들을 채용하면 좋겠어."

양승진은 전동차 제조회사 임원들과 계약을 체결하였다.

몇 달 후, 다른 나라의 전동차 제조회사에서도 전동차용 전력 수신기를 제공해 줄 것을 요청했다. 4차원 기업은 외국의 전동차 제조회사들과도 계약을 체결하였다.

세월이 흐를수록 4차원 기업의 매출은 계속해서 올라갔다. 외국에서의 매출이 계속 한국으로 유입되었다. 4차원 기업은 세계적으로 전기를 판매하기 때문에 외국에서의 매출이 훨씬 많은 비중을 차지했다. 4차원 기업이 세계 에너지 시장에서 엄청난 점유율을 확보하자, 그만큼 한국 정부에 납세하는 세금이 많아졌다. 한국 정부는 4차원 기업으로 인하여 국가 부채를 많이 갚아나갈 수 있었다.

4차원 기업에 근무하는 사람들 중에 가장 엄격한 선발을 거쳐서 채용되는 곳이 바로 연구소였다. 연구소에서 근무하기 위해서는 두뇌도 좋아야 하지만 기업의 비밀을 다루는 곳이므로 신원이 확실히 보장된 사람만이 채용될 수 있었다. 4차원 기업 연구소에서 근무하는 사람들 중에 윤서현을 제외하고 4차원 과학의 원리를 이해하는 사람은 아무도 없었다. 그들은 윤서현이 과제로 준 작은 분야에서는 연구를 했지만 전반적인 연구를 이해할 수는 없었다. 숲을 보지 못하고 나무만 볼 수 있었던 것이다. 그만큼 보안은 철저히 지켜졌다.

윤서현은 보안을 유지하면서 자신의 자료를 저장하기 위하여 사용하는 컴퓨터에는 인터넷을 연결하지 않았다. 인터넷 검색을 위한 컴퓨터는 별도로 있었다. 그렇다고 해서 다른 누군가가 그 컴퓨터를 가지고 간다고 해도 4차원의 비밀을 알아낼 수는 없다. 윤서현이 한글이나 영어가 아닌 속기법을 사용하여 기록하였기 때문이다.

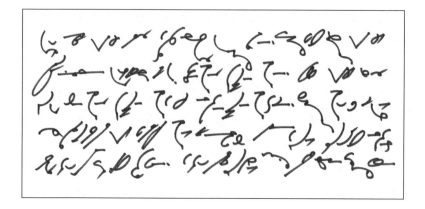

  그 속기법은 속기사들도 거의 사용하지 않는 속기법이었다. 이미
40년 전에 없어진 것으로, 현재는 그와 같은 속기법을 사용하는 사람
을 찾을 수 없다. 윤서현은 자신이 오래 전에 배운 속기법을 변형시켜
사용하였다. 이 때문에 같은 종류의 속기법을 배운 사람일지라도 그
가 기록한 내용을 읽을 수 없었다. 윤서현은 그만큼 여러 요소에서 보
안을 위해 많은 신경을 기울였다.

  4차원 기업 연구소에서는 직원들에게 보안 등급을 부여했다. 4차
원 기업의 비밀이 누설되면 4차원 기업뿐만 아니라 지구의 문명까지
라도 붕괴될 수 있기 때문에 연구원 스스로도 이를 이해하고 받아들
였다. 연구소에서 근무하는 직원들 중에 윤서현과 가장 가까운 사람
들조차도 4차원 과학의 원리를 이해하지 못했다. 4차원 과학을 이해
할 수 있으려면 엄청난 수준의 지능과 함께 수학과 물리에 대한 지식
이 뛰어나야 한다. 그런 상태에서 윤서현이 직접 4차원 과학의 핵심
요소를 가르쳐 주어야만 이해할 수 있다.

  연구소 옆에는 핵심 부품을 만드는 공장이 있었다. 4차원 과학 현상
을 작동시키는 기계는 그 핵심 부품이 들어가지 않으면 작동되지 않았
다. 그 공장에서 핵심 부품을 만들지만 가장 중요한 공정은 윤서현이

직접 관여했다. 그 공정을 거쳐야 그 부품은 비로소 생명력을 가질 수 있었다. 그 공정 자체가 4차원 과학 기법으로 이루어지기 때문에 다른 직원들은 공정 자체를 아무리 살펴봐도 그 공정을 이해하지 못했다.

외국의 기업 몇 곳에서 4차원 기업에 산업 스파이를 보내려고 하였다. 하지만 산업 스파이를 4차원 기업에 채용시키기는 것은 쉽지 않았다. 어떤 외국 기업은 발전 관련 회사에서 근무하는 사람 중에 앞으로 4차원 기업으로 옮길 사람을 미리 매수하여 산업 스파이 교육을 시켰다. 그 사람은 며칠 뒤에 4차원 기업에 채용되었다. 4차원 기업에 채용되었을지라도 처음부터 연구소에서 근무하는 것은 대단히 어렵다. 연구소에서 필요한 연구 인력은 그렇게 많지 않았기 때문이다. 그렇게 파견된 산업 스파이는 4차원 기업에 여러 명이 있었다. 여러 곳에서 보냈기 때문에 그들끼리도 잘 몰랐다. 그들은 연구소에서 가까운 곳에서 근무하려고 하였다.

그런 산업 스파이 중에 핵심 부품을 만드는 공장으로 근무지를 옮긴 사람이 있었다. 그 사람은 2년 정도 자신의 업무에 충실하여 신뢰를 얻었다. 그 사람은 어느 날 연구소 건물에 들어갈 기회를 얻었다. 그는 본색을 드러내었다. 그는 주위에 아무도 없을 때에 윤서현이 사용하는 컴퓨터와 종이에 기록한 것들을 가지고 나갔다.

윤서현은 날마다 자신의 컴퓨터 자료를 백업하였다. 종이에 기록한 것들은 대부분 자신의 머리에 있는 것들이었기 때문에 그것이 없어져도 연구에 큰 지장이 없었다. 다만 불편할 뿐이었다. 윤서현의 연구소에는 CCTV가 있기 때문에 누가 훔쳐 갔는지 알 수 있었다. 그 산업 스파이는 앞으로 4차원 기업에서 근무하지 않을 각오로 그 자료들을 훔쳐서 도망갔던 것이다.

그 산업 스파이는 노트북을 훔친 후 즉시 노트북에서 하드디스크를 분리했다. 그렇게 하지 않으면 자료가 지워질 수 있기 때문이었다.

성능이 좋은 노트북은 원격으로 자료를 지울 수 있는 기능이 내장되어 있었다. 그러한 행동은 산업 스파이 교육에서 배운 것이었다. 핵심 저장 장치만을 가지고 가면 되기 때문이었다. 산업 스파이가 연구소 건물을 빠져나오는 순간, 그 노트북은 GPS 정보를 읽고 스스로 위치를 벗어난 것을 알고 자료를 삭제하기 시작했다. 자료 삭제는 이미 끝났지만 완전한 삭제가 이루어진 것은 아니었다. 복구할 수 있는 부분까지 삭제해야 하는데, 그 전에 그 산업 스파이가 하드디스크를 분리했기 때문에 복구가 가능하게 삭제된 것이다.

하드디스크와 필기된 자료들을 가지고 외국으로 도망간 그 산업 스파이는 자신을 파견한 기업 연구실에 들어갔다. 그곳에서는 하드디스크 복구 기술도 가지고 있었다. 결국 하루 만에 하드디스크의 지워진 자료가 복구되었다. 그 파일들 중에서 중요할 것이라고 생각되는 몇 개의 파일을 열어 보았다. 그런데 암호를 요구하는 화면이 나왔다.

윤서현은 웬만한 파일들을 모두 암호화하였다. 그 암호를 풀기 위해서는 슈퍼컴퓨터를 수십 년 동안 돌려야 할 것이다. 그리고 만일 암호를 해결했다고 하더라도 그 후에 얻게 된 자료들이 유용한 자료인지는 장담할 수 없다. 윤서현의 컴퓨터 사용 습관은 이처럼 보안에 철저하였다. 그뿐만이 아니었다. 그는 하드디스크에 중요한 자료를 절대 저장하는 법이 없었다. USB 메모리에 저장하였고, 항상 자신의 주머니에 넣고 다녔다. USB 메모리에 저장된 파일들도 물론 철저히 암호화를 하여 저장하였다.

그 외국 기업은 산업 스파이가 가지고 온 하드디스크에서 유용한 파일이 없자 허탈해 하였다. 혹시 종이에 기록된 것 중에 쓸 만한 자료가 있는지 읽어 보려고 해도 도무지 읽을 수 없었다.

세계 곳곳에서 점점 엔진 소리가 사라지기 시작하였고, 문을 닫는 주유소가 늘어났다. 이러한 에너지 자원의 변화를 미리 준비한 산유국들은 적응하는 데 많은 기간이 걸리지 않았지만, 석유 수출에 국가 재정의 비중을 많이 둔 산유국은 적응하기 힘들었다. 4차원 기업의 전기를 직접 사용할 수 없었던 일본도 어느 정도 혜택을 보았다. 석유의 값이 많이 내렸기 때문에 에너지 비용이 많이 줄어든 것이다. 그렇지만 더 편리하고 유용한 전력 수신기가 장착된 전기 자동차를 사용할 수 없다는 것에 불만을 품은 사람들이 많았다.

이제는 작은 엔진을 사용하는 예초기까지도 4차원 기업에서 생산한 전기를 받아서 사용하였다. 그만큼 전력 수신기의 단가가 비싸지 않았다. 엔진보다 훨씬 싼값으로 여러 기업에 보급되었다.

그러던 어느 날, 일본 사람이 4차원 기업이 만든 전력 수신기가 장착된 장비를 일본으로 가지고 갔다. 전력 수신기에 내장된 GPS를 통해 4차원 기업 본사는 일본에서 전력 수신기가 작동되지 않도록 통제했다. 일본은 전력 수신기와 관련된 기계를 수출할 수도, 수입할 수도 없었다.

4차원 기업에서 전력 수신기를 납품 받기 위해서는 까다로운 조건을 지켜야 했다. 반드시 해당 차량이나 기계에만 장착해야 했던 것이다. 만일 다른 용도로 사용하면 계약 위반이 되어, 4차원 기업과 계속 거래하기 힘들어진다. 4차원 기업은 차량에서 그 전력 수신기를 떼어서 다른 용도로 사용할 수 없도록 했다. 중장비와 같이 한곳에서 일하는 장비는 진동이 있어야만 작동되었고, 일반 차량용은 한곳에서 긴 시간 동안 공회전만 할 경우 작동되지 않게 했다. 그런 기능에 걸려서 전력을 수신할 수 없게 되면 견인하는 수밖에 없었다. 중장비에 장착된 전력 수신기를 분리하면 작동되지 않도록 특별한 기능이 추가되었다.

어느덧 차량용 전력 수신기를 개발한 지 4년이라는 세월이 흘렀다. 이제는 많은 차량들이 전기로 움직였다. 도시의 공기는 놀라울 만큼 깨끗해졌다. 대기오염의 주원인인 차량의 배기가스가 거의 배출되지 않자 숨을 쉬는 느낌이 달라졌다. 노벨상 시상 위원회에서는 이러한 공로를 인정하여 4차원 과학을 발견한 과학자에게 노벨상을 수상하기로 하고 4차원 기업에 그 사실을 알렸다. 하지만 윤서현은 보안을 이유로 노벨상 수상을 정중하게 거부했다. 노벨상을 받으면 언론에 자신의 얼굴이 유출되기 때문이었다.

윤서현은 지금까지 단 한 번도 언론에 얼굴을 알리지 않았다. 4차원 과학을 개발한 사람의 성이 윤 씨라는 것조차도 알려지지 않았다. 그만큼 4차원 기업은 창업할 때부터 보안에 철저하였다. 그러나 윤서현은 언젠가 자신의 얼굴이 공개될 것을 알고 있었다. 자신의 존재를 언제까지나 비밀에 부칠 자신이 없었던 것이다. 그래서 그는 자신의 존재가 공개된 후에 자신을 보호할 발명품을 개발하기 위해 계획하고 있었다.

윤서현은 4차원 기업 이사회에서 차량용 전력 수신기를 잇는 다음 제품을 발표하였다.

"이번에 제가 개발하려는 분야는 필터입니다. 4차원 과학 기법을 응용하여 걸러내는 것인데, 이제까지는 물질을 걸러내는 것을 만들었습니다. 이제는 물질이 아니라 물리적인 에너지를 걸러내는 필터를 만들고 싶습니다. 그 4차원 필터는 보호막이 될 수 있습니다. 어느 속도 이상으로 다가오는 물체를 막거나 어느 압력 이상으로 가해지는 압력을 막거나 어느 온도 이상의 높은 온도가 전해지는 것을 막는 필터를 만들겠습니다. 그 필터가 사람의 신체를 둘러싸면 경호 장비가 되고, 차량을 둘러싸면 에어백보다 훨씬 안전한 안전 장비가 됩니다. 그 필터는 총알, 충격, 과중한 압력, 칼, 높은 온도 등을 모두 막을 수 있습니다."

윤서현의 설명을 들은 4차원 기업 이사회에서는 박수를 치며 서로의 얼굴을 쳐다보았다. 하나같이 얼굴에 웃음을 머금고 있었다. 그 제품이 나오면 더욱 안전한 사회가 될 것이다. 그때 최정환이 조심스럽게 질문했다.

"우리 4차원 기업은 어떤 분야에서 필요한 발명을 하더라도, 되도록이면 그 분야의 실업자가 나오지 않게 해야 합니다. 그런데 윤 이사님이 연구한 그 발명품이 이 세상에 나오게 된다면 경호 업종이 사라지게 됩니다. 경호 업체에서 일하는 사람들의 고용을 위해 어떠한 대책을 마련하면 좋겠습니까?"

윤서현은 이미 그에 대한 해결책을 가지고 있었다.

"인체 경호용 4차원 필터에는 압력이나 칼 등을 막는 기능을 넣지 않습니다. 먼 거리에서 몰래 발사하여 정확하게 날아오는 총알은 경호원도 막기가 어렵습니다. 인체 경호용 보호막은 경호원들이 막을 수 없는 총알과 화생방 물질만 막을 수 있게 생산할 것입니다. 경호원들이 경호하기 어려운 것을 보완할 뿐입니다. 아주 특별한 제품에만 모든 기능이 한시적으로 작동하도록 하겠습니다."

어느 이사가 물었다.

"그 특별한 제품은 주로 누가 사용합니까?"

"주로 국가 원수급 수준에 있는 사람들만 사용할 수 있는 고급형 제품에는 하루에 4시간 동안만 한시적으로 모든 기능이 작동되게 할 것입니다. 모든 기능이 작동되는 시간대에는 가까이 접근하여 압력을 가하거나 날카로운 것 혹은 높은 온도로 위해를 가하더라도 완벽하게 보호됩니다."

4차원 기업 이사회에서는 인체 및 차량 보호막 사업을 승인하였다. 이제는 특별한 임무를 수행할 군인들이 그것을 장착하고 지뢰 제거 작업 등의 임무를 수행할 때에 위험 요소가 많이 감소되어 좀 더 안전해질 것이다. 방탄복은 약점이 많다. 무겁고 얼굴이나 팔이나 다리 등을 보호할 수 없다. 이에 반해 인체 보호막은 착용감이 느껴지지 않으면서 완벽한 보호를 한다. 용광로 근처에서 일하는 사람들이나 소방관들은 온도와 압력에 대한 보호 기능이 있는 인체 보호막 장치를 착용하면 안전하게 업무를 수행할 수 있게 된다.

자동차는 어느 속도 이상으로 충돌할 경우, 에어백이 터져서 사람을 보호한다. 그렇다고 사람을 완전하게 보호하는 것은 아니다. 사고 후에 자동차는 고장이 나서 수리하는 데 많은 비용이 들거나 심한 경우에는 폐차를 해야 하는 지경에 이른다. 4차원 기업이 만드는 차량용 보호막은 작동 원리가 조금 다르다. 차량용 보호막은 차량 외부를 보호막으로 둘러싼다. 그 보호막에 일정 수준 이상의 충격이 전달되면 100억분의 1초 만에 충격을 준 물체의 운동에너지를 없애 버린다. 자동차와 사람이 충돌해도 자동차의 운동에너지가 사람에게 전달되지 않도록 한다. 차량용 보호막 장치가 있는 자동차는 사고가 나더라도 차량이 파손되지 않는다. 또한 차량용 보호막 장치는 방수 기능도 가지고 있다. 차가 침수되더라도 차 내부에 물이 들어가지 않기 때문에 고장날 위험이 없다. 윤서현은 차량용 보호막 장치에 먼지 방지 기능도 넣고 싶었으나 그렇게 하면 세차 업종이 사라지게 되므로 그 기능을 넣지 않았다.

이러한 차량용 보호막 장치는 한 번 작동하면 다시 사용할 수 없게 만들었다. 만약 계속해서 사용할 수 있게 하면 어떤 현상이 일어날까? 사람들은 운전을 조심히 하지 않고 마구 다룰 것이다. 심심한 사람은 자동차를 그냥 벽에 박아 버릴지도 모른다. 한 번 작동한 장치는 리셋 해야 다시 사용할 수 있다. 리셋 하는 비용은 상당히 높게 책정할 것이다.

군사용 보호막은 날아오는 포탄이나 총알이나 파편 등의 운동에너지를 잃게 한다. 높은 온도와 화생방 물질로부터도 보호한다. 이를 탱크에 장착하면, 약 2미터 정도 두께의 두터운 보호막이 형성된다. 날아오는 포탄이 그 안에 들어오면 운동에너지를 잃게 되어 바로 바닥에 수직으로 깃털처럼 가볍게 떨어진다. 밑에서 대전차 지뢰가 터지더라도 압력이나 열이나 파편 등이 위로 올라오지 못한다. 기존에 있던 탱크나 헬기 등에도 장착할 수 있는데 앞으로 만들어질 탱크나 헬기 등은 다시 설계해야 할 것이다. 가볍게 만들어도 충분히 보호되어 안전하기 때문에 그렇게 무겁게 만들 필요가 없다. 군사용 보호막은 보호막 밖으로 운동하는 물체는 그대로 둔다. 아예 운동력을 차단하면 아군이 어떤 무기도 발사할 수 없게 되기 때문이다.

군사용 보호막 장치에 추가되는 기능으로는 스텔스 기능이 있다. 아군이 통신으로 사용하는 특정 주파수 이외의 전파를 모두 흡수하고 보호막 밖으로 열에너지와 음파 및 진동이 나가지 못하게 한다. 반사되는 전파나 열에너지로 추적하는 레이더에 절대로 걸리지 않게 하기 위함이다. 군사용 보호막은 위장막 역할도 한다. 주위 환경과 같은 색깔이나 무늬로 보이게 할 수도 있고, 가장 성능이 낮은 비행기일지라도 눈에 보이지도 않고 소리가 나지도 않고 격추되지도 않는 막강한 비행기가 된다. 군사용 보호막 안에 있으면 다른 보호막에 둘러싸인 아군을 식별할 수는 있다. 가장 중요한 것은 "이러한 군사용 보호막 장치는 결코 수출할 수 없다"는 것이다.

윤서현은 이러한 군사용 보호막을 아주 넓게 만드는 것을 성공했다. 그것을 국경선에 설치하면 어떠한 형태의 물체도 이동할 수 없어, 기존 휴전선의 철책보다 훨씬 기능이 좋다. 일정 높이의 하늘에까지 차단막을 설치하면, 금속으로 된 포탄이나 비행기가 통과할 수 없게 된다. 포탄이나 비행기가 지나가려고 하면 운동 방향을 180도 돌려버리는 것이다. 이것을 바다에 설치하면, 잠수함이나 배가 통과하지 못하도록 물리적으로 막을 수 있다. 물론 바다생물들과 미리 예정된 물체는 통과할 수 있다. 바다의 어느 지역에 설치하면 허가된 배 이외에는 통과하지 못하게 물리적으로 막을 수 있어서 우리나라의 해양 자원을 보호하게 된다.

4차원 기업은 홈페이지와 언론을 통하여 4차원 보호막 장치를 공개했다. 이제는 경호 업무를 보다 더 안전하게 수행할 수 있게 되었다. 경호원들은 혹시 멀리서 저격하는 사람이 있지는 않을까 많은 신경을 기울이게 된다. 그들에게 있어서 '안전한 공간'이란 없는 것이다. 하지만 이제는 경호를 받고자 하는 사람은 허리띠 형태로 된 인체 경호 장비를 차고 작동시키면 사람의 오감으로는 느낄 수 없으나 보호막이 생겨서 총알이나 화생방 물질로부터 사람을 보호할 수 있다. 이제 경호원들은 가까이 접근하여 위해를 가하는 사람만을 방어하면 된다.

사람이 착용하고 있는 보호 장치는 인체에서 떼어내기가 어렵다. 비밀 번호를 눌러야 허리에서 떨어진다. 경호용과 군사용 4차원 보호막 장치는 전력수신기 부품이 그 장치 안에 내장되어 있다. 4차원 보호막이 작동하기 위해서는 에너지가 필요한데, 그 에너지는 4차원 기업의 발전소에서 송출한다. 송출된 그 전기에너지를 전력수신기로 받아서 4차원 보호막의 에너지로 사용하는 것이다.

4차원 기업이 언론을 통해서 새로운 제품을 공개하자 청와대에서 연락이 왔다. 대통령이 국민들에게 더 가까이 접근할 수 있도록 당장 제품을 사용하고 싶다고 했다. 4차원 기업은 국가 원수급이 사용할 수 있는 고급형 제품을 200억 원에 판매하기로 했다. 다만 우리나라 대통령에게는 무료로 제공하고, 다른 나라 국가 원수 보호용은 그 가격에 판매할 것이다. 일반용은 2억 원에 판매하였다.

국가 원수급에게만 판매하는 제품은 같은 공간에 다른 물질과 동시에 존재할 수 있는 기능이 내장되어 있다. 쉽게 말해 벽을 통과해서 지나갈 수 있고 다른 사람이 잡으려고 해도 허공만 잡으므로 잡을 수 없는 것이다. 만약에 대통령이 혼자 시내버스를 타고 가다가 납치되면, 뇌파로 그 기능을 작동시켜 위기를 모면할 수 있다. 납치되는 위기 상황에서 급격하게 변화하는 뇌파와 혈압 등을 감지하여 자동으로 그 기능을 작동시킨다.

4차원 기업의 김광현은 인체 경호 장비를 가지고 청와대 경호실을 방문했다. 그는 경호실장과 인사를 한 후에 인체 경호 장비를 허리에 차고 경호 기능을 작동시켰다.

"저는 이제 경호 장비를 켰기 때문에 총알도 막을 수 있습니다. 저에게 총을 발사해 보십시오."

"아무리 경호 장비가 완벽하더라도 어떻게 김 이사님을 향해서 총을 발사할 수 있습니까?"

"걱정하지 말고 얼른 발사해 보라니까요!"

경호실장이 경호원들에게 눈짓을 하자 경호원들이 권총을 꺼내서 김광현을 향하여 총을 발사했다. 총알은 김광현의 1미터 곁에서 바닥으로 떨어졌다. 빠르게 날아오는 물체가 1미터 안에 접근하면 운동에너지를 잃게 되어 중력의 힘으로 바닥에 떨어지게 된다. 1미터 이내로 근접하여 발사한 총알이라도 운동에너지를 잃게 되는 것은 마찬가지이다.

김광현은 다른 기능을 보여 주고 싶었다.

"이제는 저를 몽둥이로 때려 보십시오."

어떤 경호원이 몽둥이를 들고 와서 김광현을 때리자, 그 몽둥이가 김광현의 몸에 닿지 않았다.

"저를 때리는 느낌이 어떻습니까? 손에서 느껴지는 감각을 말해 보십시오."

"몽둥이로 단단한 바위를 때리는 느낌이 들어서 팔이 아픕니다."

"자, 그럼 이제는 칼로 저를 찔러 보십시오."

어떤 경호원이 칼을 가지고 와서 찌르자 칼날이 멈춰 섰다.

"칼로 찌르는 느낌이 어떻습니까?"

"칼로 단단한 벽을 찌르는 느낌입니다."

그 자리에 있던 모든 사람들은 놀라움에 입을 다물 줄을 몰랐다.

"이 경호 장비를 차고 있으면 원자 폭탄이 터져도 살 수 있습니다."

김광현은 경호실 직원들에게 인체 경호 장비에 대해서 자세히 설명한 후, 그 장치를 전달했다.

잠시 후, 대통령이 들어왔다. 김광현은 처음으로 대통령과 악수를 하면서 인사를 나누었다. 김광현은 대통령에게 그 장치에 대해서 다시 설명하였고, 대통령은 그 장치를 즉시 작동시켜 보았다. 천하무적이 된 기분이었다.

어느 날 대통령은 경호 장비를 허리에 착용하고 모자와 안경을 쓰고 청와대를 빠져나왔다. 혼자서 거리에 나와 본 게 대체 얼마만의 일인지 모른다. 대통령은 택시를 타고 가까운 지하철역으로 간 후, 지하철에 올랐다. 자유를 만끽한 것이다. 그는 이제까지 대통령이라는 감옥에 갇혀 살았다. 물론 분장을 하고 밖에 나올 수도 있었지만, 그래도 안심할 수 없으니 그렇게까지는 해 보지 못한 게 사실이다. 이제 200억 원짜리 경호 장비를 지니고 있으니, 어떠한 경우에도 안전하다고 확신하여 이렇게 시내로 나와 본 것이다.

지하철을 타고 한참 가고 있는데 눈썰미가 좋은 어떤 아줌마가 대통령을 알아봤다. 옆에 있던 몇몇 사람들이 같이 알아보고 말을 건넸다.

"혹시 대통령님이 아니십니까?"

"아닙니다. 잘못 보셨습니다."

그러자 사람들이 말했다.

"목소리를 들어보니 진짜 대통령이 맞네."

사람들이 수군거리자 대통령은 바로 다음 역에서 내렸다.

대통령은 모자와 안경을 더 깊이 눌러 쓰고 고개를 숙인 채 지하철역을 빠져 나와서 버스에 올라탔다. 빈자리에 앉아서 창밖을 구경하는 찰나, 어떤 사람이 다가와 조심스럽게 물었다.

"대통령을 많이 닮으셨는데 대통령이 맞지요?"

대통령은 말을 하지 않고 손을 저었다. 말을 하면 지하철에서처럼 오히려 더 곤란해질 수 있기 때문이었다. 대통령은 20분 정도 버스를 타고 간 다음에 내렸다.

대통령은 택시를 탔다.

"청와대로 갑니다."

"손님은 대통령의 모습과 목소리가 많이 닮았네요."

"네, 제가 대통령입니다. 사정이 있어서 이렇게 택시를 타게 되었습니다."

"제가 이렇게 대통령을 제 택시에 모시게 되어서 영광입니다."

청와대 앞에 도착한 대통령이 만 원짜리를 주자 택시기사는 받지 않으려고 했다. 대통령이 한사코 받으라고 하자, 택시기사는 대통령이 준 돈을 코팅해서 영원히 보관하겠다고 했다. 잔돈을 받지 않고 돌아선 대통령은 이번 외출을 만족스럽게 여겼다.

4차원 기업은 군용 인체 보호 장치를 70만 원에 국방부에 납품하기로 했다. 대통령이 쓰는 고급형과 일반용과 군용은 모두 같은 장치이지만 기능이 조금 다를 뿐이다. 따라서 생산 원가는 모두 같다. 다만 경호 업체가 계속 일자리를 유지하게 하기 위해서 기능의 차이를 둔 것뿐이었다. 4차원 기업은 국방부에 납품할 탱크와 헬기, 그리고 전투기용 보호 장치를 만들었다. 그리고는 그것들이 군부대에서 철저히 관리될 수 있도록 당부했다. 하지만 그 보호 장치가 분실된다고 할지라도 다른 곳에서 사용될 염려는 없었다. 4차원 기업이 생산한 경호 장비들은 모두 GPS 정보의 통신이 이루어지도록 만들어졌기 때문이다. 4차원 기업은 원격으로 그 장치들을 무력화시킬 수 있도록 조치해 놓았다.

전투기의 구입에는 엄청난 국가 예산이 소요된다. 그런데 그 보호 장치를 장착한 전투기는 기종이 비싼 것이 아닐지라도 전투 효과는 가장 비싼 전투기보다 월등하다. 국방부는 4차원 기업이 제공한 전투기 보호 장치로 인하여 전투기 구입 예산을 많이 절약할 수 있었다. 국방부는 4차원 기업과 의논하여 육지와 해양의 군사 분계선에 군사용 보호막을 설치하였다. 동해와 서해와 남해에 해양 영유권을 보호할 해양 보호막을 설치하는 문제는 내각에서 협의하여 결정하기로 했다. 해양 보호막을 설치하면 신고 된 선박이나 항공기 이외에는 우리나라 영해로 출입할 수 없게 된다. 군인들의 필요가 많이 줄어든 셈이다. 이제는 징병제를 모병제로 바꾸는 점을 고려해 볼 만하다.

그동안 언론에 자신의 얼굴을 공개하지 않았던 윤서현은 이제 자신을 보호하는 경호 장비를 개발하였기 때문에 언론에 자신을 공개하기로 했다. 윤서현은 이를 대비하여 자신이 사용할 특별한 경호 장비를 한 개 만들었다. 그 경호 장비는 근접 경호 기능이 하루에 24시간 동안 작동한다. 근접 경호 기능이 하루에 4시간 동안만 작동하는 대통령용 고급형 경호 장비에 비해 윤서현이 착용하고 있는 경호 장비는 그 기능이 24시간 동안 계속하여 작동하는 것이다.

윤서현은 그 경호 장비를 아주 작게 만들어서 인체의 피부 밑에 이식하였다. 목욕을 하거나 가벼운 옷을 입고 잠을 잘 때에도 경호 장비를 작동시키기 위함이었다. 이제 그 어느 누구도 윤서현에게 위해를 가하여 4차원 과학의 비밀을 알아낼 수 없다. 윤서현이 착용하고 있는 경호 장비의 가격은 무려 2조 원에 달한다. 경호 장비로 인하여 경호 업종이 사라지지 않도록 가격 차이를 종류별로 100배씩 되게 책정한 것이다.

차량용 보호막 장치를 발표하는 날에는 윤서현이 직접 언론에 나와서 발표하였다. 그는 제품을 발표하기 전에 자신의 신분을 정확히 밝혔다. 그리고 그동안 자신의 신분을 밝히지 않고 연구실에서 은둔 생활을 했던 이유와 지금 신분을 밝힐 수 있는 이유를 설명하였다. 그렇게 확실히 설명을 해야 4차원 과학의 비밀을 알고 있는 자신을 그 누구도 건드리지 않을 것이기 때문이었다. 완벽한 경호 장비가 작동하므로 어느 누구도 윤서현에게 위해를 가할 수 없다. 그는 차량용 보호막 장치를 여러 사람들 앞에서 자세히 설명했다.

4차원 기업은 에어백 만드는 업체에 차량용 보호막 장치의 제조를 맡겼다. 그렇지 않으면 에어백을 만드는 회사들의 경영이 어려워지기 때문이었다.

차량용 보호막 장치는 에어백보다 훨씬 기능이 좋으므로 가격을 에어백보다 비싸게 책정했다. 나중에는 차량용 보호막 장치를 장착한 차량은 보험료도 달라질 것이다. 차량용 보호막에는 평소에 약간의 전기에너지가 소모되는데, 충격이 크게 와서 그 충격을 차단할 때에는 엄청난 양의 전기에너지가 필요하다. 각종 4차원 보호막도 일종의 에너지이다. 에너지를 4차원 형태의 필터로 바꾼 것이기 때문이다.

차량용 보호막 장치도 일본과 같이 금지된 국가에서는 작동되지 않는다. 이처럼 4차원 기업의 이념에 협조하지 않는 국가와 관련된 회사는 4차원 기업과 거래할 수 없었다.

第四章

# <sup>2</sup>금본위제

4차원 기업은 에너지 사업 이후, 자원 개발 사업에 관심을 가졌다. 바닷물에서 중수소를 추출하여 핵융합 발전을 할 때에 각종 부산물들이 바닷물 속에서 많이 나왔는데, 그 부산물들 중 가장 많은 비중을 차지하는 것이 순수한 물이었다. 물은 활용할 곳이 많이 있을 뿐만 아니라 버리기도 편했다. 그 다음으로 많이 나온 부산물이 바로 소금이었다. 그러나 소금은 염전을 운영하는 사람들을 위해서 유통시키지 않고 대부분 버렸다.

소금 다음으로 많이 나오는 부산물에는 망간, 리튬, 몰리브덴, 코발트, 텅스텐, 티타늄, 마그네슘, 인듐, 크롬, 금 등이 있다. 4차원 기업의 핵융합 발전소에서는 증류수와 소금은 오랫동안 저장하지 않았다. 물은 파이프를 통해서 필요한 곳에 보냈고, 소금은 모아서 먼 바다에 버렸지만 나머지 물질들은 창고에 저장해두었다.

4차원 기업은 그렇게 저장한 물질들을 필요한 곳에 팔았다. 그 부산물들을 파는 것은 에너지 사업보다 수익은 훨씬 적었지만, 다음 사업의 방향을 설정하는 데 도움을 주었다. 그 부산물들 중에는 비싼 것들이 꽤 많았다. 4차원 기업은 필요한 만큼의 중수소를 얻기 위해서 해저에서 파이프를 이용하여 끌어올린 바닷물을 발전소로 옮겼다. 원자력 발전소에 비하면 아주 적은 양의 바닷물을 사용하였다. 바닷물에 비하면 부산물들은 소금 이외에는 그렇게 많은 양이 나오지 않았다.

어느 한가한 날에 윤서현은 회사의 여러 건물들을 둘러보다가 부산물들을 저장하는 창고에 들어가 보았다. 부산물 창고는 직원들이 잘 관리하고 있었다. 부산물들은 천장 가까이에서 바닥으로 조금씩 떨어지고 있었다. 그는 금이 들어 있는 창고에 들어가 보았다. 금은 금괴로 만들어져서 특별히 보관되고 있었다. 그 창고들을 관리하고 있는 직원이 윤서현에게 다가가 말했다.

"이러한 금괴를 여러 개 만들 수 있는 금이 날마다 나오면 좋겠습니다."

윤서현은 그 직원의 말을 듣고 생각에 잠겼다. 4차원 기업에서 금이 필요한 건 아니었다. 전 세계에 에너지를 팔아서 엄청난 돈을 벌고 있었기 때문이다. 그래도 원하는 만큼의 금을 확보할 수 있다면, 혹시 좋은 것이 없을까 곰곰이 생각해 보았다. 만일 금을 많이 생산하면 세계의 금값이 떨어져서 희소성의 가치를 상실할 것이다. 그래도 옛날에 비하면 금값이 너무 많이 올랐다. 윤서현은 금값을 조금 내려 보고 싶은 생각이 들었다.

며칠 후, 윤서현은 최정환을 만나서 차분하게 이야기했다. 최정환은 경제학을 전공했기 때문에 경제에 대해서는 잘 알고 있었다.

"우리의 4차원 기업이 바닷물 속에서 금을 대량으로 추출해서 세상에 있는 금을 두 배로 늘리면 금값이 어떻게 될까?"

"전 세계의 금 보유량이 두 배로 늘어나면, 이론적으로는 금값이 반으로 떨어져. 하지만 정확한 건 실제로 해 봐야 알지."

"그렇다면 우리가 실제로 그렇게 해 보자."

"그러려면 얼마나 많은 바닷물이 필요한데…… 할 수 있겠어?"

"내가 연구하면 못하는 것이 없어."

윤서현은 다음 날부터 바닷물 속에서 필요한 양만큼의 물질들을 추출하기 위한 연구에 박차를 가하였다. 그렇게 하기 위해서는 바닷물을 4차원 필터가 있는 공장까지 가지고 오지 않고, 아예 바닷속에 4차원 필터를 만들어야 한다. 바닷속에서 직접 물질을 걸러낸 것을 즉시 4차원 기업의 공장으로 공간 이동시키면 된다. 예를 들어 배터리 공장에서 리튬이 언제까지 몇 톤이 필요하다고 하면, 거기에 맞추어서 리튬을 생산하면 된다. 윤서현은 이론적인 과정을 완성하였고, 실제로 그렇게 작동하는 4차원 필터에 대해 연구하였다.

윤서현은 다음 이사회에서 자신이 구상한 사업 계획안을 발표하였다. 공업용으로 쓰이는 여러 물질들을 바닷물 속에서 추출하여 판매하는 것은 이사회에서 특별한 어려움이 없이 승인되었다. 그런데 금을 많이 추출하여 판매하면 세계 경제가 어떻게 될 것인가에 대해서 우려하는 이사진이 몇 명 있었다. 그러자 최정환이 경제 전문가답게 그 문제에 대해서 설명하겠다고 나섰다.

"지금 세계는 대부분 미국의 화폐단위인 달러로 거래가 이루어지고 있습니다. 달러가 너무 많이 발행되었기 때문에 세계의 많은 사람들은 인플레이션을 방어할 수 있는 금을 안전자산으로 확보하려고 하고 있습니다. 금은 공업용 원료로도 사용하는데, 금값이 너무 비싸서 관련 산업에 부담을 줍니다. 또한 일반 사람들은 금을 장식용으로 많이 사용하는데 금값이 너무 비싼 나머지 그러한 욕구를 충족하기가 어렵습니다. 4차원 기업 이사회에서 승인한다면 저와 윤 이사는 금본위제를 바탕으로 한 한국 원화로 세계 경제를 장악하고 싶습니다. 옛날에는 금값이 현재의 몇 분의 1도 되지 않았지만 현재의 금값은 너무 많이 올라서 1kg에 7,000만 원에 가깝습니다. 4차원 기업은 몇 년 안에 10만 톤의 금을 생산하여, 그 중에 일정 부분을 전 세계에 유통시켜 현재의 금값을 1kg에 3,000만 원 수준으로까지 낮아지게 만들고 싶습니다."

주의 깊게 듣던 어떤 이사가 질문했다.

"4차원 기업이 금을 너무 많이 유통시키면 금값이 너무 떨어질 텐데 그에 대한 대책은 있습니까?"

이에 최정환이 확신에 찬 표정으로 답변했다.

"그것은 간단합니다. 4차원 기업은 많은 현금을 보유하고 있습니다. 그리고 세계의 에너지 산업을 거의 장악하여 앞으로도 계속 많은 돈을 벌어들일 것입니다. 금값이 떨어지면 4차원 기업이 보유한 현금으로 1kg에 3,000만 원을 주고 금을 사들이면 됩니다. 4차원 기업은 금 거래소를 세계 각지에 만들어 1kg짜리 금괴를 원하는 누구에게나 3,000만 원에 사고팔 것입니다. 바닷물에서 금을 추출하여 금괴를 만들기 위해서는 약 1년간의 준비 기간이 필요합니다. 금본위제를 시행하기 전에 이러한 사실을 세계 언론에 알려서 세계의 여러 사람들이 4차원 기업의 정책을 서서히 준비하도록 해야 합니다."

이어 윤서현이 발언했다.

"일반적인 순금의 순도는 99.99%입니다. 그런데 4차원 기업이 앞으로 생산할 순금의 순도는 100%입니다. 4차원 과학 원리를 이용하여 금을 생산하면, 다른 원소가 전혀 포함되어 있지 않는 완전히 100% 순금으로 생산됩니다. 4차원 기업이 생산할 1kg짜리 금괴 표면에는 '3,000만 원'이라는 글자와 4차원 기업의 마크를 백금으로 얇게 입혀서 기록할 계획입니다. 그렇게 백금으로 표시된 금은 4차원 기업이 보증하는 금괴라는 뜻입니다. 만일 그 금괴를 공업용으로 사용하려면, 백금으로 표시된 부분을 긁어내기만 하면 됩니다. 4차원 기업의 금괴는 순도가 100%이므로 공업용으로 좋은 재료가 될 것입니다. '만 원'이라는 단어는 4차원 기업이 만든 새로운 화폐 단위처럼 사용될 수도 있습니다."

이사회에서 사업 승인을 받은 윤서현은 곧바로 연구를 마무리하기 시작하였다. 그는 바닷물 속에 있는 금을 700만 톤 이상으로 추정하고 있었다. 그리고 그 중 10만 톤을 4차원 필터 공법으로 추출할 계획이었다. 윤서현은 길이 10㎞, 높이 1㎞ 내지 5㎞에 달하는 4차원 필터를 해류가 많이 흐르고 있는 전 세계 바다 다섯 곳에 설치하는 계획을 세웠다. 그 거대한 4차원 필터를 사용하여 바닷물 속에서 각종 원소들을 원하는 양만큼 추출할 것이다. 바닷물이 그 필터를 통과하면 그 바닷물 속에 있는 유용한 원소들은 공간 이동하여 4차원 기업의 공장으로 들어가게 된다.

4차원 기업이 새로운 사업을 발표한다고 하자, 세계의 여러 언론사에서 기자들을 파견하였다. 드디어 기자회견일이 다가왔다. 엄청나게 많은 기자들이 발표장 앞에 모여들었다. 양승진이 앞에 나가서 자신을 소개한 후, 새로운 사업을 발표하였다.

"저희 4차원 기업은 앞으로 바닷물 속에 녹아 있는 수많은 물질들을 대량으로 추출하여 자원으로 사용할 수 있도록 할 것입니다. 그 물질들은 망간, 리튬, 몰리브덴, 코발트, 텅스텐, 티타늄, 마그네슘, 인듐, 크롬, 금 등으로 굉장히 다양합니다. 4차원 기업의 윤 이사가 개발한 4차원 필터를 사용하여 해류가 흐르는 곳에서 바닷물 속에 녹아 있는 물질들을 추출함과 동시에 4차원 기업의 공장으로 공간 이동시켜 적당한 크기로 제작한 다음, 창고에 저장하여 판매할 계획입니다. 4차원 기업은 바닷물 속에서 추출한 물질들을 필요로 하는 회사에 저렴한 가격으로 공급하겠습니다. 많이 공급하여 자원 가격이 너무 떨어지면 다른 자원 관련 회사의 경영이 어렵게 되므로 가격이 너무 떨어질 정도로 과다공급하지는 않을 것입니다."

잠시 말을 멈춘 양승진은 곧바로 말을 이었다.

"그러나 바닷물 속에 녹아 있는 자원 중에서 금만큼은 대량으로 추출하여 유통시킬 계획입니다. 금은 공업용 원료로도 사용되지만, 그보다는 장식용이나 금괴 형태의 가치 저장 수단으로 많이 사용되고 있는 실정입니다. 현재 금의 가격은 너무 높습니다. 1kg에 7,000만 원이 가깝게 올랐습니다. 4차원 기업은 금괴를 많이 공급하여 금괴 가격을 현재의 10분의 1 수준으로 떨어뜨리고 싶지만, 기존에 금괴를 많이 보유하고 있는 개인이나 회사의 손실이 너무 클 것이라고 예상하여 현재 가격의 절반 정도가 적정하다고 생각합니다. 4차원 기업은 약 1년 후부터 금괴를 생산할 계획입니다. 1년 동안에 금의 시장 가격이 많이 내리면 좋겠습니다."

4차원 기업은 1년 후에 금괴를 어느 정도의 양으로 생산할 것인지와 판매 가격을 구체적으로 밝히지 않았다. 그 생산량을 밝히면 금의 시장 가격이 갑자기 큰 폭으로 하락하여 혼란을 줄 수 있기 때문에 정확히 밝힐 수 없었던 것이다.

언론에서는 다른 나라의 여러 전문가들의 견해를 같이 보도하였다. 어떤 전문가는 4차원 기업의 생산량을 아주 적게 짐작했다. 그 전문가는 4차원 기업에서 만들 4차원 필터의 길이가 100미터 정도이고 높이는 약 20미터 정도 될 것이라고 추측했다. 그것을 통과하는 바닷물의 양과 속도와 금의 농도 등을 수학적으로 정확하게 계산해 보면서, 4차원 기업이 앞으로 생산할 금괴의 양은 세계 금 시장에 큰 영향을 주지 않을 것이라는 전망을 내놓기도 했다. 다른 전문가는 4차원 기업이 금 가격을 절반가량으로 떨어뜨릴 만큼의 금괴를 생산하기 위해서는 10년 이상 걸릴 것이고, 1년 이내에는 금 가격이 크게 떨어지지 않을 것이라고 예상하였다.

4차원 기업의 발표 후, 세계 금값이 조금씩 내리기 시작하였다. 금괴를 보유한 사람과 금괴를 보유하려는 사람들은 서로 다른 두 가지 견해를 가지게 되었다. 4차원 기업이 1년 후에 금을 바닷물에서 생산하더라도 금값에 큰 영향을 주지 못할 것이라는 사람도 있었고, 1년 후에는 현재의 금 시세보다 절반 정도로 떨어질 것이라는 사람도 있었다. 금값이 별로 떨어지지 않을 것이라고 믿는 사람들은 바닷물 속에 있는 금의 양과 4차원 기업의 능력을 너무 과소평가한 사람들이었고, 금값이 많이 떨어질 것이라고 믿는 사람들은 4차원 기업의 능력을 완전히 신뢰하는 사람들이었다. 어찌 되었든, 1년 후에는 4차원 기업이 금괴를 생산하여 세계 시장에 공급하기 때문에 더 이상 금값이 오르지 않을 것이라고 생각하였는데, 어느 정도까지 가격이 떨어질 것인지는 의문이었다.

미국은 많은 금괴를 보유하고 있었다. 한때에는 달러를 기반으로 금태환을 하는 금본위제를 시행했던 나라였다. 4차원 기업이 금괴 생산을 시작하여 금의 가치가 변하면, 미국의 재정은 많은 영향을 받게 된다. 미국은 한국 정부에 4차원 기업이 금괴를 생산하려는 계획에 대해서 자세히 물어 보았다. 그러나 그것은 정부의 일이 아닌, 4차원 기업의 일이었다. 정부에서는 위법 행위가 아니면 기업에서 하는 일에 대해 간섭할 수 없다. 4차원 기업은 국가의 법을 준수하면서 세금을 잘 납부할 뿐만 아니라 정부에 세금 외에도 많은 기부와 기여를 했기 때문에 정부에서도 4차원 기업을 함부로 대하지 못했다. 한국 정부는 미국의 요청에 의하여 형식적으로 4차원 기업에 금괴 생산 사업에 대해서 구체적인 사항을 문의하였으나, 4차원 기업은 어디까지나 비밀이라고 답변할 뿐이었다.

금괴를 많이 보유한 개인과 단체는 불안했다. 그 단체 중에는 국가와 금융 회사 등이 있었다. 금값이 서서히 떨어지기 시작하였다. 세계의 여

2 금본위제

79

러 사람들은 이제는 금값이 오르는 일은 없을 것이라고 생각하였다.

4차원 기업은 금을 비롯한 여러 자원들을 생산할 공장과 창고를 짓기 시작하였다. 바닷물 속에 4차원 필터를 즉시 생성시킬 수는 있지만 거기에서 추출된 금을 가공하고 저장할 공장과 창고를 건축해야 했기 때문이다.

윤서현은 4차원 보호막을 이용한 경비 시스템을 연구한 끝에 완성하였다. 다른 회사에는 이러한 4차원 경비 시스템을 제공하지 않고, 오직 4차원 기업에서만 사용할 계획이었다. 만약에 다른 회사에 이 시스템을 제공한다면, 경비 업종에 큰 영향이 있을 것이기 때문이었다. 4차원 기업은 생산된 금괴를 안전하게 지키기 위해서 4차원 경비 시스템으로 공장과 창고를 지키게 하였다. 4차원 경비 시스템은 미사일 공격을 당할지라도 금괴 창고를 안전하게 지킬 수 있을 만큼 안전하고 강력했다.

4차원 기업은 금괴 생산 공장을 외국에도 건설하기로 하였다. 그리고 그 일을 위하여 세계 20대 국가에 공장을 건설할 직원들을 파견하였다. 형식상 금 거래소이지만 실제로는 금괴 생산 공장이었다. 금괴를 안전하게 보관할 수 있는 시설과 거래할 수 있는 사무실을 건축하는 것이다. 외국에 금 거래소를 건설하는 일은 김광현이 맡아서 추진했다. 외국에 금 거래소를 건설하는 것은 정치적으로 해결할 것이 많이 있었기 때문에 김광현이 적격이었다. 4차원 기업은 금괴를 외국으로 수출하지 않고 외국에 있는 금 거래소에서 직접 금괴를 생산할 계획이다.

그리고 4차원 기업이 생산한 금괴를 세계 무역 거래에서 사용하는 화폐 수준으로 만들 야심찬 계획을 준비 중이었다. 그러기 위해서는 세계 각지에 금 거래소를 만들어야 했다. 일단은 세계 20대 국가에만 만들지만, 거래 규모가 커지고 다른 나라에서 요청할 경우에는 더욱 많은 나라로 확대할 계획이었다.

4차원 기업은 일반 사람들이 금괴를 집에 보관하는 것이 매우 불편하다는 것을 알고 있었다. 그래서 김광현은 아주 좋은 제안을 하였다.

"백화점에서 고객들에게 상품권을 파는 것처럼 4차원 기업도 금괴 상품권을 팔면 좋겠습니다."

"아주 좋은 생각입니다. 그러면 보관이나 유통이 더 편할 것 같습니다."

어느 이사가 김광현의 의견에 동의하며 찬성하였다.

김광현의 제안이 4차원 기업 이사회에서 아주 좋은 평가를 받자, 그는 추가 설명을 계속하였다.

"그 금괴 상품권에 일련번호를 새겨서 고객이 금괴 상품권을 사고 그 일련번호를 등록하게 하면, 도난이나 분실에 대한 염려를 걱정하지 않아도 됩니다. 고객은 다른 사람에게 그 상품권을 넘길 때에 4차원 기업에 소유자 등록 내용을 절차대로 변경하면 됩니다. 금괴 상품권의 등록번호는 인터넷을 통해서 언제든지 확인할 수 있게 할 것입니다. 도난당하거나 분실된 금괴 상품권은 사용할 수 없도록 등록번호 관리를 철저히 하면 됩니다."

"백화점 상품권은 금액이 여러 가지인데 금괴 상품권도 여러 가지로 만들 것입니까?"

방금 전 김광현의 의견에 찬성했던 그 이사가 물었다.

"금괴는 1kg짜리로만 만들지만, 금괴 상품권은 그렇지 않습니다. 1kg, 5kg, 10kg, 50kg, 100kg, 500kg, 1톤. 이렇게 총 일곱 가지의 상품권을 만들면 금괴 거래가 훨씬 쉬워질 것입니다. 고객이 4차원 기업의 금 거래소에 그 금괴 상품권을 가지고 오면 등록 여부를 확인한 후에 언제든지 금괴를 내어줄 예정입니다. 고객들이 4차원 기업의 금 거래소에 금괴 상품권의 소유자 등록 정보를 변경하고 나서 3일 이상 지나야 금괴로 교환하여 가져갈 수 있습니다. 3일은 금괴의 안전한 거래를 지킬 수 있는 기간입니다. 정상적인 방법이 아닌 불법으로 금괴 상품권의 소유자 정보가 변경되었다면, 3일 동안은 수습할 수 있는 기간이 주어지는 것입니다."

이사회에서 김광현의 이러한 설명을 들은 최정환은 그 정책에 반대하고 나섰다.

"만약에 4차원 기업이 금괴 상품권을 발행하게 된다면 그것은 상품권이라기보다는 화폐의 역할을 하게 될 것입니다. 고객들은 4차원 기업에서 돈으로 금괴를 사는 것이 아니라 상품권을 살 것입니다. 금괴는 보관에 불편하니 상품권을 보관하는 것만으로도 가치가 있기 때문입니다. 4차원 기업은 한국의 원화를 기반으로 하여 금본위제를 시행하고자 하는데, 만일 금괴 상품권이 발행된다면 한국의 원화가 유통되는 것이 아니라 금괴 상품권이 유통될 것입니다."

경제학을 전공한 최정환의 말을 들은 4차원 기업 이사들은 최정환의 말을 이해하고 금괴 상품권을 발행하지 않기로 최종 결정했다.

약 1년 후, 4차원 기업은 한국을 포함한 세계 20개의 나라에 금 거래소를 완공하였다. 그리고 한국에 있는 4차원 기업의 금 거래소에서 제일 먼저 개소식을 하였다. 4차원 기업의 금 거래소에서는 4차원 기업에서 만든 금괴만을 거래했다. 다른 곳에서 만든 금괴는 거래하지 않았다. 개소식에는 유명한 사람들과 언론사 기자들이 많이 모였다. 4차원 기업은 개소식에서 4차원 기업이 생산한 금괴를 공개하였다.

4차원 기업이 만든 금괴는 다른 곳에서 위조할 수 없을 정도로 정교하게 만들었다. 금괴의 윗부분에는 금괴의 가격이 3,000만 원이라는 뜻으로 백금으로 '3,000만 원'이라고 인쇄되어 있었고, 숫자 위에는 4차원 기업 로고가 백금으로 박혀 있었다. 로고 옆에는 금괴의 일련번호가 작은 글씨로 백금으로 새겨져 있었다.

개소식에서 양승진은 금괴에 대해서 설명했다.

"4차원 기업이 만든 금괴는 1kg이며 3,000만 원에 판매될 것입니다. 금의 순도는 일반적인 순금에서 사용하는 99.99%라는 숫자를 사용하지 않고 100%라고 표시했습니다. 왜냐하면 4차원 기업이 만든 금괴는 금괴 내부에 다른 원소가 단 하나라도 포함되어 있지 않기 때문입니다. 금괴 외부에는 다른 물질이 묻을 수도 있지만 내부에는 다른 원소가 전혀 포함되어 있지 않습니다."

그 자리에 참석한 금 관련 산업에 종사하는 많은 사람들은 매우 놀랐다. 현재 한국에서 금의 시세가 1년 동안에 많이 내려서 1kg에 4,500만 원인데 4차원 기업이 지금부터 1kg에 3,000만 원에 판매한다고 하니, 시세보다 너무 저렴하였다.

양승진은 여러 사람들 앞에서 확실하게 발표하였다.

"금의 시세는 오늘부터 1kg에 3,000만 원입니다."

4차원 기업은 최근 한 달 동안 생산한 금괴가 보관되어 있는 창고를 공개하였다. 4차원 기업이 다른 나라들에서 개소할 금 거래소에는 적어도 그 정도의 양의 금괴가 각각 준비되어 있었다. 어떤 나라의 금 거래소는 한국보다 더 많은 양의 금괴를 준비했다. 그 나라의 경제 규모가 한국보다 훨씬 크기 때문에 그에 맞게 충분히 준비한 것이다.

4차원 기업은 앞으로 2년 동안은 4차원 기업 금 거래소에서 여러 나라의 화폐를 사용하여 거래할 수 있지만 2년 후에는 한국 화폐만을 사용하여 거래한다는 내용을 발표하였다. 4차원 기업의 금 거래소에서는 고객이 원하면 4차원 기업이 생산한 금괴를 매도 가격으로 얼마든지 매입한다고 했다.

4차원 기업은 엄청난 규모의 기업 자산을 사용하여 금의 가격을 항상 일정하게 유지할 것이다. 4차원 기업은 금의 가격이 1kg에 3,000만 원 이하로 내려갈 수도, 올라갈 수도 없게 만들 것이다. 따라서 다른 곳에서 그보다 비싸게 금을 판다면 사람들은 그곳에서 금을 사지 않을 것이다. 이와 마찬가지로 다른 곳에서 1kg에 3,000만 원 이하로 매입한다면 사람들은 다른 곳에 금을 팔지 않을 것이다.

한국에서 4차원 기업의 금 거래소가 영업을 시작한 다음 날부터 다른 나라의 4차원 기업 금 거래소에서도 영업을 시작하였다. 4차원 기업의 금 거래소가 영업을 시작하자 세계의 금시장에는 엄청난 소용돌이가 일었다. 약 1년 전부터 4차원 기업의 기술을 믿고 금값이 내릴 것을 확신하고 미리 처분한 사람들은 좋아했지만, 그렇지 않은 사람들은 자신들의 자산이 줄어든 것을 알고 큰 충격을 받았다. 이들은 4차원 기업을 증오하였다. 그러나 그것은 어쩔 수 없는 것이었다. 금괴를 생산하는 것은 불법이 아닌, 합법적인 기술이었다.

4차원 기업의 금 거래소가 영업을 시작했지만, 갑자기 엄청난 분량의 거래가 이루어지는 것은 아니었다. 세계의 금 시세만 내렸을 뿐이었다. 사람들은 언론을 통해서 4차원 기업의 금괴 생산량을 직접 보았다. 4차원 기업이 금의 가치를 항상 일정하게 지켜 줄 것을 알고 있었다. 그렇기 때문에 4차원 기업의 금괴를 확보하는 것은 급할 것이 없었다. 4차원 기업의 금괴는 한국 돈을 기준으로 항상 일정한 가치를 가지게 된다. 즉 금괴를 가지고 있어도 이자가 붙지 않을 것이다. 이전까지만 해도 금괴를 가지고 있으면 가격이 오르기 때문에 보유할 만한 가치가 충분히 있었다. 하지만 이제는 금괴가 자산을 불릴 수 있는 투기의 수단이 되지 못한다. 4차원 기업이 원하는 것이 바로 이 점이었다. 금은 투기의 수단이 되어서는 안 된다. 금을 공업용이나 장식용으로 사용해야 하는데, 금이 투기의 수단이 되면 용도에 맞게 사용하는 사람들에게 손해를 입히기 때문이다.

오래 전 미국에서 금본위제를 시행할 때에는, 금 보유량에 맞추어서 달러를 발행하였다. 그런데 4차원 기업이 시행하고자 하는 금본위제는 금괴의 가치를 한국 원화의 금액에 맞추어야 했다. 이를 위해서는 원화의 가치가 항상 일정해야 하는데, 그 역할은 한국 정부와 한국은행이 할 것이다. 한국 원화가 많이 발행되어 원화의 가치가 혹시 떨어지면 4차원 기업은 금괴를 많이 생산해서 금괴의 가치를 낮추어 줄 수도 있지만, 4차원 기업과 한국 정부는 한국 원화의 가치를 항상 일정하게 유지하기 위해 노력할 것이다. 4차원 기업이 앞으로 생산할 수 있는 금의 양이 10만 톤 이상이므로, 한국 원화와 금괴의 가치를 맞추는 일을 충분히 할 수 있을 것이다.

4차원 기업에서 금괴를 생산하자, 미국 정부에서는 경제적 혼란을 예상하고 그에 맞는 대책을 세우기 위해서 경제학자들을 모았다. 미국은 세계에서 금을 가장 많이 보유하고 있는 나라인데, 기존에 보유하고 있는 금괴의 가치가 많이 떨어진 것이다. 미국의 경제학자들은 머리를 맞대고 의논했지만, 미국 자본의 감소를 막을 방법이 없었다. 그들은 4차원 기업이 금의 희소성의 가치를 건드리고 무너뜨렸다고 비난했다.

순도가 높은 공업용 금을 찾는 회사들은 4차원 기업의 금 거래소에서 금을 구했다. 장식용 금을 찾는 사람들은 4차원 금 거래소에서 금을 구입하기보다는 다른 금 거래소에서 금을 구입하였다. 다른 금 거래소의 금이 조금 더 싸기 때문이었다. 장식용 금은 순도가 100%가 아니고 99.99%일지라도 그 정도의 차이로는 별 문제가 되지 않았다.

이제는 금융 회사에서 금 투자 상품이 사라졌다. 금에 투자하면 한국 원화를 기준으로 이자도 발생하지 않고 손실도 발생하지 않기 때문이다. 오직 한국의 원화 가치에 의해서만 금의 가치가 변할 뿐이었다. 한국의 원화 가치는 한국 정부가 일정한 가치가 되도록 정책을 시행하고 있었다. 4차원 기업이 2년 후에는 외국에서도 한국 원화로만 거래한다고 했는데, 그때가 되면 한국 원화가 외국으로 많이 유출되어 한국 원화의 가치가 많이 오를 것이라는 기대가 있기 때문에 금융 회사들은 그것을 노리고 금융 상품을 연구하였다. 하지만 4차원 기업은 복잡한 금융 상품을 추천하지 않았다.

4차원 기업은 금 거래소 개소식에서 금괴 생산 공장의 경비 시스템을 공개하지 않았다. 자세히 보지 않으면 경비 시스템이 어떻게 작동되는지 알 수 없었다. 어떻게 보면 허술하게 보이기까지 하였다. 4차원 방식의 경비 시스템은 눈에 보이지 않는 4차원 보호막으로 공장의 여러 시설들을 감싸서 외부의 침입을 방지하는 시스템이었기 때문이다. 경비원이 없었기 때문에 금괴가 보관된 창고를 노리는 사람들이 많았다.

절도 범죄 경력이 많이 있는 어떤 사람들이 고급 승용차를 몰고 4차원 기업의 금괴 생산 공장 근처를 지나가다가, 언론에서 본 그 금괴 공장임을 알아차렸다. 그들은 두목에게 저 금괴 공장을 털면 좋을 것 같다고 했다. 그들은 절도 분야에서 화려한 경력과 기술을 보유한 사람들이었다. 그들은 아지트로 돌아가서 구체적인 계획을 세우기로 하였다.

그 절도범들은 이번에는 확실히 큰 계획을 세우기로 하였다. 두목은 옛날에 어설픈 계획으로 실패한 경험을 떠올리며, 이번 것은 아주 큰 건이므로 성공할 확신이 서지 않으면 실행하지 않을 생각이었다. 두목은 네 명의 부하들에게 그 금괴 공장에 대한 자료를 수집하라는 지시를 내렸다.

"너희 두 명은 가서 24시간 동안 그곳을 관찰하여 경비가 어떻게 이루어지는지 관찰해라. 그리고 나머지 너희 두 명은 금괴 공장 근처를 돌면서 몰래 사진을 찍어 와라. 나는 하늘에서 그 금괴 공장을 관찰하겠다."

부하들은 두목이 그 금괴 공장을 하늘에서 관찰하겠다고 하는 말을 이상하게 여기며 밖으로 나갔다. 두목은 부하들을 보낸 후에 인터넷을 통해서 그 금괴 공장의 위성사진을 검색했다.

다음 날 저녁에 그 절도범들은 아지트에 다시 모였다.

"형님, 저희가 그 금괴 공장을 24시간 동안 살펴봤는데 그곳의 경비가 생각보다 허술했습니다. 밤에 고정적인 경비 근무자가 없고 한밤중에 순찰하는 경비 근무자가 두세 시간에 한 번씩 순찰할 뿐이었습니다."

"너희들은 어디에서 그 금괴 공장을 지켜봤냐?"

"형님이 말한 여기에서 관찰했습니다."

그들은 손으로 모니터에 있는 지도를 가리키면서 말했다.

"너희들은 조금 쉬었다가 그곳에 다시 가서 반대편에서 24시간 동안 관찰해 봐라!"

두목은 컴퓨터 화면으로 다른 부하들이 찍어 온 사진을 보면서 절도 계획을 연구하기 시작했다. 다음 날 밤에 그들은 그 금괴 공장을 사전 답사하기로 했다. 미리 답사하여 시행착오가 없도록 하고 싶었다. 두목은 부하들과 함께 밤에 그 공장 근처 건물 옥상에서 망원경으로 관찰했다. 아침에 해가 떠오르자 그들은 밤에 희미하게 본 것을 다시 한 번 확실히 본 후, 아지트로 돌아와서 잠을 잤다.

그들은 오후에 일어나서 식사를 한 후에 다시 회의를 했다. 그런데 아무리 확실한 계획을 세우려고 해도 확신을 가질 수 없었다. 어떤 부하 한 놈이 제안을 했다.

"거기에서 경비 근무를 하고 있는 사람을 납치해서 내부 구조를 알아봅시다."

"납치하는 것은 안 돼! 우리가 경비 근무자를 납치하면 경찰과 4차원 기업이 그 사실을 곧 알게 될 것이고, 그러면 경비가 더 강화될 것이다. 그리고 납치한 경비원을 어떻게 처리할 건데? 경비원을 가두거나 죽이는 짓은 하기 싫다."

두목은 잠시 생각하더니 외부 전문가의 도움을 받기로 했다. 두목이 생각해 낸 그 외부 전문가는 옛날에 함께 절도를 했던 사람이었다. 두목은 그 사람이 이 분야에서는 나보다 더 전문가라고 부하들에게 말했다.

두목은 그 사람에게 전화를 했다.

"형님, 접니다. 좋은 건수가 있는데 형님의 도움이 필요해서 이렇게 연락드립니다. 한 번 만나서 도움을 받고 싶습니다만……."

"뭔데?"

"형님을 직접 뵙고 말씀을 드리고 싶습니다. 시간이 되시면 저희 사무실로 한 번 찾아와 주시면 감사하겠습니다."

"알았다. 궁금하네. 내게 남는 게 시간뿐이니, 내일 찾아가마."

다음 날 두목보다 몇 살 많은 그 절도 전문가가 아지트로 찾아왔다. 그 사람은 두목의 설명을 듣고 그들이 그동안 수집한 정보를 모두 살펴보았다.

"야! 그 공장의 내부 구조를 알고 있냐?"

"아직 모릅니다. 그래서 형님을 모신 것이 아닙니까?"

"그래 가지고 뭘 훔치겠다는 거야? 내가 하는 것을 보고 배워라! 그런데 성공하면 나에게 얼마나 줄래?"

"30%를 드리겠습니다."

"나는 그 정도 받고는 일 안 한다. 40%라면 모를까. 어떻게 할래?"

"강습비와 실습비가 상당히 비싸네요? 뭐, 알겠습니다. 그렇게 하지요."

그는 컴퓨터를 가지고 오라고 했다. 그리고는 4차원 기업의 금괴 공장을 건축한 건설 회사를 찾았다. 그 회사 홈페이지에는 자기 회사가 건축한 대표적인 건물 목록이 나와 있었다. 그는 3일 후에 두목과 함께 위조한 서류들을 가지고 그 회사로 찾아갔다. 그가 3일 동안 위조한 서류는 공장을 짓기 위해서 필요한 토지에 관한 서류들이었다.

그는 그 회사에 찾아가서 자신의 공장을 짓고 싶다고 했다. 그는 건설 회사 직원에게 4차원 기업의 금괴 공장을 봤는데 마음에 드니 그런 식으로 보안이 철저한 공장을 짓고 싶다고 했다. 그랬더니 건설 회사 직원은 4차원 기업의 금괴 공장 건물 설계를 한 회사를 가르쳐 주었다. 그 절도 전문가는 그 건축 설계 회사에서 설계를 한 다음에 다시 오겠다고 하고 그 건설 회사를 유유히 빠져나왔다.

그 절도 전문가는 4차원 기업의 금괴 공장을 설계한 건축 설계 회사를 찾아갔다. 그 회사는 주로 공장 등의 특수한 건물을 설계하는 회사였다. 그는 그 회사 직원에서 자신의 공장 건물 설계를 요청하였다.

"어떠한 형태로 공장 건물을 건축하고 싶습니까?"

그 회사 직원이 물었다.

"여기에서 4차원 기업의 금괴 공장을 설계했다고 하던데, 혹시 외부 조감도를 볼 수 있을까요? 지나가면서 보니까 그 공장의 외부 모습이 마음에 듭니다."

그 설계 회사 직원은 내부의 모습이 아니라 외부를 보고 싶다고 해서 특별한 의심을 하지 않고 컴퓨터에 저장된 4차원 기업의 설계도 중에서 외부 조감도를 보여주었다. 절도 전문가는 설계 회사 직원이 컴퓨터 파일을 열 때에 파일이 어디에 저장되어 있는지 유심히 보았다. 그리고는 설계 견적을 대충 알아보는 시늉을 한 다음, 다시 오겠다는 말을 남기고 그 회사에서 나왔다.

그 절도 전문가는 그 후 일주일 동안 놀면서 시간을 보냈다. 두목은 유흥업소를 찾아다니며 절도 전문가를 대접했다. 절도 전문가는 그 설계 회사에 바로 침입할 수도 있지만, 자신이 한 번 방문한 적이 있어서 혹시 침입한 흔적을 남기면 자신을 의심할 가능성이 많기 때문에 일주일 이상 지체한 후에 침입해야 한다고 말했다.

절도 전문가가 그 설계 회사를 방문한 지 8일이 지난 후 자정이 넘은 시각, 일을 진행하였다. 그 설계 회사 사무실에 침입한 것이다. 그 회사 건물은 보안이 철저하지 않은 회사이므로 사무실에 들어가는 것은 절도 전문가로서 식은 죽 먹기보다 쉬운 일이었다. 절도 전문가는 얼굴을 완전히 가리고 들어갔다. 혹시 CCTV에 찍히면 안 되기 때문에 얼굴을 철저히 가렸다.

절도 전문가는 사무실에 들어가서 여러 대의 컴퓨터를 켰다. 그는 자신이 알고 있는 컴퓨터 한 대만 켜도 되지만 혼란을 주기 위해서 여러 대의 컴퓨터를 켜서 각각의 컴퓨터에 USB 메모리를 끼우고 무엇인가 하는 시늉을 했다. 그는 4차원 기업의 금괴 공장 건물 설계도가 있는 컴퓨터에서 해당 설계도가 있는 폴더를 통째로 USB 메모리에 신속히 옮겨 담았다.

그는 되도록 침입 흔적을 남기지 않기 위해서 노력했다. 컴퓨터를 켰다가 끄는 것 외에는 다른 물건을 손대지 않았다. 그는 4차원 기업의 금괴 공장 건물 설계도를 복사한 후에 뒤처리를 완벽히 하고 빠져나왔다. 그가 침입한 것은 사무실과 복도 CCTV에만 기록으로 남았을 뿐 다른 곳에서는 어떠한 흔적도 남기지 않았다. CCTV에 기록이 남더라도 사람들은 그것을 알 수 없을 것이다. 보통 침입 흔적이 있지 않는 한 CCTV 영상 기록을 조회하는 일은 없기 때문이다.

그 절도 전문가는 다음 날 아지트에서 두목의 부하들과 함께 설계도를 살펴보았다. 그는 설계도를 살펴보면서, 자신의 능력을 과시하듯 목에 힘을 주고 거만한 표정으로 두목에게 물었다.

"야, 두목! 나에게 많이 배웠냐?"

"형님 머리는 대단하십니다. 이런 것을 어떻게 다 생각해 내셨습니까?"

"나는 너희 같은 좀도둑과는 달라. 나는 이 분야에서 최고의 전문가다. 너도 배워서 많이 커라. 나처럼 되기 위해서는 많은 과목을 공부해야 한다. 공부 많이 해라!"

"네, 알았습니다. 형님!"

그들은 금괴 공장 건물 내부 설계도를 살펴보았지만, 마땅히 들어갈 만한 곳을 찾지 못했다. 그들은 침입할 곳이 없자 실망한 표정을 지었다. 그러자 절도 전문가는 다른 사람들에게 말했다.

"들어갈 곳이 보이냐?"

"안 보입니다"

"눈을 더 크게 뜨고 눈에 힘을 줘서 봐라! 보이냐?"

"안 보입니다"

"입체적으로 봐라. 들어갈 곳이 보이냐?"

"그래도 안 보입니다."

그러자 그 절도 전문가는 볼펜으로 인쇄된 설계도 위에 선을 그었다.

"그 쪽으로 어떻게 들어갑니까?"

"땅을 파고 들어가면 되잖아! 설계도를 보니, 이 방법밖엔 없다."

그들은 그 회사에서 가장 가까운 곳에 있는 낡은 건물의 지상 1층과 지하 1층을 임차했다. 그 건물과 4차원 기업의 금괴 공장 건물은 약 50미터 정도 떨어져 있었다. 그 절도 전문가는 약 두 달 동안의 계획을 세우고, 하루에 약 1미터 이상 파라고 두목에게 지시했다. 절도 전문가와 그 일당은 그 건물 지상 1층으로 아지트를 옮겼다. 그들은 터널용 침목으로 사용할 나무들을 많이 구매하였다.

그들은 나무를 이용하여 제작하는 공장처럼 위조했다. 그들은 나무를 자르는 기계와 콘크리트를 자르는 기계도 갖추어 놓았다. 그들은 나무를 자르는 기계를 구매할 때 일부러 소음이 많이 나는 것을 골랐는데, 이는 그 건물 지하의 철근 콘크리트를 뚫을 때 의심을 받지 않기 위함이었다. 더 큰 다른 소음으로 콘크리트를 자르는 소음을 덮을 계획이었던 것이다. 콘크리트를 자르는 기계는 물을 많이 사용하더라도 소음이 아주 작은 것을 사용했다.

그들은 지하 1층에서 콘크리트를 뚫고 흙이 있는 곳으로 빠져나왔다. 그들이 콘크리트를 뚫을 때에 약간의 소음이 있었으나 다른 층에 있는 사람들은 지하층에 새로 입주할 사업체가 리모델링 공사를 하는 것으로 착각하였다. 그들은 안전을 위해서 충분히 깊은 지하로 내려갔고 침목을 튼튼하게 세웠다. 그들은 그 굴을 날마다 1미터씩 금괴 공장 건물을 향하여 팠다. 지하에서 터널을 파면서 나오는 흙은 자루에 담아서 밤에 몰래 멀리까지 가서 버렸다.

그로부터 두 달이라는 시간이 흘렀다. 그들은 금괴 공장 건물 지하에까지 도달했다. 그 절도 전문가는 이 정도의 터널을 파는 토목 기술까지 습득하고 연구한 사람이었다. 그들은 방향을 바꾸어 위쪽을 팠다. 계속해서 위쪽으로 파자 철판이 나왔다.

"형님, 위쪽으로 파니까 철판이 나옵니다."

두목은 절도 전문가에게 보고했다.

"야, 그러면 그만 파도 되겠다. 그 철판을 건들지 말고 쉬어라. 잠이나 한숨 자자."

"그 다음에 어떻게 하실 계획인데요?"

"철판이 나오면 오히려 더 쉽단다. 철판은 산소 용접기로 녹일 수 있으니까 소음 걱정을 하지 않고 작업을 할 수 있어. 내일 저녁까지 산소 용접기를 구해 놔라."

"아, 그렇군요. 네, 알겠습니다."

그들은 씻은 후에 옷을 갈아입고 잠을 청했다.

다음 날 자정, 그들은 산소 용접기를 가지고 금괴 공장 지하까지 터널을 통해 이동하였다. 절도 전문가는 산소 용접기를 사용하여 철판을 녹이기 시작하였다. 약 1시간 정도 작업을 하니 사람이 충분히 통과할 정도로 철판에 구멍을 낼 수 있었다. 조금 더 넓은 곳이라면 더 빨리 할 수도 있었지만, 작업하는 공간이 좁고 위에서는 불꽃과

쇳물이 떨어졌기 때문에 불편한 자세로 작업했다. 철판에 큰 구멍을 내자, 콘크리트가 보였다.

콘크리트를 뚫는 것은 매우 조심스럽게 이루어져야 했다. 소음을 발생해서는 안 되기 때문이다. 절도 전문가는 소음이 거의 나지 않게 콘크리트를 뚫기 위해서 다음 날 특수한 장비를 준비해 왔다. 그는 그 장비로 콘크리트를 서서히 갈아 내거나 자르기 시작했다. 그는 그 작업을 야간에만 했다. 그 작업은 소음이 거의 없는 대신에 매우 천천히 진행되었다.

약 3일 정도의 작업 끝에 콘크리트에 구멍이 생겼다. 그 위에는 바닥재가 보였다. 조금만 있으면 그들은 일확천금을 거머쥘 기회를 갖게 되는 것이었다. 절도 전문가는 거의 다 되었다고 두목과 그 일당들에게 말하자, 그들은 기대를 가지고 긴장하며 바닥재를 뚫으려고 하였다.

그런데 이상한 일이 생겼다. 그 바닥재에 흠집조차도 낼 수 없었던 것이었다. 그 절도 전문가는 그것이 무엇으로 만들어졌는지 도무지 알 수 없었다. 아무리 단단한 것이라도 기계로 갈고 자르면 흠집이 나야 되는데 도무지 흠집조차도 낼 수 없는 것은 평생 처음으로 보았기 때문이다.

바로 그곳이 4차원 기업이 만든 4차원 보호막이 작동하는 범위 내에 위치해 있었다. 그 절도 전문가는 4일 동안 그 바닥재에 구멍을 뚫기 위해서 애썼다. 그러나 아무것도 할 수 없었다. 그렇다고 포기하기에는 두 달 이상 고생한 것이 너무 아까웠다. 게다가 금괴가 바로 코앞에 있다는 사실은 안타까움을 더했다. 절도 전문가는 4일째 되는 날, 그와 같은 방법으로 하는 것을 결국 포기하기로 했다. 단 1mm의 흠집조차도 전혀 생기지 않는데, 어떻게 할 방법이 없었다.

그들은 아지트로 돌아와서 그 4차원 보호막에 대해서 조사해 보았다. 인터넷을 뒤지자 거기에 대해서 영어로 표기된 것을 볼 수 있었다. 한국 인터넷 사이트에서는 거기에 관한 것을 찾아볼 수 없었으나 영어로 된 인터넷 사이트에서는 4차원 보호막에 관한 자료가 조금 있었다. 그 절도 전문가는 영어 실력이 좋지 않았지만 사전을 찾아보면서 겨우 해석할 수 있는 수준은 되었다. 그 절도범 두목과 일당은 영어 실력이 아예 까막눈이었다. 영어를 전혀 모르는 그들은 절도 전문가가 모니터에 나오는 영어 문장을 해석하는 것을 보고 매우 부러운 듯이 바라보았다.

"우리는 다른 기술들은 어떻게 배워 보겠는데 영어를 읽고 해석하는 것은 포기해야 되겠다. 정말 도둑질하기 힘들다. 이렇게까지 영어 공부를 열심히 해야 하다니…… 차라리 옛날 방식으로 하는 게 낫겠다."

"형님은 그러한 머리로 왜 도둑질을 합니까? 차라리 다른 것을 해도 성공할 수 있을 텐데…… 형님, 그 바닥재를 제거할 방법이 보입니까?"

이에 신경질이 난 듯한 목소리로 절도 전문가가 대답했다.

"야! 조용히 해라. 정신이 혼란스럽다. 지금 연구하고 있잖아. 아! 머리 아파. 이젠 정말 모르겠다."

절도 전문가는 어떤 사람이 4차원 기업의 4차원 보호막에 대해서 영어로 적어 놓은 것을 읽다가 해결 방법을 찾지 못하고 포기했다. 그는 혹시 4차원 보호막에 연결된 전원을 끄면 사라지지 않을까 싶어 그 공장 건물 설계도에서 전원 장치를 찾아보았으나, 일반적인 전기 배선만 있을 뿐 4차원 보호막의 전원에 관한 것은 어디에도 없었다.

4차원 보호막의 전원은 현장에 있는 것이 아니었다. 그것은 4차원 기업 본사 사무실에 있었고, 전원을 내리는 것은 여러 단계의 복잡한 일을 거쳐야만 가능했다. 4차원 기업 본사에서는 이미 절도범들이 땅굴을 파고 침입했다는 사실을 알고 있었다. 4차원 기업의 모든 시설의 울타리 안에는 지하 10미터까지 감시할 수 있는 탐지기가 있었기 때문이다.

4차원 기업의 보안 부서에서는 침입 사실을 양승진과 윤서현에게
이미 보고한 상태였다. 그랬더니 이사들은 서로 의논한 후에 그냥 놔
두라고 했다. 이사들은 이번 기회에 4차원 기업의 보안 시설을 실험
해 보고 싶다며, 그 절도범들이 그냥 지쳐서 쓰러질 때까지 고생만 하
다가 포기하고 가도록 놔두라는 말을 덧붙였다. 그들이 고생만 하다
가 결국 실패하면 절도범들의 세계에서 4차원 기업은 결코 침입할 수
없는 곳이라는 소문이 퍼질 것이기 때문이었다.

한편, 절도범들이 특별히 초대한 절도 전문가는 4차원 기업에서
사용하고 있는 4차원 보호막에 관한 영어로 된 정보를 읽고 포기하
기로 했다.

"여긴 도저히 우리가 침입할 수 없는 시설이야. 포기해야겠어. 혹시
나보다 더 똑똑한 전문가를 찾아보든지 해라. 쓸데없이 개고생만 했네!"

"그럼 형님보다 더 똑똑한 전문가는 누구입니까?"

"내가 사용하고 있는 방식은 몰래 침입하는 절도 방식이다. 만일
너희들이 그 금괴를 기어코 갖고 싶다면 방식을 달리해야 할 거야."

"무슨 방식입니까?"

"절도는 안 되고 강도로 하면 되겠지? 그 금괴 공장과 거래하고 있
는 고객을 따라가서 빼앗는 거야."

"저희는 강도는 안 해 봤는데…… 그것은 어떻게 할까요?"

"그러니까 그 분야의 전문가의 도움을 받아서 다른 방식으로도 진
출해 보라는 거야. 너 알아서 해라. 이젠 나도 모르겠다."

"형님, 혹시 그 분야 전문가를 알고 있으면 소개 좀 시켜 주세요."

"알았다. 내 이름을 말하고 이쪽으로 연락해 봐라. 혹시 성공하면
소개비 10%는 줘야 한다. 너도 알다시피 내가 이번에 고생을 많이
했지 않냐."

절도범들은 그들이 사용했던 건물에서 그들의 흔적을 없애기 시작

하였다. 지하층의 콘크리트 벽을 원래대로 비슷하게 복원해 놨다. 그들은 건물 임대 계약을 빨리 끝내고 자신들의 이전 아지트로 철수했다.

그 절도범들은 소개 받은 강도 전문가에게 연락을 했다. 강도 전문가는 아주 좋은 제안으로 여기며 그들의 아지트로 찾아왔다. 그 절도범들의 두목은 이번 계획에 대해서 자세히 설명했다. 실패한 경험담도 함께 이야기했다. 그 강도 전문가는 자신의 부하 두 명을 데리고 왔다. 그리고 협상을 했다. 성공하면 두 팀이 50%씩 나누는 것이라고 했다. 그 절도범 두목은 그렇게 하기로 했다.

그러나 그 강도 전문가는 속으로 다른 생각을 했다. 기회가 된다면 자기들의 손에 들어온 물건을 나누지 않고 그냥 몽땅 가지고 갈 계획을 세운 것이다. 그들은 근처 건물 옥상에서 망원경을 가지고 며칠 동안 그 금괴 공장 건물을 관찰했다.

며칠 후에 금괴를 싣고 갈 수 있는 특수한 승합차가 4차원 기업의 금괴 공장에 들어가는 것을 확인했다. 그 승합차는 금괴 공장 바로 옆에 위치한 금 거래소 사무실 앞에 멈췄다. 이윽고 자동차 시동이 꺼지고 문이 열렸다. 그 차에서 내린 사람들은 잔뜩 긴장한 채 주위를 경계하는 듯 사방을 쳐다보았다. 그 차에는 운전사만 타고 있었는데, 어쩐지 운전사에게서는 조금의 긴장감도 보이지 않았다. 금 거래소 근처 건물 옥상에서 망원경으로 감시하는 강도들은 이 사실을 휴대전화로 일당들에게 알렸다.

강도 전문가들은 금 거래소 근처에 있는 일당에게 그 차에 몰래 접근하여 위치 추적 장치를 부착하라고 지시했다. 일당 중 한 명이 차에서 내린 후, 금 거래소 정문으로 들어갔다. 정문의 수위는 거짓말로 대충 용무를 둘러대는 그 일당을 통과시켜 주었다. 그 일당은 양복을 말쑥하게 차려 입고 그곳에 들어갔다. 의심 받지 않는 복장이 필요했던 것이다.

"저 앞에 있는 검은 색 승합차가 맞습니까?"

그는 근처 옥상에 있는 일당에게 물었다.

"맞아. 그 차에 위치 추적 장치를 붙이면 돼."

그는 금 거래소 건물 입구 근처 주차장에 주차되어 있는 차에 자연스럽게 접근하였다.

"이제 위치 추적 장치를 붙여도 될까요?"

"그래, 지금이야. 아무도 보지 않고 있어."

그는 붙여도 된다는 대답을 듣고는 주위를 한 번 쓰윽 둘러보더니, 그 특수 승합차에 위치 추적 장치를 붙였다.

"이제는 금 거래소 사무실에 들어가서 상황을 보고 나와라."

"네, 알겠습니다."

"자연스럽게 살펴봐야 해. 조금 전과 같이 두리번거리면 의심을 받게 된다."

"네, 조심하겠습니다."

그 일당은 금 거래소 사무실로 들어가서 한 번 훑어보더니, 전화를 받는 척하면서 현관 밖으로 나갔다. 그는 계속 전화 통화를 하는 척하면서 정문을 나와 자기 일당이 있는 승용차에 올라탔다. 그 강도들은 총 두 대의 차를 준비하였다. 한 대는 금 거래소 근처에 있었고, 다른 한 대는 그곳에서 조금 떨어진 곳에 위치해 있었다. 근처 옥상에 있던 그 강도들은 금 거래소에서 어떤 사람들이 무거운 가방 세 개를 그 승합차에 싣는 것을 지켜보았다. 그들은 그 사실을 일당들에게 알렸다. 그 가방에는 분명히 금괴가 들어 있을 것이라고 짐작되었다.

금괴를 실은 승합차가 시동 소리와 함께 곧 출발하였다. 강도들은 그들이 눈치 채지 못하게 충분한 거리를 두고 추적하였다. 그 차 밑에는 위치 추적 장치가 붙어 있었기 때문에 바짝 따라붙지 않고도 태블릿 PC를 통해 그들이 가는 방향을 알 수 있었다.

금괴를 실은 승합차는 출발하고 나서 얼마 후에 고속도로에 진입했다. 그 승합차는 고속도로에서 약 한 시간을 달린 후에 휴게소에서 정지했다. 강도들은 그 차를 따라서 휴게소로 들어갔다. 휴게소에서 승합차에 탔던 세 명 중 두 명이 내려서 화장실로 갔다. 이제 남은 건 운전석에 앉아 있는 한 명뿐이었다.

강도들 중 한 명이 선글라스를 끼고 그 승합차 운전석 창문 앞으로 다가갔다. 그리고는 '똑똑' 차 유리창에 노크를 했다. 운전사는 유리문을 조금 내리더니 무슨 일이냐고 말했다. 그때 강도는 창 안으로 작은 수류탄을 던졌다. 그 수류탄은 터지면서 독가스를 내뿜었다. 그 독가스는 사람을 죽이지는 않지만 잠들게 만드는 가스였다. 운전사는 곧 기절했다.

강도는 운전사가 기절하자 유리창 안쪽에 손을 넣고 승합차 문을 열었다. 그는 아직 남아 있는 독가스의 여운이 자신에게 영향을 미치지 않도록 숨을 참은 상태에서 운전사를 한쪽으로 밀어 버리고 자신이 운전석에 앉았다. 그리고 조수석 문을 열었다. 조수석 문으로 다른 강도가 올라 타자, 곧바로 차가 출발하였다. 그렇게 차를 몰고 달아난 것이다.

그들은 달아나면서 창문을 모두 열고 환기를 시켰다. 환기가 거의 되자 그들은 얼굴을 창문 밖으로 내고 숨을 쉬기 시작했다. 그들은 약 1분 이상 숨을 참았다가 쉬었으므로 숨소리가 거칠었다. 그들은 점점 속력을 내어 좀 더 빠른 속도로 달렸다. 조수석에 앉은 강도는 운전사를 묶은 후, 입에 테이프를 붙이고 얼굴에 보자기를 씌웠다. 그리고는 바닥에 있는 터진 수류탄을 창문 밖으로 멀리 던졌다.

그들은 고속도로를 빠져나와 국도에 들어섰다. 뒤에는 강도 일행들의 자동차 두 대가 뒤따랐다. 자동차 두 대는 바로 붙어서 따라오지 않고 약 50미터 정도 떨어진 거리에서 따라왔다. 승합차를 탄 강도들은 차가 별로 다니지 않는 곳에서 차를 멈춰 세웠다. 뒤이어 따라온 강도 일행도 차를 멈춘 후, 미리 준비한 장비를 가지고 와서 뒷문을 강제로 열었다. 그리고 뒤에 적재된 가방 세 개를 승용차에 옮겨 실었다. 그들은 승합차 문들을 닫은 다음에 승합차 밑에 붙은 위치 추적 장치를 제거했다.

그들은 승용차를 타고 도망갔다. 약 20분 정도 달렸을까? 또 다시 한적한 곳에 차를 세운 그들은 다른 승용차로 다시 가방 세 개를 옮겼다. 혹시 목격자가 있으면 의심을 받을 수 있으므로 만약을 대비해서 옮긴 것이었다. 가방을 두 차례 반복해서 옮긴 그들은 아지트로 향하였다. 그 아지트는 금괴를 녹일 장비가 미리 준비되어 있었다. 4차원 기업의 금괴는 백금으로 인쇄된 부분이 있기 때문에 훔친 증거가 남아 다른 곳에 팔기가 불편했기 때문이다.

그런데 아지트로 가는 도중에 금괴를 실은 승용차가 갑자기 가벼워지는 것이 느껴졌다. 차가 갑자기 잘 나가는 것 같았다. 이상하다고 생각했지만 운전하는 강도 일당은 "그럴 수도 있겠지"라고 생각하면서 무시한 채 그냥 달렸다. 강도 전문가는 빨리 아지트로 가서 기회가 생기면 금괴를 가지고 자기 일당들과 함께 다른 곳으로 달아날 계획을 세우고 있었다.

휴게소에서 화장실로 간 금괴 운송직원 두 명은 용무를 마치고 돌아오면서 금괴 운송차량이 없어진 것을 확인하였다. 그들은 운전사에게 전화를 했지만 연락이 되지 않자 경찰에 신고하고 자기들의 상관에게 보고했다. 상관은 즉시 4차원 기업의 금 거래소에 전화를 했다. 4차원 기업의 금 거래소 직원들은 그들이 가지고 간 금괴의 일련번호를 확인하한 후, 4차원 기업 본사에 전화를 걸어서 강도 사건을 신고했다.

4차원 기업 본사에서는 즉시 금괴 도난 방지 프로그램을 가동시켰다. 그 금괴 도난 방지 프로그램은 4차원적인 방법으로 잃어버린 금괴가 공간 이동을 하여 다시 원래의 자리인 금 거래소로 돌아오게 하는 것이다. 4차원 기업이 생산한 금괴는 잃어버렸다고 해도 조건만 충족하면 다시 찾아올 수 있다. 절도범들이 4차원 기업의 금괴를 가지고 가서 녹인다고 할지라도 7일 안에는 다시 원래의 위치와 형태로 복귀시킬 수 있던 것이다. 만일 금괴가 녹은 후 7일이 지나면 그 금괴의 원소들은 4차원적인 위치 정보를 잃게 되어 다시 복귀시킬 수 없다.

금괴를 옮기다가 빼앗긴 차량은 운전사의 휴대전화 위치를 확인하여 금방 찾을 수 있었다. 다행히 그 운전사는 크게 다친 곳은 없었지만 크게 놀랐고 상관으로부터 잔소리를 들어야만 했다. 상관은 앞으로 정신을 똑바로 차리고 더욱 조심하라고 하며, 다시 금 거래소로 가서 금괴를 가지고 오라는 지시를 내렸다. 그들은 그 승합차를 몰고 다시 금 거래소로 향했다.

자신의 아지트에 도착한 강도들은 승용차에 실은 금괴 가방들을 내렸다. 그런데 가방을 드는 느낌이 이상했다. 가방들이 이상하리만큼 너무 가벼웠던 것이다. 가방을 열어 보니, 텅 비어 있었다. 다른 승용차에 있던 사람들은 어떻게 된 것이냐고 물었다. 만약에 두 팀이 각각의 승용차에 탔더라면 크게 싸웠을 것인데, 그들은 서로를 믿지 못했기 때문에 섞어서 승용차에 탔다. 그들은 도저히 이해할 수 없는 상황이 벌어지자 허망함을 감추지 못하였다.

금괴를 다른 승용차에 옮기고 바로 뒤에서 그 차를 쫓아온 사람들은 눈으로 보이는 거리에서 그 차를 따라갔기 때문에 금괴를 싣고 간 앞차가 금괴를 빼돌릴 시간이 없다는 것을 알고 있었다. 그들은 약간의 다툼 끝에 술잔을 기울였다. 절도범 두목은 자신의 처지를 푸념했다.

"내가 이 일을 계획하고 투자한 돈이 얼마인데 이렇게 빈 가방만 남았으니, 이제는 어떻게 해야 하냐?"

4차원 기업은 경찰에 그 절도범과 강도 일행을 신고했다. 4차원 기업이 제공한 금괴를 운반하는 가방에는 위치 추적 장치가 들어 있었다. 경찰들은 술을 마시면서 신세를 한탄하는 그들을 모두 검거했다. 그들을 추궁하여 설계도를 훔치고 땅굴을 파게 했던 그 절도 전문가도 검거했다. 그들이 4차원 기업의 금괴를 훔치기 위해서 석 달 동안 계획했던 모든 것들이 언론에 공개되었다. 기자들은 그들이 판 땅굴과 그들이 사용했던 장비와 차량들을 촬영했다. 이제는 4차원 기업이 판매하는 금괴는 판매 후에도 어느 정도 안전을 보장한다는 것이 증명된 셈이다.

  반지, 목걸이 등 귀금속을 파는 가게는 금값이 너무 비싼 나머지, 여러 해 동안 장사가 잘 안 되었다. 그런데 4차원 기업이 금괴를 생산하고 난 다음부터는 금값이 내려서 장사가 이전보다 잘 되기 시작하였다. 장식용 금의 수요가 늘어나기 시작한 것이다. 어떤 귀금속 가게는 과시하기 위해서 4차원 기업에서 구매한 금괴를 외부에서 볼 수 있는 진열대에 가지런히 진열해 놓았다. 그 금괴는 가게 문을 닫은 후에도 밖에서 볼 수 있도록 그대로 진열대에 진열되어 있었다. 4차원 기업이 생산한 금괴는 도난 방지 시스템이 확실히 되어 있어서 분실할 염려가 전혀 없다는 것이 여러 사람들에게 널리 알려졌다.

  아직까지는 4차원 기업이 판매한 금괴는 세계의 금 보유량에서 큰 비중을 차지하지 않았다. 그렇지만 세계의 금 시세는 4차원 기업이 원하는 대로 많이 낮아졌다. 4차원 기업이 금괴를 판매한 지 2년 후에는 4차원 기업의 금 거래소에서 한국의 원화로만 금괴를 매매한다고 했는데, 그렇게 되면 미국의 달러의 위상이 힘을 잃을 것이다.

  금 보유량이 많은 미국과 몇 개의 나라는 이에 대한 대책을 의논하였다. 그렇다고 한국의 4차원 기업과의 거래를 끊을 수는 없었다. 한국의 4차원 기업은 세계의 에너지 시장에서 큰 역할을 하기 때문에

2 금본위제
|
101

결코 무시할 수 없는 큰 기업이었다. 특히 자동차용 전기에너지는 4차원 기업 방식을 대체할 것이 없었다. 정당한 방법으로 금의 시세를 원래대로 하기에는 마땅한 방법이 떠오르지 않았다. 금 시세 대책을 의논하는 회의는 별다른 성과 없이 마무리 지어졌다.

어떤 나라의 정보기관에서 이에 대한 대책을 비밀리에 확실히 처리하기로 했다. 그 정보기관은 4차원 기업의 내부 정보를 먼저 수집하기로 했다. 그것을 위해 4차원 기업 본사에서 근무하는 직원들을 포섭하려 하였으나 모두 헛수고로 돌아갔다. 그래도 주위에서 들은 이야기를 통해 중요한 사실들을 알아내었다. 4차원 기업은 양승진이 대표이사로 기업을 운영하고 있지만, 실제로는 4차원 기업의 과학 기술을 담당하고 있는 윤서현이 없으면 4차원 기업이 크게 흔들릴 것이었다. 그 정보기관은 비밀회의 끝에 4차원 기업이 금괴를 더 많이 생산하기 전에 윤서현을 제거하기로 했다.

그 정보기관은 암살 전문가에게 윤서현의 제거를 의뢰하기로 하였다. 의뢰하는 일은 그 정보기관 명의가 아닌 어느 비밀 정보원의 개인 이름으로 이루어졌으며, 거액이 들었다. 그 비밀 정보원은 큰돈을 암살 전문가에게 지불하고 암살 계약을 맺었다.

그 비밀 정보원은 며칠 후에 암살 전문가 일당을 한국으로 데려갔다. 그들은 한국어를 잘 하는 사람들이었다. 한국에 도착한 그들은 4차원 기업 본사 근처에 있는 최고급 호텔에 머물렀다. 윤서현 암살 비용에 있어서 호텔 숙박비는 아무것도 아니다. 현재 세계에서 금 보유량이 많은 몇 개의 나라들의 자산 규모가 상당히 감소했는데, 그것을 해결하기 위한 비밀 작전을 수행하는 비용은 얼마든지 투자할 수 있는 가치가 있었다. 그 비밀 정보원은 호텔에 같이 머물면서도 보안에 상당히 신경을 썼다.

암살 전문가 중에 두 명은 저격용 총을 구입하러 나갔다. 그들이 공항으로 들어올 때 저격용 총을 가지고 올 수는 없었기 때문이었다. 그들은 다른 정보를 통해서 알게 된 한국의 총기 밀수업자를 통해서 저격용 총을 구입하였다. 한국의 총기 밀수입자는 저격용 총을 팔면서 그 총의 용도에 대해서 호기심을 갖게 되었다. 그리고는 조심스럽게 물었다.

"그 총의 용도에 대해서 물어 봐도 됩니까?"

그러자 그들이 나지막한 목소리로 대답했다.

"예, 알려 줄 수도 있지만 대신 당신의 목숨을 줘야 할 것 같소."

밀수업자는 두려움이 밀려왔지만, 애써 태연한 척 대답했다.

"그렇다면 모르는 편이 낫겠네요."

"모르는 것이 서로에게 좋으니 당신은 총이나 파세요."

그 암살 전문가들이 구입한 총에는 소음기와 망원렌즈가 달려 있었다. 몇 백 미터 떨어진 곳에서 소리도 없이 조용히 저격하여 암살할 수 있는 좋은 무기였다. 그들은 구입한 무기를 직접 시험해 보기로 하였다. 그들은 옛날에 비슷한 무기를 다룬 경험이 있었지만 새로운 무기를 사용하기 전에 시험해 봄으로써 사용법을 완전히 익히고 영점 조정을 하여 시행착오가 없도록 하고자 했다.

그들은 어느 고층 건물의 옥상으로 올라갔다. 그 건물은 주위의 건물보다 높고 옥상에는 특별한 시설이 없어서 옥상으로 올라올 사람도 없어 보였다. 그들 중 한 명은 옥상으로 저격용 총을 가지고 다시 올라오기로 했고, 다른 한 명은 약 300미터 떨어진 한적한 곳에서 표적용 마네킹을 세워 놓고 그것을 관찰하기로 했다.

그들은 옥상에서 내려와서 승용차로 들어갔다. 승용차에는 저격용 총과 마네킹이 있었다. 한 명의 저격수는 총이 든 가방을 가지고 그 건물 옥상으로 올라갔고, 다른 한 명은 승용차를 몰고 약속된 위치로 가서 마네킹을 세웠다. 그 마네킹은 버려진 마네킹처럼 생겨서 세워 놔도 사람들의 관심을 끌지 못했다. 마네킹 옆에 있는 암살 전문가는 적당한 곳에 마네킹을 세워 놓고 휴대전화로 다른 암살 전문가와 통화를 하였다.

"나는 준비가 다 되었는데, 거기는 어때요?"

"나도 거의 준비가 끝났다. 조금만 기다려라."

고층 건물 옥상으로 올라간 저격수는 저격용 총을 조립한 다음에 실탄을 장전하고 휴대전화로 다른 암살 전문가에게 준비가 다 되었다고 알렸다.

"여기 옥상은 발사할 준비가 다 되었다. 마네킹의 명치에 점을 하나 찍어봐. 그래야 영점 조정을 할 거 아냐?"

"네, 알았습니다. 조금만 기다리세요."

그는 대답을 한 후, 주머니에게 필기구를 꺼내서 신속하게 마네킹의 명치에 표시를 했다.

옥상에 있는 저격수는 목표물의 거리와 각도와 바람의 방향과 세기 등을 잘 계산하여 300미터 떨어진 곳에 있는 마네킹을 향하여 총을 발사했다. 소음기가 달려 있는 그 총은 예상대로 소리가 거의 나지 않았고, 실탄은 마네킹을 향하여 정확히 날아갔다. 그들은 휴대전화로 몇 번의 교신을 한 다음에 정확히 영점 조정을 하고 시험 사격을 마무리하였다.

그들이 저격용 총을 구입하고 시험 사격을 하고 있을 시기에 다른 암살 전문가들은 출퇴근하는 윤서현의 경로를 파악하고 있었다. 윤서현은 출장을 거의 다니지 않았다. 주로 4차원 기업의 연구소에서 연구를 하거나 근처 공장에서 가장 중요한 공정을 마무리하곤 했다.

그러한 정보를 파악한 암살 전문가들은 호텔로 돌아와서 저격 임무를 같이 수행할 동료들과 회의를 하였다. 그들은 4차원 기업 연구소 근처의 저격용 총을 설치할 적당한 지점을 알려 주었다. 그 지점에서 총으로 저격하면 연구소 현관을 출입하는 윤서현을 정확하게 저격할 수 있는 곳이었다.

그 암살 전문가들은 다음 날 윤서현을 저격하기 위해서 현장에 가서 총을 설치하고 다른 암살 전문가들과 휴대전화로 정보를 주고받았다. 다른 암살 전문가들은 윤서현이 출근하는 집 근처에서 대기하고 있다가 윤서현이 출근하자 그 사실을 휴대전화로 다른 암살 전문가들에게 알려 주었다. 이제 윤서현이 출근하여 적당한 지점에 오기만 하면 바로 저격할 수 있게 준비가 다 되었다.

이윽고 윤서현이 탄 차가 연구소로 들어왔다. 윤서현은 직접 자신의 차를 운전했다. 4차원 기업에서 윤서현 정도의 위치가 되면 기사가 있는 고급 차량이 제공될 수도 있었지만, 윤서현은 출퇴근 외에는 차량으로 별로 이동하지 않을 뿐만 아니라 본인이 직접 운전하는 것을 좋아하고 운전기사가 있으면 오히려 불편을 느끼는 성격이므로 운전기사가 따로 필요하지 않았다.

윤서현의 차가 연구소 정문을 통과하자 정문을 지키고 있는 직원들이 그에게 인사를 하였다. 그는 승용차의 창문을 내려서 그들에게 반갑게 수고한다고 인사를 하였다. 4차원 연구소 정문을 지키고 있는 직원들은 출입하는 사람들에게 자연스럽게 인사를 했다. 윤서현은 주차장에 차를 세우고 연구소 현관 쪽으로 걸어가고 있었다.

그는 조경이 잘 되어 있는 연구소 마당에서 조경수들을 잠시 보기 위해서 멈췄다. 그때 저격수가 저격용 총을 발사했다. 총알은 순식간에 300미터 이상을 날아가서 윤서현을 명중했다. 그러나 윤서현은 쓰러지지 않았다. 윤서현을 향해 날아간 총알은 그에게 도달하기 1미터 전에 운동에너지를 모두 잃고 땅에 떨어졌다.

저격수는 다시 연속하여 총을 발사했다. 총알이 3초 간격으로 계속 3번 더 윤서현의 근처에 떨어졌다. 윤서현이 서 있던 곳은 잔디가 있는 곳이므로 총알이 떨어지는 소리가 크지 않았다. 그래도 약간의 소리가 연속으로 났기 때문에 윤서현은 소리가 나는 쪽을 쳐다보았다. 바로 그때였다. 윤서현의 얼굴 앞에서 다섯 번째 총알이 운동에너지를 잃고 땅으로 또 떨어졌다. 그제서야 윤서현은 눈치를 챘다. 자신을 저격하기 위한 총알들이 계속하여 날아온 것을 알게 된 것이다. 그는 잔디밭에 떨어진 총알들을 주워서 호주머니에 넣고 연구소로 들어갔다.

그 총알들은 운동에너지뿐만 아니라 열에너지도 함께 상실되어서 바로 맨손으로 주울 수 있었다. 그 총알들은 발사될 때의 형태를 그대로 유지하고 있었다. 총알을 단단한 곳을 향하여 발사하면 총알의 형태가 부서지지만, 그 총알은 4차원 과학 기술로 운동에너지를 상실하게 했기 때문에 부서지지 않고 그대로 땅에 떨어졌다.

한편 저격수들은 윤서현이 자신에게 발사된 다섯 개의 총알을 주워서 연구소 현관으로 들어가는 것을 보고 매우 놀랐다. 그들은 4차원 기업이나 한국에서 그토록 중요한 위치에 있는 윤서현이 왜 아무런 경호도 없이 혼자서 돌아다니는지를 그제야 알 수 있었다.

그들은 윤서현의 저격을 포기하고 모든 장비를 철수하여 호텔로 돌아왔다. 그들은 비밀 정보원에게 이와 같은 결과를 보고하였다. 비밀 정보원은 믿을 수 없는 말을 듣고 실망하였다.

"나에게 그 말을 믿으라고요? 어떻게 그럴 수가 있습니까? 윤서현이 자신에게 발사된 총알들을 주워서 가지고 갔다는 말을 믿으라는 것입니까?"

"우리가 저격 장면을 멀리서 녹화했습니다. 그것을 보세요. 그러면 믿을 것입니다."

암살 전문가들은 비밀 정보원에게 녹화 장면을 보여 주었다.

"어떻게 그럴 수가 있지요?"

"윤서현이 특별한 경호 장비를 장착하고 있는 것 같습니다."

"그렇다고 윤서현의 제거를 포기할 것입니까?"

"그럴 수는 없지요. 다른 방법으로 해보겠습니다."

"방법은 알아서 하세요. 어떻게 해서라도 윤서현을 제거해야 성공 보수금을 받을 수 있다는 것을 아시지요?

그 암살 전문가들은 성공 보수금이 너무 거액이기 때문에 그것을 포기할 수 없었다. 이전에 비밀 정보원과 암살 전문가들이 암살 계약을 할 때에 암살 전문가들은 약속한 성공 보수금을 주지 않으면, 그 비밀 정보원을 반드시 죽이겠다고 다짐하기도 하였다. 이틀 후에 암살 전문가들은 독으로 윤서현을 살해할 계획을 비밀 정보원에게 말했다.

윤서현은 고급 단독주택에 살고 있었다. 그의 집 대문 옆에 있는 차고문은 리모컨으로 열고 닫을 수 있게 되어 있었다. 주위에는 CCTV 카메라가 많이 설치되어 있었는데, 그 중에 가짜 카메라는 단 한 대도 없었다.

암살 전문가들은 각자 한 번씩 윤서현의 집 앞을 지나갔다. 한 사람이 여러 번 지나가면 수상하게 여길 수 있기 때문이었다. 그들은 두리번거리지 않고 고개의 방향을 일정한 방향으로 한 채 조심스럽게 지나갔다. 그렇지만 그들의 눈동자는 두리번거리고 있었다. 그 중에 한 명은 차에 비디오카메라를 달고 윤서현의 집 앞을 지나갔다. 윤서현의 집 근처를 촬영하여 작전에 도움을 받고자 함이었다.

그 암살 전문가들이 윤서현을 독살하기 위해서는 그에게 가까이 접근해야 하였다. 그러기 위해서는 업무상 구실을 만들어 접근하거나 윤서현의 집 근처에 이사를 와서 이웃으로 접근해야 하는데, 업무상 구실을 만들어 접근하는 것보다 윤서현의 이웃이 되어서 접근하는 것이 더 쉬워 보였다.

그들은 윤서현이 사는 동네의 주택 등기부등본들을 열람하여 주민들의 재정 정보를 수집하였다. 이웃들 중에서 좋은 집을 소유했지만 재정적으로 어려운 사람이 있으면 훨씬 더 작업하기 쉬우므로 그러한 사람을 찾았다. 그 암살 전문가들은 굉장한 액수의 성공 보수금을 생각하며, 대단한 의욕을 보였다.

그들은 이웃들 중에서 재정적으로 어려운 사람을 찾아갔다. 그 집의 주인을 만나서 시세보다 1.5배 많은 값을 치르고 그 집을 사고 싶다고 하였다. 그 집 주인은 약간 망설이는 듯하면서 속으로 기뻐하였다.

"저는 집을 팔 계획이 전혀 없습니다만, 집값을 시세보다 1.5배로 계산해 주신다고 하니 마음이 흔들립니다. 조금만 더 생각해 보겠습니다."

"이사비와 매매와 관련된 세금을 별도로 드리겠으니 이 집을 파십시오."

"이 집을 사서 무슨 용도로 쓰시려고 그렇게까지 하십니까?"

"그냥 이 동네로 이사를 오고 싶어서 그럽니다. 더 자세한 것은 말할 수 없습니다."

"저의 집은 은행 융자 때문에 근저당 설정이 되어 있는데……."

"그거야 계약금을 받아서 상환하고 정리하세요. 계약금을 집값의 30%로 해 드리겠습니다. 그러면 충분히 갚을 수 있을 것입니다."

"음, 좋습니다. 매매 계약을 하겠습니다."

"그러면 가까운 법무사 사무실에 가서 계약을 하도록 합시다."

그들은 가까운 법무사 사무실에 가서 매매 계약을 했다. 그 집 주인은 집을 두 달 안에 비워 주기로 하고는 중도금을 한 달 후에 받고 잔금을 이사하기 3일 전에 받기로 하였다. 집을 구입하고자 하는 사람의 목적을 정확히 몰랐지만, 어차피 그것은 자신과 상관이 없는 일이었다.

그 암살 전문가들은 매매 계약을 하면서 그 집 주인과 법무사 사무실 사무장에게 말했다.

"저희가 그 집을 매매 계약했다는 것을 반드시 비밀로 해야 합니다. 법무사 사무실 직원들도 마찬가지로 비밀을 지켜 주셔야 합니다."

"왜 그러십니까?"

법무사 사무실 사무장이 의아한 표정으로 암살 전문가들에게 물었다.

"사업상 비밀이라고 말했지 않습니까? 만약에 비밀이 유지되지 않으면 계약 위반이 되면서 서로에게 상당히 불편한 일이 생길 것입니다. 제 말에 명심해야 합니다."

"네, 그렇게 하지요. 이렇게 좋은 가격에 집을 팔게 되는데, 그 정도의 부탁은 충분히 들어 줄 수 있으니 걱정하지 마십시오."

약 두 달 후, 그 집 주인은 집값과 기타 비용 등을 모두 받고 이사를 갔다. 그는 최대한 조용히 이사를 갔다. 혹시 떠들썩하게 이사하다가 불편한 일이 생기면 안 되므로, 일부 이웃들에게만 이사를 가는 날에 길가에서 인사를 했을 뿐이었다. 암살 전문가들은 이전 주인이 이사를 간 후에 빈 집에 들어왔다. 그들은 가짜 부부 역할을 할 사람이 필요했으므로 어느 여성을 자신들의 작전에 영입하였다. 그들은 이번 암살을 위해 여러 역할들을 맡았다. 대장은 남편 역할을 맡았고, 나머지 암살 전문가들은 비서, 운전기사, 집사 등의 역할을 맡았다.

그들은 다음 날부터 리모델링 공사에 들어갔다. 그냥 그 집에 들어갈 수도 있었지만, 그들은 의심을 피하기 위해서 동네 사람들이 다 알 정도로 크게 리모델링 공사를 하였고 마당에도 조경 공사를 하여 큰 기업을 운영하는 부자임을 짐작할 수 있게 하였다. 모든 공사가 끝나자 그들은 미리 준비한 이삿짐을 옮겼다. 그들은 다른 곳에서 지난 두 달 동안 미리 이삿짐을 준비하고 있었다. 진짜 부부처럼 보이기 위해서 다른 곳에서 여러 가지 살림살이를 준비해 두었었다. 그 가짜 부부는 이사를 완료한 후에 며칠 있다가 저녁에 윤서현의 집으로 찾아갔다.

"안녕하십니까? 저희는 며칠 전에 이 동네에 이사를 온 부부입니다."

"네, 안녕하세요? 이사 오신 것을 알고 있습니다. 저희 동네에 오신 것을 환영합니다."

"여기 이사 떡을 가지고 왔습니다. 맛있게 드십시오."

"고맙습니다. 잘 먹겠습니다."

"혹시 4차원 기업의 윤 이사님 되십니까?"

"저를 아십니까?"

"아이고, 유명하신 윤 이사님이 이렇게 가까이 사실 줄은 몰랐습니다. 다음에 저희 집에 오셔서 같이 식사라도 하면 좋겠습니다."

"네, 그렇게 하지요."

"언제 시간이 되십니까?"

"저는 내일이라도 가능합니다. 그러나 서두를 필요는 없습니다."

"아니 괜찮습니다. 내일 저녁 7시에 저희 집에 오십시오. 저희가 식사를 준비하겠습니다."

"그러면 내일 저녁 7시에 선생님 댁에 방문하겠습니다."

"윤 이사님을 모시게 된 것을 큰 영광으로 생각하겠습니다."

"그러면 내일 뵙겠습니다."

윤서현은 다음 날, 최고급 화장지와 세제를 사 들고 아내와 함께 초대 받은 집으로 찾아갔다. 그 가짜 부부는 좋은 음식을 준비한 후에 윤서현 부부를 맞이하였다.

그 가짜 부부는 준비된 식탁에 윤서현 부부를 앉혔다. 식사를 다한 후에 가짜 부부는 윤서현 부부에게 같이 차를 마시자고 하였다. 그들은 음식에는 독을 타지 않았지만 식사 후에 마시는 차에는 치명적인 독을 탔다. 윤서현은 독을 탄 차를 마셨다. 그러나 이상하게도 아무런 일이 일어나지 않았다. 가짜 부부와 집사 역할을 맡은 암살 전문가는 이상하게 생각하였지만, 애써 태연한 척하였다. 윤서현 부부는 차를 마시면서 좋은 대화를 나눈 후에 그들의 집으로 돌아갔다.

암살 전문가들은 윤서현에게 분명히 독을 줬는지 확인하였다.

윤서현은 자신의 아내에게도 4차원 경호 장비를 이식하여 주었다. 그 장치는 외부의 충격으로부터 사람을 보호하면서 사람을 죽일 수 있는 다른 조건들에서도 사람을 보호한다. 그 조건 중의 하나가 바로 사람에게 해를 주는 독성 물질이다. 4차원 경호 장비는 독성을 지닌 모든 물질로부터 신체를 보호해 준다.

윤서현이 독성 물질을 모르고 마셨지만, 그것은 창자에 그대로 남았고 몸에 흡수되지 않았다. 몸 내부로 결코 들어갈 수 없게 4차원 보호막이 창자 속에서도 윤서현의 몸을 보호했기 때문이다. 그것은 흡수되지 않고 나중에 화장실에서 배출되었다.

암살 전문가들은 회의를 했다. 그들은 다음 대책을 세웠다.

"이대로 포기하기에는 성공 보수금이 너무 아까운데 새로운 방법을 시도해야지요?"

"우리에게 포기라는 것은 절대로 없다. 좋은 방법이 있으면 말해 봐."

대장은 부하들에게 방법을 물었다.

"납치하여 죽이는 것은 어떻습니까?"

"납치해서 어떻게 죽이자는 것이냐? 경호 장비가 있잖아?"

"그래, 납치해도 죽일 방법이 없어."

그들은 윤서현의 몸에 이식된 경호 장비에 대해서 조금 알고 있었다.

"머리를 쓰세요. 어떤 충격을 줘서 죽이려고 하지 말고 반대로 하면 좋을 것 같아요."

부하 중에 약간 똑똑한 녀석이 말했다.

"반대로? 그게 뭔데?"

대장은 부하의 말에 호기심을 느꼈다.

"생명 유지에 필요한 것을 차단하면 됩니다."

"그것이 뭐냐니까?"

대장은 몹시 궁금한 표정으로 물었다.

"사람은 굶기든지 산소를 차단하면 죽습니다."

"그렇게 하면 되겠다. 굶겨서 죽이려면 시간이 오래 걸리니까 산소를 차단해서 죽이자. 그럼, 일단 납치해서 여러 가지 방법을 사용해 보자. 너희들은 다양한 방법은 준비해라."

"다른 방법이라 하면 무엇을 준비할까요?"

"열과 방사능으로도 사람을 죽일 수 있을 것 같습니다."

"방사능은 안 돼. 그 방법은 장비를 구하기가 어렵다. 열과 산소 차단을 준비해라. 굶기는 것은 너무 오랜 시간이 걸리니, 준비할 것도 없다."

대장은 부하들에게 죽이는 방법을 몇 가지 준비하라는 지시를 내렸다.

"대장, 어떻게 납치할까요? 윤서현이 출퇴근할 때에 그냥 납치해서 데려올까요?

"그것은 좋은 방법이 아닙니다. 우리는 이 분야의 전문가인데, 전문가답게 납치해야 합니다."

"어떤 방법으로 납치할까?"

"저에게 좋은 방법이 있습니다."

차에 대해서 잘 아는 부하가 말했다. 그는 윤서현이 타고 다니는 차를 조작하여 납치하는 방법에 대해 구체적으로 설명했다.

그는 밤에 윤서현의 집에 몰래 침입하여 그의 차에 약간의 고장을 일으켰다. 운행할 수는 있지만 불편하게 만든 것이다. 그동안 수집한 정보에 의하면, 윤서현은 차가 고장 나면 퇴근 후 집 근처의 차량 정비소에 맡기고, 다음 날 아침에 차를 찾아서 출근한다고 했다. 그 정비소는 아침 6시부터 밤 10시까지 2교대로 운영되었다. 윤서현은 특별한 일이 없으면 정시에 출퇴근을 했다.

다른 때와 마찬가지로 윤서현은 아침에 자신의 집 마당에 있는 차고에서 차를 몰고 출근을 했다. 그런데 15분 후부터 차의 상태가 이상했다. 운전하는 느낌이 불편했던 것이다. 그는 그날 오후에 퇴근하면서 집 근처의 차량 정비소에 맡기고 집으로 걸어갔다.

정비소에서는 그 차의 고장 난 부분을 찾아서 수리했다. 암살 전문가 중 차에 대해서 아는 사람은 고장 난 부분을 알면 간단하게 수리할 수 있게 고장을 냈다. 하지만 고장 난 부분을 찾는 것은 어렵게 했다. 차의 수리는 건물 내부에서 이루어졌다. 오후에 일하는 정비소 직원들은 윤서현의 차를 고친 후에 건물 내부에 놔두고 퇴근했다. 그 차를 수리한 내용은 다음 날 오전에 일하는 직원들에게 인수인계해야 하므로 정확히 기록하였다. 그들은 차량 정비소 문을 잠그고 퇴근을 서둘렀다.

차에 대해서 잘 아는 암살 전문가는 한밤중에 그 정비소에 몰래 침입했다. 그 정비소에는 무인 경비 시스템이 있었지만 그는 전문가답게 그것을 무용지물로 만들었다. 윤서현의 집에서 그의 차 구조를 바꾸기에는 소음이 많이 발생할 뿐만 아니라 차를 들어 올리는 장비가 없으므로 불가능하였다. 그렇지만 차가 정비소에 있으므로 차의 구조를 바꾸는 작업은 무척 쉬웠다. 그는 윤서현의 차에 무선 조종 장치를 달았다.

다음 날 아침, 윤서현은 집에서 차량 정비소까지 걸어갔다. 그는 그곳에서 차의 상태를 확인한 후에 차를 찾아서 출근했다. 암살 전문가들은 윤서현이 출근할 때 납치하지 않았다. 그러면 4차원 기업 직원들이 출근하지 않는 윤서현에게 연락할 수도 있기 때문이었다. 암살 전문가들은 윤서현이 퇴근하기만을 기다렸다.

늦은 오후, 윤서현이 자신의 차를 직접 운전하여 퇴근하고 있었다. 한적한 길에서 기다리고 있던 암살 전문가는 무선 조종 장치의 전원을 올리고 차량 운전을 무선 방식으로 전환했다. 그러자 윤서현이 운전하던 차가 윤서현의 마음대로 움직이지 않았다. 무선 조종 장치에 의해 암살 전문가들이 원하는 대로 차가 움직인 것이다.

윤서현은 놀랐지만, 침착하게 대응하였다. 먼저 휴대전화를 꺼내서 부하 직원에게 전화를 걸었다. 그런데 휴대전화가 불통이었다. 암살 전문가는 윤서현이 차량 내부에서 휴대전화로 통화할 수 없도록 미리 장착된 전파 방해 장치를 작동시켰다.

윤서현이 탄 차는 한적한 곳에서 방향을 바꾸어 어느 건물 주차장으로 들어갔다. 그곳은 암살 전문가들이 윤서현을 죽이기 위해서 미리 준비한 장소였다. 그들은 윤서현을 차에서 내리게 하였다. 부하들이 그를 사무실 안으로 데리고 들어가서 의자에 묶으려고 하자, 대장이 부하들에게 명령했다.

"그럴 필요가 없다. 저기에 모셔라."

부하들은 대장의 지시에 따라 윤서현을 소파에 앉혔다.

"이렇게 유명한 윤 이사님을 다시 뵙게 되어 영광입니다."

대장은 윤서현에게 환영 인사를 했다.

"이 동네에 새로 이사 오신 사장님이군요?"

"이렇게 불편한 방법으로 다시 모시게 되어서 죄송합니다."

"왜 갑자기 저를 이렇게 데리고 온 것입니까? 급한 일이라도 있습니까?"

암살 전문가들의 대장은 자신을 간단하게 소개했다. 그리고는 세계 여러 나라 중에 금괴를 많이 소유한 나라들의 자산 가치를 보호하기 위해서 불가피하게 윤서현에게 죽음을 선고할 수밖에 없다고 신사적으로 설명하였다.

윤서현은 그들과 논쟁을 하지 않기로 했다. 세계의 중요한 통화로 사용되고 있는 달러화가 무분별한 발행으로 통화 가치를 유지할 수 없게 되었고, 금은 투기 수요가 너무 많아서 지나치게 가치가 상승했기에 세계 통화 유통 질서를 바로잡고자 4차원 기업이 나설 수밖에 없다는 것을 그들에게 간단하게 설명하고 논쟁에 말려들지 않았다. 그들은 논쟁으로 설득될 수 있는 상대가 아니었기 때문이다. 그들은 쉽게 말하면 살인 청부 업자였다. 자신의 이익을 위해서는 그 아무리 이치에 맞는 논리라고 할지라도 필요 없었다.

"혹시 죽기 전에 할 말이 있습니까? 제가 사모님에게 정중하게 전해 드리겠습니다."

대장은 윤서현에게 계속해서 신사적으로 말했다.

"나는 결코 죽지 않을 것입니다."

"그래요? 그것은 두고 보면 알 것입니다. 윤 이사님을 옆방으로 모셔다 드려라."

그들은 윤서현을 옆에 있는 작은 방으로 들여보냈다. 암살 전문가들은 윤서현의 소지품을 빼앗지 않았지만, 휴대전화로 통화할 수 없도록 전파 방해 장치를 작동시켰다. 그들은 윤서현에게 예의를 다하여 죽음으로 인도하고자 노력하며, 스스로를 품위 있는 신사라고 생각했다. 그곳에는 소파가 놓여 있었다. 윤서현이 죽을 때에 안락하게 죽으라고 배려하는 마음에서 준비한 것이었다. 그 작은 방은 밀폐된 공간이었다. 강화 유리로 만든 창문이 있어서 암살 전문가들은 방 안에 있는 윤서현을 볼 수 있었다.

그들은 밀폐된 작은 방에 연결된 스위치를 올렸다. 천장에 있는 구멍 몇 개가 열리더니 드라이아이스 알갱이 약 30㎏ 정도가 방바닥으로 떨어졌다. 작은 방 안의 온도가 내려가면서 이산화탄소의 농도가 올라갔다. 고체 이산화탄소인 드라이아이스가 녹으면서 이산화탄소가 많이 발생하여, 산소는 천장에 있는 구멍으로 빠져나가고 무거운 이산화탄소는 바닥에서부터 위로 차오르기 시작했다. 방 안에는 드라이아이스의 냉기로 인하여 안개만이 자욱했다.

윤서현은 방 안에 있는 소파에 앉아서 태연하게 드라이아이스가 녹는 것을 지켜보다가 바닥에 있는 드라이아이스 알갱이 몇 개를 주워서 만져 보았다.

약 30분이 지났지만 작은 방 안에 있는 윤서현은 멀쩡했다. 윤서현은 소파에 누워서 휴대전화를 꺼냈다. 그는 곧 휴대전화로 통화를 할 수 없음을 깨닫고, 휴대전화 내부에 저장된 간단한 게임을 했다.

윤서현의 몸에 이식한 최고급 경호 장비는 4차원 보호막 기능이 완벽하였다. 그를 둘러싸고 있는 4차원 보호막은 생명 유지 기능을 포함하고 있었다. 산소가 없으면 4차원 과학 기법으로 산소를 발생시켜 숨을 쉴 수 있게 하고, 온도가 적정 수준 이상이나 이하로 바뀌면 온도 변화를 억제시킨다. 최고급 경호 장비로 보호되는 사람은 물에 빠질 경우, 물속에서도 숨을 쉴 수 있다. 그들은 창문에서 윤서현을 지켜보다가 그가 죽지 않는 것을 보고 놀랐다. 심지어 윤서현은 창문을 향하여 웃으면서 놀란 그들을 향해 태연히 손을 흔들어 주었다.

"윤 이사가 죽을 생각을 안 합니다. 저렇게 멀쩡하게 손을 흔들고 있지 않습니까?"

"다음 방법이 뭐냐?"

"조금 잔인하지만 방에 부탄가스를 주입시켜 불로 태우는 것입니다."

"그럼, 그렇게 해라. 나도 그 방법까지는 사용하고 싶지 않았는데……."

그들은 벽에 있는 구멍을 열어 부탄가스가 방 안으로 들어가게 했다. 부탄가스가 어느 정도 방 안으로 들어가자 불꽃을 방 안으로 넣어 부탄가스를 점화시키고자 하였다. 그런데 이상한 일이 벌어졌다. 부탄가스가 점화되지 않은 것이다.

윤서현이 창문 밖에 있는 사람들을 향해 소리쳤다.

"미련한 사람들아! 산소를 모두 없애고 이산화탄소로 채웠는데 부탄가스에 불이 붙겠는가? 산소가 있어야 불이 붙지! 이 정도의 상식은 기본이 아닌가?"

그 말을 듣고 자존심이 상한 대장은 자신의 부하들에게 벽에 난 구멍으로 산소를 넣으라고 지시했다. 그 후에 부탄가스를 같이 넣으면서 불을 붙였다.

작은 방 안은 이제 화염으로 가득 채워졌다. 천장에 난 구멍은 굴뚝 역할을 했다. 이제는 윤서현이 소파에 길게 앉아 있지 못했다. 그가 앉아 있는 부분에서 1미터 이상 떨어진 소파 끝부분에 불이 붙었기 때문이다. 소파 끝부분이 불에 타서 소파가 주저앉자, 윤서현은 자리에서 일어섰다. 윤서현의 반경 1미터는 4차원 보호막에 의해서 보호되었기에 그의 옷에는 불이 붙지 않았다. 부탄가스가 유입된 지 약 30분 후, 불이 모두 사그라졌다.

"이제는 불장난을 그 정도까지만 하고 나를 나가게 해 주면 좋겠네."

윤서현이 밖에 있는 사람들에게 큰 소리로 말했다.

"혹시 다른 방법을 준비한 것이 있느냐?"

윤서현의 목소리를 들은 대장은 부하들에게 다른 살인 방법을 물었다.

"방사능을 준비하려고 했지만 대장님이 구하기 어렵다고 해서 그것은 준비하지 못했습니다."

"알았다. 그러면 굶겨 죽여라. 시간이 오래 걸리지만 그 방법밖에 없는 것 같다."

부하들에게 명령을 내린 대장은 윤서현을 향해 안타깝다는 표정으로 교묘하게 웃으며 말했다.

"죄송하지만 윤 이사님은 굶어 죽으셔야 되겠습니다. 기간이 오래 걸리더라도 그 방법으로 하는 수밖에 없습니다."

그 말을 들은 윤서현은 웃음을 터뜨렸다. 암살 전문가들은 '설마 4차원 보호막이 음식을 만들어 윤서현에게 제공하지는 않겠지'라고 생각했다.

윤서현은 암살 전문가들에게 말했다.

"내가 심심하기도 하고 나의 4차원 보호막 경호 장비를 실험하기 위해서 그냥 기다려 주었지만 굶겨 죽인다고 하니 그렇게까지는 길게 못 기다리겠네. 나도 집에 빨리 가 봐야 하니 장난은 이것으로 끝내는 것이 좋겠네. 나도 바쁜 사람이야."

윤서현의 말을 들은 대장은 의아함에 고개를 갸우뚱 기울이며 윤서현에게 물었다.

"어떻게 철문으로 잠긴 방에서 빠져나올 수 있단 말입니까? 불가능할 것인데요?"

"사장님, 내가 나가는 것을 보면 알 것입니다. 그런데 문을 그냥 열어 주면 예의로 나를 대한 것을 생각하여 이번 일을 모르는 척하고 묵인하겠으니, 문을 열어 주면 좋겠습니다. 그렇지 않으면 내가 스스로 나가서 당신들을 신고하는 수밖에 없습니다."

"그래도 열어 주지 않을 겁니다. 자, 이제 윤 이사님이 알아서 하십시오."

"하는 수 없이 내가 알아서 나가겠습니다."

윤서현은 갑자기 눈을 잠시 감더니 묵상했다. 그러자 그의 몸에서 빛이 나기 시작했다. 윤서현은 방 안에서 철문 쪽으로 걸어갔다. 놀라운 것은 철문 앞에서도 멈추지 않고 철문이 없는 것처럼 걸어서 나왔다는 점이다. 3차원의 세계에서는 물체가 동시에 같은 공간에 존재할 수 없는데, 윤서현은 4차원 과학 기법으로 같은 공간에 철문과 자신의 신체를 동시에 존재하게 하면서 문이 없는 것처럼 그냥 걸어서 나왔다.

물질의 세계를 자세히 살펴보면, 분자의 구성 요소인 원자는 속이 꽉 찬 물질이 아니다. 양성자와 중성자로 된 원자핵은 원자에 비해서 너무 작고 원자핵에서 매우 멀리 떨어진 곳에서 작은 전자가 돌고 있는 형태이다. 그러한 원자의 형태를 안다면 어떤 강력한 힘에 의하여 물질이 같은 공간에 겹칠 수도 있을 것이라고 이해할 수 있다.

윤서현은 그 건물의 문들을 열지 않고 문이나 벽을 그냥 통과해 마당으로 나갔다. 마당으로 나온 윤서현은 휴대전화를 꺼내서 경찰에 신고했다. 암살 전문가들은 그러한 윤서현에게 달려들어 그를 잡으려고 했으나, 그를 만질 수조차 없었다. 보이기는 했지만 만져지지는 않는 윤서현의 몸. 그냥 허공을 만지는 것 같았다. 만져지지 않는 윤서현을 잡기 위해 시간만 낭비하고 있을 때, 경찰들이 그곳에 즉시 출동하였다.

암살 전문가들은 자신들의 차 안에 실린 총을 꺼내서 경찰들의 체포에 저항하려고 하였으나, 그렇게 하려고 했을 때는 이미 늦었다. 그들은 경찰들에 의해서 모두 체포되었다. 윤서현은 경찰서에 가서 자기가 당한 것을 진술하였고, 그의 차는 경찰들에 의해 견인되었다. 그 차는 무선 조종 장치가 아직도 장착되어 있었기 때문에 증거를 확보하기 위해서 며칠 동안 경찰서에 빌려 주기로 했다. 윤서현의 연락을 받고 달려온 아내가 그를 데리러 경찰서에 왔다. 윤서현은 아내의 차를 타고 집으로 무사히 돌아갔다.

그 암살 전문가들은 살인 미수죄가 아닌 살인죄로 기소되었다. 그들이 작은 방에 윤서현을 가두고 산소를 제거한 것이나 불에 태우는 행위는 충분히 살인죄를 적용할 만큼 잔인한 행위였다. 만일 윤서현이 아니고 다른 사람이 그 방에 잡혀서 들어갔다면 분명히 죽었을 것이다.

다음 날 아침 뉴스에 윤서현의 암살 시도와 납치 사건이 자세히 보도되었다. 암살 배후 세력은 외국의 어떤 단체인지 도무지 알 수 없었다. 암살 전문가들도 그 세력을 몰랐다. 비밀 정보원은 현장에 있지 않았으므로 체포되지 않았다.

그 세력은 암살 시도가 실패할 경우를 대비하여 자기의 정체를 밝히지 않고 비밀리에 이 일을 추진하였다. 그 소식은 다른 나라의 언론에도 보도되었다. 이제는 어느 누구도 4차원 기업의 이사들에게 위해를 가할 수 없다는 것이 알려졌다. 전 세계의 모든 사람들은 어떠한 방법을 사용하더라도 4차원 기업이 결코 무너질 수 없는 기업임을 알게 되었다.

4차원 기업에 관한 뉴스가 전 세계에 보도된 이후, 4차원 기업이 만든 금괴의 거래량이 눈에 띄게 증가하였다. 4차원 기업이 만든 금괴는 투자하여 이익을 보지 못할지라도 결코 자산 가치를 상실하지 않을 것이 분명해졌다. 이에 투기꾼들은 4차원 기업의 금괴를 잠시 통화 유통 수단으로 가지고 있을 뿐, 자산 가치를 증가시키는 수단으로는 보유하지 않았다. 4차원 기업은 투기꾼들에 의하여 경제가 비정상적으로 흔들리는 것을 방지하려고 하였다.

오래 전부터 원자재는 투기꾼들에게 관심의 대상이었다. 많은 기업들은 투기꾼들이 원자재에 투자하여 가격을 상승시키는 것을 싫어했다. 4차원 기업은 정상적인 경제 활동으로 돈을 버는 것이 아니라 어떤 것에 투기하여 돈을 버는 것을 용인하고 싶지 않았다. 4차원 기업은 세계 경제 질서를 바로잡는 경제 경찰 역할을 하고 싶었다. 비정상적인 경제 활동으로 돈을 번다는 것은 다른 한편으로는 그것으로 인하여 손해를 보는 사람이나 기업이 있다는 것과 같은 말이었기 때문이다.

투기꾼들의 수고를 헛되게 만들고 싶었던 4차원 기업은 언론을 통해서 투기꾼들의 경제 활동을 저지하겠다고 발표하였다. 언론에서 이와 같은 내용이 발표되자, 투기꾼들이 함부로 투기하지 않으려고 했다. 잘못하면 오히려 4차원 기업의 역습을 받아 큰 손해를 볼 수도 있기 때문이었다.

몇 해 전, 중국이 희토류의 생산을 조절하여 막대한 이익을 보려고 계획한 사건이 있었다. 그러나 4차원 기업이 바닷물 속에서 여러 광물들을 추출하여 생산하자, 그때부터 중국이 희토류를 가지고 자원 무기화를 하지 않았다. 중국이 인위적으로 희토류의 생산량을 줄여서 가격을 올리면 4차원 기업은 필요한 희토류를 4차원 과학 기법으로 생산하여 시장에 충분히 내어 놓을 것이었기 때문이다. 만일 그렇게 된다면 오히려 4차원 기업에 시장을 빼앗기게 되어 이익이 줄어들 것이다.

원자재 중에서 지하자원은 4차원 기업이 투기꾼들의 횡포를 충분히 막을 수 있었다. 만약에 어떤 세력이 철광석으로 투기를 하면 4차원 기업은 지구의 핵에서도 철을 뽑아올 수 있었다. 그러나 투기꾼들이 농산물로 투기를 하면 특별히 막을 방법이 없었다. 그것이 4차원 기업 이사진의 고민이기도 하였다. 윤서현은 그러한 것을 막기 위해서 계속 연구하였다.

4차원 기업이 금괴를 생산한 지 어느덧 2년이 지났다. 세계의 여러 나라 대도시에는 4차원 기업의 금 거래소가 생겼다. 세계의 많은 사람들이 한국의 원화를 좋아했다. 원화의 가치는 4차원 기업과 한국 정부가 항상 일정한 가치를 지닐 수 있도록 보호해 주었다. 4차원 기업은 금을 비롯하여 여러 자원들과 전기에너지를 생산하여 충분한 자금력이 있어서 한국 원화의 가치를 유지시키기에 충분하였다.

그런데 4차원 기업이 금괴를 원화로만 거래한다고 하자 전 세계적으로 원화를 찾는 사람들이 많아졌다. 세계 여러 곳에 설치된 4차원 기업의 금 거래소 근처에는 한국의 원화를 환전할 수 있는 은행들이 생겼다. 전 세계에서 원화를 찾는 사람들이 늘어나자 상대적으로 원화의 가치가 높아졌다. 전 세계의 여러 사람들이 원화를 많이 찾고 있어서 원화의 발행량을 늘릴 수밖에 없었다. 세계의 여러 사람들이 원화를 많이 찾게 되어서 상대적으로 다른 통화가 줄어들게 되었다. 그 대표적인 것이 달러화였다. 통화 가치를 유지할 방법이 없이 달러화를 지나치게 많이 발행한 미국은 이에 대한 부담을 가져야 했다.

윤서현은 4차원 과학을 이용한 새로운 응용 분야를 연구하여 4차원 기업 이사회에서 발표하였다. 이번에 연구한 것은 이산화탄소를 원료로 사용하여 다이아몬드를 만드는 것이었다. 윤서현은 장식용 다이아몬드를 만들지 않았다. 만약에 4차원 기업에서 장식용 다이아몬드를 인공적으로 만든다면 싫어할 사람들이 많이 있을 것이다. 윤서현이 4차원 과학으로 만든 다이아몬드는 장식용으로 사용해도 될 정도로 품질이 완벽했으므로 공정 중에 불순물을 포함시켜 색상과 투명도의 품질을 떨어뜨리는 과정을 넣었다.

그가 4차원 과학 기법으로 다이아몬드를 만드는 공정은 다음과 같았다. 바람이 많이 부는 지역의 하늘에 거대한 4차원 필터를 설치하고, 그 필터를 통과하는 공기 중에서 이산화탄소와 공해 물질을 분리한다. 그 후에 분리된 이산화탄소를 산소와 탄소로 분리한다. 대부분의 산소는 다시 공기 중에 배출시키고 일부는 산소가 필요한 곳에 판매한다. 이산화탄소를 산소와 탄소로 분리하는 과정에는 많은 에너지가 필요하다. 거기에 필요한 에너지는 4차원 기업의 핵융합 발전소에서 공급 받는다. 공기 중에서 분리된 공해 물질에도 탄소 알갱이가 포함되어 있다. 거기에서도 탄소를 분리한다.

공기 중에 있는 공해 물질을 제거하는 것은 다이아몬드를 만드는 공정 중에 반드시 필요한 공정은 아니지만, 공기를 4차원 필터로 걸러내면서 부가적으로 하는 공정이다. 탄소 알갱이가 제거된 공해 물질은 별도의 공정을 거쳐서 처리된다. 이산화탄소에서 4차원 과학 기법으로 분리된 탄소 원자들은 다이아몬드 조직으로 결합하여 고체로 된다. 이 때, 불순물을 인위적으로 포함시켜 장식용으로 쓸 수 없는 다이아몬드로 형성되게 한다. 고체로 형성될 때에는 기계의 부품 등으로 사용할 수 있도록 설계도에 의한 모양대로 만들어진다.

고체로 만들어질 때부터 완벽한 부품으로 만들어지는 것이다. 다이아몬드 덩어리를 부품에 맞게 연마하여 부품을 만드는 것이 아니라, 4차원 과학 기법으로 미리 정해진 모양대로 다이아몬드로 된 부품이 생산된다.

4차원 기업 이사회에서 새로운 사업 승인을 받은 후에 다이아몬드 부품 공장을 건설하여 가동하였는데, 처음에는 부품 주문이 많이 들어오지 않았다. 아직까지 활용 범위가 넓지 않았고 홍보를 많이 하지 않았기 때문이었다. 그런데 공장은 계속해서 가동해야 했다.

이 사업의 첫째 목적은 지구 대기 중에 있는 이산화탄소의 농도를 떨어뜨리는 것이었다. 4차원 기업은 다이아몬드로 만들 것이 없으면 벽돌을 만들기도 했다. 나중에 다이아몬드로 만든 벽돌로 기념이 될 만한 건물을 짓기로 하였다. 건물에서 벽돌을 훔쳐가는 사람이 생기면 안 되기 때문에 벽돌을 만들 때에 너무 좋게 만들지 않기로 했다. 불순물을 적당히 포함시켜서 다이아몬드 벽돌을 만드니 돌과 비슷하게 보였다.

다이아몬드 공장에서는 4차원 필터로부터 전달되는 탄소로 다이아몬드 벽돌을 만들다가, 부품 주문이 들어오면 그 설계도대로 다이아몬드로 된 부품을 만들었다. 공장을 가동한 지 몇 달이 지나자 다이아몬드로 만들 부품 주문이 많이 들어오기 시작하였다. 다이아몬드 부품 홍보가 이루어지면서, 필요한 곳이 많이 생긴 것이다. 강철로 된 부품보다 다이아몬드로 된 부품은 경도가 훨씬 높기 때문에 활용할 분야가 점점 더 많아졌다.

어느덧 봄이 되었다. 그리고 어김없이 중국으로부터 황사 바람이 불어오기 시작하였다. 양승진은 윤서현과 의논한 후에 공기를 걸러내는 4차원 필터를 서해 쪽에 생성시켰다. 그랬더니 그쪽으로 통과하는 공기에서 황사 먼지가 걸러졌고, 4차원 필터 뒤에서 거주하는 많은 사람들이 좋아했다. 그런데 4차원 필터를 크게 만들지 않아서 한국 전체를 황사 먼지로부터 보호할 수는 없었다. 황사 먼지가 부는 계절에는 사람들이 수도권보다 4차원 기업이 있는 지역을 더 좋아했다.

4차원 기업이 값이 싼 전기에너지를 보급한 이후, 석유는 에너지로 사용하기보다는 여러 가지 석유 화학 공업 원료로 더 많이 사용하는 추세가 되었다. 석유는 불필요한 것이 아니다. 다만 한정되어 있으므로 아껴서 사용해야 한다. 4차원 과학 기술을 응용하면 유전을 발견하기가 쉽다. 엄청나게 큰 4차원 필터를 사용하여 지층을 촬영하면 지상을 촬영하는 것만큼 정확하게 지하 세계를 볼 수 있기 때문이다. 그렇지만 4차원 기업은 유전 탐사를 하지 않았다. 미래의 자원으로 남겨 두고 싶은 마음에서였다.

윤서현은 지하 세계를 볼 수 있는 4차원 필터를 이용한 탐사 장비를 만들었다. 그는 그것을 가지고 유전 개발이 완료된 지역에 가 보았다. 그곳은 현대적인 기술로 더 이상 원유를 퍼 올릴 수 없는 곳이었다. 하지만 지하에 있는 흙과 암석에는 아직도 원유가 많이 묻어 있을 것으로 짐작되었다. 원유가 매장되었던 곳까지 땅을 파서 원유가 묻은 흙과 암석을 채굴한 후 원유를 분리하여 사용할 수도 있지만, 경제성이 없을 것이다. 윤서현은 그 주변 지역까지 지하를 넓게 살펴보았다. 그런데 아직도 지하에는 꽤 많은 양의 원유가 남아 있었다.

사람들이 원유를 채굴할 수 있는 지역은 따로 있다. 아주 오래 전에 지하에서 대량의 생물 유기체로부터 석유가 생성되고 그 석유가 지층에서 이동하여 배사 구조의 적당한 지하 장소에 집적되어 있어야 채굴할 수 있는 유전이라고 할 수 있는데, 그렇지 못한 곳도 많이 있었다.

윤서현은 이미 채굴이 완료된 유전이나 경제성이 없어서 포기한 유전에서 원유를 채굴하는 사업을 구상하였다. 3차원 물리적인 방법으로 원유를 채굴하는 것이 아니라, 4차원 물리적인 방법으로 지하에 있는 원유를 4차원 필터로 걸러내어 지상으로 이동시키는 방법을 연구하였다. 필요한 경우에는 원유를 지상으로 이동시키고 지상에 있는 흙으로 대신 채울 수도 있다.

이러한 채굴 방법을 확인한 그는 4차원 기업 본사로 돌아왔다. 하지만 이러한 채굴 방법을 적극적으로 추진하려고 하지 않았다. 나중에 공업 원료로 석유 자원이 부족할 때를 대비하여 미리 채굴 방법과 탐사 방법을 확인한 것이었다. 4차원 기업이 석유 탐사와 채굴까지 적극적으로 하면 유전 개발 관련 산업이 큰 타격을 받게 될 것이다. 그렇지 않아도 4차원 기업이 에너지 혁명을 일으켜서 석유 탐사와 채굴에 관한 산업 분야가 많이 쇠퇴했는데, 굳이 그 분야까지 4차원 기업이 사업을 확장할 필요는 없었다.

휘발유를 연료로 사용하여 자동차를 운행하면 배기가스로 주로 이산화탄소와 수증기가 나온다. 기타 오염 물질도 나오지만 그것은 배출되어서는 안 되는 것들이다. 윤서현은 갑자기 휘발유의 연소 과정을 거꾸로 해 보고 싶은 호기심이 생겼다. 물과 이산화탄소에 에너지를 넣으면 휘발유를 만들 수 있을 것 같았다. 3차원의 세계에서는 그렇게 화학 반응을 거꾸로 하기 위해서는 너무 복잡한 공정이 필요하고 에너지 효율이 높지 않지만, 4차원 과학에서는 달랐다. 의외로 너무나도 쉽게 해결되었다.

윤서현은 연구실에서 4차원 과학 기술을 사용하여 휘발유 연소 과정을 거꾸로 해 보았다. 그랬더니 무연 휘발유가 만들어졌다. 황 성분이 전혀 들어 있지 않은 것이었다. 황은 휘발유에 불필요한 성분이다. 그는 휘발유가 만들어지는 것을 보고 공기 중의 이산화탄소로 다이아몬드를 만들지 말고, 휘발유를 만들까를 잠시 검토해 보았다. 하지만 현재는 휘발유가 많이 필요하지 않을뿐더러 지구 환경을 생각하면 휘발유보다 다이아몬드를 만드는 것이 더 좋을 것이라는 판단이 섰다. 그는 나중에 석유 자원이 고갈되어 이전 방법대로 휘발유를 만들수 없을 때에 이것을 만들기로 하였다.

한국 정부는 4차원 기업의 금괴 생산과 거래로 인하여 한국 원화수요가 많아지자 한국 원화를 많이 발행하였다. 4차원 기업이 없었더라면, 아마 한국 원화를 그렇게 많이 발행할 수 없었을 것이다. 아무 대책이 없이 돈을 많이 발행하면 경제에 좋지 않은 영향을 끼친다. 돈의 가치가 떨어져서 물가가 지나치게 올라갈 것이다. 그런데 4차원 기업이 한국 원화의 수요를 증가시켰기 때문에 한국 정부가 한국 원화를 많이 발행해도 물가가 오르지 않았다.

한국 정부는 그로 인하여 국가 채무를 많이 상환할 수 있었다. 또한 4차원 기업이 한국 정부에 내는 엄청난 규모의 세금으로 인하여 국가의 재정 상태가 튼튼해졌다. 외국에서 한국 원화를 많이 사용한만큼 한국에도 많은 양의 외화가 누적되었다.

4차원 기업은 금을 비롯한 자원을 생산하는 사업으로 인하여 많은 수입을 얻었다. 4차원 기업 이사회에서는 넘치는 수입을 어떻게 할 것인가에 대해서 의논하였다. 김광현은 이사회에서 강하게 말했다.

"우리의 소원은 통일입니다. 4차원 기업은 한반도 통일 자금을 조성해야 합니다. 한반도 통일에는 막대한 자금이 들어가기 때문에 4차원 기업이 통일에 기여하지 않으면 현재 국가의 재정 상태가 아무리 좋을지라도 통일 후유증이 클 것이라고 여겨집니다."

4차원 기업 이사회에서는 김광현의 의견을 매우 호의적으로 받아들였다. 4차원 기업은 앞으로 수입 중에서 많은 부분을 통일 자금으로 조성하기로 했다.

4차원 기업의 이사들은 많지 않았다. 회사 지분은 초기에 창업을 했던 4명의 창업 이사들이 가지고 있었다. 상장된 주식회사가 아니었던 것이다. 만일 4차원 기업이 상장된 주식회사가 되면, 기업 이념을 상실할 수도 있을 것이다. 상장된 주식회사는 주주들의 이익을 위해서 일해야 하기 때문이다. 4차원 기업은 인류의 평화와 행복을 위해서 일했기 때문에 통일 자금 조성에 대한 반대 의견이 없었다. 4차원 기업이 상장된 주식회사라면 아마 많은 주주들이 반대했을 것이다.

# <sup>3</sup>대마도를 한국 영토로

일본은 지진이 자주 일어나는 국가이므로 오래 전부터 원자력 발전소를 되도록 가동하지 않으려고 했었다. 그래서 전국적으로 전기를 아끼면서 원자력 발전소를 가동하지 않은 기간도 상당히 있었다. 일본은 최근 약 10년 동안 사람이 느낄 수 있을 만큼의 큰 지진이 발생하지 않았다. 일본 사람들의 기억 속에서 지진은 점점 잊히고 있었다. 어떤 지질학자는 이제 일본을 이루고 있는 지각이 안정화되어 지진이 더 이상 발생하지 않을 것이라고 말하기도 했다.

일본의 산업이 발달할수록 전기 사용량은 점점 늘어나고 있었으나, 원자력 발전소를 제외한 다른 발전소들이 그것을 모두 감당하기에는 역부족이었다. 그리하여 원자력 발전소를 점차 재가동하는 추세가 되었다. 피해를 주는 지진이 최근 몇 년간 없었으니, 일본 여론도 원자력 발전소의 재가동을 문제로 삼지 않았다. 일본을 제외한 대부분의 다른 나라들은 4차원 기업에서 전기를 저렴하게 공급 받고 있으므로 발전소들을 거의 가동하지 않고 비상용으로만 남겨 두고 있었다.

그런데 일본의 지각이 이상했다. 지진이 발생하지 않았다고 일본 지각에 문제가 없는 것은 아니었다. 일본 지각은 최근 몇 년 동안 누적된 에너지를 지진으로 방출하지 않았던 것이다. 그러더니 갑자기 진도 10.2 이상의 큰 지진이 전국 여러 곳에서 발생했다. 지진이 발생한 진앙지도 한두 군데가 아니라 여러 곳이었다.

　어느 한 곳에서 지진이 발생하자 그 충격이 다른 곳의 지층에 전달되었고, 누적된 에너지가 지진으로 방출되었다. 마치 폭탄이 연속적으로 터지는 것처럼 진도가 큰 지진이 여러 곳에서 동시다발적으로 발생했다. 한국도 그 흔들림을 느낄 수 있을 정도였다. 일본에서는 큰 쓰나미로 많은 해안 도시들이 초토화되었다. 일본의 건물들은 지진에 강하게 견딜 수 있게끔 지어졌지만, 이토록 강한 지진에는 견디지 못하고 그만 많은 건물들이 무너지면서 많은 인명 피해도 발생했다. 전 세계의 많은 언론사들이 날마다 이 같은 내용을 보도하고 있었다.

　그러던 중 예상했던 일이 발생했다. 일본의 원자력 발전소에 있는 많은 원자로들이 심각하게 파괴된 것이다. 파괴된 원자로에서 방사능이 흘러나와 전국으로 흩어지고 있었다. 일본 정부에서는 원자력 발전소 반경 50㎞에서 100㎞까지를 대피 지역으로 설정하여 발표했다. 그런데 전국에 흩어져 있는 대부분의 원자력 발전소의 원자로가 파괴되어 오염된 지역이 너무도 많았다. 점점 오염 지역이 넓어지고 있으니 대피할 곳은 줄어들었다. 일본은 원자력 발전소를 건설하면 안 되는 국가임에 틀림없었다.

　설상가상으로 일본 열도가 계속하여 가라앉고 있다는 사실이 밝혀졌다. 1개월에 약 10㎝가 꾸준히 가라앉고 있었다. 일본에는 활화산들이 많이 있다. 그 활화산들이 지진의 엄청난 충격을 받아서 불안정한 상태를 보였다. 몇 개의 활화산들은 화산 폭발의 조짐을 보였다.

후지산 근처에 사는 약 5만 명 정도의 사람들은 피난을 갔다.

이대로 가다가는 곧 일본은 망한다. 일본 정부는 전국에 비상사태를 선포했다. 방사능으로 오염된 땅이 계속하여 가라앉고 있으니, 많은 일본 국민들이 혼란에 빠졌다. 일본 국민들은 폭동이 일어날 기세로 정부에 대책을 강하게 요구했다.

수차례의 동시다발적인 지진 후, 일본에서는 전기 공급이 제대로 이루어지지 않고 있었다. 원자력 발전소뿐만 아니라 전기를 공급하는 기반 시설도 많이 파괴되어 전기 공급이 원활하지 못했던 것이다. 어떤 지역은 수십 일 동안 전기가 공급되지 못하여 많은 사람들이 떠났고 남은 사람들도 원시적인 생활을 하고 있었다. 이제는 일본의 많은 사람들이 지쳤다. 기다린다고 해결될 기미가 보이지 않았다. 정치인들 중에는 이런 상황에서 자신의 무능력을 깨닫고 정치인이 된 것을 후회하는 사람들도 생겨났다. 일본 내각과 국회의원들은 날마다 토론을 했지만 마땅한 방안을 찾지 못하고 있었다.

전 세계와 한국은 일본의 이러한 상황에 큰 관심을 가지고 지켜보았다. 일본으로 자원 봉사대를 파견하거나 구호물자를 보내기도 했지만, 일본 전체를 구제하기에는 너무나 부족했다. 한국의 많은 국민들은 일본이 벌을 받는 것이라고 생각했다. 3년 전, 일본은 한국으로부터 저렴한 전기를 공급 받기 위한 조건으로 한국이 제시한 진정한 과거의 반성을 거부했었기 때문이다.

일본은 과거를 반성할 줄 모르는 나라였다. 하지만 독일은 그렇지 않았다. 독일은 과거를 반성했으나, 일본은 과거를 반성하지 않고 과거의 역사를 합리화하면서 인정하지 않으려 들었다. 그러한 일로 인하여 한국을 비롯한 제2차 세계대전 당시 일본으로부터 고통을 받았던 국가의 국민들은 분노했었고 계속해서 일본에 대한 감정이 좋지 않았다. 그러한 감정들은 후손들에게까지 그대로 전승되었다. 만일 일본 정부가 과거에 대한 반성을 제대로 하였더라면 그러한 감정은 많이 사라졌을 것이다.

한국에서는 일본으로부터 바람에 날린 방사성 물질이 처음에는 검출되었으나, 며칠 뒤에는 검출되지 않았다. 한국 정부가 4차원 기업에 요청하여 한국 영해로 넘어오는 방사성 물질을 모두 소멸시키고 있기 때문이었다. 4차원 기업은 한국과 일본 사이에 거대한 4차원 필터를 만들어 한국으로 오는 방사성 물질을 대기와 바닷물 속에서 모두 걸러내고 있었다. 4차원 필터는 바닷물에서 금을 걸러내는 것처럼 대기와 바닷물 속에서 방사성 물질을 걸러내었다. 그 필터의 크기는 한반도보다 컸으며, 인간의 눈에는 보이지 않았다.

한국은 일본에서 피난 온 사람들로 북적였다. 특히 부산에는 일본 사람들이 너무나 많이 있었다. 이에 부산의 부동산 가격은 3배 이상 폭등하였고, 가격 상승세가 언제 꺾일지 알 수 없었다. 돈이 많은 일본의 부자들은 이미 한국으로 많이 피난을 왔다. 일본과 가까운 부산에는 일본 사람들로 바글바글했다. 일본 사람들이 너무 많아서 불편할 정도였다. 그래도 장사하는 사람들과 부동산 자산이 많은 일부 사람들은 좋아했다.

일본에서 돈이 많은 부자는 물론 돈이 많은 상당수의 정치인들도 탈출했다. 많은 사람들은 일본과 가까운 한국이나 중국으로 탈출했다. 가까이에서 대기하고 있다가 일본이 어느 정도 안정이 되면 자기의 나라로 돌아가려는 것이었다. 어떤 사람들은 더 멀리 있는 나라로 탈출했다. 한국이나 중국도 방사능으로 오염될 가능성이 있다는 생각에서였다. 일본 여론에 자주 나오는 정치인들이 어느 날 갑자기 자신의 가족들과 함께 사라져 버리는 경우가 몇 건 생겼다. 그들은 일본 국민임을 포기하고 외국으로 몰래 피난을 갔다. 우선 자기부터 살고 볼 일이라고 생각한 것이다. 만일 일본의 환경이 회복되어 그들이 다시 돌아올지라도 그들의 정치 생명은 이어지지 않을 것이다.

일본의 상황이 악화되자 전 세계의 많은 사람들이 일본의 엔화를 돈으로 인정하지 않으려고 했다. 일본을 거의 망한 나라로 간주하였기 때문이다. 언제 회복될지 모르는 일본은 국가 신용도마저도 곤두박질쳤다. 어쩌면 일본 전역에 퍼져 있는 방사능이 모두 사라지려면 100년 이상 걸릴지도 모른다. 그런데 100년 후에는 일본 영토가 거의 남아 있지 않을 것이다. 아마 바닷속으로 사라져서 높은 산의 꼭대기만 남아 있을 것이다.

일본 정부는 한국 정부와 4차원 기업에 도움을 요청하는 서신을 보냈다. 4차원 기업에서는 일본 정부의 요청을 의논하기 위하여 이사회를 열었다. 일본 정부는 이 요청을 한국 정부와 구체적으로 의논하기 위하여 특사를 한국에 곧 보낼 것이라고 하였다. 4차원 기업의 이사진은 모두 제2차 세계대전을 경험하지 않은 세대였지만, 역사를 통하여 일본의 만행을 잘 알고 있었고 일본이 최근까지도 독도 문제를 가지고 억지를 쓰고 있었기 때문에 일본에 대한 감정이 좋지 않았다. 긴 시간 의논 끝에 이사회에서는 일본에 대한 요구 사항을 세 가지로 결론지었다.

일본 정부에서 한국에 특사를 보내왔다. 한국 정부는 특사를 정중히 맞이하였으며 일본의 상황에 대해서 유감을 표명하고 위로하였다. 일본 정부는 한국의 4차원 기업이 일본의 문제를 해결해 줄 수 있다는 것을 확신하고 왔다. 4차원 기업이 내고 있는 세금이 나머지 모든 기업들이 내고 있는 세금의 절반에 가깝고 계속 비율이 상승하고 있었던 만큼 이러한 협상에서는 정부 관료의 말보다 4차원 기업 이사의 말에 더 힘이 있었다. 정부 관료는 4차원 기업 이사의 말을 승인하는 것뿐이었다.

정부 관료들은 4차원 기업 본사로 찾아왔다. 그들은 일본 특사가 기다리고 있는 곳으로 4차원 기업의 창업 이사들을 모시러 가기 위해서 왔다. 이사들은 정부 관료와 함께 일본 특사들을 만나러 가기 위해서 정부에서 준비한 차에 올라탔다.

"저희들이 알아서 갈 것인데 이렇게까지 데리러 오실 필요는 없습니다."

최정환이 관료들에게 겸손하게 말했다.

"우리나라의 외교를 위해서 중요한 일을 하실 분들인데 저희가 모시러 와야지요. 그런데 윤 이사님은 같이 안 가십니까?"

정부 관료가 창업 이사진에게 물었다.

"윤 이사님은 이러한 일보다 연구소에서 연구하는 것을 더 좋아하십니다. 윤 이사님을 포함하여 저희 창업 이사진은 일본에 대한 회사의 방침에 같은 의견입니다."

양승진이 말했다.

그들은 잠시 후에 약속된 장소에 도착했다. 차는 건물 현관 앞에 멈췄고, 이사들과 정부 관료들은 내렸다. 현관 앞에는 기자들뿐만 아니라 일본에서 온 특사들이 4차원 기업 이사들을 마중하기 위해서 기다리고 있었다.

"이사님들, 안녕하십니까? 저희는 일본에서 온 특사들입니다."

일본 특사들은 4차원 기업 이사들에게 허리를 90도로 굽혀 인사했다.

"예, 저는 4차원 기업의 양승진 이사입니다. 귀국의 재난에 대해서 유감스럽게 생각합니다."

"여기에 계신 분은 김광현 이사님과 최정환 이사님입니다."

정부 관료가 일본 특사들에게 나머지 이사들을 소개하였다.

"예, 반갑습니다. 4차원 기업에 저희 나라를 위한 긴급한 도움을 요청 드리기 위해서 이렇게 오게 되었습니다."

"그럼, 안으로 들어가서 대화를 하시지요."

정부 관료는 안으로 사람들을 안내하였다. 그들은 로비를 거쳐서 회의실로 들어갔다.

정부 관료가 대화의 사회를 맡았다. 4차원 기업 창업 이사진은 일본 특사들이 무슨 요청을 할지 이미 다 알고 있었다. 그 요청은 뻔한 내용이지만 공식적으로 듣기로 하였다.

"저희 나라 일본에서 얼마 전에 큰 지진이 발생하여 전국에 있는 원자력 발전소의 원자로들이 모두 파괴되었습니다. 저희가 감당하기 어려울 정도로 너무 큰 지진이 발생하여 수습할 수 없을 정도로 전국이 방사성 물질에 오염되었습니다. 설상가상으로 화산들이 터지고 일본 열도가 가라앉고 있습니다. 일본은 현재 큰 위기에 놓여 있습니다. 일본의 위기를 해결할 수 있는 곳은 4차원 기업밖에 없습니다. 이사님들이 일본을 구해 주십시오."

"일본의 사정은 이미 잘 알고 있습니다. 저희 4차원 기업은 일본의 국가적인 위기를 해결할 과학 기술을 보유하고 있습니다. 일본 정부가 요청하신 것을 해결해 드리면 일본 정부는 4차원 기업에 어떤 대가를 지불하겠습니까?"

양승진이 일본 특사들에게 물었다.

"일본 정부는 국가의 재정이 어렵더라도 4차원 기업이 원하는 금액을 그 대가로 지불하겠습니다."

특사는 간곡한 표정으로 대답했다.

"4차원 기업은 돈을 필요로 하지 않습니다. 이미 충분한 자금을 가지고 있습니다. 저희들이 원하는 것은 돈이 아닙니다. 저희들이 일본 정부에 요구할 사항들을 문서로 준비해 왔습니다. 김 이사님이 그 문서를 분배하고 낭독할 것입니다."

최정환이 발언하였다.

"네, 그러면 원하시는 것을 말씀해 보십시오. 제가 결정할 수 있는 것이면 해 드리겠습니다."

"이 문서를 여기에 있는 모든 사람들에게 나누어 주십시오."

김광현은 준비한 문서를 가방에서 꺼내서 정부 관료에게 주면서 말했다. 정부 관료의 비서는 기자들을 포함하여 회의실에 있는 모든 사람들에게 그 문서를 나누어 주었다. 모든 사람들의 손에 문서가 전달되자 김광현이 그 내용에 대해서 설명했다.

"4차원 기업이 제시하는 조건은 세 가지입니다. 그 조건들을 말하기 전에 특별히 강조할 것이 있습니다. 4차원 기업은 일본 정부와 협상할 때에 흥정이나 타협을 하지 않습니다. 4차원 기업은 일본 정부에 거래할 조건을 제시할 것입니다. 그리고 4차원 기업은 제시한 조건에서 절대로 양보하지 않을 것입니다. 일본 정부는 4차원 기업과 거래하고자 한다면 제시된 조건들을 무조건 받아들여야 합니다. 제시된 조건을 완화해 달라는 말은 절대로 하지 마십시오."

김광현은 일본 특사들에게 이번 거래 방법에 대해서 설명했다.

일본 특사들은 분배된 문서를 대충 보고 놀랐다. 그런데 김광현이 말한 거래 방법을 듣고 좌절했다. 그들의 마음에 협상에 대한 두려움이 생겼다.

김광현은 마이크를 잡고 분배한 문서를 낭독했다.

"4차원 기업의 요구 조건, 첫째는 일본이 주변 국가를 침략한 과거의 역사를 제대로 반성하는 것이다. 일왕과 일본 총리가 한국에 직접 방문하여 제2차 세계대전 전부터 일본 때문에 고통을 받았던 몇몇 국가들의 대표들 앞에서 무릎을 꿇고 과거의 역사를 사죄해야 한다. 만일 사죄하는 성명이 형식적이라면 4차원 기업과 한국 정부는 그 사죄를 절대로 받아들이지 않겠다. 주변국들의 국민들이 충분히 납득할 만한 반성

의 말을 해야 한다. 과거에 주변국들에게 고통을 준 책임에 대한 보상
도 충분히 이루어져야 한다. 다른 나라에 대한 보상은 별로도 그 나라
대표들과 협상하되 4차원 기업에서 납득할 만한 수준으로 보상하라."

그는 목을 잠시 가다듬고 이어 두 번째 조건을 읽어 내려갔다.

"둘째는 일본에 있는 방사성 물질을 제거하고 일본의 영토를 가라앉
지 않게 하는 비용을 돈이 아닌 일본의 일부 영토로 받겠다. 4차원 기
업이 그 비용을 제시하더라도 일본 정부의 재정으로는 그 비용을 감당
할 수 없을 뿐더러 4차원 기업은 이미 많은 자금을 보유하고 있기에 돈
으로 받는 것을 바라지 않는다. 일본 국토를 복구하는 작업은 엄청난
일이기에 일본 정부는 그만한 대가를 지불해야 한다. 4차원 기업이 일
본 국토를 복구하기 전에 그 대가로 받을 것은 과거 한때에는 한국 영토
였던 대마도를 다시 한국 영토로 넘겨받는 것이다. 한국 정부는 대마도
의 영유권을 넘겨받고 4차원 기업은 대마도의 소유권을 넘겨받고자 한
다. 일본 정부가 이번 거래를 원하거든 대마도를 한국 정부와 4차원 기
업에 넘기기 전에 그곳에 사는 주민들을 모두 일본 본토로 이주시켜라."

일본 특사들의 낯빛이 점점 어두워져만 갔다. 김광현은 쉬지 않고
계속해서 낭독했다.

"셋째는 독도 문제이다. 일본 정부는 앞으로 언론이나 일본 교과서
등에서 독도는 일본 영토라는 것이 거론되지 않도록 조심해야 한다.
올바른 독도 영유권 교육을 위한 거론은 허용한다. 일본 영토가 가라
앉지 않게 하기 위해서는 상상할 수 없을 정도로 큰 공사를 해야 한
다. 일본 정부가 독도를 포기하지 않고 계속하여 억지를 부리면 일본
영토가 가라앉지 않게 한 공사를 취소할 수밖에 없다. 그 공사가 취소
되면 일본 영토가 다시 가라앉게 된다. 그러면 일본 정부는 대단히 곤
란해질 것이다. 다시 4차원 기업과 거래해야 하지만 그때에는 4차원

기업이 더 큰 다른 조건을 추가하여 제시할 것이다."

김광현은 잠시 한숨을 돌리고 마지막 부분을 마저 읽었다.

"독도 문제에 부가적으로 처리해야 할 것이 해양 영유권 문제와 동해 표기이다. 독도와 대마도가 한국의 영토임을 분명히 하고 독도를 유인도로 간주하여 동해와 남해의 해양 영유권을 한국 정부와 다시 재조정하라. 동해는 일본만의 바다가 아니므로 일본해라고 표기하지 말고 적당한 표기를 연구하라. 동해는 일본 입장에서는 동쪽이 아니므로 동해 표기에 대해서 나중에 한국 정부와 협상하라. 적당한 용어를 일본이 정하되 한국이 승인하는 방법으로 하면 좋겠다."

일본 정부의 특사들은 셋째 조건을 어느 정도 수용할 수 있었으나 첫째와 둘째 조건을 수용한다는 것은 일본 정부 입장에서는 너무나 힘든 일이었다. 그래도 일본을 살리려면 별다른 방법이 없었다. 국토의 절반이 무용지물로 변하여 바닷속으로 사라지는 것보다 대마도를 한국에 넘겨주더라도 일본을 살리는 것이 훨씬 낫다. 그렇지만 일본 특사에게는 그것을 지금 판단할 만한 권한이 주어지지 않았다. 아무리 국가의 모든 권한을 대리한 특사일지라도 영토만큼은 권한이 없었던 것이다.

이에 일본 특사들은 다른 방안을 제안하였다. 일반 사람들이 상상할 수도 없는 엄청난 금액을 20년 동안 상환하겠다고 제안한 것이다. 4차원 기업에서는 그 제안을 단호하게 거절하였다. 그리고 4차원 기업과 협상하는 방법을 간단하게 다시 가르쳐 주었다. 4차원 기업과 협상하는 방법은 간단하다. 무조건 4차원 기업에서 제시하는 조건을 들어주는 것이다. 4차원 기업은 돈이 더 이상 필요 없다. 일본은 4차원 기업과 돈으로 협상하려고 해서는 안 된다.

4차원 기업이 제시하는 조건들이 일본 정부 입장에서 대단히 어렵게 보일지라도 그것만이 일본을 살리는 길이었다. 일본 특사들은 하루라도 빨리 4차원 기업과 계약하는 것이 이익이라고 깨닫고 일본으로 가는 것을 서둘렀다. 방사성 물질은 계속하여 퍼지고 땅은 가라앉고 있었기 때문이다.

특사들은 일본으로 돌아갔다. 협상 내용은 일본 기자들에 의하여 이미 일본에 사는 사람들에게 전달되었다. 일본은 발칵 뒤집혀졌다. 일본은 즉시 두 무리로 나누어졌다. 이것은 한국 정부와 4차원 기업에서 이미 예상한 일이었다. 일본의 내각과 국회에서도 난리가 났다. 일본에서는 방사능으로 인하여 집을 잃은 사람들이 국민 전체의 5분의 1이나 되었고, 수용 공간은 이미 대만원이었다. 길거리마다 노숙자들이 넘쳐났다.

4차원 기업이 요구하는 것은 일본 국민들의 정서로 결코 받아들일 수 없는 것이었다. 일본에서 가장 고통 받고 있는 사람들은 방사능 오염 지역에서 쫓겨난 난민들이었다. 그 사람들은 두 달 이상 집이 없이 살고 있어서 너무나 고된 삶을 살고 있었다. 그들에게는 일왕과 총리의 자존심, 대마도 따위는 안중에도 없었다. 그 섬이 어찌 되든지 상관이 없었다. 어서 집으로 돌아가고 싶을 뿐이었다.

원자력 발전소의 파괴로 인하여 일본에 흩어진 방사성 물질을 제거하지 않으면 일본은 국토의 반 이상이 사람이 살 수 없는 곳으로 변할 것이며, 나머지 절반 정도의 국토도 그다지 좋은 환경이 될 수 없을 것이다. 설상가상으로 일본의 영토는 한 달에 10㎝씩 바닷속으로 가라앉고 있었다. 이 문제를 해결할 수 있는 곳은 4차원 기업뿐이었다. 방사성 물질 제거 작업은 일본 정부가 아무리 애를 써도 절대로 완벽하게 할 수 없었다. 감당할 수 없을 정도로 너무나 광범위한 면적일 뿐만 아니라 장비와 인원이 절대적으로 부족하였기 때문이다. 또한 가라앉는 육지를 인간의 힘으로 어떻게 할 수 있단 말인가? 정말 갑갑하고 대책이 없는 상황이었다.

한국 국민들도 언론을 통하여 4차원 기업과 일본 특사와의 협상 소식을 알게 되었다. 한국 국민들은 일본 정부의 특사가 한국을 방문하기 전부터 4차원 기업이 일본에 요구할 사항을 매우 궁금해 했다. 일부 국민들은 세 가지 요구 조건 중에 한두 개 정도는 짐작하고 있었다. 일본에서의 재해로 인하여 고통 중에 있는 일본 국민들을 위로하고 구호하자는 사람들이 많이 있었지만, 그래도 이번 기회에 일본에 대한 감정을 해소하고자 하는 사람들이 많았다.

한국 국민 대다수는 4차원 기업이 일본 정부에 요구한 조건을 크게 환영하였다. 그들은 4차원 기업이 망해가는 일본을 살려 주는데 일본이 한국 정부와 4차원 기업에 그 정도는 해 줘야 마땅하다고 여겼다. 제2차 세계대전 전에 일본에게 고통을 받았던 사람들 중에 그때까지 살아 있는 사람들은 거의 없었지만, 극소수는 살아 있었다. 그들은 이제는 죽어도 여한이 없다고 말했다. 그들은 일본의 자존심을 뭉개버린 4차원 기업에 대한 칭찬을 아끼지 않았다.

일본 정부와 국회가 빨리 서둘러서 해야 할 일은 특별법을 만들어 대마도를 영토에서 떼어내어 한국과 4차원 기업에 넘기는 것이었다. 이것은 상당히 복잡한 일이었다. 다양한 여론으로 인하여 국민 투표를 해야 한다는 의견도 나왔다.

일왕과 일본 총리는 이러한 소식을 듣고 어떻게 해야 할지 고민하기 시작했다. 일왕은 자신의 자존심과 명예만을 생각하고 과거 역사를 반성하지 않으면 많은 일본 국민들이 죽게 될 것을 깨달았다. 일왕은 일본이 제2차 세계대전 전부터 주변 여러 나라의 국민들을 고통스럽게 했던 것을 이미 알고 있었다. 그러나 일본 정부와 본인의 자존심을 세우기 위해서 과거 역사를 진정으로 반성하는 것을 기피했다.

하지만 이제는 일본이 저지른 만행과 과오에 대하여 진심으로 반성하고 사죄해야 한다. 일본 정부의 사죄를 듣지 못하고 죽어간 주변국의 수많은 사람들의 넋을 위로해야 하지만 이미 죽어서 생각이 없는 사람들을 어떻게 위로할 것이며 그들로부터 어떻게 용서를 받을 수 있단 말인가?

일왕은 이 일로 인하여 며칠 동안 식사를 제대로 못하고 잠을 제대로 자지 못하였다. 자신이 진작 이러한 사죄를 품위 있게 했어야 했는데 이제 억지로 하게 되었으니, 자존심과 품위가 오히려 더 손상됨을 알고 괴로워하였다. 자신의 자존심과 품위 때문에 마음이 아픈 사람들이 얼마나 많은가? 한을 품고 죽어간 사람들이 얼마나 많은가? 그 수는 일왕 자신도 헤아릴 수 없을 것이다. 이러한 많은 사람들의 아픔은 그들의 후손들에게까지 그대로 전해져서 같은 감정을 가지게 되었다. 이러한 역사적인 감정은 마치 유전자처럼 후손들에게 전해졌다.

일본 총리도 일왕처럼 며칠 동안 계속 고민 중이었다. 국가의 최고 통치자로서 이 일을 어떻게 처리해야 한단 말인가? 하필이면 내가 총리로 있을 때에 왜 이러한 일이 터졌던가? 일본 총리도 이런저런 일을 생각하면, 일왕과 마찬가지로 식욕도 떨어지고 잠도 오지 않았다. 그래도 정치적으로 책임을 지고 있는 사람으로서 확고한 결심을 하지 않으면 안 되었다. 일본의 상태와 미래를 걱정하지 않을 수 없었다. 그는 자신의 자존심 따위는 버릴 수 있어야 더 큰 것을 얻을 수 있다는 결론에 다다르게 되었다. 그는 결국 4차원 기업이 원하는 대로 무릎을 꿇고 일본 정부를 대표하여 과거의 만행을 사죄하기로 하였고, 이러한 자신의 견해를 언론에 알렸다.

처음에 일왕은 나는 절대로 사죄할 수 없다고 하였다. 그렇다고 일본 총리만 한국을 방문하여 사죄할 수는 없었다. 4차원 기업은 그러한 사죄를 받지 않을 것이다. 4차원 기업은 세계의 절대 권력을 가지고 있는 세력이나 마찬가지였다. 일본 총리는 4차원 기업과 절대로 타협이 안 될 것이라는 것을 알고 있었다. 일본의 특사들이 한국에서 4차원 기업과 협상할 때에 절대로 타협할 수 없었다는 것을 들었다. 일본 총리는 일왕을 찾아가서 설득해 보기로 했다.

"일본의 현실이 이렇게 되었는데 어떻게 하면 좋겠습니까?"

일본 총리가 일왕에게 물었다.

"정치는 내가 관여하고 싶지 않으니 총리께서 알아서 처리해 주시면 좋겠습니다."

일왕은 역사적 책임을 회피하려고 했다.

"우리가 해결할 수 있는 방법은 재난을 당한 국토의 복구를 한국의 4차원 기업에 맡기는 것뿐인데, 그 기업은 협상에서 타협을 거부하고 있습니다."

"그래도 총리께서 좋은 방안을 연구해 보시면 좋겠습니다."

이 말을 들은 총리는 속으로 화가 났지만, 일왕을 설득하기 위해서 애를 썼다.

"우리가 특사를 파견하여 4차원 기업에 복구를 요청하고 그 조건을 협상하려고 해 봤습니다만 일방적인 조건 제시만 받고 돌아왔습니다. 그만큼 4차원 기업은 완강합니다."

"그렇다고 일본의 자존심과 긍지를 훼손할 수 없습니다."

"재난으로 인해 고통받고 있는 일본 국민들을 생각해 보십시오. 그들의 고통을 느껴 보십시오. 그들의 고통을 무시하는 것이 일본의 자존심을 지키는 것이 아닙니다."

"그러면 천황의 명예를 지킬 수 있는 방안을 4차원 기업과 다시 협의해 보십시오."

"그렇게 하기에는 기간이 너무 촉박하고 4차원 기업은 어떠한 타협도 거부하고 있습니다."

"내가 무릎을 꿇는 것은 일본 자체의 굴욕입니다. 저의 상징성을 아시지 않습니까?"

"일본이 굴욕을 당하더라도 일본 국민들을 구해야 합니다. 국민들이 있어야 일본도 있습니다."

"일본이 왜 이렇게까지 되었는지 한심합니다."

"그것을 굴욕이라고 생각하지 말고 역사를 바로잡는 것이라고 긍정적으로 생각해 보십시오."

"그러면 일본의 자존심과 천황의 명예를 살리는 명분을 만들어 보십시오."

"일본의 자존심을 버리지 않으면 일본을 구할 방법이 없습니다. 언론에서 천황의 이러한 희생에 대해서 되도록 좋은 표현을 하도록 힘써 보겠습니다."

"대단히 어려운 일이군요. 많은 고민이 필요할 것 같습니다."

일왕과 총리는 긴 대화를 나누었다. 일왕은 결국 일본 총리의 뜻대로 일본을 살리기로 하였다. 그들은 고통 중에 있는 일본 국민들을 살리고 방사성 물질의 확산 방지를 위해서 한국을 방문하여 역사적 과오를 진실로 사죄하고 대마도를 포기하기로 뜻을 모았다.

"결국 이렇게 해야 되는군요!"

일왕은 자존심과 명예를 포기하기로 했다.

"결단을 내려주셔서 감사합니다. 역사와 언론이 천황의 희생을 긍정적으로 평가할 겁니다."

"총리께서 원하시는 대로 하겠으니, 절차를 준비해 주십시오."

"그럼, 준비되는 대로 다시 연락을 드리겠습니다."

일본 총리는 엷은 미소를 지었다.

일본의 여론은 아우성이었다. 일본의 자존심을 내세우며 죽는 한이 있어도 절대로 그럴 수 없다는 강경론자들도 있었지만, 일본이 살 길은 이것뿐이니 현실을 받아들이고 작은 영토를 내어 주자는 사람들도 많이 있었다. 이러한 정치적인 여론 싸움으로 인하여 복구할 시기가 지체되고 있었다. 그럴수록 방사성 물질 오염 지역에서 피난 온 난민들은 더욱 고통 받았다. 그들은 현재 일본 국민의 5분의 1에 육박한 수준이었다. 오염 지역이 늘어날수록 그들의 숫자도 계속해서 늘고 있었다.

대마도를 넘기기 위해서는 대마도에 살고 있는 주민들을 모두 이주시켜야 했다. 대마도 주민들은 난리가 났다. 그들은 대마도가 일본의 방사능 오염에서 안전한 지역이어서 안심하고 있었는데, 모두 쫓겨나고 그들이 살던 섬을 한국에게 고스란히 주다니…… 이것은 있을 수 없는 일이라고 말했다. 일본 정부는 대마도에 약 2,000명의 경찰 병력을 투입했다. 대마도의 상황을 봐서 앞으로 더 투입할 예정이었다. 대마도는 무정부 상태나 마찬가지였다. 대마도 주민 중에 알 만한 어느 사람이 큰 광장에서 할복자살을 했다. 그의 조상은 제2차 세계대전이 일어나기 전, 한국인들을 많이 괴롭혔던 사람 중 하나였다.

그 사람의 할복자살 사건으로 인하여 대마도 주민들은 죽기를 각오하고 자신들의 땅을 지켰다. 날마다 시위를 멈추지 않았으며, 일부 사람들은 관공서에 침투하여 소란을 일으키기도 하였다. 대마도 주민들은 일본 수도인 도쿄에서 시위를 하기 위해서 배를 타고 떠나려고 했지만 이미 교통은 경찰들에 의해서 통제되고 있었다. 일본 본토에서 영토 양도를 위한 법적인 모든 과정이 순조롭게 진행되더라도 나중에 대마도에서 영토 양도를 집행하는 과정은 전쟁 수준일 것이다.

일본 내각은 한국에 대마도의 영유권을 넘기는 문제로 회의를 열었다. 회의가 순조롭게 끝나면 국회에 특별법의 법률안을 제출할 예정이었다. 이 과정에서 내각의 각료들 사이에 많은 언쟁이 벌어졌다. 대부분의 국무대신들은 자신의 견해를 말하였다.

"일본의 자존심과 천황의 명예를 생각한다면 저는 절대로 한국에 가서 무릎을 꿇을 수 없습니다. 그러나 이제는 우리들이 국민들을 위한 판단을 해야 할 때입니다."

총리는 내각의 국무대신들에게 말했다.

"그러면 총리께서는 천황과 함께 한국에 가서 무릎을 꿇으시겠다는 말씀이십니까?"

"저도 다른 방안이 있으면 절대로 그렇게 하고 싶지 않습니다. 더 좋은 방안이 있으면 말씀해 보십시오."

"외교에 유능한 사람을 다시 한 번 한국에 특사로 보내면 어떻습니까?"

"그것은 적절한 해결 방안이 아닙니다. 4차원 기업의 협상 태도에 대해서 아시면서 왜 그러십니까?"

"4차원 기업을 설득할 만한 논리가 있으면 저라도 직접 특사로 한국에 가겠습니다. 그렇지만 현재 우리에게는 굴욕을 회피할 명분이 없습니다."

"왜 없습니까? 일본 국민들 모두가 죽는 한이 있어도 우리는 한국에 무릎을 꿇어서는 절대로 안 됩니다."

강경한 국무대신이 큰 소리로 발언하였다.

"일본 국민들 모두가 죽는다면 누가 좋아하겠습니까? 국민들 모두가 그렇게 죽을 각오가 되어 있습니까? 그런 식으로 함부로 말하지 마세요!"

"우리는 국민들의 복지에 대해서 책임을 지고 있는 관료로서 현실에 대해서 이성적으로 판단해야 합니다. 총리께서 제시한 의견을 신중히 검토해 보십시오."

국민들로부터 존경을 받고 있고 정치 경력이 많은 국무대신이 말했다.

"그러면 논리적으로 판단해 봅시다. 우리 정부가 한국의 4차원 기업의 도움이 받아야 합니까, 안 받아도 됩니까? 그 기업의 도움을 받아야 하지요? 다른 방안이 없는 것이 확실합니다. 그런데 4차원 기업이 제시하는 조건이 우리 일본에게는 굴욕입니다. 굴욕을 당하더라도 국민들을 살려야 할까요? 아니면 명예롭게 그냥 죽을까요? 이번 기회에 과거의 역사를 바로잡아야 합니다. 모두 다 아는 사실을 왜 그렇게 이기적으로 부정하려고 하십니까? 독일은 과거의 올바르지 않은 역사를 제대로 청산했습니다. 그리하여 세계적으로 인정을 받았습니다. 그러한 독일의 태도가 명예로운 것입니다. 국가적인 이기심에 의한 긍지가 명예입니까? 결코 그렇지 않습니다. 지금 당장은 기분이 나쁘더라도 진정한 명예를 찾아야 합니다. 총리께서 결심하셨으니 우리도 결단을 내려서 총리를 도와야 합니다."

일본 내각에서 의논한 마지막 결론은 작은 것을 내어 주고 큰 것을 구하자는 것이었다. 일단 그 방법밖에 다른 방법이 없으니 그렇게 결론지을 수밖에 없었다.

일본 국회의 중의원과 참의원은 내각에서 특별법의 법률안이 제출되기도 전에 이미 그에 대한 토론을 진행 중이었다. 일본 내각에서 법률안을 제출하는 것은 형식적이고 이미 언론을 통해서 모든 의원들이 다 들은 사안이었다. 또한 일본 총리가 국회의원들에게 나중에 절차에 의해 법률안을 제출할 것이지만, 급박한 상황이므로 미리 토의를 부탁해 놓았다. 다른 법률안에 대한 토론은 급한 것이 아니면 뒤로 미루어졌다.

수백 명의 사람들이 모이면, 거기에는 다양한 성격의 사람들이 다 모이게 된다. 국회라고 특별한 것이 없다. 국회도 다양한 사람들이 다 모이는 곳이다. 특히 국회는 여러 사람들 중에서 뽑힌 잘난 사람들이 다 모인 곳이다. 얼마나 치열한 논쟁이 있겠는가? 거의 대부분 언변이 좋은 사람들이므로 이러한 사안에는 엄청난 논쟁이 이루어진다. 논쟁이 지나치게 심해지면 가끔 몸싸움으로까지 이어지기도 한다. 이렇게 치열한 논쟁에서는 의장의 역할이 중요하다. 이러한 상황에서 의장이 토론을 잘못 이끌게 되면 그야말로 국회는 아수라장이 된다.

일본 국민들도 어디를 가나 이야기하는 것이 가칭 '영토 양도 특별법' 가결에 관한 것이었다. 일본 국민들이 모이는 곳이면 국회만큼이나 격렬한 토론이 이루어졌다. 더러 싸움이 일어난 모임도 있었다. 그러나 대다수는 특별한 대안이 없는 이상 한국의 4차원 기업의 요구를 들어 주는 수밖에 다른 방법이 없다는 것이었다. 그 요구를 들어 주지 않으면 일본은 대마도의 수십 배나 되는 영토를 방사성 물질 오염으로 사람이 살지 못하는 땅으로 버리게 된다. 또한 오염 물질이 계속하여 퍼지고 있으므로 일본 국민들이 나중에 대부분 암으로 죽을지도 모르는 일이다.

일본의 국회와 국민들이 이에 관하여 토론을 하는 동안에 일본의 언론에서는 여론을 모으고 있었다. 일본의 언론들도 처음에는 강경한 입장에서 말하는 사람들의 의견을 더 많이 방송하였지만, 약 한 달이 지나자 입장이 바뀌었다. 일본을 살려야 한다는 사람들의 의견을 많이 방송한 것이다. 언론들은 일본 지역에 퍼지고 있는 방사성 물질의 분포를 보여 주면서 일본 정부와 국민들이 큰 대가를 치르더라도 이 위기에서 벗어나야 한다고 방송했다.

4차원 기업은 한국의 영리를 위해서 일하는 기업이다. 절대로 무력을 사용하지 않고, 건전하고 합법적인 거래로 이익을 얻는다. 4차원 기업이 일본 영토를 강탈하는 것도 아니다. 그저 큰 거래에 합당한 대가를 달라는 것뿐이다. 기술력이 매우 우수한 4차원 기업의 거래가 국가의 외교 수준의 거래로 커졌다. 이러한 거래는 단순히 기업 사이의 거래가 아니었다.

그동안 일본은 제2차 세계대전 이전에 얼마나 많은 나라를 침략하여 다른 나라를 짓밟았던가? 이제는 자연의 섭리에 의하여 어쩔 수 없이 일본의 한쪽 영토를 떼어서 그곳의 주권을 포기해야 할 때가 왔다. 일본은 이러한 현실을 자각하고 겸허하게 받아들여야 했다. 일본의 정부와 언론들은 일본이 앞으로 계속해서 살 수 있는 방향으로 여론을 조성할 필요가 있었다.

공식적으로 법률안이 국회에 제출되자, 국회의사당에서는 이전보다 더욱 심한 언쟁이 오고 가는 모습을 볼 수 있었다. 그러나 시간이 지체될수록 일본을 더욱 어렵게 할 뿐이었다. 일본은 계속하여 병들어 죽어가고 있었다. 방사성 물질이 퍼지면 오염으로 인하여 건강을 잃은 사람들이 더욱 많아질 것이다. 4차원 기업과 거래가 이루어진 후에는 4차원 기업이 일본에 있는 방사성 물질을 4차원 필터로 걸러 줄 수는 있지만, 이미 방사능 오염으로 병들어 버린 사람들은 어떻게 하란 말인가?

치명적으로 이미 잃어버린 건강은 돈으로도 회복할 수 없다. 지체될수록 후유증이 커질 것이다. 4차원 기업은 방사성 물질에 오염된 사람으로부터 방사성 물질을 제거할 수는 있지만, 그 후유증을 치료하거나 소생시키는 기술을 가지고 있는 것은 아니었다.

일본 국회 가운데 중의원에서는 가결이 되었다. 일본은 2개의 국회가 있다. 양원제를 채택하고 있는 나라이다. 이제는 참의원에서 가결할 차례가 되었다. 참의원에서 부결이 될지라도 중의원에서 3분의 2 이상으로 가결되었기에 큰 어려움은 없을 것 같았다. 참의원에서도 이미 많은 토론을 하였기에 중의원에서 가결한 안건을 승인하였다.

일본 국회에서 '영토 양도 특별법'이 통과되었고, 일왕과 총리가 사죄하러 한국에 가기로 확정되었다는 것이 언론을 통해서 일본 국민들에게 알려졌다. 이제는 대마도는 무정부 상태가 되어 거의 전쟁터로 변하였다. 일본 정부는 이 조건을 이행하기 위한 실무 작업을 준비하였다. 한국에 보낼 실무자를 선출하고 대마도를 어떻게 하면 무력을 쓰지 않고 주민들을 철수시킬 것인가를 연구하였다.

대마도 주민들을 본토로 철수시키기 위해서는 그에 따른 충분한 보상을 해 주어야 했다. 일본 정부는 방사성 물질 오염으로 인하여 많은 예산을 지출하였다. 그렇지만 특별한 예산을 만들어서라도 대마도 주민들에게 보상을 해 줘야 했다. 일본 정부는 다른 예산을 삭감하거나 취소하고 대마도를 위한 예산을 마련하였다. 대마도 주민들에게 삶의 터전을 마련해 주는 일은 나중에 의논하기로 하고 그 일을 연구할 위원회를 구성하였다.

일본 정부는 한국 정부에 특사를 다시 파견하였다. 그들은 4차원 기업에서 제시한 조건을 이행하기 위한 실무 협상을 할 것이다. 그들은 그 일을 위하여 지체하지 않고 한국으로 떠났다. 그들은 관련 업무를 맡고 있는 한국의 고위 관료들을 만났다. 실무 협상에는 김광현이 4차원 기업을 대표해서 참석하였다.

"일본의 천황과 총리께서 과거의 역사를 사죄하는 장소를 어디로 정하는 것이 좋겠습니까?"

일본에서 파견된 특사가 말했다.

"장소를 정하기 전에 고쳐야 할 용어가 있습니다. 천황이 아니라 일왕입니다. 한국은 천황이라는 용어를 인정하지 않습니다. 그러한 용어를 들으면 좋지 않은 감정이 생깁니다. 인간에 불과한 그 사람이 어떻게 천황이라는 직위를 쓸 수 있습니까? 한국 입장에서 보면 그는 단순한 왕에 불과합니다."

4차원 기업의 대표로 참석한 김광현이 말했다.

"네, 앞으로는 일왕이라고 고쳐 말하겠습니다. 그런데 장소를 어디로 하면 좋겠습니까?"

"장소는 한국의 상징성을 지닌 곳이 좋겠습니다. 국회의원들은 국민이 선출한 대표들이기에 한국 국민들에게 사죄하는 뜻으로 한국 국민들이 여러 지역에서 선출한 국회의원들이 모이는 국회의사당 광장이 사죄하는 장소로 좋겠습니다."

한국의 관료가 장소를 제안했다.

"좋은 제안을 주셔서 감사합니다. 저도 그렇게 생각합니다. 더 좋은 제안이 없으면 그곳으로 장소를 정하면 좋겠습니다."

김광현이 밝은 표정으로 말했다.

"그런데 그곳에서 경호가 확실히 이루어질 수 있습니까?"

일본 특사가 말했다.

"그것은 걱정하지 않아도 됩니다. 국가 원수급의 경호를 할 것입니다. 만약에 그곳에서 일왕이나 일본 총리에게 불상사가 발생한다면 과거 역사의 사죄가 어떻게 되겠습니까?"

"혹시 4차원 기업에서 경호 장비를 제공할 의향이 있습니까?"

일본 특사가 말했다.

"4차원 기업은 한국의 대통령에게만 무료로 경호 장비를 제공했습니다. 한국의 대통령에게 무료로 제공된 경호 장비는 한국 돈으로 200억 원에 달합니다. 일본 정부가 구입하면 제공할 수도 있겠지만, 일본 정부의 재정 상태로 봐서는 구입할 수 없으리라고 생각됩니다. 경호 문제는 한국 정부에 맡기십시오."

김광현은 단호하게 경호 장비 무료 제공을 거절했다.

"사죄 장소를 국회의사당 광장으로 정하되 언론에는 당분간 공개하지 않겠습니다. 경호를 위한 점검과 준비가 완료되면 그때에 언론에 공개하도록 하겠습니다."

한국의 관료가 말했다.

"일왕과 일본 총리가 언제 사죄하러 한국을 방문하면 되겠습니까?"

일본 특사가 물었다.

"경호 준비로 당장은 안 되지만 그 시기를 정하는 것은 일본 정부에서 할 일입니다."

"그러면 앞으로 10일 후로 정하면 어떻습니까?"

"네, 좋습니다. 앞으로 10일 후에 두 분이 한국에 와서 사죄를 하시기 바랍니다."

"대마도 양도는 언제 할 수 있습니까? 사죄 후에 대마도 양도가 완료되어야 4차원 기업은 일본 국토의 복구 작업을 시작할 수 있습니다."

김광현이 말했다.

"대마도 양도 작업은 빨리 추진하기가 대단히 어렵습니다. 대마도에 사는 주민들이 완강하게 반대하므로 물리적인 충돌이 예상됩니다. 그러한 상황에서 모든 주민들을 본토로 철수시켜야 하므로 기간이 조금 오래 걸릴 것 같습니다. 그래도 앞으로 20일 후에 양도할 수 있도록 노력하겠습니다. 주민들을 철수시키는 일은 어쩌면 경찰이나 군인들이 무력을 써야 하기 때문에 사죄하는 날짜보다 10일을 더 주시기 바랍니다."

일본 특사가 애원하듯 말했다.

한국에서 일왕과 일본 총리를 맞이하는 일은 한국 정부가 준비하기로 하였다. 그들이 무릎을 꿇고 사죄하기 위해서 오는 것이지만 한국 정부 입장에서는 귀빈 대접을 하지 않으면 안 되었다. 한국 정부는 그들이 묵을 숙소를 최고급 호텔로 준비하였고, 경호에도 완전한 준비를 갖추었다. 그들이 이동할 길에는 안전을 위한 준비가 갖추어질 것이다.

드디어 일왕과 일본 총리가 비행기를 타고 한국으로 가는 날이 되었다. 세계의 많은 언론사들은 기자들을 파견하여 이 광경을 위성으로 전 세계에 생중계하기 위한 중계 장비를 준비하고 있었다. 일본 현지에도 세계의 많은 기자들이 한국으로 떠나는 광경부터 취재하려고 모여 들고 있었다.

일왕과 일본 총리를 보내는 일본 공항에는 일본 사람들이 많이 나와 눈물을 흘리고 있었다. 그들의 눈물은 무엇을 의미하는 것일까? 그것은 아마도 일본 자존심이 무너지는 것에 대한 슬픔이었을 것이다.

하지만 한국이나 4차원 기업 입장에서 생각해 보자. 첫째 조건은 어떻게 생각해 보면 당연한 것이었다. 독일은 제2차 세계대전 때 그들이 저지른 잘못을 인정하고 사과했다. 그러나 일본은 달랐다. 잘못을 뉘우치기는커녕 인정조차 하지 않고 있는 것이다. 일본은 주변 국가에 있는 너무나 많은 사람들에게 고통을 주고 눈물만 흘리게 했지, 고통을 당한 그들의 한을 씻어 주지는 못했다. 일본이 진정으로 사죄하지 않고 그들의 처지에 어쩔 수 없이 사죄하지만, 이렇게라도 해야 옛날에 고통을 받았던 사람들이나 그들의 후손들에게 위로가 될 것이다.

둘째 조건도 그에 대한 공사비로 받는 것이므로 합당하다. 일본에 있는 정부와 민간의 모든 재정을 다 투입한다고 해도 감당할 수 없이 큰 공사비가 든다. 그렇기에 영토라도 공사비로 양도하라는 것이었다.

일왕과 일본 총리는 수행원들과 함께 비행기에 올라탔다. 그들은 이번 해외 출장에서만큼은 부부 동반으로 가지 않았다. 국가 정상이 좋은 일로 해외로 가면 대개 부부 동반으로 가지만, 이번 경우에는 그럴 만한 사안이 아니었기 때문이다. 그들을 태운 비행기가 일본 공항에서 이륙하였다. 전 세계의 수많은 기자들은 그들이 리무진을 타고 공항으로 가는 과정부터 비행기를 타고 한국으로 떠나는 모든 광경을 놓치지 않고 취재하고 있었다.

일왕과 일본 총리를 태운 비행기가 한국 공항의 활주로에 착륙했다. 한국을 비롯하여 전 세계의 수많은 사람들이 이 광경을 지켜보고 있었다. 비행기는 드디어 정지했고 계단차가 서서히 비행기에 다가갔다. 일왕과 일본 총리 일행은 비행기에서 내려서 건물에 들어가지 않고 바로 차를 타기로 되어 있었다. 계단차의 계단 밑에는 레드카펫이 깔려 있었다. 그런데 비행기의 문이 열렸어도 일왕과 일본 총리는 내리지 않았다. 그들이 한국 땅을 밟기 싫어서 망설였던 것일까? 아니면 그 안에서 무슨 일이 생겼던 것일까? 많은 사람들은 궁금함을 간직한 채 기다리고 있었다.

비행기 안에서 두 명의 일본 관료들이 먼저 내렸다. 그들은 비행기에서 내리자마자 가까이에 있는 마중 나온 한국 관료들에게 무슨 말을 하였다. 그리고 조금 후에 공항 직원들이 레드카펫을 치웠다. 비행기에서 내리기 전, 창문으로 아래에 깔려 있는 레드카펫을 본 일왕이 자기는 거기에 걸어갈 자격이 없으니 치우면 좋겠다는 뜻을 한국 당국자들에게 전하라고 했던 것이다.

일왕이 전한 이 말은 진정으로 과거 역사를 반성하는 마음에서 나온 것인지 아니면 자신의 마음과 별개로 반성하는 뜻을 강조해서 전하기 위한 행동인지 알 수 없었다. 어쩌면 일왕 자신의 생각이 아닌 수행원들의 생각을 일왕이 승인한 것이었는지도 모른다.

레드카펫이 치워지고 곧 일왕과 일본 총리와 그들의 수행원들이 내리기 시작하였다. 한국 대표로 공항에 마중 나간 사람은 한국의 국무총리였다.

"한국에 오신 것을 환영합니다. 이번 일을 통하여 양국이 더 화합하며 일본의 재난이 빨리 복구되는 계기가 되면 좋겠습니다."

한국의 국무총리는 일왕과 일본 총리에게 환영의 인사를 건넸다.

"이렇게 환영해 주셔서 감사합니다."

일왕과 일본 총리는 특별한 말이 없었다.

일왕과 일본 총리는 어떤 표정을 짓고 있어야 할지 몰랐다. 그들의 표정이 어색하다는 것을 누구나 알 수 있었다. 일왕과 일본 총리 일행은 곧 리무진에 올라타서 그들이 묵을 호텔로 향했다. 호텔로 가는 길은 경찰차가 호위하였다. 하늘에서는 언론사의 헬기 몇 대가 그 광경을 촬영하고 있었다. 공항에서는 헬기의 운행이 어렵지만 특별히 허가를 받은 언론사의 헬기들이 특정 지역에서만 운행 중이었다.

일왕과 일본 총리가 공식적으로 무릎을 꿇고 사죄하기로 한 국회의사당 주변에는 며칠 전부터 경찰들이 그 주위를 둘러쌌다. 국회의사당에 출입하는 사람들은 경찰의 수색을 받아야 했다. 국회의원이라고 해서 예외는 아니었다. 모든 사람들은 공항처럼 금속 탐지기로 검사를 받고 출입하고 있었다.

국회의사당 주차장은 특별한 관리를 받고 있었다. 차량에서 내리는 모든 사람들은 금속 탐지기 검사를 받고 주차장을 떠났다. 이러한 보안 관리 때문에 국회의사당 광장에 배치된 경찰은 5,000명가량 되었다. 기자들도 그곳에서 내일 있을 일왕과 일본 총리의 사죄를 취재하기 위해서 분주하게 준비하고 있었다. 일왕과 일본 총리가 묵을 호텔도 분주하기는 마찬가지였다. 호텔 주변에는 경찰들이 많이 배치되었고 취재하기 위한 기자들도 많이 와 있었다.

그들은 이번에 사죄하는 일 외에 특별한 일정이 없었다. 다음 날 국회의사당 광장에서 과거 역사를 사죄하는 성명을 발표하는 것이 전부였다. 그렇기 때문에 그들은 공항에서 바로 호텔로 갔다. 그들이 도착한 그날 바로 사죄하는 성명을 발표하고 즉시 일본으로 떠날 수도 있었지만, 그렇게 되면 너무 형식적인 방문인 것 같았고, 일왕과 일본 총리도 한국에서 하룻밤을 묵으면서 생각할 시간을 갖는 것이 좋을 것 같아서 1박2일로 일정을 잡은 것이었다. 그들은 일본에서도 많은 고민을 하였지만 무거운 마음의 짐을 지고 한국에 왔다. 그들은 호텔에서 하룻밤을 보내면서 마음을 비우고 예정대로 사죄 성명을 발표하기로 하였다.

다음 날 아침이 밝았다. 호텔은 그들이 국회의사당 광장으로 떠날 준비로 어수선했다. 일왕과 일본 총리 일행은 아침 식사를 마치고 떠날 준비를 하고 있었다. 기자들도 떠나는 그들의 모습을 취재하기 위해서 부리나케 준비 중이었다.

드디어 일왕이 무거운 발걸음으로 리무진 앞까지 걸어왔다. 조금 후, 일본 총리도 따라왔다. 기자들은 그들의 모습을 촬영했다. 기자들은 그들이 무엇 때문에 어디로 가는지 다 알기 때문에 질문을 하지 않았다. 그리고 그들의 표정이 너무 엄숙하였기 때문에 질문할 수 없었다. 일왕과 일본 총리는 리무진을 타고 수행원과 함께 국회의사당으로 떠났고, 한국 경찰들이 그들의 앞과 뒤에서 호위하며 같이 갔다.

국회의사당 광장 앞에 차량들이 도착하자 경찰들이 공식 차량 외에는 국회의사당 광장 안으로 들어가지 못하게 하였다. 리무진에서 내린 일왕과 일본 총리가 수행원들과 함께 사죄 성명을 발표하는 자리로 걸어갔다. 그 광경을 여러 대의 카메라가 촬영하고 있었고, 그 광경은 곧바로 전파를 타고 생방송으로 전 세계로 퍼져 나갔다. 일왕과 일본 총리는 무거운 표정으로 단상에 있는 좌석에 착석했다. 다른 행사 같으면 일왕과 일본 총리가 입장할 때 박수를 쳤을 테지만, 이번은 그런 성격의 행사가 아니므로 박수는 없었다.

4차원 기업의 창업 이사진은 대통령과 국무총리 근처에 앉았다. 사회자가 의식이 시작됨을 알렸고, 이는 동시에 일본어로 통역되었다. 사회자는 오늘의 행사에 대해서 간단하게 요약하여 말하였다. 그리고 일왕과 일본 총리를 소개하였다. 그때 4차원 기업 직원이 이사진에게 다가가서 조용히 말하였다. 이사들은 잠깐 의논하더니 김광현이 국무총리에게 이사진의 의견을 전달했다.

　그 사이에 일왕과 일본 총리는 사죄를 하기 위하여 발언대 앞으로 다가갔다. 국무총리는 사회자에게 양해를 구하고 마이크를 잡고 발언하였다.

　"일왕과 일본 총리에게 묻습니다. 야스쿠니 신사에 있는 A급 전범 14명의 위패들이 지금 어떻게 있습니까?"

　일왕과 일본 총리는 통역자의 말을 들은 후에 수행원들에게 그 내용을 묻고 답했다.

　"아직도 그대로 있습니다."

　국무총리는 단호하게 말했다.

　"그것들이 소각되기 전에는 한국 정부와 4차원 기업은 일본의 사죄를 받지 않겠습니다. 여기에 오신 주변국들의 대표들도 같은 의견일 것이라고 생각됩니다."

　일왕과 일본 총리는 자신들의 자리로 돌아가서 긴급하게 수행원들에게 지시했다.

　"야스쿠니 신사에 있는 그들의 위패들을 당장 소각하고 즉시 보고하라."

　청중들은 국무총리의 말을 듣고 웅성거리기 시작했다. 사회자는 의식이 약간 지체됨을 설명하였다.

　"어떻게 야스쿠니 신사에 A급 전범 14명의 위패들이 아직도 있단 말인가?"

　"과거 역사에 대한 사죄가 진심이 아닌 것 같다."

　"일본 사람들은 뻔뻔한 위선자들이야!"

　그곳에 있는 일본 사람들은 청중들이 말하는 비난의 소리들을 듣고 차마 얼굴을 들 수 없었다.

같은 시각 일본 본토에서는 고위 공무원들과 경찰 특공대가 야스쿠니 신사에 출동하였다. 그들은 A급 전범 14명의 위패들을 가지고 와서 야스쿠니 신사 마당에 모아 놓았다. 그리고 휘발유를 그 위에 부어서 불을 붙였다. 그 위패들은 휘발유의 열기로 소각되었다. 그 사실은 즉시 한국에 있는 일왕과 일본 총리에게 보고되었다. 일본 정부가 진작 소각했더라면 품위 있게 화장터에서 소각할 수도 있었을 것이다. 하지만 갑작스러운 소각 때문에 항의하는 일본 사람들은 거의 없었다.

일왕과 일본 총리의 지시가 일본에 전달된 지 약 30분 만에 그 위패들은 소각되었고, 이러한 사실이 일본 총리를 거쳐서 한국의 국무총리에게 전달되었다. 그동안 사죄를 받기 위해서 모인 사람들은 대기하고 있었다. 국무총리의 허락이 떨어지자 일왕과 일본 총리가 발언대 앞으로 다가가서 발언대 옆에서 무릎을 꿇었다. 그들의 비서는 발언대 위에 있는 마이크들을 꿇어 앉은 그들에게 전달했다.

그들은 마이크를 받고도 무릎을 꿇은 자세로 잠시 동안 조용히 있었다. 그들은 차마 말을 잇지 못했다. 자신들의 처지가 비참하게 느껴져서 더욱 말을 하지 못하였다.

이때 한국의 대통령과 국무총리가 서로에게 들릴 만큼 작은 목소리로 대화했다.

"일왕과 일본 총리를 일으켜 세워서 발언대에서 말하게 하면 어떻겠습니까?"

"그것은 과거에 일본의 만행으로 인하여 고생했던 사람들에 대한 예의가 아닌 것 같습니다."

"그렇군요! 죽거나 고생한 것에 비하면 무릎을 꿇는 것은 아무것도 아닙니다."

일왕과 일본 총리는 무릎을 꿇은 자세로 마이크를 들고 성명서를 같이 읽었다.

"과거에 일본이 한국을 비롯한 아시아 주변 국가들을 침략한 것을 사죄하며 용서를 빕니다. 제2차 세계대전 당시 한국 사람들을 일본의 침략 전쟁에 강제로 참여시키거나 징용으로 노동력을 착취한 것과 젊은 여성들을 위안부로 전쟁터에 끌고 가서 그들에게 인간으로서는 감당하기 어렵고 치욕스러운 일을 시킨 것을 시인하며, 그때 고통 받은 사람들에게 크게 용서를 구합니다. 이제 일본은 과거에 조선을 식민지로 만들어 착취하고 독립 운동을 했던 사람들을 핍박한 것을 큰 죄악으로 여기겠습니다. 일왕과 총리는 그동안 과거 일본의 잘못을 시인하고 반성하며 용서를 구할 세월이 충분히 있었음에도 이렇게 수십 년이 지난 지금에야 이렇게 사죄를 드리게 됨을 죄송하게 생각합니다. 이제 일본은 일본에서의 잘못된 역사 교육을 바로잡으며 세계 인류의 행복을 위해서 주변 여러 국가에 도움이 되는 나라가 되도록 노력하겠습니다. 앞으로 한국을 비롯한 제2차 세계대전 당시 피해를 주었던 국가들의 정부와 의논하여 적절한 피해 보상을 하도록 노력하겠습니다."

성명서를 다 읽은 일왕과 일본 총리는 서서히 일어서서 인사를 하고 뒤로 물러나서 좌석에 앉았다.

이어 사회자는 일본 총리가 4차원 기업이 정한 두 번째와 세 번째 조건에 대해서 추가로 발언할 것임을 말했다. 일본 총리는 다시 앞으로 나왔다. 비서들은 아래에 있는 마이크를 발언대 위에 올려놓았다. 이번에는 일본 총리가 발언대 앞에 선 채 발언하였다.

"일본은 4차원 기업의 도움을 받고자 그 대가로 대마도를 4차원 기업과 한국 정부에 양도하겠습니다. 4차원 기업에게는 소유권을, 한국 정부에게는 영유권을 넘기겠습니다. 이 일은 앞으로 10일 후에 시행할 예정입니다. 또한 독도는 과거에도, 또 현재에도 한국의 영토임을 인정합니다. 앞으로 해양 영유권을 재조정할 때에 독도와 대마도가 한국의 영토이므로 그에 합당하게 해양 영유권을 재조정하도록 하겠습니다."

일본 총리는 발언을 마치고 정중하게 인사를 한 후, 자신의 좌석에 다시 가서 앉았다.

한국의 대통령이 마이크 앞으로 다가가서 발언하였다.

"일왕과 일본 총리가 용서를 구하며 사죄하는 것을 한국 정부의 대표로서 받겠습니다. 한국 국민들도 용서를 구하는 일왕과 일본 총리의 사죄를 받아 주시기를 바랍니다. 과거에 일본이 저지른 만행으로 인하여 고통을 받은 한국의 수많은 사람들이나 그 후손들이 일본으로부터 적절한 보상을 받을 수 있도록 하겠습니다. 보상 문제는 일본 정부가 적극적으로 협조해 줄 것으로 믿습니다. 이제 대마도가 한국 영토가 될 것이기에 독도와 대마도로 인하여 다시 재조정되는 해양 영유권 문제를 일본 정부와 원만하게 잘 마무리하겠습니다. 일왕과 일본 총리가 다시 한국을 방문할 때에는 박수를 치며 환영할 정도로 좋은 일로 오시면 좋겠습니다. 오늘의 이 일이 있도록 도움을 주신 4차원 기업에 감사를 드립니다. 이제는 왜곡된 역사가 바로잡혔습니다."

한국의 대통령의 발언이 끝나자 사회자는 공식적인 행사를 다 마쳤음을 알렸다. 그 자리에는 제2차 세계대전 당시 일본으로부터 피해를 받았던 국가의 대사들이 참석하였다. 일왕과 일본 총리는 그들을 일일이 만나서 과거의 잘못을 시인하며 사죄를 구하였고, 피해 보상을 약속하였다. 일왕과 일본 총리는 시작할 때와는 다르게 표정이 조금 더 밝아졌다. 이제는 큰 짐을 내려놓은 기분일 것이다.

일왕과 일본 총리는 한국의 대통령을 다시 찾아가서 말하였다.

"현재 일본의 형편이 너무 어렵습니다. 한국 정부와 4차원 기업의 도움이 절실합니다. 일본이 4차원 기업의 도움을 받아서 일본 열도의 지각을 튼튼하게 하고 방사성 물질 오염을 말끔히 제거하더라도, 지진으로 인한 피해가 많으므로 한국 국민의 구호 활동이나 봉사 활동이 많이 필요합니다. 적극적으로 도와주십시오."

"앞으로 한국 정부가 나서서 일본의 복구와 구호 활동에 많은 도움을 드리도록 하겠습니다."

일왕과 일본 총리는 공식 행사를 마치고 여러 사람들과 인사를 한 후, 공항으로 가기 위한 리무진에 올라탔다. 그들은 수행원들과 함께 공항으로 갔다. 공항에는 그들이 타고 온 비행기가 그들을 기다리고 있었다. 그들이 올라탄 비행기는 곧 이륙하여 일본 쪽으로 향하였다.

기자들은 그들이 한국을 떠나는 장면까지 상세하게 촬영하여 방송하였다. 이렇게 역사적인 날에는 기자들이 평소보다 더 바쁜 것 같았다. 방송에서는 한국 정부와 4차원 기업이 일본을 위해서 하게 될 여러 가지 일들을 설명했다.

일본 총리는 비행기로 일본으로 가면서 여러 가지 생각을 하였다.

"이렇게 사죄할 줄 알았더라면, 조금 더 일찍 이전 총리들 중에 누가 사죄했어야 했는데, 내가 하게 되다니……. 현재 일본의 상황도 매우 좋지 않은데, 대체 무슨 예산으로 어떻게 주변국들에게 보상해야 할까? 일본이 일단 망하지 않게 조치는 취했으나 재정적으로 너무 힘들겠구나! 먼 미래에 일본의 후손들은 나를 어떻게 평가할까? 내가 지금 일본에 가면 일본 국민들의 반응은 어떨까? 혹시 나를 비난하지 않을까? 대마도를 넘겨주는 일을 10일 안에 어떻게 한단 말인가? 대마도 주민들이 분명히 협조하지 않을 텐데, 또 다시 그들에게 무력을 쓰자니 마음이 무겁구나. 대마도 주민들을 대마도에서 나오게 한 다음에 그들이 살 곳을 마련해 줘야 하는데, 과연 일본에 그럴 만한 곳이 있을까? 왜 일본에서 4차원 기업이 만들어지지 않고, 한국에서 만들어진 걸까? 일본에서 만들어졌더라면 일본이 더욱 발전했을 텐데!"

일본 총리가 비행기 안에서 이런저런 생각을 하면서 잠깐 시간을 보내는 동안 창밖에 벌써 일본 땅이 내려다보였다. 일본 공항에 도착한 일왕은 즉시 자신이 사는 곳으로 돌아갔다. 공항에는 많은 사람들이 일왕과 총리가 돌아오는 시간에 맞춰서 시위를 하고 있었다. 그들은 "일왕과 총리가 한국에서 한 행동은 항복이나 마찬가지이며, 일본의 자존심을 크게 상하게 하는 것"이라고 주장하였다.

일본 총리는 공항에서 기자들 앞에 섰다. 그는 기자들에게 말했다.

"천황과 제가 한국에 가서 과거의 역사를 사죄하고 돌아왔습니다. 우리는 이것을 굴욕으로만 생각해서는 안 됩니다. 천황께서는 일본 국민들을 위하여 큰 희생을 하신 것입니다. 독일은 과거의 역사를 제대로 반성하여 세계 여러 나라들로부터 인정을 받았습니다. 일본도 이번 기회에 독일의 전례를 본받아 여러 나라들로부터 좋은 평가를 받기를 바랍니다. 앞으로 4차원 기업의 협조를 받아 일본의 재난을 복구하는 일에 최선을 다하겠습니다."

다음 날이 되었다. 일본 총리는 내각을 소집하여 일본 전역의 방사성 물질 오염과 피해 상황에 대해 보고 받았다.

"일본에서 방사성 물질을 완전히 제거하는 것은 일본 정부의 능력으로는 불가능합니다."

"그래서 굴욕을 무릅쓰고 총리께서 한국에 가서 4차원 기업에 요청했지 않습니까?"

"너무도 많은 원자로가 지진으로 심하게 파괴되었습니다. 앞으로는 원자력 발전을 포기해야 됩니다."

"그것은 당연합니다. 우선 복구에 대해서 의논해 봅시다."

"4차원 기업이 복구 작업을 하기 전, 우리가 할 수 있는 범위 내에서 최대한 방사능으로 인한 피해 확산을 막아야 합니다."

"방사능 오염 물질 제거는 나중에 4차원 기업이 처리할 것이지만 인명 피해는 더 이상 진행되지 않도록 하면 좋겠습니다."

"그래서 원자로에서 방사능이 더 이상 누출되지 않도록 노력하고 있지만 꽤나 어려운 일입니다."

"왜 그것이 어렵지요?"

"왜냐하면 위험을 무릅쓰고 원자로에 접근하여 작업할 수 있는 사람들이 너무 부족하기 때문입니다."

"방사능 피해를 조금이라도 줄이려면 대마도를 하루라도 빨리 한국에 양도해야 합니다."

"대마도를 나중에 한국에 넘겨주더라도 4차원 기업이 먼저 방사성 물질 제거 작업을 해 주면 좋겠는데…… 그렇게 요청할 수 없을까요?"

"이미 우리 정부가 그렇게 요청했지만, 4차원 기업은 우리의 요청을 거부했습니다."

"대마도에서 주민들을 철수시키는 것이 가장 어려운 일입니다. 대마도 주민들이 강하게 거부하고 있으니 이제는 무력을 쓰지 않을 수 없습니다."

"앞으로 9일 후에 대마도를 한국에 넘겨주기로 했습니다. 우리 정부가 그 일을 약하게 추진하면 9일 후에도 한국에 대마도를 넘겨준다는 보장이 없습니다. 어차피 대마도 주민들에게 욕을 먹을 각오를 했으므로 강하게 추진해야 합니다."

"주민들을 철수시키는 일을 보다 더 강하게 밀어붙이면 3일 정도는 기간을 단축시킬 수 있을 것이라고 생각합니다."

"그러면 어떻게 하면 좋겠습니까?"

"대마도에 계엄령을 선포하고 군인들을 상륙시켜서 경찰들을 돕도록 해야 합니다. 현재 대마도에는 경찰들이 2,000명 정도 있으나 기간을 단축시키기에는 역부족입니다."

"대마도에 계엄령을 선포하고 군인들을 상륙시켜 아직도 그곳에서 강경하게 버티고 있는 주민들을 일본 본토로 강제로 이주시키는 것에 반대하실 분은 없지요?"

그날 오후, 즉시 대마도에 계엄령이 선포되고 자위대 병력 1만 명이 헬기와 전함 등을 이용하여 대마도에 상륙했다. 그때까지도 대마도에 주민 6,000명가량이 남아 있었지만, 계엄령 선포 이후 다음 날 아침에 대마도를 포기하고 이주하기로 한 사람들이 절반가량 되었다. 경찰들은 본토로 이주하기로 결정한 3,000명가량의 주민들을 본토로 보냈다. 경찰들은 여객선, 군함, 헬기 등 여러 가지 교통수단을 총동원하여 주민들을 이주시켰다.

이전에 미리 이주한 사람들은 이삿짐을 제대로 꾸려서 갔지만, 이렇게 시위를 하다가 이주한 사람들은 많은 짐을 포기해야 했다. 그래도 군인들은 24시간 동안은 무력을 사용하지 않았다. 경찰들도 이주하는 사람들을 도울 뿐, 무력으로 항의하는 시위자들을 적극적으로 막지 않았다.

이제는 군인들이 약간의 폭력을 써서라도 약 3,000명 정도의 남은 주민들을 이주시켜야 했다. 군인들도 민간인을 상대로 이러한 일을 하기 싫었지만, 국가를 살리기 위해서 어쩔 수 없는 행동이라고 생각하였다. 군인들이 무력을 사용하기 바로 직전에 항복한 주민들도 많이 나타났다. 대마도에 있는 방송국은 점점 강하게 일본의 상황을 계속하여 주민들에게 전해 주었다. 무력을 사용하기보다는 평화적으로 해결하는 것이 좋기 때문에 언론을 통한 설득 작업은 계속되었다.

주민들 중 일부는 시위에 참석하다가도 항의하는 것을 포기하고 조용히 자신의 집으로 가서 이삿짐을 싸기도 하였다. 주민들은 날짜가

지날수록 많은 이삿짐을 챙길 수 없었다. 일본 본토로 가지 않겠다고 버티다가 마음을 바꾸어 이주하고자 하는 주민들은 경찰의 도움을 받아서 간단한 짐을 챙긴 후에 일본 본토로 갈 수 있었다.

자발적으로 이주하는 주민들이 계속하여 나타났기에 남은 주민들의 숫자는 계속 줄어들었지만, 끝까지 강경하게 버티는 주민들은 군인들이 처리해야 했다. 계속 시간을 낭비하면 본토에서는 신음하는 국민들의 숫자가 늘어날 것이다. 마지막으로 약 1,200명 정도 남았는데, 일부는 모여서 시위하였고 나머지는 자신들의 집에서 버티고 있었다. 군인들이 시위하는 군중들에게 달려들어서 모여 있는 주민들을 무력으로 해산시키면서 체포했다.

시위하는 군중들은 쇠파이프나 몽둥이 등의 무기로 저항하였지만, 군인들의 숫자가 월등히 많았으므로 와해되었다. 그 상황에서 시위하는 사람들과 군인들이 여럿 다쳤다. 군인들이 시위하는 사람들을 적으로 간주하고 총으로 쏘면 보다 쉽게 제압할 수 있었지만, 그렇게까지 할 수는 없었기 때문에 자신들이 다치는 위험을 무릅쓰고라도 간단한 장비를 가지고 군중들을 해산시키며 체포한 것이다.

군인들은 집에서 버티고 있는 사람들을 모두 일본 본토로 보내기 위해서 대마도에 있는 모든 집을 수색하기로 했다. 군인들의 수색은 조직적으로 철저히 이루어졌다. 대마도에 있는 모든 건물들은 수색 대상이었다. 군인들이 처음 상륙한 직후에는 자발적으로 일본 본토로 가고자 하는 대마도 주민들을 친절하게 도와주었다. 그러나 저항하는 사람들은 시간이 갈수록 사람대접을 받지 못했다. 수색으로 잡혀온 사람들 중에 저항이 너무 심한 사람들은 밧줄이나 케이블타이 등으로 묶이기도 했다.

계엄령이 선포된 지 4일 만에 대마도에 있는 모든 민간인들이 일본 본토로 이주되었다. 일본 정부의 연락을 받고 한국 정부의 관료들과 4차원 기업의 직원들이 대마도에 도착하였다. 그들은 일본 정부의 관료들로부터 대마도의 모든 것을 넘겨받는 업무를 수행하였다. 그들이 넘겨받을 자료 중 하나는 토지와 건물의 등기에 관한 사항이었다.

일본 정부는 일본 등기소에서 대마도 토지와 건물에 관한 내용을 전부 삭제했다. 일본으로부터 넘겨받은 등기 자료는 참고 자료일 뿐, 한국 등기소에 등록할 대마도의 등기 자료는 한국 정부와 4차원 기업이 완전히 새롭게 만들 것이다. 마찬가지로 일본 정부로부터 등기 자료와 함께 넘겨받은 지적도도 참고 자료일 뿐, 4차원 기업이 대마도를 개발한 다음에 한국 정부가 토지를 새로 측량할 것이다.

한국 정부와 일본 정부의 대표들은 대마도의 등기부등본 내용이 일본 등기소 전산망에서 삭제된 것을 확인한 후, 대마도 양도 양수 계약서에 서명하였다. 서명과 함께 대마도는 한국 영토가 되었고, 토지와 건물의 소유권은 4차원 기업이 가져갔다. 일본 정부는 당분간 대마도에서 4차원 기업이 대마도를 양도 받는 일을 돕기로 하였다.

한국 정부는 일본의 등기소 전산망에서 대마도 등기 내용이 삭제되었지만, 참고용으로 등기 내용을 가지고 있는 것을 허락하였다. 일본 정부가 대마도 주민의 재산권에 대한 보상과 근저당 설정 등의 재산권에 대한 정리를 하기 위해서 그 자료가 필요했기 때문이다.

김광현과 직원들은 대마도의 여기저기를 둘러보았다. 대마도에는 민간인들이 모두 떠났지만, 그들의 건물과 주택에는 아직도 물건들이 많이 남아 있었다.

"이사님, 이 집은 사람들만 급하게 빠져나간 것처럼 세간들이 그대로 있습니다."

"대마도 주민들이 마지막까지 강하게 저항하다가 군인과 경찰들에 의해서 일본 본토로 쫓겨난 경우가 많다고 하던데, 그런 식으로 쫓겨난 것 같군요."

김광현은 안타까운 표정으로 말했다.

"그렇게 쫓겨난 대마도 사람들은 한국과 4차원 기업을 원망할 것 같습니다."

"이렇게 놔두면 안 될 것 같은데…… 좋은 방법이 없을까?"

"비록 그들이 국가 사이의 거래에 의해서 쫓겨났지만, 개인이 손해를 보면 안 될 것 같습니다."

"나도 그렇게 생각하네. 대마도 주민 개인의 손실은 한국과 일본의 화합을 깨는 큰 구실이 될 수 있기 때문에 적절한 대책을 강구해야 돼."

"그러면 일본에 있는 이삿짐센터 직원들을 대마도로 불러서, 이렇게 방치된 세간들을 주인에게 돌려 줄 수 있게 하면 좋겠습니다. 그 비용은 저희 4차원 기업이 부담하는 것으로 하고요. 김 이사님 생각은 어떠십니까?"

"좋은 생각이네. 그렇게 시행하도록 하고, 일본에서 부를 수 있는 이삿짐센터 직원들이 부족하면 한국에 있는 이삿짐 업체에도 연락해서 부르면 좋겠네."

"그렇게 하도록 하겠습니다. 그리고 한국과 일본의 공무원들은 그들이 대마도로 오면 발행해 줄 임시 신분증을 준비해야 합니다."

4차원 기업은 대마도를 양도 받기 위한 업무로 한창이었다. 이에 4차원 기업은 일본어에 능통한 사람들을 모집하였다. 대마도에서 일본인들과 함께 대마도 양수 작업을 할 때, 의사소통의 불편함을 해소하기 위해서였다. 4차원 기업은 일본 정부에 되도록 한국어나 영어를 사용할 줄 아는 공무원을 보내달라고 요청하였다.

대마도에서 우선 사용할 시설은 통신 시설이었다. 이 때문에 4차원 기업은 한국인과 일본인 중에 통신 시설을 관리할 수 있는 사람을 임시로 고용하였다. 대마도를 양도 받는 일은 그리 간단한 일이 아니었다. 거기에는 많은 인원이 동원되었다. 거기에 종사할 사람들이 많이 필요했고 그 사람들을 먹일 식당도 필요했다. 한국에서 대마도까지 하루에도 여러 차례 여객선이 운행되었다.

4차원 기업은 대마도 양수 작업과 함께 일본 본토의 방사능 오염 물질 제거 작업을 진행하였다. 한국과 일본 사이의 바다에 있던 4차원 필터는 한국으로 넘어오는 방사성 물질을 제거하는 일을 하고 있었는데, 4차원 기업은 일본 본토를 정화하기 위하여 이전 것과 별도로 다시 거대한 4차원 필터를 생성하였다. 그리고 일본의 남서쪽에서부터 북동쪽으로 그 필터를 서서히 이동시키면서 일본 영토에서 방사능 오염 물질을 제거하기 시작하였다. 엑스레이 등 이롭게 사용되는 방사성 물질이 일본에서 소멸되지 않도록 조심스럽게 작업이 진행되었다. 원자력 발전소의 원자로에서 누출된 방사성 물질은 4차원 필터에 닿기만 하여도 즉시 소멸되었다.

4차원 필터가 걸러낸 지역은 방사성 물질이 완전히 제거되었다. 방사성 물질이 제거된 곳은 파괴된 원자력 발전소가 있던 곳일지라도 사람의 접근이 가능했다. 일본에 있는 모든 원자력 발전소는 그 기능을 상실하였다. 핵폐기물이 보관된 창고도 정화되었다. 4차원 필터의 정화 능력은 100%였다. 4차원 필터로 걸러내면 원하는 물질이 구분되거나 소멸되었다.

원자력 발전소 근처에 살다가 다른 곳으로 대피하여 살던 수많은 사람들이 자신들의 집으로 돌아갔다. 그들은 4차원 기업의 과학 기술에 감탄하였다. 약 3일간의 작업 끝에 일본 영토가 전부 정화되었다. 정화 작업을 마친 필터는 북태평양으로 이동시켜 미국 쪽으로 이동하는 방사성 물질을 제거하도록 놔두었다.

4차원 기업은 일본의 방사능 오염을 모두 제거한 후에 일본 영토 아래의 지각 보강 작업을 진행했다. 4차원 기업은 일본 영토 아래의 지각을 약간 들어올렸다. 4차원 기업이 작업하는 동안 일본에 사는 사람들은 그 작업을 느낄 수 없었다. 진동이 전혀 없이 1시간에 1㎝ 정도의 속도로 일본 영토의 지각을 조금 들어 올린 후에 지각 보강 작업을 하고 다시 내렸다. 몇 달 전부터 일본 영토가 조금씩 가라앉아서 내려갔지만, 영토 아래의 지각 보강 작업을 하면서 그 높이를 원래의 높이로 복원시켰다.

4차원 기업은 지각 보강 작업을 하면서 일본에 있는 활화산들을 안정화시켰다. 지진으로 인하여 틈이 벌어진 지각을 원래대로 회복시켰고 지나치게 지상과 가까운 곳으로 올라온 용암을 식혔다. 4차원 기업이 일본에 있는 활화산들을 안정화시키자 화산 연기를 내뿜고 있던 몇 개의 활화산이 활동을 멈추었다. 앞으로는 일본에 화산 분출이나 큰 지진이 없을 것이다.

이렇게 방사성 물질 제거 작업과 지각 보강 작업이 끝난 후, 독도 개발을 위한 준비 작업이 이루어졌다. 4차원 기업 이사진은 한국의 내각 앞에서 독도에 대한 발언을 하였다.

"독도를 현재보다 더 큰 섬으로 확장시켰으면 좋겠습니다."

"어떤 식으로 확장 공사를 할 수 있습니까? 간척 사업을 하는 것은 아니지요?"

"독도는 일반적인 간척 사업으로 육지를 확장하기 어렵습니다. 4차원 과학 기술로 독도의 지각을 늘려서 물 위로 올라오는 부분을 넓게 만들고 싶습니다."

"그렇게 하면 물론 좋겠지만 확장 공사로 인하여 독도의 자연 환경이 파괴되지는 않을까 걱정됩니다. 독도를 확장하는 공사를 하게 된다면 그곳에 있는 생물들이 갑작스러운 환경 변화와 진동 등으로 인하여 피해를 볼 것입니다. 섬이 확장되어 사람들이 많이 살면, 독도 생태계가 파괴될 것입니다."

"그러한 일들은 전혀 일어나지 않으니, 걱정하지 않아도 됩니다. 일본 영토 보강 작업이 진행되는 동안 일본에 사는 사람들은 그 작업을 전혀 인지하지 못하였습니다. 독도 확장 공사는 급하게 할 공사가 아니기에 약 3년에 걸쳐서 서서히 자연환경을 적응시키면서 섬의 면적을 늘리면 됩니다. 섬의 면적은 울릉도보다 약간 작게 하고 싶습니다. 공사가 완료된 후에는 독도를 사람들이 사는 지역과 국립공원 지역으로 구분하여 환경을 보존할 것이며, 새로 늘어난 지역에 생물들이 잘 정착할 수 있도록 관리하겠습니다."

"4차원 기업이 현재까지 자연 환경을 파괴하는 것을 보지 못했습니다. 독도의 면적을 그런 식으로 늘려 준다면 저는 찬성하고 싶습니다."

총리가 찬성한다고 말했다.

한국의 내각은 4차원 기업 이사들의 설명을 충분히 듣고 그 사업을 찬성하고 승인해 주었다.

어느 장관이 말하였다.

"이왕 이런 일을 할 것이면 제주도 남서쪽 아래에 있는 이어도를 수십 미터 상승시켜 완전한 섬으로 만들면 어떻겠습니까? 그곳은 섬이 아니라 암초이기에 한국이 주변 국가들을 상대로 완전한 영유권을 주장하기에 불리한 곳입니다."

"좋은 의견을 주셔서 감사합니다. 다음에 그와 관련된 작업을 연구해 오겠습니다."

4차원 기업 이사는 그 의견을 아주 좋게 여기며 답변하였다.

일본에서는 이제 원자력 발전소를 사용할 수 없게 되었다. 지난번 일어난 지진으로 거의 파괴되었고, 이번 4차원 필터가 원자력 발전소들을 통과하면서 그 기능을 완전히 상실하였다. 화력 발전소 여러 곳도 지진으로 피해를 입은 상황이어서, 아주 심각한 전력난을 겪고 있었다. 지진 이후에는 제한된 전기 공급이 계속되었고, 산업 시설도 제대로 가동되지 않았다.

일본 정부는 4차원 기업에 전기 공급을 요청하였다. 큰 지진으로 인하여 발전소들이 대부분 파괴된 상황이라, 4차원 기업이 전기를 공급해 주지 않으면 일본 경제가 정상적으로 돌아갈 수 없게 되었다. 4차원 기업은 일본의 요청을 받아들이기로 하였다. 일본에 수출하는 전기 가격은 일본이 경제적으로 회복되기까지 3년 동안은 다른 나라들보다 30% 더 할인해 주기로 하였다.

4차원 기업은 이제 일본에도 전기를 수출하기 위한 준비를 하였다. 4차원 기업은 전력 수신기를 통하여 4차원 형태로 에너지를 이동시켰다. 일본에 전기를 공급하기 위해서는 전력 수신기가 더 필요했다. 일단 4차원 기업이 재고로 확보하고 있는 전력 수신기를 일본으로 보냈다.

일본은 4차원 기업의 도움으로 점차 원활한 전기 공급을 하게 되었다. 한국에 에너지를 의존하기를 거부하고 자존심을 세우던 일본도 결국 다른 나라와 마찬가지로 한국에 에너지를 의존하는 나라가 된 것이다.

대마도를 넘겨받은 한국과 4차원 기업은 대마도를 개발하기 위한 작업을 진행했다. 우선 4차원 기업은 대마도에 마지막까지 남아 있다가 제대로 이삿짐을 챙기지도 못하고 군인들과 경찰들에 의하여 일본 본토로 쫓겨난 대마도 주민들의 물건들을 모두 보내 주었다. 이렇게라도 해야 대마도에 살았던 사람들의 원성을 조금이라도 잠재울 수 있을 것 같았다.

우선 건물에 있는 물건들 중에 쓸 만한 물건들은 모두 포장하여 일본으로 보냈다. 그 물건들은 사무실 가구로부터 시작하여 서류, 기계, 집안에 있는 살림살이들이었다. 포장된 물건에는 그 물건이 있던 곳의 주소를 기재했다. 물건 주인은 자기가 그 주소지에 거주했거나 그 주소지의 건물을 사용했다는 증명을 제시하여 자기의 물건을 찾아갔다. 이 모든 과정에 소요되는 경비는 4차원 기업이 모두 부담하였다.

이제 대마도에는 빈 건물과 쓰레기만 남았다. 일본 관료들도 거의 돌아갔고 소수만 남아서 양도 작업을 마무리하고 있었다. 4차원 기업은 대마도를 양도받은 후 어떻게 개발할 것인지 이미 회의를 통해서 확정해 놓았다.

대마도의 소유권은 100% 4차원 기업에 있었다. 한국 정부와 상의하여 한국 등기소에 토지 등기를 완료했고 등록세와 취득세를 납부하였다. 토지를 등기할 때에는 일본 등기소에 있는 내용으로 등기하지 않고, 전체를 몇 개의 덩어리로 나누어서 간단하게 토지만을 등기하였다. 건물은 선별적으로 남기고 거의 다 철거하기로 했기 때문이었다. 4차원 기업은 앞으로도 대마도에 있는 부동산에 관련된 세금을 한국에 낼 것이다. 그런데 지방세를 납부할 지방자치단체가 확정되지 않았기 때문에 그 전에는 우선 중앙 정부에 재산세 등의 지방세를 납부하기로 했다.

4차원 기업은 여러 분야의 전문가들을 대마도로 초대하여 역사적으로 가치 있는 건물들을 선별하는 작업을 하였다. 남길 건물들을 선별한 후에는 나머지 건물들을 모두 철거하고 생태계를 완전히 복원한 후에 관광지로 개발하기로 했다. 관광지로 개발한 이후에는 1년간은 한국 국민들을 대상으로 관광 사업을 하고, 그 이후에는 외국인에게도 개방하되 일본인에게는 7년 후부터 개방하기로 했다. 즉시 일본인에게 대마도를 개방할 경우 대마도 양수에 따른 부작용이 발생할 우려가 있기 때문이었다.

대마도에서 개발 사업이 본격적으로 시작되었다. 많은 중장비들이 배를 통해서 대마도로 이동하였다. 우선 필요 없는 건물의 철거 작업을 시작하였다. 건물을 철거할 때 나오는 골재나 철 구조물 등을 처리하는 공장이 들어섰다. 대마도에서 철거 작업을 하는 행정 절차는 그리 까다롭지 않았다. 철거를 위해서 허가를 받는 일도 없었고, 소음이나 먼지 등으로 인하여 주변에 사는 주민들의 눈치를 볼 일도 없었다. 다만 인체에 해로운 석면 등이 그곳에서 일하는 사람들에게 피해를 주지 않도록 한국 본토에 준하는 방법으로 철거했다.

4차원 기업은 철거를 위한 공사 감독들을 임명하여 건축 폐기물 등이 바다로 흘러들어가지 않고 자연환경을 오염시키지 않도록 감시했다. 4차원 기업은 안전에도 많은 신경을 기울였다. 공사 기간을 재촉하여 안전을 소홀히 하지 않도록 충분한 공사비를 지급한 것이다. 4차원 기업은 공사비를 절약하기 위하여 공사 기간을 단축하는 일이 없도록 하였다.

4차원 기업은 대마도 양수 때부터 운영하던 식당들을 계속 운영하였다. 앞으로 대마도에서 일하게 될 한국인들이 상당히 많을 것이다. 대마도에서 일하는 모든 사람들은 4차원 기업과 관련되었기 때문에 4차원 기업이 운영하는 식당은 돈을 받지 않았다. 식당은 기존에 식당으로 쓰던 건물 중 적당한 것을 골라서 운영되었다. 대마도 개발 공사로 인해 사람들이 많이 모여들었고, 식당처럼 꼭 필요한 시설들이 설치되었다. 그 중 하나가 바로 병원이었다. 4차원 기업은 임시 병원을 개원하여 사람들에게 간단한 의료 서비스를 제공했다. 임시 병원도 식당과 마찬가지로 비용을 받지 않고 운영하였다.

4차원 기업은 약 1년 후에 철거 작업을 완료하였다. 현지에서 나중에 재활용할 수 있는 것만 놔두고 모두 한국 본토로 싣고 갔다. 4차원 기업의 철거 작업은 완벽했다. 건물이 있던 흔적조차 완전히 없애고 땅을 다시 자연으로 돌려보냈다. 눈에 보이지 않는 것일지라도 땅 속 깊은 곳의 인공적인 것은 모두 철거했다. 그리고 이를 나중에 감독들이 특수 장비로 지하를 촬영하여 확인했다.

4차원 기업의 이사진은 철거 작업을 하면서 각종 쓰레기와 건축 폐기물이 많이 나오는 것을 보고 깨달은 것이 있었다. 전 세계적으로 많은 철거 작업이 이루어질 텐데 이러한 쓰레기와 폐기물이 지구를 더럽히면 안 되겠다는 생각을 한 것이다. 철거 작업을 구경한 윤서현은 다음번에 쓰레기와 폐기물을 완벽하게 자연으로 되돌리는 것에 대한 연구를 진행하기로 했다. 그것은 4차원 기업이 기업의 이념을 이 지구에서 실현시키는 것이 될 것이다.

4차원 기업은 대마도에서 건물이 있던 자리에 나무를 심기 시작했다. 건물들이 많이 있는 것보다 키가 큰 나무들이 많이 있으면 더욱 보기 좋을 것이다. 나무를 심기 위해서 한국에서 묘목을 가지고 왔고, 일본에서도 묘목을 수입했다. 필요한 경우에는 큰 나무도 옮겨와 심었다. 한국이나 일본에서 시행되는 개발 사업 때문에 벌목할 위기에 처한 나무를 벌목하지 않는 대신 그것을 옮겨와 심었다.

4차원 기업은 대마도에서 정원 같이 자연을 가꾸는 일에 종사할 많은 사람들을 채용하였다. 대마도를 가꾸는 4차원 기업 직원들은 부산에서 배로 출퇴근할 수 있도록 했다. 4차원 기업은 대마도에서 자연과 조화가 되는 건물은 철거하지 않고 사무실이나 숙소로 사용하였다. 또 역사적인 기념이 될 만한 건물은 철거하지 않고 남겼다. 대마도는 점점 자연과 함께할 수 있는 관광지로 변해가고 있었다. 심겨진 나무들은 땅에 뿌리를 내리고 정착하여 크고 아름답게 성장하였다.

4차원 기업은 대마도에 자연과 어울리는 호텔들을 건설하였다. 호텔이 완공되면 더 많은 관광객들을 받을 수 있을 것이다. 대마도에 있는 도로들은 자연환경에 맞게 정비하였다. 자연과 조화되지 않는 도로를 없애고 필요한 도로를 만들어서 새로운 모습으로 도로들을 정비하였다. 한국에 있는 사람들은 완전히 새로운 모습의 대마도를 기대하고 있었다. 대마도는 한국 땅으로 새롭게 변화되고 있었다.

4차원 기업은 대마도 개발 공사를 시작하고 얼마 되지 않아 독도 확장 공사를 시작하였다. 독도 확장 공사는 건설 업체에 하청을 주지 않았다. 4차원 방식의 확장 공사는 일반적인 토목 공사가 아니므로 다른 업체가 할 수 없었기 때문이다. 4차원 기업의 직원들은 윤서현의 지시대로 독도의 섬들이 점점 높아지면서 수면 위로 드러나는 면적을 넓혔다. 독도의 확장 공사는 천천히 매우 느리게 진행되었다. 독도에 사는 생물들에게 피해가 최소화될 수 있도록 조심스럽게 공사를 진행하였다.

독도 근처 심해에 있는 자원 중에 메탄하이드레이트라는 것이 있는데 갑자기 3차원적인 충격을 주면 붕괴되면서 메탄가스를 대량으로 발생시킬 수 있으므로 4차원적인 방법으로 메탄하이드레이트가 붕괴되지 않도록 고정시킨 후에 아기를 어루만지듯 조심스럽게 독도를 성장시켰다. 하루나 이틀 후에 면적이 조금씩 늘어남을 느낄 수 있도록 마치 마술처럼 변하게 하였다.

한국과 일본은 해양 영유권을 다시 조정하기 위하여 관련 공무원들이 한국과 일본에서 번갈아 가면서 만나기로 하였다. 일본의 관료들은 옛날과 같은 고자세가 아니었다. 이제는 겸손한 자세로 협상에 임하였다. 그들은 이제 한국을 강대국으로 알고 있었다. 4차원 기업은 영유권을 다시 조정하는 일에는 나서지 않았다. 그것은 기업이 아닌 정부가 해야 할 일이기 때문이었다. 그래도 일본의 대표들은 협상 장소에서 4차원 기업의 눈치를 은근히 보는 것 같았다. 왜냐하면 협상 내용이 모두 4차원 기업에 전달되기 때문이었다. 처음에는 양국 공무원들이 그들의 주장을 서로에게 발표하는 시간을 가졌다.

"우리 일본에게도 해양 산업과 국가 안보가 필요하니 해양 영유권을 다시 조정할 때에 참고해 주시면 좋겠습니다."

일본 공무원이 사정하듯이 말했다.

"국제적인 관례대로 하면 될 것입니다. 그러나 일본 정부가 4차원 기업의 도움을 계속 받으려면 그에 알맞은 적절한 판단을 해야 할 것입니다. 이 자리에 4차원 기업의 이사가 참석하지 않았지만 4차원 기업에서는 이 협상에 많은 관심을 가지고 있습니다."

"일본 정부는 한국의 4차원 기업이 새로운 과학 문명을 주도하고 있음을 잘 알고 있습니다."

"해양 영유권을 재조정하기에 앞서 기준을 정하면 좋겠습니다."

"어떤 기준을 정할까요?"

"우선 몇 가지를 물어 보겠습니다. 독도는 이제 완전한 유인도입니다. 한일 중간 수역이 될 수 없는데 이것에 동의하십니까?"

"네, 동의합니다."

"대마도가 한국의 영토임을 인정합니까?"

"네, 인정합니다."

"이번에는 어려운 질문을 하겠습니다. 이어도라는 섬을 알고 있습니까?"

"네, 알고 있습니다."

"한국 정부는 4차원 기업의 도움을 받아서 해수면 아래에 있는 그 섬을 약 100미터 상승시키고 섬의 면적을 약 400배 넓게 만들 예정입니다. 그곳을 한국 영토로 인정해 주시면 좋겠습니다."

"그곳을 한국 영토로 인정하는 것은 좀 더 검토해 봐야 하겠습니다."

"그 검토에 도움이 되는 말을 해 드리겠습니다. 그 섬은 4차원 기업의 과학 기술로 엄청난 크기의 섬으로 변할 것입니다. 당연히 유인도가 될 것입니다. 나중에 일본이나 중국이 완성된 그 섬의 소유권을 주장할 수 있습니까?"

"그 섬의 소유권이 한국에게 있음을 인정합니다."

"그러면 이어도가 한국의 영토임을 인정합니까?"

"일본 정부는 이어도에 아무런 영향을 끼치지 않았으니 공사가 완성된 이어도는 한국의 영토임을 인정합니다."

"미래의 이어도와 독도의 지도가 여기에 있습니다. 이 지도에 있는 그 섬들의 면적을 인정하면 됩니다."

"혹시 일본 정부가 태평양 쪽에 그와 비슷한 토목 공사를 할 일이 생기면 4차원 기업의 도움을 받고 싶습니다."

"그러한 것은 제가 결정할 일이 아닙니다. 저는 4차원 기업의 직원이 아닙니다. 그래도 이번 협상이 순조롭게 진행되면 4차원 기업이 일본 정부에 많은 도움을 줄 것입니다."

"네, 알겠습니다."

"독도와 대마도와 미래의 이어도가 한국의 영토임을 인정하셨으니 그 기준대로 해양 영유권을 재조정하면 될 것 같습니다."

"네, 추가된 한국의 영토대로 해양 영유권 재조정에 협조해 드리겠습니다."

역시 국가는 힘이 있어야 하고 그 힘에는 경제력, 군사력, 과학 기술 등 여러 가지가 있는데, 그것들은 서로 연관되어 있다. 여러 분야에서 한국에 큰 보탬이 되는 4차원 기업이 있으므로 국력도 튼튼해지고 외교에서도 협상력이 생기게 되었다.

한국과 일본의 공무원들은 약 보름간의 협상을 통하여 한일 중간 수역을 비롯하여 해양 영유권을 다시 조정하였다. 그들은 지도에서 일본과 한국의 중간 지점들을 이어 해양 영유권을 재조정하는 새로운 선을 그었다. 그 선은 곡선이었으므로 몇 개의 직선으로 다시 조정하는 일을 하였다. 해양 영유권의 경계는 직선이 관리하기가 훨씬 쉽기 때문이었다. 직선으로 바꾸는 작업에서는 일본이 약간 양보하면서 해양 영유권을 정하였다. 이제는 한국의 해양 주권이 크게 성장하였다.

앞으로 일본은 새로운 문명의 발전을 위하여 4차원 기업의 도움을 많이 받아야 했다. 4차원 기업은 기존의 기업에게 되도록이면 피해를 입히지 않도록 여러 분야에서 사업을 진행하여 과학 문명을 발전시킬 것인데, 일본의 관료들도 일본에 4차원 기업의 도움이 필요함을 알고 있었다. 전 세계의 많은 기업가들은 앞으로 과학 기술 분야에서 4차원 기업과 제휴하지 않으면 큰 기업이 될 수 없거나 쇠퇴하게 됨을 알고 있었다. 일본은 4차원 과학 문명에서 여러 해 뒤처진 상태였다.

이어도는 완전한 섬이 아니지만 한국 정부는 그 거대한 암초가 한국의 섬이면 좋겠다는 입장이었다. 그래야 중국과의 해양 영유권 협상에서도 큰 영향력을 발휘할 수 있었다. 4차원 기업은 한국 정부의 요청대로 이어도를 거대한 섬으로 만들 계획이었다. 독도는 지상에 있는 기존 생태계를 유지하면서 공사를 해야 하므로 3년에 걸쳐서 서서히 공사를 진행하고 있지만, 이어도는 그 정도로 크게 신경을 쓸 필요는 없었다. 그래도 바닷속의 생물을 고려해야 하므로 며칠 만에 공사를 마무리 지을 수는 없었다. 4차원 기업은 이어도의 기본 공사 기간을 4개월로 잡았다. 4개월 동안 섬의 높이를 기존보다 100미터 높일 계획이었다.

4차원 기업이 이어도에서 공사를 시작하자, 하루에 약 1미터씩 섬의 높이가 올라갔다. 기존에 평균 수심 50미터 아래에 있던 섬이 해발 50미터 정도로 높아진 것이다. 이어도 주변의 지각 상승 공사가 끝나자, 바닷속에 있던 암초가 완전한 섬으로 변했다. 원래 섬의 길이가 2㎞에 가까웠는데 지상으로 올리면서 섬의 길이를 사방으로 20배씩 늘렸다. 그랬더니 섬의 면적이 기존보다 400배 넓어졌다. 4차원 기업 직원들과 한국 관료들은 이어도 섬의 높이와 면적을 보고 매우 만족하였다.

사람들은 이어도를 이렇게 큰 섬으로 만든 장비를 볼 수 없었다. 4차원의 에너지를 사용하여 해양의 지각을 움직이게 했기 때문이다. 그렇게 해양의 지각이 움직이게 하더라도 진동이 발생되지 않도록 하였다. 4차원의 에너지는 해양 지각의 모양을 밀가루 반죽처럼 변형시킬 수 있었다. 만약에 3차원의 에너지로 그러한 작업을 했다면 지속적으로 아주 큰 지진이 발생하여 주변에 있는 국가들에게 큰 피해를 주었을 것이다.

바닷속의 지각이 상승하게 되면 바닷속의 어느 곳은 가라앉게 된다. 4차원 기업은 되도록 4차원 과학 기술을 사용하더라도 3차원의 과학 법칙을 어기지 않으려고 했다. 다른 곳의 바닷속 지각을 가라앉히면서 이어도를 상승시킨 것은 해수면 상승과 같은 좋지 않은 영향을 방지하기 위해서이다.

이렇게 거대한 공사에 전 세계의 기자들이 모여들었다. 4차원 기업은 기자들을 위한 배를 제공했다. 기자들은 공사를 하는 4개월 이상의 기간 동안 배에서 숙식과 취재를 할 수 있는 도움을 받았다. 외신 기자들이 하는 역할은 이어도가 이제는 분명히 한국의 영토임을 세계에 알리는 것이었다. 4차원 기업은 정기적으로 헬기를 운행하여 4차원 기업의 직원들과 기자들이 상공에서 공사를 보거나 제주도로 왕복할 수 있도록 했다.

4차원 기업이 이어도를 넓은 섬으로 만들었지만 그곳에서 육상 생물들이 원활하게 살기 위해서는 흙을 많이 보충할 필요가 있었다. 건설 업체들이 멀리 있는 육지에서 흙을 운반하여 오는 것은 섬의 규모에 비해서 너무 어려운 작업이었다. 그래서 4차원 기업은 한국에 있는 산들 중 토질이 좋은 적당한 것을 몇 개 통째로 이어로도 옮겨 왔다. 그 산들이 원래 있던 곳은 평지가 되었다.

이어로도 옮겨온 산은 건설 업체들에 의해서 해체되어 이어도의 암석들을 덮는 데 사용하였다. 건설 업체들은 그 흙으로 이어도를 보통의 섬처럼 꾸몄다. 그 업체들은 그 흙이 유실되지 않도록 토목 공사를 시행하였다.

4차원 기업은 대마도와 마찬가지로 이어도에 여러 시설들을 세웠다. 이어도의 평탄한 곳에는 농장으로 사용할 수 있도록 토목 공사를 하였다. 이어도는 제주도보다 훨씬 적도에 가까우므로 열대작물을 재배하기에 좋은 곳이었다. 이어도의 개발은 새로운 창조 사업처럼 보였다.

이어도 공사는 중국에서 큰 관심을 가지고 지켜보고 있었다. 이곳은 중국과 해양 영유권 다툼이 발생할 수도 있는 곳이었다. 중국은 한국보다 영토가 훨씬 넓다. 그렇게 넓은 영토에는 4차원 기업의 공법으로 공사를 할 곳이 많이 있었다. 4차원 기업은 토목 공사 중에 일반적인 방법으로 하기가 어려운 것들은 4차원 과학 기술로 처리하여 해결하였다. 4차원 기업은 울릉도, 독도, 제주도, 대마도, 이어도 등의 섬들을 해저 터널로 연결하기 위해서 이미 굴착 작업과 환기 시설을 완료하였다. 나머지 공정들은 기존의 건설 업체에서 진행하고 있었다.

중국은 이러한 4차원 과학 기술을 활용한 공법을 부러워하고 있었다. 그런데 중국이 4차원 기업과 관계가 좋지 않으면 4차원 기업은 중국에 4차원 과학 문명에 관한 도움을 주지 않을 것이다. 중국도 4차원 기업의 눈치를 보지 않을 수 없었다. 중국 정부는 4차원 기업에 협조하지 않는 국가는 4차원 과학 문명에서 소외될 것임을 알고 있었다. 그래서 이어도 공사와 관련된 영유권 다툼이 중국과 발생하지 않았다.

일본 정부는 대마도에서 이주한 주민들에게 적절한 보상을 해 주었다. 그들에게 재산에 대한 보상과 이주에 대한 보상을 했지만 그들은 만족하지 않았다. 고향을 떠나는 정신적인 보상이 필요했던 것이다. 그러한 보상을 금액으로 환산하기는 매우 어려웠다. 그들은 새로운 터전으로 옮겼지만, 대부분 직업을 잃었고 새로운 환경에 적응하지 못한 사람들도 있었다.

일본 정부에서의 보상이 끝나고 어느 정도 기간이 지난 후, 4차원 기업 이사회에서 고향을 떠난 대마도 사람들을 위로하기 위한 방안을 의논하였다.

"4차원 기업으로 인하여 불행한 사람들이 생기면 안 됩니다. 그런데 많은 대마도 출신 사람들이 4차원 기업에 대해서 좋지 않은 인상을 가지고 있습니다."

"4차원 기업은 인류의 평화와 행복을 위해서 일하고 있는데 불가피하게 그러한 상황이 발생했습니다. 우리는 대마도 출신 사람들의 불만을 해소해 줘야 한다고 생각합니다."

"어떻게 그들의 불만을 해소할 수 있겠습니까?"

"그들에게 상당한 금액의 위로금을 지급하는 것이 어떻습니까?"

"그것이 좋겠습니다. 돈을 싫어할 사람들이 별로 없을 것입니다."

"어느 정도의 금액을 위로금으로 지급하면 좋겠습니까?"

"그것은 재산에 대한 보상이 아니므로 무조건 1인당 일정한 금액을 지급해야 할 것입니다. 저의 생각에는 1인당 일본인의 평균 연봉을 위로금으로 지급하면 좋겠습니다."

"그 정도의 금액이면 위로금으로 충분합니다. 4인 가족이면 4명분의 위로금을 받을 수 있으니 수입이 없더라도 4년 정도는 어느 정도 수준으로 생활할 수 있겠군요."

"그 정도는 4차원 기업의 재정으로 충분히 감당할 수 있는 금액입니다. 반대하시는 분은 없습니까?"

모두가 찬성하였기 때문에 더 이상의 반대 발언은 없었다.

4차원 기업이 그들에게 생각하지도 않은 위로금을 전달하자, 그들의 불만은 완전히 잠재워졌다. 일본의 어떤 사람들은 오히려 4차원 기업을 칭찬하기도 했다. 4차원 기업은 정말 신사적인 기업이라고까지 말하였다.

4차원 기업은 새로운 토지를 많이 확보했다. 독도와 대마도와 이어도의 땅을 새로 얻었다. 대마도는 전체가 4차원 기업 소유이지만 독도와 이어도는 절반 정도만 4차원 기업의 소유로 하였다. 나머지는 국가 소유였다. 4차원 기업은 그곳에 자연환경을 복원하고 좋은 관광지로 만들었다.

4차원 기업이 관광 사업을 새로 시작했지만, 그것으로 돈을 크게 버는 것은 아니었다. 에너지 사업으로 대부분의 돈을 벌었다. 돈을 가지고만 있을 필요가 없기 때문에 새로 생긴 토지에 자연환경을 만드는 투자를 하는 것이었다. 그러한 투자는 손익분기점에 도달하기까지 상당한 세월이 흘러야 했다.

4차원 기업은 마음만 먹으면 한국 영토를 두 배로 늘릴 수도 있지만 되도록 영토를 늘리는 공사를 하지 않으려고 했다. 그러한 공사를 자주 하게 되면 세계의 여러 사람들이 놀랄 뿐만 아니라 그러한 공사와 관련된 후유증도 생길 것 같았다. 4차원 기업은 토지의 넓이나 인구수로 국력을 평가하지 않았다. 4차원 기업의 가치는 다른 사람들이 절대로 모방할 수 없는 4차원 과학 기술이었다. 그 기술을 인류의 행복을 위해서 많이 사용할 테지만 너무 남용하지는 않을 방침이다.

# <sup>4</sup>통신과 이동

양승진은 한가한 어느 날, 윤서현을 만나기 위해서 그의 연구실로 찾아갔다. 윤서현은 그때 4차원 과학을 이용한 통신을 연구하고 있었다.

"왜 왔어?"

윤서현이 양승진에게 물었다. 그들은 친한 친구 사이이므로 둘만 있을 때에는 편하게 말을 했다.

"심심해서 그냥 와 봤어. 요즘엔 무슨 연구를 하고 있니?"

"빛의 속도가 얼마나 빠른지 알고 있지?"

"빛이 지구를 1초에 7바퀴 반이나 돈다는 것은 누구나 다 알고 있는 상식이잖아! 왜 갑자기 그런 걸 물어봐?"

"그러면 전선을 통한 전기 신호나 전파의 속도는 어떻게 돼?"

"그것도 빛의 속도와 같을 것 같은데."

"그런데 만약 화성에 유인 우주선을 보낸 후에 거기에 있는 사람과 음성 통화를 하려고 하면 어떻게 될까?"

"화성이 지구에서 얼마나 멀리 떨어져 있지?"

"두 행성이 서로 가까이 있을 때에는 빛의 속도로 가더라도 4분 이상 걸리고 가장 멀리 있을 때에는 20분 이상 걸려."

"그러면 지구에서처럼 실시간으로 음성 통화를 하기가 어렵겠네."

"내가 지금 그걸 극복하기 위한 연구를 진행 중이야."

지구에서 화성에 있는 사람에게 전화를 걸어서 '여보세요'라고 하면 약 4분에서 20분 후에 화성에서 그 소리를 듣게 되고, 응답하는 소리는 다시 4분에서 20분 후에 지구에 도착하게 된다. 그래서 전화로 화성에 있는 상대방을 부르면 응답하는 소리를 8분에서 40분 후에 들을 수 있다. 도저히 지구에서처럼 전화로 대화할 수 없을 것이다.

"윤 이사! 그런데 화성에 있는 사람과 실시간으로 음성 통화가 가능할까? 안 될 것 같은데……."

"가능해. 실제로 먼 우주에 있는 존재와 실시간으로 통신을 하고 있는 사람들이 있어."

"그들이 누군데?"

"나!"

"너라고? 윤 이사 네가 누구랑 통신을 해?"

"하나님."

"하하하! 농담을 하는 것이지?"

"농담이 아니야. 나는 하나님의 존재를 실제로 믿고 있어."

윤서현의 종교는 기독교였다. 그는 하나님께 날마다 기도했다. 하나님은 멀리서 어떻게 인간들의 기도를 들을 수 있을까? 전지전능하신 하나님은 무엇이든지 가능하기에 윤서현의 기도를 들을 수 있다고 생각하면 쉬울 것이다. 그래도 의문이 생겼다. 어떤 원리로 인간의 기도가 멀리 계시는 하나님에게 전달되는 것일까? 눈에 보이지 않는 하나님은 어디에도 편재해 계시는 분이므로 바로 옆에서 기도를 들을 수 있다고 생각할 수도 있다. 그런데 예수님은 그렇지 않다. 인간의 육신으로 태어나신 후에는 어디에나 동시에 존재할 수 있는 하나님의 속성을 잃어버렸는데, 그분께 드린 기도는 어떻게 그렇게 빨리 전달되는 것인가?

물리적으로 하나님의 보좌는 화성과는 비교할 수 없는 먼 거리에 있는데, 어떻게 기도의 통신이 가능하단 말인가? 우리가 속해 있는 태양계와 은하계를 빛의 속도로 빠져나가는 데에도 엄청난 세월이 필요한데, 어떻게 실시간으로 거기까지 기도의 음성이 전달된단 말인가?

윤서현은 이러한 의문이 들기 시작했다. 그는 '하나님은 4차원이나 그 이상의 차원에서 존재하는 분이기에 공간과 시간의 제약을 받지 않을 것'이라고 생각했다.

이후 그는 4차원 과학을 응용한 통신 기술을 연구하기 시작했다. 그는 천문학적으로 아무리 먼 거리일지라도 실시간으로 전달되는 4차원 방식의 통신 기법이 분명히 있을 것이라고 생각했다. 그가 연구하려는 4차원 통신 연구가 성공하면 특히 우주 개발 분야에서 큰 역할을 할 것이라고 기대했다.

지구에서 토성에 있는 우주선의 고장 난 부분을 화면을 보면서 원격 조종으로 고친다고 가정해 보자. 지구에서 토성까지 가장 가까울 때에 빛의 속도로 통신을 하면 70분이 걸린다. 화면에 있는 형태를 보고 원격 조종으로 어떤 조치를 취하면 140분 후에 그 결과가 화면에 나타난다. 의료계에서 하는 원격 수술의 경우, 이러한 지연 시간이 1초라도 걸린다면 수술이 어렵다고 한다. 윤서현이 4차원 통신 기술을 개발하여 천문학적으로 아무리 먼 거리일지라도 신호를 실시간으로 전달한다면 그것을 응용할 분야가 많이 생길 것이다.

인류가 전파를 사용하기 시작한 것은 100년이 넘었다. 과학자들이 처음에 전파를 발견했을 때에는 이렇게 넓은 분야에 활용되어 인류의 문명을 발전시키리라고는 생각하지 못했을 것이다. 인류의 문명이 지구를 떠나 태양계의 다른 행성에까지 이르는 시점에서는 그렇게 빠른 전파의 속도가 느리게 느껴지기 시작했다.

전파에는 주파수라는 것이 있어서, 국가에서 주파수를 관리하여 통신 용도에 맞게 주파수를 할당해 준다. 주파수 자원은 무한한 자원이 아니다. 필요한 주파수를 할당 받지 못한 통신사는 경쟁에서 밀려나기도 한다. 주파수 자원이 한정되어 있다는 것은 전파의 단점이다. 이제는 전파의 단점을 보완할 새로운 통신 매체가 필요한 시점이 되었다.

윤서현은 휴대전화를 사용하면서 가끔 불편한 점을 느꼈다. 음영 지역에 들어가게 되면 통신이 잘 되지 않았던 것이다. 사람의 왕래가 거의 없는 지역처럼 효용 가치가 떨어지는 지역에는 기지국을 건설하지 않아 음영 지역이 생긴 것이다.

윤서현은 통신사의 기지국이 필요 없는 통신 방법이나 아예 통신사 자체가 필요 없는 4차원 통신 기술을 개발하고 싶었다. 우주선을 타고 화성으로 출장을 가는 사람들은 자신의 휴대전화를 가지고 가도 통신이 되지 않는다. 만일 화성에 기지국을 건설하더라도 전파의 물리적인 속도의 한계로 인해 원활한 통신이 이루어지지 않을 것이다. 이러한 단점을 극복하는 통신 기술을 개발하면 우주 개발 산업이 더 발전할 것이다.

4차원 기업에서 전기에너지 사업을 하여 지구의 많은 차량이 전기에너지로 움직이고 있었다. 그런데 비행기는 그렇지 않았다. 일부 항공기 중에서 프로펠러를 사용하여 움직이는 비행기와 헬리콥터는 전기에너지를 사용할 수 있는데, 제트 엔진을 사용하여 움직이는 비행기는 전기에너지를 사용할 수 없었다. 엔진의 추진 에너지를 강한 공기압으로 발생시켜야 하기 때문에 기름을 사용하는 수밖에 없었다.

기름을 사용하다 보니, 많은 이산화탄소가 발생했다. 4차원 기업은 되도록 세상의 운송 수단에서 이산화탄소를 발생시키지 않게 하려고 했다. 그 방법 중 하나가 사람이나 물건을 순간적으로 공간 이동시키는 것이다. 그러면 이산화탄소를 발생시키지 않고 시간을 많이 절약하게 된다.

4차원 과학을 이용한 공간 이동을 상용화하기 위하여 이사회가 열렸다.

"4차원 과학을 이용한 공간 이동 기술은 창업 초기부터 완성된 기술이었습니다."

윤서현이 말했다.

"그렇다면 왜 지금까지 상용화가 미루어졌습니까?"

"4차원 기업이 처음부터 공간 이동 사업을 시작했다면 운수업에 종사하는 많은 사람들이 일자리를 잃게 되었을 것입니다. 이 사업은 다른 분야의 사업에 우선순위가 밀렸지만, 이제는 서서히 상용화를 시작할 시점이 되었습니다."

이에 양승진이 물었다.

"안정성을 충분히 증명했습니까?"

"실험실에서는 충분히 증명되었지만 시연회를 통해서 언론과 대중들에게 안정성을 증명하고 공간 이동 사업을 홍보하여 여론을 들어보면 좋겠습니다."

"그러면 공간 이동 시연회를 한 후에 상용화를 추진하도록 합시다."

"시연회를 준비하는 일을 분담하면 좋겠습니다. 김 이사님은 공간 이동 시연회를 홍보하는 업무를 맡고 윤 이사님과 최 이사님은 시연회 시설 준비를 맡으면 어떻습니까?"

"네, 그렇게 하면 되겠습니다."

김광현은 시연회 장소에서 실제로 공간 이동을 직접 체험해 볼 사람을 뽑는다고 홍보하였다. 그런데 많은 사람들이 공간 이동에 대한 안정성에 확신을 가지지 않았다. 만약 몸통은 이동했는데 머리가 이동하지 않는다면? 사람이 정상적으로 공간 이동을 했는데 정신적으로 비정상이라면? 정말 큰일이기 때문이다.

시연회 장소는 서울에 있는 넓은 운동장으로 결정했다. 서울에서 여러 지역으로 공간 이동을 통해 물건과 동물과 사람을 보내기로 하였다. 공간 이동 거리는 10m, 100m, 45㎞, 460㎞로, 서울 이외의 지역 두 곳에도 공간 이동 장치가 설치되었다. 시연회 장소인 운동장에서는 10m와 100m거리로 공간 이동하는 것을 보여 줄 것이다. 서울 이외의 지역은 수원과 제주이다. 그곳으로 공간 이동을 했다가 다시 돌아오는 것이다.

드디어 공간 이동 시연회를 하는 날이 되었다. 구경하려는 인파가 많이 모였다. 공간 이동을 직접 체험해 볼 사람은 인터넷을 통하여 미리 신청을 받았다. 김광현이 사회를 맡았다.

"안녕하십니까? 이곳에 참석하신 모든 분들을 환영합니다. 저는 사회를 맡은 4차원 기업의 김광현 이사입니다. 4차원 과학을 이용하여 공간 이동 기술을 개발한 윤 이사님을 소개해 드리겠습니다. 윤 이사님이 공간 이동에 대해서 설명해 드릴 것입니다."

김광현의 소개가 끝나자 윤서현은 단상에 있는 발언대 앞으로 걸어갔다. 사람들은 박수를 쳤다.

"안녕하십니까? 4차원 기업에서 근무하는 윤서현 이사입니다. 제가 4차원 과학을 응용한 공간 이동 기술에 대해서 설명해 드리겠습니다."

윤서현은 프레젠테이션 화면을 보여 주면서 일반 사람들이 충분히 이해할 수 있도록 설명하였다.

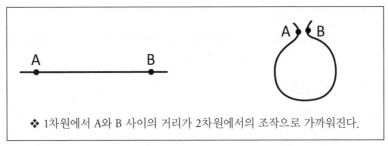

❖ 1차원에서 A와 B 사이의 거리가 2차원에서의 조작으로 가까워진다.

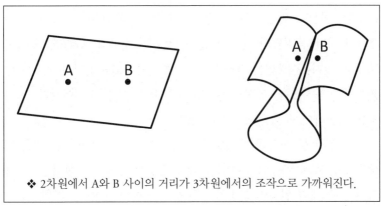

❖ 2차원에서 A와 B 사이의 거리가 3차원에서의 조작으로 가까워진다.

"1차원에서 먼 거리일지라도 2차원에서는 그 거리를 단축시킬 수 있고, 2차원에서 먼 거리일지라도 3차원에서는 그 거리를 단축시킬 수 있는 것처럼 3차원에서 먼 거리일지라도 4차원 과학을 이용하면 그 거리를 단축시킬 수 있습니다."

윤서현의 설명이 끝나자 김광현은 사회를 계속하였다.

"지금부터 공간 이동 시연을 시작하겠습니다. 제일 먼저 생물이 아닌 물건을 공간 이동시키겠습니다. 물건 중에서 작은 것을 선택하면 여러 사람들의 눈에 잘 보이지 않고 마술과 같이 눈속임으로 하는 것처럼 보일 수 있으므로 큰 물건으로 실험해 보이겠습니다. 그러한 용도로 사용하기에 적당한 것이 있는데, 그것은 바로 승용차입니다. 승용차는 적당히 클 뿐만 아니라 운반하기 편하기 때문입니다. 시연을 할 때에는 승용차에서 사람이 내리고 빈 차로 공간 이동을 시킬 것입니다."

어떤 사람이 승용차를 운전하여 미리 준비된 지점에 정차하고 운전석에서 내렸다. 김광현이 그 지점에서 10m 정도 떨어진 지점으로 공간 이동시키겠다고 하자, 몇 초 후에 승용차가 사라지고 거기에서 10m 떨어진 지점에 승용차가 나타났다. 사람들은 신기하게 그 광경을 쳐다보았다. 김광현은 승용차가 공간 이동을 했지만 차의 성능에는 전혀 이상이 없음을 보여 주겠다고 했다. 운전사는 승용차로 다가가서 차에 올라탔다. 운전사는 차에 시동을 걸고 원래 있던 위치로 옮겨 왔다. 김광현은 다시 한 번 그곳에서 100m 떨어진 곳으로 승용차를 이동시켰다. 운전사는 100m 떨어진 그곳까지 걸어갔다. 그는 차를 운전하여 단상 근처로 다시 왔다.

다음은 동물들을 공간 이동시킬 차례였다. 김광현이 동물들을 입장시키자, 개와 원숭이가 주인과 함께 김광현 앞으로 나왔다. 동물들의 주인은 개와 원숭이를 공간 이동시킬 지점에 앉혔다. 김광현이 그 동물들을 공간 이동시킨다고 하자, 승용차와 마찬가지로 몇 초 후에 그 동물들은 10m 떨어진 지점으로 이동하였다. 동물 주인이 그곳 가까이로 걸어가서 신호를 보내자 개와 원숭이는 주인의 품으로 달려와서 안겼다. 김광현은 그 동물들을 100미터 떨어진 지점으로 다시 한 번 공간 이동시켰다. 더 떨어진 곳으로 다시 이동시켰으나 그 동물들의 모습은 변함이 없었다.

동물들의 공간 이동을 시연한 후, 김광현은 지금부터 사람을 공간 이동시키겠다고 하였다. 우선 김광현 본인이 먼저 공간 이동을 직접 하겠다고 했다. 그는 걸어서 공간 이동 지점으로 갔다. 그 지점에서 기계를 조작하는 윤서현에게 자신을 공간 이동시켜 달라고 하자, 윤서현은 김광현을 10m 떨어진 지점으로 공간 이동시켰다.

　조금 전에 승용차를 운전했던 사람이 승용차를 몰고 공간 이동 출발 지점으로 운전해 들어왔다. 김광현은 승용차와 운전사를 동시에 공간 이동시키겠다고 했고, 몇 초 후에 승용차와 운전사가 동시에 100m 떨어진 지점으로 공간 이동하였다. 그 운전사는 공간 이동을 한 다음에 그곳에서 차를 몰고 단상 쪽으로 왔다. 그 운전사는 차에서 내리더니 소감을 묻는 김광현의 질문을 받았다. 그는 조금 두려웠지만 직접 체험하니 너무 신기하고 재미가 있다고 하였다.

　김광현은 다시 승용차와 운전사를 동시에 약 45㎞ 떨어진 수원으로 이동시켰다. 수원에서 대기하고 있던 기자들은 갑자기 사람이 탄 승용차가 나타난 신기한 광경을 촬영하였다. 수원에서 갑자기 승용차가 나타나는 장면은 스크린을 통해서 서울 시연회 현장의 여러 사람들에게 그대로 전달되었다. 김광현은 제주도까지 공간 이동으로 승용차와 운전사를 보낼 수도 있다고 했다. 그리고 곧 수원으로 보내진 운전사가 차를 운전하여 서울로 올 것이라고 말했다.

　시연회 장소에 온 사람들 중에 인터넷으로 공간 이동 체험을 신청한 사람들이 약 1,000명 정도 되었다. 그 중에서 약 10명을 추첨하기로 했다. 김광현은 추첨함에 인터넷으로 신청한 명단을 넣기 전에 언론사 기자들로부터 명단을 확인받았다. 추첨함에 그 명단의 이름이 적힌 1,000장에 달하는 카드를 넣기 전에 카드가 공정하게 기록되었음을 여러 사람들 앞에서 보여 주었다.

　김광현은 이름이 적힌 카드들을 추첨함에 넣었다. 그 다음에 유명한 두 사람을 호출하여 추첨을 부탁하였다. 김광현은 먼저 한 사람에게 추첨함에 손을 넣어서 카드를 잘 섞으라고 하였다. 다음에 다른 사람에게 10m 공간 이동할 2명을 추첨하라고 하였다. 김광현이 2개의 카드를 받고 거기에 적힌 명단을 발표하자, 추첨된 사람들이 단상 앞으로 걸어서 나왔다.

"추첨하여 선택되었지만 공간 이동 체험이 마음에 내키지 않으면 거부하셔도 됩니다."

"저는 공간 이동 체험을 할 것입니다."

"저도 할 것입니다."

그들은 하겠다고 대답하고 공간 이동 지점으로 걸어갔다.

김광현은 그들을 조금 떨어진 지점으로 공간 이동시켰다. 그들은 있던 곳에서 사라지더니 조금 떨어진 곳에서 나타났다. 그 후, 그들은 김광현 앞으로 걸어왔다.

"공간 이동을 한 소감이 어떻습니까?"

김광현은 그들 중 한 명에게 소감을 물었다.

"정말 신기한 체험이었습니다. 나중에 먼 거리를 공간 이동할 사람들이 부럽습니다."

다음 두 사람이 같은 방식으로 선택되어 단상 앞으로 나왔다. 그들은 100m 거리를 공간 이동할 사람들이었다. 그들은 단상 앞쪽에 있는 출발 지점에서 100m 떨어진 지점으로 공간 이동하였다. 이제는 구경하는 사람들이 가까이 이동하는 것을 신기하게 보지 않았다. 훨씬 더 멀리 이동하는 것을 보고 싶어 했다.

다음에는 세 명이 다시 선택되었다. 김광현은 그들을 공간 이동 시켜 수원으로 보냈다. 수원에 도착한 그들은 다시 그곳에 있는 운영진으로부터 질문을 받았다.

"여기에서 공간 이동으로 서울로 갈 것입니까? 아니면 차를 타고 갈 것입니까?"

"저는 다시 공간 이동으로 서울로 가고 싶습니다."

"저도 공간 이동으로 서울에 갈래요."

"저는 차를 타고 돌아가고 싶습니다."

그들 중 한 명은 다른 대답을 했다.

"왜 차를 타고 가려고 하십니까?"

운영진은 차를 타고 가고 싶다고 한 사람에게 여비를 지급하면서 그 이유를 물었다.

"실제로 여기가 수원인 것을 느끼고 싶습니다."

"아주 좋은 생각입니다. 안녕히 가십시오."

나머지 두 명은 공간 이동으로 원래 있었던 서울의 시연회 장소로 이동했다. 다시 돌아온 두 명은 서울의 시연회 장소에서 기자들의 질문을 받았다.

"공간 이동으로 서울에서 수원까지 갔다가 다시 온 소감이 어떻습니까?"

"저는 가만히 있는데 저를 둘러싼 환경이 갑자기 바뀌어 나도 모르게 공간 이동하여 수원에 있게 되었고, 다시 서울에 있게 되었습니다."

"공간 이동하면서 가지고 있는 소지품이 그대로 옮겨졌는지 핸드백을 한 번 살펴봐 주세요."

"원래 핸드백 속에 있었던 물건들이 그대로 다 있습니다."

요청을 받은 여자는 잠깐 핸드백을 열어 살피더니 대답했다.

다시 세 명이 선택되었다. 그들은 제주로 이동할 사람들이었다. 김광현은 이번에는 그들이 제주 공항 근처로 이동할 것이라고 했다. 이동하기 전에 그들은 질문을 받았다.

"다시 공간 이동으로 돌아올 것입니까? 아니면 비행기를 타고 돌아올 것입니까?"

"왜 그것을 물어 보세요?"

"비행기를 타고 돌아온다면 비행기표를 예약하기 위해서 그럽니다."

"비행기를 타고 돌아온다면 비행기표를 공짜로 줍니까?"

"예, 그렇습니다."

세 명 중 두 명은 비행기를 타고 오겠다고 하고, 한 명은 공간 이동으로 다시 돌아오겠다고 했다.

"왜 공간 이동으로 다시 돌아오려고 합니까?"

"친구들이 여기에 있어서 즉시 돌아와야 합니다."

"네, 알겠습니다."

그 세 명은 그들이 원하는 대로 제주 공항 근처로 공간 이동했다. 제주 공항에서 비행기를 타고 서울로 돌아오겠다고 한 사람들에게는 제주로 떠나기 전에 서울로 돌아올 비행기표와 기타 여비가 제공되었다. 그들은 그 비행기표를 손에 쥐고 공간 이동을 했는데, 이동한 후에도 그들의 손에는 비행기표가 쥐어져 있었다. 그들은 그 비행기표를 사용하여 비행기를 타고 서울로 돌아왔다. 나머지 한 명은 다시 공간 이동을 하여 서울의 시연회 장소로 돌아왔다. 시연회 장소에 있는 많은 사람들은 제주 공항 근처에 있는 시연회 장소의 장면을 스크린을 통하여 지켜보았다.

4차원 기업은 시연회를 통하여 여러 사람들과 언론사 기자들 앞에서 공간 이동은 인체나 정신에 전혀 지장이 없고 안전한 방법임을 보여 주었다. 시연회를 마치고 양승진은 공간 이동 사업에 대해서 여러 사람들 앞에서 발표하였다.

"4차원 기업은 공간 이동 기술을 이용한 운수업을 새로 시작할 계획입니다. 그런데 4차원 기업은 불가피하게 공간 이동 비용을 비싸게 책정할 수밖에 없습니다. 만약에 저렴한 비용으로 공간 이동을 할 수 있게 한다면 현재의 자동차 산업과 항공 산업을 비롯한 여러 산업에 지장을 줄 수 있기 때문입니다. 사람이 비행기로 이동하면 기차나 버스로 이동하는 것보다 2배 이상 교통비가 비싼 것처럼 공간 이동 비용은 비행기로 이동하는 것보다 2배 이상 비싼 비용이 들도록 하여, 기존의 교통 관련 산업에 미칠 영향을 최소화하겠습니다. 물건을 이동시키는 것은 도로를 이용하면 불편할 정도로 크거나 무거운 것만을 대상으로 화물 운송 사업을 하겠습니다."

공간 이동 사업은 최정환이 맡아서 추진하기로 하였다. 이것은 지금까지 없었던 사업이다. 법적인 것은 김광현이 처리하기로 하였다. 최정환은 관련 관공서의 허가를 받은 후, 전국 대도시에 있는 버스터미널과 기차역에 공간 이동 장소를 만들려고 하였으나 버스 운송 회사와 철도 운송 회사의 반대로 하지 못했다. 다른 교통수단과의 연계를 위해서 터미널과 기차역에서 하려고 했으나, 그 회사에서는 경쟁 관계로 생각하여 같은 공간에서의 사업을 거부한 것이다.

4차원 기업은 그 회사들이 반대하더라도 터미널과 역 가까이에 그러한 시설을 만들 수 있었다. 그러면 고객들이 조금 불편할 것이다. 4차원 기업은 그러한 반대를 해결하기 위해서 협상을 요청했다. 그러나 버스 회사와 철도 회사는 협상에 응하지 않았다. 4차원 기업에게는 결단이 필요했다. 그 회사 관계자들을 협상 테이블로 이끌어내야 했다. 4차원 기업은 그 회사들에 통지했다. 협상 테이블로 나오지 않을 경우, 4차원 기업이 독자적으로 전국에 터미널을 구축하여 버스 요금의 1.2배만 받고 사업을 시작하겠다고 했다.

일반 고객들은 버스 요금의 1.2배이면 버스를 타지 않고 공간 이동을 통해 시간을 낭비하지 않고 다른 지역으로 즉시 이동할 것이다. 그러면 다른 운송 사업들에 큰 지장을 초래할 것이다. 4차원 기업은 운송 회사들이 무조건 반대할 것이 아니라 가격 등 협상을 하라고 요구했다. 4차원 기업의 강한 협박에 운송 회사들은 협상 테이블에 나올 수밖에 없었다.

"4차원 기업은 기존 운수업과 경쟁을 회피하기 위해서 노력할 것입니다."

최정환은 협상 테이블에 나온 운수 사업 대표들에게 말했다.

"어떤 방식으로 저희와의 경쟁을 회피하려고 하십니까?"

"공간 이동 요금을 상당히 비싼 금액으로 책정하여 초기에는 꼭 필요한 사람들만 이용하게 할 것입니다."

"어느 정도 비싼 요금으로 할 것입니까?"

"여러분들은 어느 정도가 적당하다고 생각하십니까?"

"적어도 버스 요금의 5배 이상은 되어야 버스뿐만 아니라 항공 사업에도 지장이 없을 것으로 생각됩니다."

"여러분들의 뜻이 그렇다면 4차원 기업은 버스 요금의 5배로 요금을 책정하겠습니다. 그렇게 하면 사람들은 꼭 필요한 경우에만 공간 이동 시설을 이용할 것이다."

"계속해서 그 요금으로 공간 이동 사업을 하실 계획입니까?"

"저희 회사는 향후 3년까지는 그 요금으로 사업을 하겠습니다."

"그렇다면 이후에는 어떻게 하실 계획입니까? 바로 요금을 대폭 내리면 저희는 망할 겁니다."

"그 이후에는 매년 7% 이내에서만 요금을 인하하겠습니다. 그러면 기존 운송 회사들은 향후 10년 이상 4차원 기업과의 경쟁력을 유지할 수 있을 것입니다. 10년이면 충분히 적응할 수 있는 기간일 거라 생각합니다."

최정환은 기존의 터미널과 기차역과 공항에 공간 이동 시설을 설치하였다. 설치하는 데 걸리는 기간은 약 6개월이었다. 사람들은 터미널에 도착하면 버스표를 사듯이 공간 이동표를 사서 그 시설을 이용할 수 있었다. 시간이 급한 사람들이나 돈이 많은 사람들이 주된 고객층이었고, 어떤 사람들은 호기심으로 그 시설을 이용해 보기도 했다.

버스, 기차, 비행기 등을 이용할 때에는 출발 시각이 정해져 있다. 그런데 공간 이동 시설은 출발 시각이 정해져 있지 않고, 영업시간만 정해져 있었다. 표를 사서 순서대로 공간 이동을 하면 되었다. 표에는 목적지가 기록되어 있고 공간 이동 장치는 표에 기록된 목적지로 사람들과 수화물을 공간 이동시켜 주었다. 승객들은 공간 이동을 하기 위해서는 표를 사고 순서대로 공간 이동할 방으로 들어갔다. 그러면 공간 이동 장치가 그 방 안에 있는 모든 것을 목적지 터미널에 설치된 방으로 공간 이동시켜 주었다.

승객들은 공간 이동이 끝나면 목적지 터미널에 설치된 방에서 나왔다. 공간 이동 장치는 목적지 터미널에 있는 방이 비워졌을 때에만 공간 이동시켜 주었다. 공간 이동 시설에는 출발 방과 도착 방이 각각 여러 개 있었다. 일행이 여러 명일 경우에는 출발 방으로 같이 들어가면 되었다. 같은 방에 들어간 사람들이 가지고 있는 표의 목적지가 일치해야 공간 이동 장치가 작동되었다.

최정환은 국내에 있는 터미널과 기차역과 공항에 공간 이동 시설을 모두 설치하고 영업을 시작하였다. 4차원 기업은 새로운 이사를 선출하여 국내에서의 그 사업을 맡겼다.

최정환은 이제 국제공항에 공간 이동 시설을 설치할 준비를 하였다. 그는 기존 항공사가 경쟁력을 잃지 않도록 공간 이동 국제 요금을 기존 항공료의 두 배로 책정하였다. 공간 이동 시설을 이용하여 다른 나라로 가기 위해서는 공항에서 비행기를 타는 대신에 공간 이동 시설을 이용하면 되었다. 국제 이동에는 비행기와 마찬가지로 여권이 필요했다. 국제공항에 공간 이동 시설을 설치하면 출입국 관리 시설을 같이 이용할 수 있어서 좋았다.

대부분의 나라에서 국제공항에 공간 이동 시설을 설치하는 것을 허가해 줬다. 최정환은 설치할 시설 장비를 비행기로 운송하여 각각의 여러 나라에 설치하였다. 그 일에 4차원 기업의 많은 직원들이 동원되었다. 그는 공간 이동 시설을 설치하기 위해서 매주 여러 나라에 비행기로 다녔다. 한국의 터미널 등에서 공간 이동 시설을 설치하는 것보다 훨씬 바쁜 나날을 보내고 있었다.

한국에서 국제 공간 이동 운송 사업을 시작하는 날, 방송사의 기자들이 그 시설을 이용하는 몇 사람에게 질문하였다.

"왜 이 공간 이동 시설을 이용해서 한국에 오셨습니까?"

"저는 미국에서 직장에 다니는 사람입니다. 한국에 계신 어머님이 돌아가셨다는 연락을 몇 시간 전에 받았습니다. 그런데 한국에 오기 위한 비행기표를 당장 구하지 못하여 걱정했는데, 이렇게 빨리 한국에 올 수 있는 방법이 있어서 매우 좋습니다. 저는 불과 10분 전에는 미국에 있었습니다."

"다른 승객에게도 물어 보도록 하겠습니다. 공간 이동 시설을 이용한 목적이 무엇입니까?"

"저는 사업상 즉시 계약할 것이 갑자기 생겨서 이 시설을 이용하여 오게 되었습니다. 급한 볼 일이 있는 사람들에게 공간 이동 시설은 좋은 것 같습니다."

"한국에서 프랑스로 떠나는 사람에게 사연을 물어 보도록 하겠습니다. 왜 이 시설을 이용하게 되었습니까?"

"저는 프랑스로 여행할 일이 갑자기 생겼는데 국내에서 경험한 공간 이동을 외국으로 갈 때에도 해 보고 싶어서 공간 이동 시설을 이용했습니다."

공간 이동 시설은 여행의 즐거움이 없었다. 그것은 조금이라도 항공기 수효를 줄여서 이산화탄소 배출을 줄이는 것과 매우 바쁜 사람들을 위한 시설이었다. 가난한 사람보다 부자들이 주로 그 공간 이동 시설을 이용하고 있었는데, 이는 어쩔 수 없었다. 처음부터 그 시설을 이용하는 요금을 저렴하게 책정하면 기존 운송 사업자들에게 큰 타격이 되어 사회적인 문제가 될 것이다.

공항에서 비행기를 타고 외국으로 갈 때에는 비행기에서 내린 후에 수화물을 찾는다. 그런데 공간 이동 시설을 이용해서 외국으로 갈 때에는 직접 수화물을 가지고 출발 방으로 입장하여 공간 이동을 하게 했다. 승객과 수화물이 따로 이동할 수 없기 때문에 직접 출발 방으로 가지고 들어간 것이다. 국제공항의 공간 이동 시설에서는 일행이 함께 출발 방으로 들어가는데, 일행이 없고 공간 이동 시설 이용자가 많을 경우에는 같은 국가로 가는 사람끼리 모아서 출발 방으로 입장시키기도 했다.

윤서현은 공간 이동 시설이 국제적으로 설치되고 있을 시기, 4차원 통신칩 개발을 완료하였다. 그가 개발한 4차원 통신칩은 전파의 단점이 적용되지 않았다. 먼 화성이나 목성 등에 있는 우주인과 실시간으로 통신할 수 있을 뿐만 아니라 무한대의 통신 회선을 사용할 수 있었다. 4차원 통신칩을 이용한 통신에서는 시간당 데이터 전송량이 거의 무한대였다. 다만 꼭 필요한 경우에는 데이터 전송 속도에 제한을 걸 수도 있었다.

윤서현은 통신칩에 전력 수신 기능과 GPS 기능을 넣었다. 전기 자동차에 들어가는 전력 수신기의 기능을 아주 작게 만들어서 휴대전화 등에서 사용할 수 있는 전력을 배터리가 아닌 통신칩에서 공급 받을 수 있게 했다. 이 때문에 4차원 통신칩을 탑재한 휴대전화는 배터리와 안테나가 필요 없었다. 그가 통신칩에 넣은 GPS 기능은 GPS 위성 신호를 이용하지 않고, 4차원 기업이 만든 GPS 체계를 이용했다.

윤서현은 4차원 통신칩을 연구하면서 4차원 과학을 이용한 GPS 체계를 함께 연구하였다. GPS 위성 신호를 이용한 방식은 건물 내에서는 위치를 확인할 수 없고, 오차 범위가 넓은 단점이 있었다. 4차원 과학 방식의 GPS 체계에서는 지구 어디에서나 위치 정보를 10cm 오차 범위에서 정확하게 확인할 수 있었다. 나중에는 우주 개발용 GPS 체계를 연구하여 위치 인식 범위를 우주로 확장시킬 예정이다.

윤서현은 4차원 통신칩에 메모리 기능을 넣으려고도 생각해 봤다. 4차원 방식을 이용한 메모리는 용량이 거의 무한대로 만들 수 있었기 때문이다. 그러나 그렇게까지 할 필요가 없었다. 메모리 반도체를 만드는 기업이 몇 곳 있는데, 그 기업들의 사업에 지장을 주고 싶지 않았던 것이다. 그 기업들이 만드는 메모리 반도체의 성능이 4차원 방식의 통신을 하기에 전혀 불편하지 않기에 그 기능을 넣지 않기로 하였다.

4차원 통신칩을 사용하는 전화기에는 필요 없는 것들이 몇 가지 있었다. 엄밀히 말하면 통신사와 기지국도 필요 없었다. 그러나 기존의 번호 체계를 유지하고 기존의 통신 기기와 통신을 하기 위해서는 당분간 통신사가 필요했다. 4차원 통신칩이 들어간 휴대전화는 통신사에서 개통하지 않더라도 상대방의 휴대전화가 4차원 통신칩이 들어간 휴대전화일 경우에는 상대방 통신칩의 일련번호로 전화를 걸 수 있었다. 4차원 통신칩의 일련번호는 4차원 방식의 통신 번호 체계이다. 물론 통신비는 무료였다. 이 방법은 불편할 수도 있지만 연락처에 상대방 통신칩 번호를 입력하여 두기만 하면, 기존의 방법과 비슷할 것이다.

4차원 통신칩의 일련번호보다 기존의 번호 체계를 사용하여 전화를 거는 것이 훨씬 편하다. 기존의 번호 체계를 사용하여 전화를 걸더라도 통신사는 연결만 시켜 주고 통신 정보는 두 대의 휴대전화가 직접 주고받게 했다. 두 대의 휴대전화가 일단 연결되면 통신사와 기지국이 필요 없었다. 음성이든 데이터이든 두 대의 휴대전화가 직접 연결되었다.

이제는 음성 통화가 조건 없이 완전히 공짜인 시대가 열릴 것이다. 이제는 통신사가 새로운 수익 모델을 찾아야 할 것이다. 휴대전화에 기존의 번호 체계에 의한 전화번호를 부여하고 인터넷을 연결시켜 주는 것 외에 다른 수익 모델을 적극적으로 연구해야 한다. 두 대의 휴대전화가 인터넷을 통해서 방대한 자료를 전달할 때에도 그 자료는 통신사를 거치지 않고 직접 전달되게 했다.

윤서현은 4차원 기업 이사회에서 4차원 통신칩 개발이 완료되었음을 발표하고, 며칠 후에 전 세계 언론에 4차원 통신칩을 공개하였다. 많은 통신 기기 제조업체와 통신사와 우주 개발 회사들이 관심을 가졌다. 대부분의 통신사들은 4차원 통신칩의 기능이 너무 월등하여 많은 우려를 하였다. 통신사가 필요 없는 통신칩이라는 것이 통신사에게는 큰 부담이 된 것이다. 기지국 건설비용이 들어가지 않으니 좋기는 하지만, 통신 사업 경쟁에 국경이 사라지게 되었으니 앞으로 통신 사업에 국제적인 경쟁이 예상되었다.

4차원 기업은 4차원 통신칩을 활용한 통신 분야가 발전하려면 국가의 도움이 필요하다고 생각하였다. 통신과 관련된 법률이 전파를 사용한 기기에 적합하게 되어 있었기 때문이다. 4차원 통신칩을 활용한 통신 분야가 발전해야 4차원 과학 문명을 발달시킬 수 있었다. 4차원 기업은 4차원 통신과 관련해서 국가의 도움을 요청하는 업무를 김광현에게 맡겼다. 한국 정부는 4차원 기업의 위상을 이미 알고 있었기에 이와 관련된 법률 정비 등의 업무를 신속하게 처리하여 주었다.

4차원 기업은 전 세계의 통신사와 통신 기기 제조 회사와 기타 관심이 있는 회사 몇 곳에 4차원 통신칩을 활용한 통신에 관한 발표회를 한다는 초청장을 보냈다. 이전에 언론의 보도를 통해서 제공된 정보보다 훨씬 자세한 정보가 제공될 것이고, 질문에 대한 답변도 들을 수 있을 것이다. 4차원 기업은 통신과 관련된 다른 기업들과 함께 새로운 통신 혁명을 시작하려고 했다. 전기나 전파가 아닌 4차원 방식의 통신 방식은 그 응용 분야도 많을 것이다.

4차원 기업 직원들은 4차원 통신칩 발표회를 준비하였다. 많은 직원들이 발표회 장소와 숙박, 식사, 명찰 등 여러 가지를 준비하였다. 4차원 통신칩 발표회에는 미리 등록된 명단 외에는 입장이 불가능하였다.

불필요한 많은 사람들이 입장하면 안 되기에 철저히 신분을 확인한 후에 입장시켰다. 다만 관심 있는 사람들이 볼 수 있도록 인터넷을 통해서 발표회 내용을 생중계하였다. 4차원 기업이 정한 어느 정도 규모 이상의 기업에서는 3명까지 통신칩 발표회에 참석할 수 있도록 하였다.

드디어 4차원 통신칩 발표회가 시작되었다. 4차원 기업의 설명이 끝난 후에 통신사 대표로 온 직원들 중에 한 명이 수익 모델에 대한 질문을 하였다. 4차원 기업 이사는 그 질문에 답변하였다.

"그것에 관해서 말씀 드리겠습니다. 기존 번호 부여와 인터넷 연결 외의 기타 수익 모델은 통신사가 앞으로 연구해야 할 분야입니다. 4차원 통신칩을 사용하면 통신사들이 기지국을 건설할 필요가 없기 때문에 기지국 건설과 유지비용을 많이 절감할 수 있습니다. 그 대신에 기지국이 필요 없기 때문에 통신 사업에 국경이 자동적으로 사라지게 됩니다."

4차원 통신 방식이 전 세계적으로 보편화되면 로밍 서비스 등이 필요 없게 될 것이다. 기존의 통신칩 제조업체에서 자신들의 사업에 큰 지장이 있음을 알게 되었다. 4차원 기업은 그들에게 "이것은 문명의 발전을 위한 어쩔 수 없는 경쟁임"을 설명하였다. 4차원 기업은 되도록 다른 기업의 사업 영역과 경쟁을 피하려고 노력하고 있다고 말하였다.

4차원 기업이 마련한 4차원 통신칩 발표회에는 4차원 기업 창업 이사진이 모두 참석하여 참석자들에게 많은 정보를 제공하였다. 그 발표회는 3일 동안 진행되었고, 정식으로 명단에 있는 사람들에게 숙박을 포함한 모든 편의 시설을 무료로 제공하였다. 마지막 날에는 4차원 기업의 여러 시설과 공장 등을 견학할 수 있도록 했다.

4차원 기업은 발표회에서 전 세계의 모든 통신사들이 4차원 통신 방식을 거부하면 4차원 기업이 직접 통신 사업 시장에 뛰어들 수밖에 없다고 하였다. 그렇게 되면 모든 통신사들에게는 재앙이 될 것이다.

이 때문에 모든 통신사들은 4차원 통신 방식을 어쩔 수 없이 받아들이게 되었다. 그들은 기존의 기지국 유지 인력을 7년 동안 서서히 다른 곳으로 배치할 준비를 해야 했다. 기존의 통신 방식이 7년 동안은 유지될 것으로 예상되었기 때문이다.

통신사가 4차원 통신 방식을 도입하기 전에 통신 기기 제조 회사가 그와 관련된 준비를 해야 했다. 관련 통신 기기들이 생산되어야 통신사가 서비스를 제공하고 고객들이 사용하게 될 것이다. 그러한 통신 기기에는 어김없이 4차원 기업에서 판매하는 통신칩이 탑재될 것이다.

4차원 기업은 여러 기업의 대표자들이 참석한 발표회에서 4차원 기업의 사업 방향을 발표하였다. 그 사업 방향에 따라서 통신 기기 제조 시설을 제대로 갖추고 있지 않는 통신 기기 제조 회사에는 통신칩을 제공하지 않겠다는 것이었다. 즉 하청으로 통신 기기 완제품을 제조하는 곳은 4차원 통신칩을 받을 수 없었다.

4차원 기업은 완제품 제조에까지 하청을 주는 것을 꺼려했다. 하청이 될수록 그 밑에서 일하는 직원들의 복지 혜택은 점점 떨어지게 된다. 지나친 하청은 4차원 기업 이념에 맞지 않았다. 통신 기기 제조 시설은 본사가 있는 국가에 위치해야 했다. 어느 기업이 위의 조건에 부합되게 한다면서 외국에 있는 하청 업체를 인수하는 것을 막기 위해서 본사가 있는 국가로 제조 시설 위치를 한정했다. 그렇다고 본사를 외국으로 이전하는 것은 허용하지 않았다.

4차원 기업은 직원들의 복지를 소홀히 하는 기업에게는 4차원 통신칩을 제공하지 않겠다고 했다. 그 복지에는 생산 시설로 인하여 질병을 얻은 직원들에 대한 대처 방안도 포함되어 있었다. 그리고 그 직원의 범위에는 질병을 얻어 퇴직한 직원도 포함되었다.

4차원 기업은 폐쇄적인 것을 싫어했다. 4차원 과학 기술은 공개하면 원자 폭탄보다 더 위험한 인류의 재앙이 되기에 그 기술의 원리에

대해서는 폐쇄하는 방침이었지만, 4차원 기업은 개방적인 것을 좋아
했다. 4차원 기업이 제공하는 4차원 통신칩은 폐쇄적인 운영 체제에
서는 사용할 수 없었다. 어떤 운영 체제가 어느 한 기업의 하드웨어에
만 해당된다면 그 기업은 4차원 통신칩을 받을 수 없는 것이다. 만일
그 운영 체제를 사용하는 통신 기기 회사가 세계 1위가 된다면, 다른
통신 기기 제조업체에 많은 지장을 줄 수도 있을 것이다. 그 지장은
대기업의 횡포가 될 수도 있을 뿐만 아니라, 경쟁사의 법률 비용 증가
등을 발생시킬 수 있다. 4차원 기업은 강력한 통신칩을 제공하는 동
시에 통신 관련 업체의 강력한 경찰 역할을 할 것이다.

4차원 통신칩을 제공 받을 수 없는 조건에 있는 통신 기기 제조업
체들은 비상이 걸렸다. 그 조건을 충족시키기 위한 빠른 움직임을 느
낄 수 있었다. 어느 기업은 생산 시설로 인하여 질병을 얻은 퇴직 직
원과의 법적인 다툼을 신속하게 마무리하였다. 당연히 거기에는 그
직원이 만족할 만한 많은 금전적 보상이 제공되었다.

4차원 기업은 인류의 복지를 무시하고 지나치게 이윤을 추구하는
기업의 속성을 증오했다. 많은 기업들은 대부분 주식회사이다. 4차원
기업 이사들은 주주들의 이익에 앞서 그 주주들에게 이익을 주는 그
기업 직원들의 복지가 우선이라고 생각했다. 직원들의 피와 땀을 짜
내서 주주들의 이익을 극대화하는 것은 바람직하지 않다.

옛날부터 평소에 직원들의 복지에 신경을 많이 썼고, 4차원 기업이
제시한 조건에 맞는 통신 기기 제조 회사들은 4차원 통신칩을 즉시 제
공 받았다. 그들은 4차원 기업으로부터 받은 4차원 통신칩을 이용하
여 통신 기기를 생산하였다. 세계의 많은 사람들이 4차원 방식 통신 기
기를 기다리고 있었기에, 통신 기기 제조 회사들은 새로운 통신 기기
를 얼마나 빨리 생산하느냐가 중요했다. 그런데 4차원 기업이 제시한
조건과 거리가 먼 기업일수록 4차원 통신칩을 제공 받지 못하고 있었

다. 그러한 기업은 초기 생산 시기를 놓쳐, 다른 기업과의 경쟁에서 큰 지장을 받게 되었다. 어느 기업은 4차원 통신칩을 제공 받기 위해서 노력했지만, 1년이 넘도록 그 조건에 충족되지 못하여 전전긍긍하였다.

4차원 통신칩이 탑재된 휴대전화는 이전 것보다 훨씬 가벼웠다. 부품 중에서 가장 부피를 많이 차지하는 배터리가 없었기 때문이다. 사람들은 4차원 통신 방식보다 배터리를 충전하지 않아도 된다는 것 자체를 더 좋아했다.

휴대전화 사용자는 전기요금을 두 가지 방식 가운데 하나를 선택하여 지불했다. 휴대전화 사용 요금의 5%를 전기요금으로 지불하거나 4차원 기업 발전소 홈페이지에 들어가서 자신의 4차원 통신칩 일련번호에 선불로 전기요금을 지불하였다. 처음 3개월 동안은 무료로 전기가 제공되었다. 정확히 말하면 3개월 동안의 전기요금이 4차원 통신칩 가격에 이미 포함되었다. 전기요금은 아주 저렴했다. 휴대전화용 전기요금은 배터리 감가상각비보다 훨씬 저렴했다.

4차원 통신칩이 탑재된 휴대전화가 나오면서 배터리 제조 회사의 경영이 악화되었다. 하지만 수명을 다한 배터리는 환경을 파괴하는 요소가 되므로 배터리를 사용하지 않는 것이 환경에 훨씬 좋다. 배터리가 필요 없는 4차원 통신칩을 사용하여 환경을 보호하는 것은 4차원 기업 이념과 부합했고, 사용자의 편의성을 향상했기 때문에 배터리 제조와 관련 없는 사람들은 누구나 4차원 방식의 휴대전화를 좋아했다. 그밖에 필요 없는 부품으로 안테나, GPS 수신칩 등이 있었다. 그러기에 이전보다 훨씬 얇은 휴대전화를 만들 수 있었다.

어느 한가로운 일요일이었다. 윤서현은 집에서 텔레비전을 시청하고 있었다. 텔레비전에서는 동물에 관한 것을 방송하고 있었다. 동물을 연구하는 사람들은 동물들의 위치를 추적하기 위해서 동물들의 몸에 위치 추적 장치를 달고 있었다. 그 위치 추적 장치에는 GPS 수신칩이 있었고 배터리가 장착되어 있었다. 배터리의 무게로 인하여 동물들은 상당히 불편해 보였다. 어느 정도 크기가 있는 포유류의 경우에는 목에 통신 기기와 배터리가 있는 벨트를 찼다.

위치 추적 장치에 장착된 배터리는 수명이 영구적이지 않아서 주기적으로 교체해야 했다. 배터리를 교체하기 위해서는 배터리가 완전히 방전되기 전에 그 동물의 위치를 추적하여 다시 포획해야 했다. 동물들이 그 무거운 벨트를 차고 나중에 다시 포획되고 하는 것이 윤서현이 보기에는 동물이나 연구하는 사람들 모두에게 불편하게 보였다. 그는 동물 연구용 GPS칩을 개발하기로 계획했다. 동물 연구용 GPS칩은 4차원 통신칩을 응용한 것으로, 당연히 배터리는 필요 없고 전기를 4차원 방식으로 제공 받게 된다.

윤서현은 동물 연구용 이식칩에 어떤 기능이 필요한가를 알아보기 위해서 동물 연구를 하는 몇 명의 전문가들을 자신의 연구실로 초청하였다. 그들은 서로 인사를 하고 윤서현의 질문에 답변을 주었다.

"저는 동물 연구용 GPS칩을 개발하고 싶습니다. 야생동물들이 목에 위치 추적 장치를 달고 다니는 것을 보면 불편하게 보입니다."

"윤 이사님이 동물들에게 불편하지 않는 위치 추적 장치를 개발해 주신다니 저희들로서는 정말 고맙습니다."

"저는 그 장치에 위치 추적 기능 외에 다른 기능들을 넣고 싶습니다. 혹시 필요한 기능들이 있으면 말씀해 주십시오. 참고하겠습니다."

"외부 온도 측정 기능이 있으면 좋을 것 같습니다."

"저는 GPS 기능이 있는 통신칩을 아주 작게 만들어 주사기로 동물의 피부 아래에 이식하는 방식으로 개발하려고 합니다. 외부 온도 측정은 어려울 것 같습니다. 벨트로 외부에 착용하게 만들면 가능하지만 그 방식이 아니므로 어쩔 수 없습니다."

"그러면 체온 측정은 가능할까요?"

"체온 측정은 가능하지만 피부 깊숙이 이식하지 않고 피부 가까이에 주사기로 이식하므로 정확한 체온 측정은 어렵습니다. 하지만 대략적인 체온 측정은 가능합니다."

"고도를 알 수 있습니까? 산에서 사는 동물들이나 하늘을 나는 새들의 고도 정보가 필요할 것 같습니다."

"그것은 위치 추적 장치 기능 중에 포함되어 있는 기능입니다."

"심박수, 질병 유무 등 여러 가지 기능이 있으면 좋겠습니다."

아무리 유능한 윤서현이지만 매우 작은 통신칩에 동물학자들이 요청한 기능들을 모두 넣기에는 물리적으로 한계가 있었다. 어찌 되었든 예전의 동물 위치 추적 장치보다 훨씬 기능이 좋고 그것을 이식 받는 동물들도 아무 불편함을 못 느낄 통신칩이 개발되었다. 그 통신칩은 두께 2㎜, 길이 10㎜의 굉장히 작은 크기였다.

윤서현은 애완동물용 전자칩에도 GPS 기능을 넣어서 만들었다. 애완동물 주인이 자신의 애완동물을 잃어버렸을 경우에 쉽게 찾을 수 있게 하기 위함이었다. 애완동물용 GPS 기능을 사용하기 위해서는 통신 요금을 4차원 기업에 지불해야 하는데, 전자칩 가격을 제외한 1년분의 통신 요금이 약 3만 원 정도로 저렴했다. 야생동물용 통신칩의 사용료도 같았다. 야생동물용 통신칩은 기능이 더 많았기 때문에 더 비싼 요금을 받아야 했지만, 주목적이 영리가 아닌 연구였기 때문에 애완동물용 통신칩과 같은 요금을 책정했다. 통신칩 사용 요금이 저렴하기 때문에 그 요금을 1년 단위로 선불로 지불하게 했다.

애완동물 주인이 자신의 애완동물이 어디에 있는지 알고 싶을 때에는 관련 소프트웨어를 사용하여 자신의 애완동물이 지니고 있는 통신칩의 일련번호를 넣으면 위치를 볼 수 있게 했다. 다른 사람이 자신의 애완동물 정보를 사용할 수 없도록 소프트웨어에는 암호 기능이 있었다. 그 소프트웨어는 PC용도 있고 스마트폰용도 있었다. 집에서는 PC용을 사용하여 넓은 모니터로 위치를 확인하고, 밖에서는 스마트폰용 소프트웨어를 사용하여 자신의 애완동물을 찾을 수 있도록 했다. 동물용 전자칩은 인체에서는 사용할 수 없게 만들었다. 동물용 전자칩이 나쁜 마음을 먹은 사람들에게 악용될 수 있었기 때문에 인체 내에서는 작동되지 않도록 했다.

4차원 기업은 언론을 통해서 동물용 통신칩 개발 및 판매에 대해서 공개하였다. 세계의 많은 사람들은 언론에서 4차원 기업에 관한 뉴스가 나오면 "이번에는 무엇을 발명했을까?"라는 호기심으로 관심을 갖고 시청했다.

얼마 후에 어느 곤충학자가 윤서현에게 연락해 왔다. 자신은 곤충을 연구하는 학자인데, 동물용 통신칩은 곤충에 이식하기에 너무 크므로 곤충에 이식할 수 있는 작은 통신칩을 만들어 달라고 부탁한 것이다. 다른 기능은 필요 없고 GPS 기능만 있으면 된다고 했다. 곤충은 대개 수명이 1년 이내이다. 전기요금이 포함된 사용 요금을 1년 단위로 할 필요가 없었다. 판매 금액에 1년분의 사용 요금을 포함시키는 것으로 충분했다. 수명이 긴 곤충에 사용하기 위해서 필요하면 1년 단위로 사용 기간을 연장할 수는 있었다.

윤서현은 기능을 매우 단순화한 곤충용 통신칩을 개발하여 완성하였다. 두께가 0.7㎜에 길이가 2㎜였다. 가격은 야생동물용 통신칩과 같았다. 1년분의 사용료가 포함되었기에 더 저렴했다. 작다고 가격이 더 싼 것은 아니다. 오히려 더 만들기 어렵기 때문이다. 곤충용 통신칩은 작게 만들었어도 곤충에 비해서 크기가 크기 때문에 곤충의 안전 여부는 4차원 기업이 장담할 수 없었다. 너무 작은 곤충에게는 그것을 삽입할 수 없었다. 중국에서 한국으로 날아오는 벼멸구와 같은 작은 곤충에 삽입하기에는 통신칩이 너무 컸기 때문에 그 통신칩의 크기에 맞는 곤충에게만 사용할 수 있었다. 그 사용에 관한 책임은 곤충학자의 몫이었다.

윤서현은 4차원 과학 기술을 응용하여 우주 개발을 하고 싶었다. 4차원 기업에서 4차원 통신칩을 발표하고 그 통신칩이 내장된 휴대전화가 나오면서부터 우주 개발 회사들은 그러한 휴대전화를 활용하여 우주에 있는 우주인과 통신을 하고 필요한 정보를 주고받았다. 그런데 여전히 우주로 우주선이나 인공위성을 보내는 과정에는 너무나 많은 에너지를 소모하고 있었다. 우주선이나 인공위성보다 훨씬 부피가 많은 연료가 소모되었던 것이다. 이는 우주선을 발사하는 것을 보고도 짐작할 수 있다. 연료통이나 발사체의 부피가 너무 큰 부분을 차지했기 때문이다. 만일 공간 이동 기술로 우주선이나 인공위성을 우주로 올려 보낸 다음에 우주에서 추가 작업을 하면 훨씬 에너지가 작게 소모될 것이다.

윤서현은 우주 개발에 필요한 추가 기술을 개발하기로 했다. 그가 개발하려는 기술은 공간 이동을 하면서 운동에너지를 추가하거나 감소시키거나 혹은 방향을 변경하는 것이었다. 그때까지 공간 이동을 하는 것은 정지된 물체에 한정되었다. 윤서현은 이동하는 물체를 공간 이동한 후에 계속 이동하게 하거나 정지된 물체를 공간 이동하면서 운동에너지를 주는 것, 그리고 이동하는 물체를 공간 이동한 후에 정지 상태로 만드는 기술을 연구하였다.

여러 차례의 시행착오 끝에 윤서현은 4차원 과학에 3차원 물리 법칙을 적용시키는 것을 성공하였다. 4차원의 상태를 통과하면서 3차원의 물리 상태를 변경하는 것은 크게 어렵지 않았다. 그는 실험실과 야외에서 그러한 것을 실험해 봤다.

또 필요한 것은 반중력 기술이었다. 윤서현은 반중력 기술을 개발하기 위해서 만유인력과 원심력에 관한 연구를 많이 하였다. 우주선이나 인공위성을 우주로 보내는 것은 바로 중력과의 싸움이었다. 그 중력을 이겨낼 특별한 기술이 있다면, 분명 우주 개발에 큰 기여를 할 것이다. 윤서현은 4차원 필터를 만드는 방법을 응용하여 중력에너지가 아래에서 못 올라오게 하는 4차원 차단막을 만들고, 실험실의 빈 공간 바닥에 중력 차단막을 설치하였다. 그런 후에 그 중력 차단막을 작동시켰더니 그 차단막 위에 있는 사람들이 무중력 상태에 있는 것과 같이 되었다.

한국은 우주 개발에 있어서 뛰어난 기술을 가지고 있지 않았다. 미국을 비롯한 몇 개의 나라는 한국이 따라가기 힘들 정도로 높은 기술력을 가지고 있었다. 4차원 기업은 우주 개발을 하고 있는 다른 나라의 회사들과 정부들에 공간 이동 기술 등과 같은 4차원 과학을 활용하여 우주 개발을 할 의향이 있는 여부를 물었다. 그들은 4차원 과학 기술을 우주 개발에 응용하고 싶었다. 대부분의 관련 회사에서 4차원 기업과의 기술 제휴를 원했다. 4차원 기업은 그들을 대상으로 우주 개발과 관련된 제품 설명회를 하겠다고 했다. 그들은 대부분 설명회 일정이 공지되면 참석하겠다고 했다.

이때까지 우주 개발은 크게 발전하지 않았다. 아직도 우주로 보내는 우주선이나 인공위성보다 연료통이 훨씬 컸다. 4차원 기업은 우주선을 자동차나 비행기와 같이 연료통이 보이지 않게 제작하려고 했다. 공간 이동 기술과 반중력 기술이 적용된 우주선은 연료통이 외부에서 보이지 않을 정도로 작아도 충분히 그 기능을 수행할 것이다.

4차원 기업이 개최한 우주 개발에 관한 설명회에는 관련된 대부분의 회사에서 많은 사람들이 참석하였다. 설명회는 양승진의 사회로 진행되었다. 윤서현은 우주 개발을 위한 새로운 기술들을 소개하였다.

"여러분들은 이미 우주 개발에서 4차원 통신칩을 활용한 통신을 사용하고 있습니다. 그 기술은 4차원 기업에서 나온 것임을 알고 있을 것입니다. 우주 개발을 위한 다음 기술은 4차원 과학 기술을 이용한 공간 이동 기술입니다. 공간 이동 기술로 물체를 옮기는 데에는 많은 에너지가 들어가지 않습니다. 그 말은 현재와 같이 거대한 연료통을 매달고 우주로 갈 필요가 없다는 것입니다. 중력을 극복해야 하는 이동이나 장거리 이동은 공간 이동 기술로 이동하고, 중력의 영향이 없는 곳에서의 짧은 이동은 기존의 방법대로 하면 됩니다. 그러한 이동에 있어서 지구에서보다 유리한 것은 우주의 무중력 상태에서는 뉴턴의 제1법칙 관성의 법칙에 의하여 연료가 많이 소모되지 않는다는 것입니다. 앞으로 우주여행은 비행기보다 훨씬 작은 양의 연료를 사용할 것입니다."

윤서현의 설명을 들은 많은 사람들이 놀라움에 여기저기서 웅성댔다. 윤서현은 그들을 향해 다시 한 번 힘 있는 어조로 말했다.

"지구나 다른 행성에서의 중력은 우주여행에서 가장 극복하기 어려운 것입니다. 지구보다 큰 행성일수록 중력이 강하여 극복하기 어렵습니다. 그리하여 저희 4차원 기업에서는 반중력 기술을 개발하였습니다. 반중력 기술이란 중력의 영향을 약하게 하거나 없애는 기술입니다. 지금 4차원 기업 직원들이 옆방을 4차원 차단막의 반중력 기능을 이용하여 무중력 상태로 만들려고 준비하고 있습니다. 조금 후에 가서 경험해 보면 아주 재미있을 것입니다."

윤서현은 잠시 숨을 고른 후 다시 말을 이었다.

"4차원 기업이 만든 것 중에 다른 하나는 4차원 GPS 시스템입니다. 4차원 방식의 GPS 시스템은 GPS 위성이 필요 없습니다. 따라서 위치 인식 범위를 우주 공간으로까지 넓힐 수 있습니다. 현재 4차원 방식의 GPS 시스템의 위치 인식 영역은 태양계까지입니다. 더 넓은 범위까지 인식하게 할 수도 있지만 아직 필요성을 못 느꼈습니다. 4차원 기업의 기술을 응용해서 우주 개발을 하면 우주로 가는 소모성 비용이 재래식의 1%에 불과할 것입니다. 4차원 과학 기술로 인하여 앞으로 진정한 우주여행의 시대가 곧 열릴 것입니다."

양승진은 설명회에 참석한 사람들을 옆방으로 인도했다. 그들은 몇 그룹으로 나누어서 옆방에 들어갔다. 그 방의 바닥에는 4차원 방식의 중력 차단막이 깔려 있었는데, 그것은 지구에서부터 오는 중력 에너지를 차단해 주었다. 그 방에 설치된 중력 차단막으로 지구의 중력에너지를 서서히 차단하면 무중력 상태가 된다. 윤서현은 첫 번째 그룹이 들어오자, 그들에게 설명했다.

"이제 서서히 지구의 중력에너지를 차단하겠습니다. 중력에너지가 완전히 차단되면 무중력 상태가 됩니다. 여러분들 중에 무중력 상태를 경험한 분이 거의 없을 것입니다."

윤서현이 스위치를 올리자, 그 방은 서서히 무중력 상태가 되었다. 그가 서서히 무중력 상태로 만든 것은, 갑자기 하는 것보다 안전에 더 유리하였기 때문이다. 윤서현은 그 방 안의 사람들이 약 5분 정도 무중력 상태를 경험하게 한 후에 중력이 서서히 생기게 했다. 중력이 갑자기 생기게 할 경우, 공중에 떠 있던 사람이 갑자기 바닥으로 떨어지면서 다칠 수 있기 때문이다. 서서히 중력이 생기게 하자, 공중에 떠 있던 사람들이 조금씩 바닥으로 내려앉았다. 그 후 사람들은 서서히 자신들의 몸무게를 느끼게 되었다. 설명회에 참석했던 사람들이 차례대로 모두 무중력 상태를 경험하고 다시 설명회 장소로 돌아왔다.

양승진과 윤서현은 설명회에 참석한 사람들에게 우주선에 장착할 공간 이동 엔진과 중력 차단막, 4차원 GPS 시스템과 압력 및 온도 차단막을 구체적으로 소개했다. 양승진은 설명회에 참석한 사람들에게 그러한 제품들을 납품 받아 우주선에 장착할 의향이 있는지를 다시 물어보았다. 설명회에 참석한 모든 사람들은 그러한 4차원 방식의 제품을 납품 받아 사용하고자 왔기 때문에 모두 긍정적인 대답을 하였다. 그는 곧 우주 개발에서 사용할 4차원 방식의 제품을 납품 받을 조건에 대해 설명하였다.

"첫째, 한국 정부와 4차원 기업에 우주 개발에 관한 중요한 기술을 이전하는 회사에 제품을 공급하겠습니다. 단, 제한적인 기술 이전은 허용하지 않습니다. 4차원 기업이 제공하려는 제품들은 다른 어떤 제품보다도 가치가 있는 것들입니다. 따라서 이전된 기술의 수준에 따라서 제품 가격이 달라질 겁니다. 기술 이전에 소극적인 회사는 4차원 방식의 제품을 공급 받을 수 없습니다. 둘째, 영리 목적으로 하는 우주 개발 사업에는 매출액의 25%를 4차원 기업에 납부해야 합니다. 그 자금의 일부는 4차원 기업이 우주에서 우주 쓰레기를 수거하는 일에 사용할 것입니다. 셋째, 평화적인 목적 외에는 4차원 기업이 생산한 제품을 사용할 수 없습니다. 어느 누구도 무기에 4차원 기업이 만든 제품을 장착할 수 없습니다."

4차원 기업 이사진은 설명회에서 여러 사람들로부터 질문들을 받았다. 설명회에 참석한 사람들은 처음에는 4차원 기업이 판매하려는 제품의 여러 기능들에 관하여 질문했다. 윤서현은 제품의 기능들에 관하여 자세히 설명해 주었다. 그는 이러한 말을 하였다.

"여기에는 항공기 제작 회사 직원들이 오지 않았지만 왔으면 더욱 좋을 뻔하였습니다. 4차원 기업이 제공한 제품들을 사용하여 여객기를 개조하고 보완하면 우주에서도 날 수 있고, 수직으로 착륙할 수도 있습니다."

4차원 기업에서 제공하는 우주 개발을 위한 제품들은 가격이 정해져 있지 않았다. 일반인들이 구매할 일은 없을 것이고 비싸게 가격을 책정해야 하기 때문에 적당한 가격을 정할 수가 없었던 것이다.

제품 가격이 정해지지 않았다고 하자 사람들은 거래 방법을 물었다.

"어떠한 절차로 4차원 기업과 거래할 수 있습니까?"

이에 양승진은 대답했다.

"여러 구매자들이 제공하려는 기술 목록과 가격 등을 스스로 정해서 4차원 기업에 제출하면 됩니다. 그러면 4차원 기업은 여러 구매자들이 제시한 조건들을 심사해서 매매 여부를 결정하겠습니다. 구매자가 제공할 기술과 구입 가격 등이 너무 낮아서 4차원 기업에서 매매를 거부하더라도 6개월 후에 다시 거래 신청서를 제출할 수 있습니다."

그가 말한 6개월이라는 시간에는 매우 중요한 의미가 있었다. 만약에 구매자가 중요한 기술 이전 및 적당한 가격을 제시되지 못하여 거래가 성사되지 못하면 그 구매자는 우주 개발에 있어서 6개월을 낭비하게 될 것이다. 또한 중요한 기술을 이미 다른 기업에서 제시해 버리면 그 기술은 거래 조건에서 다시 사용할 수 없게 된다.

4차원 기업이 개최한 우주 개발 관련 설명회에 참석한 사람들은 모두 그들의 나라로 돌아갔다. 그들은 그들의 정부와 기업을 상대로 4차원 기업이 판매하려는 제품이 우주 개발에 반드시 필요한 것임을 강조했다.

그 설명회 내용은 언론을 통해서 일반인들에게도 공개되었다. 많은 언론에서는 우주 개발의 새로운 시대가 도래했다고 말했다. 4차원 기업은 우주 개발에 있어서 3차원적인 한계를 극복해 줄 것이다. 우주 개발에 관련이 있는 정부와 회사들은 4차원 기업에 제출할 거래 신청서를 작성해야 했다. 여러 회사들은 거기에 기록할 내용을 두고 많은 회의를 했다.

여러 정부와 회사에서 4차원 기업에 거래 신청서를 제출했다. 4차원 기업 이사회에서는 이러한 거래 신청서들을 검토할 위원회를 구성하였다. 그 위원회에는 우주 개발에 관한 분야에서 일하고 있는 한국의 전문가 몇 명이 초청되었다. 그 위원회의 위원들은 한국 정부와 4차원 기업에 이전할 기술들을 자세히 살펴보았다. 그런데 어느 회사에서 이전할 기술 중 핵심 요소를 제외한 것이 눈에 띄었다. 위원회에서는 일단은 그 거래 신청을 거부하지 않고, 거부된 사유를 적어서 그 회사에 돌려보냈다. 사유를 3일 안에 보완하여 다시 신청하면 검토하겠다고 했다.

어느 항공기 제조 회사는 지분의 4분의 1과 경영권을 4차원 기업에 넘기겠다고 했다. 그 항공기 제조 회사는 지난 번 설명회에는 참석하지 못했지만, 그 내용을 전해 듣고 4차원 기업의 기술로 회사를 발전시키고 싶었다. 그 회사는 4차원 기업의 기술을 이미 알고 있었으므로 4차원 기업과 기술 제휴를 하면 우주에서도 날 수 있고, 수직으로 이착륙할 수 있는 대형 여객기를 만들 수 있을 것이라고 확신하였다. 4차원 기업은 그 회사의 제안을 받아들였다. 그러나 그 기업의 경영권을 받지는 않았다. 4차원 기업은 그 기업의 경영에 관여할 만한 여유가 없었다.

4차원 기업은 총 우주 개발 회사 세 곳, 항공기 제조 회사 한 곳과 거래하기로 했다. 그 회사들에 거래 신청이 승인되었음을 알렸다. 그 항공기 제조 회사는 4차원 기업의 거래 승인과 기술력을 믿고 우주를 여행할 수 있는 항공기를 제조하겠다고 언론에 발표하였다. 그러자 얼마 전만 해도 많이 내렸던 주가가 다시 상승세를 보이기 시작했다. 주식을 추가로 발행하여 전체 지분의 4분의 1을 4차원 기업에 넘긴다고 하니, 처음에는 주가가 내렸지만 이제는 오르기 시작한 것이다. 4차원 기업은 항공기 제조 회사 중 한 곳 이상과 더 추가로 거래하기로 했다. 한 곳만 거래할 경우, 그 항공기 제조 회사가 우주를 날 수 있는 대형 여객기를 독점하여 생산하게 되므로, 이러한 독점을 막기 위해서 한 곳 이상을 더 추가해야 했다.

4차원 기업 연구소 직원들이 우주 개발 회사들과 항공기 제조 회사에 파견되었다. 한국 정부 주관으로 우주 개발을 하는 곳에서 많은 직원들이 4차원 기업과 거래가 성사된 회사들에 파견되었다. 그들은 그곳에서 우주 개발에 관한 기술을 익히고 관련 자료들을 받았다. 그 회사들이 한국 정부에 약속된 기술 이전을 적극적으로 하지 않을 경우, 4차원 기업의 도움을 받을 수 없기 때문에 숨기는 것이 없이 한국 정부의 기술자들에게 완전히 공개하였다.

4차원 기업 직원들은 우주 개발 회사에서 그 회사 직원들과 공간 이동 엔진을 장착하고 작동시키는 작업을 같이했다. 이제는 우주 개발 회사에서 다단 로켓을 만들 필요가 없게 되었다. 과거에는 1단이나 2단 로켓을 발사한 다음에 연료가 떨어지면 분리해서 버렸는데, 그 과정을 공간 이동 엔진이 대신하게 되었다. 그만큼 로켓의 부피와 무게가 줄어들게 되고 제조비용이 많이 절감되었다.

최초로 4차원 방식의 엔진을 탑재한 로켓을 발사하게 되었다. 그 로켓에는 인공위성이 탑재되어 있었다. 발사 장소에는 벌써부터 많은 사람들이 모여들었다. 그런데 과거의 발사 장면에 비하면 볼 것이 별로 없을 것이다. 과거의 발사 장면에서는 로켓이 거대한 불꽃을 뿜으면서 하늘로 올라갔는데, 공간 이동 엔진으로 발사하면 그러한 장면을 볼 수 없기 때문이다. 사람들에게 공개된 로켓은 과거처럼 길지 않았고 발사대의 높은 기둥도 필요하지 않았다. 과거의 로켓에서 최상위 단계의 로켓만 발사대에 있었다. 아랫부분의 소모성 로켓은 필요 없었기 때문이다.

사회자가 카운트다운을 하기 시작했다. 카운트다운이 끝나자 4차원 차단막이 로켓을 감쌌다. 4차원 차단막은 원래 사람의 눈에 보이지 않는다. 그러나 발사하는 장면을 보기 위해서 모인 수많은 사람들을 배려해서 4차원 차단막이 눈에 보이게 했다. 4차원 차단막은 압력, 온도, 공기, 지구의 중력 등 외부 환경으로부터 로켓을 차단시켰다. 약 3초 정도 안개와 비슷한 것이 로켓을 감싸더니 로켓이 사라졌다. 로켓은 순간적으로 지구 밖으로 옮겨졌다. 발사된 로켓은 어느새 무중력 상태인 대기권 밖에서 지구를 돌고 있었다. 로켓은 공간 이동 기술로 옮겨지면서 강력한 운동에너지를 가지게 되었다. 그 로켓은 그곳에서 엔진을 점화하여 정확한 속도와 위치에 진입하기 시작하였다. 그리고 조금 후에 인공위성을 우주 궤도에 내려놓았다.

인공위성에는 4차원 기업에서 제공한 전력 수신기가 장착되어 있었기 때문에 고장이 나거나 지구로 떨어지지 않는다면, 수명이 반영구적이었다. 인공위성을 궤도에 내려놓은 로켓은 다시 공간 이동 엔진을 작동시켜서 발사대로 돌아왔다. 발사대로 돌아올 때에는 지구를 돌고 있던 운동에너지를 제거하고 돌아왔다. 발사대에 돌아온 로켓에는 인공위성이 실려 있지 않았다. 그 로켓은 다시 활용할 수 있었다. 만일 우주 개발 회사에서 그 로켓의 디자인을 새롭게 하여 사람이 탈 수 있게 한다면, 그 로켓은 우주선이 될 수도 있다.

4차원 기업은 로켓을 전혀 사용하지 않고 공간 이동 기술을 사용하여 인공위성을 적당한 속도로 지구 상공에 올려놓을 수도 있었다. 그렇게 우주 개발 분야까지 모두 장악하게 되면 세계 경제에 좋지 않은 영향을 끼칠 것이다. 그래서 에너지가 많이 소모되는 발사 단계를 공간 이동 방식으로 바꾼 것이다.

로켓을 발사하고 얼마 후에 지구 상공에 있는 인공위성으로부터 신호가 왔다. 그 인공위성은 지구의 사진을 찍어서 보내왔다. 4차원 기업이 4차원 통신칩을 개발한 이후에는 통신용 인공위성이 필요 없게 되었다. 지구와 우주를 관측할 수 있는 과학용 인공위성만이 필요하였다.

항공기 제조 회사에 파견된 4차원 기업 직원들은 그 회사 직원들과 함께 우선 한 대의 항공기를 우주를 날 수 있는 상태로 조립하기로 했다. 4차원 기업 직원들은 가지고 간 부품들을 여객기에 장착했다. 하지만 우주를 날 수 있는 여객기로 조립하는 것은 힘든 작업이었다. 로켓은 안에 생명체가 타지 않지만 여객기는 수백 명의 사람들이 타기 때문에 탑승객들이 우주 공간에서 생명을 유지할 수 있게 해야 한다. 또한 지구에서처럼 중력을 느껴야 한다. 그렇지 않으면 사람들이 여객기 안에서 떠다닐 것이기 때문이다.

4차원 기업 직원들은 본사에서 윤서현에게 배운 대로 여객기를 조립하였다. 제트 엔진이 장착된 여객기는 대기권에서만 날 수 있다. 여객기가 우주에서 날 수 있으려면 로켓 엔진도 장착되어 있어야 한다. 그런데 여객기에 로켓 엔진을 추가로 장착하려면 구조가 복잡해진다. 그래서 우주에서도 제트 엔진이 작동될 수 있도록 공기 공급 장치를 달았다. 공기 공급 장치는 제트 엔진 앞쪽에서 공간 이동 방식으로 공기를 엔진에 공급하는데, 진공 상태에서도 공기를 엔진에 공급할 수 있게 했다. 진공 상태이기 때문에 압력차로 인하여 공기의 역류가 생길 우려가 있지만, 4차원 차단막이 압력을 차단해 주기 때문에 생성된 공기는 뒤쪽으로만 흐르게 된다.

무중력 및 진공 상태인 우주에서는 제트 엔진을 쓸 일이 그렇게 많지 않다. 엔진이 작동하지 않더라도 관성의 법칙에 의해서 일정한 속도가 계속 유지된다. 장거리는 공간 이동 방식으로 이동하고 단거리만 제트 엔진의 힘으로 이동한다. 항공기 제조 회사 직원들과 4차원 기업 직원들은 여객기에 작은 보조 제트 엔진을 세 개 달았다. 두 개의 보조 제트 엔진은 양쪽 날개 중간 부분에 달았는데, 날개 앞쪽으로 나오면서 수직으로 세워진다. 다른 하나는 날개에 단 것보다 약간 작은데, 여객기의 뒤쪽 몸통 안에 달았다. 몸통 위에는 공기 흡입구가 있다. 날개 양쪽에 단 보조 제트 엔진은 방향을 바꿀 수 있도록 했다. 노즐의 방향을 뒤쪽뿐만 아니라 아래와 앞으로도 향할 수 있도록 했다. 속도를 줄이거나 수직 이착륙을 할 때에 사용할 엔진이다.

여객기에는 4차원 차단막을 생성하는 장치를 장착한다. 그 장치가 작동되면 여러 가지 물리적인 에너지들을 차단해 준다. 여객기가 우주 공간에 있으면 창문과 같은 약한 부분이 터져 버릴 것이다. 여객기 안에는 공기가 있지만 밖은 진공 상태이기 때문에 압력차로 인하여 터질 위험이 생기는 것이다. 4차원 차단막은 이처럼 밖으로 향하는 압력을 완전히 차단해, 여객기가 진공 상태에서도 견디도록 해 준다.

이번에 만드는 우주를 날 수 있는 여객기는 제조 단계에서 창문을 크게 만들었다. 일반적인 다른 여객기들은 창문들이 작다. 여객기가 운항 중에 강한 압력을 견디려면 튼튼하게 설계해야 하는데, 그렇게 설계하기 위해서는 창문을 크게 만들 수 없기 때문이다. 그렇지만 우주여행용 여객기는 4차원 차단막이 모든 압력을 차단해 주므로 창문을 크게 만들어도 운항 중의 압력을 견딜 수 있다.

4차원 차단막은 온도 전달을 차단해 준다. 낮은 온도와 열을 차단해, 여객기 안의 온도가 항상 일정하게 유지되도록 하는 완벽한 단열제이다. 또한 방사능으로부터 여객기를 보호하는 기능을 한다. 지구에서는 자기장과 오존층이 생물에 해로운 광선을 차단해 준다. 우주에서는 4차원 차단막이 그 역할을 해 준다. 그러한 광선을 차단해 주지 않으면 여객기 안에 타고 있는 사람들의 건강에 큰 지장이 있을 것이다. 4차원 차단막은 여객기 안을 우주 공간에서도 지구의 환경처럼 유지시켜 준다.

4차원 차단막은 필요에 따라서 중력을 차단하거나 생성한다. 여객기는 활주로에서 일반 비행기처럼 이륙하지 않고 수직으로 이륙하게 된다. 만약에 여객기를 타고 달에 간다면 어떻게 될까? 달에는 활주로가 없다. 착륙하기 적당한 넓은 장소에 수직으로 착륙해야 한다. 지구에서나 달에서 수직으로 이착륙하기 위해서는 중력의 영향을 조절할 수 있어야 한다. 여객기 조종사는 지구에서 이륙할 때에 4차원 차단막의 반중력 기능을 사용하여 여객기가 중력의 영향을 받지 않도록 한다. 그러면 작은 보조 엔진으로도 수직으로 이륙할 수 있는 것이다.

여객기가 중력의 영향을 받지 않으면 여객기의 무게는 이론적으로 0이 되므로 보조 엔진의 아주 작은 힘으로도 이륙시킬 수 있다. 착륙할 때에도 중력의 영향을 조절하면 가볍게 수직으로 착륙할 수 있다. 여객기가 그렇게 수직으로 이착륙을 할 때나 우주 공간에서 날고 있을 때에도 여객기 안에서는 지구에서처럼 중력을 느끼게 해야 한다.

여객기 자체에서 사용하는 전기는 무선 전력 수신기로 4차원 기업에서 생산된 전기를 받아서 사용한다. 여객기 내부나 엔진에서 사용하는 공기도 공간 이동 방식으로 제공 받아서 사용한다. 엔진에서 사용하는 공기는 공항 근처에 있는 시설에서 공간 이동 방식으로 제공하고, 여객기 내부에서 사람들이 숨을 쉴 때 사용하는 공기는 어느 소나무 숲에서 공간 이동 방식으로 제공한다. 그 소나무 숲과 여객기 내부가 4차원적인 방법으로 통풍이 되도록 하여, 여객기에 타고 있는 사람들은 소나무 숲에 있는 것처럼 공기의 상쾌한 맛을 코로 느낄 수 있다.

여객기 내부에는 음식 등 화물을 이동시키기 위한 공간 이동 시설이 설치되어 있다. 위급한 상황에서는 사람도 그 공간 이동 시설로 이동할 수 있다. 우주를 여행하다가 몸이 심하게 아프거나 기타 다른 이유로 여행을 포기해야만 하는 고객이 있을 경우에는 그 고객만 따로 공간 이동 방식으로 지구에 있는 공항으로 보내게 된다.

4차원 기업 직원들은 항공기 제조 회사 직원들과 함께 약 6개월의 작업 끝에 여객기를 우주에서도 날 수 있게 만들었다. 여객기의 조종은 기존의 방법보다 훨씬 쉽게 할 수 있었다. 기존에는 활주로에서 이착륙하는 것이 어려운 과정이었는데, 그 단계가 수직 이착륙으로 바뀌었으니 약간의 훈련을 받으면 얼마든지 할 수 있다.

그 여객기에는 4차원 방식의 GPS 시스템이 장착되어 있다. 태양계 내에서 4차원 GPS를 이용하면 내비게이션처럼 찾아갈 수 있고, 현재 위치를 알 수 있다. 지구에서 사용하는 내비게이션은 각각의 위치들이 고정되어 있다. 그러나 태양계에서 사용하는 내비게이션 시스템은 각각의 위치들이 고정되어 있지 않고 유동적이다. 행성들이 계속 운행하고 있기 때문에 찾아가는 경로가 항상 일정하지 않다. 태양계에서 사용하는 내비게이션은 4차원 기업 연구소에서 천문학을 전공한 사람들이 어렵게 만든 것이다. 우주 여객기는 지구 정도의 크기의 행성이나 달에는 쉽게 착륙할 수 있으나, 그보다 크기가 큰 행성에는 높은 압력의 두꺼운 대기가 빠른 속도로 움직이고 있어서 착륙할 수 없고 가까이에서 구경하면서 지나갈 수는 있다.

우주를 날 수 있는 여객기를 제작한 후에 3개월 동안 철저하게 테스트가 진행되었다. 4차원 차단막이 외부의 충격이나 열 등 모든 물리적인 에너지로부터 우주 여객기를 보호해 주므로 절대적으로 안전하다. 우주에서 유성과 충돌하더라도 4차원 차단막이 있기 때문에 안전하다. 유성과 충돌한다면 유성이 깨질 것이다. 우주에서 테스트를 하다가 조건이 안 좋으면 바로 지구의 대기권으로 공간 이동을 할 수 있다.

테스트 첫 주에는 수직으로 이착륙하는 것을 실험했다. 둘째 주에는 대기권에서 날다가 지구 상공 우주로 공간 이동을 한 후에 지구를 도는 실험을 했다. 셋째 주에는 지구의 상공 우주를 돌다가 달의 상공으로 공간 이동하여 달을 도는 실험이 이루어졌다. 넷째 주에는 달에서 착륙하였고, 그 다음에는 화성으로 가서 화성을 돌고 착륙했다. 그리고 목성과 토성 근처를 날면서 그 행성들을 구경했다.

우주 여객기의 테스트는 매일 하지 않았다. 1주일에 2일 이내에서 운행했다. 여객기의 각종 부품을 살피고 정비하는 시간을 충분히 가졌다. 우주 여객기 운항 테스트에는 우주와 관련되어 여러 분야에서 경험이 많은 사람들과 여객기 조종 경력이 많은 전문가들이 함께 했다.

3개월 동안 테스트를 한 다음에는 항공기 제조 회사에서 우주 여객기를 추가로 제작하기 시작했다. 많은 항공사들이 우주 여객기를 주문했다. 항공사들은 공간 이동 서비스가 등장한 이후 항공 수요가 감소하여 그동안 매출 감소로 주가가 많이 떨어졌다. 이로 인해 경영에 어려움을 겪고 있던 세계의 여러 항공사들이 우주여행 상품을 파는 것으로 새로운 매출을 기대하고 있었다.

항공기 제조 회사는 주문을 받고 추가로 제작하는 우주 여객기를 조종할 조종사들을 첫 번째로 만든 우주 여객기로 교육시켰다. 4차원 기업은 다른 항공기 제조 회사에도 우주 여객기를 만들 부품과 기술을 전달했다. 그 회사의 여객기 조종과 관련된 직원들도 첫 번째로 거래한 항공기 제조 회사로 와서 조종 교육을 받았다.

4차원 기업의 배려로 첫 번째 우주 여객기는 한국에 있는 항공사에 판매되었다. 해당 항공사의 조종사는 그 여객기를 인도 받고 시험 운항을 하였다. 조종 교육을 받은 대로 지구 상공과 달 상공을 돌다가 달에 착륙해 보고, 화성에도 착륙해 보았다. 목성과 토성의 근처에도 가 보았다. 4차원 GPS 시스템이 잘 갖추어져 있어서 태양계의 우주여행에는 큰 어려움이 없었다. 적응하면 오히려 지구 대기권에서 운항하는 것보다 더 안전하고 쉬웠다.

첫 번째로 태양계를 여행하는 우주여행 상품을 판매하는 날이 되었다. 이 여행 상품은 엄청난 금액에 판매되었다. 처음으로 우주여행 상품을 판매하는 시기에는 우주 여객기가 한 대밖에 없으므로 희소성의 가치 때문에 아무리 가격을 비싸게 책정해도 여행 상품이 모두 팔렸다. 돈이 웬만큼 있지 않으면 우주여행 상품을 살 수 없었다.

우주여행에는 많은 연료가 소모되지 않는다. 우주 여객기가 중력을 4차원 방식으로 극복하고, 우주에서는 관성의 힘으로 운항하는 곳이 많기 때문이다. 첫 번째 우주여행 상품은 이윤이 80% 이상 남게 되었다. 나중에 우주 여객기가 많이 생산되어 보급되면 그렇게 비싸게 여행 상품을 팔 수 없을 것이다. 어떤 사람들은 첫 번째 우주여행에 참여하는 것을 꺼렸다. 항공사에서 충분한 테스트를 했지만, 아직 안전에 대한 확신이 없어서 다른 사람들이 우주여행을 안전하게 하고 돌아오면 그 다음에 갈 사람들도 많이 있었다.

우주 여객기의 태양계 우주여행은 4일 동안 이루어진다. 첫째 날에는 지구 상공을 돌면서 우주에서 지구를 구경하고, 둘째 날에는 달의 상공을 돌면서 달을 구경하다가 달에 착륙해서 달의 표면을 가까이에서 본다. 달 표면을 창문으로 구경할 수 있지만 달 밖으로 나가지는 못한다. 셋째 날에는 화성 상공으로 가서 우주에서 화성을 구경하고 착륙하여 화성의 광경을 창문으로 가까이에서 본다. 화성에서 수직 이륙 후에는 화성 표면을 낮게 날면서 구경한다.

넷째 날에는 목성의 상공에 가서 목성을 관찰한다. 목성의 대기층은 우주 여객기가 착륙하기 어렵기에 우주 여객기는 넷째 날 정오에 바로 토성으로 간다. 토성의 상공을 돌면서 토성을 보고 토성의 고리와 위성 등을 관찰한다. 토성의 대기층도 우주 여객기가 착륙하기 어렵기 때문에 넷째 날 저녁에 지구로 바로 귀환한다.

지구 상공에서 달의 상공으로 갈 때에는 바로 가지 않는다. 지구 상공에서 달의 상공으로 순간적으로 공간 이동하면 여행하는 기분이 덜하기 때문이다. 따라서 조금씩 달에 가까이 다가감을 느낄 수 있도록 지구에서 달까지의 거리를 10단계로 나누어서 조금씩 이동한다. 다른 행성으로 이동할 때에도 바로 공간 이동하지 않고 목적지까지의 거리를 10단계로 나누어서 조금씩 이동한다.

우주 여객기는 우주여행 후에 정비를 받아야 하므로 1주일에 1회만 운항한다. 나머지는 정비 기간이다. 우주 여객기의 내부는 좌석이 넓게 구성되어 있다. 4일 이상 우주에서 숙박하면서 살아야 하므로 좌석은 젖혀서 침대로 쓸 수 있게 만들어졌다. 우주 여객기 내부는 고급 호텔처럼 꾸며졌다. 창문으로 우주를 구경해야 하므로 창문가에는 좌석이 배치되지 않고, 창문에서 조금 떨어진 곳부터 좌석이 있었다. 그렇게 창문에서 떨어져서 좌석이 배치되고 침대로 쓸 수 있도록 만든 좌석을 장착하므로, 탑승 인원이 일반 여객기에 비해서 절반도 되지 않았다.

첫 번째 우주여행 상품을 구매한 사람은 그로부터 한 달 후에 여행을 할 수 있게 되었다. 우주여행을 떠나는 곳은 인천 공항이었다. 그런데 우주여행을 갈 사람의 5분의 4가 외국인이었다. 너무 비싼 가격에 우주여행 상품을 판매했기 때문에 국내에 거주하는 사람보다 외국인들이 많이 구매한 것이다. 초창기에 비싸게 파는 것도 항공사 입장에서는 좋은 기회였다. 우주여행을 하기 위해서 한국으로 온 부유한 외국인들 중에는 며칠 전부터 한국에 입국하여 한국의 여행지를 구경하는 사람들도 있었다.

드디어 우주 여객기가 우주여행을 출발하는 날이 되었다. 그 여객기에는 많은 부자들이 탑승했다. 그들이 입고 온 옷들은 자신들의 부를 자랑하듯 하나같이 모두 화려했다. 그들을 촬영하는 기자들도 많이 모였지만 모든 언론사의 기자들이 함께 탑승할 수 없었기 때문에 대표로 한 명만 탑승하고 취재 내용을 공유하기로 했다.

탑승객들은 그들의 목적이 이동이 아닌 여행이었기 때문에 그들의 수화물을 따로 적재하지 않고 모두 들고 탑승했다. 여객기의 아래층에는 탑승객들의 수화물을 넣을 공간과 편의 시설들이 있었다. 우주 여객기의 내부 구조는 2층으로 되어 있었는데, 탑승객들이 직접 아래층으로 갈 수 있었다.

첫 번째 우주 여객기가 상업 운항을 할 때, 윤서현과 양승진이 탑승했다. 우주 여객기에 탑승한 사람들은 항공사 홈페이지를 통해서 우주여행에 관한 설명을 읽었기 때문에 다른 일반적인 여행과 마찬가지로 여행 일정을 다 알고 있었다.

모든 탑승객들이 자리에 앉자 우주 여객기가 움직이기 시작했다. 우주 여객기는 탑승동에서 떨어지기 시작했다. 우주 여객기는 수직으로 이륙할 수 있게 제조되었지만 건물에서 조금 떨어져서 이륙해야 했다. 그렇지 않으면 상승 압력의 반작용으로 인하여 건물에 진동을 주고 주위에 있는 사람들에게 불편을 줄 수 있다.

우주 여객기가 탑승동에서 조금 떨어지자 조종사는 우주여행을 위해서 이륙하겠다는 기내 방송을 했다. 활주로를 이용하는 여객기들은 탑승동으로부터 멀리 이동하여 이륙하지만, 우주 여객기는 공항에 있는 많은 사람들에게 수직으로 이륙하는 것을 구경시켜 주기 위해서 이번에는 멀리 이동하지 않고 조금만 이동하여 수직으로 이륙하기로 하였다.

조종사는 이륙하는 방법을 기내 방송으로 설명했다.

"승객 여러분, 우주 여객기를 이륙시키겠습니다. 다른 여객기들처럼 활주로에서 이륙하지 않고 바로 수직으로 이륙하겠습니다. 수직으로 이륙할 때에는 꼬리 쪽 몸통 안에 있는 보조 제트 엔진으로 인하여 소음이 조금 발생할 예정이니 양해해 주시기 바랍니다."

이륙을 위해서 우주 여객기는 4차원 차단막의 반중력 기능을 사용하였다. 4차원 차단막은 우주 여객기 외부에 도달하는 중력에너지를 차단했다. 4차원 차단막에 가로막힌 지구의 중력에너지는 우주 여객기를 지구로 끌어당기지 못하였다.

우주 여객기는 양쪽 날개 아래에 있는 두 개의 보조 제트 엔진을 수직으로 세웠다. 그 제트 엔진은 원래 이러한 대형 여객기에 사용하는 엔진이 아니라 작은 항공기에 사용하는 것이다. 그렇지만 이륙할 때부터 중력의 영향을 전혀 받지 않는 우주 여객기는 이렇게 작은 제트 엔진의 힘으로도 충분히 수직으로 이륙할 수 있었다.

우주 여객기는 지구의 중력에너지를 외부에서 차단하지만 우주 여객기 내부에는 인공 중력을 발생시켰다. 그렇지 않으면 여객기 내부에 있는 물건들이 쏟아지기 때문이었다. 탑승한 사람들은 안전띠를 매었지만 여러 물건들 중에는 고정되지 않은 것들이 있었다. 그러한 물건들만 아니었다면, 탑승한 사람들이 이륙할 때에 무중력을 경험하면서 우주여행을 더 실감할 텐데 조금 아쉬웠다.

우주 여객기는 수직으로 약 500미터를 올라갔다. 그 후 조종사는 제트 엔진을 가동시키고 보조 제트 엔진을 껐다. 보조 제트 엔진은 날개 밑으로 내려졌다. 우주 여객기는 일반 여객기처럼 수평으로 비행하면서 고도를 올렸다. 우주 여객기가 수평으로 비행할 때에는 지구의 중력이 차단되지 않았다. 우주 여객기는 출발부터 다른 여객기와 다르게 출발했기에 우주여행은 처음부터 흥미로웠다.

고도가 10,000미터쯤 되자 조종사는 탑승객들에게 설명했다.

"지금부터 비행기를 수직으로 세워서 대기권을 벗어나게 운항하겠습니다. 그래도 탑승객들이 느끼는 중력의 방향은 우주 여객기의 바닥이므로 걱정하지 않으셔도 됩니다."

지구의 중력은 다시 차단되었고, 인공 중력이 우주 여객기의 바닥 방향에서 계속하여 발생하였다. 여객기가 수직으로 세워져서 우주를 향하여 날더라도 탑승객들은 안정된 자세로 여행할 수 있었다. 여객기가 수직으로 세워져서 운항하게 되자 지구의 표면을 벗어나는 속도가 훨씬 빨랐다. 시속 1,000㎞ 가까운 속도로 지구를 벗어나고 있었다.

여객기가 수직으로 세워질 때부터 제트 엔진 앞쪽에는 공기 공급 장치가 작동되고 있었다. 공기 공급 장치는 공간 이동 방식으로 공기를 공급하였다. 항공사에서는 공항 근처에 별도의 장소를 마련하여 공기를 공간 이동 장치를 사용하여 운동에너지를 추가하면서 우주 여객기의 엔진 앞쪽으로 보냈다. 제트 엔진은 3분 정도 작동되고 멈췄다. 우주 여객기는 이미 지구의 중력의 영향에서 벗어났기 때문에 엔진을 계속해서 가동할 필요가 없었다. 수직으로 비행할지라도 관성의 힘으로 계속 운항할 수 있었다.

이륙한 지 약 한 시간 정도 흐르자, 우주 여객기는 4차원 차단막에서 중력 차단 기능을 끄고 지구가 완전히 잘 보일 수 있도록 수평으로 비행하면서 지구를 돌았다. 수평으로 비행할 때에는 한쪽 창문에서 지구가 잘 보일 수 있도록 우주 여객기를 약간 눕혔다. 양쪽 창문 모두 지구가 잘 보이게 할 수는 없었다.

조금 후에는 자세를 다시 돌려서 다른 쪽 창문에서 지구가 잘 보이도록 하였다. 그러한 동작을 반복하면서 몇 시간 동안 지구 상공을 인공위성처럼 돌았다. 탑승객들이 지구 상공을 돌면서 지구를 관찰할 때에도 우주 여객기 내부에는 지구 표면에서처럼 중력이 바닥을 향하여 작동하였다.

우주 공간에서 우주 여객기가 자세를 바꿀 때에는 공간 이동 방식으로 지구의 항공사에서 보내 준 압축 공기를 사용하였다. 우주 여객기 외부의 여러 부분에는 압축 공기 방출구가 있었다. 압축 공기를 방출하면 그 압력으로 인하여 우주 여객기의 자세가 바뀌게 되었다. 우주 공간에서는 압축 공기 방출의 작은 힘으로도 우주 여객기의 자세를 바꿀 수 있었다.

여객기 내부에서는 사람들이 창문 쪽으로 가서 지구를 쳐다보았다. 반대편 창문에서 다른 쪽 방향의 우주를 쳐다보는 사람들도 있었다. 창문 근처에는 작은 의자들이 있어서 밖을 구경하는 사람들은 작은 의자에 앉아서 구경하였다. 사람들은 휴대전화로 사진을 찍었다. 사람들은 서로 양보하면서 창문 근처를 사용하였다.

4차원 차단막이 우주 여객기를 우주의 방사선으로부터 보호하였다. 사람들이 창문으로 밖을 쳐다보더라도 전혀 해롭지 않게 4차원 차단막이 인체에 해로운 광선들을 차단하였다. 3차원에서는 우주 여객기가 지구와 멀리 떨어져 있어도 4차원에서는 우주 여객기가 지구와 연결되어 있으면서 전기와 공기 등을 제공 받고 있었다.

오전 9시에 이륙했는데 어느덧 점심 식사 시간이 되었다. 사람들은 자신의 좌석이나 창문가에 있는 좌석에 앉아서 창문 밖에 펼쳐진 지구와 우주의 모습을 바라보면서 식사를 하였다. 식사를 하는 중에는 가까이에 있는 사람들과 정답게 이야기하는 모습이 많이 보였다. 식사는 여러 나라의 최고급 음식으로 제공되었다. 비싼 우주여행 상품이기에 그에 합당한 식사 서비스가 제공되었다. 우주 여객기 승무원들은 최고의 손님들을 대접하기 위해서 식사 시간에도 바쁘게 움직였다.

우주 여객기는 식사 시간 후에도 계속해서 지구 상공을 돌았다. 우주 여객기가 오전에는 적도에서 돌았는데 오후에는 방향을 바꾸어 북극과 남극을 볼 수 있도록 돌았다. 우주 여객기의 탑승객들은 지구 전체를 골고루 살펴볼 수 있었다. 우주에서 바라보는 지구의 모습은 매우 아름다웠다.

우주에서의 지구 구경이 거의 끝나가자 기장은 조종실에서 나와서 탑승객들이 있는 곳으로 왔다. 기장은 인사를 한 후에 4차원 기업의 양승진과 윤서현을 소개했다.

"안녕하십니까? 저는 우주 여객기를 조종하는 기장입니다. 이번 여행은 특별한 여행이기에 이렇게 여러분들을 직접 보면서 인사를 드립니다. 이 여객기에는 특별한 손님들이 탑승하셨습니다. 그분들을 여러분에게 소개해 드리겠습니다. 4차원 기업의 윤서현 이사와 양승진 이사입니다. 이분들이 계셨기에 이러한 우주여행이 가능했습니다."

"안녕하십니까? 저는 4차원 기업의 윤서현 이사입니다. 여러분들과 같이 여행하게 되어서 영광입니다. 이번 우주여행으로 평생 잊지 못할 좋은 추억을 만드시기를 바랍니다."

"안녕하십니까? 저는 4차원 기업의 대표 이사를 맡고 있는 양승진입니다. 4차원 기업은 세계 인류의 평화와 행복을 위해서 많은 일을 하려고 합니다. 앞으로 저희 회사가 하는 여러 사업들에 여러분들께서 많이 도와주시기를 바랍니다."

탑승객들은 두 명의 이사들이 말을 마치자 박수를 쳤다. 그들은 이렇게 4차원 기업의 이사들을 만날 수 있게 되어서 영광이라고 생각했다. 또한 4차원 기업의 이사들이 이렇게 탑승한 것을 보니, 우주여행의 안전에는 전혀 문제가 없는 것을 확신하고는 더욱 더 편안한 마음으로 여행하게 된 것을 감사하게 생각했다.

늦은 오후가 되자, 조종사는 지구 상공을 벗어나 달로 향하겠다고 방송했다. 그냥 공간 이동 방식으로 달로 조금씩 이동할 수도 있었지만, 그렇게 되면 보는 재미가 덜하기 때문에, 조종사는 제트 엔진을 가동시켰다. 제트 엔진은 지구에서부터 보내 주는 공기를 사용하여 가동되었다. 제트 엔진의 진동은 이전과 같이 느낄 수 있었지만 제트 엔진의 소리는 훨씬 줄어들었다. 게다가 창문 밖의 상태가 진공 상태이므로 제트 엔진의 소리가 크게 들리지 않았다. 조종사는 우주 여객기를 지구 상공에서 달의 상공으로 향하기 위해서 4차원 차단막을 사용하여 지구의 중력을 완전히 차단하였다. 지구의 중력을 차단해야 지구를 벗어나는 속도를 향상시킬 수 있기 때문이다.

우주 여객기를 달로 향하여 운항하면 양쪽 창문에서 지구가 보이지 않는다. 조종사는 우주 여객기의 속도가 어느 정도 되자, 제트 엔진을 정지시키고 우주 여객기의 방향을 90도 돌려, 옆으로 운항했다. 지구 대기권에서는 공기가 있으므로 절대로 그렇게 운항할 수 없지만 진공 상태에서는 아무런 저항이 없으므로 우주 여객기의 자세와 상관없는 방향으로 운항할 수 있다.

한쪽 창문은 지구를 향하게 하고 반대 쪽 창문은 달을 향하게 하여 운항하였다. 한쪽 창문으로 보이는 지구는 점점 멀어져서 작게 보이고, 반대 쪽 창문으로 보이는 달은 점점 가까워져서 크게 보였다. 조종사는 한 시간에 한 번씩 많은 거리를 공간 이동 방식으로 이동했다. 제트 엔진이 만들어 낸 추진력이 관성의 법칙에 의해서 달로 향하게 했지만, 그 속도는 달까지의 거리에 비하면 매우 느렸다. 마치 여객기 안에 있으면 정지해 있는 것 같은 느낌이 들었다. 그 속도로 간다면 달까지 18일 정도 걸릴 것이다. 공간 이동 방식으로 10단계로 나누어 이동하지 않으면 우주여행에 너무 많은 기간이 소요되므로 공간 이동 방식으로 이동할 수밖에 없었다.

우주 여객기의 표준 시간은 출발한 지역의 시간이었다. 한국 시간 기준으로 밤 9시가 되자, 우주 여객기는 지구와 달 중간에서 날고 있었다. 조종사는 이제부터 취침 준비를 하라고 방송했다. 밤 10시부터는 조명을 서서히 어둡게 하겠다고 했다. 사람들은 교대로 씻었다. 우주 여객기 안에는 사람들의 숫자에 비해서 화장실에 그렇게 많지 않았다. 넓은 여러 개의 고급 화장실을 아래층에도 추가로 설치하였지만, 모든 탑승객들이 씻기 위해서는 두 시간 정도가 필요했다. 사람들은 샤워를 마친 후 좌석을 눕혀서 자기 시작했다.

조종사는 우주 여객기의 자세를 바꾸었다. 날아가고 있는 방향은 달을 향했지만 태양빛이 창문으로 들어오지 않게 하기 위해서 우주 여객기의 바닥이 태양을 향하도록 했다. 많은 사람들은 잠을 제대로 이루지 못하였다. 우주여행의 첫날밤이라 설레는 마음에 잠이 오지 않은 것이다. 그래도 계속되는 우주여행을 위해서 억지로라도 잠을 청했다. 우주 여객기의 조종사와 승무원들도 교대로 잠을 잤다.

아침 6시 30분이 되자 승무원들은 한 시간 후에 아침 식사를 제공한다고 했다. 여객기는 대형 유람선에 비해 공간이 한정되어 있었기 때문에 탑승객마다 침실을 제공하지 못했다. 우주 여객기에는 식당도 따로 없었다. 탑승객들에게 며칠 동안 고급 음식을 제공해야 하는

데, 제공할 음식들을 모두 싣고 떠날 수 없었다. 우주 여객기는 운항에 필요한 전기와 공기뿐만 아니라 탑승객들에게 필요한 음식도 공간이동 방식으로 공항으로부터 제공 받았다.

그런 방식으로 음식을 제공했기 때문에 며칠씩 되는 여행일지라도 탑승객들은 매번 신선한 음식을 먹을 수 있었다. 탑승객들이 여행을 떠나기 전에 미리 주문한 음식들이 식사 시간 조금 전에 공간 이동 방에 도착했다. 공간 이동 방은 승무원들의 전용 공간에 있었으므로 탑승객들은 공간 이동 방을 볼 수 없었다. 승무원들은 공항에서 보낸 음식들이 도착하자 탑승객들에게 주문한 해당 음식들을 나누어 주었다.

아침 식사를 마치자, 조종사는 달까지 거의 도달했다고 방송했다. 조종사는 한 시간 간격으로 두 번의 공간 이동을 하여 달의 상공에 들어섰다. 우주 여객기는 지구 상공을 돌면서 지구를 구경한 것같이 달의 상공을 돌았다. 우주 여객기의 탑승객들은 창문으로 달의 모습을 구경했다. 조종사는 달의 적도를 기준으로 상공을 돌기도 하였고 극지방을 기준으로 상공을 돌기도 하였다. 조종사는 탑승객들이 달의 여러 곳을 모두 구경할 수 있도록 달의 상공을 다양하게 하여 운항했다.

태양을 향하고 있지 않은 달의 부분은 어둡게 보여서 볼 것이 별로 없었다. 우주 여객기는 그런 곳의 상공으로 들어서면 그곳에서는 길게 머물지 않고 공간 이동 방식으로 빠르게 빠져나왔다. 우주 여객기의 3차원적인 속도는 지구나 달의 크기에 비하면 느리기 때문에 공간 이동 방식으로 군데군데를 생략하듯이 운항하지 않으면 지구나 달의 상공을 도는 것 자체도 오래 걸린다.

많은 사람들이 태어나서 처음으로 방송이나 사진자료가 아닌 맨눈으로 달의 뒷면을 보았다. 달의 뒷면은 달의 공전과 자전의 주기가 같기 때문에 지구에서는 보이지 않는 곳이다. 달은 한쪽만 지구를 바라보고 공전하고 있다.

몇 시간 동안 달 상공 여행을 한 후, 조종사는 이제부터 우주 여객기를 달에 착륙시키겠다고 하였다. 우주 여객기는 달의 표면을 향하여 내려갔다. 달에는 대기가 없기 때문에 우주 여객기는 관성과 달의 중력의 힘을 조절하면서 서서히 달의 표면으로 떨어졌다. 우주 여객기는 보조 제트 엔진과 압축 공기 방출을 이용하여 관성의 힘을 소멸시키면서 착륙 지점으로 서서히 이동했다. 우주 여객기가 달의 표면 가까이에 다다르자 4차원 차단막은 달의 중력을 완전히 차단했고, 우주 여객기는 솜털이 가라앉듯 천천히 달의 표면에 착륙했다. 탑승객들은 창문으로 보이는 달의 표면을 가까이에서 구경했다.

달에 착륙했지만, 사람들은 달에 내릴 수는 없었다. 달에는 공기가 없기 때문에 만약에 사람들이 우주 여객기에서 내린다면 바로 몸이 터져서 죽을 것이다. 이번 우주여행에는 달에 내리는 장치와 우주복이 준비되어 있지 않기에 창문을 통해서만 구경해야 했다. 탑승한 윤서현과 양승진은 나중에 4차원 방식의 우주복을 준비하여 사람들이 달의 표면에 내리게 하는 것을 연구해 보면 좋겠다고 서로 말하였다. 물론 안전 문제가 큰 걸림돌이었다.

약 한 시간 후에 조종사는 우주 여객기를 이륙시켜서 다른 곳에 착륙시켰다. 중력의 영향을 받지 않고 운항하므로 이륙과 착륙은 그렇게 어렵지 않았다. 무중력 상태에서의 이륙과 착륙은 컴퓨터 시스템이 정확하게 보조 제트 엔진의 힘을 조절하면서 어렵지 않게 이루어졌다. 새로운 장소로 이동하여 바뀐 달의 모습을 구경했다. 세 번째의 장소에서는 둘째 날 저녁 식사가 제공되었다. 탑승객들은 달의 광경을 창문으로 보면서 식사했다.

식사 후, 달에서 떠나기 위한 이륙이 준비되었다. 날개의 중간 지점에 있는 보조 제트 엔진이 앞으로 나오더니 수직으로 세워졌다. 그 후에 뒤쪽에 있는 보조 제트 엔진과 함께 추진력을 뿜어내었다. 우주 여객기는 수직으로 이륙하여 상공으로 올라갔다. 달의 중력의 영향을 받지 않는 우주 여객기는 신속하게 상승하였다. 어느 정도 높이에 이르자 우주 여객기는 수직으로 세워졌고, 이동용 제트 엔진에서 강력한 추진력이 나왔다. 이제는 더욱 강한 속도로 달을 벗어났다. 우주 여객기가 수직으로 세워지자 창문으로 달을 보기가 점점 불편해졌다. 우주 여객기가 어느 정도 달의 상공에 이르자 조종사는 상공에서 마지막으로 잠시 달을 구경할 시간을 주었다.

우주 여객기는 항로를 바꾸어 화성으로 향했다. 화성까지의 거리는 지구와 달까지의 거리에 비하면 너무 멀었다. 우주 여객기의 제트 엔진으로는 도저히 갈 수 없는 거리였지만 조종사는 화성까지의 거리를 10단계로 나누어 공간 이동을 하면서 운항을 진행했다. 취침 시간이 가까워졌다. 사람들은 어제처럼 취침을 준비하였다. 이 시간에는 창문으로 볼 것이 별로 없었다. 지구와 달도 멀어졌다. 지구에서보다는 별빛이 밝게 보였지만, 잠을 자지 않고 그것만을 계속 쳐다볼 수는 없었다. 사람들은 어제보다 더 깊은 잠에 들었다.

조종사는 지구와 화성 중간 지점에서 우주 여객기를 오랫동안 머물게 하였다. 사람들이 잠자는 시간에 우주 여객기를 화성 가까이에 접근시킨다면 사람들의 수면에 방해가 될 것이므로 조종사는 사람들이 잠자는 시간에는 수면에 방해가 되는 태양빛이 들지 않도록 우주 여객기의 방향을 바꾸었다.

아침 시간이 되었다. 조명이 밝아졌고 사람들은 씻기 시작했다. 조금 후에는 아침 식사가 제공되었다. 사람들이 아침 식사를 마치고 우주를 구경할 준비를 어느 정도 하자, 조종사는 우주 여객기의 자세를 바꾸어서 한쪽 창문으로 화성이 보이도록 운항하였다. 우주 여객기의 옆이 화성을 향하는 진행 방향이 됐다. 한 시간 정도 후에는 반대편 창문 쪽이 화성을 향하도록 했다.

우주 여객기는 제트 엔진에서 나왔던 추진력의 관성으로 운항하지만 어느 지점에서는 공간 이동 방식으로 이동했기 때문에 우주 여객기 안에 있는 사람들은 어느 시각에 화성이 갑자기 크게 변하는 것을 볼 수 있었다. 사실은 화성이 갑자기 커지는 것이 아니라 우주 여객기가 순간적으로 화성 가까이로 이동했기 때문에 갑자기 커진 것처럼 보인 것이다.

어느덧 우주 여객기가 화성의 상공에 도착했다. 조종사는 바로 착륙시키지 않고 화성의 상공을 돌면서 화성을 구경하게 했다. 탑승객들은 우주에서 보면 지구가 달이나 화성보다 더 아름답다는 것을 누구나 느낄 수 있었다. 지구는 생명체가 있는 곳이기에 더 아름다웠다. 바다와 숲과 대기가 있어서 아름답게 보이는 것이다. 화성은 그리 아름다운 행성은 아니었지만, 호기심을 자극하기에 충분했다. 많은 사람들은 화성에 생명체가 있는가 알고 싶어 했다.

조종사는 화성의 상공을 여러 방향으로 돌면서 화성의 외부를 충분히 구경시켜 주었다. 점심 식사 전에 조종사는 우주 여객기를 화성에 착륙시켰다. 화성에는 대기가 있었지만 착륙에는 문제가 없었다. 화성에 있는 공기를 제트 엔진에 사용할 수는 없었다. 우주 여객기에 장착된 제트 엔진은 지구의 공기에 적합하게 만들어졌기 때문이다.

화성에 착륙한 우주 여객기 안에서 점심 식사가 제공되었다. 사람들은 화성의 표면을 보면서 식사를 했다. 어떤 사람은 화성이 황무지나 사막과 같다고 했다. 조종사는 우주 여객기의 화물칸에서 작은 장비를 내렸다. 그 장비가 화성의 바닥으로 내려갈 수 있도록 우주 여객기의 밑에는 특별한 문이 만들어져 있었다. 그 장비는 무선으로 조종되었다. 그 장비는 폭과 높이가 1미터 정도 되고 길이는 2미터 정도 되었다. 그 장비는 특별한 것이 아니고 화성에서 암석을 채집하는 장치였다. 탑승객들은 여객기의 화물칸에서 내려간 그 장비가 암석을 채집하는 것을 창문으로 구경하였다. 그 장비는 암석을 조각으로 깨서 바구니에 실었다.

약 한 시간 정도 작업을 하니, 그 장비에 달린 바구니에 많은 화성 암석들이 담겼다. 그 장비는 다시 우주 여객기의 화물칸 쪽으로 돌아왔다. 화물칸의 문이 열리더니 그 장비를 올리기 위한 줄이 내려져서 그 장비를 끌어올렸다. 우주 여객기의 화물칸에는 우주에서 온 물건들에 해로운 방사능이 묻어 있지 않도록 세척하는 장치가 있었다. 세척 후에는 4차원 필터로 화성의 암석들에 있는 해로운 것들을 완전히 걸러내었다.

우주 여객기의 승무원들은 조금 후에 화성의 암석들을 가지고 왔다. 승무원들은 우주 여객기를 타고 화성에 온 기념으로 화성의 암석들을 기념으로 나누어 주겠다고 했다. 모든 탑승객들은 작은 돌 하나씩을 받았다. 그 돌은 거칠었지만 화성의 돌이라고 하니 기념품으로서 충분한 가치가 있었다.

탑승객들이 화성의 돌을 기념품으로 모두 받은 후, 우주 여객기는 수직으로 이륙하여 화성의 다른 지점으로 이동하였다. 달과 마찬가지로 어느 한 지점만을 구경하지 않았던 것이다. 화성에서도 세 곳의 지점에 착륙하여 화성 표면을 구경하였다. 우주 여객기 조종사는 적도 지역과 극 지역과 중간 지역에 차례로 착륙하여 탑승객들에게 화성을 구경시켜 주었다. 우주 여객기의 승무원들은 마지막 착륙 지점에서 탑승객들에게 저녁 식사를 제공하였다.

우주 여객기의 시설은 공간적인 제약 때문에 충분하지 않았다. 샤워를 할 수 있는 시설의 개수가 많지 않기 때문에 사람들이 시간을 배분해서 교대로 해야 하였다. 어느 한 시간대에 사람들이 몰리면 기다리기가 불편하였다. 화성에서는 낮 시간대에 사람들이 샤워를 하기도 했다. 밤에는 사람들이 몰려서 차분히 할 수 없으므로 낮에 하는 것이 더 편하다는 것을 알게 되었다. 그러한 편의 시설들은 아래 층에 있었다.

저녁 식사를 마치자 우주 여객기는 화성에서 수직으로 이륙하여 목성을 향하여 출발하였다. 목성을 향하여 출발한 지 두 시간이 되자, 화성이 아주 작게 보였다. 공간 이동을 두 번 하니 엄청나게 먼 거리로 이동하게 되었다. 그런데 저녁이 되자, 탑승객 중 어느 노인 한 명이 몸이 아프다고 하였다. 승무원들은 그 노인을 편안한 자세로 눕히고 조종사에게 말했다. 그 노인이 아프다고 해서 전체 탑승객들이 목성과 토성 여행을 포기하고 지구로 돌아갈 수는 없었다. 조종사는 휴대전화로 항공사에 전화를 걸어 이 같은 사실을 알렸다.

항공사 본사에는 이번 우주여행을 위해서 계속 대기하면서 서비스를 준비하는 직원들이 있었다. 그 직원들 중에 일부가 식사 시간마다 식당에서 음식물을 받아서 우주 여객기로 공간 이동 방식으로 보냈다. 대기하는 직원들 중에는 의사도 포함되어 있었다. 그 의사는 휴대전화로 우주 여객기에 있는 승무원과 이야기를 하였다. 그 의사는 그 노인의 상태를 우주 여객기 승무원으로부터 들었다. 그 의사는 정확한 진단을 위해서는 직접 노인을 보아야 한다고 했다.

항공사 본사에 있는 우주여행 담당 책임자는 그 의사의 말을 듣고 그 의사가 운항 중인 우주 여객기로 이동하는 것을 허락했다. 그 의사는 간단한 진료 장비를 챙겨서 공간 이동 방에 들어갔다. 그 공간 이동 방은 주로 식사 시간마다 음식물을 이동시키는 방이었다. 그 의사는 4차원 공간 이동 방식을 사용하여 우주 여객기로 이동했다.

우주 여객기에 도착한 의사는 그 노인을 진찰했다. 그 노인은 건강하지 못했지만 여생을 마치기 전에 우주여행을 하고 싶어서 탑승한 사람이었다. 노인은 여행으로 인하여 피곤한 모습이 역력했다. 의사는 노인에게 영양제 주사를 놓았다.

노인은 상당히 피곤했지만 우주여행을 포기할 마음은 없었다. 의사는 노인을 설득했다.

"계속해서 우주 여객기를 타는 것은 피곤하므로 건강을 위해서 잠시 여행을 쉬시는 것이 좋겠습니다."

"어떻게 우주여행을 쉴 수 있습니까?"

"현재 밤 10시이므로 저와 함께 공간 이동 장치로 지구의 공항으로 가서 항공사가 준비한 편안한 장소에서 내일 아침까지 쉬시다가 아침 식사 시간에 다시 이 우주 여객기로 오시면 됩니다."

"그렇게 할 수 있다면 쉬게 해 주세요."

의사와 노인 부부는 우주 여객기에 있는 공간 이동 방으로 들어갔다. 의사는 노인을 부축했고 그의 아내는 동행했다. 그렇게 세 명은 공간 이동 방식으로 공항의 항공사로 이동했다. 항공사에는 그러한 사람들을 위한 호텔 같은 숙소가 준비되어 있었다. 그 노인 부부는 그곳에서 쉬었다. 그곳은 우주 여객기보다 편안한 시설이 갖추어져 있었기 때문에 여행으로 인한 피로를 풀 수 있었다. 그 노인은 아침에 일어나서 기운을 차리고 아침 식사를 위한 음식과 함께 우주 여객기로 이동했다.

우주 여객기로 이동한 노인 부부는 우주 여객기에서 다른 탑승객과 함께 아침 식사를 했다. 아침 식사를 하고 있는 동안에 우주 여객기는 목성의 상공을 날고 있었다. 목성은 지구나 화성보다 훨씬 큰 행성이다. 우주 여객기가 목성의 상공을 빨리 날아도 전혀 움직이지 않는 것 같았다. 그렇다고 하루 종일 목성 상공에서만 날고 있을 수만은 없었다. 조종사는 중간의 많은 거리를 생략하듯이 공간 이동 방식으로 이동하면서 목성의 상공을 빠른 속도로 돌았다.

목성은 대기의 밀도와 압력이 너무 높아서 우주 여객기가 착륙할 수 없었다. 앞으로 갈 토성도 마찬가지였다. 그렇게 거대한 행성에는 착륙하지 않고 우주 공간에서만 구경하고 갈 수밖에 없었다. 거대한 목성을 가까이에서 맨눈으로 보는 것은 굉장한 구경거리였다. 탑승객 모두 이 대단한 장면들을 보고 있었다. 우주 여객기는 4차원 차단막을 작동시켜 토성의 중력에 우주 여객기가 끌려가지 않도록 중력을 차단하였다. 탑승객들은 승무원의 안내에 따라 교대로 창문으로 가서 구경했다.

조종사는 30분 간격으로 목성의 상공 여러 지점으로 공간 이동을 했다. 여러 지점으로 공간 이동을 할 때에는 고도를 다양하게 하였다. 어느 지점은 가까이에서 볼 수 있게 했고, 또 어느 지점은 적당히 멀리에서 볼 수 있게 했다. 탑승객들은 마지막 날 오전에 목성 상공의 여러 곳을 다니면서 구경을 했지만, 워낙 넓은 행성이었으므로 목성 전체를 구경할 수는 없었다. 그렇다고 목성에서 여러 날을 머물 수는 없었다. 조종사는 점심시간이 되자, 우주 여객기를 목성과 토성 사이로 공간 이동시켰다. 승무원들은 그곳에서 탑승객들에게 점심 식사를 제공했다. 목성과 토성의 중간 지점에서는 특별히 구경할 것이 많지 않기 때문에 탑승객들은 점심 식사에 집중할 수 있었다.

조종사는 탑승객들이 식사를 마치자 우주 여객기를 토성으로 신속히 이동시켰다. 그날은 우주여행의 마지막 날이었다. 조종사는 신속하게 여행 일정을 진행시켜야 했다. 토성은 고리가 있는 행성이다. 그렇기에 볼 것이 더욱 많았다. 토성을 오후에만 보기에는 시간이 너무 짧게 느껴졌다. 토성의 상공을 돌면서 토성 자체를 보는 것도 좋았지만, 토성의 고리에는 더욱 볼거리가 많았다. 토성 가까이에서 토성의 고리 근처를 비행하자, 우주 여객기의 양쪽에 장관이 펼쳐졌다. 양쪽 창문 밖의 조금 아래에 토성의 고리가 넓게 펼쳐져 있었다.

우주 여객기가 중력 차단막을 작동시키면서 토성의 고리 면에서 토성 쪽으로 운항하자, 양쪽 창문의 옆에는 토성의 고리들이 보였고 창문 앞쪽에는 토성의 표면이 보였다. 우주 여객기는 토성의 고리에 더욱 가까이 접근하였다. 사람들은 토성의 고리가 작은 알갱이로 형성된 줄 알았는데, 토성의 고리를 형성하는 입자 중에는 15층 아파트만 한 바위 덩어리가 있는 것을 보고는 놀라움을 감추지 못했다. 토성 고리의 입자 중에 상당히 큰 것들이 우주 여객기에 부딪쳤지만, 4차원 차단막이 작동하고 있어서 충격이 우주 여객기에 전혀 전달되지 않았다.

조종사는 토성 구경을 마친 뒤에 우주 여객기를 지구를 향해 출발시켰다. 우주 여객기의 제트 엔진은 불을 뿜었지만, 그 엔진의 불과 진동은 그저 탑승객들에게 출발하는 기분을 느끼게 하기 위한 것이었다. 그 엔진의 추진력으로는 지구로 돌아갈 수 없었다. 토성과 지구까지의 거리에 비해서 우주 여객기의 제트 엔진에서 나오는 추진력은 너무 약하고 느렸다. 조종사는 여러 지점으로 나누어서 공간 이동을 하여 지구 가까이에 접근하였다.

우주 여객기가 화성이 태양을 도는 궤도 근처에 왔을 때, 탑승객들에게 저녁 식사가 제공되었다. 화성이 태양을 도는 궤도에 왔지만 가까이에 화성이 있지는 않았다. 조종사는 저녁 식사 후에 우주 여객기를 지구의 대기권 근처까지 접근시켰다. 탑승객들은 우주에서 지구의 아름다운 모습을 다시 한 번 구경하였다.

조종사는 우주 여객기를 공간 이동 방식으로 지표면 가까이에 접근시키지 않고 우주 왕복선이 지구로 접근하는 방식으로 우주 여객기를 대기권에 접근시켰다. 4차원 보호막은 엄청난 속도에서 발생하는 마찰열을 차단하였다.

우주 여객기가 일반 여객기가 운항하는 높이에 이르자, 조종사는 중력 차단 장치를 가동했다. 우주 여객기에 중력의 영향이 차단되자, 중력의 힘으로 발생한 엄청난 속도가 줄어들기 시작하였다. 우주 여객기의 속도가 일반적인 여객기의 속도가 되자, 조종사는 우주 여객기를 보통 비행기처럼 운항하였다. 조금 후에 우주 여객기가 인천 공항 가까이에 이르렀고, 조종사는 고도를 낮추면서 관제탑과 무선으로 연락하였다.

우주 여객기가 공항 근처에 도착하자 조종사는 우주 여객기가 수직으로 착륙할 수 있도록 속도를 대폭 낮추었다. 보통의 비행기는 이처럼 속도가 줄어들면 양력을 잃게 되어 비행할 수 없으나 우주 여객기는 중력의 힘을 조절할 수 있으므로 추락하지 않았다. 조종사는 중력의 힘과 보조 제트 엔진의 힘을 조절하면서 우주 여객기를 수직으로 착륙시켰다. 조종사는 착륙 후에 우주 여객기를 탑승동 가까이로 이동시켰다.

우주 여객기가 멈추고 조금 후에 탑승객들이 우주 여객기에서 자신들의 짐을 챙겨서 내렸다. 탑승객들은 여러 언론사에서 자신들을 촬영하는 것을 보았다. 많은 언론사들은 이번 여행이 무사히 마쳐질지 궁금하게 생각하였다. 우주 여객기에 탑승했던 기자는 여행하는 동안 사진 등의 보도 자료를 지구로 계속해서 전송했었다. 우주 여객기의 첫 번째 상업적인 우주 관광이 무사히 끝나자, 항공사 홈페이지에는 우주여행 상품을 주문 받는 업무가 마비될 정도로 많은 사람들이 다음 우주여행 상품을 주문하였다. 6개월 후에 있을 우주여행 상품까지 24시간 안에 마감되는 놀라는 성과가 있었다.

여행을 마치고 4차원 기업으로 출근한 윤서현은 공간 이동 기술과 4차원 보호막을 이용하여 새로운 여행 상품을 구상하였다. 우주만큼이나 탐험하기 어려운 곳이 있는데, 그곳은 바로 심해이다. 수천 미터 밑에는 빛도 없을 뿐만 아니라 엄청난 압력이 존재한다. 4차원 차단막으로 모든 물리적인 환경을 극복하고 공간 이동을 하는 우주 여객기는 심해에서도 분명히 물리적인 한계를 극복할 수 있을 것이라고 확신했다.

우주 여객기가 심해에서도 이동하기 위해서는 스크루가 필요하고 중력뿐만 아니라 부력도 조절해야 한다. 또한 심해는 빛이 들지 않아 굉장히 어둡기 때문에 강력한 조명 장치도 필요하다. 윤서현은 다음에 우주 여객기를 제작할 때에는 여객기가 우주뿐만 아니라 심해에도 갈 수 있게 제작하고 싶었다. 윤서현은 그날 밤, 우주 여객기로 심해 여행을 하는 꿈을 꾸었다. 머지않아 윤서현의 이러한 꿈은 현실이 될 것이다.

# $^5$삼전도의 굴욕을 막아라

　윤서현은 4차원 기업의 창업 이사들을 자신의 연구실로 불렀다. 그들은 모두 친구들이었다. 그는 새로 개발한 시간 여행 기술에 대해서 친구들의 의견을 듣고 싶었다. 그는 그것을 이용하여 새로운 사업을 구상하고 싶었다.

　"내가 이번에 4차원 과학을 이용하여 시간 여행을 할 수 있는 기술을 개발했어."

　"시간 여행이라고? 4차원 과학을 이용하면 시간 여행까지 가능하니?"

　윤서현의 말을 듣고 호기심이 발동한 양승진은 윤서현에게 물었다.

　"많은 사람들은 3차원에 시간이 합쳐진 것이 4차원이라고 간단하게 이해하고 있어. 4차원이라는 것은 설명하기 복잡하지만 어쨌든 시간 개념을 포함하고 있으니 시간 여행이 가능해."

　"그렇다면 혹시 시간 여행을 실제로 해 봤어?"

　최정환이 윤서현에게 물었다.

　"잠깐 가까운 과거로 가서 구경하고 왔어."

"몇 년 전으로 갔어?"

"15년 전으로 가서 구경하고 왔어."

"왜 조선 시대나 고려 시대로 가지 않았어?"

"만약에 그때로 가게 된다면 그 시대의 사람들이 나를 보고 놀랄수 있잖아. 그래서 먼 과거로 가지 않고 가까운 과거로 갔다가 왔어."

"시간 여행으로 과거로 가서 과거의 역사를 잘못 건드린다면 어떻게 될까?"

김광현이 진지하게 윤서현에게 물었다.

"사실 나도 그것 때문에 고민하고 있어. 내 생각에는 현재의 상태가완전히 바뀔 정도로 과거의 역사를 건드릴 수 없을 것 같아. 미래의 운명은 고정되어 있지 않지만 현재의 운명은 이미 고정되었기 때문에, 과거로 가서 역사를 건드리더라도 현재의 상태가 심하게 바뀌지 않아."

"그래도 과거로 간다는 것이 조금 불안하게 느껴져."

"시간 여행 사업이 4차원 기업 이념과 별로 어울리지 않는 것 같아."

"나도 그렇게 생각해서 적극적으로 사업 구상을 못하고 있어. 4차원 기업 이념에 맞는 방향으로 사업을 구상해 보자."

윤서현이 말했다.

"혹시 미래로의 시간 여행도 가능하니?"

"미래로 시간 여행을 하는 것은 4차원이 아니라 5차원이기 때문에불가능해."

"네가 연구하면 5차원도 가능하지 않을까?"

"안타깝지만 2단계 위의 차원을 이해하는 것은 인간으로서 불가능해."

시간 여행이라는 것은 신중하게 해야 한다. 과거로 가서 잘못하다가는 현재에 좋지 않은 영향을 끼칠 수 있다. 그러한 단점이 없는 시간 여행을 연구하기 위해서 4차원 기업의 이사들은 좋은 아이디어를생각하기 위해 노력했다. 여러 시간 동안 시간 여행에 관한 이야기를 나누었으나 특별한 것이 생각나지 않자 그들은 나중에 만나서 다시 이야기하기로 하고 헤어졌다.

최정환은 시간 여행에 관한 생각을 하면서 집으로 돌아갔다. 그는 잠들기 전까지 오늘 회의에서 이야기했던 것들을 생각했다. 그는 4차원 기업이 영리 목적의 시간 여행 사업을 하기 전에 한 가지 해 보고 싶은 것이 생각났다. 시간 여행를 통해 현재의 상태가 약간 바뀌더라도, 과거로 돌아가 한국을 괴롭혔던 나라들을 혼내 주고 싶었다.

그는 일본을 혼내 줄까 중국을 혼내 줄까 잠시 생각에 잠겼다. 일본은 얼마 전에 큰 지진으로 고생을 했으니, 과거의 중국을 혼내 주고 싶은 마음이 들었다. 다음에 이사회를 할 때에 "과거로 돌아가서 중국을 혼내 주어야 한다"고 제안하기로 마음을 먹고 잠에 들었다.

며칠 후에 양승진은 최정환의 제안으로 4차원 기업 이사회를 소집했다. 최정환은 회의에 참석한 사람들에게 며칠 전부터 가지고 있던 생각을 말했다. 그의 의견을 들은 이사들은 그 의견을 매우 긍정적으로 여기고 과거로 돌아가서 중국을 혼내 주자는 데 의견을 모았다.

"최 이사님, 우리나라의 역사 중에서 어느 시대로 시간 여행을 하고 싶습니까?"

"제가 우리나라의 역사 자료를 준비해 왔습니다."

비서들은 최정환이 준비한 자료를 이사들에게 나누어 주었다.

"그 자료를 보면 우리나라가 중국으로부터 당한 굴욕들이 몇 가지 나와 있습니다. 저는 그 중에서 병자호란 때의 삼전도의 굴욕이 가장 치욕스럽다고 여겨집니다. 저는 역사책에서 그 부분을 읽을 때에 피가 거꾸로 솟는 느낌이 들었습니다. 감히 오랑캐가 우리나라 왕에게 그런 굴욕을 주다니 도저히 받아들일 수 없습니다. 이것은 한국 역사의 수치라는 생각이 듭니다."

"그러면 어떻게 삼전도의 굴욕을 막을 수 있습니까?"

"현대의 무기와 과거의 무기가 싸우면 어떻게 되겠습니까? 비행기, 헬기, 탱크 몇 대씩만 있으면 충분히 병자호란 때에 우리나라를 침입한 청나라 군사들을 이길 수 있습니다."

"그러한 무기를 사용하기 위해서는 정부의 허가를 받아야 합니다. 법적으로 문제가 없을까요?"

"우리나라가 다른 나라를 침략하는 것이라면 정부에서 허가하지 않겠지만 제가 계획한 것은 침략이 아닌 방어이므로 정부에서 허가해 줄 것이라고 생각합니다."

"정부의 허가를 받는 일은 정부와 교섭을 잘하는 김 이사님이 하면 좋겠습니다."

"네, 제가 정부와 교섭하여 군사력을 빌리는 일을 하겠습니다. 그 대신에 저도 최 이사님과 함께 병자호란 때로 가서 작전에 참여하고 싶습니다."

"조심하셔야 합니다. 혹시 그 작전에서 김 이사님과 최 이사님이 잘못되면 4차원 기업에 어려움이 생깁니다."

"저희 이사들의 몸속에는 경호 장비가 이식되어 있으니 걱정하지 않으셔도 됩니다."

창업 이사들은 김광현의 주선으로 대통령과 장관들을 만나서 4차원 기업의 계획을 이야기하였다. 윤서현은 고위 관료들 앞에서 시간 여행 기술을 개발한 것을 말했고, 최정환은 그 기술을 이용하여 우리나라의 역사를 바로잡고자 하는 4차원 기업의 계획을 자세히 설명하였다.

"과거로 돌아가서 현재의 군사력을 사용하는 것은 실전이라기보다는 훈련에 가깝습니다. 과거로 훈련을 하러 가는 것입니다."

최정환은 강하게 말했다.

"그렇기는 합니다만 그래도 위험할 것 같습니다. 단 한 명의 사상자만 나와도 여론이 정부와 4차원 기업을 비판할 것입니다."

"현대 무기와 과거의 무기가 겨루는 것은 서바이벌 게임 수준입니다. 청나라 군사들이 비행기와 헬기와 탱크를 어떻게 공격하겠습니까?"

"그레도 보병은 위험할 것 같습니다. 옛날 무기도 사람을 죽이기에 충분합니다."

"보병은 되도록 직접적인 전투에 참여하지 않게 하고, 경계를 주목적으로 할 것입니다."

"네, 알겠습니다. 약간의 정치적인 부담이 있기는 하지만 우리나라의 역사를 바로잡겠다고 하니, 허락하지 않을 수 없습니다."

대통령은 어느 정도 설명을 듣고 4차원 기업의 작전을 허락했다.

"작전에 필요한 모든 재원과 민사상의 책임을 4차원 기업이 부담하겠습니다."

양승진이 말했다.

"과거로 가서 전투를 하더라도 다른 나라를 침략하는 것이 아니라 우리나라를 방어하는 것이므로 법적으로도 무방하겠지요?"

대통령이 장관들에게 물었다.

"4차원 기업 최 이사님이 설명한 대로만 한다면 그것은 침략에 대한 방어입니다."

"어느 정도의 군사력이 필요하십니까?"

국방부장관이 4차원 기업 이사들에게 물었다.

"이번 작전에 필요한 군사력은 전투기 4대, 헬기 6대, 탱크 10대와 그 장비들을 운용할 군인들과 보병 약 500명입니다. 그들을 장비와 함께 과거로 데리고 가야 합니다."

최정환이 제법 구체적으로 대답했다.

"전국에 있는 군인들 중에서 이번 작전의 지원자를 모집할까요?"

"그렇게 하다가 너무 많은 군인들이 지원하면 어떻게 하시려고 그러십니까? 저는 작전이 종료되기 전까지는 많은 사람들에게 알려지는 것을 원하지 않습니다."

김광현이 말했다.

"특히 중국 정부가 이번 작전을 알게 된다면 싫어할 것입니다. 김 이사님의 의견대로 작전이 종료되기 전까지는 비밀로 하는 것이 좋겠습니다."

대통령은 작전을 비밀로 하자고 했다.

"국방부에서 추천한 부대에 찾아가서 지원자들을 뽑으면 좋겠습니다."

"국방부장관은 적당한 부대를 4차원 기업에 추천하도록 하세요."

대통령이 말했다.

일부 장관들은 이번 작전에 대한 걱정를 감추지 못했다. 그들은 과거로 가서 작전을 세울 때에 현대의 군인들이 다치지 않도록 보병끼리의 전투는 되도록 하지 말고 전투기, 헬기, 탱크로 하는 전투를 주로 할 것을 당부했다. 그래서 4차원 기업의 이사진은 보병들에게는 성을 방어하거나 헬기 등의 전투 후에 적을 포위하거나 감시하는 임무 등을 맡긴다고 다시 말했다.

4차원 기업이 이번 작전으로 비난을 받지 않으려면 이번 작전에서 단 한 명의 사상자도 나오지 않도록 해야 했다. 사상자가 나오지 않기 위해서 4차원 방식의 경호 장비를 모든 군인들에게 지급할 것을 검토해 보았으나, 남용될 우려가 있어서 그렇게 하지 않기로 하였다. 젊은 군인들이 4차원 방식의 경호 장비를 착용하게 되면 신중하게 작전을 수행하지 않을 수도 있기 때문이다.

최정환과 김광현은 국방부 관계자와 함께 국방부에서 알려 준 부대들 중에 육군항공여단에 제일 먼저 찾아갔다. 국방부에서 이미 헬기 조종사들의 소집을 명령했기 때문에 그곳의 회의실에는 헬기를 조종하는 군인들이 수십 명 모여 있었다. 최정환과 김광현이 그들에게 이번 작전을 설명하자, 그들은 큰 흥미를 가지고 경청하였다. 작전을 듣는 군인들의 표정은 점점 밝아졌다. 그 군인들은 이러한 작전을 처음으로 들어 보았다. 게다가 과거로 시간 여행을 갈 수 있다니 이것은 군인의 인생에서 아주 소중한 경험일 것이라고 생각하였다.

이 작전은 그렇게 위험한 것도 아니었다. 옛날의 청나라 군인들이 날아가는 헬기에 무슨 위협을 줄 수 있겠는가? 약간만 조심하면 전혀 위험하지 않는 작전이었다. 거기에 모인 헬기 조종사들은 거의 모두 지원한다고 하였다. 그런데 헬기가 그렇게 많이 필요하지 않았다. 수송 헬기 2대와 전투 헬기 4대만 있으면 충분하였다. 그래서 할 수 없이 그들 중에 필요한 인원을 제비뽑기로 선택하였다. 조종사들뿐만 아니라 정비나 군수 지원 등을 할 군인들도 뽑았다.

제비뽑기에서 탈락한 군인들은 미련이 남아서 서운하게 여기고 있는 반면, 선택된 군인들은 즐거움에 입을 다물 줄 몰랐다. 국방부 관계자는 이 작전이 1급 비밀이므로 제비뽑기에서 탈락한 군인들도 비밀 엄수에 유념해 달라고 부탁했다. 그곳에 있던 군인들은 국방부 관계자 앞에서 비밀 엄수를 서약하였다.

그들은 국방부 관계자와 함께 다음 날 오전에 어느 기갑여단을 찾아갔다. 여단장은 국방부에서 작전을 가지고 직접 온다는 것을 알고 있었다. 국방부 관계자가 그 부대의 여단장에게 이번 작전에 대해서 간략하게 설명하고, 탱크 10대 정도의 장비와 인원을 지원해 줄 것을 요청하였다. 그랬더니 가까이 있는 대대장과 대대원 일부를 집합시켰다. 최정환과, 김광현, 그리고 국방부 관계자는 그곳에 모인 군인들에게 이번 작전을 자세히 설명했다. 그 군인들도 항공여단의 군인들처럼 서로 참여하려고 하였다.

옛날의 청나라 군인들은 철갑으로 무장한 탱크에 어떠한 위협을 줄 수도 없으므로 이것은 식은 죽 먹기나 다름 없었다. 그리고 시간 여행이라는 것은 얼마나 흥미 있는 일인가? 이는 아무에게나 주어지는 기회가 아니었다. 게다가 이 작전을 추진하는 기업은 한국에서 제일 신용이 좋은 4차원 기업이 아닌가?

이곳에서도 예상대로 제비뽑기로 결정하는 수밖에 없었다. 어찌 되었든 선택된 대대는 행운을 잡은 것이지만, 그 대대원 모두가 참여할 수 있는 것은 아니었다. 연대장은 선택된 군인들 외에 작전을 수행함에 있어서 필요한 다른 인원들을 추가로 몇 명 동원하겠다고 하였다. 그들은 그 부대에도 이번 작전은 비밀임을 강조하고 그 부대를 떠났다.

이제는 그 작전에 참여할 보병들을 선택해야 했다. 이사들은 주말을 쉬고 3일 후에 국방부 관계자와 함께 국방부에서 추천한 사단에 가기로 했다.

그렇게 3일이 지났다. 이사들은 국방부 관계자와 함께 그 사단에 가서 사단장을 만났다. 국방부 관계자는 사단장에게 이번 작전에 대해서 설명하고 보병 1개 대대를 요청하였다.

사단장은 필요한 군인들과 장비들을 지원해 주겠다고 했다. 사단장은 이번 작전에 참여하기 적당한 대대의 대대장과 연대장을 호출했다. 최정환과 김광현은 연대장과 대대장이 오는 동안 계속해서 이번 작전에 대해서 이야기했다.

"이 부대의 군인들 중에 실제 전투에 참여해 본 경험이 있는 군인들이 있습니까?"

최정환이 사단장에게 물었다.

"없습니다. 한국은 한국 전쟁 이후에 전쟁의 시기가 없었으므로 군인들 중에 실제 전투에 참여해 본 군인들이 전국적으로 거의 없습니다."

"저희 이사들은 이번 작전에서 보병이 가장 위험하다고 생각합니다."

김광현이 말했다.

"위험하다고 작전을 수행하지 않을 수 없습니다."

사단장이 말했다.

"4차원 기업은 보병들이 되도록 직접 전투에 참여하지 않게 하려고 합니다. 그런데 작전이 예상대로만 되지 않기 때문에 직접 전투에 참여할 가능성도 배제할 수 없습니다."

"원래 작전이라는 것이 예상대로만 되지 않습니다."

사단장이 말했다.

"현대 무기가 옛날 군인들의 무기보다 훨씬 월등하지만 그래도 위험합니다. 옛날 군인들이 사용하는 화살에 맞을 수도 있고 옛날식 포탄이나 석포에 맞아서 죽을 수도 있습니다."

"군인들은 그러한 위험을 감수하고 작전에 참여해야 합니다."

"사단장님이 그렇게 생각해 주시니 감사합니다."

최정환이 말했다.

"우리나라의 군인들은 국방의 의무 때문에 군대에 왔지만, 직접 사람을 죽이는 것을 양심의 가책으로 여기고 싫어할 사람들도 분명 있을 것입니다."

김광현이 말했다.

"전투가 좋아서 군대에 온 사람들은 별로 없겠지만, 군인들은 명령에 순종해야 합니다."

사단장이 군인 정신을 강조하며 말했다.

"이번 작전의 주최는 국가가 아니라 4차원 기업입니다. 4차원 기업은 개인의 양심을 존중합니다. 그래서 조금이라도 조심하고 싶습니다."

"그러면 제가 어떻게 도울 수 있겠습니까?"

"보병들은 눈에 보이는 청나라 병사들을 바로 앞에서 죽이는 경우도 있을 것입니다. 우리나라 군인들은 동등한 조건에서 청나라 병사들과 싸우는 것이 아니라 그들보다 월등한 무기를 가지고 그들과 싸우게 됩니다. 어쩌면 군인들이 과거의 청나라 병사들을 파리 목숨처럼 여겨야 할지도 모르겠습니다. 경우에 따라서 군인들이 대량으로 살상을 하다보면 그 후유증이 있을 수 있습니다. 그래서 단 한 명이라도 억지로 작전에 참여시키는 것은 안 됩니다. 이번 작전의 참여는 의무 사항으로 하지 않으셨으면 좋겠습니다."

"그렇다면 어떤 방법으로 군인들을 선택해야 되겠습니까?"

"나중에 연대장과 대대장이 오면 그때 그들에게 말하겠습니다."

조금 후에 연대장과 대대장이 사단장실에 도착했다. 최정환과 김광현은 그들과 인사를 나누고, 그들에게 이번 작전에 대해서 자세히 설명했다. 그들은 흥미를 가지고 작전에 대해서 들었다.

"군인들을 강제로 작전에 참여하게 하여 그들 중에 양심이 예민한 부대원들이 중국 사람들을 죽이게 하면 후유증이 있을 것 같습니다. 이 작전은 의무 사항이 아니므로 작전 참여 여부를 군인들 스스로 결정하도록 하면 좋겠습니다."

김광현이 부대장들에게 말했다.

"군인들의 분위기 때문에 아마 스스로 작전에서 빠지는 것에 대한 부담이 클 겁니다. 어떠한 방법으로 스스로 결정하게 하면 좋겠습니까?"

대대장은 최정환과 김광현에게 방법을 물었다.

"연병장에 해당 대대원 전체를 집합시켜 주십시오. 거기에서 참여 여부를 결정하도록 하면 좋겠습니다. 일부 대대원들은 남아서 자기들의 부대시설을 지켜야 하므로 어차피 전체가 다 참여할 수는 없지 않습니까?"

오후가 되었다. 대대장의 명령으로 작전에 참여할 보병 대대원들이 연병장에 집합하였다. 국방부 관계자와 이사들은 마이크를 사용하여 이번 작전에 대해서 자세히 설명해 주었다. 수백 명의 군인들은 큰 흥미를 가지고 작전에 관한 설명을 들었다.

국방부 관계자는 말했다.

"출장이나 휴가 등으로 여기에 집합하지 않은 군인들은 이번 작전에 참여할 수 없다. 이번 작전은 실제 전투에 비해서 위험도는 크게 낮지만 그래도 목숨을 걸어야 한다. 주요 작전은 전투기와 헬기와 탱크가 동원되지만 경우에 따라서는 너희 보병들이 참가하여 적들을 살상할 수도 있다. 그러므로 살상으로 인하여 정신적인 후유증이 생길 수 있으니 마음이 내키지 않은 군인들은 절대로 참가해서는 안 된다. 어차피 일부 군인들은 남아서 부대시설을 지켜야 하므로 군인으로서 좋은 경험을 할 수 있는 기회를 다른 부대원들에게 양보해도 된다. 작전에 참여하고 싶지 않은 군인들은 자발적으로 빠지면 좋겠다."

연병장에 모인 군인들은 웅성거리기 시작했다. 대부분 작전에 참여하고 싶지만, 빠지고 싶은 군인들은 눈치를 보고 있었다. 최정환과 김광현은 그러한 상황을 예상하고 대대장에게 한 가지 방법을 일러 주었다.

"분대장 이상의 군인들은 앞으로 나와서 모여라."

대대장은 대대원들에게 말했다.

조금 후에 대대장은 따로 모인 군인들에게 말했다.

"너희들은 부대원들을 개인적으로 잘 알고 있을 것이다. 전투나 살상을 싫어하거나 마음이 약한 군인들을 분대에서 각 한 명씩 열외 시켜라. 필요하면 두 명도 괜찮다."

그들은 자기들이 있던 곳으로 되돌아가서 "누구누구 빠져!"라고 소리를 쳤다. 그리하여 작전에 참여하지 않고 부대에 남기로 한 군인들이 따로 모였다. 작전에 참여할 군인들의 숫자가 대대장에게 보고되었다.

"아직도 작전에 참여할 군인들의 숫자가 초과되었다. 이렇게 많이 참여할 필요가 없다. 아직도 10명 이상 더 빠져야 한다. 얼른 자발적으로 몇 명 더 빠져라."

대대장은 연병장에 모인 군인들에게 큰 소리로 말했다.

대대장의 말을 듣고 14명이 빠져 나왔다. 대대장이 작전에 참여하지 않고 부대를 지키겠다고 한 무리를 보니 사병들만 보였다.

"사병들만 부대를 지킬 것이냐? 분대장 이상으로 몇 명 더 빠져라! 4차원 기업이 시간 여행으로 과거를 구경시켜 준다고 하니까 빠지기 아까운 생각이 들겠지만 어차피 누군가는 몇 명 양보해야 한다. 분대장 3명, 소대장 1명 이렇게 4명 더 빠져라."

대대장의 말을 듣고 4명의 군인들이 더 빠졌다. 작전에 참여할 군인들의 명단이 확정되자 사단장이 연병장에 모인 군인들에게 말했다.

"거기에 따로 모인 너희들은 다른 대대원들이 작전에 참여할 때에 부대시설들을 잘 지켜야 한다. 대대장은 작전에 참여할 군인들의 명단을 작성해라. 부대원들 중에서 나중에라도 작전에서 빠지고 싶은 사람은 언제라도 부담 없이 빠져도 된다. 이번 작전의 참여는 의무 사항이 아니지만 비밀 작전이다. 누구라도 이번 작전 내용을 외부에 알려서는 안 된다. 작전 내용을 외부에 누설한 자는 형사 처벌을 받을 것이다. 알았냐?"

최정환과 김광현은 작전에 참여할 군인들 모집을 거의 마쳤다. 마지막으로 남은 것은 전투기를 과거로 가지고 가는 것이었다. 그런데 조선 시대에는 활주로가 없었다. 그 문제를 해결하기 위해서는 빠르게 비행 중에 있는 전투기를 시간 여행으로 과거로 보내야 했고, 임무를 마친 전투기를 다시 비행 중에 현대로 복귀시켜야 했다. 윤서현은 한창 이것에 관한 실험을 하고 있었다. 실험을 마치면 연락을 준다던 윤서현에게서 아직도 연락이 없었다.

"나 최 이사인데 전투기를 비행 중에 과거로 보내는 실험 결과는 언제 나올까?"

최정환은 윤서현에게 전화를 해 봤다.

"내일이면 실험 결과가 나오니까 조금만 더 기다려 봐! 내일 내가 연락할게."

"알았다. 내일 연락해라."

다음 날 오전에 윤서현으로부터 연락이 왔다.

"나 윤 이사인데 실험 결과가 나왔다."

"실험 결과가 어떻게 되었어?"

"하늘에 시간 여행을 할 수 있는 4차원 문을 생성시킨 후, 전투기가 그 4차원 문을 통과하면 시간 여행을 할 수 있고 돌아올 때에도 같은 방법으로 하면 복귀할 수 있어. 걱정하지 말고 예정대로 작전을 추진하면 돼."

"알았어. 그런데 그 4차원 문은 대체 어떻게 생겼니?"

"그것은 빛나고 촘촘한 그물같이 생겼어."

윤서현의 대답을 들은 최정환과 김광현은 국방부 관계자와 함께 공군 부대를 방문했다. 부대장은 조종사들을 전부 집합시키지 않고 몇 명만 불렀다. 이사들은 공군 부대에서 부대장과 몇 명의 비행기 조종사들에게 이번 작전에 관해서 설명했다. 공군 부대에서도 이번 작전에 적극적으로 협조해 주기로 했다.

"최 이사님, 조선 시대에는 활주로가 없을 텐데 그 시대로 가서 어떻게 비행기를 이착륙시킵니까?"

조종사들 중에 한 명이 최정환에게 물었다.

"그것은 걱정하지 않으셔도 됩니다. 전투기들은 공중에서 시간 여행을 하게 됩니다."

"그러면 시간 여행 장비를 전투기에 탑재하게 됩니까?"

"그렇지 않습니다. 4차원 기업 직원들이 하늘에 눈에 보이는 시간 여행 그물을 만들어 줄 것입니다. 전투기들이 그 그물을 통과하면 곧바로 정해진 과거로 가게 됩니다. 과거에서 현재로 돌아오는 것도 같은 방법으로 진행됩니다."

"저는 4차원 기업이 현재까지 기술적인 오류를 보인 적이 한 번도 없는 것으로 알고 있습니다. 저는 4차원 기업의 기술을 믿습니다."

공군 부대장은 자신감에 찬 표정으로 말했다.

"빠른 전투기의 비행 능력과 하늘에서 떨어지는 포탄은 청나라 병사들을 충분히 압도하고도 남을 것입니다. 전투기들이 비행하면서 청나라 군영에 포탄을 떨어뜨려 준다면 작전에 큰 도움이 될 것입니다."

김광현이 조종사들에게 말했다.

"전투기들에 공대공 전투 장비가 필요하지 않겠네요?"

"네, 그렇습니다. 공대지 전투 장비만 갖추면 됩니다. 조심할 것이 있는데, 청나라 황제를 죽여서는 안 됩니다. 청나라 황제의 항복을 받아야 하기 때문입니다."

"아주 흥미 있는 작전이 될 것 같은데 저희 조종사들에게 아쉬운 점이 있습니다."

"그것이 무엇입니까?"

"저희는 과거로 가서 잠깐 작전을 수행하고 곧바로 돌아와야 한다는 것입니다. 다른 부대의 군인들은 과거로 가서 청나라 황제가 항복하는 것도 구경할 수 있을 텐데, 저희 조종사들은 그것을 보지 못한다는 것이 아쉽습니다."

"직접 눈으로 보지 못할지라도 나중에 언론을 통해서 볼 수 있을 것입니다. 카메라 기자들이 과거로 가서 여러 장면들을 촬영하여 현재로 보낼 것입니다. 4차원 기업은 이번 작전을 위해서 과거의 사람과 통신할 수 있는 장비도 준비할 것입니다."

최정환이 말했다.

그들은 작전에 참여할 군인들의 모집을 모두 마쳤다. 이제는 시간 여행를 통해 과거로 떠날 날짜를 잡고 시간 여행 장비를 준비하면 된다. 그들은 회사로 돌아와서 다른 이사들과 이번 작전에 대해서 이야기하였다. 그리하여 일주일 후로 작전 날짜가 잡혔다. 시간 여행은 총 세 곳에서 진행하기로 했다. 전투기들은 하늘에서 시간 여행을 떠나고, 탱크와 헬기는 기갑 부대에서 함께 시간 여행을 떠나고, 나머지 보병들은 그 사단의 연병장에서 시간 여행을 떠나기로 하였다.

시간 여행을 할 때에는 필요한 군수품이나 기타 소모품을 갖추고 장비들과 함께 떠나야 한다. 이에 4차원 기업은 군량을 많이 준비하였다. 10만 명이 약 1년간 먹을 쌀을 준비한 것이다. 역사에 보면 남한산성에 포위된 사람들이 굶주림으로 고생했다고 기록되었으니, 그들에게 공급하기로 했다.

윤서현은 4차원 기업의 연구실에서 한 가지 장비를 더 준비하고 있었다. 그것은 현재와 과거의 사람이 통신하는 4차원 특수 통신 장비였다. 통신이 꼭 필요한 경우가 몇 가지 있었다. 첫째는 소수의 선발대가 먼저 과거로 가서 상황을 살피고 현대로 통신하여 시간 여행으로 이동할 다음 좌표를 알려 주는 것이다. 본격적으로 이동할 인원과 장비들은 선발대가 알려 준 좌표로 시간 여행을 해야 한다.

시간 여행으로 이동한 사람이나 장비가 그 당시의 것과 같은 공간에서 충돌하면 사고가 발생하게 된다. 같은 공간에 두 가지 물체가 동시에 존재할 수 없으므로 먼저 있던 것은 소멸하게 된다. 4차원 경호 장비를 착용하는 특별한 경우에는 가능하지만, 그렇지 않은 경우에는 시간 여행으로 이동할 때에는 두 가지 물체가 같은 공간에 함께할 수 있도록 하는 것이 어렵다.

둘째는 과거의 날씨이다. 전투기들이 과거로 갈 때에 과거의 날씨가 좋지 못하면 전투를 제대로 수행할 수 없게 된다. 전투기들은 시야가 확보되지 않을 경우 위험할 수도 있다. 전투기들은 다른 군인들과 함께 과거로 가지 않는다. 몇 분간만 잠시 과거로 가서 전투를 수행하고 바로 돌아오는데, 과거로부터 어느 시각에 필요하다는 연락이 와야 시간 여행를 떠날 수 있다.

셋째는 과거에서 필요한 군수 물자이다. 과거의 어느 시각에 군수

물자가 혹시 더 필요로 할 경우, 그 물자를 정확한 시각에 보내 줘야 한다. 이러한 것을 수행하기 위해서는 반드시 필요한 것이 이러한 4차원 특수 통신 장비였다. 윤서현은 지난 번 발명했던 전파를 사용하지 않는 4차원 통신칩을 응용하여 과거와 통신할 수 있는 장비를 만들었다.

이사들과 국방부 관계자와 각 부대의 책임자들은 시간 여행으로 떠날 장소에 현장 답사를 가기로 했다. 김광현은 그들과 연락하여 남한산성에서 만났다.

"옛날과 현장의 상태가 많이 다르겠지만, 그래도 현장을 먼저 보고 작전을 세우면 시행착오를 많이 줄일 수 있을 것입니다."

최정환이 말했다.

"그것은 당연한 말입니다. 현장을 보지 않고 어떻게 작전을 짜겠습니까?"

"여기 남한산성 안의 넓은 광장을 첫 번째 시간 여행 장소로 선정하는 것이 좋을 것 같습니다."

김광현이 말했다.

"그렇게 해야 되겠네요."

최정환이 대답했다.

"최 이사님! 시간 여행으로 두 가지 물체가 한 공간에서 충돌하면 안 된다고 하셨지요?"

국방부 관계자가 물었다.

"네, 그렇습니다."

"선발대로 가는 첫 번째 시간 여행은 과거로부터 좌표를 받을 수 없는데 어떻게 합니까?"

"헬기가 이 광장에서 공중으로 이륙한 다음에 공중에서 시간 여행을 하고 다시 착륙해야 합니다. 설마 공중에서 두 가지 물체가 충돌하겠습니까?"

"그런 방법으로 하면 되겠군요."

같이 답사를 떠난 부사관들이 지도에 좌표를 정확하게 기록하였다. 그들은 변하지 않았을 것으로 예상되는 지형이나 옛날 건물들을 지도의 좌표에 정확하게 표시하여 지도를 제작했다. 시간 여행를 통해 먼저 이동한 선발대가 4차원 특수 통신 장비를 사용하여, 다음에 이동할 사람과 장비의 위치에 대해 그 지도를 기준으로 알려 주게 된다.

시간 여행을 할 때에는 다음의 시간 계산법이 적용된다. 되도록 3차원의 원리를 지켜야 하므로 윤서현은 그렇게 시간 여행을 설계하는 것이 좋다고 생각했다. 현대의 어느 날짜에서 과거로 가서 10일 동안 작전을 수행하고 돌아오면 현대에서도 10일이 지난 후에 복귀하는 것이다. 전투기들이 7분간 과거로 가서 작전을 수행하고 돌아오면, 현대의 하늘에서도 전투기들이 7분간만 사라지는 것이다.

만일 전투기들이 시간 여행를 통해 과거로 가서 7분간 있더라도 현대에서는 1초만 사라지고 즉시 다시 나타나게 시간 여행을 설계할 수도 있지만, 현대의 사라진 1초가 과거의 7분이 될 경우 혼란이 예상되었다. 이에 현대와 과거의 시간을 일치시키고자 시간 여행 방식을 그와 같은 규칙으로 정한 것이다.

4차원 기업 이사진은 방송국의 도움을 받아 이번 작전을 촬영하기로 했다. 군인들은 군인 정신으로 작전을 수행하러 가지만, 방송국의 기자들이 그런 곳에 갈 수 있을는지 약간 걱정이 되었다. 이번 작전에서의 전투 촬영은 사극에서 전투를 촬영하는 것과는 다르다. 실제로 사람을 죽이거나 다치게 하는 무기들이 사용되는 위험한 곳이다. 어쩌면 군인들보다 기자들이 더 위험할 수도 있다. 그렇지만 종군 기자라는 것도 있지 않은가? 4차원 기업은 방송국에 연락하여 기자 회견을 한다는 말을 전하였다. 기자 회견에 참석할 대상 기자들은 이러한 촬영이 가능한 기자들이었다.

김광현은 평소에 4차원 기업을 출입하는 촬영 기자들을 소집했다. 다음 날 촬영 기자들이 호기심을 가지고 4차원 기업 기자실에 모였다. 김광현은 촬영 기자들에게 말했다.

"이번에 4차원 기업은 국방부와 함께 과거로 시간 여행을 가서 삼전도의 굴욕을 막는 작전을 수행할 것입니다. 여기에 모인 분들 중에 일부만이 현장을 촬영하기 위하여 과거로 갈 수 있습니다. 나머지 분들은 갈 수 없습니다. 이 작전은 작전이 종료되기 전에는 외부에 알려져서는 안 됩니다. 작전을 마칠 때까지 보도를 금지해 주시기 바랍니다."

김광현은 작전이 종료되기 전에는 보도를 금지하는 엠바고를 선언했다. 그곳에 참석한 기자들 중에 누구라도 엠바고를 어기면 기자로서의 명예가 실추됨과 동시에 평생 4차원 기업 기자실에 출입할 수 없을 것이다. 엠바고를 선언하지 않으면 이번 작전이 중국에 알려져서 별로 좋지 않은 일이 벌어질 수도 있다. 최정환과 김광현은 촬영 기자들에게 이번 작전에 대해서 자세히 설명했다. 기자들이 흥미롭게 들은 이번 작전은 아주 대단한 기사거리였다. 목숨을 걸고 촬영할 가치가 있는 것이었다.

최정환은 몇 가지 주의 사항을 설명했다.

"가장 중요한 것은 안전입니다. 촬영 현장은 전쟁터입니다. 안전을 위하여 되도록 현장에 미리 촬영 장비를 설치하여 기자들이 위험하지 않도록 해야 합니다. 헬기나 탱크에 비디오카메라를 설치하여 촬영할 수도 있습니다. 실제 전투 지역이므로 촬영 장비의 파손을 감안해야 하지만 파손 장비의 보상은 4차원 기업이 해 드릴 것입니다. 작전 현장에는 조선 시대의 사람들이 많이 있습니다. 그들과의 인터뷰는 허락하지 않겠습니다."

"여기에 계신 촬영 기자님들 중에 원하시는 분들을 모두 과거로 데리고 가고 싶지만 그렇게 할 수는 없습니다. 그곳은 전쟁터입니다. 군인들보다 촬영 기자들이 더 위험합니다."

김광현이 촬영 기자들에게 말했다.

"그러면 누구를 데리고 가실 것입니까?"

"과거로 가서 촬영하기를 원하시는 분들 중에서 제비뽑기를 할 것입니다."

"개인별로 제비뽑기를 하지 말고 팀별로 하면 좋겠습니다."

"네, 그렇게 하겠습니다."

"과거로 몇 팀이나 보내실 것입니까?"

"제비뽑기로 4팀을 선택하겠습니다. 팀별 최대 인원은 3명입니다."

"제비뽑기에서 탈락한 방송사는 어떻게 되는 겁니까?"

"과거로 가서 촬영하는 조건이 있습니다. 모든 방송사가 촬영한 영상 기록을 공유하게 할 것입니다. 이는 외국의 방송사도 마찬가지입니다."

거기에 모인 모든 촬영 기자들은 과거로 가서 삼전도의 굴욕을 막는 작전 현장을 촬영하기를 원했다. 원하는 팀이 4팀 이하이면 제비뽑기를 할 필요가 없지만 모든 기자들이 가고 싶어 했기에 팀별 대표가 나와서 제비뽑기를 했다. 제비뽑기로 총 4팀가 선택되었다. 그들은 두 팀씩 나누어 두 부대에서 군인들과 함께 시간 여행을 떠날 것이다. 최정환과 김광현은 몇 명의 4차원 기업 직원들을 데리고 과거로 가서 작전을 수행하고 돌아오기로 했다.

이윽고 정해진 날짜가 되자, 4차원 기업 이사들과 직원들은 시간 여행 장비를 가지고 해당 부대로 갔다. 촬영 기자들도 그 부대로 같이 갔다. 이사들은 군인들이 과거에서 현대로 복귀하지 못할 사정이 혹시 생기거나 통신이 두절될 때에 과거로 추가로 파견할 여분의 직원들의 팀을 미리 2팀이나 구성하여 대기시켰다.

해당 부대에는 이미 군인들과 장비들이 모두 출동하여 대기 중이었다. 작전 순서대로 과거로 시간 여행을 하게 된다. 최정환과 김광현은 기갑 부대에서 시간 여행을 같이 떠나기로 했다. 기갑 부대에서는 간단한 국민의례를 하고 작전이 시작되었음을 알렸다. 각 부대에는 시간 여행를 통해 복귀하는 장소를 특별하게 관리하고 있었다. 그 공간에 다른 사람이나 물체가 있지 않도록 관리되어어 충돌이 일어나지 않기 때문이었다.

최정환과 김광현은 이번 작전에 대단히 큰 흥미와 사명감을 가지고 있었다. 각 부대의 책임자들과 군인들도 같은 마음을 가지고 있었다. 최정환은 각 부대의 부대장들과 부대원 몇 명을 데리고 헬기 2대에 나누어 타고 이륙하였다. 김광현은 다음 시간 여행에서 출발하기로 했다. 그들이 탄 헬기는 공중으로 약간 이륙하였다. 너무 높이 이륙하면 청나라 병사들이 볼 수 있기 때문에 안전한 수준에서 조금만 이륙했다. 지상에서 시간 여행을 하면 그 공간에서 과거의 물체와 충돌할 수도 있기 때문에 안전하게 공중에서 시간 여행을 하였다.

헬기 2대는 공중에서 시간 여행을 하여, 음력 1637년 1월 17일 오전 10시에 남한산성 광장 상공에 도착하였다. 시간 여행과 함께 공간 여행이 동시에 진행되었다. 4차원 기업 직원들이 시간 여행 장비를 작동시켜서 헬기 2대를 시간과 공간을 이동시키는 작업을 하였던 것이다. 그 작업은 윤서현의 직접적인 감독 아래 이루어졌다.

그 당시 조선의 상황은 이렇다. 인조 임금은 수십 일 전에 각 도에 근왕군을 소집하였지만 근왕군들이 청나라의 별동대에 의해 모두 격파당하고 말았다. 근왕군들이 남한산성을 포위하고 있는 청나라 군대를 물리쳐야 하는데 전투력이 훨씬 우세한 청나라 군대에 패하고 말았다. 근왕군들은 주로 보병이지만 청나라의 별동대는 기병 중심의 편제였기에 그 진격 속도는 워낙 빨랐다.

조선의 근왕군들은 남한산성으로 가서 임금을 구해야 했지만, 청나라의 별동대에 패하고 막혀서 어떻게 할 방도가 없었다. 결국 남한산성에 있는 사람들은 청나라 군대에 둘러싸여 고립되고 말았다. 고립된 남한산성에는 퇴각한 1만 2천 명의 군사와 수만의 백성들이 있었다. 군사들과 백성들은 전쟁 준비가 되어 있지 않은 남한산성으로 퇴각한 것이었으므로, 비축 물자가 없어서 굶주림과 추위에 떨고 있었다.

남한산성 광장 근처에 있던 조선 시대 사람들은 헬기 2대가 갑자기 공중에서 시끄럽게 나타나자 겁에 질렸다. 어떤 사람들은 놀라서 도망가기도 했다. 헬기 2대는 곧바로 지상에 착륙하였다. 헬기가 착륙하고 헬기에서 사람들이 내리자, 조선의 병사들이 헬기를 포위하고 신기하게 쳐다보았다. 최정환은 병사들 중에 대장으로 보이는 사람에게 다가가서 말했다.

"저희들은 조선을 구하기 위해서 미래에서 왔습니다. 임금님을 만나게 해 주시면 좋겠습니다."

"너는 여기의 상황을 장군님께 보고해라."

대장은 부하에게 명령했다.

인조 임금은 헬기의 소리를 듣고 놀라서 내관에게 지시했다.

"무슨 일인지 당장 알아보고 오너라."

내관은 상황을 알아보기 위해서 밖으로 나갔다. 밖에서는 어느 병사가 소리의 정체에 대해서 장군에게 보고하고 있었다. 내관은 그 병사에게 가까이 다가갔다.

"방금 전에 시끄러운 그 소리의 정체가 무엇이냐? 전하께서 궁금해 하신다."

내관은 병사에게 물었다.

"조선을 구하기 위해서 미래에서 사람들이 왔습니다. 그들은 말 없는 마차를 타고 하늘에서 내려 왔는데, 전하를 뵙겠다고 합니다."

병사는 내관에게 대답했다.

"뭐? 하늘에서 사람들이 내려왔다고?"

"그렇습니다. 직접 가서 보시면 제 말을 믿으실 것입니다."

"장군, 이 병사의 말만 듣고는 믿을 수 없으니 가서 봅시다."

"네, 그렇게 하시지요."

"앞장서라."

장군은 병사에게 명령했다.

내관과 장군은 병사를 따라서 남한산성 광장으로 갔다. 거기에는 병사들에게 포위된 현대의 군인들이 있었다. 병사들은 그들에게 길을 비켜 주었다. 내관과 장군은 사람들의 복장과 헬기들을 보고 놀랐다. 그들은 최정환 앞으로 가까이 다가갔다.

"저희들은 조선을 구하기 위해서 미래에서 왔습니다."

최정환은 머리를 숙여서 내관과 장군에게 인사를 했다.

"정말 조선을 구하기 위해서 미래에서 왔다는 것입니까?"

내관은 최정환에게 물었다.

"네, 저희들은 조선을 구하기 위해서 미래에서 왔습니다. 뒤에 있는 것은 저희들이 타고 온 것인데 하늘을 나는 병거입니다. 전하를 뵙게 해 주십시오."

"알았소. 따라 오시오."

최정환과 부대장들은 부대원들에게 잠깐 기다리라고 말한 뒤, 내관과 장군을 따라서 인조 임금이 있는 건물 앞으로 인도되었다. 내관은 밝은 표정으로 먼저 인조 임금에게 나아갔다.

"방금 전의 그 소리는 조선을 구하기 위해서 사람들이 미래에서 오는 소리였습니다. 지금 밖에는 미래에서 온 사람들이 전하를 뵙기 위해서 대기하고 있습니다."

"뭐라고? 사람들이 조선을 구하기 위해서 미래에서 왔다고?"

"네, 그렇습니다. 일단 그들을 만나 보시면 아실 것입니다."

"그래, 들어오라고 해라."

최정환과 부대장들은 내관의 안내를 받으며 인조 임금이 있는 곳으로 들어갔다. 인조 임금 앞에 선 그들은 임금에게 절을 하고 자신들을 소개하였다.

"저희들은 조선을 구하기 위해서 미래에서 온 군인들입니다. 저희들은 일당천의 용사이며 미래에는 아직도 상당한 군사력이 대기하고 있습니다."

"짐이 그것을 어떻게 믿을 수 있소?"

인조 임금은 처음에는 최정환의 말을 믿지 않았다.

"저희가 타고 온 헬기를 보시면 믿을 수 있을 것입니다."

"헬기가 무엇이오?"

"하늘을 나는 병거입니다."

"하늘을 나는 병거라는 것이 정말 있단 말이오?"

"짐이 직접 가서 보겠소."

내관은 인조 임금을 밖으로 안내하였다. 인조 임금은 미래에서 온 사람들과 함께 밖으로 나가서 헬기 2대를 보았다. 최정환은 헬기들을 신기하게 쳐다보고 있는 인조 임금에게 말하였다.

"저희의 전투력을 전하와 성 안에 있는 사람들에게 보여 드리고 싶습니다. 미래에서 온 군인들의 전투력을 보시면 성 밖에 있는 청나라 군사들을 전혀 무서워 할 필요가 없을 것입니다."

"그럼 보여 주시오. 필요한 것이 있으면 여기에 있는 장군들에게 말하시오."

최정환은 조선의 장군들에게 미래의 무기 성능을 보여 주기 위해서 표적으로 쓸 만한 것들이 있으면 좋겠다고 말했다. 장군들 중에 한 명이 병사들에게 최정환이 요청한 것을 준비하라고 시켰다. 병사들은 넓은 광장 한쪽 구석에 낡은 갑옷을 입은 허수아비 20개와 표적으로 쓸 만한 커다란 물건들을 여러 개 갖다 놓았다. 오후에 인조 임금과 신하들과 장군들과 병사들은 넓은 광장에 모였다. 이 소식을 들은 성 안의 수많은 백성들이 그 광경을 지켜보기 위해서 모여들었다.

"사람들이 표적이 있는 곳에서 100보 이상 멀리 떨어져야 합니다. 잘못하면 다칠 수 있습니다."

최정환은 표적을 준비한 장군에게 말했다.

"사람들이 표적이 있는 곳에서 100보 이상 멀리 떨어지게 해라."

최정환의 말을 들은 장군이 병사들에게 지시했다.

병사들은 사람들이 표적이 있는 곳에서 멀리 떨어지게 했다. 최정환과 군인들도 사격 시범을 보이기 위해서 무기를 준비했다. 준비가 다 되자 인조 임금은 시작하라고 했다.

"소총을 수동으로 발사해 보십시오."

최정환은 같이 데리고 온 군인 세 명에게 말했다.

현대에서 온 군인들은 소총을 수동으로 연속하여 표적을 향하여 발사하였다. 그때 당시에도 총은 있었지만 성능이 쓸 만할 정도로 뛰어나지 못해서 활과 검과 창을 무기로 같이 사용하던 시대였는데, 미래의 소총이 발사되는 것을 보고 놀랐다.

"이제는 탄창을 교체하고 자동으로 발사해 보세요."

최정환은 다시 군인들에게 말했다.

군인 세 명은 탄창을 교체하고 소총을 자동으로 발사하기 시작했다. 총알들이 발사되는 소리가 연속으로 들려서 발사하는 총알의 개수를 셀 수 없을 정도였다. 조선인들은 소총이 자동으로 발사되는 것을 보고 더욱 놀라는 표정을 지었다.

"소총을 내려놓고 기관총을 가지고 와서 발사해 보십시오."

최정환은 또 군인들에게 말했다.

군인들은 소총을 내려놓고 기관총 1정을 가지고 왔다. 그들은 실탄을 장전한 후에 최정환을 바라보면서 물었다.

"이제 발사해도 되겠습니까?"

"발사하세요."

군인들은 기관총을 발사하기 시작했다. 조선인들은 이제 입이 다물어지지 않을 정도로 놀랐다.

"이제는 헬기의 성능을 조선인들에게 보여 줄 때가 되었습니다."

최정환이 헬기 조종사들을 보면서 말했다.

헬기 조종사들은 헬기에 탑승하고 엔진을 가동시켰다. 조금 후 헬기가 이륙하여 약간 날아오르더니, 이내 표적을 향하여 기관총을 발사하고 포탄 두 발을 발사하였다. 그랬더니 표적으로 만들어 놓은 것들이 터지고 불에 타서 거의 사라졌다. 무기 성능에 비해서 표적이 너무 작고 약했다. 성 안에 있는 백성들은 벌써부터 전쟁에서 이긴 것처럼 환호성을 질렀다.

"미래에서 아직 오지 않았지만 이보다 더 강력한 무기들도 준비되어 있습니다."

최정환은 인조 임금에게 말했다. 비행기와 탱크를 두고 한 말이었다.

"우리 조선은 이제 청나라에 항복할 필요가 없다. 짐은 오히려 청나라에 조선을 침입한 책임을 강하게 묻고 싶다."

인조 임금은 감출 수 없는 기쁨에 약간 흥분된 목소리로 신하들과 병사들에게 말하였다. 인조 임금의 이 말을 들은 조선인들의 사기는 크게 올랐다.

전투력 시범이 끝난 후에 최정환은 인조 임금에게 말하였다.

"아직도 많은 전투 장비와 군인들이 미래에서 대기하고 있는데 우선 헬기 4대와 군량을 시간 이동을 시켜서 여기로 오도록 하겠습니다."

"그렇게 하도록 하시오."

인조 임금은 허락하였다.

"장군들은 최 이사님의 작전에 협조하여 필요한 것이 있으면 적극적으로 도우시오."

인조 임금은 장군들에게 말했다.

"추가로 헬기 4대와 군량이 미래에서 이곳으로 도착할 것인데 광장 한쪽을 모두 치워야 합니다."

최정환은 대장군에게 말했다.

대장군은 부하들에게 그렇게 하라고 명령했다. 광장 한쪽이 모두 치워지자 최정환은 지도의 좌표를 보면서 4차원 통신 장비를 사용하여 김광현에게 연락하여 헬기 4대와 준비된 군량을 가지고 남한산성으로 오라고 말했다.

수십 명의 병사들은 광장 한쪽을 정리하였다. 그곳에 있는 불필요한 물건들을 모두 옮긴 후에 그곳에는 아무도 있지 말라고 했다. 약 10분 후에 광장 한쪽에서 밝은 빛이 비치더니 헬기 4대와 엄청난 양의 군량이 나타났다. 최정환은 헬기에서 내린 김광현과 조종사들에게 다가가서 말했다.

"현대식으로 인조 임금에게 경례를 하면 이곳에서는 어색하니 전통적인 방법으로 모자를 벗고 고개와 허리를 숙여서 절을 하세요."

그들은 그 말을 듣고 인조 임금에게 가까이 가서 절을 하였다.

"조선을 구하기 위해서 미래에서 오신 분들을 환영합니다. 그런데 헬기 옆에 있는 엄청나게 크게 쌓인 것들은 무엇이오?"

인조 임금은 그들에게 물었다.

"저것들은 이곳 백성들과 병사들이 먹을 군량입니다. 남한산성에 있는 사람들이 먹기에 충분한 양이므로 얼른 나누어 주어서 굶주림에서 벗어나게 하십시오."

"저기에 있는 군량 중에 일부를 백성들에게 나누어 주어라."

인조 임금은 장군들에게 지시했다.

남한산성에 있는 군사들과 백성들은 미래에서 보내 준 군량으로 인하여 굶주림에서 벗어날 수 있었다.

"조선의 새로운 군사력이 청나라 군영에 알려지지 않도록 남한산성을 완전히 봉쇄하면 좋겠습니다."

최정환은 대장군에게 부탁했다.

"들었느냐? 남한산성을 더욱 철저히 지켜서 개미 새끼 한 마리라도 성 밖으로 빠져나가지 못하도록 하여라."

"네, 알겠습니다."

대장군의 부하들은 일제히 대답했다.

병사들은 대장군의 명령으로 남한산성을 더욱 철저히 지켰다. 그래도 병사들은 사기가 올라서 피곤한 줄을 몰랐다. 청나라 군사들은 성 밖에서 이상한 소리들을 들었지만, 병사들의 철저한 경계에 남한산성의 상황을 정확하게 파악할 수 없었다.

그날 저녁, 이사들과 부대장들과 조선의 장군들이 모였다. 인조 임금과 일부 대신들도 같이 참석하였다. 최정환은 무기 시범을 보이지 않은 탱크와 비행기에 대해서 설명하였다.

"탱크라는 것이 있는데, 그것은 두꺼운 철갑으로 만들어진 병거입니다. 그것은 남한산성 안으로 시간 이동으로 들어오면 성문이 작아서 밖으로 나가지 못하고 나가더라도 성문 앞의 길이 좁아서 제대로 움직이지 못합니다. 그래서 즉시 이곳으로 오지 못하고 아직도 미래에서 대기 중입니다. 그리고 비행기라는 것도 있는데 그것은 새보다도 훨씬 빨리 날아다니는 병거입니다."

"그것이 헬기와 어떻게 다르오?"

"헬기는 정지 비행을 할 수 있지만 비행기는 정지 비행을 하지 못합니다. 그 대신에 눈에 보이지 않을 정도로 빠르게 날아다니면서 적을 공격할 수 있습니다."

최정환은 비행기에 대해서 설명할 때에는 조금 납득시키기가 어려윘지만, 어쨌든 그런 것이 있다고 했다. 그는 우선 할 일들을 조선의 사람들에게 말해 주었다.

"전하께서는 내일 청나라 군영에 사신을 보내서 새로운 군사력에 대해서는 절대로 말하지 말고 조선이 항복할 의사가 없음을 알리고 오히려 청나라에 항복을 권유해 보십시오."

"우리 사신이 그렇게 말하면 청나라 사람들이 미쳤다고 할 텐데, 두고 보면 아주 흥미로울 것 같습니다."

어느 장군이 말했다.

"저기에서 저것을 우리 쪽으로 들고 있는 사람은 무엇을 하고 있는 겁니까?"

대장군은 손가락으로 가리키면서 최정환에게 물었다. 대장군이 가리키는 것은 촬영 기자들이 촬영하는 것이었다.

"잠시 이쪽으로 와서 대장군에게 그것을 직접 보여 드리면서 설명해 드리면 좋겠습니다."

최정환은 촬영 기자들에게 말했다.

그 촬영 기자는 최정환과 함께 헬기를 타고 와서 지금까지 여러 장면들을 촬영하고 있었다. 그 촬영 기자는 거기에 있는 조선 사람들에게 영상을 저장하는 것에 대해서 설명했지만 모르는 용어들로 인하여 제대로 이해하지 못하는 것 같았다. 이에 최정환이 쉽고 간단하게 추가 설명을 해 주었다.

다음 날 인조 임금은 청나라 군영으로 배짱이 있는 신하를 사신으로 보냈다. 이 때에는 촬영 기자가 따라가지 않았다. 최정환은 사신 일행으로 옷을 바꾸어 입고 같이 가고 싶었지만, 머리카락이 짧아서 그냥 포기했다. 옷만 바꾸어 입는다고 조선인이 되는 것은 아니었다. 두발이 조선인과는 다르기 때문에 어려웠다. 가발을 준비하지 않은 것이 약간 후회가 되었다. 조선의 사신은 당당하게 청나라 군영으로 들어갔다. 이전에 방문한 조선 사신과는 달리 너무나 당당한 모습에 청나라 사람들은 이상하게 여겼다.

"왜 조선을 침입하여 우리 백성들을 괴롭히는 것이오?"

조선의 사신은 강하게 말했다.

"우리 청나라는 광해군에 대한 복수를 하러 왔다."

청나라 장군은 말했다.

"조선에 대한 내정 간섭은 이제 그만 하시오. 조선은 청나라를 충분히 이길 준비를 했으니 목숨이 아깝거든 항복하고 물러가서 청나라가 조선에 입힌 피해를 보상하는 것이 좋을 것이오."

화가 난 사신은 어이없다는 듯 말했다.

"이놈이 미쳤군! 조선에서 상황 파악을 못하는 멍청이를 보냈구나! 어서 돌아가서 죽을 준비나 해라. 더 이야기할 것이 없는 놈이다."

"그럼 한 번 해 봅시다."

조선의 사신은 그렇게 말하고 물러났다.

청나라 황제는 조선의 사신과 말할 가치가 없다고 판단하여 듣기만 했다. 청나라 장군들은 조선 사신의 방문으로 화가 많이 난 상태였다. 그들은 조선 사신의 당당한 태도를 무시했다. 청나라 군영에서는 작전 회의가 열렸다. 그들은 강화도에 조선의 세자와 왕자가 있다는 것을 알고 있었다.

"우선 강화도에 군사들을 많이 보내서 그곳을 반드시 점령해야 합니다. 그래야 남한산성에 있는 조선의 임금도 항복할 것입니다."

청나라 장군 중에 한 명이 말했다.

"그렇게 하도록 합시다."

그들은 그 장군의 말에 동의했다.

청나라 군영으로 갔던 사신은 돌아와서 거기에서 있었던 일을 말했다. 모두가 어느 정도 예상하고 있던 일이었다. 최정환은 인조 임금에게 다음 작전을 설명했다.

"헬기 3대를 강화도로 보내서 소현세자와 봉림대군을 보호해야 합니다."

"알겠네, 내가 소현세자에게 보낼 편지를 써 주겠네. 그것을 가지고 강화도로 가도록 하십시오."

강화도로 함께 가기로 한 사람들은 김광현, 4차원 기업 직원들, 촬영 기자들, 장군 1명, 현대의 군인들이었다. 그들은 밤에 전투 헬기 2대와 수송 헬기 1대에 나누어 타고 강화도로 날아갔다. 이번에는 헬기들이 남한산성에서 이륙할 때에 최대한 높이 올라가서 이동했다. 헬기에는 많지는 않지만 군량도 싣고 갔다. 아무것도 보이지 않는 밤에 헬기 3대가 날아서 강화도로 가자, 청나라 군영에서는 그 소리를 듣고 놀랐다. 하지만 캄캄한 밤하늘에서 청나라 군대는 아주 높은 곳에 있는 헬기들을 자세히 볼 수 없었다.

지난번에도 남한산성에서 같은 소리가 나는 것을 들었는데 이번에는 하늘에서 무엇인가 지나가면서 큰 소리가 나서 매우 당황하였다. 그 소리로 인하여 청나라 군대는 며칠 동안 군대를 움직이지 않았다. 그 소리가 무엇인지 알아보기 전에 섣불리 군대를 움직이기가 부담되었다. 그렇다고 계속 군대를 안 움직일 수는 없었다.

그로부터 4일이 지났지만, 그동안 아무 일도 일어나지 않았다. 청나라 군대에서는 곧 조선 군대에서 소리로만 자기네 군대를 놀라게 한 것이라는 것으로 결론을 지었다. 며칠 뒤에 그들은 그 소리가 특별한 것이 아니라고 여겼다.

강화도로 날아간 헬기 조종사들은 야간 투시경을 사용하여 착륙 장소를 골랐다. 헬기 3대는 적당히 넓은 곳에 착륙했다. 헬기들이 착륙하자, 놀란 병사들이 헬기를 포위하였다. 수송 헬기에서 조선의 장군이 내렸다. 놀란 병사들은 그 장군에게 절을 했다. 그 장군은 헬기 조종사들과 함께 소현세자와 봉림대군에게 갔다. 그들은 소현세자에게 절을 하고 인조 임금의 편지를 전해 주었다. 소현세자는 그 편지를 읽고 눈물을 흘리면서 안심하였다.

다음 날 이른 아침에 소현세자와 봉림대군은 헬기가 있는 곳으로 갔다. 그들은 헬기를 처음으로 보았다. 조종사들은 헬기의 전투력을 강화도에 있는 사람들에게 설명했다.

"전투력을 실제로 보여 드리고 싶지만 전투력을 아껴야 하므로 나중에 실전을 보시면 됩니다."

"장군은 이런 것을 타고 직접 하늘을 날아 보았으니 좋겠소."

소현세자는 같이 타고 온 장군에게 말했다.

"밤에는 아무것도 보이지 않아서 별로 실감이 나지 않았습니다."

며칠 뒤에 청나라 군영에서 강화도로 대규모의 군대를 보냈다. 그들이 타고 갈 군선은 이미 준비되어 있었다. 청나라 병사들이 탄 군선이 강화도로 출발하자 강화도에 있는 헬기 조종사들은 전투 준비를 하고, 김광현은 이 같은 소식을 4차원 통신 장비를 사용하여 최정환에게 알렸다. 이 소식을 전해 들은 최정환은 즉시 현대에 있는 공군 부대에 알렸다. 그리고 전투기 4대를 출격하여 강화도로 넘어오는 청나라 군선을 공격해 달라는 말을 덧붙였다.

전투기들은 현대에서 즉시 이륙한 후, 4차원 문을 통과하여 조선 시대의 강화도 앞바다 위에 나타났다. 전투기들은 청나라 군선들을 향하여 공격했다. 그 전투는 일방적인 공격이었다. 청나라 군선에서는 어떻게 할 방법이 없었다. 그렇게 빨리 하늘에서 움직이는 전투기를 공격할 무기가 없었던 것이다. 이제 전투기들이 공격을 멈추고 헬기가 마무리해야 할 차례가 되었다.

강화도로 같이 간 4차원 기업 직원들은 바다 위에 시간 여행을 할 수 있는 4차원 문을 만들고 전투기 조종사들에게 무전으로 연락했다. 전투기들은 그 4차원 문을 통과하여 현대로 돌아갔다. 청나라 군선 중 일부는 강화도 가까이까지 왔다. 전투 헬기 2대가 이륙했다. 그 헬기들은 강화도 가까이까지 와서 상륙하고자 하는 배들을 향하여 정밀한 공격을 했다. 그 공격으로 강화도 앞바다에 있는 청나라 배들이 침몰되었다.

소현세자와 봉림대군과 조선의 병사들은 멀리서 그 전투 장면을 구경했다. 장군은 병사들에게 명령했다. 배가 침몰되어 강화도로 기어 올라오는 청나라 병사들을 공격하라고 했다. 약 한 시간 만에 전투는 종료되었고 김광현은 4차원 통신 장비로 전투 결과를 최정환에게 알렸다.

강화도에서 전투를 마친 조선의 병사들은 큰 함성을 질렀다. 이제는 아무것도 무서울 것이 없었다. 소현세자와 봉림대군은 헬기 조종사들에게 감사의 인사를 하고 헬기를 보면서 부탁했다.

"미래의 군인들이 없었더라면 청나라 군선들을 물리치기 어려웠을 겁니다. 정말 감사드립니다."

"우리나라를 침입한 적들을 물리치는 것은 군인으로서 당연한 일입니다."

헬기 조종사들 가운데 한 명이 대답했다.

"그런데 나도 이 헬기를 한 번 타 보고 싶소! 하늘을 날아 보고 싶소! 안 되겠소?"

"이사님, 왕자님들을 헬기에 태워 드릴까요?"

"그렇게 하세요."

헬기 조종사는 소현세자와 봉림대군을 헬기에 태우고 하늘에서 강화도를 구경시켜 주었다. 헬기가 다시 이륙하여 바다 쪽으로 가자 바다 건너편에 있는 청나라 병사들은 모두 도망가기에 바빴다. 강화도 앞바다의 전투 소식이 청나라의 군영에 곧 자세히 전해졌다.

"우리가 며칠 전에 들었던 이상한 소리의 정체를 파악하지 못하고 강화도를 공격한 것이 큰 실책이었습니다. 그날 낮에 조선의 사신이 당당하게 말했던 것이 이해가 됩니다. 그 사신은 미친 것이 아니었습니다. 어딘가에 믿는 구석이 있어서 그렇게 당당하게 행동했던 것이었습니다."

청나라 장군들은 꽤 긴 시간 동안 회의를 했으나 헬기를 물리칠 마땅한 방법을 생각하지 못했다. 다음 날, 다시 회의할 때에 책사가 한 가지 방법을 건의하였다.

"하늘을 나는 그 기계가 어떻게 날 수 있는지 강화도에 첩자를 보내서 알아보면 좋겠습니다."

"우선 그렇게 해 보는 것이 좋을 것 같습니다."

청나라 장군들은 그 말에 동의하고 강화도에 세 명의 첩자를 보냈다. 강화도는 큰 섬이었기 때문에 몰래 들어가는 청나라 첩자들을 막을 수 없었다. 조선말을 잘 아는 첩자들은 헬기에 대해서 백성들로부터 정보를 들을 수 있었다. 헬기는 미래에서 온 무기이며 미래에서 온 사람들이 조종한다는 것을 알게 되었다.

청나라의 첩자들은 먼 곳에서 헬기의 존재를 직접 확인하고 다시 청나라 군영으로 돌아갔다. 그들은 하늘을 나는 무기에 대해서 장군들에게 자세히 설명했다. 그 설명이 끝나자 책사가 말했다.

"아무리 좋은 무기일지라도 그것을 다루는 사람이 없으면 아무 소용이 없습니다. 즉시 강화도로 사람들을 보내 그 날아다니는 무기를 조종한다는 미래에서 온 사람들을 죽여 버려야 합니다."

"그것이 좋은 방법입니다. 그렇게 해 보도록 합시다."

청나라 장군들은 책사의 의견에 동의했다. 남한산성에도 3대의 헬기가 있는데 청나라 장군들은 헬기가 강화도에만 있는 줄로 착각하고 있었다. 청나라 장군들은 병사들 중에 무술이 뛰어난 병사 7명을 강화도로 보냈다. 그 중 한 명은 장군으로, 그 작전의 책임자였다.

"장군의 임무에 이번 전쟁의 승패가 달려 있소"

청나라 대장군은 작전을 위해서 떠나는 장군에게 말했다.

"이번 작전을 책임지고 완수하고 돌아오겠습니다. 걱정하지 마십시오."

강화도 전투에서 승리를 했다는 소식은 남한산성에도 전해졌다. 인조 임금은 여러 신하들과 장군들을 모아 놓고 최정환과 부대장들에게 다시 한 번 고맙다는 인사를 했다.

"이제 청나라 군영을 미래의 무기를 사용하여 공격하면 좋겠습니다."

어느 장군이 말했다.

"미래의 무기로 청나라 군영을 공격하면 많은 피를 흘리게 됩니다. 되도록 피를 흘리지 않고 항복을 받으면 좋겠습니다. 그들도 강화도 전투를 알고 있을 것입니다."

최정환이 말했다.

"그럼 며칠 동안 공격하지 말고 기다려 보도록 합시다."

인조 임금이 말했다.

며칠 동안 기다려 보아도 청나라 군영에서는 아무 소식을 보내오지 않았다. 인조 임금은 회의를 위해서 여러 사람들을 소집했다.

"청나라 군영에 사신을 다시 보내서 항복을 요구해 보면 좋겠습니다."

인조 임금은 신하들에게 말했다.

"청나라 군영에 가서 미래의 무기가 더 있다는 것을 말할 필요는 없습니다."

최정환이 말했다.

"맞습니다. 그렇게 위협하면서까지 항복을 받고 싶지는 않습니다."

인조 임금은 청나라에서 진심으로 하는 항복을 받고 싶었다.

지난번 청나라 군영에 사신으로 파견되어서 미친 사람 취급을 받았던 그 신하가 다시 청나라 군영에 사신으로 갔다. 이번에는 더 당당한 자세로 청나라 장수들을 꾸짖었다.

"그렇게 혼이 나고도 아직도 정신을 못 차렸소? 이제라도 항복하고 조선에 침입하여 피해를 입힌 것을 보상하는 것이 어떤가? 그렇지 않으면 더 큰 화가 미칠 것이오."

"우리 청나라가 이번 전쟁에서 졌다고 생각하시오? 항복할 나라가 어느 나라인지는 더 두고 보면 알 것이오."

"이제는 더 이상 항복을 권유하러 오지 않을 것이니 나중에 후회하지 말고 알아서 하세요."

"그럼 다음에는 항복하러 온다는 말이오?"

어느 청나라 장군이 조롱하듯 말했다.

청나라 장군들은 헬기 조종사들을 살해하기 위해서 보낸 병사들을 기다리고 있었다. 그들이 임무를 완수하고 오면, 이 싸움은 다시 해 볼 만하다고 생각했다. 청나라 장군들은 남한산성에 있는 사람들이 아직도 굶주리고 있을 것이라는 착각에 빠져 있었다.

"아직 싸움은 끝나지 않았으니 당장 물러가라."

청나라 대장군은 조선의 사신에게 말했다.

조선의 사신은 미소를 지으면서 청나라 군영을 빠져 나왔다. 그가 미소를 지은 이유는 개인적으로 미래의 무기로 청나라 군영을 공격하는 것에 찬성했기 때문이다.

강화도로 간 청나라 병사들은 헬기 조종사들이 묵고 있는 숙소를 찾고 있었다. 헬기를 보니 헬기 근처에는 수많은 조선 병사들과 백성들이 지키고 있었다. 강화도에 사는 병사들과 백성들은 헬기를 목숨을 지켜 주는 신처럼 여겼다. 그들은 안면이 전혀 없는 사람이 헬기 근처에 접근하는 것을 허용하지 않았다.

청나라 병사들은 이틀 동안 잠복한 끝에 간신히 헬기 조종사들이 묵고 있는 숙소를 찾았다. 다행히 그곳에는 지키는 병사들이 별로 없었다. 깊은 밤에 청나라 병사들은 그 숙소에 침입하여 마당에서 보초를 서고 있는 몇 명의 병사들을 모두 한숨에 제압했다. 청나라 병사들은 무술이 대단히 뛰어났기 때문에 그 정도는 아무것도 아니었다.

침실에서 자고 있던 헬기 조종사들은 밖에서 나는 소리를 듣고 무슨 일이 일어났는지 짐작했다. 헬기 조종사들은 권총을 꺼냈다. 몇 초 후에 청나라 병사들은 칼을 들고 마루에 올라왔고 바로 침실 방문을 발로 찼다. 청나라 병사들은 헬기 조종사들이 권총을 가지고 있다는 사실을 알지 못했다. 청나라 병사들이 침실 방문을 발로 차자마자 권총이 발사되기 시작하였고 즉시 그들은 사살되었다. 아무리 뛰어난 무술의 소유자들이라도 계속 발사되는 권총을 당해낼 수는 없었다. 권총 발사 소리를 듣고 조선의 병사들이 달려왔다. 곧 현장은 수습되었고, 헬기 조종사들은 방을 옮겨 잠을 잤다.

"방금 헬기 조종사들을 암살하려는 청나라 병사들이 헬기 조종사들의 숙소에 침입하였습니다."

헬기 조종사 암살 시도는 곧 소현세자에게 전달되었다.

"그래서 어떻게 되었냐?"

소현세자는 다급한 목소리로 물었다.

"헬기 조종사들이 작은 총으로 그들을 모두 죽였습니다."

"자칫 잘못하였더라면 큰일이 날 뻔하였구나! 헬기 조종사들을 더욱 철저히 지키도록 하여라."

소현세자는 헬기를 타고 남한산성으로 갈 것도 생각해 보았지만 강화도를 지키는 것도 중요하다고 생각되었다. 날이 밝자, 김광현은 4차원 통신 장비로 암살 시도 사건을 최정환에게 전달하였다. 최정환과 김광현은 헬기 조종사들에게 몸조심을 하라고 당부했다.

인조 임금은 최정환의 권유로 앞으로의 작전을 위해서 여러 사람들을 다시 불러 모았다. 이제는 청나라 군영을 공격하는 것을 찬성하는 사람들이 더 많았다.

"청나라 장군들은 헬기 조종사들이 암살되면 다 되는 줄 알고 그랬던 것이군요!"

"이제는 어떻게 청나라 군대를 공격하면 좋겠습니까?"

인조 임금은 최정환을 보면서 물었다.

"우선 남한산성을 포위하고 있는 청나라 병사들을 공격하고 싶습니다. 조선의 임금께서 포위되어 있는 것이 너무나 보기 싫습니다. 저는 조금 더 일찍이 그들을 공격하고 싶었지만 그동안 참고 있었습니다."

"그러면 남한산성을 포위하고 있는 청나라 병사들부터 먼저 공격하여 쫓아 버리도록 하세요."

인조 임금은 남한산성을 포위하고 있는 청나라 병사들을 공격하는 것을 허락했다.

최정환은 4차원 통신 장비를 이용하여 현대의 기갑 부대에 연락했다. 기갑 부대에서는 탱크를 과거로 출동할 수 있도록 계속 대기 중이었다. 최정환은 한 시간 후에는 어느 때라도 기갑 부대가 즉시 출동할 수 있도록 준비하라고 지시했다. 그리고는 부대장들과 함께 남한산성 위에서 지도를 보면서 밖을 내려다보고 적당한 위치를 시간 이동 장소로 선정했다. 그는 곧 미래의 기갑 부대에서 대기하고 있던 4차원 기업 직원들에게 시간 이동 장소의 좌표들을 알려 주고 탱크들을 보내라고 했다.

기갑 부대에서는 10대의 탱크에 무기를 완전히 적재하고 군인들이 모두 탑승했다. 4차원 기업 직원들은 탱크 10대를 최정환이 말한 시간과 장소로 보냈다. 탱크 10대가 과거로 출발한 장소는 그들의 복귀를 위해서 다른 사람들이 못 들어가게 철저히 지켰다. 탱크는 남한산성 둘레의 주요 지점 5곳에서 2대씩 나타났다.

탱크가 다니기 위해서는 넓은 길이 필요한데 남한산성 둘레에 있는 길은 탱크가 신속하게 다니기에는 좁았기 때문에 각자 흩어져서 나타나게 했다. 남한산성 근처에 도착한 탱크 10대는 최정환과 기갑 부대장의 무전 연락을 받으며 작전을 수행했다. 남한산성을 포위하고 있던 청나라 병사들은 갑자기 나타난 탱크로 인하여 크게 놀랐다.

탱크는 남한산성 둘레에 넓게 흩어진 채 작전을 수행했다. 청나라 병사들이 몰려 있는 곳을 향하여 탱크로 포를 쏘았고, 흩어져 있는 병사들을 향해서는 기관총을 발사했다. 청나라 병사들은 탱크의 출현으로 남한산성을 포위하고 있는 것이 매우 어렵게 되었다. 남한산성을 포위한 청나라 병사들은 청나라 군영과의 왕래가 이루어져야 했다. 청나라 군영에서는 포위한 청나라 병사들에게 식량과 군수품을 계속 지원해 줘야 하지만, 중요한 길목마다 탱크들이 지키고 있어서 포위 작전이 원활하게 이루어지지 못했다. 오히려 청나라 병사들이 탱크들에 의해서 포위된 것 같았다.

탱크로 남한산성을 포위한 청나라 병사들을 공격하는 것은 쉽지 않았다. 남한산성 둘레에 있는 길이 탱크가 다닐 수 있을 정도로 넓은 길이 아니었기 때문이다. 어떤 경우에는 길이 좁아서 돌아가야만 했다. 이를 잘 아는 청나라 병사들이 탱크가 접근할 수 없는 곳에 숨어서 포위 작전을 계속 진행하려고 하였으나, 탱크에서 연락을 받은 최정환과 부대장들은 헬기들을 출격시켜서 탱크의 약점을 보완했다. 남한산성에서 대기하고 있던 헬기들이 날아올라서 남한산성 둘레에 있는 청나라 병사들을 향하여 포탄과 기관총을 발사하였다.

헬기의 공격이 계속되자 청나라 병사들은 포위 작전을 계속 수행할 수 없음을 알고 후퇴하기 시작했다. 그러자 남한산성에 있는 조선의 병사들이 나와서 후퇴하는 청나라 병사들을 약간 추격하면서 공격하였다. 그러나 끝까지 추격하지는 않았다. 청나라 병사들을 청나라 군영으로 물러나게 하는 것이 목적이었기 때문이다. 조선의 병사들은 남한산성 주위를 수색하여 청나라 병사들이 남아 있지 않도록 했다. 청나라 병사들은 탱크가 없는 작은 길을 이용하여 청나라 군영으로 후퇴하였다. 청나라 병사들은 남한산성에서 후퇴하였으나 많은 사상자가 발생하였다. 이에 반해 조선의 병사들은 단 한 명의 사상자도 발생하지 않았다.

청나라 군영에서는 후퇴한 병사들로부터 탱크와 헬기에 관한 소식을 들었다. 그들이 말하는 탱크는 이제까지 전혀 들어 본 적이 없는 것이었다. 청나라 장군들은 다시 대책을 의논하였다. 강화도로 보낸 병사들이 돌아오지 않은 것을 보니 암살 계획은 수포로 돌아간 것 같고, 이번에는 탱크와 헬기가 나타나서 남한산성을 포위한 청나라 병사들을 공격했으니 청나라 군영의 사정이 너무 절박하였다. 상황이 이렇게 되었지만, 해결할 수 있는 특별한 방법이 없었다.

다음 날, 최정환과 기갑 부대장은 탱크를 운용하는데 필요한 장비와 인원을 현대로부터 과거로 시간 이동을 시켰다. 그들은 남한산성 근처의 적당한 장소에 나타났다. 탱크에는 연료와 실탄을 보충해 주어야 하고 부대원들이 먹고 잘 수 있는 시설도 필요했다. 헬기는 작전을 수행한 후에 남한산성으로 복귀하여 연료와 실탄을 보충하고 정비를 받았다. 헬기 운용에 필요한 장비와 인원도 남한산성으로 시간 여행을 오게 하였다. 조선의 병사들은 헬기와 탱크의 운용에 필요한 장비들을 청나라 병사들로부터 보호하는 일을 도왔다.

최정환은 다시 미래의 공군 부대에서 대기하고 있는 4차원 기업 직원들에게 청나라 군영의 위치와 전투기가 출격할 시간을 알려 주었다. 현대에 있는 4차원 기업의 직원들은 다시 시간 여행을 할 수 있는 4차원 문을 하늘에 만들었다. 전투기들은 즉시 이륙하여 4차원 문을 통과하여 과거로 갔다. 전투기들은 청나라 군영을 향하여 공격을 퍼부었다. 단, 청나라 황제가 있을 것이라고 짐작되는 곳은 공격하지 않았다. 청나라 황제를 살려서 항복을 받아야 했기 때문이다.

전투기들이 무기를 다 사용한 후에 그 사실을 최정환에게 무전으로 알렸다. 최정환은 4차원 기업 직원들에게 현대로 돌아갈 수 있는 4차원 문을 청나라 군영 상공에 만들라고 하였다. 그 직원들은 시간 여행을 할 수 있는 4차원 문을 그곳에 만들었는데, 그만 시간을 실수로 잘못 입력하였다. 그 시간은 현대에서 과거로 왔던 시간이었다.

현대의 공군 부대에서는 군인들이 전투기들을 시간 여행으로 과거로 보내는 것을 구경하고 있었다. 지난번에 강화도로 전투기들을 보낼 때에는 강화도에서 전투하는 시간만큼 사라졌다가 다시 나타났다. 그런데 이번에는 사라진 전투기들이 1초도 되지 않아서 다시 나타났다. 눈을 한 번 깜빡일 정도로 짧은 시간에 다시 나타난 것이었다. 그 전투기들은 바로 착륙했고 전투기에 적재된 무기들은 다 사용되어서 없었다.

1초도 되지 않은 시간 동안에 전투기들은 과거로 가서 30분 정도 전투를 하고 돌아온 것이었다. 원래는 30분 후에 나타나야 되는데 실수로 착오가 있었던 것이다. 30분 후, 4차원 통신 장비에서 최정환으로부터 연락이 왔다.

"전투기들이 무사히 도착했습니까?"

"네, 무사히 도착했는데 과거로 간 지 1초 만에 돌아왔습니다."

"여기에 있는 직원이 시간 입력을 잘못해서 혹시 전투기들이 도착하지 않았나 걱정했습니다."

"최 이사님, 아무쪼록 무사히 임무를 완수하고 돌아오십시오."

최정환은 실수한 직원에게 앞으로 더 조심할 것을 당부했다.

최정환은 엉망이 된 청나라 군영에 헬기들을 출격시켰다. 김광현에게 연락하여 강화도로 간 헬기들도 남한산성에서 연료와 실탄을 보충한 후에 청나라 군영으로 출격하게 했다. 출격한 헬기로 인하여 조금 남아 있던 청나라 군영의 시설들은 거의 파괴되었다. 헬기들이 공격하고 있는 동안에 남한산성 근처에 있는 탱크들은 청나라 군영을 향하여 진격했다. 헬기들의 공격이 끝날 쯤 청나라 군영 근처에 도착한 탱크들은 약 30분 정도 공격한 후에 청나라 군영을 포위하였다.

헬기들은 남한산성과 강화도로 다시 보내졌다. 이제 청나라 군영에는 병사들이 3만 명 정도밖에 남아 있지 않았다. 최정환은 마음만 먹으면 그 3만 명도 몰살시킬 수 있었지만, 항복의 절차를 진행시키기 위해서 그냥 남겨 두었다. 그리고 그는 남아 있는 청나라 병사들을 완전히 포위하기 위해서 미래의 보병 부대에 연락하여 보병 1개 대대를 보내 달라고 요청했다.

보병 1개 대대는 서로 약속한 장소에 시간 여행으로 도착했다. 그들은 부대장의 지시를 받고 청나라 군영을 완전히 포위하였다. 탱크로 포위할 수 없는 지형에서는 보병들이 탱크의 약점을 보완했다. 보병 중에는 서바이벌 게임처럼 청나라 병사들과 직접 싸울 것을 기대하고 온 군인들이 많았다. 그런데 전투는 하지 않고 포위만 하고 있으니 약간의 불평은 있었다.

포위하고 있는 보병 중에 직접 총을 쏠 기회가 있는 군인들은 거의 없었다. 부대장은 청나라 병사가 멀리서 보이면 처음에는 조준사격이 아닌 위협사격만 하라고 하였다. 이제부터는 억지로 사살할 필요가 없었다.

남한산성 밖의 상황이 거의 평정되었다. 인조 임금과 신하들은 궁궐로 돌아가기로 했다. 다음 날 인조 임금과 신하들은 절반 정도의 병사들과 함께 궁궐로 돌아가기 위해 남한산성에서 나왔다. 최정환의 연락을 받고 강화도에 있던 김광현은 왕자들과 장군 몇 명과 함께 수송 헬기를 타고 먼저 궁궐로 날아갔다. 강화도에 같이 있었던 전투 헬기 2대도 곧 궁궐로 날아갔다.

궁궐에 도착한 김광현은 4차원 통신 장비를 사용하여 현대의 4차원 기업 직원들에게 연락하여 식량과 함께 헬기에 보충할 연료와 포탄과 실탄을 궁궐의 어느 지점으로 보내 달라고 했다. 약 한 시간 후, 궁궐의 넓은 마당에 요청한 물건들이 나타났다.

"전하께서 지금 궁궐로 오고 계시니 저하께서 전하를 맞이할 준비를 하셔야 합니다. 저도 필요한 것을 돕도록 하겠습니다."

김광현이 소현세자에게 말했다.

"궁궐을 정돈할 인원이 부족한데, 어떻게 하면 좋겠소?"

"수송 헬기를 다시 강화도로 보내서 사람들을 더 데려오도록 하겠습니다."

수송 헬기는 다시 강화도로 가서 거기에 아직도 머물고 있는 왕자들의 수행원들을 태우고 돌아왔다. 저녁이 되자, 약간의 기병들이 궁궐로 와서 궁궐 수비를 시작하였다. 다음 날 인조 임금이 궁궐로 돌아왔다.

미래의 군대에 의하여 완전히 포위된 청나라 군영에서는 포위망을 뚫기 위한 시도를 하기로 했다. 청나라 장수 중에서 아직도 싸울 기세가 있는 장군이 청나라 왕에게 말하였다. 그는 병사들을 이끌고 가서 청나라 군대가 가지고 있는 홍이포를 탱크에 쏴서 포위망을 뚫겠다고 하였다. 그 청나라 장군은 밤에 몰래 여러 대의 홍이포를 모았다. 그 장군은 일출 시간 즈음에 병사들과 함께 홍이포로 가장 가까이 있는 탱크를 공격하였다.

여러 발의 포탄이 탱크로 날아갔지만 그 중에서 탱크에 직접 닿은 것은 3발밖에 되지 않았다. 그 탱크는 청나라 홍이포로는 절대로 파괴될 수 없는 것이었다. 공격 받은 탱크는 조금 후에 홍이포가 설치된 곳을 향하여 포탄을 발사하였다. 보병들도 그 쪽을 향하여 소총을 자동으로 발사하였다. 공격을 받은 청나라의 홍이포는 완전히 파괴되어 다시 사용할 수 없게 되었다. 이제는 청나라 군영은 더 이상 싸울

의지를 상실했다.

"우리 청나라 군영에 있는 군량은 얼마나 남았습니까?"

"미래에서 왔다는 조선 군인들이 하늘에서 공격하는 바람에 군량 창고가 폭파되었지만, 그 잔여물들을 모으라고 지시했습니다. 그것들을 먹으면 어느 정도는 버틸 수 있을 것입니다."

"우리 청나라 군인들이 땅바닥에 떨어진 것을 주워서 먹는단 말이오?"

"그것이라도 먹어야지, 그렇지 않으면 굶습니다."

"청나라 병사들이 포위망을 뚫을 방법이 없겠소?"

"저렇게 철갑으로 두른 병거들이 지키고 있어서 어렵습니다."

"미래의 조선 병사들은 연속으로 발사되는 총을 가지고 있습니다."

"그러면 항복하는 수밖에 없단 말이오?"

"그렇지 않으면 청나라 병사들은 이곳에서 꼼짝없이 굶어 죽어야 합니다."

"폐하, 이렇게 되었으니 우리가 조선에 항복하는 수밖에 없습니다."

"그렇다면 누구를 항복 사신으로 보내면 좋겠소?"

청나라 왕은 신하들과 장군들에게 물었다.

청나라 왕은 그곳에 있는 신하 중에서 조선 말을 가장 잘하는 신하를 선택하여 호위병 세 명과 함께 항복 사신으로 보냈다. 그들은 포위망을 나오기 위해서 흰색 깃발을 들고 나왔다. 현대의 보병들은 그들을 조선의 병사들에게 인도해 주었다.

"저희는 항복하기 위해서 남한산성으로 조선의 임금을 찾아가는 길입니다."

그 사신은 조선의 병사들에게 말했다.

"남한산성에는 임금님께서 안 계시고 이미 궁궐로 가셨소."

조선의 병사는 말했다.

"그럼 저희들을 궁궐로 인도해 주십시오. 거기에 가서 임금님께 드릴 말씀이 있습니다."

"조금 기다리시오. 장군님께 보고하고 오겠소."

그 사신 일행은 조선의 병사들과 함께 궁궐로 갔다. 그 사신은 궁궐에서 인조 임금 앞으로 인도되었다. 그 사신은 인조 임금을 보자마자 큰절을 올리고 항복의 말을 전했다. 인조 임금은 그 사신을 보자 크게 꾸짖었다.

"너희 청나라 군사들이 조선에 쳐들어와서 내가 얼마나 고생한 줄 아느냐? 몸이 고된 것은 아무 것도 아니다. 마음고생 때문에 내 속이 다 타들어갔다. 조선의 백성들과 군사들이 너희들 때문에 그렇게 많이 죽은 것은 어떻게 보상할 셈이냐? 나는 너의 항복을 받을 마음이 없다. 청나라 왕은 직접 짐에게 와서 항복 의식을 행하여라. 항복 의식에 관한 것은 너희들이 더 잘 알 것이다. 항복에 관한 구체적인 것은 대신들과 의논해라."

인조 임금은 그 말을 하고는 나가 버렸다. 인조 임금은 청나라 사신의 말을 계속 듣지 않고 나가 버렸기 때문에 그 사신은 변명조차 제대로 할 수 없었다.

"저희 청나라가 항복하려고 했는데 너무 심한 공격을 받아서 때를 놓쳤습니다."

청나라 사신은 조선의 신하들에게 변명하는 말을 했다.

"우리 조선이 너희들에게 두 번이나 사신을 보내서 항복하라고 했는데, 때를 놓치다니!"

"저희 청나라의 신하들과 장군들은 그 사신의 말을 믿지 못했습니다."

"듣기 싫다. 빨리 가서 너희 왕이나 데려와라!"

"제가 돌아가서 저희 폐하께 여쭈어 보고 다시 오겠습니다."

"제가 청나라 사신에게 몇 가지 경고의 말을 해도 되겠습니까?"

김광현이 조선의 신하들에게 물었다.

"김 이사님, 말씀하셔도 됩니다."

"청나라 병사들이 현재 조선의 영토에 있지만 사신이 아는 바와 같이 우리가 완전히 포위해서 어느 누구도 포위망을 빠져나갈 수 없소. 거기에 갇혀 있는 사람들은 모두 죄인의 신분이오. 우리 조선이 원하면 지금이라도 거기에 있는 모든 사람을 몰살할 수 있소. 내가 두 가지를 지시하니 청나라 군영에 돌아가면 당장 시행하시오."

김광현의 말을 들은 청나라 사신은 침을 꼴깍 삼켰다.

"첫째, 청나라 왕은 본국에 서신을 보내서 청나라의 어느 병사라도 국경을 넘지 말라고 하시오. 혹시 상황 파악을 못하는 청나라 장군이 청나라 왕을 구한답시고 조선의 국경을 넘는다면, 그 군대를 전부 몰살시키고 청나라 자체를 없애 버릴 것이오. 둘째, 청나라 군영에 돌아가서 거기에 있는 모든 병장기와 갑옷을 수레에 싣고 조선 군영으로 가서 모두 바치시오. 군마는 10마리만 남기고 모두 조선 군대에 바쳐야 하오. 나중에 조선의 병사들이 그곳을 수색해서 병장기나 갑옷이 하나라도 나올 경우, 그 하나에 청나라 병사 목숨 10개와 바꿔야 할 것이오."

청나라 사신은 김광현의 말을 듣고 나서 조선 병사들의 감시를 받으면서 청나라 군영으로 돌아갔다. 김광현은 궁궐에서 청나라 사신에게 한 말을 최정환에게 4차원 통신 장비로 전해 주었다.

남한산성에 있는 조선의 병사들과 백성들은 한창 남한산성 둘레에 있는 시신들을 정리 중이었다. 남한산성을 포위하고 있었던 많은 청나라 병사들이 죽은 채 방치되어 있었기 때문이다. 조선인들은 큰 구덩이를 여러 곳에 파서 그 시체를 모아서 묻었다.

겨울이기에 악취가 덜 나지만 여름이었으면 빨리 부패되었을 것이다. 강화도 앞바다에서도 많은 청나라 병사들이 죽었는데 그 시체 일부가 해변으로 밀려왔다. 그곳에 사는 백성들과 병사들이 그 시체를 땅에 묻어 주었다. 조선의 병사들과 백성들은 청나라 군영 근처의 시체도 묻었다. 포위망 안에 있는 시체들은 청나라 병사들이 처리하고 있었다.

청나라 군영으로 돌아온 청나라 사신은 청나라 왕에게 결과를 보고했다. 청나라 왕은 조금의 기대를 갖고 사신의 말을 들었는데, 조선 임금의 말과 김광현의 말을 전해 듣고 크게 실망했다. 청나라 왕은 그 내용을 신하들과 장군들에게도 들려주기 위하여 그들을 소집했다. 사신은 궁궐에서 있었던 일들을 소집된 그들에게 다시 말했다.

"조선의 왕은 우리 폐하께서 직접 와서 항복하라고 합니다."

"우리 폐하께서 어떻게 직접 항복한다는 말입니까?"

"사신은 미래에서 왔다는 김광현이라는 자가 우리에게 경고한 말을 장군들에게 전해라."

청나라 왕이 말했다.

사신은 김광현이 말한 내용을 그대로 장군들에게 전했다. 청나라 왕은 우선 김광현이 말한 것을 그대로 시행하라고 하였다. 청나라 군대는 김광현의 말을 거부할 만한 능력이 없었다.

청나라 왕은 신하 1명과 호위병 3명을 청나라로 보냈다. 그들은 왕의 명령이 적힌 서신을 가지고 말을 타고 떠났다. 그 신하를 호위하는 병사들은 비무장으로 떠났다. 청나라 군영을 포위하고 있던 최정환은 그들을 청나라로 보내 주었다.

청나라 왕은 군영에 있는 모든 병장기와 갑옷을 수레에 싣고 조선 군영으로 가지고 가라고 했다. 청나라 병사들은 군영에 있는 모든 병장기와 갑옷을 군마들과 함께 가지고 조선 군영 앞으로 갔다. 청나라 병사들의 병장기와 갑옷을 받은 조선의 병사들은 재활용할 수 있는 것들을 제외하고는 모두 불에 태워 버렸다. 청나라 왕을 호위하는 병사들도 무기도 없이 맨몸으로 호위하게 되었다. 청나라 병사들은 미래의 군인들과 조선의 병사들에 의해서 포위되어 감시를 받으면서 일정한 지역 안에서만 머물게 되었다.

조선의 임금이 청나라 황제에게 직접 와서 항복을 하라고 하니, 정말 기가 막힐 일이었다. 원래 계획된 대로라면 지금쯤 조선의 임금이 청나라 황제에게 항복해야 하는데, 단 며칠 만에 상황이 역전되어 두 나라의 형편이 완전히 바뀌어 버렸다. 청나라는 명나라를 공격하기 전에 위험 요소인 조선을 먼저 공격하기 위해서 여기까지 왔는데, 조선에게 항복하게 되었으니 앞날이 너무나도 걱정되었다.

청나라 왕은 직접 조선까지 온 것을 뼈저리게 후회했다. 그는 조선을 침입하면 분명히 승리할 것을 확신하고 직접 조선에 왔었다. 자신이 직접 오지 않았더라면 전쟁에서 패배하더라도 군사만 잃었을 뿐 이런 수모를 겪지 않아도 될 텐데, 이렇게 직접 왔으니 살아서 돌아가기 위해서는 이런 수모를 견디어야 했다. 청나라 왕은 포위되어 굶어 죽기보다는 항복하여 살기로 결정하고 사신을 조선의 궁궐로 보냈다. 청나라 사신은 조선의 궁궐에 다시 찾아갔다. 그 사신은 인조 임금과 신하들 앞에 섰다.

"저희 청나라 군영에서는 김 이사님으로부터 들은 지시를 모두 시행했습니다. 지금 청나라 군영에 있는 모든 병사들은 비무장 상태로 죗값을 기다리고 있습니다."

"우리 조선이 미래의 군사력을 빌리지 않았더라면 청나라에 항복하였을 것인데, 청나라는 조선에게 어떤 방법으로 항복을 받으려고 했소?"

"삼배구고두례입니다."

청나라 사신은 떨리는 목소리로 아주 작게 대답했다. 청나라 군영에서는 원래 더 치욕스러운 의식도 생각하고 있었으나 사신은 그렇게 말했다.

"우리가 항복 의식에 관한 것을 의논하고 다시 부를 것이니 물러가 있거라."

인조 임금은 청나라 사신에게 말했다. 청나라 사신은 그 자리에서 물러나서 나갔다.

"우리 조선이 청나라 사신이 말한 그 방법으로 청나라 왕의 항복을 받으면 어떻겠습니까?"

대신들 중에 한 명이 말했다.

"그것이 좋은 방법인 것 같소이다."

다른 대신들이 말했다. 그러자 어느 늙은 대신이 그 말을 듣고 말했다.

"우리 조선은 북쪽의 오랑캐와는 다르오. 우리 조선은 예의가 있는 나라입니다. 그런 치욕스러운 방법으로 항복을 받으면 무엇이 유익합니까? 상대방에게 굴욕감을 주면서까지 항복을 받으면 나중에 그 굴욕감에 복수하려고 할 것입니다. 우선 이번 전쟁으로 인하여 청나라가 조선에 피해를 준 것을 배상하는 것은 당연한 것이므로 얼마나 배상을 받아야 할 것인지 계산해 봐야 할 것입니다. 항복 의식에 관한 것은 이렇게 생각합니다. 청나라 왕이 베옷을 입고 청나라 군영에서 맨발로 이 궁궐까지 걸어와서 조선의 임금께 세 번 절한 후에 무릎을 꿇고 사죄하는 것이 좋을 것 같습니다. 배상을 얼마만큼 받을 것인지를 계산할 신하를 정하고 추가할 다른 항복 조건들도 생각해 보십시오."

"그 말씀이 맞습니다. 우리가 오랑캐와 같은 방법으로 할 필요는 없습니다."

"항복을 받은 후에 우리 조선이 청나라로부터 충분한 수의 인질을 받아야 할 것입니다."

"그 방법이 좋을 것 같습니다. 그렇게 해야 다시 조선을 침입하지 못할 것입니다."

인조 임금과 신하들은 항복에 관한 의견들을 마무리하고 청나라 사신을 불렀다. 청나라 사신이 다시 들어오자, 인조 임금은 그 사신에게 항복 의식과 배상에 관한 것을 말했다.

"청나라 사신은 잘 듣거라. 청나라 왕은 베옷을 입고 맨발로 이 궁궐까지 직접 걸어와서 짐에게 세 번 절한 후에 무릎을 꿇고 사죄할 것이며, 너희 청나라가 일으킨 전쟁의 피해를 우리가 정한 대로 조선에 조공을 앞으로 5년 동안 나누어 바칠 것이다. 그리하고 청나라 왕의 아들과 형제와 친척들 중에 5명과 청나라 대신의 아들들 중에 5명과 청나라 장군의 아들들 중에 5명, 도합 15명을 인질로 조선에 오게 하라. 너희 왕은 인질들이 오기 전까지 청나라로 돌아갈 수 없다."

청나라 사신은 인조 임금의 말을 듣고 청나라 군영으로 돌아가서 청나라 왕에게 그 말을 전했다. 청나라 왕은 조선의 궁궐에 다녀온 사신의 말을 듣고는 체념하고 항복하기로 했다. 그가 항복하지 않으면 살아서 돌아갈 가망이 없기에 항복하는 것밖에 다른 방법이 없었다. 청나라의 군대는 이미 비무장이 되었고 청나라 군영에는 군량이 얼마 남지 않은 상황이었다.

"지금 군량이 얼마나 남았느냐?"

청나라 왕은 장군들에게 물었다.

"10일 정도 군량밖에 남지 않았으나 청나라로 돌아가는 길에도 군량이 필요합니다."

"군량이 떨어져서 큰일이구나. 더 이상 버티기가 힘들 것 같다. 3일 후에 조선의 임금에게 항복하러 가겠다. 조선의 궁궐에 사신을 보내 항복하러 가는 날짜를 조선에 알려 주어라."

청나라 왕은 기가 죽은 목소리로 말했다.

드디어 청나라 왕이 조선의 임금에게 항복하러 가는 날이 되었다. 청나라 왕은 잠을 별로 자지 못했다. 너무나 마음고생을 많이 해서 그의 몸속은 거의 타 버린 것 같았다. 청나라 왕은 일찍 일어나서 출발 준비를 하였다. 그는 베옷으로 갈아입고 신발을 신지 않은 상태로 천막 밖으로 나왔다. 청나라 군영에 있는 모든 신하들과 장군들과 병사들이 신발을 신지 못하였다. 추운 겨울이기에 발이 얼기 시작하였다. 이런 추위에 맨발로 조선의 궁궐까지 간다는 것은 너무나 어렵게만 느껴졌다.

그래도 청나라 왕이 힘을 내어 걸으려고 할 때, 조선의 임금이 보낸 사자가 청나라 군영에 도착하여 청나라 왕에게 갔다. 조선의 사자는 인조 임금의 명령을 읽어 주었다.

"짐은 청나라 왕에게 은혜를 베풀어 청나라 왕이 신발을 신고 궁궐 앞까지 걸어오는 것을 허락한다. 다만 궁궐 안에서는 맨발로 죄를 뉘우치면서 걸어라."

인조 임금의 명령을 들은 청나라 신하들은 그들의 왕에게 신발을 갖다 주어 신게 하였다. 청나라 왕은 그제야 제대로 걸을 수 있게 되었다.

청나라 왕은 신하들과 함께 걸어서 조선의 궁궐에 도착했다. 그들은 궁궐 앞에 도착하자 모두 신발을 벗었다. 땅의 차가운 기운이 그들의 발끝에서부터 몸으로 서서히 올라오기 시작했다. 그들은 조선의 병사들이 인도하는 대로 궁궐 안으로 들어갔다. 궁궐 안의 넓은 광장은 이미 청나라 왕으로부터 항복을 받기 위한 준비가 완료되어 있었다. 인조 임금이 앉을 옥좌는 높은 곳에 설치되어 있었고, 청나라 왕이 인조 임금에게 절을 올릴 곳에는 멍석이 깔려 있었다. 청나라 왕은 멍석에 무릎을 꿇고 앉았고, 신하들과 장군들은 그 뒤에 무릎을 꿇고 앉았다. 조금 후에 인조 임금이 행차한다는 말이 들렸다. 청나라 왕과 그 신하들은 모두 일어서서 고개를 숙이고 인조 임금을 맞이했다.

"이제 청나라가 조선에 항복하는 의식을 시작하겠습니다. 청나라 왕과 신하들은 조선의 임금께 항복하는 의식을 시작하시오!"

조선의 신하가 의식이 시작됨을 큰 소리로 알렸다.

청나라 왕은 그가 있던 곳 멍석 위에서 인조 임금에게 큰절을 세

번 올린 후에 무릎을 다시 꿇었다. 청나라 왕의 신하들은 그들의 왕이 큰절을 하는 동안 무릎을 꿇고 있었다. 청나라 왕은 인조 임금 앞에서 문서를 펼치고 항복하는 글을 읽었고 역관은 그 말을 통역했다.

"청나라 왕은 삼가 조선의 임금께 아룁니다. 소인이 무식하고 부족하여 조선을 침입하였습니다. 이로 인하여 조선의 임금과 백성들에게 씻을 수 없는 큰 죄를 짓게 되었습니다. 부디 소인과 청나라의 군사들을 용서하시고 생명의 은혜를 저희들에게 베풀어 주십시오. 청나라는 조선의 임금께서 청나라에 제시하신 항복의 모든 조건들을 이행할 것입니다. 앞으로 청나라는 조선을 형님의 나라로 삼고 섬기겠습니다."

청나라 왕이 항복하는 글을 다 읽자, 청나라 신하가 청나라 왕이 읽은 문서를 인조 임금에게 바쳤다. 인조 임금은 그 문서를 받고 멍석 위에서 무릎 꿇은 청나라 왕에게 말했다.

"짐과 조선의 백성들이 너희들 때문에 고생한 것을 생각하면 너희들을 전부 전멸시키고 싶었다. 그러나 한편으로 생각해 보면 청나라의 군사들이 무슨 잘못이 있느냐? 왕을 잘못 만난 죄밖에 없다. 청나라 왕의 죄로 인하여 죄가 없는 청나라 병사들이 죽는 것을 불쌍히 여겨서 청나라 왕과 함께 살려 주는 것이다. 청나라 왕은 이번 전쟁으로 인하여 죽은 수많은 사람들을 생각해 보아라. 죽은 사람들의 가족을 어떻게 위로할 수 있겠느냐? 너의 욕심 때문에 이렇게 많은 사람들이 죽을 필요가 있었느냐? 너의 존재가 이렇게 수많은 목숨과 바꿀 가치가 있느냐? 너는 너의 죄를 깊이 생각하고 부끄러워해야 할 것이다. 너는 평생 동안 이번 전쟁으로 인하여 죽은 사람들의 가족들에게 죄를 갚으면서 살아야 할 것이다. 청나라 왕은 이제부터 짐이 허락할 때까지 황제라는 칭호를 사용할 수 없다."

청나라의 왕과 신하들은 인조 임금에게 목숨에 대한 감사의 인사를 하고는 뒷걸음으로 인조 임금 앞에서 물러났다. 청나라의 왕과 몇 명의 신하들은 조선의 궁궐에 남았고, 나머지 사람들은 오후 늦게 조선의 궁궐을 나와서 청나라 군영으로 돌아갔다. 청나라 왕은 조선의 궁궐에 임시로 인질로 남아 있어야 했다. 청나라의 신하들이 청나라로 가서 항복의 조건에 나와 있는 인질들을 조선으로 데리고 온 후에 그들의 왕을 데리고 갈 수 있었기 때문이다.

청나라 왕은 궁궐 안에 마련된 별도의 장소에만 머물게 되었다. 그는 임시로 조선의 궁궐에 인질로 남아 있었지만 귀빈 대접을 받았다. 그의 신하 몇 명이 남아서 그들의 왕을 보좌했다. 그를 보좌하는 신하들은 인질이 아니었기 때문에 궁궐 밖을 출입할 수 있는 약간의 자유가 주어졌다. 궁궐을 수비하는 수십 명의 조선 병사들은 청나라 왕을 감시하며 지켰다. 청나라 왕은 인질로 남은 첫날 저녁에 신하들과 대책을 의논했다.

"청나라 장군들이 청나라로 돌아가서 조선의 왕이 요구한 인질들을 무사히 데려와야 할 것인데 걱정이 되는구나!"

청나라 왕은 그의 신하들에게 말했다.

"15명의 인질들을 데려와야 하는데 모두 황족과 대신과 장군의 아들들입니다. 그들이 아무 저항 없이 그들의 아들들을 인질로 내어 놓겠습니까?"

어느 신하가 말했다.

"높은 지위를 이용하여 서로 가지 않으려고 할 것입니다."

다른 신하가 말했다.

"과인이 없는 동안에 이 문제로 인하여 청나라 조정에 큰 혼란과 다툼이 생길 것인데 좋은 방안이 없겠소?"

청나라 왕은 신하들에게 물었다.

"폐하께서 직접 그 명단을 작성하시면 어떻겠습니까?"

"그것도 좋은 방법입니다. 그런데 그 명단에 있는 사람 중에 불가피하게 못 올 사정이 있는 사람이 생길 수도 있습니다."

"그럼 어떻게 해야 하겠소?"

청나라 왕이 의견을 물었다.

"소신의 생각으로는 폐하께서 조선에서 요구한 인원의 두 배로 명단을 작성해서 청나라로 보내면 좋을 것 같습니다."

"그렇게 두 배의 인원이 조선에 올 필요는 없지 않소?"

"그들 모두가 전부 인질이 되는 것은 아닙니다. 추첨을 통해서 절반만 인질로 남기고 나머지 절반은 돌려보내면 됩니다."

"그것이 좋은 방법이오. 그러면 인질로 오는 사람들도 바로 돌아갈 수 있는 희망이 있군요."

"네, 그렇습니다. 그 희망 때문에 청나라 조정에서 혼란과 다툼이 줄어들 것입니다."

"과인과 함께 명단을 작성해 봅시다."

청나라 왕은 청나라로 보낼 명령 서신을 써서 신하에게 전했다. 그 서신에는 인질로 데리고 올 왕족들과 대신의 아들들, 장군의 아들들의 명단이 담겨 있었다. 청나라 왕은 그 명령 서신의 인질 명단을 작성할 때, 조선에서 요구하는 인원의 두 배로 작성하였다. 배정된 인원만 명단으로 작성하면 어떤 사정으로 못 오는 경우가 발생하여 인원이 부족할 수도 있지만, 이렇게 두 배로 명단을 작성했으니 인원이 부족하게 될 염려는 없게 되었다. 명령 서신을 받은 청나라 신하는 궁궐 밖으로 나갔다. 그는 그것을 청나라로 가게 될 대장군에게 빠르게 전달하였다.

항복 의식을 마치고 청나라 군영에 도착한 사람들은 다음 날에 청나라로 떠나기로 하였다. 청나라 대신 중에 한 명은 인질들과 함께 전쟁 배상 재물을 가지고 다시 와야 했다.

청나라 왕이 항복하기 전에 청나라 왕의 명령을 가지고 먼저 떠난 신하는 청나라 궁궐에 들어가서 왕족들과 신하들에게 왕의 명령을 전달하였다. 청나라에 남아 있던 그들은 청나라가 조선을 거의 이긴 것으로 알고 있었는데, 이렇게 크게 패하고 자신들의 왕이 조선에 포위되어 있다는 것이 도저히 믿어지지 않았다.

"어떻게 우리 청나라가 조선에게 패할 수 있습니까? 나는 폐하께서 보내 주신 서신을 믿을 수 없습니다."

청나라 대신은 그 신하에게 물었다.

"조선은 미래에서 온 군사들이 도와주어서 우리 청나라를 이길 수 있었습니다."

"미래에서 군사들이 왔다고 했습니까?"

"네, 조선을 도운 군사들은 미래에서 온 군사들입니다. 그들은 막강한 무기를 가지고 조선에 왔습니다. 미래에서 온 군사들은 하늘을 나는 병거와 철갑으로 두른 병거에서 청나라 군사들을 공격했습니다."

"어떻게 미래에서 군사들이 올 수 있으며, 어떻게 병거가 하늘을 날 수 있단 말이오?"

"정말입니다. 그 병거는 새보다 훨씬 빨리 날면서 청나라 군사들을 공격했습니다. 조선이 도움을 받았던 미래의 군사력은 청나라 군사들이 도무지 상대할 수 없을 만큼 막강했습니다. 미래에는 군사들이 병거를 타고 하늘을 날 수 있다고 합니다."

"그것은 거짓말이오. 어찌 그런 말을 믿을 수 있습니까? 당장 군사를 모아서 폐하를 구하러 가야 합니다."

그 신하의 말을 듣고 있던 어떤 장군이 강하게 주장했다.

"장군의 말이 맞습니다. 당장 폐하를 구하러 가야 합니다."

다른 장군이 그 말에 동의했다.

"그러면 안 됩니다. 폐하의 서신을 보고도 그러십니까?"

그 신하는 청나라가 질 수밖에 없는 이유를 자세히 설명하였다. 그 신하의 말을 자세히 듣기 전에는 군사를 모아서 왕을 구하러 가야 한다는 장군들도 있었다. 그러나 그 신하의 말을 납득한 후에는 미래에서 온 군인들을 무찌를 방법이 없자 단념할 수밖에 없었다. 또한 그들은 청나라 왕이 서신으로 보낸 명령을 어길 수 없었다. 그 서신에는 군사를 모아서 조선에 절대로 쳐들어오지 말라고 기록되어 있었다.

청나라 왕이 공식적으로 항복한 다음 날, 살아남은 청나라 군사들이 청나라로 떠났다. 그날에는 현대의 군인들이 포위망을 풀어 주었다. 무장이 해제된 청나라 군사들은 이전에 쳐들어올 때와는 완전히 다른 모습을 하고 있었다. 이전에는 그들의 사기가 하늘을 찌를 것 같았고 휘날리는 그들의 깃발은 공포감을 주기에 부족함이 없었다. 그런데 이제는 갑옷도 입지 않고 무장을 하지 않고 깃발도 없고 군마를 탄 군인도 거의 없었다. 그들 사이에는 다친 군사들이 많았다. 부축을 받으면서 걷는 군사들도 많이 보였다.

그들이 가지고 가는 군량은 청나라에 도착하기 전에 떨어지게 될 것이다. 그래서 군량을 가지고 마중을 나오도록 기병 몇 명이 먼저 출발했다. 조선의 조정에서는 조선 국경 안쪽으로 군량을 가지고 마중을 나오는 것을 허락해 주었다. 이러한 내용이 국경을 지키는 장수들에게 전달될 수 있도록 조선의 사자가 청나라 기병과 함께 떠났다. 청나라에서 군량을 가지고 마중을 나오는 과정에서 무장을 허용하지 않았으며 군량의 양도 제한하였다.

청나라 군사들이 돌아간 후에는 현대에서 시간 여행을 와서 조선에 머무르고 있는 현대의 군인들 가운데 보병들이 먼저 현대로 돌아갔다. 그들이 조선에서 머문 시간만큼 현대에서도 시간이 지나갔다. 그들이 현대로 갈 때에는 최정환이 4차원 통신 장비를 사용하여 현대와 통신을 먼저 취했다. 혹시 같은 공간에 다른 것들이 있으면 사고가 발생할 위험이 있기 때문에 보병들이 도착할 곳의 연병장을 치워야 했다. 그들은 한 사람도 인명 피해가 없이 모두 현대로 돌아갔다.

다음 날에는 10대의 탱크들이 현대로 돌아갔다. 탱크들이 돌아갈 때에는 10대 모두 먼저 한곳에 모였다. 그리고 4차원 기업 직원들이 현대에 있는 직원들과 통신을 하면서 조심스럽게 탱크를 현대로 보냈다. 탱크를 운용할 때에 부수적으로 필요한 장비와 인원들도 조금 후에 모두 현대로 떠났다.

청나라 기병 몇 명이 먼저 청나라로 출발하여 군량을 요청하였으므로 그로 인하여 많은 청나라 백성들은 청나라 군사들이 조선에서 패배한 사실을 알게 되었다. 청나라 조정은 약간의 군량을 후퇴하는 병사들에게 보냈다. 자신의 가족을 군사로 조선에 보낸 청나라 백성들은 가족을 만나기 위해서 돌아오는 청나라 군사들을 기다렸다. 드디어 조선에 갔던 군사들이 돌아왔으나, 많은 백성들은 그들의 가족이 돌아오지 않은 것을 알고 통분했고 청나라 왕을 원망하였다.

청나라 장군은 백성들을 모아 놓고 이 전쟁에서 불가피하게 질 수밖에 없는 이유를 설명하고 백성들의 이해를 구하였다. 청나라 백성들은 장군의 그러한 설명을 들어도 납득하지 못하였다.

"어떻게 조선에 그러한 무기가 있을 수 있단 말입니까? 그렇게 미덥지 않은 말을 우리에게 믿으라고?"

"그렇게 믿지 못하겠거든 여기에 전쟁에서 살아온 군사들이 있으니 직접 물어보면 되지 않느냐?"

청나라 장군은 말했다.

살아서 돌아온 군사들의 말과 표정에는 거짓됨이 없었다. 자신들도 구사일생으로 겨우 살아서 이렇게 돌아왔다고 말했다. 조선에서 돌아온 청나라 장군들과 신하들은 청나라 궁궐로 가서 왕족과 대신들에게 인사를 했다. 그날 오후에 청나라 궁궐에서는 비상 대책 회의가 열렸다.

"우리의 황제께서 조선의 궁궐에 인질로 잡혀 있는데 어떻게 해야 합니까?"

"어떻게 할 별다른 방법이 없습니다. 황제께서 써 주신 명령대로 인질들을 데리고 다시 조선으로 가야 됩니다."

"나는 내 자식을 조선에 못 보냅니다. 그렇게는 절대로 못 합니다."

"당신은 황명을 거역하겠다는 것입니까? 황명을 거역하는 것은 반역입니다."

"내 아들도 조선에 인질로 보냅니다. 어느 누구도 황명을 거역할 수 없습니다. 황명을 거역하는 사람은 항명죄로 3족을 멸하겠습니다."

청나라 대신 중에 가장 높은 대신이 말했다.

대신들과 장군들은 치열한 논쟁을 하였지만, 결국 청나라 왕의 명령 서신에 나와 있는 대로 하는 수밖에 없었다. 청나라 조정에서는 열흘 후에 청나라 왕의 명령 서신에 나와 있는 사람들을 모아서 조선에 보내기로 결정했다.

청나라 궁궐에 있는 신하들과 장군들은 조선에 바칠 조공을 준비하기 위해서 재물을 모으기 시작했다. 그 조공에는 금과 은 같은 귀금속도 있고, 군마와 청나라 특산물과 식량도 있었다. 이번에는 1년 분량의 4분의 1일 가지고 가야 했다. 청나라 조정은 갑자기 조공으로 바칠 재물을 모으기가 어려웠다. 전쟁 준비로 국고는 얼마 남지 않았고 재물을 준비하는 기간은 너무나 촉박했다.

청나라 왕은 명령 서신에 인질 명단을 작성할 때에 공평하게 작성하지 않았다. 그때에는 청나라 왕이 여러 사정을 세밀하게 분석하여 공평하게 명단을 작성할 형편이 못 되었다. 그냥 생각나거나 옆에서 불러 주는 대로 명단을 작성하였다.

청나라 궁궐에서 대신들과 장군들이 회의를 할 때에 이러한 불공평함이 언급되었다. 인질 명단에서 아들의 이름이 빠진 대신들과 장군들은 안심하고 있었다.

어느 대신이 말했다.

"우리 청나라가 조선에 전쟁 피해 배상으로 조공을 바쳐야 합니다. 황제께서 명령 서신에 기록한 명단을 보니 대신의 아들들과 장군의 아들들은 누구나 명단에 이름이 들어갔어도 무방했습니다. 대신들과 장군들 중에 그 명단에 아들의 이름이 들어가 있지 않은 자들은 조공으로 바칠 재물들 중에서 일부분을 부담하면 좋겠습니다. 그러면 공평할 것 같습니다."

인질 명단에 아들의 이름이 있는 대신들은 이러한 의견을 긍정적으로 받아들이고 수긍했다. 회의 분위기로 볼 때에 그 의견을 거부하기가 어려웠다. 만약에 그 의견을 거부한다면 나라에 충성을 다하지 않는 것으로 보일 수 있기 때문이었다.

"집안 형편이 좋지 못하여 재물을 바치지 못하는 대신이나 장군은 어떻게 해야 합니까?"

"인질 명단에는 없지만 재물 대신에 아들을 조선에 보내면 됩니다."

"아들과 함께 며느리를 같이 보낼 수 있습니까?"

"아직은 안 됩니다. 명단에 있는 모든 사람들이 인질이 되는 것은 아닙니다. 조선에 도착하면 폐하께서 추첨을 통해 선택할 것입니다. 인질 명단이 확정된 이후에 따로 가족들을 조선에 보내는 것은 무방합니다. 조선의 임금이 그것을 허락했습니다."

이윽고 인질들이 조선으로 떠날 날짜가 되었다. 인질들은 그들의 가족들과 작별 인사를 했다. 그래도 그들에게는 다시 돌아올 희망이 있었다. 인질들 중에서 절반은 추첨을 통해서 다시 청나라로 돌아오게 된다. 몇 년 후에는 청나라 왕의 명령에 의해서 인질들이 교체될 수도 있을 것이다. 청나라가 조선과 외교를 순조롭게 잘하면 모든 인질들이 해방되는 날이 올 수도 있을 것이다. 그러기 위해서는 청나라가 조선에 그만큼 신뢰를 주어야 한다.

그 명단에 있는 사람들은 모두 떠날 채비를 하였다. 청나라 관리들도 조선에 조공으로 바칠 물품들을 점검하였다. 청나라 신하들은 밖으로 나와서 떠나는 이들을 배웅했다.

"내 아들을 잘 부탁하네."

인질로 아들을 보내는 청나라 대신들은 인솔하는 대신에게 말했다.

"폐하를 잘 모시고 오십시오."

충성스러운 어느 대신은 청나라 왕을 걱정하는 말을 했다.

인질로 가는 사람들은 모두 말을 타고 갔다. 그들의 말은 조선에 도착하면 조공으로 조선에 바쳐지게 될 것이다. 떠나는 말들 중에 다시 돌아오는 말은 극소수가 될 것이다.

청나라의 높은 대신이 떠나는 인질들에게 말했다.

"너희들은 폐하의 신하들이다. 조선으로 가는 도중에 인솔하는 대신에게 불편을 주어서는 안 된다. 만약에 그렇지 않으면 그 아비가 죽음으로 그 죗값을 치를 수도 있다. 청나라 조정에서는 너희들이 되도록 빨리 다시 청나라로 돌아올 수 있도록 힘을 쓰겠다."

청나라의 인솔 대신은 조공을 가지고 인질들과 함께 조선으로 떠났다. 그 대신은 병사들을 함께 데리고 갔다. 그 병사들은 인질들을 지키거나 감시하는 역할을 수행했다. 조공을 싣고 가는 사람들도 많았다. 인솔 대신은 인질들을 데리고 가지만, 인질들 중에 자신보다 지위가 더 높은 왕족들도 있어서 그들을 모시고 가는 것이 조금 불편했다.

그 대신에게는 막중한 책임감이 있었다. 그가 인질들과 함께 조공을 무사히 조선까지 가지고 가야 청나라 왕이 청나라로 돌아올 수 있었기 때문이다. 인질들은 조선으로 가는 길에 자신들이 제비뽑기를 잘하여 다시 돌아오기만을 기원하였다. 그러한 것 때문에 인질들 사이에 서로 경쟁 관계와 같은 분위기가 감돌았다. 그렇지만 실력으로 선택되는 것이 아니라 추첨으로 선택되기에 서로 시기할 필요는 없었다. 그저 하늘에 운명을 맡길 뿐이었다.

아들들을 인질로 보낸 대신들은 은근히 청나라 왕을 미워하였다. 그들 중에 조선을 침입하자고 주장한 이들은 그 주장에 대한 책임이 있기 때문에 그들의 아들이 인질로 가는 것이 마땅했다. 조선을 침입하는 것을 반대했던 대신 중에 그들의 아들을 인질로 보낸 사람들도 있었다. 그들은 억울하지만 청나라가 조선을 침입하기로 결정할 때에 강하게 반대하지 못하였기 때문에 그들 나름대로 약간의 책임이 있었다. 하지만 그때에는 강하게 반대하는 것이 청나라의 자존심을 상하게 하는 것이었고 불충성으로 여겨질 수도 있었기 때문에 뚜렷한 명분이 없이 강하게 반대할 수는 없었다.

청나라의 조공이 인질과 함께 조선의 궁궐에 도착했다. 인조 임금은 인질들의 대접을 소홀히 하지 않도록 지시했다. 조선의 관리들은 그들을 인질이 아닌 귀빈으로 대접했다. 그들을 위한 특별한 곳이 숙소로 정해졌다.

인질들이 도착하자 김광현과 최정환은 서로 협의한 후에 인조 임금을 만났다. 이사들은 특별한 요청을 인조 임금에게 했고, 인조 임금은 그것을 좋게 여겼다. 인조 임금은 청나라의 왕족과 대신들의 아들들을 위한 잔치를 간단하게 베풀어 주었다. 전쟁이 끝난 지 얼마 되지 않아서 큰 잔치를 베풀 수는 없었다.

다음 날 김광현과 최정환은 청나라 왕과 왕족 2명과 인솔 대신과 함께 수송 헬기에 올랐다. 그 헬기는 최대한 높이 올라가서 한양과 그 근처의 경치가 좋은 곳들을 둘러보았다. 이사들은 미래에서 가지고 온 무기들의 성능을 간단히 말해 주었다. 청나라 군사들이 그 무기에 당했기 때문에 그들은 그 무기의 성능을 충분히 이해할 수 있었다. 그들의 기억을 보다 확실히 해 두기 위해서 이렇게 헬기에 태워서 하늘

높이 올라왔다. 그들은 평생 이렇게 하늘을 나는 경험을 한 적이 없었다. 현대에 사는 사람들조차도 이렇게 헬기를 탈 기회는 별로 없다. 비행기를 타기는 쉬워도, 특별한 사람이 아니면 헬기를 타기는 어렵기 때문이다. 하늘을 나는 청나라 사람들은 신기하게 밖을 쳐다보았다.

이사들은 청나라 왕에게 말했다.

"저희들은 조선의 미래에서 온 사람들입니다. 미래에도 역사가 남기 때문에 청나라가 다시 조선을 침입하면 즉시 알 수 있습니다. 만일 청나라에서 다시 조선을 침입한다면, 이전보다 더 강력한 무기를 가지고 돌아와서 즉시 응징할 것입니다. 저희가 청나라 왕을 헬기에 태워서 하늘에까지 모시고 온 것은 청나라가 조선을 침입할 수 없다는 것을 확실히 깨우쳐 주기 위함입니다. 청나라가 조선을 침입하지 않겠다는 확실한 보증을 보여 준다면 조선이 청나라의 인질들을 굳이 데리고 있을 필요가 없습니다."

청나라 왕은 통역을 통해서 그 말을 듣고 표정이 달라졌다. 청나라 왕은 그들에게 부탁했다.

"청나라는 앞으로 절대로 조선을 침입하지 않겠으니, 조선의 임금에게 말을 잘해 주어서 모든 인질들이 바로 돌아갈 수 있게 해 주십시오. 이렇게 간절히 청합니다."

"청나라 왕의 말을 적극적으로 고려해 보겠습니다."

헬기는 청나라 인질들이 묵고 있는 숙소 근처에 내려서 그들을 내려 주고 궁궐에 있는 헬기장으로 돌아갔다. 다음 날 인조 임금은 청나라 왕을 불렀다.

"짐은 아직도 헬기라는 것을 타 보지 못하였다. 그런데 그대는 그것을 타 보았다면서?"

"제가 청나라 왕으로서 군영에 있을 때에는 그 헬기가 공포의 대상이었습니다. 그 헬기가 나타나서 청나라 군영을 파괴하고 다니는데 어떻게 해 볼 방법이 없었기 때문입니다. 그래도 직접 타고 하늘에까지 올라가 보니 그 감동은 평생 잊지 못할 것입니다."

"그렇게 감동적이다니 느낀 것을 더 말해 보시오."

"이러한 미래의 무기가 있는 조선이 너무 부럽습니다."

"그 헬기들은 며칠 후에 다시 미래로 돌아갈 것인데 그때에는 청나라가 또 다시 조선을 업신여길 것이오?"

"결코 그렇지 않습니다. 미래에서 오신 이사님들에게 설명을 다 들었습니다. 혹시 어느 나라가 조선을 침입하면 미래에서 그 헬기들이 다시 조선을 도우러 올 것인데, 조선은 계속하여 그런 무기가 항상 있는 것이나 마찬가지입니다."

"그런 무기의 보유 여부를 떠나서 남의 나라를 침입하는 것은 옳지 못한 행동이오."

"청나라는 앞으로 조선을 형님의 나라로 모실 것입니다. 저희 나라를 살펴 주십시오."

청나라 왕은 그 말과 함께 일어서서 인조 임금에게 큰절을 올렸다.

"짐이 청나라 왕에게 은혜를 베푸노라. 청나라에서 온 인질들을 모두 석방하니 모든 인질들을 데리고 청나라로 돌아가도 좋다. 청나라 왕은 방금 한 약속을 문서로 남기고 청나라로 언제든지 가고 싶을 때에 돌아가라."

인조 임금이 말했다.

청나라 왕은 인조 임금의 말을 듣고 다시 한 번 감사의 큰절을 올리고 베풀어 주신 은혜를 결코 잊지 않겠다고 말했다. 청나라 왕은 인조 임금에게서 물러난 후, 실무를 보는 양국의 대신들과 함께 방금 한 말을 문서로 만들어 인장을 찍었다. 그 문서는 인조 임금에게 바쳐졌다. 청나라 왕은 바로 김광현과 최정환을 만났다.

"이사님들, 방금 조선의 임금께 앞으로 결코 조선을 침입하지 않겠다는 문서를 바쳤습니다."

"잘 하셨습니다. 이제는 양국이 좋은 관계를 맺으면 좋겠습니다."

"조선에 대한 모든 염려를 접으시고 미래에 가셔도 됩니다. 앞으로 조선을 침입하는 일은 결코 없을 것입니다"

이사들은 청나라 왕에게 청나라의 역사에 대해서 간단하게 말해 주었다.

"앞으로 청나라는 명나라를 무너뜨리고 중국을 다스릴 큰 나라로 될 것인데, 청나라가 조선을 침입하지 않은 이상 4차원 기업은 청나라의 내정에 간섭하지 않겠습니다. 조선을 제외한 다른 나라와 전쟁을 할 때에도 관여하지 않겠습니다. 다만 조선이 청나라의 전쟁 때문에 외교에 불편함을 느낄 때에는 청나라에 그 불편함에 대한 해소를 요구할 것입니다. 그러면 청나라는 조선이 외교적으로 불편하지 않도록 해 주어야 합니다."

김광현이 말했다.

"청나라가 황제의 칭호를 다시 사용하는 것은 조선에 전쟁 피해 배상을 모두 다한 후에 조선 임금의 허락을 받고 이루어져야 합니다. 청나라가 왕의 칭호를 어떻게 사용하든지 청나라는 조선을 형님의 나라로 섬겨야 합니다. 육체적인 형제 사이에서도 먼저 태어난 형이 동생보다 재산이나 지위가 낮을 수 있습니다. 그런 것처럼 청나라가 조선보다 나라가 커질지라도 조선을 형님의 나라로 섬겨야 합니다. 조선의 권위는 4차원 기업에서 영원히 지킬 것입니다."

최정환이 말했다.

청나라 왕은 청나라가 앞으로 중국 대륙을 다스릴 것이라는 말에 기분이 좋아졌다. 미래에서 온 사람들이 말해준 것이었기 때문에 점쟁이가 말해 주는 것보다 더 믿음이 생겼다.

청나라 왕은 궁궐에서 인조 임금과 이사들과의 대화를 모두 마친 후에 숙소로 돌아왔다. 청나라 왕은 인질로 온 왕족과 대신의 아들들과 장군의 아들들에게 말했다.

"짐이 방금 조선의 궁궐에 다녀왔는데, 조선의 임금에게 잘 말해서 조선에 인질들을 남기지 않기로 했다. 너희들을 모두 청나라로 데리고 돌아가겠다. 청나라는 앞으로 영원히 조선을 형님의 나라로 섬길 것이며 결코 조선을 침입하지 않을 것이다."

인질들은 자기들이 다시 청나라로 돌아갈 수 있다는 말을 듣고 기분이 너무 좋았다. 그런데 조선을 형님의 나라로 삼겠다는 말을 듣고 불만이 있는 자들도 있었다. 그들이 보기에 조선은 한없이 작고 초라한 나라였던 것이다. 청나라 왕은 왕족과 인질들에게 4차원 기업에 대해서 자세히 설명해 주었다. 4차원 기업은 청나라가 결코 함부로 할 수 없는 존재임을 납득할 수 있도록 말해 주었다.

"내일 청나라로 떠날 것이니 모두 떠날 준비를 하여라."

청나라 왕은 신하들에게 말했다.

다음 날 청나라 왕은 인질로 조선 땅에 온 사람들과 함께 인조 임금 앞에 나와서 큰절을 하고 청나라로 돌아가겠다고 했다.

"소인은 전하의 은혜로 이렇게 인질들을 남기지 않고 그들과 함께 청나라로 떠납니다. 다시 한 번 전하의 은혜에 감사를 드립니다."

청나라 왕이 말했다.

"잘 가게. 그대들이 청나라에서 가지고 온 말들을 타고 청나라로 돌아가는 것을 허락하노라."

"그 말들은 다음에 조공으로 바치겠습니다. 그리고 조선이 입은 피해를 앞으로 5년 동안 성실하게 갚겠습니다."

"짐은 청나라 병사들이 청나라 왕을 호위할 수 있도록 무장하는 것을 허락하노라. 대장군은 약간의 무기를 그들에게 제공해 주도록 하시오."

청나라 왕과 그 일행들이 모두 떠나자 김광현과 최정환은 인조 임금에게 가서 말했다.

"저희들도 미래에서 가지고 온 무기들과 함께 3일 후에 미래로 떠나겠습니다."

"짐은 그대들이 떠나기 전날에 잔치를 베풀어 줄 것이오."

이틀 후, 인조 임금은 미래에서 온 사람들을 위하여 큰 잔치를 열었다.

"청나라의 침입으로부터 조선을 구해 주신 이사들과 군인들에게 어떻게 은혜를 갚아야 할지 모르겠소. 짐은 그대들의 충성을 평생 잊지 않고 살 것이오."

"앞으로도 조선에 어려운 일이 있으면 도와 드리겠습니다."

"말은 고맙지만 그대들의 도움이 필요 없는 평안한 날이 지속되면 좋겠소."

미래로 떠나는 날에도 인조 임금은 직접 신하들과 함께 나와서 현대의 군인들을 배웅해 주었다. 헬기를 운용하는 장비들과 군인들이 먼저 지상에서 현대로 떠났다. 조금 후에 헬기가 이륙하고 이사들과 조종사들은 아래에 있는 사람들에게 손을 흔들어 주었다. 몇 초 후에 공중에서 헬기가 갑자기 사라졌다. 인조 임금은 헬기가 사라진 하늘을 허무한 듯 바라보았다. 마지막으로 구석에 있던 4차원 기업 직원들과 촬영 기자들도 조용히 사라져서 현대의 세계로 갔다.

인조 임금은 조선을 구해 준 미래의 군인들을 보낸 후에 서운한 감정이 남았다. 그래도 인조 임금은 그들을 다시 볼 일이 없어야 한다는 생각이 들었다. 미래의 군인들이 다시 올 일이 없어야 조선이 평안할 것이다.

청나라에 도착한 청나라 왕은 인질들의 가족으로부터 환영을 받았다. 청나라 왕은 인질들을 데리고 온 공로를 자신의 힘이라고 과시하며 말했다.

"조선과의 전쟁은 청나라가 충분히 이길 수 있는 전쟁이었다. 그런데 전혀 예상하지 못한 일이 발생하였다. 조선이 미래의 군인들로부터 도움을 받아서 우리 청나라가 이번 전쟁에서 패배한 것이다. 이것은 청나라로서는 불가피한 것이었다. 짐이 조선에서 만난 4차원 기업 이사들의 말을 전하노라. 그들은 미래에서 온 사람들이었다. 그러므로 우리 청나라가 앞으로 어떻게 될 것을 다 알고 우리를 그에 합당하게 대접해 주었다. 그들은 우리 청나라가 앞으로 이 넓은 중국 대륙을 다스릴 큰 나라로 성장할 것이라고 했다. 그들이 미래에서 왔기 때문에 그들의 말은 미래의 역사를 말한 것이다. 4차원 기업 이사들의 말은 우리가 원하는 것이었다. 우리는 미래에서 온 사람들로부터 우리 청나라의 과업에 대한 성공 보장을 받았다. 이제 우리 청나라는 앞으로 두려울 것이 없다. 보장된 성공에는 두려움이 필요 없다. 다만 미래의 보호를 받고 있는 조선을 형님의 나라로 섬기기로 했으니 자손 대대로 유념하도록 하라."

청나라는 5년 동안 전쟁의 후유증을 회복하면서 조선에 전쟁에 대한 배상을 진행하였다. 청나라가 전쟁 배상을 하고 있는 시기, 조선은 청나라에 왕자들과 대신들을 보내서 청나라의 상황을 보고 견문을 넓히고 오라고 했다. 청나라는 약속된 전쟁 배상이 끝난 후에도 조선을 함부로 대하지 못하였다. 청나라는 어느 정도 나라의 형편을 회복한 후에 명나라와의 전쟁을 시작하였다. 청나라는 명나라가 거의 망할 즈음에 조선에 사신을 보내서 다시 황제의 칭호를 사용할 것을 허락받고 황제의 칭호를 사용할 수 있었다.

과거의 모든 작전이 완료된 후에 4차원 기업은 공식적으로 기자 회견을 열었다. 이 작전은 모든 언론에 공개되었다. 기자들이 촬영한 동영상도 모두 공개되었다. 그런데 좋은 반응만 있는 것은 아니었다. 비난의 여론도 있었다. 중국의 반응은 좋지 않았다. 과거의 역사가 기록으로 남아 있는데, 혼란만 줄 뿐이었다. 별로 권장할 만한 작전이 아니었다. 삼전도의 굴욕이 완전히 없어진 것이 아니라 그저 변경된 것에 불과했다.

4차원 기업에서는 이번 작전에 관한 세계 언론의 반응을 보았다. 언론 공개 후 다음 날에 4차원 기업 이사회가 열렸다. 이사들은 이번 작전에 대해서 창업 이사들에게 많은 질문을 하였다.

"시간 여행으로 과거로 가서 삼전도의 굴욕을 막은 것이 잘한 일이긴 하지만 이러한 식으로 모든 역사에 다 관여할 수는 없을 것 같습니다."

어떤 이사가 말했다.

"그렇습니다. 외국 언론에서 좋은 반응만은 아니었습니다. 앞으로 이러한 일은 보다 신중하게 결정할 필요가 있습니다."

다른 이사가 말했다.

"앞으로 시간 여행을 할 경우에는 과거 역사에 직접 관여하지 않고 간접적으로 과거의 역사를 살피는 수준으로 하겠습니다."

양승진이 대답했다.

한 달 후, 윤서현은 4차원 기업 이사회에서 시간 여행을 활용한 새로운 사업 구상을 발표하였다. 이번 사업 구상은 역사를 바꾸는 것이 아니었다.

"제가 최근에 시간 여행 기술을 활용한 새로운 사업을 구상했습니다. 그것은 인공위성을 과거로 보내는 것입니다. 과거로 보낸 인공위성은 과거의 역사에 전혀 영향을 미치지 않으면서 과거의 역사를 확인하는 일에 큰 역할을 할 것입니다. 이제까지는 인공위성이 지구 궤도를 3차원으로만 돌고 있었습니다. 인공위성은 천문학자들의 계산에 의해서 지구 궤도를 3차원으로 도는데, 여기에 시간 개념까지 도입해서 4차원으로 인공위성을 돌게 할 것입니다."

"그렇게 하면 전혀 부작용이 없는 시간 여행이 될 수 있겠군요."

"그러한 인공위성이 있으면 역사 연구에 큰 도움이 될 것 같습니다."

이사회에서 윤서현의 사업 구상을 찬성하였다.

"윤 이사님의 사업 구상이 실현되려면 관련 업체와 제휴해야 합니다. 제가 그 일을 하여 윤 이사님의 연구를 돕겠습니다."

김광현이 말했다.

4차원 기업 이사회는 4차원 방식의 인공위성 사업을 승인하였다. 그들은 계속하여 시간 여행 사업에 대해서 이야기하였다.

"그렇게 기계를 과거로 보내는 것이 아니라 실제로 사람이 과거로 가더라도 과거의 역사에 관여하지 않을 방법이 없겠습니까?"

그 질문을 듣고 윤서현이 대답했다.

"과거로 인공위성을 보내는 것 이외에 다른 방안도 구상했습니다. 현대의 사람들이 과거로 시간 여행을 가더라도 과거의 사람들이 현대의 사람들을 물리적으로 전혀 인식할 수 없도록 투명 인간의 형태로 가는 것입니다. 그렇게 하면 과거의 사람들과 의사소통도 할 수 없을 것입니다. 과거의 사람들이 하는 것을 그냥 보고 듣기만 할 뿐입니다. 4차원 과학에서는 특별한 조건이 주어지면 물리적으로 한 공간에 두 가지 물체가 겹치게 할 수도 있습니다. 그런 식으로 시간 여행을 하게 되면 과거의 역사에 전혀 개입할 수 없을 것입니다. 이러한 방법으로도 시간 여행을 할 수 있도록 제가 좀 더 연구해 보겠습니다."

"좋은 방법입니다. 앞으로는 그러한 방법으로만 시간 여행을 하면 좋겠습니다."

"그런데 상대가 과거의 사람일지라도 남을 몰래 훔쳐보는 것은 윤리적인 문제가 있습니다. 공개된 장소에서만 보게 해야 할 것입니다."

윤서현이 말했다.

약 1년 후에 4차원 궤도를 도는 인공위성이 발사되었다. 그 위성은 기존의 인공위성의 개념과는 많이 달랐다. 발사 방법도 달랐다. 로켓에 의하여 발사하지 않았다. 4차원 공간 이동 장치를 사용하여 지구 상공 위의 우주에 운동에너지를 추가하여 올렸다. 그 위성은 지구 궤도에서 돌면서 필요하면 시간 여행을 하여 과거의 지구 궤도를 돌게 했다.

윤서현은 한 가지 궁금한 것이 있었다. 인류의 문명이 몇 년 전부터 시작되었을까 궁금했던 것이다. 과거로 인공위성을 보내서 확인해 보고 싶었다. 그가 처음으로 확인해 보고 싶은 연대와 지역이 있었다. 4차원 인공위성의 궤도를 과거로 돌린 그는 그 위성이 그 지역을 지나기를 기다렸다가 그 위성이 보낸 사진 자료를 보았다. 윤서현의 얼굴에 미소가 번졌다.

# <sup>6</sup>물과 의료

　사람들은 오랫동안 행복한 삶을 살기를 원한다. 지구의 환경 중에 사람들이 살기에 적합한 곳은 그렇게 많지 않다. 지구에서 바다가 약 70%를 차지하고 육지는 약 30%를 차지한다. 그나마 육지에도 사막이 많이 있고 극지방은 너무 춥고 적도 근처에는 너무 덥다. 그렇게 따지면 사람이 쾌적하게 살 만한 곳은 많지 않다.

　4차원 기업은 각종 사업으로 인하여 엄청난 수입이 들어왔다. 그 수입으로 세계 인류의 복지를 위해서 많은 공헌을 하기 위해 세계 여러 곳을 다니면서 가난한 사람들에게 환경을 개선할 계획을 세웠다. 윤서현은 그 업무를 맡은 직원들과 함께 아프리카에 있는 사막 지역으로 여행을 떠났다.

　윤서현은 얼마 전 우주 여객기를 타고 우주여행을 할 때 우주에서 지구를 바라본 기억을 떠올렸다. 그때 그는 육지 중에서 녹색으로 보이지 않은 지역 몇 곳을 보았다. 그곳은 극지방이거나 사막 지역이었다. 윤서현은 그러한 사막 지역을 녹색으로 바꾸고 싶었다.

윤서현이 도착한 아프리카의 사막에 사는 많은 사람들은 아직도 유목 생활을 하고 있었다. 그 사람들은 가축들을 많이 키우고 있었는데, 가축들에게 물을 먹이는 것은 전쟁터를 방불케 했다. 가축들에게 물을 먹이지 못하면 가축들은 죽을 수밖에 없었다. 가축들에게 물을 먹이기 위해서 며칠 동안 기다리기도 하였다.

윤서현과 4차원 기업 직원들은 들판에 가 봤다. 들판에는 가축들에게 먹이기에는 풀이 너무 부족하였다. 풀이 부족하자 가축들은 남은 풀까지도 모조리 먹어 버렸다. 토양을 덮어서 보호하고 있어야 할 풀까지 모두 먹어 버렸기 때문에 사막화의 진행 속도는 더 빨라졌다. 이곳에는 비가 많이 오지 않기 때문에 나무들은 거의 자라지 않았다. 우기에 비가 오면 풀이 조금 자랐지만, 가축들에 의해서 전부 뜯겨졌다.

윤서현은 모래 바람이 부는 사막에 서 있었다. 땅은 습기를 머금지 않았고 풀도 거의 없었다. 그렇기 때문에 흙의 입자들이 뭉쳐지지 않아서 점점 사막으로 변하고 있었다.

그는 동행한 직원들에게 말했다.

"이러한 건기에도 가끔 비가 내리면 좋겠지요?"

"당연히 비가 오면 좋지요. 비가 오면 사막에 풀어 돋아날 것이고 이러한 모래 바람도 많이 줄어들 겁니다."

"사막에도 물이 충분히 있으면 농사를 지을 수 있는데 저렇게 버려진 땅을 보니 아깝습니다."

"우리가 이러한 사막을 좋은 땅으로 만들어 봅시다."

윤서현이 말했다.

"어떻게 그렇게 만듭니까?"

"물을 공급하면 될 것 같은데……."

윤서현은 중동 지방으로 이동하였다. 농사를 짓는다는 어느 사막 지역에도 가 보았다. 그곳에서는 밀을 재배하고 있었다. 밀을 재배하기 위해서는 물이 필요한데, 그곳의 사람들은 그 물을 매우 깊은 지하에서 퍼 올렸다. 그 물은 일반 지하수가 아닌 지하 수천 미터 아래에 있는 화석수였다. 아주 오래 전에 지층이 형성될 때에 들어간 물이었기 때문에, 비가 오면 지표면에서 떨어진 물로 채워지는 지하수와는 달리 다시 채워지지 않는다. 한 번 퍼 올리면 다시 채워지지 않는 것이다. 그곳에서는 그러한 물까지도 퍼 올려서 농사를 짓고 있었다.

윤서현은 해수 담수화 설비를 구경하러 갔다. 큰 규모의 담수 공장에서 생산된 물로 작은 도시 하나에 상수도를 공급하기에는 충분하지만, 넓은 사막을 적시기에는 부족하였다. 해수 담수화 공장에서는 에너지를 많이 소비하는 방식으로 담수를 생산하고 있었다.

4차원 기업이 몇 년 전부터 개발한 4차원 필터를 이용한 방법은 에너지를 별로 소모하지 않는다. 그 방법으로 담수를 생산하는 데 필요한 에너지는 바닷물을 이동시키는 에너지 정도이다. 그런데 중동 지방에 있는 해수 담수화 공장은 아직도 옛날 방식으로 담수를 생산하고 있었다. 오래 전에 한국 기업이 건설한 해수 담수화 공장들도 많이 있었다. 윤서현은 물이 부족한 사막 환경을 여기저기서 확인한 후에 한국으로 돌아왔다.

윤서현은 중동 지방에 있는 해수 담수화 공장을 4차원 필터 방식으로 바꾸고 싶었다. 그러나 그것보다 더 우선적으로 해야 할 것은 해수 담수화 공장을 적어도 10배 이상 더 많이 건설하는 것이었다. 새로 건설하는 해수 담수화 공장은 당연히 4차원 필터 방식으로 지어야 했다.

4차원 필터 방식의 담수화 공장은 공정이 복잡하지 않기 때문에 건설이 용이하다. 물을 이동시키면서 4차원 필터로 걸러 주면 될 정도로 간단하다. 바닷물을 4차원 필터가 있는 거대한 파이프에 통과시키면 담수로 변한다. 그 담수는 정확히 말하면 증류수이다. 물이 4차원 필터를 통과하는 저항은 거의 없다. 필터를 통과하지 못하는 소

6 물과 의료

315

금 등을 배출하는 작은 파이프가 4차원 필터 근처에 있는데 그 작은 파이프에서는 엄청난 농도의 소금물이 나온다.

바닷물을 담수로 만드는 것은 4차원 과학의 세계에서는 초보 수준의 과학 원리에 불과하다. 그렇기에 바닷가가 가까운 사막 지역에서 깨끗한 물을 생산하는 것은 쉬운 일이나, 생산된 그 물을 여러 지역으로 공급하는 것은 더 어려운 일이다. 여러 지역에 물을 공급하기 위해서는 거대한 파이프를 땅 아래에 묻어서 상수도 시설을 크게 확충해야 하기 때문이다. 윤서현은 이러한 문제를 의논하기 위해서 이 사회를 열었다.

"제가 아프리카와 중동의 사막 지역을 답사하고 왔습니다. 예상대로 그곳은 매우 메말라 있었습니다. 저는 그곳에서 가까운 바닷가에 해수 담수화 공장을 현재의 10배 이상의 생산 규모로 건설할 것을 제안합니다."

"해수 담수화 공장을 건설하여 그곳에 있는 사람들에게 물을 무료로 공급합니까?"

"아닙니다. 몇 년 동안만 기준 용량 이내에서 무료로 공급하고 이후에는 물값을 받으면 좋겠습니다. 무조건 무료로 공급하면 사람들이 물을 낭비할 것입니다."

"상수도 시설이 없는 곳은 어떻게 합니까?"

"4차원 기업 자금으로 상수도 시설을 건설하면 좋겠습니다. 인류의 복지를 위해서 4차원 기업의 자금을 그런 곳에 써야 합니다."

"어느 날 갑자기 물값을 받으면 반발이 클 텐데요?"

"처음부터 많이 받으면 안 되고, 서서히 가격을 올려야 합니다. 그렇다고 비싸게 파는 것은 아닙니다. 나중에 제대로 물값을 받을지라도 현재의 수돗물보다 훨씬 싼 값에 판매해야 합니다. 우리 회사가 인류의 복지 차원에서 하는 것이지 물장사를 하는 것은 아니기 때문입니다."

"김 이사님이 물이 부족한 나라의 정부에 4차원 기업의 뜻을 전달하고, 그 사업을 추진하는 것을 맡아서 하면 좋겠습니다."

"네, 제가 그 일을 하겠습니다."

김광현이 대답했다.

봄이 되어 중국으로부터 황사가 날아오는 계절이 되었다. 한국은 황사를 막기 위해서 몇 년 전부터 4차원 기업이 서해 바다 위에 4차원 필터를 만들어 황사를 차단해 왔다. 윤서현은 그러한 황사를 근본적으로 없애고 싶었다. 그는 황사의 발원지를 찾아서 중국으로 갔다. 중국 정부는 윤서현이 황사의 발원지를 보기 위해서 찾아온다고 하자, 국가 원수 수준의 환영을 해 주었다. 그러나 윤서현은 그러한 환영이 부담스러웠다. 그는 중국 관료의 안내를 받으면서 황사의 발원지들을 구경했다. 모래가 많은 사막도 있었고, 황토가 많은 건조 지역도 있었다.

"저희 중국 정부는 이 황사 문제를 해결하기 위해서 수십 년 전부터 노력하고 있지만 좀처럼 해결하지 못하고 있습니다. 자연의 순리에 역행해서 이러한 문제가 발생한 것 같습니다."

"제가 한국으로 돌아가서 이 황사 문제에 대해서 연구해 보겠습니다."

"그렇다면 저희들은 윤 이사님만 믿겠습니다. 연구가 성공할 수 있도록 기원하겠습니다."

한국으로 돌아온 윤서현은 사막을 없애기 위한 연구를 했다. 바닷가 근처라면 해수 담수화 공장을 만들어 담수를 생산하여 물을 뿌릴 텐데 내륙 깊숙이 있는 사막으로는 물을 옮기는 자체가 큰 부담이 되었다. 바닷물로 담수를 필요한 만큼 생산한다고 하더라도 물을 뿌리는 것은 너무 힘든 일이었다. 어떻게 그렇게 넓은 곳에 물을 뿌린단 말인가? 방법은 비를 내리는 것밖에는 없었다. 기존의 방법으로 인공강우를 내리게 하는 것에는 많은 비용이 소요되기 때문에 할 수는 있으나 경제성이 낮아서 별로 사용하지 않는다.

윤서현은 4차원 과학을 이용하여 인공비를 만드는 것을 구상한 후, 실험에 돌입했다. 그는 4차원 과학을 이용하여 태평양 바닷속에 4차원 필터를 만들었다. 그 4차원 필터는 여과 기능이 있는 일종의 4차원막이다. 그리고 태평양에 만든 4차원 필터보다 100배 넓은 4차원막을 한국의 어느 지역 상공에 만들었다. 그 지역은 가뭄으로 해갈이 필요한 지역이었다. 윤서현은 두 곳에 있는 4차원막을 연결하였다. 태평양에 있는 4차원 필터는 바닷물에서 담수를 걸러내면서 동시에 4차원 필터가 위치한 한국의 상공으로 보내는 일을 하였다. 한국의 어느 지역 상공에 있는 4차원막은 태평양에 있는 4차원 필터에서 받은 담수를 넓게 뿌리는 역할을 하였다.

윤서현은 기상청에 인공 강우 실험을 알렸다. 뉴스에서는 4차원 기업의 인공 강우 실험을 보도했다. 윤서현은 기상청을 통하여 언론에 알린 한 시간 동안 적당한 양의 비를 그곳에 내리게 했다. 만약에 기상청에 알리지 않고 인공 강우 실험을 하게 되면, 기상청의 예보가 틀리게 되기 때문이다.

일반적으로 비가 내리는 하늘에는 구름이 있기 때문에 태양빛을 가리게 된다. 그런데 태양빛을 가리면 농작물 생육에는 도움이 되지 않는다. 비가 내릴 동안에는 농작물이 태양빛 대신에 비를 받는 것이다. 그런데 4차원 기업의 윤서현이 연구한 인공 강우는 태양빛과 비를 동시에 받을 수 있기 때문에 농작물의 생육에도 도움을 준다. 태양빛이 비치면서 비가 내리는 것이 농작물에 미치는 영향을 연구해 봐야 알겠지만, 아직까지는 그런 식으로 해도 부작용이 없을 것 같았다.

윤서현이 연구한 인공 강우는 성공했다. 이제 그 규모를 확대하여 가뭄이 있는 지역이나 황사가 발생하는 사막 등에 비를 뿌리면 좋은 결과가 있을 것이다.

4차원 기업 이사회에서는 김광현에게 외국의 사막 지역에 물을 공급하는 업무에 관한 모든 권한을 주었다. 윤서현이 최근에 개발한 4차원 과학을 이용한 인공 강우에 관한 것도 김광현에게 맡겼다. 이제는 김광현이 필요한 지역에 해수 담수화 공장을 세우고 인공비를 내릴 것이다.

　그는 아프리카에서 가장 심각한 물 부족에 시달리고 있는 어느 나라로 갔다. 사막이라고 무조건 인공 강우를 내릴 경우, 그곳의 생태계가 파괴되거나 사막에서만 자라는 생물들이 멸종될 수도 있으므로 생태계에 대해서 잘 알고 있는 생물학자들을 데리고 갔다. 김광현이 데리고 간 직원 중에는 세계 지도를 전문적으로 잘 보는 사람도 있었다. 그는 노트북에 입력되어 있는 지도에 인공 강우가 필요한 곳을 표시하는 임무를 맡았다.

　김광현이 그 나라에 도착하자, 그 나라의 관료들이 환영했다. 그들은 4차원 기업의 김광현이 그 나라를 방문한 이유를 이미 알고 있었다.

　그는 도착한 다음 날, 그 나라의 관료들과 함께 사막 지역으로 떠났다. 얼마 전에 윤서현이 구경한 것과 마찬가지로, 그곳에 사는 사람들은 물 부족으로 매우 힘겨운 나날을 보내고 있었다. 겨우 목축을 하면서 연명하고 있었지만 심각한 가뭄으로 인하여 가축들의 상태가 건강하지 못했다. 농사를 지을 수도 없었다.

　"김 이사님, 우리나라의 국토가 이렇게 메말라 있으므로 모든 국토에 무조건 인공비를 많이 뿌려 주십시오."

　그 나라의 관료는 무조건 인공비를 많이 뿌려 주기를 원했지만, 생물학자는 그 의견에 반대하고 관련된 설명을 하였다.

　"토지를 세 가지로 구분하면 좋겠습니다. 생태계 보존 지역과 목초지와 농지입니다. 생태계 보존 지역에는 인공비를 거의 뿌리지 않으면 좋겠습니다. 그곳은 되도록 자연에 맡겨야 합니다. 비가 너무 오랫동안 오지 않아서 생태계 자체가 위험하면 인공비를 약간 내리게 할 수는 있어도, 인공비를 뿌리지 않는 것을 원칙으로 해야 합니다. 토질이 좋은 곳 중에서 평지는 농지로 개간하고 경사가 있는 곳은 목초지로 개발하면 됩니다. 나머지 땅이 생태계 보존 지역입니다."

"네, 알겠습니다. 그러한 기준으로 토지를 구분하여 인공비를 뿌려 주십시오. 4차원 기업의 도움으로 우리나라의 토지가 푸르게 되기를 바랍니다."

"우선 국토를 그러한 기준으로 구분하는 일을 해야 합니다."

김광현이 말했다.

4차원 기업 직원들과 그 나라의 관료들은 생물학자의 도움을 받으면서 며칠 동안 그 나라의 지역을 생물학자가 제안한 기준대로 구분하는 일을 진행하였다.

김광현은 사람들이 사는 지역을 둘러보았다. 그는 상수도 시설이 부족한 지역에 상수도 시설을 확충하고 물을 공급하여 사람들이 기본적인 문명의 혜택을 누리게 하고 싶었다. 하지만 무조건 무상으로 그 나라에 물을 공급하는 것은 옳지 않다고 생각하고, 그에 합당한 대가에 대해 고민했다.

김광현은 생태계 보존 지역을 제외한 나머지 땅 중에서 농사를 짓기에 적합한 곳에 그에 적당한 강수량을 제공하고, 나머지 땅에도 목축을 할 수 있도록 풀이 자라기에 적당한 양의 강수량을 제공하기로 계획했다. 그리고 그 나라의 고위 관료들과 물 공급 계약을 위한 협의를 했다.

"4차원 기업이 바닷가에 해수 담수화 공장을 건설하여 깨끗한 물을 주거 지역에 공급해 드리겠습니다. 상수도 시설이 부족한 곳은 상수도 시설을 확충하겠습니다."

김광현이 말했다.

"저희 정부는 그렇게 할 만한 충분한 예산이 없습니다."

"걱정하지 않아도 됩니다. 나중에 사람들로부터 물값으로 받을 것입니다."

"물값을 낼 수 없는 사람들이 있을 것입니다."

"당장 물값을 받지 않고 3년 후부터 조금씩 받다가, 7년 후에는 정상적으로 받겠습니다. 그 이전이라도 기준 용량 이상을 사용하면 물값을 받을 것입니다. 그렇지 않으면 사람들이 물을 낭비하게 될 것입니다."

"나중에 물값을 비싸게 받는 일은 없겠지요?"

"저희 회사는 해수 담수화 공장을 건설하여 이윤을 남길 계획이 없습니다. 7년 후에도 현재의 수돗물 가격보다 훨씬 싸게 물을 공급할 것입니다. 이러한 사업은 인류의 복지를 향상시키는 데 목적이 있습니다."

"사막 지역에 물을 뿌리는 인공 강우는 다른 방법으로 물값을 받을 것입니다."

"어떠한 방법입니까?"

"인공 강우는 개인이 아닌 정부로부터 물값을 받는 것입니다."

"저희 정부는 그러한 예산이 없습니다."

"이것 또한 걱정하지 마십시오. 현금으로 받지 않습니다."

"그렇다면 무엇으로 받을 예정입니까?"

"개간하여 농지로 사용할 수 있는 상당한 면적의 평지를 인공 강우 비용 대신에 무상으로 임대해 주십시오. 4차원 기업은 그곳을 개간하여 농장을 경영할 것입니다. 4차원 기업은 농장을 경영하기 위해서 이 나라의 사람들을 많이 고용할 것입니다. 4차원 기업은 농장을 경영하면서 발생한 이윤으로 이 나라의 정부에 세금도 납부할 것입니다. 현재 세계는 식량을 무기화하고 있습니다. 4차원 기업이 농장을 경영하는 목적은 세계가 식량을 무기화하는 것을 막고 세계의 많은 사람들을 굶주림에서 벗어나게 하기 위함입니다."

"좋은 생각입니다. 저희가 김 이사님의 의견을 들었으니, 저희 정부가 더 의논한 다음에 답변을 드리도록 하겠습니다."

3일 후에 그 나라의 고위 관료는 물 공급 계약을 체결하기 위해서 김광현을 찾아왔다. 그 나라는 4차원 기업으로부터 인공 강우를 받는 대가로 앞으로 30년 동안 엄청난 면적의 토지를 무상으로 임대해 주기로 했다. 4차원 기업은 한국에서 토목 공사를 할 장비들을 가지고 와서 그곳을 농지로 만들고 곡식을 재배할 계획이다.

4차원 기업은 사람을 고용할 일이 있으면 되도록 그 나라의 사람들을 고용할 것이다. 그렇게 하면 그 나라는 일자리도 생기고 경제가 발전할 것이다. 김광현은 사막으로 방치된 곳의 일부를 농지로 만들어 많은 양의 식량을 생산하고 싶었다. 그렇게 생산한 식량을 세계의 여러 사람들에게 저렴한 가격에 공급할 계획을 세웠다. 4차원 기업이 식량 생산에 큰 역할을 하면 세계의 많은 사람들이 굶주림에서 벗어날 것이다.

"이렇게 저희 나라와 제일 먼저 계약을 해 주셔서 감사합니다."

"계약 기념으로 이 나라 토지에 단비를 내려 드리겠습니다."

"벌써 준비가 다 되었습니까?"

"저희 직원들이 이미 준비하고 있었습니다."

김광현은 4차원 기업 본사에 전화를 했다. 본사의 관련 직원들에게 계약이 이루어졌음을 알렸고 당장 비를 내려 주고 싶다고 했다. 4차원 기업 직원들과 생태계 전문가들은 비를 오게 할 지역의 좌표와 강우량을 정확하게 컴퓨터에 입력하였다. 그 사람들은 그 일을 대형 천막 안에서 했다. 지금은 햇볕을 막기 위해서 대형 천막 안에서 작업을 했지만, 조금 있으면 그 천막은 햇볕이 아닌 비를 막아 줄 것이다. 그 컴퓨터는 한국에 있는 4차원 기업 본사 컴퓨터와 연결되어 있었다. 그 컴퓨터에 필요한 정보를 넣고 확인을 누르자 조금 후에 하늘에서 비가 내리기 시작하였다.

태양빛은 그대로 땅을 비추고 있었지만, 비가 내리고 있었다. 비가 내리는 지역은 목초지로 사용하고 있는 지역이었다. 나중에 농지로 개간할 지역에서도 비가 내리고 있었다. 비가 온 후, 풀이 더 잘 자라기 시작했다. 풀이 자라기 시작하자, 며칠 뒤에 다시 인공비를 뿌렸다.

4차원 기업 직원들은 인공위성으로 그 나라의 상황을 관찰하였다. 그 나라의 색깔이 녹색으로 변하기 시작하였다. 그래도 아직은 부족한 느낌이 들었다. 4차원 기업은 본사에서 보낸 중장비를 사용하여 엄청난 면적의 사막을 개간하여 농지로 만들었다. 개간한 농지에서는 주로 밀과 옥수수를 재배하였다. 한국처럼 벼를 재배할 수는 없었다. 벼를 재배하기 위해서는 물을 가두어야 하는데, 사막의 토질은 물을 가두기에는 적합하지 않았고 벼를 재배하기 위해서는 많은 물이 필요하지만 그럴 필요까지는 없었다.

4차원 기업은 밀과 옥수수를 재배하기 위해서 관련 농업 회사의 도움을 받았다. 4차원 기업이 30년간 그 나라의 토지를 임차해서 농업을 하지만, 그것으로 인하여 경제적인 이득을 크게 얻을 계획은 없었다. 4차원 기업은 농업이 아닐지라도 다른 분야에서 엄청난 수입을 얻고 있었기 때문이다. 농업은 인류의 복지를 위한 사업이었다. 많은 나라에서 식량을 무기화하고 있었기 때문에 가난한 나라의 사람들은 식량을 구하기가 더욱 힘들었다.

4차원 기업은 생산된 식량의 절반을 그 나라에 아주 싼값에 판매했다. 그 농업으로 인하여 4차원 기업에 소득이 발생하므로 당연히 그 나라에 세금을 납부했다. 4차원 기업은 농업을 지나치게 기계화하지 않고, 고용을 늘릴 방법으로 농장을 경영하였다. 사람들이 고달프게 해야 할 일은 기계로 했지만 되도록 사람의 손으로 하려고 한 것이다. 토지를 임대해 준 그 나라는 4차원 기업에 감사의 표시를 했다.

그 나라 정부는 4차원 기업이 넓은 사막을 농지로 만들어 국민들에게 일할 수 있는 일자리를 만들어 주고 국가에 세금도 납부하는 좋은 기업이라고 생각했다.

그 농장에서 일하는 사람들이 하는 업무 가운데 하나는 가축이나 야생동물들을 쫓는 일이었다. 농장과 그 근처에는 야생동물들이 먹을 게 많았기 때문이다. 농장 주위에 울타리를 세워서 야생동물들이 못 들어오게 하였지만, 그 울타리를 관리하는 것은 고용된 사람들이 할 일이었다.

농장 근처에는 풀이 많았다. 농장이 위치해 있는 곳은 4차원 기업에서 비를 주기적으로 내려 주었다. 그런데 약 1㎞ 이상 높은 곳에서 인공비를 뿌리므로 정확한 위치에만 뿌릴 수는 없었다. 농장 근처 몇 ㎞에는 비가 다른 곳보다 많이 오게 되었다. 생태계 보존 지역에도 1년에 두세 번 인공비를 뿌려 주었다. 그러면 야생 생물의 생육에도 도움이 되었다. 그 나라의 영토는 세월이 갈수록 점점 녹색으로 변하였다.

김광현은 사막이 있는 다른 나라도 살기 좋은 곳으로 바꾸기 위해서 그 나라 관료들과의 협상을 진행했다. 협상이 제대로 되지 않으면 사막이 있는 다른 나라로 과감하게 옮겼다. 김광현이 도움을 줄 나라는 많이 있었다. 그 나라 정부가 너무 이기적으로 협상에 임하면 더 생각할 시간을 주기 위해서 과감하게 협상을 접고 다른 나라로 옮겼다. 그렇다고 아예 협상을 거절하는 것이 아니었다.

중동 지방에 있는 나라들은 영토의 대부분이 사막이었지만, 석유 자원으로 인하여 가난한 나라들은 아니었다. 김광현이 그 나라들에 가서는 협상의 강도를 세게 했다. 그 나라들은 해수 담수화 공장을 건설하여 담수를 생산하고 있었지만 국토 전체에 비처럼 뿌릴 만큼 충분한 양이 되지는 못하였다. 김광현은 그 나라 관료들에게 상수도 시설 확충은 그 나라가 할 일이라고 말하며, 4차원 기업이 4차원 필터를 이용한 해수 담수화 공장을 건설하여 원하는 만큼의 담수를 공급해 주겠다고 했다.

김광현은 사막이 있는 나라에서 땅을 임차하여 농장을 경영하는 것이 귀찮게 여겨질 수도 있었으나, 4차원 기업이 직접 농장을 경영할 수 있도록 협상하였다. 재정적으로 넉넉한 나라는 그 나라 스스로 농장을 경영하기를 원했다. 그러나 식량을 많이 생산하는 것은 인류의 생존이 걸린 문제였다. 김광현은 식량을 생존에 있어서 가장 필요한 자원으로 생각하고, 한국이 외국의 땅을 임차해서라도 식량을 많이 생산해야 한다고 판단했다. 그는 언제나 농장의 경영권을 확보했다. 사람은 전기가 없이는 살 수 있으나 식량이 없이는 살 수 없다.

김광현이 중동 지방의 나라들에서 사막을 감소시키는 협상 작업을 하고 있을 때에는 한국의 겨울이 거의 끝날 무렵이었다. 봄이 되면 중국 황사의 영향이 한국에 미칠 것이었다. 김광현은 황사 문제를 의논하기 위해서 중국으로 이동했다. 황사는 중국에도 좋지 않은 영향을 주었다. 한국으로 황사 먼지가 불어올 때에는 오면서 조금 가라앉거나 희석되어 약해지지만, 중국 본토에는 황사가 심각한 수준이었다. 중국 정부는 중국과 한국에 영향을 주는 황사를 없애기 위해서 온 4차원 기업의 직원들을 환영해 주었다. 중국 정부의 관료는 4차원 기업의 김광현이 중국의 황사를 해결해 줄 것으로 믿었다.

4차원 기업이 한국으로 날아오는 황사를 차단하기 위해서 서해 바다 위에 만든 4차원 필터는 황사뿐만 아니라 중국에서 날아오는 오염 물질과 벼멸구도 걸러내었다. 김광현은 자기가 온 목적을 확실하게 말하였다.

"예전에는 황사 먼지가 한국으로 이동하여 한국인들에게 많은 불편을 주었지만, 이제는 4차원 기업이 서해 바다에서 4차원 필터로 황사 먼지를 모두 걸러냅니다."

중국 관료는 김광현에게 물었다.

"4차원 기업이 사막이 있는 다른 나라의 사막을 개간하여 식량을 생산하고 있다는 것을 알고 있습니다. 중국에서도 사막의 토지를 임차하여 개간한 후에 농장을 경영할 계획입니까?"

이에 김광현은 대답하였다.

"4차원 기업은 영농 회사가 아닙니다. 농장을 경영하는 것은 부수적인 사업입니다. 4차원 기업은 한국 이외의 나라에서 생산한 농산물을 외국에서 소비하도록 하고 있습니다. 한국에 있는 농부들을 보호하기 위해서 특별한 사정이 없으면 외국에서 생산된 농작물을 한국으로 보내지 않습니다. 4차원 기업은 사막이 있는 해당 국가에서 생산한 농산물의 반 이상을 그 나라에서 소비하도록 하고, 나머지는 다른 나라에 수출합니다. 수출 목적은 세계 여러 나라에서 식량을 무기화하려는 것을 차단하기 위함입니다. 중국에 대한 정책도 마찬가지입니다. 중국도 다른 나라와 큰 차이가 없이 거래하고 싶습니다."

김광현은 4차원 기업의 입장을 중국 정부 관료들에게 확실히 밝혔다. 중국 정부는 돈이 많은 나라였고, 인구도 많은 나라였다. 내륙의 물 부족 문제는 해수 담수화 공장을 몇 개 건설하고 상수도 시설을 내륙까지 확충해서 해결하기로 했다. 4차원 기업이 건설하는 해수 담수화 공장은 같은 규모의 다른 공장에 비해서 에너지는 10분의 1 이하로 사용하면서 효율은 10배가 넘었다. 4차원 기업이 만든 물은 거의 증류수 수준이었다. 완벽한 물이었다.

김광현은 사막을 없애기 위해서는 비를 주기적으로 내려야 함을 강조하였다. 그는 다른 나라와 마찬가지로 중국 정부도 4차원 기업에 토지를 임차해 줄 것을 요청하고, 중국 정부로부터 엄청난 면적의 사막을 임차하는 계약을 맺었다. 그가 농지로 개간하기 위해서 중국 정부로부터 임차한 사막의 토지는 한반도보다 훨씬 넓었다. 그곳을 개간하여 농지로 만들 것이다.

그가 임차한 토지는 주로 모래사막으로 된 지역이었다. 경사가 급하거나 암석 사막으로 된 지역은 개간할 수 없으니 농지로 쓸 수 없었다. 그런 지역은 야생동물들을 위한 지역으로 남겨 두어야 했다. 그렇다고 모래사막으로 된 모든 지역을 개간하여 농지로 만든 것은 아니었다. 생물학자와 함께 사막 지역의 지형과 생태계를 보고 개간 여부를 판단한 것이다. 땅이 평지에 가까울수록 개간하기 좋으니 그런 곳을 농지로 개간할 계획을 세웠다.

김광현은 중국 정부의 관료와 생물학자 등과 함께 헬기를 타고 사막을 둘러보았다. 사막을 둘러보는 데에는 며칠 걸렸다. 그들은 사막을 둘러보면서 지도에 정확하게 인공비를 내려야 하는 곳을 표시했다. 그가 살피고 있는 고비 사막은 중국과 몽골 사이에 있기 때문에 두 나라 모두 김광현에게 협조해야 했다.

강우량이 부족한 몽골도 국토가 사막화가 되어 황사의 피해를 입는 곳이었다. 김광현은 몽골에도 가 보았다. 그 나라의 관료도 그를 반갑게 맞이하여 주었다. 몽골은 아예 사막을 없애 달라고 부탁하였다. 그래도 김광현은 생태계를 살펴보면서 사막에 물을 공급하고 싶었다. 몽골의 사막을 살펴볼 때에도 중국 관료가 참고인으로 동행하였다.

몽골도 상당한 사막의 토지를 4차원 기업에 임대해 주었다. 몽골도 다른 나라와 마찬가지로 인공비를 내리게 하는 비용을 돈으로 4차원 기업에 지불하지 않고 토지를 임대해 주는 방식으로 하는 것을 좋아했다. 4차원 기업은 그 토지를 농지로 개간하고 그 토지에서 수입이 발생하면 몽골 정부에 세금을 납부했기 때문에 더 좋은 방법이었다.

4차원 기업은 사막이 있는 세계의 여러 나라들에 인공비를 뿌려 주고 그 대신에 엄청난 면적의 토지를 임차하였다. 그 면적은 한반도의 몇 배가 되었다. 그 토지 모두를 다 개간할 수는 없지만 상당한 면적을 개간하면 한반도에서 생산하는 곡물의 몇 배를 생산할 수 있게 되었다. 세계의 곡물 생산량이 증가하면 세계의 식량 사정이 좋아지고 곡물 가격이 낮아진다. 인류의 행복을 위해서 세계의 곡물을 무기화해서는 안 된다. 인류의 생존을 위해서 곡물은 필수적이기 때문에 그것을 무기화하게 되면 빈곤한 나라들의 국민들은 굶주릴 수밖에 없다.

4차원 기업이 바라는 두 가지 목적이 이루어지는 것이다. 4차원 기업은 세계의 사막 면적을 현재의 3분의 1 이하로 줄이고 싶었고, 세계 곡물 생산량을 증가시켜 세계 곡물 가격을 안정시키고 싶었다. 4차원 기업은 여러 나라들과 토지 임대차 계약을 할 때에 임대 기간을 30년에서 50년으로 하였다. 그 이후에는 어떻게 할까? 그것은 그때에 걱정해도 되지만 아마도 임대차 계약이 계속 이어질 것이라고 예상하고 있었다.

4차원 기업은 사막의 토지 임대차 계약을 할 때, 임대료로 돈을 지불하는 것이 아니라 인공비로써 대가를 지불하였다. 인공비는 임차한 토지에만 뿌리는 것이 아니라 그 나라 사막에 전반적으로 뿌렸다. 나중에 계약 기간이 끝나더라도 그 나라의 국토에 인공 강우가 필요하므로 다시 계약 기간이 연장될 것이다. 어쩌면 인공 강우로 인하여 사막이 거의 없어지고 기후와 환경이 인공 강우가 필요 없을 정도로 변화되면 계약 기간은 이어지지 않을 수도 있지만, 그때 가 봐야 정확히 알 수 있을 것이다.

4차원 기업의 인공 강우 사업은 사막에만 국한된 것이 아니었다. 사막이 없는 나라에도 가뭄은 있다. 그러한 지역에 저렴한 비용으로 인공비를 뿌려 주어 세계 곡물 시장을 안정시키고 싶었다. 4차원 기업은 이사회를 열어서 인공 강우 사업을 인류를 위한 필수적인 사업으로 인식하고, 인공 강우 사업을 전담하는 부서를 만들었다. 그 분야의 사업을 전적으로 책임지고 일할 이사를 선출하였다. 4차원 기업의 사업 분야가 넓어질수록 이사들의 숫자가 늘어났다. 김광현은 새로 선출된 이사에게 인공 강우 사업에 관한 모든 것을 인수인계하고 휴가를 떠나기로 하였다. 그는 그동안 너무 긴 시간 동안 인공 강우 사업에 신경을 써서 많이 피곤하였다.

미국에도 사막이 있었다. 그런데 4차원 기업은 미국에 있는 사막에는 신경을 쓰지 않았다. 미국은 강대국이므로 알아서 잘 할 것이라는 생각 때문이었다. 미국의 어느 지역은 사막이었지만, 지하수를 끌어 올려서 농사를 짓고 있었다. 사막 기후에도 물이 있으면 얼마든지 농사를 지을 수 있다. 그런데 점점 지하수의 수위가 낮아졌다. 그 지역의 정부는 그 문제로 인하여 상당한 고민을 하였다. 계속해서 지하수를 끌어올릴 수만은 없었다. 다른 지역에서 물을 구할 수는 있었지만, 파이프를 통하여 운반하는 시설도 필요하므로 상당한 비용이 필요했다.

그 지역의 관료는 이러한 문제를 가지고 4차원 기업의 인공 강우 사업부에 찾아왔다. 4차원 기업에서 제공하는 인공 강우는 넓은 면적에 자동으로 물을 뿌려 주므로 스프링클러가 필요 없었다. 미국의 농장에서는 넓은 면적에 주로 스프링클러를 이용했는데, 설치비가 비싸 큰 부담이 되었을 뿐만 아니라 수확할 때에는 장애물이 되므로 불편했다. 이러한 것을 모두 분석하면 4차원 기업이 제공하는 인공 강우가 훨씬 저렴하게 생각되었다. 4차원 기업의 인공 강우 사업부 이사는 현재의 시스템에서 농업용수를 공급하는 비용의 50%로 인공 강우를 공급하는 조건으로 계약했다.

미국 농업 지역에 인공 강우를 공급하는 것은 자정 이후 새벽에 하였다. 낮에 인공 강우를 공급해 주더라도 일조량에는 문제가 없었다. 햇빛이 비치면서 인공비를 뿌릴 수 있기 때문이다. 그렇지만 낮에 비가 오면 우산을 써야 하므로 사람들의 활동에 불편을 끼치게 된다. 그래서 대부분의 사람들이 깊이 잠들어 있는 시간에 인공비를 뿌린 것이다. 아침에 일어나서 보면 땅이 젖어 있었다. 인공비는 미국 땅에서 내리지만 뿌리는 일은 한국에서 컴퓨터로 했다.

4차원 기업은 돈을 받고 인공비를 뿌려 줄 때에는 시간과 인공비의 양을 주문한 대로 뿌려 주었다. 4차원 기업 직원들뿐만 아니라 대부분의 사람들은 밤에 일하는 것보다 낮에 일하는 것을 더 좋아한다. 그래도 4차원 기업 인공 강우 사업부에서는 직원들이 밤에도 약간의 일을 하였다. 세계 여러 나라에 인공비를 뿌려 주는 일은 하루 중 어느 시간대에도 생길 수 있었기 때문이다. 직원들은 되도록 한국 시간으로 주간 근무 시간에 그 업무를 수행하였다. 야간에 근무하는 직원은 주간에 근무하는 직원의 4분의 1 정도였다. 밤에 지구의 다른 지역에 인공비를 뿌리더라도 그 시간과 범위는 주간에 컴퓨터에 입력하였다.

상당한 기간이 지난 후, 세계 여러 지역의 해수면의 수위가 조금 낮아졌다는 사실을 알게 되었다. 낮아진 해수면은 사람의 육안으로는 알 수 없을 정도였다. 4차원 기업은 그동안 바닷물에서 상당한 양의 담수를 만들어서 하늘에 있는 4차원 막을 통하여 세계의 메마른 지역에 뿌렸다. 그 물들은 메마른 넓은 땅들을 적시고 지하로 스며들었다. 많은 사막 지역의 지하수 수위도 높아졌다. 바다에 있던 상당한 양의 물들이 육지로 옮겨졌다. 이러한 통계를 들은 윤서현은 빙하가 녹아서 바다의 수위가 높아지고 있었는데, 그것을 거꾸로 하고 싶다는 생각을 했다. 그는 과학을 전공한 젊은 직원들을 북극과 남극에 보내기 위해서 불렀다.

"윤 이사님, 부르셨습니까?"

"내가 자네들을 부른 이유가 있네."

"그것이 무엇입니까?"

"나는 해수면의 수위를 낮아지게 하고 싶네. 자네들은 북극과 남극으로 가서 빙하를 보고 오면 좋겠네. 4차원 과학을 이용하여 빙하가 더 이상 녹지 않고 빙하의 양을 증가시킬 수 있는 방안이 있는가 보고 오게."

"윤 이사님은 안 가십니까?"

"나는 새로운 연구 때문에 시간이 별로 없네. 자네들이 그곳에 가서 빙하를 보고 느낀 것을 나에게 알려 주면 좋겠네."

약 한 달 후에 빙하를 관찰하러 갔던 직원들이 돌아왔다. 그들은 윤서현에게 극지방을 둘러보고 온 이야기를 자세히 했다.

"빙하가 녹지 않으면서 더 많이 생성되기 위해서는 현재보다 기온이 훨씬 더 낮아져야 됩니다."

"그렇기는 하지만 기온을 갑자기 낮출 수는 없잖아."

"맞습니다. 기온을 갑자기 낮추면 그동안 그 지역에 적응하여 살던 생물들에게 좋지 않은 영향을 줄 수 있습니다. 갑작스러운 변화는 생태계에 해롭습니다."

"빙하와 생태계를 분리할 수 없겠지?"

"분리하는 것 자체가 불가능합니다."

"생태계에 충격을 주면 안 되므로 다른 방법으로 해수면 수위를 낮아지게 해야 하겠군!"

만일 지구 전체의 기온을 내린다는 이유로 기후를 변화시키면 이미 적응한 여러 생물들과 사람들이 혼란을 겪을 것이다. 4차원 기업은 인류가 사용하는 에너지에서 화석 에너지의 비율을 많이 줄이는 데 큰 공헌을 했다. 4차원 기업이 생산하는 전기에너지는 이산화탄소가 발생되지 않으니 지구 환경에 도움이 되었다. 이러한 방법으로 서서히 지구의 기후와 생태계를 안정화시켜야 되는데 인위적인 기온 변화는 바람직하지 않았다.

그렇다고 이미 상승한 해수면을 그대로 놔 둘 수는 없었다. 윤서현은 고민을 한가득 안고 집으로 퇴근했다. 집에 돌아와서 저녁 식사를 하고 아내와 함께 산책을 했다. 이미 해가 져서 밤에는 별이 빛나고 있었다. 윤서현은 별을 보면서 얼마 전에 우주 여객기를 타고 우주여행을 했던 것을 생각했다. 그때 화성에 가서 화성의 깊은 계곡과 높은 산을 구경한 추억이 떠올랐다. 그러한 우주여행의 추억을 생각할 때에 갑자기 좋은 방법이 생각났다. 하지만 오후에는 그것을 실현할 방법을 몰라서 고민했었다. 방법이 떠오르니 특별한 것이 아니었다.

그의 아내는 남편의 표정이 갑자기 바뀌는 것을 보고 물었다.

"갑자기 왜 그러세요? 무슨 일이 있어요?"

"좋은 방법이 갑자기 떠올랐어. 내일 출근해서 직원들과 의논해 봐야겠어."

"그것이 뭔데요?"

"나중에 확정되면 가르쳐 줄게."

다음 날 출근한 윤서현은 극지방에 다녀온 직원들을 불렀다.

"해수면의 수위를 낮추기 위해서 지구의 물을 굳이 극지방에 둘 필요가 없겠네."

"그러면 그 많은 물을 어디에 둡니까?"

"지구에 있는 물 일부를 화성으로 옮기는 것을 어떻게 생각하는가?"

"그러면 지구의 무게가 줄어들 것인데 그에 관한 계산을 해 보고 줄어든 지구의 무게가 환경에 미치는 영향을 분석해 봐야 합니다."

"나도 그렇게 생각하고 있으니 관련 전문가의 도움을 받아서 분석해 보게."

며칠 뒤, 직원들이 의뢰한 관련 과학자가 해수면을 낮추기 위해서 화성으로 옮겨야 하는 물의 양을 계산하여 윤서현에게 가지고 왔다. 윤서현은 그 과학자에게 물었다.

"이렇게 많은 양의 물을 화성으로 옮겨도 됩니까?"

"이 정도까지는 화성으로 옮겨도 됩니다. 그러나 한꺼번에 하면 안 됩니다. 이렇게 많은 양의 물을 한꺼번에 옮기면, 지구의 자연 환경에 큰 충격을 주게 됩니다."

"어느 정도의 속도로 작업을 진행하면 되겠습니까?"

"1년에 해수면을 12㎝씩만 낮추면 됩니다. 그 정도는 자연 환경이 적응합니다."

"그 제안을 4차원 기업 이사회 및 국제 환경 단체와 의논해 보겠습니다."

윤서현은 4차원 기업 이사회에서 해수면을 낮추는 방안을 건의하였다. 4차원 기업 이사회에서는 앞으로 몇 년 동안 그러한 방법으로 해수면을 조금씩 낮추어 보자고 했다. 4차원 기업 이사회에서는 그 임무를 인공 강우 사업 부서에 부여하였다. 그 부서는 국제 환경 단체와 관련 내용을 의논하였다. 그리하여 매월 지구의 해수면이 1㎝ 정도 낮아질 수 있도록 그만큼의 바닷물을 화성으로 옮기기로 하였다.

그 부서의 이사는 천문학자들과 함께 우주 여객기를 타고 화성으로 가 보기로 했다. 그 이사는 처음으로 우주 여객기를 타 보았다. 그 이사와 천문학자들은 우주 여객기의 일정 중 화성 여행 때에 화성을 잘 살펴보기로 했다. 우주 여객기는 바로 화성으로 가지 않았다. 지구 둘레를 돌면서 지구를 우주에서 구경하고 달로 향했다. 그 다음에 우주 여객기는 화성으로 갔다. 우주 여객기가 화성 주위를 돌면서 화성을 구경할 때, 그 이사와 천문학자들은 물을 둘 곳을 의논하였다. 그 이사는 물을 둘 곳을 화성 지도의 좌표에 기록하였다. 화성에 착륙하여 화성의 여러 지형을 가까이에서 구경할 때에 물을 두는 방법 등에 대해 의논하였다.

화성의 기온은 매우 낮았다. 기온이 높은 곳에서는 20도까지 올라가지만, 대기압이 낮기 때문에 수증기로 되어 버릴 것이다. 그들은 화성에 물을 얼음의 형태로 둘 것인가 액체의 형태로 둘 것인가를 의논했지만, 화성의 낮은 기온과 낮은 대기압에 의하여 상태가 변하게 될 것이므로 그것은 화성의 기후에 맡기기로 했다. 그들은 목성과 토성을 구경하고 지구로 돌아왔다.

4차원 기업의 인공 강우 사업부에서는 한 달에 한 번씩 지구의 해수면이 1㎝ 낮아질 정도로 많은 양의 물을 태평양의 깊은 곳에서 화성으로 공간 이동시켰다. 최초로 물을 옮길 때에는 화성에서 기온이 가장 높은 곳으로 이동시켰다. 우주 여객기가 화성의 상공을 운항하고 있을 때에 지구의 물을 화성으로 옮겨서 화성 표면에 쏟기로 하였다. 그래야 쏟은 엄청난 양의 물이 어떻게 되는지 구경할 수 있었기 때문이다.

물을 화성에 쏟을 때에 그곳의 기온이 약 20도 가까이 되었기에 물이 그대로 액체 상태로 있을 것도 같았지만 그렇지 않았다. 화성의 대기압은 지구에 비하면 1%도 되지 않았다. 공간 이동시킨 엄청난 양의 바닷물은 쏟자마자 낮은 곳으로 흘렀다. 그 물은 흐르면서 끓기 시작하였다. 지구에서는 100도에서 끓지만 화성에서는 대기압이 낮으므로 더 낮은 온도에서도 끓은 것이다. 4차원 기업 이사와 과학자들은 화성 상공에 있는 우주 여객기에서 그러한 장면을 구경했다. 그 장면은 지구에서는 볼 수 없는 진귀한 풍경이었다. 다음에는 기온이 낮은 곳에서 물을 쏟으면 물이 어떻게 되는지 실험하기로 했다.

지구의 해수면은 조금씩 낮아지기 시작하였지만, 사람들이 느끼기에는 아주 적은 양이었다. 한 달에 1㎝씩 낮추기로 했지만 그 높이는 파도의 높이에 비하면 매우 적은 양이었기에 눈에 보일 정도로 낮아지지 않은 것이다. 그래도 그 양이 1년간 쌓이면 12㎝가 되고, 10년간 쌓이면 120㎝가 된다. 그렇게 계속하면 가장 알맞은 해수면의 높이까지 낮아질 것이다. 언젠가는 해수면이 높아져서 영토를 잃어버린 어느 섬나라도 영토를 다시 찾게 될 것이다.

4차원 기업에서 지구의 물을 제어하기 시작하자, 물이 부족하여 불편한 곳이 점점 사라졌다. 이제는 모래가 심하게 날리는 사막은 거의 사라졌다. 물론 그런 곳을 약간 남겼지만, 그곳은 사람이 별로 살지 않고 야생동물들이 많이 사는 곳이었다. 옛날에 사막이었던 곳에 물을 제대로 공급하니 좋은 목초지가 되기도 했고, 개간하기 좋은 곳은 농지가 되기도 했다. 우주에서 바라보는 지구의 모습에서도 사막이 많이 사라졌다. 지구의 색깔이 녹색으로 많이 바뀌자, 대기 중의 이산화탄소도 조금씩 줄어들기 시작했다. 앞으로 수십 년에서 수백 년 후에는 가장 적절한 이산화탄소 농도 수준에 도달할 것이다.

윤서현은 물이 부족한 곳에 물을 공급하는 사업을 시작했으니, 이제는 물이 너무 많은 곳의 물을 제거하는 사업을 하고 싶었다. 세계의 여러 곳은 해마다 태풍 등으로 비가 너무 많이 와서 물에 잠시 잠기곤 했다. 그러한 곳에 비를 멈추게 하는 사업을 하면 어떨까 하는 생각이 들었다. 그가 생각하는 이론적인 방법은 비가 오는 지역 위에 4차원 보호막을 만들어 하늘에서 떨어지는 비를 받아서 즉시 바다로 공간 이동을 하게 하는 것이었다. 빗방울이 땅에 떨어지지 않게 상공에서 4차원 보호막으로 일종의 우산을 씌우는 것이었다.

그것은 이론적으로 가능하지만 인류의 문명과 생태계에는 어떤 영향을 끼칠지 모르기 때문에 관련 전문가들과 생물학자들을 불러서 의견을 묻고 싶었다. 윤서현은 그들에게 새로운 사업에 대해서 설명했다.

"저희들은 그러한 사업을 반대합니다."

"이유를 설명해 주십시오."

"4차원 기업에서 그렇게 하지 않더라도 물을 제거하는 것은 국가가 해야 할 일입니다. 국가가 하수관을 잘 만들어 물이 잘 빠지게 해야 합니다. 태풍이 지구 생태계에 미치는 영향이 분명히 있을 텐데 너무 적극적으로 기후에 관여한다면 부작용이 생길 위험이 있습니다."

"아, 제가 너무 자연 환경에 관여하려고 한 것 같습니다. 그 일은 하지 않겠습니다. 그러면 지구의 환경을 위해서 4차원 기업이 할 수 있는 다른 좋은 일이 있을까요?"

생물학자 중에 한 명이 대답했다.

"오존층 파괴로 인하여 생태계와 인류에 좋지 않은 영향이 있으니, 오존층을 파괴하는 유해 성분을 대기권에서 제거하고 파괴된 오존층이 복원될 때까지 자외선이 심한 지역에 자외선 차단막을 상공에 설치하여 필요 이상의 자외선을 차단하면 좋겠습니다."

"좋은 의견을 주셔서 감사합니다. 지구의 환경을 위한 다른 의견이 있으면 말씀하십시오."

어느 환경 전문가가 다른 의견을 주었다.

"바다에는 썩지 않는 쓰레기들이 너무 많이 버려져 있습니다. 이 때문에 많은 해양 생물들이 버려진 폐기물이나 어구 등에 걸려서 죽어가고 있습니다. 각종 플라스틱 종류의 쓰레기는 환경 호르몬을 퍼뜨리는 주범입니다. 바다에 떠다니는 스티로폼과 바닷속에 많이 들어 있는 각종 중금속들도 제거 대상입니다. 이러한 것들을 바다에서 제거하여 바다 환경을 개선하면 좋겠습니다."

윤서현은 여러 의견들을 듣고 구체적인 방안을 연구하였다. 그는 먼저 오존층을 파괴하는 가스를 제거하기로 하였다. 지구 대기에 있는 프레온 가스와 할론 가스 등을 제거하기 위해서 폭 10㎞, 높이 15㎞의 4차원 필터를 만들었다. 그리고 유해 가스를 제거할 수 있는 4차원 필터 세 개를 세계의 여러 지역 중에 바람이 많이 부는 곳에 세웠다.

대기가 그곳을 지날 때 오존층을 파괴하는 유해 가스들이 모두 걸러져서 각각의 원소로 분해되었다. 분해된 원소는 4차원 기업에서 마련한 저장소에 저장되었다. 원소를 분해하는 데에는 에너지가 필요하지만, 4차원 기업은 충분한 에너지를 보유하고 있었다. 수많은 핵융합 발전소를 가지고 있어서 유해 가스를 제거하는 작업에 에너지의 부족함이 없었던 것이다.

유해 가스 중에서 탄소 원자들은 모두 모아서 다이아몬드 벽돌을 만들었다. 다이아몬드 벽돌은 장식용이 아니므로 불순물을 넣어서 예쁘지 않게 만들었다. 나머지 기체 성분들은 액체로 만들어 보관하였다. 4차원 기업이 만든 저장소가 부족할 때에는 유해 가스 제거 작업이 중단되기도 하였다. 유해 가스는 처리 과정을 거쳐서 지구 생태계에 해롭지 않는 물질로 바뀌었다.

바다에 있는 수많은 플라스틱 쓰레기 조각들은 흩어져 있으므로 쓰레기가 되는 것이다. 그것을 모으면 재활용할 수 있는 자원이 될 수도 있다. 4차원 기업은 바다에 흩어져 있는 플라스틱 조각들을 4차원 필터로 걸러 수거할 수 있는 배를 여러 척 주문했다. 기존에 있는 배 중에서 용도를 잃어버린 배는 플라스틱 쓰레기를 수거할 수 있는 배로 개조하였다. 대형 선박은 멀리 있는 넓은 바다에서 수거하도록 했고, 작은 배는 연안에서 수거하도록 했다.

배에는 4차원 필터가 장착되어 있었다. 4차원 기업은 사람들이 작업하기 편하게 그러한 필터를 눈에 보이게 만들었다. 그 필터는 컴퓨터에 의해서 조종되며 크기를 변화시킬 수 있었다. 그 필터의 폭과 높이는 최대 300미터까지 키울 수 있었다. 그 필터는 컴퓨터에 의해서 작동되어 플라스틱으로 된 유용한 물건들은 쓰레기로 취급되지 않도록 했다. 그 필터에 바닷물이나 해안을 통과시키면 거기에 있는 플라스틱 종류들은 재활용이 가능한 형태로 바뀌어 배에 저장되었다. 납 등의 중금속들도 모두 따로 배의 저장소로 옮겨졌다.

윤서현이 자연환경을 개선하기 위해서 만든 유해 가스 제거 필터와 바다 쓰레기 제거 필터는 쓰레기를 재활용할 수 있는 자원으로 만들었다. 그 장치는 제거 작업을 통해서 자원을 생산하므로 그 작업을 하는 사람들은 경제적으로 이득을 보았다. 바다 쓰레기를 제거하는 작업은 4차원 기업이 직접 하지 않고, 제거 장비를 만들어 다른 기업이나 환경 단체에 제공했다. 바다 쓰레기 제거 작업이 경제적으로 도움이 되지 않으면 국가에서 해야 하지만, 자원 재활용으로 경제적 도움을 주므로 기업이나 관련 단체에서 쉽게 할 수 있었다. 그러한 작업을 하는 기업이나 단체가 사용하는 배에는 4차원 기업이 전기에너지를 무료로 제공하였다.

한국의 바다는 4차원 기업으로 인하여 대부분의 쓰레기들이 청소되어 깨끗해졌다. 바다는 해류가 있어서 바닷물이 돌기 때문에 한국의 바다만 치운다고 바다가 깨끗해지는 것은 아니었다. 다른 나라의 바다를 깨끗하게 청소해야 지구의 바다가 깨끗해질 것이다. 4차원 기업은 다른 나라의 바다를 청소할 수 있도록 청소하는 장비를 다른 나라에도 제공했다.

바다를 청소하는 기업의 사장이 윤서현에게 도움을 요청하는 전화를 했다.

"윤 이사님, 저는 4차원 기업의 도움으로 바다의 플라스틱 쓰레기와 중금속 쓰레기를 수거하는 새로운 사업을 시작한 사람입니다."

"제가 무엇을 도와 드리면 좋겠습니까?"

"쓰레기를 수거하는 4차원 필터에 한 가지 기능을 더 넣어 주시면 좋겠습니다."

"어떠한 기능이 필요하십니까?"

"적조를 일으키는 원인 물질과 적조 생물을 제거할 수 있는 기능이 있으면 좋겠습니다. 그러면 적조로 인하여 어려움을 당하는 어부들을 위해서 저렴한 비용으로 적조를 제거해 주고 싶습니다."

"좋은 생각입니다. 그러한 기능을 추가하도록 하겠습니다."

좋은 의견이라고 여긴 윤서현은 곧바로 관련 정보를 4차원 기업 연구소에 있는 컴퓨터에 입력하였다. 바다의 쓰레기를 수거하는 장비들은 모두 4차원 기업 컴퓨터와 연결되어 있었다. 본사 컴퓨터에 관련 내용을 입력하니 전 세계에 있는 관련 장비들이 그러한 기능을 자동으로 갖게 되었다.

다음 날 윤서현은 그 사람에게 전화를 했다. 그 장비의 기능에 적조 원인 물질과 적조 생물을 제거할 수 있는 기능을 추가했으니, 사용해 보라고 했다. 그 사람뿐만 아니라 다른 사람도 적조가 발생하는 시기에는 바다 쓰레기 제거를 보류하고 적조 제거 작업을 하였다.

다른 나라에도 바다 쓰레기를 제거하는 장비를 제공했지만 많이 부족하였다. 한국에 있는 바다 쓰레기 제거 기업들이 한국의 바다가 모두 치워지자, 다른 나라로 가서 바다 쓰레기를 제거하는 일을 했다. 4차원 기업은 바다 쓰레기 제거 장비를 너무 많이 보급하지 않았다. 그러한 일거리가 그 분야에 종사하는 사람들에게 계속 있어야 하므로 적당한 수량만을 보급했다.

계절이 가을로 바뀌기 시작하면 재채기를 하는 연구소 직원이 있었다. 그는 공기 중에 알레르기 물질에 의하여 재채기를 한 것이다. 윤서현은 그러한 모습을 보면서 그 직원과 같은 사람들을 돕고 싶은 생각이 들었다. 그는 사람의 코와 입에 출입하는 공기를 여과하는 4차원 필터를 만들었다. 그 필터를 작동시키기 위해서는 그 사람의 몸에 아주 작은 장치를 주사기로 이식해야 했다.

그 장치는 스마트폰에 의해서 통제되었다. 그 장치로 인하여 사람의 코와 입에는 순수한 공기만 드나들 수 있었다. 그러면 공기로 인한 알레르기 반응은 없지만 냄새를 맡을 수 없었다. 그러므로 필요할 때에만 작동되게 하기 위해서 스마트폰을 이용하여 조절할 수 있게 만든 것이다.

알레르기 방지용 4차원 필터를 작동시키면서 냄새를 맡을 수 있는 방법도 있었다. 그러려면 그 직원에게 재채기를 유발시키는 알레르기 물질이 무엇인지 정확하게 알아내야 했다. 그 물질이 밝혀지면 4차원 필터에서 그 물질만 걸러내면 되기 때문이다. 그 알레르기 물질을 알아내기 전에는 입과 코로 순수한 공기 외에는 출입하지 못하게 다른 성분들을 걸러내면 된다. 일단 일반적으로 많은 사람들이 꽃가루로 인한 알레르기 반응이 있으므로 꽃가루를 기본 제거 물질로 하였다.

윤서현은 그러한 4차원 필터를 만들어 그 직원을 상대로 실험하였는데, 그 직원은 재채기를 하지 않게 되어 편해졌다고 하였다. 그는 그러한 실험을 하면서 4차원 필터의 성능을 더 향상시켜 보았다. 알레르기 물질에 더 예민한 사람들을 위하여 아예 눈과 귀로 들어가는 이물질까지 모두 차단할 수 있는 기능을 넣었다.

그는 공기를 정화시키는 4차원 필터를 만들면서 새로운 생각을 하게 되었다. 4차원 과학을 이용하여 의료 기술을 향상시키고 싶었던 것이다. 병원에서 큰 수술을 받으면 회복된 뒤에도 흉터가 남게 되는데, 거의 모든 사람들은 수술 후에 남는 흉터를 싫어한다. 그는 흉터와 관련된 것을 인터넷에서 검색해 보고 병원에서 수술할 때에 흉터가 남지 않는 방법을 연구하기로 했다.

병원에서 큰 수술을 할 때에는 피를 많이 흘리는데, 윤서현은 4차원 차단막을 활용하여 수술할 때에 피를 거의 안 흘리게 하고 싶었다. 다른 사람의 장기 등의 이식 수술을 할 때에는 거부 반응이라는 것이 있다. 특히나 동물의 장기는 거부 반응이 더 심하다. 그는 그러한 거부 반응을 완벽하게 차단할 수 있는 방법을 연구하고 싶었다.

윤서현이 4차원 과학으로 잘 하는 분야 중의 하나가 걸러내는 것이다. 그 기능을 이용하여 인공 신장을 만들고 싶었다. 이제껏 사람의 머리나 두뇌를 이식하는 것은 보지 못하였다. 4차원 과학에서는 공간의 제약을 극복할 수 있으므로 머리나 두뇌 등의 이식도 할 수 있을 것 같았다. 윤서현은 이제부터는 당분간 의료 분야를 연구하기로 했다.

3차원의 세계에서는 두 개의 물질이 한 공간에 존재할 수 없다. 그러나 4차원의 세계에서는 두 개 이상의 물질이 한 공간에 존재할 수 있다. 그러므로 4차원 경호 장비 중에서 최고급 제품을 장착한 사람은 벽을 통과하여 도망갈 수 있는 것이다. 윤서현은 이러한 원리들을 적용한 경호 제품들을 이미 개발했기 때문에 외과 수술용으로 4차원 수술 장비를 만드는 것은 이론적으로 그렇게 어렵지 않을 것 같았다.

그는 4차원 과학 원리를 이용하여 피부를 절개하지 않고 수술하는 방법을 연구하기로 하였다. 의사들이 개복 수술을 할 때에는 어느 정도 시야를 확보하지만, 내시경 수술을 할 때에는 모니터를 통해서 보기 때문에 그렇지 않는 경우가 많다. 개복 수술을 하더라도 흉터의 크기를 줄이고 회복을 빠르게 하기 위해서 짧게 절개하면 시야 확보가 부족하기는 마찬가지이다.

그는 의사들이 수술할 때에 피부를 절개하지 않으면서 충분한 시야를 확보하는 방법을 4차원 과학 기법으로 해결해 보기로 했다. 그러면 내시경 수술보다 정확한 수술을 하면서도 회복이 더 빠를 것이다. 외과 수술에서 외부 조직을 손상시키지 않고 내부 조직에 접근하는 4차원적인 방법은, 수술할 부위가 내부 깊숙한 곳이기에 어려운 수술도 간단한 수술로 만들 수 있다.

그는 절단하지 않으면서 생체 중의 일부만을 4차원 공간으로 이동시키는 것을 연구하였다. 4차원 공간으로 이동한 생체 부위는 마치 없는 것처럼 안 보이게 된다. 인간이 3차원에서 느끼기에는 아예 도려낸 것과 같이 보이는 것이다. 그렇지만 실제로 혈액은 4차원 공간으로 이동한 생체로 계속해서 흐른다. 외부 생체 조직을 4차원 공간으로 충분히 넓게 이동시키면 안에 있는 장기들을 만질 수도 있게 된다.

연구소 직원들은 실험동물들을 준비하였다. 일반적으로 큰 동물 실험에서 돼지를 많이 사용하는데 윤서현은 돼지보다 양을 선호했다. 흰 양이 돼지보다 더 깨끗하게 느껴졌기 때문이다. 연구소 직원들은 농장에서 흰 양 다섯 마리를 사 가지고 왔다. 윤서현은 직원들이 준비한 동물을 상대로 실험해 보기로 했다. 연구소 직원들은 양한 마리를 마취하여 수술대 위에 올려놓았다.

"이제는 수술할 부위의 털을 제거합시다."

어느 직원이 말했다.

"그렇게 할 필요가 없네."

윤서현이 말했다.

"털이 없어야 실험하기 편할 것 같습니다."

"우리는 일반적인 수술 실험이 아니라 4차원 과학을 이용한 실험이므로 털이 있어도 아무 상관이 없네. 두고 보면 알 것이네."

수술대 위에는 4차원 과학 원리로 작동되는 먼지 및 미생물 차단막이 설치되었다. 공기를 통한 먼지는 수술대 위로 갈 수 없게 했다. 그는 4차원 수술 장비를 이용하여 양의 외부 생체 조직들을 조금씩 제거하기 시작했다. 제거한다는 표현은 3차원적인 표현이고 4차원적인 표현은 외부 생체 조직들을 4차원 공간으로 조금씩 이동시키는 것이다.

내부 장기들을 둘러싸고 있는 외부 생체 조직들을 모두 제거하자, 안에 있는 내부 장기들이 움직이는 것이 보였다. 윤서현은 수술용 장갑을 끼고 내부의 장기들을 만져 보았다. 장기의 따뜻함이 느껴졌다. 그는 특별하게 만든 4차원 메스를 사용하여 간의 중앙을 길이 5㎝ 깊이 2㎝ 정도 잘랐다.

"윤 이사님이 만든 4차원 메스는 신기합니다. 어떻게 자른 부위에서 피가 나오지 않습니까?"

"이 메스는 자른 단면에 4차원 차단막을 만들어 피가 조직 밖으로 나오지 않도록 합니다. 앞으로 이러한 메스가 보편화되면 수술할 때에 많은 혈액을 절약할 수 있을 것입니다."

"이제는 자른 양의 간을 봉합해 보십시오."

윤서현은 피가 나오지 않음을 확인한 후에 이 실험에 같이 참여한

의사에게 메스로 자른 양의 간을 봉합하라고 하였다. 그 의사는 양의 간을 조심히 봉합하였다. 그는 간에 있는 혈관들을 이었고 원래 모양 대로 봉합하였다.

"봉합이 다 되었으니 이 장비를 사용해서 4차원 차단막을 제거하겠습니다. 혈액을 차단하는 것은 임시적인 것입니다. 피를 돌게 하기 위해서는 4차원 차단막을 제거해야 합니다."

4차원 차단막을 제거하자 봉합한 부위에 약간의 피가 나오다가 멈추었다. 윤서현은 양의 장기 중에 윗부분에 있는 것들을 하나씩 4차원 공간으로 이동시켰다. 그러자 그 아래 척추 쪽에 있는 장기들이 보였고 만질 수 있었다. 내부에 있는 거의 모든 장기들을 4차원 공간에 이동시키자 아래에 있는 척추가 완전히 보였다.

윤서현은 양의 내부 장기들을 모두 살펴본 후에 4차원 공간으로 옮겼던 장기들을 반대의 순서로 원래의 위치로 이동시켰다. 양의 장기들은 아래에서부터 하나씩 나타나기 시작했다. 그는 모든 장기들이 원래의 위치로 자리를 잡자 외부 생체 조직들이 나타나게 했다.

4차원의 공간으로 이동했던 외부 생체 조직들이 원래의 위치에 모두 나타나자, 양은 수술을 받기 전의 모습으로 돌아왔다. 그뿐만 아니라 양이 흘린 피는 몇 방울 되지 않았다. 조금 후에 양이 마취에서 깨어나자 움직였다. 그러나 간이 약간 손상되어 조금 아픈 것을 알 수 있었다. 그 정도의 손상은 쉽게 회복될 것 같았다.

윤서현은 실험 과정이 담긴 비디오를 4차원 기업 홈페이지를 통해서 공개했다. 그리고 수술에 사용했던 실험 장비들을 실험에 참여했던 의사가 소속된 병원에 기증하여 직접 인체에 적용해 보라고 했다. 그 병원은 수술실에서 4차원 기업이 제공한 장비를 사용하기로 하고, 처음에는 간단한 수술에 적용해 보기로 했다. 처음에 적용할 환자는 맹장 수술을 받을 젊은 환자였다. 그 의사는 수술 받을 환자에게 양을 대상으로 한 실험 장면을 보여 주며 새로운 수술 방법을 설명하였다.

"정말 그렇게 하면 흉터도 없이 간단하게 수술할 수 있습니까?"

"이것은 4차원 기업에서 개발한 수술 장비입니다. 보신 대로 이미 동물 실험에 성공했습니다. 피부의 절개 없이 내부 장기를 수술하는 것이라고 생각하면 됩니다."

"예, 4차원 방식으로 수술을 받겠습니다. 원래 간단한 수술이라서 별일 없을 것 같습니다."

그 환자는 그 방법으로 수술을 받겠다고 서명했다. 수술실에 들어간 환자의 수술은 약 15분 만에 끝났다. 일반적인 수술은 마지막에 피부 봉합 작업을 해야 하지만, 그 작업을 생략하니 조금 일찍 끝났다. 4차원 방식의 절개는 피부를 직접 절개하는 것이 아니라 외부 생체 조직을 4차원 공간에 일시적으로 옮겨 놓는 방식이므로 내부의 수술이 끝난 후에 외부 생체 조직을 그냥 제자리에 놓기만 하면 되었다.

수술을 받고 회복실에 옮겨진 환자는 조금 후에 깨어났다. 깨어난 환자는 자기가 4차원 방식의 수술을 받았다는 것이 생각나자, 자신의 옷을 걷어서 배를 살펴보았다. 배에는 아무런 흔적이 남아 있지 않았다. 다만 뱃속이 조금 아플 뿐이었다. 그의 담당 의사가 환자를 살펴보기 위해서 곧 병실로 들어왔다.

"좀 어떠세요?"

"의사 선생님, 제가 수술 받은 것이 맞습니까?"

"분명히 뱃속에 있는 맹장을 수술했습니다. 수술 흔적이 없으니 신기하지요?"

"정말 신기합니다."

그 의사는 산부인과에서 제왕절개 수술을 해 보고 싶었다. 인체 조직을 4차원 공간으로 이동시킬 때에 장기 단위로 이동시키는데 제왕절개 수술을 할 때에 자궁이 보이면 자궁 안에 있는 태아에게 접근하기 위해서는 자궁 일부만을 4차원 공간으로 이동시켜야 한다. 그 의사는 그 방법에 대해서 구체적으로 확인하기 위해서 윤서현에게 전화를 했다.

"윤 이사님, 그렇게 하다가 실수로 생체 조직을 너무 많이 이동시키면 어떻게 합니까?"

"그러한 것은 걱정하지 않아도 됩니다. 4차원 공간에 이동시키는 작업은 실수를 허용합니다."

"그래도 수술인데 실수를 허용한다니 듣기가 어색합니다."

"4차원 공간으로 생체 조직을 이동시키는 것은 절단이 아니라 위치 변경입니다. 너무 많이 이동시켰으면 후진시키면 되는 것입니다. 만약에 자궁 일부를 4차원 공간으로 이동시키면서 제거하다가 태아의 발을 제거하게 되는 상황이 될지라도 개의치 말고 약간 후진했다가 수술을 계속 진행하면 됩니다."

"그러면 이동된 생체 조직을 즉시 후진시키지 않고 나중에 후진시켜도 됩니까?"

"잘려진 것처럼 보여서 보기에 불편하지만 이동된 것이므로 나중에 후진시켜도 됩니다. 보기에 불편하므로 즉시 후진시키는 것이 좋을 것 같습니다."

이러한 수술에서 아기의 발이 절단된 것처럼 보일지라도 실제로는 절단된 것이 아니므로 절단면처럼 보이는 곳에서 피가 나오지 않는다. 4차원 공간에서는 아기의 발이 연결되어 있으면서 피가 흐른다. 영구적인 제거나 절단은 의사의 손에 의해서 3차원적인 방법으로 해야 한다.

그 의사는 산부인과로 가서 무절개 제왕절개 수술에 대해서 산부인과 의사와 의논했다. 산모의 배와 자궁을 절개하지 않고 태아를 꺼낸다는 것이 처음에는 믿어지지 않았지만, 며칠 전에 관련 소식을 들어서 산부인과 의사도 시행해 보고 싶었다. 그 의사들은 그 수술을 당장 진행하기로 했다.

　몇 시간 후에 제왕절개 수술을 받아야 할 산모가 나타났다. 그 산모는 태아의 위치가 거꾸로 되어 있었고 골반이 작은 산모였다. 의사들은 제왕절개 수술 일정이 잡혀서 병원에 온 그 산모에게 새로운 제왕절개 수술에 대해서 설명했다.

　"저희 병원에서는 사모님에게 새로운 방식의 제왕절개 수술을 시도해 보고 싶습니다."

　"새로운 방식이요? 그 방식이 무엇입니까?"

　"4차원 기업에서 개발한 수술 장비를 사용하여 배와 자궁을 절개하지 않고 제왕절개 수술을 하는 것입니다. 얼마 전에는 그 방식으로 맹장 수술을 하였는데, 배에 수술한 흔적이 전혀 남아 있지 않았습니다."

　"그렇다면 절개하지 않고 어떻게 아이를 꺼낼 수 있습니까?"

　"복부와 자궁 조직 일부를 4차원 공간에 임시로 이동시키고 아이를 꺼내는 것입니다. 절개와 봉합을 하지 않으니 회복이 훨씬 빠를 것입니다."

　"그러면 제가 그 방식으로 수술을 받게 해 주십시오."

　그 의사들과 산모는 수술실에 들어갔다. 산모는 수술대에 누웠다. 다른 수술일 경우는 마취를 하지만 제왕절개 수술은 바로 마취를 하지 않았다. 마취를 하지 않고 4차원적인 방법으로 인체의 조직을 제거하더라도 아프지 않았기 때문이다. 그 의사는 산부인과 의사의 지도를 받으면서 4차원 수술 장비를 사용하여 산모의 자궁 위에 있는 피부 조직들을 제거하기 시작했다. 약간 붉은 조직들이 보이기는 했지만, 피는 흐르지 않았다. 실제로 메스로 자르는 과정이 아니므로 산모는 고통을 느끼지 않았다. 자궁이 보이자 태반이 없는 쪽에서 자궁벽과 양막을 조금씩 제거하기 시작했다.

　그러자 양수와 함께 태아가 보이기 시작했다. 그 의사는 태아가 나올 수 있을 만큼 충분히 자궁벽과 양막을 제거했다. 양수가 보이기 시작하자 간호사는 양수가 흐르지 않도록 양수를 조심히 약간 빨아들였다. 산부인과 의사는 자궁에서 아기를 꺼내고 탯줄을 잘랐다. 그 단계까지는 산모를 마취하지 않았다. 산부인과 의사는 아기를 꺼내고 태반을 꺼내기 직전에 산모를 마취시켰다. 나중에는 이러한 수술을 할 경우, 자궁만 마취해도 될 것으로 생각되었다.

산모를 마취한 후에 자궁에서 태반을 제거하였다. 태반을 제거할 때에는 피가 나오지 않도록 윤서현이 가르쳐 준 방법대로 4차원 차단막을 자궁 안에 생성시켰다. 출혈을 막는 4차원 차단막은 나중에 자궁이 어느 정도 수축하면 제거될 것이다. 그 의사는 4차원 공간에 옮겨진 자궁 일부를 다시 원래의 위치로 회복시켰다. 그리고 자궁 위복부의 피부 조직들을 원래의 상태로 회복시켰다. 이번 수술에서는 봉합할 일이 없었기 때문에 수술 후에도 산모의 배가 작아졌을 뿐 수술 흔적은 전혀 없었다. 산모는 조금 후에 마취에서 깨어났다.

"제 아이는 어떻게 되었습니까?"

"아이는 아무 이상이 없단다. 정상이다."

환자의 보호자가 기쁜 표정으로 말했다.

산모는 자신의 아랫배를 손으로 만졌다. 수술한 흔적이 없었다.

"이런 방식의 수술은 처음이었지만 수술이 아주 잘 되었습니다. 환자가 최초로 절개하지 않고 제왕절개 수술을 받은 사람입니다."

담당 의사는 산모에게 말했다.

그 산부인과 의사는 며칠 뒤에 자궁이 어느 정도 수축하자 출혈을 막는 4차원 차단막을 제거했다. 그 산모는 다른 여느 산모들보다도 더 빠른 회복 속도를 보였다.

윤서현은 그 병원을 방문하였다. 의사들은 두 건의 수술 상황에 대해서 윤서현에게 말했다. 그 자리에는 병원장도 있었다.

"원장님, 이제는 이식 수술에도 4차원 수술 장비를 사용해 보면 좋겠습니다."

"의사들이 4차원 수술 장비의 원리를 이해했으니, 이식 수술에도 사용할 수 있을 것입니다. 다음 이식 수술에 그 장비를 사용해 보겠습니다."

병원 원장은 이식 수술에 그 장비를 사용하는 것을 허락했다.

이번에 실험할 수술은 간 이식 수술이었다. 수술실에 들어간 그 의사는 두 명을 대상으로 수술을 해야 했다. 그 수술은 아들이 아버지에게 간의 일부를 떼어 주는 수술이었다. 그 의사는 4차원 수술 장비를 사용하여 아들의 복부에서 내부 장기가 잘 보이도록 복부에 있는 넓은 범위의 피부 조직들을 제거했다.

그 다음에는 환자의 배를 그의 아들처럼 하였다. 그렇게 하자 복강 안에 있는 장기들이 잘 보였다. 일반적인 수술에서는 절개하는 부위를 되도록 작게 한다. 그래야 회복이 빠르고 수술 흉터도 작아진다. 하지만 수술하기 위한 시야 확보가 좁게 되고 작업하기가 불편하다. 그런데 4차원 수술 장비로 제거하면 그러한 염려가 없으므로 충분한 시야와 작업 공간을 확보하기 위하여 넓게 제거한다. 이번에는 간 이식 담당 의사들이 복강을 절개한 두 사람에게서 작업을 하였다. 간 이식 담당 의사들은 윤서현이 제공한 특별한 메스를 사용하여 피를 흘리지 않게 간 이식 수술을 했다.

간 이식 수술을 무사히 마쳤다. 간 이식 수술을 한 의사들은 충분한 시야를 확보할 수 있어서 이전보다 훨씬 수월하게 수술을 할 수 있었다. 또한 환자가 피를 계속 흘리고 있으면 그 피로 인하여 수술 부위가 가려지는데, 피를 흘리지 않게 작동하는 메스를 사용하니 수술하기가 편할 뿐만 아니라 수혈을 할 필요가 없었다. 간 이식 수술 정도의 큰 수술에는 반드시 수혈이 필요하지만, 이번 간 이식 수술은 수혈이 필요 없었다. 그래도 처음으로 시도하는 방법이므로 만약을 대비하여 수혈할 준비를 갖추고 있었다. 4차원 방식의 수술이 보편화되면 수혈할 혈액을 많이 절약할 수 있을 것이다.

간 이식 수술을 마친 환자들은 회복실로 옮겨졌다. 그곳에서 깨어난 환자의 아들은 자신의 배를 만져 보고 자기의 아버지에게 간의 일부를 떼어 드린 것이 실감나지 않았다. 배의 통증으로 간의 일부가 잘려 나간 것을 느낄 수가 있었다. 그는 자신의 배에 큰 흉터가 남을 뻔하였지만 이렇게 전혀 흔적이 없으니 정말 좋았다.

간을 이식 받은 환자도 깨어났다. 어느 정도 회복한 환자는 자신의 배를 만져 보았다. 분명히 자신의 간이 교체되었지만, 배에는 절개된 흔적이 전혀 없었다. 이러한 수술 기법을 믿을 수가 없어서 담당 의사에게 분명히 간 이식 수술을 한 것이 맞느냐고 물었다. 그 환자들은 회복 속도가 빨랐다. 이러한 수술 기법은 의학계의 혁명이었다.

윤서현은 수술을 마친 의사들과 관련 장비에 대해서 이야기를 나누었다.

"수고하셨습니다. 4차원 수술 장비가 쓸 만합니까?"

"정말 신기했습니다. 앞으로 모든 수술은 이러한 방법으로 해야 합니다. 4차원 수술 장비는 감동을 줍니다. 이것은 외과 수술의 혁명입니다."

수술에 참여한 의사가 말했다.

"4차원 수술 장비는 수술뿐만 아니라 진단을 위해서도 많이 활용될 것입니다. 앞으로는 MRI 장비가 사용되지 않을 것입니다. 4차원 수술 장비는 절개하지 않고 인체 내부를 눈으로 직접 볼 수 있습니다. 앞으로 진단 전용의 4차원 영상 장비도 만들 것입니다. 4차원 영상 장비는 MRI 장비보다 100분의 1의 가격에 보급될 것입니다."

"그렇게 저렴하게 보급하면 거의 모든 병원과 의원에서 4차원 영상 장비를 구비할 수 있을 것 같습니다."

"네, 그렇습니다. 모든 병원과 의원은 이 장비를 사용하여 인체 내부에 있는 환부를 천연의 색으로 직접 보면서 진단하게 할 것입니다. 물리적으로 자르면서 직접 보는 것은 해부에서나 가능하지만, 이 장비를 사용하면 살아 있는 인체를 물리적으로 자르면서 보는 것과 똑같이 관찰할 수 있습니다. 자르거나 제거하는 것이 아니라 시야를 가리고 있는 인체 조직들을 4차원 공간으로 조금씩 옮기면서 보는 것이므로 환자에게도 부작용이 전혀 없습니다."

"앞으로 보급될 4차원 수술 장비와 4차원 영상 장비의 기능상의 차이는 어떤 것입니까?"

"진단 전용의 4차원 영상 장비는 인체 조직 내부를 직접 만질 수는 없습니다. 대신 먼지 등의 이물질이 들어가지 않습니다. 이물질이 들어갈 수 없으니 수술실 외에서도 사용할 수 있습니다."

"지금까지 의학의 발전에 윤 이사님보다 더 큰 공헌을 한 사람은 없을 것입니다."

윤서현은 4차원 영상 장비 다섯 개를 제작하여 그 병원에 보급하였다. MRI는 자연의 색이 아니지만, 4차원 영상 장비는 자연의 색을 그대로 보여 주니 확실한 진단을 내릴 수 있었다. 4차원 수술 장비는 4차원 영상 장비에 비해서 4배 정도 비싼 가격으로 결정되었다. 4차원 기업은 가격을 더 많이 받을 수 있었지만 인류의 복지가 우선이었기 때문에 그 정도의 가격으로 책정하였다. 미래에는 환자들이 비싼 MRI 촬영 비용을 지불하지 않아도 된다. 이제는 의사가 환자를 진찰하다가 인체 내부의 환부를 보고 싶으면 즉석에서 볼 수 있다. 4차원 기업은 앞으로 몇 년 안에 초음파 검사 장비보다 더 흔하게 4차원 영상 장비를 병원에 보급하여 널리 사용하게 할 예정이다.

윤서현은 연구소에서 의사들과 함께 이식 거부 반응에 대한 연구를 하였다. 그는 4차원 차단막을 활용하여 이식 거부 반응을 차단하는 차단막을 만들었다. 4차원 차단막은 두께가 없다. 이식 거부 차단막은 생체 조직이 결합할 수 있게 하지만, 두 개의 조직 사이에 기부 반응을 일으키는 물질이나 세포들은 통과하지 못하게 한다. 3차원의 물질로 차단막이 되었다면 두 조직이 격리되지만 4차원으로 된 차단막이기 때문에 두 조직이 격리되지 않고 잘 붙으면서 이식 거부 반응에 관련된 물질이나 세포들은 왕래할 수 없게 된다.

그가 또 시도하고 싶은 것은 이식 수술을 할 때, 4차원에서 먼저 혈관과 신경 등을 연결하는 것이다. 의사들이 그 방법으로 수술을 하기 위해서는 4차원 수술과 3차원 수술을 차례로 해야 한다. 그 방법을 반드시 활용해야 성공할 수 있는 대표적인 수술이 머리나 두뇌의 이식 수술이다. 두뇌는 혈액이 몇 분만 흐르지 않아도 생명력을 잃는다.

몸통은 두뇌로부터 신경 신호가 전달되지 않으면 죽어 버린다. 이러한 이유로 어느 누구도 그러한 수술을 시도하려고 하지 않았다. 만일 4차원에서 먼저 연결하여 혈액과 신경 신호가 전달되게 한 다음에 3차원에서 물리적으로 연결하는 수술을 한다면 성공할 것이다. 4차원 과학의 도움으로 신경을 연결하면 3차원에서 두 신경 조직 간에 융합이 이루어지기 전일지라도 신경 신호가 전달되게 된다. 그러면 머리와 몸통의 생명이 동시에 유지될 것이다.

윤서현은 의사들과 함께 쥐를 가지고 간단한 실험을 해 보았다. 쥐를 이용한 수술 실험은 성공적이었다. 이제는 병원에서 어느 정도 크기가 있는 동물로 실험을 해 보고 싶었다.

며칠 뒤, 윤서현은 연구소에서 관련 장비들을 가지고 의료 연구를 제휴한 병원으로 갔다.

"윤 이사님, 안녕하십니까?"

"수술 준비는 다 되었지요?"

"네, 다 되었습니다. 이쪽으로 오십시오."

윤서현과 의사들은 옷을 갈아입고 수술실에 들어갔다. 이번에는 두 가지 실험을 동시에 하게 된다. 이식 거부 반응을 극복하면서 양의 머리를 이식하는 것이다. 수술실에는 두 마리의 양이 마취되어 있었다. 두 마리의 양들은 혈액 응집 반응이 서로에게 없는 양들이었다. 양들의 목에는 털이 제거되어 있었다.

이번 실험은 두 마리 양의 머리를 서로 교체하는 것이다. 수술의 난이도가 상당하지만, 이론적으로는 완벽했다. 이론적으로 완성한 것을 실제로 실험으로 증명하는 것이다. 의사들은 윤서현의 지시대로 두 마리 양의 목에 서로를 4차원으로 연결할 장치를 달았다. 윤서현과 의사들은 컴퓨터 영상으로 4차원 수술을 먼저 진행했다. 컴퓨터 3차원 영상에서는 두 마리 양의 목 부분에 있는 혈관과 신경을 특별히 강조하여 보여 주었다. 컴퓨터 영상에서는 3차원으로 보이지만, 실제로는 4차원에서 수술을 하는 것이다.

컴퓨터 화면에서는 양의 목에 무언인가 조작되고 있지만 수술대 위에 있는 두 마리의 양에게는 아무 조작도 이루어지지 않는 것처럼 보였다. 의사들은 컴퓨터 화면상으로 두 마리의 양에게 머리를 교체할 준비를 다 했다. 머리를 절단하고 다른 양의 몸통에 연결할 좌표 등이 다 정해진 것이다.

의사들의 준비가 끝나자 윤서현은 컴퓨터에서 머리 교체 작업을 실행하였다. 그러자 4차원에서는 두 마리의 양의 머리가 서로 교체되었다. 3차원에서는 그대로 있는 것 같지만 실제로는 두 마리의 양은 서로 상대방의 머리에 자신의 피를 보내고 있었다. 두 마리 양의 머리는 서로 상대방의 몸통에서 피를 공급 받았다.

의사들은 이제 양들이 마취되어 누워 있는 수술대로 갔다. 의사들은 한 마리 양의 목에 메스를 대고 컴퓨터가 표시한 부분을 절단했다. 절단된 머리는 몸통에서 분리되었다. 눈으로 보기에는 정말 징그러웠지만 피가 흐르지 않았다. 4차원에서는 머리와 몸통은 이미 교체되었기 때문에 피가 4차원 공간을 건너서 상대방의 몸통이나 머리로 흘렀다. 의사들은 나머지 한 마리의 양도 목을 절단했다. 모두 네 조각으로 되었지만 살아 있었다.

의사들은 물리적으로 서로의 머리를 교체하여 붙이기로 하고, 우선 한 마리 양의 머리와 몸통을 봉합하기 시작하였다. 의사들은 이식 거부 반응과 신경 조직 융합에 대해 약간 우려하였다. 의사들은 목에 있는 모든 조직들을 정교하게 봉합하였다. 그러는 동안에 다른 한 마리의 양은 아직도 머리와 몸통이 분리된 채로 숨을 쉬고 있었다. 한 마리의 양의 봉합이 끝나자, 의사들은 다른 한 마리의 양도 정교하게 목 부분의 조직을 봉합하였다. 의사들은 양이 목을 움직이지 못하도록 양의 목에 철로 된 기구를 달았다.

수술이 끝나자, 양들을 특별히 준비한 회복실로 옮겼다. 양들은 며칠 동안 마취 상태로 있었다. 양들의 목에 철로 된 기구들을 달았지만, 양들이 움직이지 않도록 하기 위해서 마취 상태를 길게 유지하였다.

약 일주일 후, 양들이 마취에서 깨어났다. 양들은 윤서현의 4차원 수술 이론대로 정상적으로 움직였다. 약 한 달 후에는 양들을 병원에서 퇴원시켜 농장으로 보냈다. 의사들은 양 머리 교체 수술을 하고 나서 일주일 후에 적당한 크기의 돼지들에게도 서로의 머리를 교체하는 수술을 했다. 또 일주일 후에는 사람과 비슷한 원숭이에게도 시행했다. 원숭이를 대상으로 하는 수술은 2주 연속 두 번 실시되었다.

실험한 양들이 퇴원하여 농장으로 돌아간 후에 의사들은 같은 원리를 이용하여 원숭이의 두뇌를 교체하는 실험을 했다. 먼저 컴퓨터를 이용하여 4차원적인 방법으로 머리를 교체하듯이 두뇌를 교체하였다. 두뇌의 신경과 혈관에서 교체하여 연결할 지점을 미리 정하였다.

그런 다음에 4차원 과학 기법을 이용하여 순간적으로 두뇌를 교체하였다. 순간적으로 교체하였기 때문에 신경 신호와 혈액의 흐름은 계속되었다. 그런 다음에 3차원에서도 실제로 교체되게 시술할 것이다.

의사들은 4차원 수술 장비를 사용하여 4차원적인 방법으로 복부를 절개하듯이 원숭이의 머리의 피부와 머리뼈를 절개했다. 4차원적인 방법으로 머리뼈를 절개하는 것은 쉬웠다. 원숭이의 머리뼈를 4차원의 공간으로 조금씩 이동시키면서 두뇌가 보이게 했다. 그런 다음에 두뇌 아랫부분에서 컴퓨터가 표시한 부분을 절단하여 두뇌를 머리에서 분리했다.

다른 한 마리의 원숭이에게서도 같은 방법으로 머리에서 두뇌를 분리하였다. 분리된 두뇌는 우선 그릇에 담아 놓았다. 그런 다음에 조금 전에 분리한 다른 원숭이의 두뇌를 방금 시술한 원숭이의 머리뼈에 잘 고정시키고 봉합하였다. 그런 다음에 4차원 수술 장비를 사용하여 4차원 공간으로 잠시 이동한 머리뼈와 두피 등을 원래의 위치로 조금씩 옮겼다. 다른 원숭이 한 마리도 같은 방법으로 시술하였다. 원숭이는 자신의 몸이 바뀌게 되었다. 이러한 수술은 사람에게 적용할 수도 있지만, 그러한 기회가 실제로 있을지는 모르겠다.

원숭이들은 상당한 기간 동안 마취 상태로 두었다. 며칠 후에 원숭이들이 깨어났다. 혈액은 혈관을 연결하면 흐르지만 신경은 신경 조직을 연결한다고 해서 신경 신호가 흐르는 것은 아니다. 두 개의 신경 조직이 융합되어야 신경 신호가 흐르는데, 두 개의 신경 조직이 융합되기 전까지는 4차원 막이 두 신경 조직 사이에 있으면서 신경 신호가 전달되게 한다. 신경 신호가 전달되지 않으면 생명을 잃게 되기 때문에 두 개의 조직이 융합될 때까지 신경 신호의 전달을 보류할 수는 없다.

손이나 발과 같은 곳은 나중에 두 개의 조직이 융합된 다음에 신경 신호가 흐르더라도 무방하지만, 두뇌는 그렇지 않다. 생명과 직결된 곳이므로 당장 신경 신호가 전달되어야 한다. 신경 신호의 전달을 4차원 과학 기법으로 처리하므로 두뇌 이식 수술이 가능하게 된다. 수술과 동시에 신경 신호를 전달하지 못한다면 목이 잘린 것이나 다름없다. 윤서현과 의사들은 머리와 두뇌의 이식 수술 임상 실험이 성공했음을 언론에 알렸다. 이제는 이식 수술을 하지 못할 부위가 없게 되었다.

윤서현은 이식 수술에 관한 연구를 끝내고 인공 신장을 연구했다. 인공 신장은 혈액에서 노폐물을 걸러내는 것인데 윤서현으로서는 너무 쉽게 보였다. 인공 신장은 심장과 달리 잠시 기능이 정지되더라도 생명에는 지장이 없다. 심장은 5분만 기능이 정지되면 생명에 심각한 장애가 오는데, 신장은 하루 이상 기능이 정지되더라도 죽지 않는다. 그 때문에 병원의 인공 신장실에서 혈액 투석을 받는 사람들은 혈액 투석을 받기 위해서 날마다 병원에 오지 않는 것이다.

다른 과학자들은 인공 심장을 만드는 것이 오히려 쉽게 느껴질 것이다. 인공 심장은 펌프질만 하면 될 만큼 간단하기 때문이다. 그러나 기계적인 오류가 있어서 잠시라도 정지하게 되면 목숨이 위험하다. 윤서현은 인공 신장을 만드는 것이 이처럼 쉬운데 왜 지금까지 개발하지 않았는지 후회했다. 그는 인공 신장에서 걸러내야 하는 물질들을 여러 의학 자료들에서 찾아보고 관련 전문의의 자문을 구했다. 그는 일주일 만에 두 개의 인공 신장을 만들었다.

윤서현은 의사들의 도움으로 원숭이에 인공 신장과 돼지의 신장을 이식하는 수술을 같은 날에 하기로 하였다. 원숭이에 인공 신장을 이식할 때에는 4차원 수술 장비를 사용하여 했다. 그는 4차원 수술 방식을 연구할 때에 돼지의 신장을 사람에게 이식할 수 있도록 거부 반응을 제거하는 4차원 차단막을 만들었는데, 사람에 따라서 동물의 장기를 이식 받기 싫어할 사람도 있으므로 인공 신장도 함께 만들었다. 윤서현이 지켜보는 가운데 의사들이 원숭이 두 마리를 대상으로,

한 마리에는 인공 신장을 이식하고 다른 한 마리에는 돼지의 신장을 이식하기로 했다.

인공 신장에는 4차원 차단막이 있어서 신체에 필요한 물질들은 통과시키고 필요 없거나 과도한 것은 걸러내어 배출하게 된다. 인공 신장의 4차원 차단막은 무선 전력 수신기가 내부에 장착되어 있어서 전기의 힘으로 작동된다. 윤서현과 의사들은 원숭이 한 마리에 인공 신장을 두 개 이식하였다. 하나는 여분의 인공 신장이었다. 사람은 두 개의 신장을 가지고 있으므로 그렇게 이식한 것이었다. 하나만 있어도 되지만, 여분의 인공 신장이 있다면 마음이 더 놓일 것이다. 두 개의 인공 신장이 이식되어 있을 때에는 두 개 모두 50%의 가동률을 가지고 일을 하게 된다. 만약에 둘 중에 하나가 고장이 나면 나머지 하나가 100% 가동된다.

인공 신장 이식 수술은 간단하게 빨리 끝났다. 일반적인 수술 기법으로 하면 하루에 두 가지 실험을 할 수 없지만, 4차원 수술 기법으로 원숭이의 배를 개복하여 인공 신장을 이식하니 간단했다. 인공 신장을 이식한 후에는 다른 한 마리의 원숭이에게 돼지의 신장을 이식하는 수술을 했다. 돼지의 신장 두 개를 꺼냈다. 그 돼지는 어쩔 수 없이 죽었다.

윤서현은 돼지의 장기를 이식하기 위해서 특별한 4차원 필터를 만들었다. 일반적인 필터가 기체와 액체만을 걸러내는 반면, 4차원 필터는 고체나 생체에서도 걸러내는 일을 할 수 있다. 4차원 필터는 어떤 대상에서 물질뿐만 아니라 미생물까지도 걸러낼 수 있다. 그가 장기 이식을 위해서 만든 4차원 필터는 생체 조직에서 필요 없는 물질들과 미생물을 걸러내는 기능을 했다.

윤서현은 돼지의 신장을 4차원 필터 장치에 넣었다. 그리고 미리 설정된 내용으로 돼지의 신장에서 필요 없는 오염 물질과 미생물을 걸러내었다. 미생물에는 세균과 바이러스 등이 모두 포함된다. 약 5분 정도 경과하자, 완전히 멸균된 돼지의 신장으로 바뀌었다. 인간의 눈으로 보기에는 똑같아 보이지만, 그 돼지 신장에는 오염 물질들이 하나도 없고 미생물이나 바이러스 등이 하나도 없게 되었다. 쉽게 말해서 그러한 처리를 하면 도살장에서 구할 수 있는 일반적인 돼지 신장이라도 이식용 무균 돼지 신장으로 바뀌게 된다.

의사들은 원숭이의 배를 열고 원래 있던 신장을 꺼낸 다음에 무균 돼지 신장을 절차대로 이식했다. 이식을 하면, 아무리 돼지의 신장이 오염 물질이 전혀 없는 무균 신장일지라도 생물학적으로 거부 반응이 오게 되어 있다. 게다가 이종 간 장기 이식이니 더 확실하게 거부 반응이 생길 것이다. 거부 반응이 생기면 원숭이는 돼지의 신장을 이물질로 인식하여 돼지의 신장에 있는 세포들을 죽일 것이다. 그러면 원숭이도 같이 죽게 되므로, 이때 필요한 것이 4차원 차단막이다. 4차원 차단막은 돼지의 신장 외부와 이식 부위에서 작동하여 이식 거부 반응에 관련된 모든 요소들을 차단하고 돼지의 신장이 원래 돼지 몸속에 있는 것처럼 잘 작동되게 한다.

의사들은 이식 수술을 하면서 돼지의 신장에 4차원 차단막이 계속 작동되게 하는 작은 장치를 장착했다. 돼지의 신장을 이식하는 수술도 4차원 수술 기법으로 했지만, 인공 신장을 이식하는 것보다 오래 걸렸다. 일반적인 신장 이식 수술에서는 한 개의 신장만 이식하지만 이번 실험에서는 두 개씩 이식했다. 두 개 모두 잘 작동되는지 실험하기 위해서 그렇게 한 것이다.

일주일 후, 윤서현과 의사들은 두 마리의 원숭이들을 관찰했다. 두 마리 모두 건강하게 잘 살고 있었다. 원숭이들은 배를 절개하는 방법으로 수술을 받지 않고, 4차원 수술 기법으로 수술을 받았으므로 회복 속도가 빨랐다. 원숭이들은 외부에 상처가 없으므로 불편을 느끼지 않았다. 윤서현과 의사들은 원숭이들을 다시 수술실에 데리고 왔다. 그 원숭이들은 큰 종류였다. 돼지의 크기에 맞게 하기 위해서 비슷한 크기의 동물끼리 이종 장기 이식 수술을 하였던 것이다.

원숭이를 마취하여 수술대에 눕히고, 4차원 영상 장비를 사용하여 인공 신장과 돼지 신장이 잘 보이도록 복부 조직들을 투명하게 만들었다. 4차원 영상 장비들은 원숭이들의 복부를 마치 절개하여 열어 놓은 것처럼 잘 보이게 만들어 주었다. 복부를 4차원 과학 기법으로 열어 놓고 관찰해 보니 접합 부위가 잘 융합되어가고 있었다. 윤서현과 의사들은 충분히 원숭이의 복부 내부를 관찰한 다음에 원숭이들을 마취에서 깨어나게 하여 우리에 들어가게 했다.

윤서현은 병원에서 회사로 오면서 어렵게 영어 공부를 하는 학생들을 만났다. 그는 지능 지수가 보통 사람의 두 배가 되기 때문에 영어 공부를 그렇게 어렵게 하지 않았다. 그래서 암기력이 좋지 않은 사람들의 고통을 경험하지 못했다.

"너희들은 지금 뭐 하니?"

윤서현이 학생들에게 물었다.

"내일 영어 단어 시험이 있어서 단어를 외우고 있었어요."

"그렇게 공부한 것을 절대로 잊지 않으면 좋겠지?"

"네, 공부한 것을 잊지 않으면 좋겠지만 반복해서 외우지 않으면 금방 까먹고 마는 걸요."

"고생하는구나!"

윤서현은 영어 공부 때문에 고생하는 학생들을 보면서 쉽게 외국어를 익히는 방법이 없을까 생각해 보았다. 학문을 하는 사람들에게 있어서, 외국어는 그 자체가 목적이 아니라 수단이다. 그런데 윤서현은 사람들이 외국어 학습 자체를 목적인 것처럼 여기는 것이 매우 안타까웠다.

4차원 기업 연구소에 돌아온 윤서현은 연구소 직원들 중에 언어 학습에 관심이 있는 직원들에게 언어칩에 관한 연구를 해 보라고 했다. 현재는 쌀알 크기의 반도체에 100개 국어의 언어 사전을 전부 넣을 수 있을 정도로 과학 기술이 발달되어 있는데, 아직도 이렇게 영어 공부를 하고 있으니 개선해 보고 싶은 생각이 들었다.

　수술 중에 가장 어려운 수술이 안구 전체를 이식하는 수술로, 거의 불가능하다. 안구에 붙은 근육과 시신경을 일일이 다 연결해 줘야 하는데 기술적으로 어렵기 때문이다. 그런데 4차원 수술 장비를 사용하면 가능할 수도 있다. 안구는 위치상 깊숙한 곳에 있는 시신경과 근육을 연결하기 어렵지만, 4차원 수술 장비를 사용하면 기술적인 문제가 해결될 수 있을 것이다.

　안구가 정상적으로 작동되기 위해서는 신경 신호가 전달되어야 한다. 안구에 들어오는 영상이 신경 신호로 뇌에 전달되어야 하는데 그것이 어렵다. 4차원 수술 기법으로 수술하면 4차원막이 두 신경 조직 사이에서 신경 신호를 전달하므로 회복 후에는 볼 수 있게 된다.

　윤서현은 직원들에게 관련 전문가들의 도움을 받아서 인공 안구를 연구해 볼 것을 지시했다. 이식된 안구가 제대로 작동하더라도 시력이 좋지 못하면 만족할 수 없을 것이다. 그래서 인공 신장을 만들 듯이 인공 안구를 만들고 싶었다. 어쩌면 인공 안구를 제대로 만들면, 다른 사람의 눈을 이식하는 것보다 성능이 더 좋을 것 같았다.

　안구에도 성능이라는 것이 있다. 그 성능은 바로 시력이다. 이왕이면 안구를 이식 받고 안경을 쓰지 않으면 더 좋을 것이다. 인공 안구는 잘 만들면 자연 안구에 비해 성능이 더 우수할 수도 있고 렌즈를 부품 형태로 만들면 업그레이드 된 것으로 교체하기도 편할 것이다. 어쩌면 현미경이나 망원경의 기능을 넣을 수도 있다.

　언어칩과 인공 안구를 연구하고 있는 동안, 제휴한 병원에서 연락이 왔다. 뇌사자의 부모가 아들의 신체를 기증하기로 했다는 것이다. 그는 교통사고로 다른 곳은 다치지 않았는데 두뇌가 망가졌다. 사고 후 몇 달 동안 병원에서 생명 유지 장치로 목숨을 유지하고 있었는데, 결국에는 뇌사 판정을 받았다.

"제 아들이 뇌사 판정을 받았지만 저는 생명 유지 장치를 떼어 낼 수가 없었습니다. 그래도 이제는 아들의 죽음을 받아들이기 위해서 노력하겠습니다. 아들의 장기를 기증하려고 합니다. 아들도 그것을 원할 것입니다."

"이왕에 장기 기증을 결심하셨는데 제가 조금 어려운 부탁을 드려도 되겠습니까?"

"그것이 무엇입니까? 좋은 일이라면 얼마든지 할 수 있습니다."

"장기가 아니라 신체 전체를 이식하려고 합니다."

"신체 전체를 이식하다니, 그것이 무슨 말입니까?"

"살아 있는 뇌를 아드님의 신체에 이식한다는 것입니다. 몸이 거의 망가진 사람이 있는데 그 사람의 뇌를 아드님의 신체에 이식하고 싶습니다."

"그러면 아들이 살아납니까?"

"네, 살아나더라도 더 이상 아드님은 아닙니다. 그래도 되겠습니까?"

"어차피 죽으면 썩어질 몸인데 그렇게 하겠습니다."

"허락해 주셔서 감사합니다. 저희 직원들이 기증 절차를 도와 드릴 것입니다."

이식될 두뇌의 주인은 화상으로 인하여 몸을 제대로 움직일 수 없는 사람이었다. 그 사람은 이렇게 살 바에는 차라리 죽는 것이 낫겠다고 하면서 죽으려고 하였다. 병원 관계자는 그 사람을 설득시켜 죽지 않도록 했고, 두뇌 이식 수술 방법을 제의했다. 두뇌 이식 수술은 원숭이를 통해 여러 번 실험하여 성공한 수술임을 보여 주었다. 두뇌가 옮겨진 원숭이가 원래의 주인을 알아보고 습관도 그대로 유지되었기에 성공한 것으로 간주한 것이다.

병원에서는 2단계로 장기 이식을 하기로 했다. 화상으로 심하게 손상된 사람의 두뇌를 뇌사자의 머리에 이식할 것이다. 화상으로 심하게 손상된 사람의 몸에도 다른 사람에게 이식해 줄 수 있는 장기들이 여러 개 들어 있다. 그 장기들은 제3의 사람들에게 이식하기로 했다.

병원에서는 고민이 생겼다. 일반적인 장기 이식에는 없는 고민거리였다. 두뇌를 이식 받은 사람은 누구인가? 두뇌를 이식 받아서 그 두뇌가 정상적으로 작동하면 두뇌가 이식된 몸은 두뇌에 있는 자아가 주인이다. 그래서 뇌사자의 몸 자체를 기증자라고 하기로 했다. 두뇌는 일반적인 장기와는 다르다. 두뇌 자체가 자아이고 개체이다. 두뇌의 주인은 또한 기증자이기도 했다. 자신의 두뇌는 뇌사자의 신체로 이사를 가지만 자신의 몸에 있는 장기들은 다른 사람에게 기증하기로 했다.

제휴 병원에서는 이러한 복잡한 자아 문제를 정리하기 위해서 변호사의 도움으로 두뇌의 주인과 뇌사자의 부모가 합의서를 쓰도록 했다. 두뇌 이식 수술 후에 어떠한 심경의 변화가 생길지 모르기 때문에 수술 전에 합의서를 쓰고 수술 후에 다시 한 번 계약서를 쓰기로 했다. 처음으로 시도하는 수술이기 때문에 병원에서는 자아 결정에 관한 것을 상당히 신중하게 진행하였다. 합의서 상으로는 두뇌의 주인이 자아의 주인이기로 했다.

두뇌 이식 수술은 4차원 수술 기법으로 정상적으로 진행되었다. 먼저 컴퓨터의 도움을 받아서 4차원적인 방법으로 두뇌를 교환했다. 망가진 두뇌를 제거하고 정상적인 두뇌를 척추의 신경과 혈관에 연결하였다. 그런 다음에 3차원적인 수술을 집도하였다.

수술에는 4차원 기업과 제휴 병원에서 개발한 온갖 기법들이 다 동원되었다. 피를 흘리지 않게 했으며 거부 반응이 일어나지 않도록 4

차원 차단막을 설치했고, 신경 조직이 융합되기 전에도 신경 신호가 전달되게 하였다. 수술을 위해서 머리뼈를 절개하지 않고 4차원 수술 기법으로 절개하여 두뇌를 교체하였다.

두뇌 주인의 부탁이 있어서 이전 신체에서 옮겨진 신체 부위가 하나 있었다. 그것은 고환이었다. 나중에 결혼하여 자녀를 갖게 될 때에 아이의 정체성에 혼란을 주지 않기 위해서 함께 교체되어야 할 부위였다. 두뇌 주인과 뇌사자는 둘 다 총각이었는데, 만약에 고환을 교체하지 않으면 결혼 후에 태어날 자녀는 원래 자기의 유전자로 만들어진 자녀가 아니므로 정서적으로 상당한 혼란이 있을 것이다.

태어날 자녀의 입장에서는 아빠를 닮지 않겠지만 그것은 큰 문제가 되지 않을 것이다. 태어날 자녀가 엄마를 닮으면 오히려 더 좋을 것이다. 환자는 두뇌 수술을 예정된 절차대로 무사히 마치고 회복실에 옮겨졌다. 화상 환자는 이제 새로운 몸을 갖게 되었다. 그런데 그는 부모를 일찍 잃은 사람이었다. 뇌사자의 부모는 그의 아들의 몸을 보러 갔다.

"여기에 누워 있는 사람이 제 아들이지요?"

뇌사자의 부모는 의사에게 물었다.

"뇌를 제외한 신체는 아들이지만 뇌가 이식되었기 때문에 아들이라고 보기가 어렵습니다. 이제는 아들과의 이별을 받아들여야 합니다."

며칠 뒤에 두뇌 이식 수술을 받은 환자가 깨어났다. 병원에서는 환자가 깨어난 후에는 뇌사자의 부모가 그를 만나는 것을 허락하지 않았다. 그 신체의 두뇌가 바뀌었기 때문에 이제는 자기의 아들이 아니었다. 병원에서는 그런 혼란 때문에 며칠 동안 그 사람이 자기 아들의 몸을 보는 것을 허락할 수 없었다.

"왜 내 아들을 못 보게 합니까?"

"이미 말씀을 드렸듯이 그 청년은 이제 아드님이 아닙니다."

"그렇다고 아예 못 보게 합니까? 너무합니다."

"그 청년이 어느 정도 회복한 뒤에 변호사가 입회하는 조건으로 만나게 해 드리겠습니다."

"그렇다면 그때까지 기다리겠습니다."

병원 관계자는 이 일로 분쟁이나 소송이 발생하지 않도록 변호사를 뇌사자의 부모에게 보내서 법적인 부분을 도와달라고 부탁했다. 변호사는 뇌사자의 부모에게 찾아가서 정중하게 말했다.

"정말 죄송한 말씀입니다만, 이제는 그를 아들로 생각하지 말아야 합니다. 아들과 똑같이 보일지라도 결코 아들이 아님을 알아야 합니다."

"저도 그것을 알고는 있지만, 도저히 받아들여지지 않습니다."

"그 사람의 뇌는 아들의 뇌가 아닙니다. 전혀 다른 사람의 뇌를 이식하였습니다. 몸의 주인이 바뀐 것입니다. 어르신께서 그 사람을 볼지라도 아직은 실감이 나지 않겠지만 그러한 현실을 마음으로 받아들이셔야 합니다."

"네, 노력하고 있습니다."

"다음에 한두 번 면회가 허락될지라도 옛날에 아들에게 했던 것처럼 그에게 말을 해서는 안 됩니다. 전혀 안면이 없는 사람에게 대하듯이 처음에는 경어를 사용해야 합니다."

"네, 알겠습니다."

병원 관계자는 일주일 후에 변호사에게 연락했다.

"아들의 신체를 기증한 부모가 3일 후에 그 청년을 면회할 수 있도록 연락해 주십시오."

"제가 그 부모에게 찾아가서 알려 드리고 마음의 준비를 할 수 있도록 도와 드리겠습니다."

뇌사한 아들의 신체를 기증하였지만 눈으로 보기에는 분명히 자기의 아들인데, 자기의 아들이 아니라고 생각하고 마음으로 정리한다는 것은 힘든 일이었다. 뇌사자의 부모는 드디어 살아 있는 아들을 보는 날이 되었다. 그들은 그 청년이 진정한 아들이 아님을 알고 있었다. 마음의 준비를 하고 변호사와 함께 병실에 들어갔다.

"이분은 저희 병원의 고문 변호사님입니다. 그리고 이분들은 뇌사자의 아버지와 어머니가 되시는 분들입니다."

병원 관계자는 변호사와 뇌사자의 부모를 소개했다.

"안녕하십니까? 처음 뵙겠습니다."

그는 인사를 했다. 그 목소리는 아들의 목소리였다.

뇌를 이식 받은 그 청년은 미리 병원 관계자로부터 설명을 들어서 뇌사자의 부모에게 어떻게 해야 할지 마음의 준비를 하고 있었다. 처음으로 만난 그들의 분위기가 어색했다.

"이렇게 저에게 두 번째 인생을 살 수 있게 아드님의 신체를 기증해 주셔서 감사합니다."

"그 몸은 나의 아들이 남기고 간 것이므로 소중히 간직하면서 평생 건강하게 사세요."

"네, 그렇게 하겠습니다."

"앞으로 절대로 건강에 해로운 것은 하지 말고 안전에 조심하면서 인생의 두 번째 몸을 잘 사용해야 합니다."

"네, 걱정하지 않으셔도 됩니다. 어르신의 말씀대로 그렇게 살겠습니다."

"내 아들이 보고 싶을 때에 청년을 가끔 찾아와도 되겠는가? 귀찮을 정도로 자주 찾아오지는 않겠네."

"네, 그렇게 하십시오. 저에게 육신을 주셨는데 가끔 그 정도도 못 해 드리면 안 되지요."

그들은 병실에서 약 20분 정도의 대화를 나누고 헤어졌다. 환자가 완전히 회복되지 않아서 길게 이야기하기가 어려웠다. 병원에서 나온 그 부모는 며칠 동안 죽은 아들을 그리워하면서 보냈다. 그는 아들을 잊으려고 노력하였으나, 마음이 내키지 않아서 아들의 장례식을 치르지 않았다.

죽은 아들은 시신을 남기지 않았다. 죽은 아들은 살아 있는 몸을 남겼지만, 그 몸은 자신의 아들이 아님을 마음으로 조금씩 인정하게 되었다. 그렇지만 아들을 그리워하는 마음을 완전히 끊을 수는 없었다. 그는 무엇인가 생각나서 변호사에게 전화를 걸었다.

"변호사님, 저는 뇌사자의 아비 되는 사람입니다."

"네, 안녕하십니까? 그동안 잘 사셨습니까?"

"아니오, 아들이 보고 싶어서 혼났습니다."

"그래도 아드님의 신체를 기증하셨으니 현실을 인정하시고 마음을 정리하셔야지요."

"네, 그렇게 하려고 노력하고 있습니다."

"제가 도와 드릴 것이 있습니까?"

"며칠 생각해 봤는데 좋은 생각이 떠올라서 이렇게 연락을 드린 것입니다."

"그것이 무엇입니까?"

"그 청년은 부모를 일찍 여의어서 혼자라고 했지요?"

"네, 그렇습니다."

"그래서 제가 그 청년을 양아들로 입양하고 싶습니다."

"그것 좋은 생각입니다."

"제가 그 청년에게 물어 보겠습니다. 어쩌면 그 청년도 좋아할지 모르겠습니다. 그 청년이 좋게 여기면 그 청년이 완전히 회복된 후에 그 일을 추진하겠습니다."

"네, 그렇게 될 수 있도록 도와주시면 나중에 꼭 사례하겠습니다."

약 보름 후에 그 청년은 거의 회복되어 퇴원할 날을 조금 남겨 두었다. 변호사는 퇴원하기 전에 자아에 관한 계약서에 대해서 설명하기 위하여 병실을 방문하였다. 피차에 계약서를 쓰지 않으면 그 부모가 자기 아들의 몸을 진짜 아들이라고 할 수도 있기 때문이었다.

"뇌사자의 신체를 기증한 부모가 자네에게 좋은 제안을 했네."

"좋은 제안이요? 대체 무엇입니까?"

"그분들은 자네를 양아들로 받아들이고 싶다고 하셨네. 자네는 어떻게 생각하는가?"

"저도 부모님이 안 계셔서 좋은 생각인 것 같습니다만 며칠 생각해 보고 답변을 드리겠습니다."

"그럼 이 편지를 읽어 보고 더 생각해 보게."

변호사는 뇌사자의 부모가 쓴 편지를 그 청년에게 주었다. 그 청년은 변호사가 간 후에 그 편지를 읽었다. 뇌사자의 부모는 자신의 아들로 입양되면 양아들이 아니라 진짜 아들과 똑같이 대해 주겠다고 했다. 그 청년은 부모에 대한 기억이 너무 오래 되어서 부모가 생기면 좋겠다고 생각했다. 그러나 마음의 결정을 하기 위해서는 며칠이 더 필요했다. 며칠 뒤에 변호사와 뇌사자의 부모가 병원에 같이 방문했다.

"그동안 잘 지냈는가?"

변호사는 병실로 들어가면서 그 청년에게 인사를 했다.

"안녕하십니까? 몸이 많이 회복되었습니다. 이제는 제 몸인 것 같습니다."

"며칠 전에 생각해 보라고 한 것은 생각해 보았는가?"

"네, 결정했습니다. 그분들의 뜻에 따라서 제가 그분들의 양아들이 되겠습니다."

"잘 결정했네. 내가 그와 관련된 법적인 것을 돕겠네."

"어이 청년, 잘 생각했네. 자네는 이제부터는 내 아들이야."

뇌사자의 부모는 반가운 목소리로 그 청년에게 말했다.

변호사는 그런 합의가 이루어지지 않을 경우에는 자아에 관한 계약서를 쓰려고 하였다. 양아들로 입적하기 위해서는 법적인 절차가 필요했다. 그냥 그 부모의 집에 가서 죽은 그 아들의 이름으로 살아도 될 것도 같지만, 그러면 안 되었다. 어쨌든 한 명은 사망했기 때문에 호적을 정리해야 했다.

자신의 두뇌를 이동시킨 그 청년은 변호사의 도움으로 신분증을 바꾸었다. 법원에서 병원의 증명서를 제시하여 판결을 받고 그 판결문을 가지고 주민센터에 가서 신분증에 있는 사진과 지문을 새로 등록하였다. 뇌사자는 이미 사망 처리가 되었다.

그 청년은 입양 절차를 변호사에게 맡겼다. 변호사가 그에 관한 법적인 절차를 도와주었다. 뇌사자의 부모는 모든 법적인 비용을 부담하기로 했다. 그들은 양아들을 입양하여 호적을 새롭게 정리하고 크게 기뻐하였다. 새로 아들을 얻었는데 그 아들이 옛날에 죽은 아들의 모습과 똑같았다. 그 부모는 양아들이 죽은 아들의 몸을 받아서 새로 태어난 아들이기에 그 청년을 자신의 진짜 아들로 여기며 사랑하였다.

이러한 사연은 언론에 자세히 보도되었다. 그 청년은 심한 화상으로 인하여 몸을 움직이지도 못하고 거의 식물인간처럼 살다가 죽어야 했지만, 여러 사람들의 도움으로 이렇게 새로 태어난 인생에 대해서 감사함을 느꼈다.

4차원 기업은 두 달 후에 그 청년에게 한 가지 부탁을 하기 위해서 방문을 요청했다. 그 청년은 4차원 기업 본사를 방문하여 회사를 구경하고 언어칩 개발 담당자와 이야기를 나누었다.

"최근 몇 달 동안에 4차원 기업은 언어칩을 개발하였는데 그것을 실험해 보고 싶습니다."

"언어칩이 무엇입니까?"

"언어칩을 이식 받으면 여러 나라의 말을 듣고 할 수 있습니다."

"저도 그것을 이식 받을 수 있습니까?"

"예, 언어칩을 두뇌에 이식해 드릴 수 있습니다. 그런데 다른 것은 동물 실험을 먼저 할 수 있는데 이것은 동물 실험을 할 수 없었습니다. 동물들은 인간과 같은 언어를 사용하지 않으므로 이러한 실험은 오직 인간에게만 할 수 있습니다."

"그러면 제가 처음으로 언어칩을 이식 받을 사람입니까?"

"그렇습니다. 언어칩 이식에 실패하더라도 절대로 부작용은 없습니다. 저희들이 예상하는 수술 성공률이 98%입니다."

"저는 지금까지 4차원 기업이 연구하여 개발한 것 중에 실패한 것이 없었음을 잘 알고 있습니다. 이것도 분명히 성공할 것을 믿습니다."

"고맙습니다. 그러면 날짜를 정하여 다시 연락드리겠습니다."

언어칩은 두뇌에 장착될 것인데 아주 작은 크기이다. 새끼손가락에 있는 손톱 정도의 크기이다. 그 언어칩이 장착되어 잘 작동되면 5개국의 언어를 능통하게 말할 것이다. 개발 기간이 짧아서 5개국의 언어만 그 칩에 넣었다. 하드웨어적으로는 20개국의 언어를 넣을 수 있지만, 몇 달 동안에 20개국의 언어의 정보를 모두 넣기에는 기간이 부족하여 우선 5개국의 언어를 넣어서 실험해 보고 싶었다. 그 청년은 4차원 기업의 기술력을 믿기에 언어칩 이식 실험에 동의하였다.

그 언어칩 수술이 성공하여 제대로 작동된다면 엄청난 일이 벌어질 것이다. 만약에 그것이 보편화된다면 학교에서 외국어 교육에 지나치게 많은 신경을 쓰지 않아도 된다. 언어칩은 대부분의 학생들이 원하는 것이다. 언어칩은 말하기와 듣기 위주로 되어 있었다. 쓰는 것은 학교나 학원에서 배우면 된다.

쓰는 기능까지 언어칩에 넣어 버리면 학교의 외국어 교사들이 필요 없게 되어서 사회적인 문제가 될 것이다. 외국어 학원들도 문을 닫을 것이다. 이러한 이유 때문에 쓰기 기능을 넣을 수 없었다. 학교에 근무하는 외국어 교사들은 계속 근무하여야 한다. 우리나라의 학생들이 한국어를 몰라서 국어 수업을 받는 것이 아닌 것처럼 다른 외국어 수업도 마찬가지로 여기면 된다.

그 청년은 다시 수술대에 올라갔다. 4차원 수술 기법으로 언어칩을 두뇌에 이식하였다. 언어칩은 말하는 것과 듣는 것, 총 두 개로 되어 있었다. 두뇌에서 말하는 것과 듣는 기능을 하는 부위가 다르므로 두 개로 구분하여 만든 것이다. 말하는 언어칩은 두뇌에서 그와 관련된 부위에 장착했고, 듣는 언어칩은 듣는 기능을 담당하는 두뇌의 부위에 장착했다. 언어칩과 두뇌는 4차원 방식으로 연결된다. 4차원 방식은 수술과 동시에 작동하므로 그 청년이 수술 후에 깨어나면 5개국의 언어가 추가로 그의 두뇌에서 작동될 것이다.

수술이 끝난 후에 그 청년은 회복실로 옮겨졌다. 그 청년이 깨어나면 언어칩을 바로 작동시킬 수 있다. 그러나 조금 더 회복된 후에 작동 상태를 실험하기 위해서 3일을 기다렸다.

윤서현과 의사들은 3일 후에 그 청년를 찾아갔다. 그들은 5개 언어에 해당하는 외국인을 한 명씩 데리고 갔다. 그리하여 입원실에 들어갈 때에 약 10명 정도 함께 들어갔다. 그 입원실은 1인용의 넓은 병실이므로 10명이 한꺼번에 들어가기에 충분했다.

윤서현이 들어오자, 그 청년은 그를 알아보고 반갑게 인사를 했다. 윤서현은 병실에 같이 들어온 외국인들을 소개했다. 소개가 끝난 후, 윤서현은 특별한 장치를 그 청년의 머리 가까이에 접근시키고 언어칩의 스위치를 켰다. 그 장치는 두뇌에 이식된 언어칩을 켜는 장치였다. 이제는 두뇌에 이식된 언어칩이 작동되어 두뇌와 연결되었다.

그 외국인들은 자신들의 모국어로 각각 약 10분 정도 그 청년에게 말을 걸었다. 그 청년은 해당 언어로 그 외국인들과 대화를 나누었다. 그 외국인들은 일상 회화 외에 일반인들이 알 만한 전문 용어를 사용하여 어떤 것을 물어 보기도 했다. 그 청년은 질문 받은 모든 것을 해당 외국어로 완벽하게 답변했다. 윤서현은 그 청년에게 통역을 요청했다. 그 청년은 통역을 완벽하게 하였다.

외국인은 책을 읽어 주었다. 그 책에는 일상 회화와는 다르게 긴 문장들이 많이 들어 있었다. 그 청년은 외국인이 읽어 주는 책의 내용을 완벽하게 이해하였다. 그 외국인은 그 책을 그 청년에게 보여 주었다. 그러나 그 청년은 그 책을 읽을 수는 없었다. 그 청년은 그 언어에 대해서는 까막눈이었다. 그 언어의 쓰기 기능에 대해서는 본인의 노력으로 익혀야 할 것이다.

윤서현이 실험한 것은 모두 완벽했다. 어쩌면 영어 이외의 외국어 학원들이 호황을 누릴 수도 있을 것이다. 수많은 사람들에게 5개 이상의 언어가 들어간 언어칩을 이식해 주면 언어칩이 장착된 사람들은 본인이 말할 수 있는 외국어들을 쓰고 싶어 할 것이다. 현재에는 영어 외에는 외국어 학원에서 별로 인기가 없지만, 앞으로는 다른 외국어들도 많은 인기를 누릴 것으로 예상되었다.

윤서현은 두뇌에 이식할 언어칩 외에 다른 것도 만들고 싶었다. 계산을 빨리 할 수 있는 계산칩, 잊지 않고 기억할 수 있는 메모칩, 백과사전 등의 내용이 들어 있는 지식칩, 생각으로 통신할 수 있는 통신칩 등이었다. 기억할 수 있는 메모칩은 감정이 기억되지 않게 할 것이다. 만약에 나쁜 감정들을 잊지 않고 평생 계속 기억하고 있다면 정상적인 생활을 할 수 없을 것이기 때문이다. 나중에는 이러한 기능들이 들어 있는 장치를 두뇌에 장착하면 스마트폰을 가지고 다닐 필요가 없을지도 모른다.

언어칩 개발이 완료되어 성공했다는 소식이 언론을 통해서 보도되었다. 그러자 어느 학생들은 이제는 영어 공부를 할 필요가 없겠다고 착각하였다. 영어 선생님들은 학교에서 이런 학생들 때문에 설명을 해 주었다.

"너희들이 한국말을 할 줄 몰라서 국어 공부를 하니? 영어도 이와 마찬가지야. 언어칩을 장착하면 영어 회화는 할 수 있을지 몰라도 국어를 배우듯이 영어를 체계적으로 배우지 않으면 무식한 영어 회화가 될 수도 있어. 언어칩이 모든 사람들에게 장착되기 위해서는 앞으로 몇 년이 걸릴지 몰라. 일단 열심히 영어 공부를 해라. 그러면 언어칩이 장착된 후에는 더 완벽한 영어를 할 수 있을 거야."

영어 교사들은 이런 식으로 학생들에게 설명하고 일단 영어 공부를 열심히 해야 한다고 강조했다.

언어칩을 장착한 그 청년을 살펴보니 언어칩을 장착하고 입원할 필요는 없었다. 언어칩을 장착하는 것은 뇌수술에 해당하지만 4차원 수술 기법으로 수술을 하니 간단했다. 만약에 두개골을 물리적인 방법으로 수술을 한다면 큰 수술이겠지만, 4차원 수술 기법은 이러한 언어칩 이식 수술을 20분 정도면 끝나는 간단한 수술로 만들었다. 나중에 의사들이 그 수술에 익숙해지면 10분만에도 끝낼 수 있을 것이다.

4차원 기업은 저렴한 비용으로 언어칩을 장착할 수 있도록 했다. 일반 근로자들의 2주일 급여 정도로 언어칩을 장착할 수 있게 가격을 책정했다. 가난한 사람들에게는 그들의 형편에 맞게 할인해 줄 계획이다. 나중에 제대로 만들어 보급할 언어칩에는 20개의 기본 언어가 들어가고 여분의 저장 공간이 있다. 그곳에는 4개의 언어를 추가로 더 저장할 수 있다.

고급형 언어칩은 기본 20개 언어에 읽고 쓸 수 있는 기능까지 넣은 것이다. 이것은 일반 근로자들의 10년치 급여 정도로 가격을 책정할 것이고, 30세 이상만 장착할 수 있게 할 것이다. 너무 어린 나이에 장착할 수 있게 하면 학생들 사이에서 위화감을 조성할 수 있기 때문이다.

언어칩은 세계 여러 나라에 수술 기법과 함께 수출할 것이다. 그런데 20개의 언어를 기본 언어로 구성한다고 하자, 여러 나라에서 자기 나라의 언어를 20개의 기본 언어에 넣어 달라고 했다. 그 나라들은 언어 사용 빈도가 20위 근처에 있는 나라들이었다. 기본 언어는 나중에 위원회를 구성하여 선정하기로 했다. 4개의 언어를 추가로 더 저장할 수 있으므로 세계의 대부분의 사람들은 만족할 수 있는 언어 구성으로 언어칩을 장착할 수 있을 것이다.

사람들은 바벨탑 사건 이후 혼잡해진 인류의 언어로 인하여 많은 불편을 겪었다. 그런데 4차원 기업에서 언어칩을 개발하여 그 불편함을 많이 감소해 주었다. 언어칩에 입력된 단어와 그 의미들은 결코 지워지지 않는다. 20개의 언어들은 모두 모국어 수준으로 구사할 수 있게 언어칩에 입력된 상태로 두뇌와 연결되어 있다. 사람들은 그 언어들 중에 업무상 필요한 것은 학원에 가서 글자를 배우면 된다. 4차원 수술 장비들이 두뇌에서 언어칩의 장착 부위를 정확하게 표시하기 때문에 초보적인 의사라도 쉽게 언어칩 장착 수술을 할 수 있을 것이다. 그로 인하여 병원들도 당분간 호황을 누릴 것이다.

의료용 4차원 필터는 암세포 제거에도 사용되었다. 병원에서는 환자에게 암세포가 발견되면 주사기 등으로 암세포를 추출했다. 그런 후에 암세포를 의료용 4차원 필터 장비에 넣었다. 그러면 그 장비는 암세포에 담긴 유전 정보를 분석하였다. 의료용 4차원 필터는 환자의 신체를 검색하면서 신체에 있는 그 암세포와 같은 유전 정보가 있는 암세포들의 핵을 제거하여 모두 죽였다.

암세포를 완전히 제거하는 것보다 암세포가 서서히 죽게 하는 것이 부작용이 적었다. 윤서현은 나중에 암세포의 유전 정보를 분석하지 않고 모든 암세포를 제거하는 방법을 연구하기로 했다. 그러면 진단되지 않을 정도로 매우 작은 초기의 암까지도 제거할 수 있을 것이다.

4차원 기업은 인류의 문명에 큰 공헌을 계속하고 있었다. 사람들은 앞으로 어떠한 것이 4차원 기업에서 개발되어 인류의 문명을 발전시킬지 기대감에 부풀었다.

# <sup>7</sup>세계 평화와 남북통일

한국은 4차원 기업으로 인하여 경제적으로 엄청나게 발전했다. 4차원 기업은 한국의 여러 기업들이 같이 성장할 수 있도록 도와주었다. 기업 윤리를 지키지 않고 정치적인 힘과 부정 등으로 성장했던 기업들은 많이 쇠퇴했다. 4차원 기업은 협력 업체들을 선정할 때에 기업 윤리를 최우선으로 하였기 때문에 비도덕적인 기업들은 4차원 기업과 기술 협력을 할 수 없었다. 기업이 경영자나 주주들의 이윤만 추구하고 국민들이나 직원들의 행복과 복지에 무관심하면 4차원 기업의 기술 지원에서 소외되었다. 대기업들은 4차원 기업의 영향으로 인하여 인류의 복지에 많은 기여를 하는 추세로 변했다.

다른 나라의 많은 기업들도 4차원 기업의 기술 제휴로 인하여 많은 발전을 하였다. 이에 반해 북한은 4차원 과학 기술의 영향을 전혀 받지 않았다. 북한은 남한과의 경제적인 격차가 옛날보다 훨씬 더 많이 벌어졌다. 중국은 북한과의 무역을 거의 끊었다. 중국은 옛날에 정치적인 목적으로 북한을 많이 도와주었지만 4차원 기업의 기술에 많이 의존할수록 북한과의 무역이 자연스럽게 줄어들었고 정치적으로도 남한을 옹호하기 시작하였다.

4차원 기업은 북한의 경제 발전에 대해서 신경을 쓰지 않고 북한이 지치기를 기다리고 있었다. 그리고 북한이 군사적인 도발을 못하게 하기 위해서 오래 전부터 휴전선과 해상과 하늘에 4차원 차단막을 설치하였다. 북한이 아무리 군인들의 수를 늘리고 무기를 많이 개발했더라도, 그것이 대외적으로는 무용지물이었다. 북한의 군사력은 북한의 내부 권력을 유지하는 역할만 할 뿐이었다. 북한에서는 군사력를 권력에 저항하는 북한 내의 다른 세력을 통제하기 위해서 주로 사용하고 있었다.

4차원 기업이 제공하는 값이 싼 전기에너지는 많은 국가들의 경제를 발전시켰고 자연 환경을 보호하였다. 이제는 기름을 태워서 에너지를 얻는 방식이 원시적으로 보일 정도였다. 북한은 여전히 원시적인 방법으로 에너지를 얻었다. 북한의 고위 관리들과 상대적으로 부유한 북한 사람들은 외국에서 4차원 과학을 활용한 물건들을 수입해서 사용하려고 하였다. 그러나 그러한 물건들은 북한에서 정상적으로 작동되지 않았다. 무선 전력 수신기가 작동되지 않는 지역이었기 때문이다.

북한의 어떤 고위 관리는 중국을 통해서 전기 자동차를 수입해서 사용하려고 하였다. 그는 컨테이너에 고급 전기 자동차를 넣어서 기차로 가지고 왔다. 기차가 목적지에 이르자 그의 부하 직원들이 컨테이너에서 승용차를 조심스럽게 꺼냈다.

"야, 조심해서 내려라! 흠집이라도 나면 알지?"

"다 되었습니다. 이제 운전을 해 보십시오. 잘 작동될까요?"

"이미 중국에서 내가 직접 시운전을 한 차이기 때문에 당연히 잘 작동되겠지."

그는 그러한 말을 하면서 운전석에 앉았다. 그는 운전석에 앉았으나 도무지 아무 것도 할 수 없었다.

조금 후에 부하 직원이 물었다.

"왜 그러십니까?"

"이상하다. 분명히 잘 작동되던 차인데……."

"제가 한 번 해 보겠습니다."

"그래, 네가 한 번 해 봐라."

그 직원은 운전석에 앉아서 이것저것을 만져 보더니 말했다.

"고장 난 것 같습니다."

"왜 안 되지? 너도 중국에서 잘 작동되는 것을 봤잖아?"

그는 북한에서는 무선 전력 수신기가 작동되지 않는다는 것을 나중에 깨닫고 수입한 차로 인하여 고민했다. 그렇다고 버릴 수도 없고 반품을 하기에도 번거로웠다. 그는 부하 직원의 권유로 자동차 전문가를 찾아갔다.

"내가 무선 전력 수신기로 작동되는 전기 자동차를 중국에서 가지고 왔는데 어떻게 하면 사용할 수 있는가?"

"그 방식이 아닌 다른 방법으로라도 전기를 자동차에 공급해 주면 됩니다."

"어떻게?"

"옛날 방식으로 배터리를 장착해야 합니다."

"그렇게라도 개조해 주게."

"많은 용량의 배터리를 자동차 트렁크에 넣어야 하므로 차량 무게가 증가하고 트렁크 용량이 감소하며 수시로 충전해야 합니다. 옛날 방식으로는 한 번 충전해서 멀리 갈 수 없습니다."

"편리하게 전기 자동차를 사용하려고 했는데 오히려 불편하게 되었네. 괜히 자동차를 구입했구나!"

아직도 세계의 어떤 나라들에서는 전쟁을 하고 있었다. 전쟁은 인권을 비참하게 짓밟는다. 전쟁은 국가에서 행하는 폭력이다. 4차원 기업은 한국과 관련된 것이 아니면 되도록 정치적으로 다른 나라를 간섭하지 않았지만, 전쟁으로 인한 살상를 그냥 지켜보고만 있을 수는 없었다. 4차원 기업 이사회에서는 인류의 평화와 행복을 위해서 결단을 내리기로 했다.

어느 이사가 말했다.

"4차원 과학 기술로 세계의 문명이 이렇게 많이 발전하였습니다. 그런데 아직도 위험한 원자력 발전소가 방치된 곳이 많이 있습니다. 세계 곳곳에서는 아직도 전쟁이 벌어지고 있습니다. 우리의 4차원 기업은 인류의 평화와 행복을 해치는 이러한 것들을 지구에서 영원히 사라지게 해야 합니다."

이에 윤서현이 말했다.

"우리나라는 휴전선에 4차원 차단막을 설치하여 북한의 도발을 막고 있지만, 다른 나라는 교통과 정치적인 이유로 설치하지 않았습니다. 원자력 발전소는 현재 우리나라와 일본에서만 완전히 폐기된 상태입니다. 4차원 기업은 앞으로 인류의 평화와 행복을 해치는 위험 요소들을 방지하거나 제거하는 일에 적극적으로 나설 필요가 있습니다."

양승진이 의견을 물었다.

"도발을 막는 4차원 차단막을 설치하는 것 이외에 다른 어떤 방법을 추가로 사용하면 좋을까요? 4차원 기업이 원천적으로 전쟁을 없애기 위해서 세계의 여러 나라를 상대로 무력을 쓸 수는 없습니다. 좋은 제안이 있으면 말씀해 보십시오. 윤 이사님과 같이 기술적인 부분을 검토해 보겠습니다."

"지구에 있는 모든 현대식 무기들을 동시에 없애면 좋겠습니다."

"좋은 방법이군요. 구체적인 방안을 제가 연구해 보도록 하겠습니다."

양승진은 창업 이사들과 함께 약 한 달 동안 연구한 후에 다음에 열리는 4차원 기업 이사회에서 구체적인 방안을 이사회에서 발표하였다. 이사들은 그렇게 추진하라고 결의하였다.

4차원 기업은 세계의 여러 언론사를 통해서 '세계 평화를 위한 4차원 기업의 조치'를 발표하였다. 4차원 기업은 양승진이 발표한 내용대로 지구에 있는 원자력 발전소와 현대식 무기들을 단계적으로 모두 없애기로 했다. 4차원 기업은 그 발표와 함께 무기를 만드는 기업들이 업종을 변경할 것을 권고했다. 4차원 기업은 그러한 기업들이 업종을 변경할 수 있도록 기술과 재정적인 도움을 주기로 했다.

4차원 기업은 핵융합 발전소에서 나오는 전기를 세계의 여러 곳에 공급하면서 기존의 발전소에서 일하는 사람들이 자연적으로 서서히 감소될 수 있도록 하였고 인위적인 구조 조정을 막았다. 세월이 많이 흘러서 기존 발전소에서 일하는 사람들이 많이 줄었다. 이제는 발전소 시설 자체를 줄일 때가 되었다. 4차원 기업은 기존 발전소를 완전히 폐기한 나라에는 365일 24시간 항상 전기를 공급해 주었다.

4차원 기업은 세계 여러 나라에 있는 발전 사업자들에게 원자력 발전소를 폐기하는 작업을 4차원 과학 기술을 사용하여 도와주겠다고 제안했다. 원자력 발전소를 완전히 폐기하는 것에는 엄청난 돈과 기술이 필요했다. 일반적인 방법으로 방사성 물질을 흔적도 없이 완전히 없애는 것은 어려웠다. 4차원 기업에서는 고체로 된 물질의 내부까지도 걸러낼 수 있는 4차원 필터를 활용하여 원자력 발전소에 있는 모든 방사성 물질들을 없앨 수 있었다.

4차원 기업은 어느 원자력 발전소의 폐기 작업을 언론에 공개하였다. 4차원 기업은 4차원 필터를 사용하여 폐기될 원자력 발전소 안에 있는 우라늄이나 방사선을 발생시키는 동위원소 등을 납으로 바꾸었다. 그 후에 원자력 발전소가 있는 지역의 모든 공간에서 방사능을 완전히 없애 버렸다. 방사능을 없앨 때에는 방사능 폐기물이 보관된 곳도 완전히 청소했다.

4차원 기업이 방사능 청소 작업을 한 곳에서는 사람들이 보호 장비를 갖추지 않아도 방사능 폐기물을 만질 수 있었다. 4차원 기업이 그러한 기초 작업을 해 주면, 특수한 기술이 없는 해체 업체일지라도 쉽게 원자력 발전소를 해체할 수 있었다. 4차원 기업은 지구 전체를 대상으로 우라늄과 방사능 등을 없앨 수도 있지만, 인류의 건강과 복지를 위해 이용하는 방사능까지 없어지면 안 되었기에 지구 전체를 대상으로 그러한 작업을 할 수 없었다.

4차원 기업이 핵융합 발전 사업을 시작한 이후에 세계 여러 곳의 원자력 발전소와 화력 발전소는 점점 그 기능을 상실하였다. 4차원 기업은 다른 발전 방식에 비해서 효율적인 핵융합 발전으로 전기를 생산하고 이를 4차원 방식으로 필요한 곳에 송전해 주므로 다른 발전소들은 경쟁력을 잃게 되었다.

화력 발전소들이 경쟁력을 잃어 점점 감소하고 자동차들도 전기 자동차로 바뀌게 되자, 지구의 공기가 깨끗해지기 시작했다. 그런데 원자력 발전소를 해체하는 것에는 엄청난 돈이 소요되므로 방치된 곳이 많이 있었다. 4차원 기업이 무료로 해체에 필요한 기초 작업을 해 주면 그렇게 큰돈이 소요되지 않고도 해체할 수 있을 것이다.

4차원 기업이 인류의 행복을 위해서 그러한 조치를 발표하자, 세계 여러 곳에 있는 원자력 발전소를 운영하는 발전 사업자들이 해체에 대해서 고민하였다. 많은 발전 사업자들은 4차원 기업이 전기를 공급하지 않을 경우를 대비하거나 직원들의 고용을 유지하기 위해서 원자력 발전소를 그대로 유지하고 있었다. 원자력 발전소를 비상용으로 사용하기 위해서는 항상 사용 가능한 상태로 유지해야 하는데, 거기에는 상당한 관리 비용이 들어갔다. 현재까지 단 한 번도 4차원 기업으로부터 전기 공급이 갑자기 끊긴 적이 없었기 때문에 대부분의 발전 사업자들이 해체를 결정했다.

4차원 기업은 전기 공급를 통해 세계의 여러 나라로부터 신용을 얻었다. 4차원 기업은 전기 공급이 인류의 생존을 위해서 필요한 요소임을 알고 되도록 정치적으로 무관하게 여러 나라의 전기 회사에 전기를 아주 저렴하게 공급하였다. 그러한 4차원 기업의 제안에 의하여 여러 전기 회사들이 원자력 발전소 해체를 위한 기초 작업을 4차원 기업에 요청하였다. 앞으로 세계의 많은 전기 회사들이 전력의 생산보다는 유통을 주요 업무로 할 것이다.

4차원 기업은 여러 나라가 가지고 있는 무기들을 인류의 평화와 행복을 위협하는 요소로 여겼다. 4차원 기업이 한국의 휴전선에 4차원 차단막을 설치하여 국경선을 확실히 지키는 것처럼 세계의 여러 분쟁 지역에 4차원 차단막을 설치했다. 세계의 여러 나라에서는 국경선을 지키는 비용보다 4차원 차단막 설치비용이 훨씬 더 저렴했기 때문에 4차원 기업에 맡기는 나라가 많았다.

4차원 차단막은 지상, 하늘, 해상 등 어느 곳이라도 설치할 수 있었다. 어떤 나라에서는 일정 깊이의 지하에까지 설치해 달라고 부탁하였다. 지하에 설치된 4차원 차단막은 무조건 차단하는 것이 아니라 일정 규모 이상의 물체와 생물만 차단하였다. 지하수는 지하에 설치된 4차원 차단막을 통과할 수 있었다. 4차원 기업은 세계의 여러 나라의 국경선에 4차원 차단막을 설치해 주었기에 많은 공격용 무기들이 쓸모가 없게 되었다.

4차원 기업은 세계 여러 나라에 더 이상 미사일과 전투기를 만들지 말도록 요청했다. 4차원 기업은 지구에 있는 모든 미사일의 기능을 4차원 과학을 이용하여 정지시켰다. 이 때문에 어느 나라에 있는 미사일이든지 발사할 수 없었다. 4차원 기업은 지구 전체를 미사일 방어를 위한 4차원 차단막으로 감싸서 미사일이 지상에서 이륙할 수 없게 하였다.

또한 4차원 기업은 3개월 후에는 모든 전투기들의 이륙을 금지한다고 했다. 3개월 후에는 아무리 성능이 우수한 전투기일지라도 4차원 차단막으로 인하여 결코 지상에서 이륙하지 못하게 할 것이라고 발표했다. 4차원 기업은 세계 여러 나라에서 사용하고 있는 모든 전투기들의 모델을 알고 있었다. 그 전투기들이 3개월 후에 활주로에서 이륙을 시도하더라도 4차원 차단막으로 인하여 전투기의 날개에서 양력이 발생하지 않게 할 것이다. 정찰용 항공기에 대해서는 몇 년 동안 이륙 금지가 보류되었다.

4차원 기업은 6개월 후에는 헬기, 탱크, 전함 등의 무기들도 공중, 지상, 바다에서 작동하지 않을 것이라고 하였다. 그때에는 각종 포탄과 실탄과 폭탄 등이 보관된 장소에서 순차적으로 터질 것이라고 경고했다. 6개월 안에 지구상의 터지는 모든 무기들은 해체되어야 했다. 그렇지 않으면 스스로 터지게 될 것이다. 만약에 4차원 기업의 무기 사용 금지 조치 이후에 옛날 무기로 어느 곳에서 분쟁이 일어난다면, 4차원 기업이 그곳의 분쟁에 직접 관여하여 분쟁을 일으킨 개인이나 단체에 치명적인 불이익이 생기도록 할 것이라고 했다. 4차원 기업은 평화적으로 사용하는 총기류에 대해서는 나중에 별도로 그 사용 방법을 연구하기로 했다.

이러한 조치가 전 세계에 알려졌다. 세계의 거의 모든 사람들은 이제 지구상에서 전쟁이 사라지게 되었다며 환영했다. 많은 나라들은 국방비로 엄청난 돈을 소비하고 있었는데, 만약 4차원 기업이 개입하지 않았다면 그 국방비를 대폭 줄일 수 없었을 것이다. 지구에 있는 모든 나라에서 동시에 국방비를 대폭 줄여야 하는데 그러한 일은 자발적으로 일어나지 않는다. 옛날부터 군인들이 각 나라마다 존재하는 것은 필요악처럼 되어 버렸다.

세계의 모든 나라들보다 더 큰 절대 권력을 지닌 4차원 기업은 4차원 과학의 힘으로 이 문제를 해결하고자 시도했다. 이제는 국가 사이의 분쟁을 무력으로 해결하는 시대는 지나갈 것이고, 국제 재판소의 역할이 몇 배로 커질 것이다. 4차원 기업은 국제 재판소에 큰 힘을 보태기로 하였다.

4차원 기업은 4차원 과학의 힘으로 나중에 각종 무기들을 무력화시키겠다고 하였는데, 그것을 못 믿는 사람들을 위하여 얼마든지 시험 삼아 보여 줄 수 있다고 하였다. 어느 평화 단체의 주선으로 이 실험은 미국의 어느 넓은 공터에서 실시되었다. 그러한 실험에 아무도 나서지 않자, 그 평화 단체는 4차원 기업에 그 실험을 할 수 있도록 여러 여건을 제공하였다. 그 단체는 국가의 도움을 받아 각종 무기들을 가지고 실험 장소로 갔다. 각종 무기들이 종류별로 몇 개씩 실험 장소에 모였다. 이 소식을 듣고 여러 언론사에서 취재를 위해서 모여 들었다.

사회자는 먼저 헬기가 이륙하지 못하도록 하겠다고 했다. 4차원 기업 직원들은 그 행사를 위하여 임시로 그 지역에 있는 무기들이 작동되지 않도록 했다. 조종사가 최신 헬기에 올라타서 엔진에 시동을 걸었고 조금 후에 로터가 힘차게 돌았다. 헬기가 이륙하기 위하여 로터가 더 빨리 돌기 시작하였고 사람들은 그것을 소리로 느낄 수 있었다. 헬기 주위에는 거대한 먼지바람이 불었다. 헬기는 물리적인 법칙에서 벗어나서 작동되었다. 헬기는 엄청난 소음을 내면서 로터가 돌았지만 결코 이륙하지 못하였다.

4차원 기업이 그러한 실험을 한다고 하니, 자기 나라의 헬기를 가지고 가서 참석하고 싶다는 국가도 있었다. 그렇지만 다른 나라에 헬기를 가지고 간다는 것은 절차상 복잡하였다. 그래서 참관인의 자격으로 그 실험에 헬기 조종사를 참가시키고 싶다고 하였다. 그 참관인은 행사에 참석하여 지상에서 헬기의 상태를 살펴보았고, 헬기 조종사가 탑승할 때에 같이 탑승하여 제대로 작동하고 있는지 관찰하였다. 그는 그 실험을 가까이에서 직접 보고 나서 4차원 기업의 조치는 정말로 시행될 것이라고 확신하였다.

　헬기의 실험이 끝난 후에 약 30분 정도 휴식을 하고 탱크 실험을 하기로 했다. 이윽고 탱크가 실험을 하는 위치로 이동하였다. 이동할 때에는 정상적으로 작동하였다. 탱크의 연료통에는 기름이 가득 차 있었고 무기들도 제대로 탑재되어 있었다. 사회자가 실험 개시를 알렸다. 탱크가 다른 곳으로 이동하기 위해 무한궤도는 힘차게 돌고 있었지만 전진하지 못하였다. 그 상태에서 전진하지 못하자, 무한궤도 밑의 땅바닥은 심하게 파였다. 계속 시도하다가는 나중에 탱크가 땅에 갇혀 버릴 것 같아서 사회자가 정지시켰다.

　이제는 그 상태에서 포탄을 발사해 보라고 하였다. 탱크가 포탄을 발사하자 약 3미터 전방에서 포탄이 땅에 떨어졌다. 4차원 기업에서는 그 실험 장소에서 어느 규모 이하의 물체가 음속을 돌파할 때에 갑자기 운동에너지를 상실하게 4차원 차단막을 설치하였다. 땅에 떨어진 포탄은 다행히 터지지 않았다. 구경하고 있던 사람들은 포탄이 터질 수 있으므로 상당히 떨어진 거리에서 발사 실험을 구경했다.

　사회자는 포탄 발사 실험에서 발사된 포탄이 발사 후에 곧 땅에 떨어진 것을 확인하고 이제는 기관총 발사 실험을 한다고 하였다. 탱크 위에 장착된 기관총에서 실탄이 엄청난 속도로 표적을 향하여 발사되었다. 그러나 실탄은 약 1미터 앞에서 모두 땅으로 떨어졌다. 포탄과 마찬가지로 그렇게 작은 물체인 실탄도 음속 이상의 속도가 되면 운동에너지를 상실하도록 4차원 차단막이 작동되었다. 그곳에서 구경하고 있는 수많은 사람들은 그 광경을 보고 박수를 쳤다. 경이로움과 더불어 이제는 전쟁이 사라지게 되었다는 환호의 박수였다.

　이러한 조치가 시행되면 거의 모든 현대식 무기들이 무용지물이 될 것이다. 현대식 무기 무력화 실험은 여러 나라에 보도되었다. 어느 한 나라만 그 나라의 무기들이 무력화된다면 큰일이지만 지구상의 모든 나라들의 무기가 동시에 무력화된다면 피차 마찬가지이므로 여러 나라에서 환영하는 분위기였다. 특히 작은 나라들이 더 환영하였다.

4차원 기업은 각 나라에 당부의 말을 전했다. 각 나라들이 직업 군인들을 당장 해고해서는 안 된다는 것이었다. 그들도 직업을 가지고 있는데, 갑자기 실업자가 되면 그들의 삶이 고단해질 것이다. 그러나 징병에 의하여 복무 중인 군인들은 환영하였다. 전역이 조금 더 앞당겨질 것이라는 기대 때문이었다. 직업 군인들은 당분간 몇 년 동안은 고용 상태를 유지할 수 있었다. 그러한 군인들은 국가에서 얼마든지 좋은 일에 봉사하게 하면 된다.

현대식 무기 무력화 실험 보도가 방송된 이후에 세계의 여러 나라에서는 대책을 세웠다. 대부분의 나라에서는 국방 예산을 과감하게 삭감하였다. 더 이상 무기 구입비용이 필요 없기 때문이었다. 징병제를 유지할 필요가 있는지 여부도 검토 대상이었다. 이제는 옛날처럼 활과 칼과 창을 가지고 국방을 책임져야 했다. 체력이 국력이라는 말이 다시 적용될지도 모른다. 하지만 모든 나라의 조건이 다 똑같으므로 상관없었다.

4차원 기업은 어느 나라가 옛날 무기로라도 다른 나라를 침입하는 것을 허용하지 않기로 했다. 4차원 기업은 4차원 과학의 힘으로 세계 경제를 장악하고 있었다. 만일 다른 나라를 침입한다면 4차원 기업이 경제적인 힘과 물리적인 힘으로 응징할 것이다. 4차원 기업이 가지고 있는 4차원 과학은 그 자체가 무기였다.

여러 나라에서는 각종 포탄과 폭탄을 없애는 작업을 진행하였다. 작업자들은 해체하기도 하였고, 해체하는 것 자체가 위험한 것은 폭발시켜서 파괴하기도 하였다. 무기를 많이 가지고 있는 나라일수록 더 바빴다. 4차원 기업은 6개월 후에 폭발하는 무기들이 있는 곳에서 터지게 한다고 했는데, 그 말은 허구가 아니었다. 그러한 무기들이 많이 있는 나라들은 밤낮을 가리지 않고 없애는 작업을 계속 진행해야 했다. 무기를 만드는 공장에 근무하는 사람들이 이제는 해체하는 일에 투입되었다. 미사일도 마찬가지였다. 여러 나라에서는 미사일에 장착된 탄두들을 해체하는 작업에 한창이었다.

4차원 기업은 헬기와 전함 등은 평화적인 목적으로 사용할 수 있도록 4차원 기업 직원들이 확인하는 조건으로 개조를 허용했다. 탱크는 평화적인 목적에 사용할 일이 없으므로 분해해서 고철로 팔거나 박물관에 보관해야 했다. 대부분의 나라에서는 자체적으로 무기를 없애는 일을 신속하게 진행시켰다. 핵무기의 해체는 4차원 기업에 도움을 요청하면 원자력 발전소를 해체하는 것에 도움을 준 것처럼 그와 같은 방식으로 도움을 줬다.

4차원 기업의 이러한 조치에 망설이는 곳이 있었다. 바로 독재자가 통치하는 나라들이었다. 그 중에서 가장 많이 망설이는 곳은 바로 북한이었다. 북한은 군사력으로 국가의 권력을 유지했는데, 4차원 기업은 북한의 군사력에 엄청난 타격을 주고 있었다. 북한은 석 달 동안 다른 나라의 눈치를 보느라고 화약 무기들을 해체하는 일을 하지 않았다.

김정은 국방위원장의 측근들이 그에게 보고하였다.

"활주로가 긴 비행장에서 전투기들을 이륙시켜 보았는데 안 됩니다. 4차원 기업이 예고한 대로 비행기의 날개에서 양력이 발생하지 않습니다."

"그러면 어떻게 한단 말이오?"

김정은은 심각한 표정을 지으면서 그의 측근에게 물었다.

"지금부터라도 위험한 무기들을 해체해야 합니다. 그렇지 않으면 석 달 후에 무기고에서 폭발하게 되어 더 큰 피해가 발생합니다."

"그러면 해체 작업을 빨리 추진시키고 군사력을 유지할 다른 방안을 연구해 보도록 하시오."

"네, 해체 작업을 지시하겠습니다. 그리고 우선 옛날 방식의 무기라도 준비하겠습니다."

"옛날 방식의 무기가 뭐요?"

"화약이 들어가지 않는 무기들입니다."

"구체적으로?"

"활, 창, 검입니다."

"그러한 것들로 어떻게 권력을 지킬 수 있다는 말이오?"

그때서야 북한 정부는 모든 전투기들이 고철로 변했음을 알게 되었고 4차원 기업의 조치가 허황된 것이 아님을 깨달았다. 북한 정부는 보관하고 있는 화약 무기들을 서둘러 해체하는 일을 시행하였다. 많은 군인들을 동원시켜서 그러한 무기들을 해체하거나 폭파시켜서 없앴다.

북한은 이제 현대식 무기들을 사용할 수 없음을 깨닫고 권력을 유지하기 위해서 옛날 방식의 무기들이라도 보유하고 있어야 함을 깨달았다. 북한 정부는 각 부대에서 자체적으로 우선 사용할 무기를 제작하라고 하였다. 북한이 남은 3개월 동안 화약 무기들을 없애면서 동시에 옛날 무기들을 만들기 시작한 것이다.

활과 창과 칼을 만들기 위해서 노력했으나 짧은 기간 동안에 그러한 무기들을 충분히 만들 수는 없었다. 북한의 어느 부대는 활을 만들기 위해서 대나무를 사용하고자 했다. 전문적인 활은 대나무로 만들지 않지만 마땅한 재료를 구할 수 없어서 대나무로 만들었다. 그런데 대나무로 만든 활은 성능이 만족스럽지 못했다. 그나마 대나무도 북한에서는 구하기 어려웠다.

북한 지역에 활을 만들 수 있는 재료가 그렇게 많지 않았다. 멀리 있는 적을 쓰러뜨리기 위해서는 활을 사용해야 하는데 활을 만들 재료가 부족하니 짧은 기간 안에 군인들을 활로 무장시키는 것도 불가능했다. 북한 정부는 4차원 기업의 조치에 대비하기 위하여 북한 군인들에게 창과 칼을 소지할 수 있도록 준비시켰지만 그러한 무기들도 쉽게 만들 수는 없었다. 3개월은 너무 짧은 시간이었다. 북한에 있는 부대에서는 각 부대별로 대장간을 만들어서 각종 쇠붙이 등을 사용하여 옛날 무기들을 만들기 시작했다. 그러나 대장장이의 기술은 아무나 하는 것이 아니었다.

4차원 기업이 예고한 날짜가 되었다. 그날에는 세계에 있는 화약 무기들과 대량 살상 무기들이 모두 없어지는 날이었다. 세계의 여러 곳에 있는 원자 폭탄에 들어 있는 방사성 물질은 모두 납으로 변했다. 세계의 거의 모든 정부들이 스스로 무기를 해체했지만 그렇지 않은 집단들이 있었다. 그들의 무기는 무기고에서 모두 터졌다. 4차원 기업과 정부의 경고를 무시한 채 개인들이 보관하고 있던 실탄은 모두 터졌다.

무기 소지가 가능한 나라에 살면서 4차원 기업의 능력을 의심한 사람들은 실탄을 정부에 반납하지 않고 보관하고 있다가 보관 장소나 총의 탄창에서 그것들이 터지는 것을 보았다. 그러한 사람들의 대부분은 그래도 혹시 4차원 기업의 경고가 사실일 수 있으므로 경고의 날, 실탄을 자신으로부터 멀리 두었다. 4차원 기업의 경고가 거짓이어서 실탄이 스스로 터지지 않고 그대로 보존된다면 나중에 사용하려는 속셈이었다.

지구상의 모든 지뢰들이 터졌다. 땅에 묻어둔 지뢰는 6개월 안에 제거하기가 불가능하였다. 세계에 지뢰가 묻힌 곳이 여러 곳인데, 너무 오래 되었고 제거하기에는 위험하고 비용이 많이 들어서 지뢰 제거 자체를 포기한 곳이 많았다. 그러한 땅은 경작이나 개발을 포기하여 방치된 땅이 되었다. 그런데 4차원 기업이 예고한 날에 모두 터졌다. 이제는 모든 나라에서 지뢰의 위험이 사라진 것이다. 많은 사람들이 오랜 세월 동안 지뢰 때문에 포기한 땅을 다시 찾게 되어 기뻐했다.

땅 속에 묻혀 아주 옛날에 사라진 폭탄들도 다 터졌다. 이제는 온 세상이 비무장이 되었다. 경찰들도 강력한 범인들을 제압하기 위해서 총을 사용할 수 없었다. 경찰들은 전기나 레이저를 활용한 무기로 그러한 범인들을 잡았다. 4차원 기업은 폭죽용 화약이나 산업용으로 사용하는 다이너마이트도 예외 없이 폭발시켰다.

4차원 기업은 경고의 날에 폭발할 화약 종류를 구체적으로 명시하였기 때문에 대부분의 정부와 기업에서는 그에 대한 준비를 하였다. 이제는 토목 공사에서 다이너마이트를 사용할 필요가 없었다. 4차원 기업은 폭발해서 처리하는 공법을 대신할 4차원 과학을 활용한 공법을 마련해 주었다.

북한은 오래 전부터 남한을 침략하는 것을 포기하였다. 군사력의 목적은 오직 권력 유지였다. 북한이 옛날 방식의 무기라도 제작하는 것은 권력을 유지하기 위함이었다. 권력의 핵심에 있는 권력자들은 주위에 무술을 잘하는 군인들을 두어 자신을 경호하도록 하였다. 이제는 북한의 부대 내에서 현대식 무기를 잘 다루는 군인보다 무술을 잘하는 군인의 인기가 더 높았다. 무술을 잘하는 군인들은 권력자의 주위로 전출되어 갔다.

노벨상 시상 위원회에서는 세계 평화에 기여한 공로를 인정하여 4차원 기업의 윤서현과 양승진에게 노벨 평화상을 시상하기로 하였다. 몇 년 전에 노벨상 시상 위원회에서 4차원 기업 과학자에게 노벨상을 시상하려고 하였지만, 그때에는 윤서현이 보안을 이유로 거부하였었다. 인류 역사상 이처럼 전쟁 억제력을 보여 준 조치는 없었다. 이제는 어느 국가도 다른 국가를 침략할 수 없게 되었다. 얼마 뒤, 윤서현과 양승진은 노벨 평화상을 받았다.

양승진은 언론 앞에서 수상 소감을 말했다.

"저는 앞으로도 인류의 평화와 행복을 위해서 더 많은 노력을 하겠습니다. 장래에는 지구상에 전쟁뿐만 아니라 범죄가 없는 세상이 되도록 연구해 보겠습니다."

이들의 수상에 이의를 제기하는 사람들은 거의 없었다.

북한이 경제적으로 고립되어 있어서 북한 주민들은 여전히 비참한 생활을 하고 있었다. 그런데 이제는 '세계 평화를 위한 4차원 기업의 조치'로 인하여 북한 정부 또한 무장 해제를 당하였다. 북한의 권력에 있어서 군사력은 필수 요소인데 매우 약화되자 북한의 지도층은 불안에 떨었다.

이 당시, 김정은의 측근 중 한 사람이 삼국지를 읽고 있었다. 그 책에는 허수아비 황제가 나오고 무신들이 절대 권력을 장악하는 내용이 나온다. 그는 그 부분을 읽다가 북한이 조선의 정통성을 계승할 방법을 찾았다. 그는 김정은을 찾아가 자신의 생각을 말하였다.

"우리 북조선이 조선의 정통성을 이어 받으면 좋겠습니다."

"우리 집안이 이씨 왕조도 아닌데, 어떻게 그렇게 할 수 있습니까?"

"조선의 황족 후손들 중에서 왕위를 물려받을 만한 후손 한 명을 납치하여 북한에서 황제로 추대하면 됩니다."

"그러면 나는 어떻게 됩니까?"

김정은은 그의 측근에게 물어 보았다.

"혹시 삼국지를 읽어 보셨습니까? 삼국지에 보면 실제적인 권력은 신하들 중에 으뜸인 대신이 갖게 됩니다. 일본을 보십시오. 일왕이 권력을 가지고 있는 것이 아니라 총리가 가지고 있습니다. 이씨 왕조를 세우고 총리가 되면 권력을 그대로 유지할 수 있습니다."

"그런데 조선 황족의 후손들이 아직도 이씨 왕조의 복원을 원합니까?"

"어느 누가 왕을 시켜 주는데 싫다고 할 사람이 있겠습니까?"

"그렇군요!"

"그러한 것을 우리 북조선이 실현해 주면 그 황족의 후손은 좋아할 것입니다. 그렇게 되면 조선의 정통성이 남한에 있는 것이 아니라 북한에 있게 되는 것입니다."

"알았습니다. 제가 더 생각해 보겠습니다."

며칠 뒤에 김정은의 측근들이 모였다. 그들은 권력의 핵심에 있는 자들이었다. 그들은 권력을 유지할 방법을 의논하기 위해서 모였다. 김정은은 며칠 전에 제안 받은 것이 생각났다.

"얼마 전에 저에게 제안했던 것이 있지 않습니까? 북조선이 조선의 정통성을 가지고 올 방법 말입니다. 여기에 계신 분들 앞에서 그것을 발표해 보십시오."

"조선 황족의 후손 중에 황제에 올릴 만한 사람을 납치해서 북조선에서 조선 황실을 복원하고 김정은 위원장님을 총리로 세우면 우리 북조선이 조선의 정통성을 가지고 올 수 있습니다. 물론 실제적인 권력은 총리가 가져야 합니다."

며칠 전에 제안했던 김정은의 측근이 그렇게 발표하자, 거기에 있는 몇 사람들이 크게 웃었다.

"웃지 말고 이 방안에 대해서 심각하게 같이 생각해 보십시다."

김정은은 말했다.

"우리가 다른 사람을 남한에서 납치해 온다면 비난 받을 만한 사안이지만, 조선 황실을 복원하기 위해서 황족을 모시고 온다면 대외적으로 명분이 충분히 있습니다."

제안했던 사람은 계속해서 설명했다.

김정은의 측근들은 이 문제에 대해서 몇 시간 동안 토론하였다. 그들은 조선 황실을 복원하기 위해서는 막대한 자금이 들어갈 것인데 그것을 어떻게 할 것인지도 의논하였다. 그들은 토론을 끝마친 후에 이 제안을 비밀리에 실현하기로 했다. 그리고 이러한 일을 하기 위해서 임무를 분담하기로 했다.

어떤 사람은 궁궐을 건축하는 일을 하기로 했고, 어떤 사람은 납치할 만한 조선 황실의 후손을 찾아서 그 사람이 어디에 사는지 조사하기로 했고, 또 어떤 사람은 납치하기 위한 작전을 수행하기로 했다. 그들은 그 작전을 위해서 몇 달 동안 준비하였다. 그들이 무슨 작전을 세우는지 제대로 아는 사람은 북한에서 극소수였다.

궁궐 건축을 맡은 사람은 적당한 장소를 선정하여 궁궐을 건축하였다. 근처에서 그 공사 장면을 보고 있는 사람들은 문화재 복원을 위해서 하는 공사로 착각할 정도였다. 북한의 경제 사정이 워낙 좋지 않아서 간단한 궁궐을 짓는 것도 힘들었다. 특히 나무를 구하는 것이 힘들었다. 외부는 옛날 건물같이 지었지만 내부는 현대식 시설을 갖추도록 하였다.

또 다른 김정은의 측근은 인터넷을 이용하여 조선 황족의 후손들을 검색하였다. 그들은 조선 황족들이 국가로부터 황족으로서의 지위를 인정받지 못하였으므로 불만을 가질 것이라고 생각하였다. 그들은 조선 황족 후손들의 명단을 만들었다. 그들은 그것을 보면서 조선이 계속 국가로서 유지되었더라면, 누가 지금 왕위를 물려받았겠는가를 생각해 보았다. 그들은 왕위 계승 정통성이 가장 높은 사람을 찾았다. 그리고 남한에 간첩을 보내서 그 사람의 주소를 찾아내었다.

다른 한편에서는 납치 임무를 수행할 사람들을 훈련시켰다. 그들의 임무는 남한으로 몰래 침투하여 황제에 오를 사람을 납치해 오는 것이었다. 납치하기 위해서는 대단히 어려운 작업을 해야 했다. 납치할 그 사람을 만나서 설득하여 데려올 수도 있지만, 그것은 실패할 위험 부담이 있었다.

아무리 황제가 되고 싶은 사람이 있을지라도 남한에서라면 몰라도 북한에서는 그렇게 하고 싶지 않을 것이다. 그 임무를 수행할 공작원들은 납치할 사람을 마취시켜 데려오기로 하였다. 그들은 황제에 오를 사람을 북한까지 데려오기 위해서는 어려운 과정이 있을 것으로 예상했다. 그들은 그 모든 과정을 완벽하게 하기 위해서 남한의 여러 사정들을 교육 받았다.

그 공작원들은 달빛이 어두울 때에 어선으로 위장된 매우 작은 배를 타고 남한으로 침투하였다. 그 어선은 엔진이 없으며 나무로만 만들어졌다. 그 배는 검은 색으로 된 돛과 노를 이용하여 추진력을 얻었다. 그 배는 금속을 전혀 사용하지 않고 제작된 특수한 배였기에 4차원 차단막을 무사히 통과할 수 있었다. 지상에 설치된 4차원 차단막은 생물이 통과할 수 없었는데, 바다에 설치된 4차원 차단막은 완벽한 차단을 하지 않았기에 생물이 통과할 수 있었다. 만약에 생물이 통과할 수 없다면 바다의 물고기들이 이동할 수 없을 것이기 때문이다.

그 공작원들은 바닷가에 도착한 후에 배를 숨기고 남한에 있는 간첩의 도움으로 납치할 사람이 사는 곳까지 승용차로 이동했다. 거기까지는 별다른 어려움이 없었다. 그들은 남한에서 만난 그 간첩과 함께 황제로 세울 사람을 한적한 곳에서 차량으로 납치하고는 마취시켰다. 그들은 승용차에 그 사람을 싣고 배를 숨겨 놓은 바닷가로 갔다. 어두운 밤, 그들은 그 사람을 태운 후 배를 타고 다시 북한으로 돌아갔다. 그 배는 작았을 뿐만 아니라 그 공작원들은 모든 과정에서 의심을 받을 만한 행동 없이 자연스러운 행동으로 조심하였으므로 잡히지 않고 쉽게 북한으로 다시 돌아갈 수 있었다. 그 배는 레이더에도 걸리지 않았다.

북한으로 납치된 그 사람은 평양에서 눈을 떴다.

"황제 폐하! 일어나셨습니까?"

북한에 있는 사람들은 그를 납치했지만 그의 신분을 형식적으로 황제에 즉위할 사람으로 인정해 줬고 그의 호칭을 '황제 폐하'라고 불렀다.

"방금 저에게 뭐라고 하셨습니까? 여기가 어디입니까?"

"여기는 조선입니다. 폐하께서는 곧 조선의 황제로 즉위하게 될 것입니다."

"뭐라고요?"

북한에 납치된 그 황족은 어리둥절하였다. 그는 주위 환경을 둘러보고 자신이 북한에 납치된 것임을 곧 깨달았다. 그는 가끔 황제가 되는 꿈을 꾸어 보았지만, 이렇게 될 줄은 몰랐다. 북한에서 황제가 된다는 것은 전혀 생각하지도 않은 일이었다. 남한에서 황제가 된다면 정말로 기뻐할 일이지만, 이렇게 납치되어 가족과 헤어져서 북한에서 황제가 되는 것은 결코 바라지 않았다.

"나는 황제가 될 마음이 전혀 없습니다."

"아닙니다. 여기에 계시면서 며칠 더 생각해 보십시오."

북한 당국자들은 그를 최고의 시설이 있는 장소에서 시중들면서 모셨다. 그 장소는 최고급 호텔 같았다. 그곳은 궁궐 건물들 중에 가장 먼저 건축된 것이었다. 그 황족이 눈을 뜨고 나서 처음 며칠 동안은 그저 최고급 대우만 해 줄 뿐이었다. 그를 시중드는 사람들은 그를 계속 황제 폐하라고 불러서 진짜 황제로 착각하게 만들었다. 하지만 그렇게 황제 대접을 받는다고 황제가 되는 것은 아니었다. 자유가 없는 허수아비 황제는 오히려 불편했다.

그 황족이 납치되고 나서 약 일주일 뒤에 김정은의 측근들은 그 황족을 찾아왔다.

"저희들은 북조선의 정부를 대표하는 사람들입니다. 저희 북조선에 오신 것을 진심으로 환영합니다."

"나를 왜 여기로 납치해 왔습니까? 나는 여기에 있기 싫습니다."

"북조선 정부는 조선 황실의 복원하고자 합니다. 그래서 귀하를 황제로 추대하기 위하여 어쩔 수 없이 이렇게 모시고 왔습니다."

그는 자신이 왜 납치되어 북한에 오게 되었는가를 확실히 깨닫게 되었다.

"저는 황제가 될 마음이 전혀 없습니다. 그러니 남한으로 보내 주십시오. 거기에 있는 가족들이 걱정하고 있을 것입니다."

"왕은 하기 싫다고 거부할 수 있는 것이 아닙니다. 조선 왕조의 성통성을 이어 받을 분이 황제로 추대되면 받아들여야 합니다."

"이렇게 납치되어 황제가 되기는 싫습니다."

"어쨌든 귀하는 황제가 되실 분입니다. 이제부터 그에 합당한 복장을 입으십시오."

그들은 그 황족을 협박하여 황제의 복장을 입게 하였다.

"저는 남한에 저의 가족이 있습니다."

"남한 정부가 귀하의 가족들을 북한으로 보내 주지 않으면 남한에 있는 가족들을 포기하는 수밖에 없습니다."

"어떻게 가족들을 포기할 수 있습니까?"

"원래 황제라는 신분은 가족 관계가 복잡합니다. 여기에서 다시 가족을 만들면 됩니다. 귀하가 황제로 즉위하고 나면 예쁜 여인을 황후로 맞이할 뿐만 아니라 여러 명의 후궁들도 취할 수 있습니다. 기대가 되지 않습니까?"

북한은 세계 언론에 조선을 재건하기 위해서 황족을 모시고 왔다고 발표하였다.

"조선이 1945년에 일본으로부터 해방되고 나서 즉시 황실을 재건했어야 하는데 정치적인 여건이 원활하지 못하여 황실을 재건하지 못하였습니다. 황족들은 그동안 남한에서 황실 재건을 위해서 노력하였지만 정치적인 힘이 부족하여 지금까지 보류되었습니다. 북조선은 조선의 정통성을 바르게 세우기 위해서 황실을 재건하기로 하고 황족 중에 황제에 오를 만한 분을 남한에서 모시고 왔습니다. 앞으로 한 달후에 조선 황실이 재건되는 역사가 거행됩니다. 남조선이 조선의 정통성을 배제하였기에 북조선이 조선의 정통성을 계승하려고 합니다."

그 황족의 가족들은 그가 실종되자 실종 신고를 했다. 그런데 그가 이렇게 북한에서 황제로 즉위한다고 하자, 그의 가족들은 매우 놀랐다. 남한을 비롯하여 거의 모든 나라의 사람들이 북한의 발표를 듣고 황당해했다. 사람들은 북한이 4차원 과학 문명으로부터 소외되자 별 희한한 짓을 다한다고 비웃었다.

남한 정부는 납치한 사람을 돌려보낼 것을 북한에 요구하였다. 북한은 그에 대한 답변을 거절하였다. 북한은 황제 즉위식을 할 것이니 남한에서도 특사를 파견하여 참석하라고 하였다. 북한이 고집을 부리면 어쩔 수 없었다. 남한의 사람들은 그냥 보고만 있어야 했다. 그렇다고 남한 국민 한 사람을 납치했다고 북한을 침입할 수도 없었다. 남한은 외교적으로 북한에 압력을 주었지만 북한은 그것을 압력으로 느끼지 않고 무시하였다.

"윤 이사님, 윤 이사님!"

"무슨 일이 있소?"

"잠시 연구를 쉬고 뉴스를 보십시오. 재미있는 것을 방송합니다."

윤서현은 연구소에서 연구를 하고 있다가 어떤 직원이 뉴스에서 재미있는 것을 방송한다고 하자, 연구를 잠시 정지하고 그 뉴스를 시청하였다. 윤서현과 그의 직원들은 그 뉴스를 듣고 재미있게 웃었다.

"북한의 사정이 경제적으로나 군사적으로 절박하게 되자 이렇게 재미있는 장난을 하는군요!"

"우리 4차원 기업이 납치된 그 사람을 도울 방법이 없을까요?"

어느 직원이 윤서현에게 물었다.

"좋은 방법이 있는데, 두고 보면 재미있을 것이네."

윤서현은 북한의 그러한 장난에는 장난으로 상대해 주고 싶었다. 그는 범죄가 없는 세상을 만들기 위해서 새로운 것을 연구하고 있었다. 그것은 4차원 필터로 지구 전체를 감싸서 필요한 사람을 찾는 것이었다. 나중에 주로 범인들을 찾는 목적에 사용하려고 사람을 찾는 필터를 만들고 있었던 것이다.

그는 곧 국가의 허가를 받아서 북한 간첩에 의하여 납치된 그 황족의 개인 정보를 입수하여 컴퓨터에 입력했다. 그 개인 정보는 지문과 유전자 정보였다. 그랬더니 납치된 그 사람이 현재 어디에 있는지 모니터의 지도에 좌표가 표시되었다.

윤서현은 납치된 그 사람을 만나기 위해서 북한에 다녀오겠다고 정부의 허가를 받았다. 그는 4차원 이동 장치로 납치된 그 사람이 있는 곳까지 갈 것이다. 거기에서 그 사람을 만나서 자발적으로 북한으로 갔는지 아니면 납치되어 갔는지의 여부를 묻고 싶었다. 그가 장착한 경호 장비는 세상에서 가장 성능이 좋은 것이므로 세계에서 아무리 위험한 곳이라도 갈 수 있었다.

약 10분 후, 윤서현의 비서가 그에게 말했다.

"윤 이사님, 통일부에서 전화가 왔습니다."

윤서현은 전화를 받았다.

"여보세요. 윤 이사입니다."

"윤 이사님, 안녕하십니까? 저는 통일부 차관입니다."

"예, 안녕하십니까? 지난번에 방북 신청을 신속하게 처리해 주셔서 감사합니다."

"방북 신청과 관련된 내용으로 전화 드립니다."

"무슨 일이 있습니까?"

"저도 윤 이사님과 함께 북한에 가고 싶습니다. 같이 가서 윤 이사님을 도와 드리고 싶습니다."

"네, 그렇게 하십시오. 통일부에서 근무하시니 좋은 경험이 될 것입니다. 제가 차관님을 위한 경호 장비를 준비해 놓겠습니다."

"감사합니다. 그날에 찾아뵙겠습니다."

윤서현은 북한에 여러 명을 데리고 가기에는 불편하지만 한 명 정도는 같이 갈 수 있다고 생각하였다. 그는 자신과 같은 성능의 경호 장비를 준비하였다. 그 경호 장비는 한시적인 것이므로 허리에 착용하는 것이었다.

윤서현은 북한으로 출발하기 전에 여러 기자들 앞에서 자신의 안전에 대해서 말했다.

"저와 이분은 최고 성능의 경호 장비를 장착하고 있습니다. 그래서 북한에 가더라도 안전에는 전혀 걱정이 없습니다. 제가 통일부 차관님과 함께 북한에 다녀와서 다녀온 이야기를 하겠습니다."

그는 통일부 차관과 함께 좌표에 표시된 그 지역으로 공간 이동을 했다. 그 장소로 이동하자 황제 즉위식을 기다리는 황족이 보였다. 그 장소는 황제가 살 만한 곳처럼 보였다. 외부는 옛날 방식으로 지었지만, 내부는 최고급 호텔과 같이 보였다. 시녀들이 그 황족에게 시중을 들고 있었다. 그 황족은 갑자기 나타난 윤서현을 보고는 매우 놀랐다.

"혹시 윤서현 이사님이 아니십니까?"

황족은 오래 전에 방송에서 윤서현을 본 적이 있었다.

"네, 맞습니다. 저는 4차원 기업의 윤 이사입니다. 저와 같이 오신 분은 통일부 차관이십니다. 저를 아십니까?"

"네, 압니다. 유명하신 분인데 당연히 제가 알지요. 저에게 이렇게 오실 줄은 몰랐습니다."

"그런데 여기에 어떻게 오게 되었습니까?"

"저는 북한의 공작원들에게 납치되어 이곳까지 강제로 오게 되었습니다. 그들은 저를 조선의 황제로 추대한다고 합니다."

"그럼 북한에서 조선의 황제가 되실 생각이십니까?"

"황제가 되더라도 남한에서 되고 싶지, 북한에서는 황제가 될 마음이 전혀 없습니다. 북한에서 황제가 되면 뭐 합니까? 그것은 허수아비 황제일 것인데 그런 황제는 되고 싶지 않습니다. 차라리 남한에서 평범하게 살고 싶습니다. 저를 남한으로 데려가 주세요."

잠시 그 황족과 대화를 하고 있는데 북한의 경호원들이 나타났다. 경호원들은 방 밖에서 그 황족을 지키고 있었는데 방 안에서 무슨 소리가 나는 것 같아서 방 안으로 들어온 것이었다.

"당신들은 누구요?"

경호원은 윤서현과 통일부 차관에게 물었다.

"저는 남한의 4차원 기업의 윤 이사입니다."

"저는 남한의 통일부에서 근무하는 공무원입니다. 여기에 계신 분을 남한으로 데리고 가기 위해서 왔습니다."

"당신들! 여기에 어떻게 들어왔소?"

"공간 이동이라는 것으로 들어왔는데 공간 이동에 대해서 아십니까?"

"나는 그런 것을 모른다. 무단 침입 혐의로 당신들을 체포하겠다."

경호원들은 윤서현과 통일부 차관을 체포하기 위하여 그들에게 다가갔다.

"우리는 당신들이 결코 체포할 수 없는 사람들입니다. 한 번 해 보세요."

여러 명의 경호원들이 윤서현과 통일부 차관에게 다가가서 그들을 잡으려고 하였지만, 경호원들은 결코 그들을 만질 수 없었다. 경호원들에게는 그들이 마치 환영과 같았다. 경호원들에게는 그들이 보이지만 만져지지 않았다.

그들을 체포할 수 없게 되자 경호원들은 자신들보다 더 높은 사람을 불렀다. 북한의 고위 인사는 경호원들이 말도 안 되는 소리를 한다고 중얼거리면서 황족이 있는 방으로 들어왔다.

그 고위 인사가 낯선 침입자로 보이는 그들에게 물었다.

"당신들은 누구요?"

"저는 남한의 4차원 기업 윤 이사라고 합니다. 여기에 잡혀 있는 분을 모시러 왔습니다."

"저런 헛소리를 하는 사람들을 체포하지 않고 뭐 하고 있어? 빨리 체포해."

그는 부하들에게 이 사람들을 빨리 체포하라고 독촉했지만, 곧 그의 부하들이 윤서현을 체포하지 못하는 이유를 보게 되었다.

"당장 납치한 사람을 돌려보내세요. 그렇지 않으면 며칠 뒤에 직접 데리고 가겠습니다."

윤서현은 그 고위 인사에게 말했다.

그리고는 같이 동행한 통일부 차관의 손을 잡고 벽 쪽으로 걸어갔다. 그가 벽을 그대로 통과하자 통일부 차관도 같이 통과했다. 그들은 건물 밖으로 나가서 다른 건물들을 잠깐 구경한 다음에 남한으로 공간 이동을 하였다. 경호원들은 그들을 잡으러 갈 수 없었다.

4차원 기업 본사에 도착한 윤서현은 김광현을 불렀다.

"북한에 가서 그 황족이라는 사람을 만났어?"

김광현이 물었다.

"만나고 왔어. 그 사람은 황제가 되고 싶다고 자발적으로 북한에 간 것이 아니라 북한의 공작원에게 납치되어 잡혀갔어."

"그런데 왜 그 사람을 데리고 오지 않았어?"

"그냥 데리고 오면 재미가 없잖아!"

"어떻게 하려고 그래?"

"그곳에서 만난 북한 고위 인사에게 돌려보내라고 했어."

"언제? 돌려보낼 것 같아?"

"아니, 김 이사 네가 며칠 뒤에 북한에 가서 그 황족을 데리고 와."

"나 혼자?"

"그래."

"나는 납치된 그 사람과 안면이 없으니까 윤 이사랑 같이 가면 좋겠어."

"알았어. 같이 가자."

그들은 국가의 허가를 받고 북한에 같이 다녀오기로 했다. 그들은 다른 사람을 4차원의 공간으로 이동시킬 수 있는 장비를 가지고 가기로 했다. 그들은 4차원 경호 장비가 있어서 자체적으로 공간 이동을 할 수 있지만, 북한에 납치된 그 황족은 경호 장비를 장착하지 않았기에 윤서현이 돕지 않으면 공간 이동을 할 수 없었기 때문이다.

며칠 뒤, 윤서현과 김광현은 4차원 레이더를 이용하여 납치된 그 사람의 위치를 다시 확인해 보았다. 그 사람은 그곳에 그대로 있었다. 북한은 조선 황실을 복원하기 위해서 여전히 계속 궁궐을 건축하면서 즉위식을 준비하고 있었다. 북한이 건축하고 있는 궁궐의 건물들은 거의 다 완공되어 마무리 공사를 하고 있었다. 새로 즉위할 황제는 그 궁궐에 갇혀 있었다. 황족이 갇힌 건물은 궁궐 건물들 중에서 가장 먼저 완공된 건물이었다. 윤서현과 김광현은 공간 이동 장치를 이용하여 그 황족 근처로 이동하였다. 이번에는 더 많은 수의 경호원들이 그 황족을 지키고 있었다.

윤서현은 그 황족 근처에 4차원 보호막을 설치하였다. 4차원 보호막은 황족이 앉아 있는 곳에서 반지름 2미터 이내에는 사람들이 접근할 수 없게 했다. 윤서현과 김광현이 그 황족에게 다가가자 경호원들의 일부는 그들을 잡으려고 했고 일부는 황족에게 접근하여 그 황족을 보호하려고 하였다. 윤서현과 김광현에게 다가오는 경호원들은 그들을 잡을 수 없었다. 마치 허공만을 잡는 것 같았다.

한편 황족에게 접근하는 경호원들은 4차원 보호막 안으로 들어갈 수 없었다. 4차원 보호막은 보이지 않지만 단단한 벽이나 마찬가지였다. 윤서현과 김광현은 4차원 보호막 안으로 들어갔다. 4차원 보호막 안에서 세 명은 대화를 나누었다. 4차원 보호막 밖에는 많은 수의 경호원들과 북한의 고위 인사가 세 명의 남한 사람들을 그저 바라보기만 하였다.

"남한에서 납치된 이 사람을 다시 남한으로 데리고 가겠습니다."

김광현이 4차원 보호막 밖에 있는 북한 사람들에게 말했다.

"나는 여기에서 황제가 될 생각이 전혀 없으니 나를 데리러 오신 분들과 함께 내 고향으로 돌아가겠소. 이렇게 납치하여 황제로 추대하는 것은 진정한 조선의 재건이 아니오."

"우리들은 공간 이동 방식으로 남한으로 갈 겁니다. 잘 계세요."

윤서현은 북한 사람들에게 웃으면서 인사를 했다. 북한 사람들은 어찌할 바를 모르고 있었다.

곧 윤서현은 4차원 보호막 안에 공간 이동을 할 수 있는 4차원 문을 만들었다. 4차원 문은 높이가 약 2미터이고 폭이 0.7미터였다. 한 사람이 지나갈 수 있는 면적으로 수직으로 세워졌다.

"이 선생님, 저희가 만든 4차원 문을 통과하여 지나가세요. 그러면 공간 이동으로 남한에 있는 4차원 기업 본사에 도착할 것입니다. 저희들도 곧 갈 것입니다."

윤서현은 그 황족에게 말했다.

"예, 알겠습니다. 윤 이사님, 고맙습니다."

그 황족은 4차원 문을 향하여 걸어갔다. 그 황족이 4차원 문을 통과하자, 보이지 않게 되었다. 그 장면을 바라보고 있는 북한 사람들은 안타까운 표정을 지었다. 윤서현은 4차원 문을 제거하였다. 그리고 조금 후에 윤서현과 김광현은 북한 사람들을 향하여 손을 흔들면서 사라졌다. 그들이 사라지자 4차원 보호막도 같이 사라졌다.

북한에서는 비상이 걸렸다. 지금까지 1년 이상 조선의 정통성을 이어받기 위해서 애를 썼는데, 이렇게 황제가 될 사람이 남한으로 도망가 버렸으니 국제적으로도 망신을 당하게 되었다. 김정은과 그의 측근들은 지난번에 윤서현과 남한 공무원이 황족을 만나러 와서 그냥 갔기에 안심하고 있었는데, 이번에는 윤서현이 다시 와서 황족을 데리고 가 버렸으니 공든 탑이 무너지는 기분이었다.

긴급하게 대책회의가 열렸다. 세계의 여러 나라에 조선의 재건을 알리고 황제 즉위식에 초청하였는데, 황제에 오를 사람이 없어졌으니 어떻게 한단 말인가? 북한에서는 이러한 상황을 전혀 예상하지 못하였다. 혹시 황족이 도망갈까 봐 경호원들이 지켰고 많은 사람들이 그를 시중들게 해서 그 황족을 달랬는데, 그동안의 수고가 물거품이 되었다. 북한의 어려운 경제 여건 가운데에서 작은 궁궐이라도 지어서 황제가 편하게 살게 하려고 했는데, 이제는 필요 없게 되었다. 김정은과 그의 측근들은 이 상황을 극복하려고 하였지만 국제적으로 망신을 당하는 수밖에 없었다.

남한으로 돌아온 윤서현과 김광현과 그 황족은 4차원 기업의 기자실에서 기자들 앞에 섰다. 그들은 북한에서 겪은 것을 기자들 앞에서 자세히 이야기했다.

북한으로 납치된 황족이 말했다.

"저는 북한에서 황제로 살기보다는 차라리 남한에서 그냥 평범하게 사는 것이 훨씬 낫다고 생각합니다."

세계의 여러 언론들은 북한 정부가 조선 황실 재건을 시도하다가 실패한 사실을 보도했다. 조선의 정통성은 그렇게 억지로 한다고 되는 것이 아니었다. 조선 황실의 재건은 많은 국민들의 동의가 있어야 가능하지만 남한 대부분의 국민들은 그것을 원하지 않았다. 북한은 이 사건으로 인하여 국제적인 위신이 더욱 떨어졌다.

4차원 기업은 이사회를 개최하여 북한에 대해서 의논하였다. 이렇게 북한을 고립시켜 놔두면 좋을 것이 하나도 없었다. 남한이나 북한의 국민들은 통일을 원했지만 그것은 그리 쉽지 않았다. 북한이 남한에 흡수되어 통일이 되더라도 너무나 많은 통일 비용이 필요했다. 세월이 갈수록 통일 비용이 증가하는데 이제는 남한 정부가 통일 비용을 감당하기 어려울 정도가 되었다. 통일 비용 때문에 남한의 정부도 통일을 적극적으로 추진하지 못하고 있었다.

이럴 때에 필요한 것이 4차원 기업의 능력이었다. 4차원 기업 이사진은 4차원 기업의 능력으로 북한을 개발하여 남한과 북한의 경제적인 격차를 줄이자고 하였다. 이제는 한반도를 통일시키는 것이 4차원 기업의 사명이 되었다. 4차원 기업 이사회에서는 정치적인 재능이 있는 김광현에게 북한에서 통일을 준비하는 일을 맡기기로 하였다. 그와 관련된 모든 도움은 4차원 기업에서 적극적으로 제공하기로 했다. 그는 수시로 북한을 방문하여 통일을 준비할 수 있도록 정부의 허가를 받았다.

그 당시에 북한 사람들은 국제적으로 미개인 취급을 받았다. 북한은 4차원 기업에서 제공한 4차원 과학 문명의 혜택을 전혀 누리지 못했다. 북한은 정치적인 문제로 4차원 과학 문명을 거부하였다. 만약에 북한 사람들이 공간 이동 방식으로 수시로 외국으로 이동하여 외국의 문물을 자유롭게 경험하거나 북한을 탈출한다면, 북한 정부는 감당하기 힘들 것이다. 옛날부터 폐쇄적인 정책이 북한 권력에는 도움이 되었다. 북한에서 권력을 가지고 있는 고위 인사들은 자신들의 권력을 유지하기 위해서 폐쇄적인 정책을 계속 유지하였지만, 이제는 한계에 도달했음을 점점 느끼게 되었다.

김광현은 자신이 남한 정부와 4차원 기업 대표로 북한을 방문하여 통일 문제를 협상하겠다고 북한 정부에 방북 신청을 했다. 그러나 북한은 4차원 기업을 싫어해서 아무 답변을 하지 않았다. 김광현은 북한에서 초대하지 않았지만 공간 이동 방식으로 북한에 들어가기로 했다. 그는 단독으로 김정은을 만나기 위해서 그가 있는 곳으로 공간 이동했다.

김정은의 경호원들은 갑자기 김광현이 나타나서 김정은에게 가까이 다가가자 그를 막으려고 했다. 그러나 김광현의 경호 장비가 작동하고 있었으므로 아무도 그를 막을 수 없었다. 김광현은 김정은에게 가까이 가서 자신은 남한에 있는 4차원 기업의 이사임을 밝혔다. 김정은은 남한에 있는 4차원 기업을 싫어하였다. 4차원 기업 때문에 북한이 남한과의 경제적인 격차가 더 벌어지고 군사력을 많이 잃게 되어 권력을 유지하고 국가를 경영하기가 힘들어졌기 때문이다.

김광현이 김정은에게 가까이 다가갈수록 김정은의 경호원들은 김정은을 감싸며 김광현의 접근을 적극적으로 막았다. 김광현은 손으로 경호원들을 한 명씩 가볍게 쳤다. 경호원들은 그 자리에서 힘을 잃고 쓰러졌다. 김정은을 가까이에서 경호하던 모든 경호원들이 기절했다. 이제는 김광현와 김정은만 남았다.

"김정은 위원장님, 저는 위원장님에게 독대를 요청합니다. 저와 같이 대화를 하면서 북한의 문명화와 통일에 대해서 의논해 보면 좋겠습니다."

"나는 당신과 대화할 마음이 전혀 없소."

때마침, 멀리 있는 경호원들이 김정은에게 달려왔다. 김광현은 근처에 쓰러져 있는 경호원들을 가리키면서 말했다.

"그들은 죽지 않고 잠시 기절했으니 걱정할 필요가 없습니다."

그는 멀리서 달려온 경호원들까지 기절시키면서 김정은에게 다시 다가가고 싶지 않았다. 그는 큰 소리로 말했다.

"위원장님이 저의 제안을 거절하니 할 수 없습니다. 저는 북한의 통신 시설을 전부 마비시킬 것입니다."

그 소리는 김정은에게 정확히 전달되었다. 김광현은 곧바로 4차원 기업에 휴대전화로 연락했다.

"내가 미리 알려 준 대로 북한에 있는 모든 통신 시설을 마비시키세요."

"네, 당장 그렇게 하겠습니다."

4차원 기업 직원들은 김광현의 연락을 받고 즉시 북한에 있는 모든 통신 시설을 마비시켰다. 대부분의 다른 나라에서는 4차원 통신칩을 사용하여 대부분의 통신이 이루어지고 있었지만, 북한은 4차원 과학 문명을 받아들이지 않았기에 아직도 공중에는 많은 전파가 존재했다.

4차원 기업은 북한의 고집을 꺾기 위해서 4차원 차단막을 북한 전역에 설치하였다. 4차원 차단막은 북한에 있는 모든 통신을 차단시켰다. 무선이든 유선이든 모든 형태의 통신이 차단되어 북한에 있는 사람들은 텔레비전이나 라디오도 이용하지 못하고 전화 통화도 할 수 없었다. 북한 사람들의 눈과 귀를 모두 막아 버린 것이다. 북한 사람들은 며칠 동안 답답하게 살았다. 그들은 급한 전달사항이 발생하면 차를 타고 가서 직접 전달하였다. 김광현은 북한의 상황을 본 후에 남한으로 돌아갔다.

그렇게 일주일이 지났다. 김광현은 북한으로 공간 이동하여 김정은 앞에 다시 나타났다. 김정은은 그를 보자마자 경호원들을 향하여 김광현을 체포하라는 지시를 내렸다. 경호원 몇 명이 그에게 달려가서 체포하려고 하였지만, 지난번처럼 몸을 만질 수 없었다.

아직도 김정은의 고집이 꺾이지 않은 것을 확인한 김광현은 다시 4차원 기업에 전화를 걸어서 북한에 있는 모든 전기를 차단하라고 하였다. 그 통화 내용은 가까이에 있는 김정은도 들었다. 조금 후에 북한 전역에 모든 전기가 없어졌다. 발전소에서 전기를 생산하더라도 전선에는 전기가 흐르지 않았다.

그날 저녁부터 북한은 암흑이 되었다. 북한에 있는 모든 전구에는 불빛이 없었다. 어떠한 전자 제품도 사용할 수 없었다. 북한 사람들은 그날 밤에 촛불을 켜거나 초가 없는 사람들은 다른 형태로 불을 피워서 밤에 볼 수 있게 하였다. 어떤 사람들은 기름에 심지를 넣어서 불을 붙였다.

김광현은 이러한 상황을 지켜보고 남한으로 되돌아갔다. 김정은은 멀리서 차를 타고 와서 보고하는 사람들의 말을 들었다. 김정은의 고민은 깊어졌다. 김정은의 마음은 흔들렸다. 4차원 기업의 김광현과 대화를 하다가 잘못하여 권력을 잃으면 안 되었기에 마음의 짐은 점점 무거워졌다.

다시 일주일 후에 김광현은 공간 이동 방식으로 김정은 앞에 나타났다. 김정은의 표정은 어두웠다. 그의 측근들은 김정은에게 말했다.

"저 사람이 어떠한 협박을 하더라도 결코 넘어가서는 안 됩니다. 잘못하면 권력을 잃게 됩니다."

그들은 대화 자체를 거부했다. 김광현은 김정은과 그의 측근들의 말과 표정을 보고 아직도 그들이 고집을 꺾지 않고 버티고 있음을 알게 되었다. 김광현은 다시 휴대전화로 4차원 기업에 연락하였다. 그러자 이번에는 북한에 있는 모든 기름과 가스가 그 기능을 잃었다.

연소용 모든 기름과 가스가 불에 타지 않았다. 사람들은 석유의 냄새를 맡아 보았다. 냄새로는 분명히 기름이고 만져 봐도 분명히 기름이지만, 절대로 불이 붙지 않았다. 자동차에 있는 연료도 물리적인 특성을 잃었다. 북한 사람들은 그날부터 자동차를 비롯한 엔진이 장착된 모든 기계를 사용할 수 없게 되었다.

다만 고체로 된 연료는 사용할 수 있게 놔두었다. 고체 연료마저 사용할 수 없게 하면 북한에 있는 사람들이 굶을 수 있으므로 그것까지는 막지 않았다. 불을 붙이기 위한 라이터가 작동되지 않았으므로 북한 사람들은 성냥을 사용할 수밖에 없었다. 라이터는 기체나 액체 연료를 사용하기에 불이 점화되지 않았다.

그런데 북한에서도 성냥보다 라이터를 주로 사용하므로 성냥은 귀한 것이 되었다. 그날부터 북한에 불을 이용한 요리를 하지 못하는 집이 많이 생겼다. 원래부터 장작을 사용하여 요리를 하는 사람들은 아무 영향을 받지 않았지만, 그러한 사람들은 극히 소수였다.

매우 가난한 사람들은 원래 고체 연료를 사용했으므로 불편함이 없었다. 김정은과 그의 측근들도 그들의 집에서 장작을 사용하려고 하였지만, 그들의 집 구조가 장작을 사용하기에는 불편한 구조이므로 임시로 장작을 사용할 수 있는 시설을 간단하게 만들었다. 북한에 갑자기 장작과 석탄 소비가 늘어났다. 도시에 있는 사람들은 장작과 석탄을 구하지 못해서 상당히 불편했다. 그렇다고 트럭을 사용해서 고체 연료를 운반할 수도 없었다. 아주 옛날처럼 지게 등을 사용해서 운반해야 했지만, 도시에서는 그러한 것조차도 귀한 것이었다. 사람들은 고체 연료를 구하기 위해서 바쁘게 뛰었다. 평소에 도시에서 쓰레기로 취급되던 나무로 된 부산물이나 폐기물들이 귀하게 쓰였다.

김정은은 북한이 점점 문명을 잃고 원시적으로 변하는 것을 보고 자신의 고집을 꺾지 않을 수 없었다. 며칠 후에 김광현이 다시 김정은 근처에 나타났다.

"저기에 있는 사람이 4차원 기업의 김 이사이지?"

김정은은 경호원에게 물었다.

"네, 그렇습니다. 체포할까요?"

"잡을 수도 없는데 어떻게 체포한다는 것이냐? 그냥 이리로 오시라고 해라."

"네, 알겠습니다."

김정은은 김광현에게 경호원을 보내서 가까이 오라는 말을 전했다. 김광현은 김정은에게 다가갔다.

"김정은 위원장님, 생각해 보셨습니까?"

"김 이사님 때문에 괴롭습니다. 제가 측근들과 의논하여 김 이사님의 제안을 들어 주겠으니 3일만 기다려 주십시오."

"그럼 3일 동안 남한으로 가지 않고 북한에서 기다리겠습니다. 3일 동안 머물 수 있는 곳을 제공해 주십시오."

"네, 그렇게 하겠습니다."

"최고급 시설로 김 이사님이 머물 수 있는 곳을 제공해 드려라."

김정은은 부하들에게 지시를 내렸다.

김정은은 귀한 손님을 맞이하는 특별한 장소를 김광현에게 허락하였고, 김정은의 측근들은 그를 그곳으로 안내하였다. 그가 김정은의 부하들이 제공하는 장소에 들어가자마자 전구에 불이 켜졌다. 이전에 차단되었던 문명의 요소들이 회복된 것이다. 엔진이 있는 자동차도 움직였고 통신 시설도 예전처럼 잘 작동되었다.

3일 동안 김정은은 그의 측근들과 의논했다. 드디어 3일 후, 김광현과 김정은의 독대가 이루어졌다. 김정은은 김광현에게 가벼운 질문을 하였다.

"이번에도 제가 김 이사님의 제안을 거절하면 어떤 조치를 취하려고 하셨습니까?"

"다음 조치는 북한에 있는 모든 소리를 없애는 것이었습니다. 그렇게 하면 인간으로서 중요한 의사소통에 상당한 불편을 있었을 것입니다."

만약에 북한이 계속하여 고집을 부렸더라면 사람들은 글자로 의사소통을 하는 수밖에 없을 것이다. 성경에 의하면 오랜 옛날에 인류가 하나님의 뜻을 어기고 바벨탑을 쌓다가 언어가 혼잡하게 되어 바벨탑을 쌓지 못하고 흩어진 것처럼 북한이 붕괴될 수도 있었다.

김광현은 김정은에게 세계정세에 대해서 자세히 설명해 주었다. 김광현은 김정은에게 이제는 남한의 4차원 기업이 세계의 경제와 정치를 주도하고 있음을 깨우쳐 주었다. 더불어 남한 정부가 4차원 기업의 능력을 이용하면 물리적으로 북한을 정복하는 것은 쉬운 일임을 강조하며 조심히 말하였다.

북한은 4차원 과학 문명에서 제외되어 세계에서 미개인 취급을 받고 있는데, 계속 그렇게 살 수는 없었다. 북한의 거리에는 아직도 매연가스가 나오는 자동차가 운행되고 있었다. 김정은은 현재의 상황에서 어떻게 할 방도가 없음을 알았다. 북한의 최고 지도자인 김정은에게는 결단이 필요했다. 김광현은 김정은과 그의 측근들의 최고의 관심이 이러한 상황에서의 권력 유지임을 알았다. 김광현은 여러 이야기를 한 후에 마지막으로 김정은에게 결단을 촉구했다.

"제가 일주일의 기간을 더 드릴 것이니 측근들과 충분히 의논하여 결정해 주십시오. 저의 제안을 거절하면 4차원 과학의 힘으로 북한을 침입하지 않고도 북한 권력이 스스로 붕괴되게 할 수 있습니다. 남한 정부와 4차원 기업의 조건을 받아들이면 일정 기간 동안 권력이 유지될 것이고, 통일이 된 다음에도 권력의 핵심 지도층에게는 어느 정도 부귀와 명예와 지위가 보장될 것입니다."

김광현은 김정은과 약 3시간 동안 대화를 나누었다. 그는 김정은을 설득하고 경고한 후에 공간 이동 방식을 사용하여 남한으로 돌아왔다.

일주일 후, 김광현은 남한의 총리와 관련 장관 두 명을 데리고 북한으로 공간 이동하였다. 총리와 장관들은 몇 명의 수행원들과 동행하였다. 김광현은 정부 관계자들에게 임시 경호 장비를 착용하도록 했다. 김광현의 경호 장비는 영구적인 것이어서 몸에 삽입했지만 정부 관계자들에게 지급한 임시 경호 장비는 허리에 차는 형태로 만들어졌다. 그들은 북한 정부에서 제공한 협상 장소에 도착하였다. 김정은도 북한의 고위층 인사들을 데리고 나왔다.

"북조선은 김정은 위원장님이 직접 나오셨는데 왜 남조선은 대통령이 이러한 자리에 직접 참석하지 않았습니까?"

김정은의 측근 중의 한 사람이 물었다.

그러자 남한의 총리가 답변하였다. 그 답변은 답변을 위한 형식적인 대답이었다.

"남한이 지금 이렇게 세계 강대국으로 성장한 것은 4차원 기업의 힘입니다. 4차원 기업이 대부분의 남한 경제를 지배합니다. 4차원 기업의 경제력뿐만 아니라 정치적인 힘도 무시할 수 없습니다. 통일을 착수하기 위해서는 남한과 북한의 경제적인 수준이 거의 같아져야 하는데, 남한 정부의 경제력으로 하는 것이 아니라 4차원 기업의 경제력으로 하려고 합니다. 이러한 실정에서는 4차원 기업에서 대표로 보낸 김광현 이사가 남한의 대통령보다 훨씬 영향력이 있습니다."

북한의 대표들은 총리의 답변을 듣고 납득하였다.

4차원 기업은 오래 전부터 통일 자금을 모으고 있었다. 4차원 기업이 모은 통일 자금이 정부에서 모은 통일 자금보다 수십 배나 더 많았다. 그래서 4차원 기업이 통일 문제에 있어서는 정부보다 더 영향력이 있었다.

그들은 통일을 위한 협상을 시작하였다. 김광현이 시작하는 발언을 했다.

"4차원 기업은 전쟁을 싫어합니다. 4차원 기업은 인류의 평화와 행복을 위해서 봉사하려고 합니다. 4차원 기업은 인류의 평화와 행복을 위협하는 지구의 어느 단체라도 폭력이 아닌 다른 물리적인 방법으로 충분히 붕괴시킬 수 있지만 그러한 방법까지라도 되도록 하지 않으려고 합니다. 가장 좋은 방법은 대화를 통한 평화적인 해결입니다. 4차원 기업은 남북통일을 위해서 자금과 기술을 투자할 것입니다."

그들의 협상은 북한의 요청에 의하여 비공개로 하였다. 언론에서는 남북통일을 위한 협상이 있음을 알고 있었지만 취재할 수 없었다. 남한의 대표들은 언론에 협상 내용을 공개하고 싶었지만, 그러한 것으로 북한과 다투고 싶지 않아서 북한의 뜻대로 양보하였다. 남북 대표들은 약 3일 동안 통일을 위한 고위급 협상을 진행했다.

협상 중에 북한의 대표 몇 사람이 4차원 기업의 기술적인 능력을 의심하였다. 그러자 김광현은 스마트폰을 꺼내서 4차원 기업 직원에게 문자 메시지를 보냈다. 그는 4차원 기업의 능력을 보여 줄 특별한 것을 며칠 전에 부하 직원에게 요청했는데 문자 메시지로 준비된 상태를 물었다. 조금 후에 김광현의 부하 직원으로부터 요청한 작업이 완료되었다는 답변이 왔다. 그 직원은 그 답변과 함께 그 작업 수행을 위한 부수적인 내용을 추가로 보내 왔다.

"제가 남북통일 협상에 참석한 분들에게 새로운 것을 보여 드리겠습니다."

김광현이 말했다.

"그것이 무엇입니까?"

북한 대표 중의 한 사람이 물었다.

그 말이 끝나기도 전에 거기에 참석한 사람들은 자신들이 앉은 의자와 앞에 있는 탁자와 함께 공간 이동을 하여 남한의 호텔로 이동하였다. 김광현은 특별한 방식으로 공간 이동을 실행시켰다. 그들은 아래의 남한 문명을 볼 수 있는 호텔의 고층으로 이동하였다. 그들은 협상 테이블 앞에 앉아 있는 그 상태로 공간 이동을 한 것이었다.

"자리에서 일어나 창문으로 가서 남한의 길거리를 구경해 보십시오."

김광현은 북한 사람들에게 말했다.

"여기가 남조선이란 말이오?"

"여러분들은 납치한 것이 아닙니다. 공간 이동이라는 것을 보여 드리기 위해서 잠시 남한으로 모시고 온 것입니다. 식사 후에 곧 북한으로 돌아갈 것이니 걱정하지 마십시오."

그 호텔의 회의실은 한쪽 벽면이 유리로 되어 있었다. 북한 사람들은 김광현이 실행한 4차원 과학 기술로 인하여 자신들이 남한으로 이동했음을 깨달았다.

북한의 협상 장소에서는 갑자기 북한의 대표들이 사라지는 것을 경호원들과 그들의 수행원들이 보았다. 그들은 그 광경을 보고 무척이나 놀랐다. 거기에서 사라진 사람들은 그 자체가 북한 정부나 마찬가지였다. 그들이 북한 권력의 핵심이었다. 경호원들은 놀라서 기겁했다. 경호원들은 그들이 사라진 지점으로 가려고 하였다. 그러나 경호원들은 눈이 보이지 않는 무언가에 의해서 막혀서 갈 수 없었다.

김광현은 거기에서 공간 이동을 할 때에 다시 돌아올 것을 예상하고 사라진 공간에 다른 물질이나 사람들이 들어갈 수 없도록 4차원 차단막을 설치하였다. 다시 공간 이동 방식으로 북한으로 돌아올 때에 사라진 공간에 다른 것이 있으면 공간 이동 방식에 오류가 발생하게 되므로 4차원 차단막을 설치하여 다시 돌아올 공간을 보존하고 있었다.

경호원들은 달려왔지만 4차원 벽에 부딪혔다. 다른 수행원들도 경호원들이 달려가다가 부딪힌 지점으로 가 보았다. 그들의 눈에는 보이지 않지만 특별한 막이 단단한 벽으로 되어 있었다. 그들은 보이지 않는 그 벽을 만져 보았다. 유리보다도 더 투명한 것이 있었다. 유리는 표면에서 빛을 반사하지만 그것은 표면에서 빛을 반사하지 않기 때문에 마치 전혀 없는 것처럼 보였다.

남한에 있는 북한 대표들은 유리벽 앞에서 자동차가 다니는 아래의 광경을 구경하였다. 그들은 비슷한 장면을 남한의 언론을 통해서 어느 정도 보았고 한국이 아닌 다른 나라에서 구경한 적도 있었다. 공간을 이동하는 4차원 문명을 체험해 보지 않은 북한 대표들을 말로 설득하기보다는 실제로 체험하게 하고 눈으로 보게 하는 것이 훨씬 설득력이 있었다.

김광현은 조금 후에 북한 현지에 있는 북한 수행원들이 걱정하고 있을 것을 예상하고 북한에 있는 4차원 차단막에 남한에 있는 북한 대표들의 영상을 그대로 보여 주었다. 그 영상에는 남한에서 몇 시간 협상을 한 다음에 다시 원래의 위치로 이동할 것이므로 걱정하지 말고 기다리라는 내용의 자막도 있었다.

협상 장소를 남한의 호텔로 옮기자 협상에 도움이 되었다. 그들의 언어와 태도는 훨씬 부드러워졌다. 김광현과 총리와 장관들은 북한이 남한을 신임할 수 있기를 원했다. 믿음이 없이는 남북통일 추진에 어려움이 있게 될 것이다.

곧 점심 식사를 할 시간이 되었다. 김광현은 그곳에 있는 사람들에게 말했다.

"이제는 식사할 시간이 되었습니다. 식사를 이곳으로 배달하게 하겠습니다. 식당으로 가서 식사를 해야 하지만 식당에는 경호를 위한 준비가 되어 있지 않고 여러 사람들에게 노출되는 것을 피하기 위해서 불가피하게 조금 불편하지만 여기에서 식사를 하게 됨을 양해해 주십시오."

호텔의 종업원들이 식사를 가지고 협상 장소로 들어 왔다. 김광현은 북한 사람들에게 말했다.

"호텔에 식사를 갑자기 주문해서 이 정도밖에 대접할 수 없음을 양해해 주십시오."

그러나 그 정도는 북한에서도 보기 드물 정도로 고급스러운 음식이었다. 그들은 약 한 시간 정도 식사 시간을 가졌다. 그들은 서로 고급 음료수로 건배를 하면서 마셨다.

김광현은 식사를 하면서 북한의 대표들에게 말했다.

"협상 자체를 즐기십시오. 남북통일 작업은 아주 즐거운 작업입니다. 북한은 앞으로 새롭게 변할 것입니다. 기대를 해도 됩니다. 남북통일을 위해서 북한에 엄청난 규모의 공사와 사업을 추진할 것인데 많은 일자리를 만들어 북한 사람들을 많이 고용하겠습니다. 나중에 새로운 모습으로 변할 북한을 상상하면서 4차원 기업의 능력을 믿어 보십시오."

남한과 북한 대표들의 식사가 끝나자 호텔 종업원들은 협상 테이블을 깨끗하게 치웠다.

"식사를 마쳤으니 이제는 북한으로 돌아가서 회의를 계속하면 좋겠습니다."

김광현이 말했다.

"네, 그렇게 하면 좋겠습니다. 우리가 여기에 오래 있으면 우리가 사라져서 북조선에서 걱정하고 있을 사람들이 많을 것입니다."

"그럼 원래의 자리에 앉아 주십시오. 그 상태로 공간 이동을 하겠습니다."

그들은 남한으로 올 때처럼 테이블 앞에 있는 의자에 앉았다. 테이블과 의자들은 북한 정부의 재산이었다. 김광현은 4차원 공간 이동 장치를 가동시켰다. 그러자 거기에 있는 사람들은 테이블과 의자와 함께 다시 원래의 위치로 이동하였다. 북한에 있는 원래의 위치로 이동하자 4차원 차단막이 사라졌다.

북한에서 기다리고 있던 경호원들과 수행원들은 걱정이 되어서 식사도 하지 못한 채 그곳에서 기다리고 있었다. 사람들이 다시 나타나자 북한의 수행원들은 북한의 대표들에게 가까이 다가가서 걱정하는 목소리로 그들의 안부를 물었다.

"남조선으로 가신 것 같은데 그곳에서 별다른 일이 없었습니까?"

"별일이 없으니까 이렇게 무사히 돌아왔지!"

그들의 대답에 부하들은 안심하였다.

그들은 그날 오후에 남북통일을 위한 몇 가지 조건과 규칙들을 정하였다. 북한 정부는 많은 것들을 4차원 기업에 맡겼기 때문에 협상이 길어지지 않았다. 실무적인 것들은 나중에 실무자들이 별도로 협의하기로 하였다. 협상이 끝난 후에 남한과 북한 대표들은 서로 작별인사를 했다. 남한 대표들은 공간 이동 방식으로 남한으로 돌아왔다. 남한에 돌아온 남한의 대표들은 협상 내용을 언론에 공개하였다.

남한과 북한의 통일 협상이 성공적으로 진행되었다는 사실이 세계의 여러 언론에 공개되자, 많은 사람들이 통일이 된 것처럼 좋아했다. 4차원 기업의 능력이 북한을 압도했다. 4차원 기업의 과학 기술이 이렇게 좋은 곳에 사용되는 것은 당연했다.

인류의 평화와 행복을 위해서는 북한에 사는 사람들을 독재와 가난에서 해방시켜야 했다. 가난이 행복의 방해 요소는 아니지만 북한 사람들을 독재에서 해방시키고 그들에게 4차원 기업의 문명을 보여 줄 필요는 있었다. 북한의 독재로 인하여 수많은 사람들이 고생하거나 죽었다. 이러한 역사가 다시 반복되어서는 안 된다.

남한의 일부 국민들은 이러한 통일 방법이 옳지 않다고 생각했다. 4차원 기업의 과학 기술로 북한에 있는 독재자들을 완전히 몰살시키고 남한 정부에 흡수되는 통일이 되면 좋겠다고 생각하는 사람들도 있었다. 하지만 그렇게 되면 문제가 발생한다. 갑자기 북한 정부가 없어지면 북한은 무정부 상태가 된다. 그렇게 많은 사람들이 무정부 상태에 놓이게 되면 엄청난 혼란이 발생할 것이다. 그러한 혼란이 없으면서 순조로운 절차에 따라 통일이 되도록 하기 위해서는 현재 북한의 권력이 필요했다.

북한의 권력이 나쁠지언정 그것이 북한의 질서를 유지시켜 줄 것이다. 4차원 기업은 그러한 북한의 권력을 이용한 후에 그에 합당한 대가를 그들에게 보장한다고 하였다. 4차원 기업이 국제적으로 신용이 있기 때문에 북한의 권력은 4차원 기업을 믿었다. 4차원 기업이 통일 비용을 마련하지 않았다면 남한의 많은 국민들은 통일 비용 때문에 높은 세금에 시달릴 것이고 경제에도 좋지 않은 영향을 줄 것이다.

남한 정부는 4차원 기업에 통일에 관한 많은 부분을 맡겼다. 4차원 기업이 준비되는 대로 즉시 북한에서 통일 준비 작업을 하기로 했다. 4차원 기업은 북한에서 사회 기반 시설을 건설하기 위해서 남한의 건설 회사에 협조를 요청하였다. 앞으로 남한에 있는 많은 건설 회사들은 북한에서 일하게 될 것이다. 4차원 기업은 북한에서 일하게 될 기업들에 재정적인 지원을 많이 할 것이다. 또한 원래 북한에 있었던 건설 회사에 장비와 기술을 지원할 것이다.

남한의 사람들이 북한에서 일하기 위해서는 북한에서 숙식을 해결해야 하는데, 북한에 남한 사람들을 만족시킬 만한 숙박 시설들이 많이 부족했다. 그래서 4차원 기업은 공간 이동 장치를 북한에 되도록 많이 설치하기로 했다. 남한의 사람들이 북한에서 일과를 마치고 현장에서 가장 가까운 공간 이동 장치로 이동해서 남한으로 공간 이동하여 남한에서 숙박을 한 후에 다음 날에 다시 북한으로 가서 일을 하는 것이다.

공간 이동 장치는 남한 사람들만 이용할 수 있었다. 북한 사람들이 공간 이동 장치를 이용하는 것은 통일 전까지 금지할 것이다. 통일 전까지는 남한 사람들이 북한에 마음대로 갈 수 있지만 북한 사람들은 남한에 올 수 없도록 하였다. 완전한 통일 후에는 모든 사람들의 왕래가 자유로울 테지만, 북한 사람들이 남한으로 오지 않고 북한에 충분히 머무를 수 있도록 북한의 문명을 향상시킬 계획이다.

남한과 북한의 대표들이 통일 협상을 할 때에 화폐 사용에 대해서 의논하였다. 북한의 화폐를 단계적으로 폐지하고 남한의 원화로 통일하기로 하였다. 남한 화폐가 유통될 수 있는 시점은 남한 사람들이 북한에 가서 공사에 착수하는 시점으로 했다. 4차원 기업이나 건설 회사가 북한에서 북한 사람들을 고용할 때에는 급여를 원화로 지불하기로 했다. 그 시점부터 북한에 있는 공무원들의 급여를 4차원 기업에서 지불하기로 하였다. 어떻게 생각해 보면 김정은부터 아래에 있는 말단 북한 공무원까지 모두 4차원 기업의 직원이 된 것이나 마찬가지이다. 북한에 있는 직업 군인들도 4차원 기업에서 급여를 지불하기로 했다.

4차원 기업은 그러한 인건비 지출을 위해서 북한 정부로부터 정확한 공무원 명단을 받았다. 만약에 명단에 거짓으로 기록된 사람이 있다면 해당 인원은 나중에 그에 상응하는 불이익을 받을 것이다. 이런 식으로 북한을 경제적으로 먼저 정복해야 제대로 된 통일을 완수할 수 있을 것이다.

남한과 북한의 경제에 관한 전문가들이 북한 화폐를 남한의 원화로 바꾸기 위한 적절한 환율을 연구하였다. 남한의 한국은행에서는 필요한 분량의 지폐를 발행하여 북한에 가지고 가서 화폐 개혁을 하기로 하였다. 북한 사람들은 남한 화폐의 적당한 가치를 잘 모를 것이다. 그래서 4차원 기업은 생활필수품들의 기준 가격을 북한 사람들에게 가르쳐 주고, 그 가격이 시장에서 유지될 수 있도록 물량 공급을 조절해 주기로 하였다.

북한에 생활필수품을 운반하는 일은 주로 대형 트럭으로 할 것이지만 꼭 필요한 경우에는 공간 이동 장치로도 이동시킬 것이다. 공간 이동 장치가 즉시 필요한 것을 이동시킬 수 있어서 좋지만, 운수업에는 도움이 안 된다. 그래서 매우 급한 물건이 아니면 트럭을 이용하여 운반하게 할 것이다.

남한에 있는 은행들은 북한의 여러 도시들에 은행 지점들을 개설할 것이다. 그 은행들은 북한에 있는 사람들에게 은행을 이용하는 방법을 홍보해야 한다. 북한 사람들은 은행을 이용하는 것에 익숙하지 않았다. 그동안 북한의 은행은 신용이 별로 없었다. 그러나 남한의 은행들은 신용이 있다는 것을 그들에게 보여 줄 것이다. 4차원 기업은 북한 사람들이 은행을 이용할 수 있도록 급여 지급을 은행을 통해서 이루어지도록 할 것이다. 북한 사람들에게 급여를 지불할 때에 가까이에 있는 은행에 계좌를 만들도록 한 다음에 그 계좌에 송금하는 형태로 지불할 것이다.

남한에서 북한으로 파견되어 일할 각 분야의 사람들이 각 기업별로 모집되어 북한으로 떠났다. 남한에 있는 많은 중장비들이 북한으

로 들어갔다. 북한에서 일할 때에는 북한에 있는 식당을 이용해야 했
다. 남한 사람들이 이용할 식당이 없을 때에는 남한 사람들이 자체적
으로 식사를 해결했지만, 가급적 북한 사람들이 가까이에서 식당을
운영할 수 있도록 4차원 기업이 북한 사람들의 창업을 지원해 주었다.
4차원 기업은 남한 사람들이 북한에서 되도록 오래 체류하면서 돈을
쓰도록 유도하기로 했다. 그러기 위해서는 남한 사람들이 불편 없이
체류할 수 있는 건물들이 필요했다.

북한에 새로운 건물을 건축하려면 오랜 시간이 소요된다. 그래서 윤
서현은 남한에 있는 건물을 가지고 가면 좋겠다는 생각에, 건물을 이
동시키는 실험을 했다. 이동하고자 하는 건물을 옥상부터 지하에 있는
기초까지 4차원 막으로 감싼 다음에 북한으로 공간 이동시키는 것이다.
윤서현은 남한에서 철거 예정인 간단한 건물을 가지고 실험해 봤다.

4차원 기업의 과학 기술로 건물 이동이 충분히 가능하였다. 이제
는 4차원 기업으로 인하여 건물은 더 이상 부동산이 아니다. 필요 없
는 건물은 철거하는 것이 아니라 시장에서 팔 수 있는 것이고, 산 사
람은 필요한 곳에 옮기면 된다.

4차원 기업은 건물 이동 사업을 할 부서를 만들었다. 필요 없는 건물
을 철거하는 것보다 북한으로 옮겨서 임시로라도 사용하면 좋을 것이
다. 건물 이동은 완벽한 철거에도 도움이 된다. 철거할 건물을 현장에서
철거하면 비용이 많이 들지만, 철거하기 편한 넓은 곳으로 이동하여 철
거하면 훨씬 비용이 적게 들 것이다. 건물을 현장에서 철거하기 위해서
는 주변에 피해를 주지 않아야 하는데, 그렇게 하기가 쉽지 않다. 건물
을 철거할 때에는 주변에 피해를 되도록 주지 않기 위해서 여러 가지 피
해 방지 시설을 갖추고 철거해야 한다. 그러한 철거는 기간이 오래 걸리
고 돈도 많이 든다. 주변 여건 때문에 조심히 해야 할 철거 작업을 넓은
공터에서 한다면 주변 환경을 신경 쓰지 않고 하기에 매우 쉬울 것이다.

4차원 기업은 남한이나 외국에 있는 철거할 건물 중에 어느 정도 쓸 만한 것들을 기증 받기로 하였다. 그러면 건물주는 철거비를 아낄 수 있고, 4차원 기업은 그 건물을 북한을 비롯하여 아직 개발이 더 필요한 나라들에 무상으로 줄 수 있으므로 서로에게 유리하다. 철거로 인해 발생하는 환경오염도 건물의 재활용을 통해 줄여나갈 수 있을 것이다.

북한에 사회 기반 시설을 확충하는 데 건물들이 많이 필요한데, 세계 여러 나라에서 철거할 건물들을 기증 받아서 사용하였더니 건물에 부족함이 없었다. 세계 여러 나라에서 건물들을 기증 받은 북한은 여러 형태의 건물들을 수집한 나라가 되었다. 이제 북한에서는 다양한 나라의 건물들을 볼 수 있게 되었다.

4차원 기업은 재활용이 불가능할 정도로 오래된 건물은 건물 이동 비용을 받았다. 그러한 건물은 철거하기 편한 곳으로 이동해 주고 거기에서 철거하도록 했다. 재활용이 가능한 건물은 이동 비용을 받지 않고 대신 건물 자체를 기증 받아서 필요한 곳으로 가져갔다. 북한에서 필요한 건물을 남한에서만 조달하면 부족하였을 텐데, 건물 이동이라는 획기적인 방법으로 세계 여러 곳에서 필요한 건물을 기증 받으니 충분했다. 4차원 기업은 이제 필요 없는 건물을 나누어 주는 시대를 만들었다. 4차원 기업은 나중에 북한의 적당한 장소에 중고 건물 시장을 만들 예정이다.

4차원 기업은 북한에서 통일 준비를 하면서 휴전선에 있는 철책을 철거하는 문제를 남한과 북한의 정부와 의논하였다. 4차원 기업은 수십 년 동안 생태계가 잘 보존된 비무장 지대의 자연환경을 계속 보존하기 위하여 국립공원으로 만들기로 하였다. 4차원 기업은 남한과 북한 양쪽에 있는 철책을 대부분 그대로 두면서 비무장 지대 안에는 앞으로도 개발하지 않고, 각종 도로만 추가로 몇 개 더 건설하여 남한과 북한을 잇기로 결정했다. 그런데 자연환경을 보존하면서 도로를 건설하기 위해서는 각종 도로를 터널이나 고가도로 형태로 건설하여야 했다. 그래야 터널 위나 고가도로 밑으로 동물들이 다닐 수 있기 때문이다.

고가도로 위에는 차를 세워 놓고 아래의 자연 생태계를 구경할 수 있는 장소를 여러 곳에 만들 것이다. 그곳을 지나가는 모든 도로들을 터널이나 고가도로 형태로 건설하려면 건설비가 많이 들 것이다. 비용이 많이 들더라도 도로들이 생태계를 단절시키게 놔 둘 수는 없었다. 나중에 북쪽과 남쪽의 인근 생태계와 비무장 지대의 생태계를 연결하는 작업을 위해서 철책 일부분을 철거하기로 하였다. 4차원 기업은 도로 건설 업체 여러 곳을 선정하여 아주 조심스럽게 휴전선 근처에서 도로를 건설하도록 하였다.

아직은 남한과 북한의 왕래를 통제해야 하므로 남북한 양쪽에 철책을 보완하기 위한 4차원 차단막을 추가로 설치하여 사람과 물건의 왕래를 철저하게 통제하였다. 남한의 많은 사람들은 공간 이동 장치를 사용하여 남한과 북한을 왕래하였다. 대부분의 화물들은 도로로 이동하였다. 북한에 공간 이동 장치를 계획보다 많이 설치하지 않았기에 많은 사람들은 북한에서 일정 기간 체류하면서 일해야 했다. 날마다 공간 이동 장치로 출퇴근하는 것은 그렇게 쉽지 않았다. 그렇기 하기 위해서는 집과 북한의 일터 근처에 그러한 장치가 있어야 했기 때문이다. 남한의 많은 사람들이 북한에서 체류하면서 소비활동을 해야 북한의 경제에 도움이 될 것이다.

북한을 경제적으로 남한과 비슷한 수준으로 개발하기 위해서는 10년 이상 걸릴 것이지만, 4차원 기업은 인위적인 방법으로 그 시기를 획기적으로 단축하려고 했다. 필요한 건물들은 우선 기증 받아서 옮기면 되지만, 그 건물에는 에너지와 상하수도가 필요했다. 에너지는 4차원 기업이 처음에 시작한 사업이 에너지 사업이기에 그부분에 대해서는 기업 자체적으로 해결할 수 있었다. 물을 공급하는 것은 두 가지 방법으로 해결하였다. 댐을 만들어 기존에 하던 대로 할 수도 있지만 댐을 많이 만드는 것은 생태계에 좋지 않다. 그래서 바다 가까이에 있는 지역에서는 바닷물을 담수로 만드는 공장을 크게 건설하였다.

내륙에 있는 지역은 적당한 댐이 없으면 꼭 필요한 경우에만 댐을 만들기도 하였지만, 댐을 만드는 것은 오랜 기간이 걸린다. 4차원 기업은 이렇게 긴 기간이 필요한 토목 공사에 4차원 토목 공법을 사용하기로 했다. 4차원 기업은 이러한 방법이 인건비를 발생하지 않기에 되도록 사용하지 않으려고 했지만, 꼭 필요한 경우에는 사용할 수밖에 없었다. 4차원 토목 공법은 4차원 과학 기술을 이용하여 하기 때문에 거대한 산을 통째로 옮길 수도 있었다.

4차원 기업은 건물을 이동하지 않고 복제할 수도 있었다. 그러면 더 좋은 건물들을 북한에 보낼 수도 있었다. 그러나 그것은 자연의 섭리에 많이 어긋난다. 4차원 기업은 순리에 역행하는 것을 되도록 하지 않으려고 했다. 만약에 복제하는 것이 보편화된다면 윤리에 맞지 않는 부탁을 4차원 기업에 요청하는 사람이 나타날 수도 있을 것이다.

예를 들어 한 여자를 두고 다투는 두 남자가 다투기 싫으니 한 여자를 복제하여 두 여자로 만들어 달라고 하고, 해당 여자도 그 의견에 동의하면 어떻게 해야 할까? 그 여자가 복제된 후에 "나는 이제부터 쌍둥이로 태어난 사람처럼 살면 된다"고 생각하면 곤란할 것이다. 여기에서 말하는 사람의 복제는 생물학적인 복제가 아니라 순간적으로 어떤 물건이나 개체를 두 개로 만드는 것이다. 4차원 과학에서는 그것이 쉬운 일이다.

남한에서 사회 기반 시설 건설에 종사하는 사람들 중에 약 절반 정도가 북한으로 가서 일을 하게 되었다. 그들이 보유하고 있는 중장비 등의 건설 기계가 같이 이동했다. 북한에서 댐을 건설할 때에는 기간을 단축하기 위하여 4차원 기업의 토목 공법으로 먼저 시공하였다. 4

차원 기업은 댐을 막는 일을 할 때에 근처에 있는 돌로 된 산을 필요한 크기로 잘라다가 막았다.

이러한 기적은 여러 사람들에게 볼거리를 제공하였다. 거대한 산이 보이지 않는 손에 의하여 잘려져서 하늘로 들려지고 댐이 필요한 곳으로 이동한 후에 착지하는 것은 대단한 구경거리였다. 대신에 철근과 콘크리트로 만드는 댐보다 훨씬 두껍게 건설되었다. 다른 건설 현장에서도 인간의 기술로 하기에는 너무 기간이 길게 소요되는 것은 4차원 토목 공법으로 처리하였다. 댐에서 물을 정화하는 곳까지 흐르는 수로도 4차원 토목 공법으로 건설하였다.

남한에서는 실업자가 거의 없어졌다. 많은 사람들이 북한으로 갔기 때문에 일손이 부족한 분야도 있었다. 그렇지만 그것은 남한과 북한이 통일되기 위해서 남한이 희생해야 할 부분이었다. 일자리가 많아졌다는 것은 노동자들에게는 좋은 일이었다. 여러 산업 분야에서 일손이 부족하기 때문에 직장에서 정년퇴직 제도도 많이 사라졌다. 충분히 그 업무를 감당할 수 있을 만큼 몸과 정신이 건강하면, 많은 사람들이 나이와 상관없이 직업에 종사하였다.

북한의 권력은 북한에서 일하는 사람들을 보호하는 일에 큰 협조를 하였다. 그들은 그러한 일을 조직적으로 하고 4차원 기업으로부터 충분한 급여를 받았다.

4차원 기업은 북한에 많은 건물들을 이동시켜서 숙박 시설로 리모델링 공사를 하였다. 남한에서 북한으로 파견을 가서 일하는 사람들을 위한 숙박 시설이 많이 필요했기 때문이었다. 그러한 숙박 시설에는 북한 사람들이 많이 고용되어서 일했다. 북한 사람들은 남한 정부에 소속된 기업에서 일하기를 원했다. 남한 기업에서는 4차원 기업의 후원을 받기 때문에 급여가 많았다. 북한 사람들 중 급여를 많이 받는 사람들이 늘어나고 남한 사람들이 많이 체류하자, 상점에서의 물건 수요량도 증가하였다. 남한에서 생산된 물건들이 북한으로 많이 이동되었다. 북한에도 유통업이 발달하기 시작하였다.

북한의 도로는 남한보다 훨씬 열악했다. 도로가 있기는 했지만, 경제가 발전하기 위해서는 고속도로들이 더 많이 건설되어야 했다. 북한에서 고속도로를 만들기 위해서는 규모가 큰 토목 공사가 많이 필요하였다. 산이 많았기 때문에 터널을 많이 뚫어야 했다. 고속도로를 만들기 위한 긴 터널을 뚫기 위해서는 매우 긴 기간이 필요할 것이다.

4차원 기업은 터널이 필요한 곳에 며칠 만에 터널을 만들어 주었다. 터널 안에 필요한 시설은 사람의 손으로 설치하지만, 그 전에 터널을 뚫는 것을 4차원 토목 공법으로 하면 하루에 1㎞ 이상도 가능하였다. 도로를 만들기 위한 토목 공사는 산을 깎아야 하는 경우가 많이 있는데, 이러한 도로를 만드는 토목 공사도 4차원 토목 공법으로 하면 하루에 4㎞를 할 수 있었다. 이러한 기초 토목 공사는 하늘에서 헬기를 타고 토목설계를 하면서 그와 동시에 4차원 토목 공법으로 도로를 건설했다. 만들어진 도로 위에 난간을 만들고 포장하는 것은 사람들이 직접 했다.

한국에서 도로를 건설하기 위해서는 도로를 건설할 땅의 주인을 찾아가서 보상 협의와 매매 계약을 하고 소유 관계를 정리한 후에 공사를 시작해야 한다. 그런데 북한에서 그렇게 하다가는 너무 많은 기간이 소요된다. 다행히 북한은 개인 소유의 땅이 없기 때문에 그러한 서류 작업은 거의 없었다.

북한의 수준을 남한만큼 끌어올리기 위해서 교육은 필수였다. 4차원 기업은 북한 사람들의 교육을 당분간 책임지기로 하였다. 4차원 기업은 북한의 핵심 권력자들과 의논하여 북한의 의무 교육을 남한의 고등학교 수준까지로 정하였다. 4차원 기업은 학제 개편에 따른 부족한 학교 시설들을 건축해 주었다.

어려운 형편에 있는 사람들 중에 대학 교육을 받고 싶은 사람은 4차원 기업으로부터 비용을 보조받았다. 4차원 기업과 한국 정부는 북한에서 고등학교를 마치고 대학에 가고 싶지만 대학이 부족하여 못 가는 사람들을 위하여 결단을 내렸다. 완전한 남북통일이 되기 전에는 북한 사람들을 남한으로 올 수 없도록 했는데, 남한에서 취업이 아닌 대학 교육을 받기 위해서 오는 학생들은 남한으로 올 수 있도록 한 것이다.

대신 북한 출신 대학생들에게는 두 가지 조건이 주어졌다. 남한에서의 취업 금지와 위치 추적 장치의 부착이었다. 관련 공무원들이 사용하는 컴퓨터가 그들의 위치를 실시간으로 쉽게 추적할 수 있도록 위치 추적 장치를 몸에 부착하도록 하였다. 그들이 생활하는 범위는 반경 20㎞ 이내의 학교 근처로 제한되어 있었다. 그들이 공부를 하면서 용돈을 버는 수준의 아르바이트를 하는 것은 허용하였다. 그러나 한 학기 성적이 어느 정도 수준 이상이 되지 않으면 바로 북한으로 돌아가야 했다.

남한으로 온 북한 유학생들을 통제하기 위해서는 위치 추적이 필수인데, 위치 추적 장치는 간단한 외과적인 방법으로 제거할 수 없도록 4차원 수술 기법으로 뼛속에 이식해 주었다. 위치 추적 장치는 생활에 불편을 주지 않을 만큼 굉장히 작았다.

통일이 되기 전에 남한으로 유학을 온 북한 대학생들은 거의 대부분 학업에 충실하였다. 학업을 무사히 마치면 4차원 기업이 북한에서 고급 일자리를 마련해 주므로 열심히 공부할 수밖에 없었다.

북한은 인구에 비해서 군인들이 너무 많았다. 게다가 군복무 기간이 지나치게 길었다. 4차원 기업은 북한 핵심 권력자들과 의논하여, 이제는 유명무실한 군대를 단계적으로 대폭 축소하기로 하였다. 4차원 기업은 김정은과 그의 측근들에게 교육의 중요성을 강조하였고, 한참 고등 교육을 받아야 할 젊은 사람들을 군대에서 너무 긴 기간 동안 잡아 두는 것은 국가적인 손실임을 인식시켜 주었다.

북한의 군대를 한꺼번에 없앨 수는 없었다. 대책 없이 모두 제대시키면 엄청난 실업자가 발생할 것이다. 그렇다고 그들을 할 일 없이 놀고먹게 하는 것은 무의미한 시간을 낭비할 뿐이었다. 북한 정부는 군인들 중에서 의무 복무 기간의 3분의 2 이상을 마친 군인들을 우선적으로 제대시켰다. 4차원 기업은 북한의 권력자들에게 이제는 북한의 젊은이들을 징집하지 말 것을 권고했다. 그리고 군인들의 숫자를 줄이는 대신에 경찰들의 숫자를 늘렸다.

4차원 기업은 북한의 경제가 어느 정도 수준에 도달할 때까지 세금을 면제해 줄 것을 북한 정부와 남한 정부에 건의하였다. 경제적으로 세계를 정복한 4차원 기업이 북한의 경제 발전을 적극적으로 나서고 있는데, 굳이 세금을 징수할 필요가 없었다. 세금을 징수하지 않으니, 세금을 아끼기 위해서 비리를 저지르는 일이 없었다. 세금 납부 의무가 없으니 북한에서는 세금을 아끼기 위한 지하 경제가 존재하지 않았다.

남한과 북한 정부는 4차원 기업과 의논하여 통일이 된 이후에는 북한 지역에 있는 기업들에게 갑자기 세금을 많이 부과하지 않고 단계적으로 천천히 세율을 높이기로 하였다. 그렇게 해야 많은 기업들이 북한으로 가서 기업을 경영하려고 할 것이기 때문이다. 단, 남한에서 어느 규모 이상으로 사업을 하고 있는 기업들은 북한으로 가더라도 세금을 많이 감면해 주지 않았다. 북한은 통일이 되기 전부터 이미 자본주의로 변하고 있었다. 4차원 기업은 북한에서 어느 개인이나 단체에 자본이 지나치게 집중되는 것을 조절하고 통제하는 일을 하였다.

4차원 기업은 북한을 경제적으로 발전시키는 모든 과정을 북한의 권력자들과 의논하여 진행했다. 북한의 권력자들은 4차원 기업을 믿고 거의 대부분의 계획을 4차원 기업이 원하는 대로 허용했다. 북한의 권력자들이 4차원 기업에 협조를 잘하는 이유는 따로 있었다. 4차원 기업이 그들의 권력과 재산을 확실히 보장해 주었던 것이다. 이 때문에 북한의 사회 질서는 유지될 수 있었다.

4차원 기업이 북한 권력자들을 존중하고 미래의 보장까지 약속한 것은 북한의 신속한 경제 발전을 위한 질서 유지였다. 무정부 상태에서는 일하기가 많이 힘들 것이기 때문이다.

4차원 기업은 북한의 산업을 발전시키기 위해서는 산업 연수생들이 많이 필요함을 알게 되었다. 4차원 기업은 남한으로 산업 연수를 떠나는 사람들에게 대학 교육을 위해서 남한으로 유학을 가는 학생들처럼 위치 추적 장치를 부착하였다. 그들은 남한의 기업체에서 일정 기간 계약직으로 채용되어 기업에서 필요한 기술들을 습득하게 했다.

4차원 기업은 북한의 산업 연수생들을 제대로 교육시키는 기업에게는 혜택을 주기로 했다. 그 혜택은 다양한 것이었다. 4차원 기업은 산업 연수생들에게 급여를 지급하면서 에너지가 많이 필요한 기업들에게는 에너지 비용을 적당히 삭감해 주기도 했고, 필요한 고급 기술을 지원해 주기도 했다. 4차원 기업은 북한의 산업 연수생들에게 기술과 무관한 단순 업무만 시키는 것을 금지하였다. 그것을 감시하고 평가하는 4차원 기업의 직원들이 활동하고 있었다.

4차원 기업이 창업되고 그동안 많은 세월이 흘렀다. 이제는 4차원 기업 직원들이 수십만 명으로 늘어났다. 그 중에 수만 명이 북한의 경제 개발을 위해서 북한에서 다른 기업체들이나 북한의 공무원들을 지도하고 있었다. 4차원 기업의 직원들은 경호 장비를 착용하고 북한에서 활동하였다. 아직은 북한의 치안을 완전히 믿지 못하기에 그럴 수밖에 없었다.

북한에서 4차원 기업의 지도를 받는 사람들은 100만 명 이상 되었다. 대부분의 북한 사람들이 그들의 영향을 받았다. 4차원 기업의 이 사회에서 좋아하는 북한의 기업 형태가 있었다. 그것은 북한 사람이 사장인 북한 기업들이었다. 4차원 기업은 그러한 기업들에 전폭적인 지원을 아끼지 않았다. 그렇지 않으면 자본주의에 대해서 잘 모르는 북한 기업가들은 경쟁에서 낙오될 수 있기 때문이다. 북한에서 기업을 경영하는 사람들은 북한 사람들을 어느 정도 비율 이상 채용하도록 했다.

4차원 기업은 북한의 권력자들과 의논하여 북한에서 남한의 모든 언론 매체를 볼 수 있도록 하였다. 북한에서 이러한 조치가 내려지자 북한 사람들도 인터넷을 자유롭게 사용할 수 있게 되었다. 옛날에는 인터넷의 통제가 심해서 북한에서 남한 사람들이 만든 홈페이지를 볼 수 없었다.

남한에서 방송되는 공중파와 케이블 채널이 모두 공개되었다. 케이블 방송을 볼 수 있게 하는 업체가 북한에서도 영업을 시작할 수 있도록 했고, 케이블 방송을 볼 수 있는 사용료는 저렴하게 하였다. 4차원 기업에서 70% 이상의 비용을 지원해 주므로, 북한 사람들도 얼마든지 남한 방송을 볼 수 있게 되었다. 옛날에도 북한 사람들이 남한의 방송을 다른 방법으로 몰래 보았는데 이제는 공식적으로 볼 수 있게 자유를 주니 굉장히 기뻐했다. 이렇게 많은 북한 사람들이 남한의 방송을 보니 그들의 의식도 점점 변화되고 있었다.

북한의 경제가 급속도로 발전하고 산업 시설들이 많이 건설되어 통일이 가까워지자, 남한 사람들이 가지고 다니는 신분증과 같은 것을 북한 사람들에게 발행해 주기로 하였다. 북한 사람들도 남한 사람들이 가지고 다니는 신분증과 같은 것을 소지하고 있어야 완전한 통일이 이루어지는 것이다.

북한 주민들에게 주민등록증을 발급해 주기 위해서 남한의 공무원들이 북한으로 많이 파견되었다. 파견된 공무원들은 파견 수당을 자신의 급여만큼 많이 받았으니 서로 북한으로 가려고 하였다. 이런 상황에서는 교대로 가는 것이 좋은 방법이었다. 그들은 4차원 기업 직원들의 협조를 받아서 북한 공무원들과 함께 북한 주민들에게 주민등록증을 발급하는 일을 하였다. 북한 주민들은 한국 신분증을 발급 받는 동시에 한국 국적을 자동으로 취득하게 되었다. 주민등록증을 가지고 있는 사람들은 법적으로 한국 국민이 되는 것이다.

이제까지 북한은 공식적으로 사유 재산을 인정하지 않았다. 이제 곧 통일이 되면 당연히 사유 재산을 인정받게 될 것이다. 그러나 토지에 대한 사유 재산 인정은 통일 이후에도 당분간 시행하지 않기로 하였다. 그 대신에 사용권을 인정하기로 했다. 현재 사용하고 있는 토지의 사용권을 점차 소유권으로 전환하는 작업을 매우 긴 기간 동안 하게 될 것이다. 통일 이후에 북한에 있는 대부분의 토지 소유권은 통일 정부의 것이 된다. 그런 다음에 소유권 이전에 관한 법률을 만들어 북한 주민들에게 등기를 해 줄 것이다.

통일이 되자마자 남한으로 내려오는 북한 사람들은 북한에 있는 부동산의 소유권을 갖지 못할 것이다. 그래야 많은 북한 사람들이 북한에 잔류하게 된다. 북한 사람들이 15년 이상의 토지 사용 기간을 공식적으로 인정받으면 자신의 명의로 부동산을 등기할 수 있게 될 것이다. 부족한 기간이 있으면 현금으로 보충할 수도 있다. 돈이 많은 사람들은 정부로부터 부동산을 매입하여 등기할 수도 있다. 정부로부터 부동산을 매입할 수 있게 될지라도 기존 사용자가 있다면 권리가 복잡해진다. 부동산 등기에 관한 법률은 복잡하므로 관련 위원회에서 많은 연구를 하여 법률로 제정하고 시행할 계획이다.

남한과 북한이 공식적으로 통일이 되는 날이 다가오고 있었다. 남한 정부와 북한 정부는 북한 지역의 지방자치단체장을 8년간 선거가 아닌 지명을 통해 단체장의 직무를 수행하도록 할 것이다. 그 이후 8년간 지방자치단체장을 선거로 선출하더라도 북한 출신만 후보로 나설 수 있도록 할 것이다.

북한 출신 국회의원은 통일 직전부터 선거로 선출하기로 하였다. 북한에서 선출된 국회의원들이 추가되면 전체 국회의원 숫자가 너무 많아진다. 그래서 남한 정부는 남한의 국회의원 숫자를 대폭 줄이기로 정치권과 협상을 했다. 국회의원들의 숫자를 줄이는 것은 정치인들의 거부 반응을 불러일으켰다. 그러나 국민들은 이것을 통일을 위한 정치권의 양보와 희생이라고 여겼기에, 국회의원 숫자를 대폭 줄여야 한다는 여론이 상당히 강하였다. 국민들의 여론이 너무 강하자 정치인들이 공식적으로 거부 의사를 표시하지 못하였다. 남한에서는 국회의 임기가 끝나기 전에 국회의원 숫자를 5분의 3으로 줄이는 절차를 진행하였다.

북한에서도 국회의원 선거를 준비하였다. 김정은과 그의 측근들은 남한 정부의 자문을 받으며 북한에서 국회의원 지역구를 나누는 작업을 하였다. 김정은의 측근들은 4차원 기업과의 통일 협상에서 상당한 미래를 보장받았다. 그들의 대부분은 정당의 협조를 받아 비례대표 국회의원으로 국회에 진출하게 될 것이다. 김정은은 정치 고문으로 활동할 것이며, 임기를 마친 대통령에 버금가는 예우를 해 주기로 하였다. 그가 원하면 법으로 정한 임명직 국회의원으로 영원히 활동할 수 있도록 할 것이다.

남한이 먼저 국회의원을 선출하였다. 약 한 달 후에 북한이 국회의원을 선출하였는데 남한에서 선거를 도울 많은 사람들이 북한에 파견되어 북한에서 국회의원을 선출하는 업무를 도왔다. 남한에서는 국회의원 숫자가 대폭 줄어들어 많은 국회의원 보좌관 출신들이 할 일을 찾지 못하였다. 4차원 기업은 정부와 협의하여 그들 중에 상당한 숫자가 북한 출신 국회의원들을 돕도록 하였다. 북한 출신 국회의원들은 이러한 정치가 처음이어서 남한 출신 보좌관들이 도움을 주면 적응하는 데 훨씬 쉬울 것이다.

4차원 기업과 남북한 정부는 국회의원 임기가 시작되는 날, 통일식을 거행하기로 정하였다. 그렇게 하면 정치적으로도 하나가 되기 때문이었다. 대통령은 통일식에서 남한과 북한이 통일되었음을 선포하는 말을 하였고, 특별 손님으로 김정은 정치 고문이 초청되어 축하 메시지를 전달하였다. 김정은의 경호는 그가 원할 때까지 대통령을 경호하는 수준으로 평생 경호해 주기로 하였다. 그가 남한을 다니면서 여러 곳을 구경할 때에는 대통령이 다니는 수준으로 복잡하였다.

통일이 된 후, 남한과 북한의 여러 사람들이 서로를 구경하기 위해서 자유롭게 왕래하였다. 처음에는 사업상 왕래하는 사람들보다 관광 목적으로 왕래하는 사람들이 훨씬 많았다. 그들은 비무장 지대에 조성된 국립공원을 구경한 다음에 상대 쪽으로 이동하여 그동안 보지 못했던 것들을 구경하였다. 여행 상품 중에는 공간 이동으로 일단 북한으로 이동한 다음, 관광버스를 타고 여기저기를 여행하는 상품도 있었다. 남한의 고속철도는 백두산까지 운행하였다.

이제 북한에서도 대부분의 차량들이 전기를 사용하여 움직였다. 4차원 기업은 통일 준비를 할 때부터 북한에서도 무선 전력 수신기가 작동되도록 해 주었다. 통일 준비 기간이 5년 정도 소요되었는데, 통일이 되기 직전에 북한의 군대는 사라졌다. 북한의 일부 직업 군인들은 남한의 군대로 직장을 옮겼다. 남한에서도 징병제가 사라졌다. 세계 여러 나라에서 군인들의 숫자가 대폭 줄어들었다. 4차원 기업이 전쟁을 할 수 없도록 모든 무기들을 제거했기 때문에 약간의 직업 군인들만 남게 되었다.

북한에서 사업을 시작하면 약 7년 동안 단계적으로 세금을 감면 받기 때문에 많은 사람들이 북한으로 사업체를 옮겼다. 몇 개의 외국 기업체들도 북한에서 사업을 하기 위해서 왔다. 7년 후에는 남한 지역과 동등한 세금을 부과할 것이다. 4차원 기업은 통일 준비 때문에 엄청난 재정을 투자하여 기업 자산 가치가 상당히 줄어들었다. 4차원 기업은 앞으로 지구에 사는 인류의 평화와 행복을 위해서 계속 활동할 것이다. 그리고 모든 사람들이 골고루 복지를 누리면서 살 수 있도록 소외된 곳에 더 많은 관심을 가지고 인류의 행복을 위해서 노력할 것이다.

저자는 원래 소설을 쓰는 작가가 아니지만 2년 전에 과학에 대한 명상을 하던 중에 좋은 영감이 떠올라서 그것을 소설 형식으로 쓰게 되었다. 이 소설의 내용이 당장 그대로 실현될 가능성은 거의 없지만, 그래도 우리나라가 과학의 여러 분야에서 세계를 선도하기를 바란다.

이 소설 중 제3장은 일본에 관한 내용이다. 현재까지 일본 정부의 태도가 변함이 없기에, 할 수만 있다면 그 내용을 영화로 만들어서 영화 속에서도 일본의 쓸데없는 자존심을 정복하고 싶다. 제5장에 보면 현대의 무기로 많은 청나라 병사들을 살상하는 내용이 나온다. 그 부분은 저자가 많은 고민을 하고 썼다. 저자는 그러한 대량 살상을 싫어한다. 그것은 저자의 사상이 아니므로 그저 소설로만 여겨 주면 좋겠다. 마지막 장의 북한에 대한 부분은 강력한 무력을 사용하여 북한을 정복하는 내용으로 작성하고 싶은 생각도 있었다. 하지만 평화 통일을 바라는 많은 사람들에게 실망을 주고 싶지 않았다. 미래에 언젠가는 남한과 북한이 통일되겠지만 소설과 같은 방법으로 통일되기를 기대하지는 않는다.

끝으로 이 작품이 더 훌륭한 작품이 될 수 있도록 교정하고 디자인해 주신 '책과나무'의 직원들에게 감사를 드립니다.